U0060948

另類金庸

武俠以外的筆耕人生

鄺啟東 著

中華書局

目錄

甲篇：武俠小說以外的筆耕

第 1 章 ▌ 金庸刊載於報紙雜誌的文章

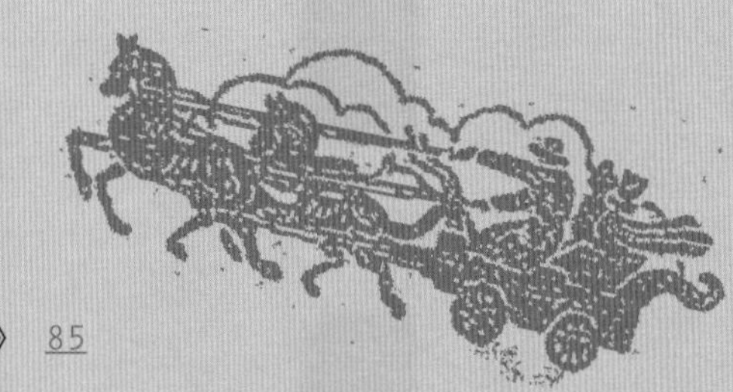

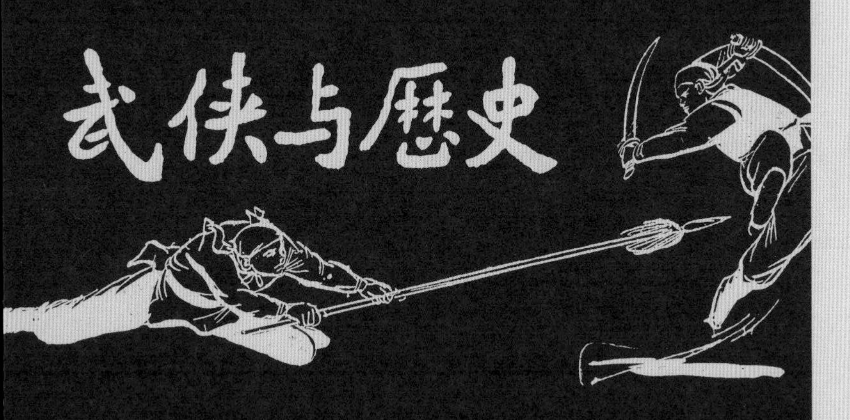

乙篇：閒話金庸文字軼事

序一 不為人知的金庸故事

潘耀明
《明報月刊》總編輯、香港作家聯會會長

倪匡生前，自稱是金庸的知交，對金庸的武俠小說讚不絕口。他多次向我提及，「新金學」肯定會超越「舊金學」。

「舊金學」是指對《金瓶梅》的研究，鼎鼎大名的研究學者在內地有王利器，香港有梅節，舊金學已建立較完整的研究體系。

金庸研究是後起之秀，我一度主持的明窗出版社曾出版過一套金庸作品研究叢書，研究者涵蓋海內外的學者、作家、傳媒人等，洋洋數十冊。

隨着時間的推移，日積月累，金庸及其作品研究者陣容之鼎盛，已超過「舊金學」，甚至可以與紅學爭一日之長短。正如北京大學嚴家炎教授所說，金庸的武俠小說，大大提高了這類作品的思想文化藝術品味，「使近代武俠小說第一次進入文學的宮殿」，可以說是「一場靜悄悄的文學革命」。

金庸為俠之大者，金庸作品除所涉及武術不說，其小說作品可以視為大千世界的浮世繪：寫人性、寫人情、寫愛情、寫時勢、寫權術、寫世態、寫歷史，…… 林林總總，無所不包，是一部百看不厭的大書。

目下，對金庸研究範圍很廣泛，文本研究反而不是主要的。研究者對金庸個人、金庸報業《明報》及刊物、金庸身世、金庸武俠作品以外的背景資料鈎沉抉微似乎更感興趣。

這部《另類金庸 —— 武俠以外的筆耕人生》就是一例。一個普通讀者，從讀金庸、迷金庸到對金庸相關的資料進行蒐集和整理，為我們展示百變金庸的另一面。

喜見本書作者花大氣力蒐集不少珍貴的材料，有不少新發現的資料是包括我與金庸相交多年的人所僅見，令人大開眼界的。

譬如金庸抵港第一篇文章《來港前後》，寫他來香港的經歷，十分珍貴。過去對金庸來香港有種種說法和猜測，都是捕風捉影，在這篇文章，金庸可謂現身說法，縷述他來香港的因由及初到香港、入《大公報》時所見所聞，是一篇珍貴的史料。

所謂文人多別字，金庸的筆名之多，相信連他自己也說不清。本書作者蒐集金庸筆名之眾多，不少人是第一次聽聞的。

本書作者只是一個業餘金庸迷，愛屋及烏，憑着他的苦心孤詣，爬梳剔抉，儼然成為研究金庸的必讀參考書之一。

美中不足的是有個別篇章，仍有欠周全，譬如提到金庸辦《明報月刊》只是略略交代幾筆，語焉不詳。金庸辦《明報月刊》是非常有智慧的。

我一九九一年執編《明報月刊》，第一天上班曾跑到金庸的辦公室，問金庸為甚麼要辦一本虧本的文化雜誌。他答的簡單，說是為明報集團穿上一套名牌西裝。

我對他這一講法，似懂非懂。待明報集團上市後，有一次他應《南方日報》邀稿，我陪他到廣州，金庸在一次閒談中說，潘先生，您知道當時明報（集團）上市，每股實質的股值是二毫錢（當時明報集團的不動產只是一幢北角舊明報大廈），一上市明報股價便躍升二元九角，換言之，有近十五倍的漲價。可見文化是無形財產，這是文化的價值——明報（集團）的品牌，當然也包括金庸的品牌了。

這個時候，我才知道為甚麼他要辦《明報月刊》。金庸懂得以文化包裝財技，很多人不知道文化的價值。

所以說，這是金庸的過人之處。

倒是本書說《明報月刊》是金庸的「私家地盤」有一定的道理。金庸自從創辦《明報月刊》後，最花心力也是《明報月刊》。他每期都通讀《明報月刊》，發現有錯字、別字都親自寫字條給我，所以我們特別緊張，文章校樣出來後，除了編輯三校後，還給作者校閱一次，金庸退休後寫的文章也多數在《明報月刊》發表。可見他對《明報月刊》情有獨鍾。

本書導讀提到《金庸傳》，只提冷夏及傅國湧兩個作者。金庸對寫他的傳記並不滿意，是事實，其實還有一部在我負責明報出版社時出版的、由《明報》前副總編輯張圭陽寫的《金庸與報業》，內容相對翔實得多了。

張圭陽由金庸推薦到香港大學攻讀博士學位，博士論文是以《明報》為研究對象。《金庸與報業》是以張圭陽的博士論文為藍本而改寫的。雖然作者的很多資料都是根據訪問《明報》的舊人如潘粵生、雷煒坡、沈寶新、王世瑜、許孝棟、董橋等人的談話而整理的，文筆所及是客觀而直截的，對金庸難免褒貶不一，特別是金庸辦報的理念是甚麼，從文字敘述中給人印象是，金庸辦報是為了賺錢，缺乏文化理念，即報紙是社會公器的宗旨。金庸也許因此不高興，多年前接受一家週刊訪問時，甚至表示為此要控告明報出版社及作者（其時金庸已賣了《明報》）。

我在《金庸與報業》的〈代序〉中，試圖對作者的判斷作了兜轉，強調了金庸辦報的文化理念的一面：

> 從本書所看到《明報》的發展軌跡，由初創的小報到舉足輕重的知識分子的報紙，大概「時勢造英雄」是主因之一，但查良鏞及其同仁們對報紙的投入，義無反顧的精神，是令人動容的。海涅曾說過：「在這時代，我們是為理想而鬥爭，報紙就是我們的堡壘。」查良鏞及《明報》的開創者，雖然一開始不一定有清晰的辦報理念，但在實踐中緊扣時代步伐，從善如流，「以不息為體，以日新為道」（劉禹錫）逐漸把辦《明報》的旨趣，導向與正義、明辨是非的原則相掛鉤，使《明報》成為凸顯「知識分子良知」的報紙、監督社會的有力公器，與乎今天《明報》的接棒者張曉卿先生的辦報理念——「正義至上」、「有情有義」互為榫卯，從而使《明報》一直成為極端商品化的溷濁社會的一脈清流，同樣是令人鼓舞的事。

後來我曾私下拜訪金庸，他表示對我的序言沒有意見，倒是對本書內容及觀點不予苟同。我當即向他表示，經張圭陽兄的同意，並且自動請纓，願意把原書根據金庸的意思作修訂，獲得金庸的首肯。

金庸並沒有具體作出指示要修訂甚麼，我揣摩金庸的意思，把金庸不喜歡的字眼和段落作了調整，我後來把調整過的內容及文字分別給了

金庸與張圭陽過目，兩人均無異議，金庸還在我的修訂稿上簽了名，以表示同意。

後來金庸還是反悔了，堅持不出版。

這本書的香港版後來並沒有再版，張圭陽兄則在台灣允晨文化出版了台灣版，刪掉了我的序言，保持了本書的原貌，相信金庸並不知道此事。

這是一段過去不為人知的真實故事。

金庸自己倒屬意內地研究專家陳墨先生寫他的傳記。陳墨在金庸逝世後稱，金庸於二○○三年十月，在浙江嘉興金庸作品研討會期間，曾主動邀約他寫傳記，回港後還寫信給他重提寫傳記的事，只是陳墨也許覺得茲事體大，回絕了。(詳見《懷念金庸專集》，香港明報月刊出版社出版)

以上資料，聊為補白。

2023 年 6 月 6 日

序二 另類金庸百科全書

鄺明仁
香港資深傳媒人、藏書家

鄺啟東所藏的金庸武俠小說版本，數量之多，質素之高，在香港稱得上是王者之一。鄺啟東也是金庸武俠小說的百科全書，沒有甚麼問題可以難倒他，因此贏得「鄺神」稱號。原來，他還有一絕，這是我以前不知道的，就是他靜悄悄地搜購了大量金庸武俠小說以外的紙本「文物」，包括查良鏞用其他筆名寫過或翻譯過的東西。

多年來，很多人都在研究金庸武俠小說的版本。「金庸小說版本源流考」，儼然成為「金學」一個主要流派，海峽兩岸和港澳地區都有這方面的專家；香港方面，二十年前陳鎮輝撰述的《金庸小說版本追昔》，吸引了金庸迷的注意。後來的研究者前仆後繼，不斷挖掘出新資料，邱健恩博士和鄺啟東的研究成果已超越前人，他們兩人今年合著的新書《流金歲月——金庸小說的原始光譜》，把金庸小說版本研究推向一個新境界。

幾年前，鄺啟東可能已預知金庸小說的版本研究已達極限，很難再有甚麼新發現，與其再鑽牛角尖，不如另闢蹊徑。鄺啟東轉而研究「另類金庸」，結果大有所成，今天呈現在大家面前的這本書，內容令人嘆為觀止。鄺啟東根據前人研究所得，自己再在舊紙堆裏發掘，溯本追源，把查良鏞（金庸）武俠小說以外的作品幾乎全部查找出來，我說「幾乎」，是謹慎的說法，世事難料，不排除將來或許有新的發現。查良鏞筆耕數十載，除了用筆名金庸所寫一系列武俠小說聞名於世之外，還用不同筆名在不同刊物寫文章，單是要研究查良鏞的筆名，已經令人勞累不堪。內地的趙躍利是研究金庸筆名的專家，考證嚴謹翔實，無出其右。兩岸四地金庸迷皓首窮經，相繼在網絡分享了研究成果。過去一段長時間，鄺啟東靜悄悄的在收集查良鏞武俠小說之外的書刊，然後整理分析變成一篇篇文章，再交香港中華書局出版，其間花費的人力、物力和財力難以估計。閱讀鄺啟東的新書，等於把查良鏞多年來的另類文章從頭瀏覽一遍。

查良鏞（金庸）早年的文章分別刊載於下列報紙雜誌，包括：《太平洋雜誌》、《東南日報》、《時與潮》、《大公報》、《新晚報》、《長

城畫報》、《中聯畫報》、《海光文藝》、《武俠與歷史》、《野馬》、《東南亞周刊》、《明報》、《明報月刊》、《內明》、《收穫》⋯⋯這些文章的署名有查良鏞、金庸、查理、白香光、香光、宜孫、小查、小喳、林歡、姚馥蘭、姚嘉衣、蕭子嘉、子暢等。鄺啟東把查良鏞在甚麼時期、用甚麼筆名、寫過甚麼文章，都詳細介紹。

除了武俠小說之外，查良鏞寫過多部書。署名「金庸」的書籍有《三劍樓隨筆》、《最厲害的傢伙》、《情俠血仇記》、《探求一個燦爛的世紀》、《明窗小札》。署名「查良鏞」的書籍有《獻給投考初中者》、《在台所見、所聞、所思》、《香港的前途》。用其他署名的書籍有《中國震撼着世界》、《朝鮮血戰內幕》、《中國民間藝術漫談》、《論祖國問題》。上述書籍除了《探求一個燦爛的世紀》、《明窗小札》和《香港的前途》比較容易在坊間找到之外，其餘的一書難求，偶爾在舊書拍賣場出現，亦被搶到天價。

鄺啟東的新書也涉及金庸一些軼事，他並且提出「金庸十問」，包括金庸第一個筆名是甚麼？金庸第一篇發表的小說是甚麼？金庸第一篇發表的文章（非小說）是甚麼？金庸出版過哪些翻譯小說的書籍？答案都可以在他的新書找到。《另類金庸——武俠以外的筆耕人生》稱得上金庸武俠小說以外的百科全書，喜歡金庸或查良鏞作品的讀者，不容錯過。

2023 年 5 月 1 日

序三 從「另類金庸」到《另類金庸》

邱健恩

一

古往今來，藏書家大概可以分兩大派。第一種是「珍稀派」，以收藏珍稀版本為主。至於甚麼叫「珍稀」，人人標準不同：印量少的比印量多的珍貴，有簽名的（古代則是有名人鈐印）比沒有簽名的珍貴，傳本少的比傳本多的珍貴⋯⋯第二種是「整全派」，對於自己喜愛的主題，不分種類，只要是不曾擁有的，總希望能夠得到。

鄺啟東屬第二派的信徒，收藏主題是「金庸筆耕世界」，不獨是金庸的武俠小說，即連金庸用其他筆名翻譯過的作品、編過的劇本、寫過的文章，都列入收藏目標，不分精粗，不論品相，都想據為己有。

大抵，愛收藏的人都同時愛現。藏品到了一定數量，就想讓人知道自己有多厲害，藏品有多珍貴，收藏過程有多艱苦。除了跟同好分享，吸引艷羨目光，還想告訴世人，塵世上有這一號人物，因收藏而成名。

鄺啟東就是這一號人物，但與其說是藏書家，我認為他更接近文獻學家。藏書家往往着眼於收藏過程，以稀有程度、購得金額，以至市場流通等因素來釐定藏品價值，文獻學家則更多着眼於資料本身的意義，也就是舊書籍、老報紙，以至過期雜誌，到底構成怎樣的一幅昔日景象。在《另類金庸》中，鄺啟東企圖透過多年來所收藏的文獻，記錄金庸的「筆跡」——筆耕的足跡，勾勒金庸除了寫武俠小說外，怎樣參與建構二戰以後香港的文字世界，重塑金庸高山仰止的身影，讓讀者用另一個角度認識那個他們早知曉的香港文壇宗匠。

二

我與鄺啟東相識於 2017 年，透過朋友介紹，緣於金庸小說。我倆都收藏了若干品種的舊版金庸小說，但我屬最下層的「隨緣派」（有沒有都可以），相當於《倚天屠龍記》中的海沙派，鄺啟東的整全派屬上層，我終不能與他相比。我倆檔次不同，但見面之時已言談甚歡，而且都有意合作寫書談「金庸舊版小說」。六年之後，也就是今年稍早之時，我們先後出版了兩本書:《流金歲月:金庸小說的原始光譜》、《尋金探本：流金歲月番外篇》（兩書出版時間相差一個月）。

共事與旅遊一樣，最容易讓人原形畢露，往往導致雙方反目。跟鄺啟東合作則不會，他為人謙遜有禮，對我總是和顏悅色。我們合作寫書，並非分工合作，各寫不同章節，而是他先寫了初稿，我再在他的初稿上增刪改移，然後他又在我的複稿上修潤添補。結果是，他的原稿經多次改寫後已非原來面貌。我常問他是否介意，他總回答說：「唔介意。」每次回答，都增加了我刪改原稿的雄心。

在舊版金庸小說的議題上，我們的意見經常不同。他看複稿時，發現自己的說法不被採用，有時會信服，有時候則會據理力爭。當不得要領時，我就會拋出「存疑不決」的方案，改為討論如何下筆才讓雙方接受的寫法。幾年以來，彼此都沒有說過重話，於他而言，那是性格使然；於我來說，卻是《倚天屠龍記》中阿二與阿三遇上太極拳，既然明知道任何重擊都被太極雲手化於無形，就被收服成「類謙遜有禮」。

三

我們合作的名目是「舊版金庸小說」，鄺啟東寫了五章合共二十二萬字的初稿。當中第五章「另類金庸」，一則與全書主題並非直接相關，二則是我完全不懂的課題，不能增刪添改，我無顏以合著之名把這些資料據為己有。在經商討後，我建議他以個人名義，獨立出版。從「另類金庸」到《另類金庸》，鄺啟東又增加了新資料，由原來的五萬六千多字，到現在的逾十萬字，那是因為幾年下來，他的藏品又增加了，他所描繪的那個金庸也就更加整全。與收藏家合作了一段日子，我體認到真相永遠不會有盡頭，因為他們不斷挖資料，不斷改寫「歷史」。

香港中華書局共出版了兩本與金庸有關的文獻資料書種，一本是吳貴龍的《亦狂亦俠亦溫文 —— 金庸的光影歲月》，另一本就是本書，鄺啟東的《另類金庸》。兩書都以珍貴圖片說故事講歷史，與香港文化博物館的「金庸館」文物鼎足而立，就像《倚天屠龍記》中少林、武當、峨嵋三派，各有自己版本的九陽神功。不同的是，《另類金庸》與《亦狂亦俠亦溫文》都可以帶回家中，成為放在家裏的私人博物館。

記好友鄺啟東 2023 年第三本新書出版，一鳴驚人。是為序。

自序 由收藏說起

先由迷上金庸開始談起。

一九八六年，廿二歲，初看金庸。那年頭，廿二歲才看金庸，是會給朋輩嘲笑的。

那年，與友人出遠門旅行，行程兩個半月，來到成都，正待登上火車前赴昆明。成昆鐵路，按旅遊書介紹，是一條穿插於河谷丘壑的鐵路，一路上橋樑和隧道交接，是以施工時異常艱巨，死傷多人，整條鐵路，如何偉大壯觀云云。登車在即，想着路上看風光自然不能錯過，但廿四小時的硬座車程，總也漫長，需要找點甚麼解悶才好，於是在旋即上車的時候，就在成都車站的站前廣場書攤上，隨手撿起一部《連城訣》，心想金庸的名頭如此響亮，解解悶應該還可以吧，而《連城訣》部頭不大，只得一本，剛好是廿四小時的分量。

就是這樣，我看了第一部金庸小說。

成昆鐵路後，餘下的旅程，就在新華書店和書攤裏逐部逐部的找金庸，逐部逐部的讀金庸了。

當然，其時找到的，是當年在內地冒起而火熱的盜版，很快，整套盜版的金庸作品集都給我全找齊，也給我全讀齊。這套盜版全集，龍蛇混雜，出版社來自五湖四海，書的質素不堪稱道，後來雖然陸續購入多套正版金庸作品集，然而，這套「百衲本」（今天內地書友給當年搜集這些盜版而自家湊成一套的《金庸作品集》的雅稱）始終一直擺放在書櫃當眼處，每每想到它們是我和金庸的紅娘，就始終不忍撇棄，我給它們起了個名字——糟糠版。

後來方知道，這套糟糠版的內容，是金庸小說幾個版本中的修訂版。修訂版之後，踏入廿一世紀，明河社又出了一套新修版《金庸作品集》，幾年間陸續出齊，筆者也就逐套逐套的買下，看了個全。

迷金庸，迷到一種程度，那是不獨看（或反覆重溫）他的小說，更會收藏他的小說。

漸漸，修訂版和新修版的《金庸作品集》，香港版、台灣版、內地版，筆者都各有一些，共計十套。跟好些金迷比較，這存量要算是少了。原來，不知不覺，開始了收藏金庸小說之路。

不久，方才得悉金庸小說版本，還有一種叫「舊版」，那是一個在書店和圖書館都看不到的版本。以往逛舊書店，縱然發現一些與平常書店式樣不同的金庸小說，卻不知道那是舊版，這時想起悔之甚矣。在好奇心驅使下，大約十多年前，開始尋尋覓覓，找舊版來收藏和閱讀。

那時候，舊版金庸小說已有不少書友開始追捧，變成舊書店的搖錢樹，動輒賣幾千元，而且很多時是肯花錢也找不着的。

舊版是一個深坑，亦是一道厚牆。以深坑作喻，在於一旦陷足其間，有難以自拔之虞。以厚牆作喻，在於與仍可在坊間購得的版本相比，收藏舊版的門檻特高，一是不易見，除網上偶見放讓之外，拍賣會亦是另一途徑，不然只能求諸同道中人。二是價格高，若以為逛二手書店，原價百元的舊書，四五十元便能手到拈來的話，那絕對是痴心妄想。幾年前一次舊書拍賣會上，一本薄薄的《鴛鴦刀》，當年書價八角，競至四萬元成交，還沒算進百分之十五的佣金。

再迷下去，連金庸武俠小說以外的文字著作也納入筆者收藏之列。

金庸筆鋒甚健，除了寫下十五部武俠小說外，原來其他文字著作可說是海量之數。這些著作，往往令許多金迷驚歎：「吓，原來金庸寫過這些東西！」

別以為這些文獻易找，殊不知金庸小說大名鼎鼎，大有「月明星稀」之勢，金庸的「稀星」（武俠小說以外的文字著作），都被自己的「明月」（武俠小說）掩蓋，導致傳世不多，倍增收藏困難。

筆者在收藏之餘，欲與讀者分享這些被金庸武俠小說掩蓋的「稀星」，因此本書就另闢蹊蹺，談論金庸，卻不是他的武俠小說，而是藉此揭開重重面紗，一睹這位文學巨匠的側影。

是為序。

導讀

一、入門參考

考考讀者，金庸有哪些著作？任何金迷，甚至不是金迷，答曰：「『飛雪連天射白鹿，笑書神俠倚碧鴛』，另加《越女劍》。」似乎當然是一百分的標準答案。且慢，嚴格來說，這個答案只適合回答「金庸有哪些武俠小說著作？」

續問：「除了武俠小說，金庸寫過些甚麼？」或答：「《明報》社評。」

不錯，有一個老生常談的說法：金庸兩手各執一支筆，一手寫武俠小說，一手寫社評，用以回答上面的問題，似乎再正確不過了。事實上，這個說法用以回答他創辦《明報》(1959年) 至連載《鹿鼎記》完畢 (1972年) 的時期，可說答對了九成以上。但是，1959年以前呢？ 1972年以後呢？甚或這段時期之內可有其他著作呢？

於是，續問：「除了武俠小說和《明報》社評，金庸還寫過些甚麼？」這個問題可不是一般金迷能夠回答的。

筆者擬出以下「十問」，不妨考考讀者，看看大家能答中多少：(答案見本文末)

① 金庸第一個筆名是甚麼？(當然不是「金庸」)

② 金庸第一篇發表的小說是甚麼？(當然不是《書劍恩仇錄》)

③ 金庸第一篇發表的文章 (非小說) 是甚麼？(當然不是《明報》社評)

④ 金庸第一本出版的書籍是甚麼？(當然又不是《書劍恩仇錄》)

⑤ 金庸第一份創辦的刊物是甚麼？(當然不是《明報》)

⑥ 金庸第一部編寫的電影劇本是甚麼？(當然不是他的武俠小說)

⑦ 金庸與另外哪兩人在《大公報》〈三劍樓隨筆〉專欄撰寫文章？(……)

⑧ 金庸用過甚麼筆名在報章上寫影評？(……)

⑨ 金庸出版過哪些翻譯小說的書籍？(⋯⋯)

⑩ 金庸出版過哪些翻譯時事評論的書籍？(⋯⋯)

上述問題，相信非一般金迷可以答得來吧！

要知道金庸除了武俠小說之外還有甚麼文字著作等資料，參考《金庸傳》之類的書籍必不可少。然而，據知金庸對任何一部《金庸傳》都不感滿意，起碼沒有一部《金庸傳》是經金庸口述生平而由他人筆錄而成的，《金庸傳》的多位作者都只是從多方渠道搜集資料，敷陳成章，甚至是互相抄襲而成。金庸曾在訪問回應：「所有的《金庸傳》，最近出的（還沒有詳細看過）和以前出版的，都絕非授權，傅國湧先生和香港的冷夏先生我幾乎可說不認識。我這一生經歷極複雜，做過的活動很多，興趣非常廣泛，我不相信有人能充分瞭解我而寫一部有趣而真實的傳記。」雖然缺少傳記主人口述而成的《金庸傳》，似欠說服力，但畢竟並非全無參考價值。

筆者推薦「二書二文」。

「二書」之一是冷夏的《金庸傳》[1]，這部書以金庸生平時序分六十章，每篇一個小主題，文字易讀，簡明利落。雖然冷夏跟金庸不認識，但此書由明報出版社出版，內容相信還是非常可取的。「二書」之二是傅國湧的《金庸傳》[2]，傅著《金庸傳》大概是以冷夏著的《金庸傳》為藍本，依循冷著的內容，搜索資料、認真考證。金庸對此書很多不以為然，主要在於傅國湧對他的一些看法和評論，但不能抹煞傅著的《金庸傳》，是資料考證功夫下得最深最大的一部。

「二文」之一是趙躍利一篇題為〈金庸筆名知多少〉[3]的文章，必讀。作者抽絲剝繭，搜集資料既深且廣，考證嚴謹翔實，無出其右。「二文」之二是李以建在《香港當代作家作品選集：金庸卷》中的一篇導讀〈金庸的話語世界〉[4]，李以建 1995 年以後擔任金庸秘書，「負責查閱收集並編輯他的文章和著作⋯⋯除了當年在報紙上刊發的武俠小說連載外，金庸早期曾翻譯英文著作、為報刊撰寫影評專欄、文藝批評，創作電影劇本及歌詞；創辦《明報》後則負責撰寫社評、『明窗小札』專欄文章、『自由談』及時評政論，同時從事翻譯，乃至撰寫學術論文，而且這些各各不同的創作都持續相當長的一段時間，因此其數量之多，內容之豐，堪稱一絕。」[5]李君以獨特身份，得以在金庸指導下親自編輯整理金庸武俠小說以外的文章著作，因此這篇〈金庸的話語世界〉，堪稱「獨家秘聞」，要了解金庸武俠小說以外的筆耕，此文萬萬不能錯過。

---

1 冷夏：《金庸傳》。香港：明報出版社有限公司，1995 年 2 月再版。

2 傅國湧：《金庸傳》。新北：INK 印刷文學生活雜誌出版有限公司，2016 年 2 月初版。

3 趙躍利：〈金庸筆名知多少〉。http://jinyong.ylib.com.tw/lib/jynews87.htm。

4 李以建編：《香港當代作家作品選集：金庸卷》。香港：天地圖書有限公司，2016 年 7 月初版，頁 13-40。

5 李以建編：《香港當代作家作品選集：金庸卷》。頁 15。

二、分門別類

筆者撰寫本書，草擬目錄之時，就為着如何分列綱領而思量。前文提及趙躍利的〈金庸筆名知多少〉，以筆名分門別類，的確是一個極佳的參考。

金庸曾經用過的筆名繁多。不同的筆名，很多時都「各司其職」，某類文章用某個筆名。如署名「金庸」是寫武俠或與之相關的文字，有時兼及文史題材；如署名「查良鏞」，那一般是嚴肅待之的政論文章；如署名「林歡」是關於電影的等等。「他有意識地用不同的筆名將文藝創作、評論、政論和翻譯加以區別，既通過撰寫不同類型的文章來扮演不同的角色，也不斷提醒自己必須從不同的角度來審視周圍的世界。」[6]

金庸有些筆名，甚至在使用當下刻意隱瞞身份的，如「徐慧之」和「黃愛華」，前者在《明報》的一個名為〈明窗小札〉的專欄寫了歷時近六年，後者在《明報》〈自由談〉專欄寫了一個〈論祖國問題〉系列，共六十四則。由刊登至完結，金庸一直沒有表露過其作者身份，甚至是刻意隱瞞（詳見本書後文）。

可是，正正由於金庸筆名繁多，如果只是以不同筆名臚列一個目錄，那麼是否就由筆名的使用先後次序排列目錄呢？於是問題來了，就拿署名「金庸」和「查良鏞」為例，二者最多被金庸使用，時間先後跨度大，在不同文字媒體出現的次數多，就難以在目錄以下的兩個章節內統整說明了。

於是，筆者就想到，目錄分兩層綱領：先以文字媒體（以報紙雜誌先排，書籍後排）為綱，羅列出金庸發表文章的文字媒體，次以筆名為領，看來較易統整。

另外，筆者亦曾經考慮過以時間先後次序，來將金庸的文字著作分門別類，大致可劃分為三大階段：一是來港前供職《東南日報》及《時與潮》時期，二是來港後供職《大公報》及《新晚報》時期，三是創辦《明報》後時期。可是，這個劃分方法三部分分量大失平衡。但有一點必須鄭重補充說明，前兩個時期的金庸，始終是受僱於人，文章難免不能脫離報社或雜誌社的立場和要求，因此讀者不能藉其內容而斷定是金庸的見解（當然亦不能否定這些文章有出自金庸的見解），但至少可以欣賞金庸在寫小說以外的文筆風格。創辦《明報》後發表的文章，則能兼顧金庸的思想和文采了。

順帶一提，《金庸作品集》其實亦收錄了好些「另類金庸」文章，附於幾部小說之後，諸如《碧血劍》後的〈袁崇煥評傳〉、《射鵰英雄傳》後的〈成吉思汗家族〉和〈關於「全真教」〉、《越女劍》後的〈卅三劍客圖〉、《鹿鼎記》後的〈康熙朝的機密奏摺〉，都是很值得閱讀的文章，足見金庸對歷史不獨喜愛，而且頗有研究心得。這些見於《金庸作品集》的文章，讀者隨手可讀，本書就略而不述了。

---

6 李以建編：《香港當代作家作品選集：金庸卷》，頁 29。

三、補充說明

本書編排內容，文字媒體以報紙雜誌先排，書籍後排，是有原因的。金庸的文字著作，除了《獻給投考初中者》一書，其他都是先在報紙雜誌發表的，而且當中有很大篇幅是從沒輯錄成書的。換了另一角度說，他出版的所有書籍，除了《獻給投考初中者》外，都是先在報紙雜誌發表，然後結集成書的。即使他的十五部武俠小說亦是如此。茲列舉如下：[7]

類別	書名	原載媒體
武俠小說	書劍恩仇錄	《新晚報》
	碧血劍	《香港商報》
	射鵰英雄傳	《香港商報》
	雪山飛狐	《新晚報》
	神鵰俠侶	《明報》
	飛狐外傳	《武俠與歷史》
	鴛鴦刀	《武俠與歷史》/《明報》
	倚天屠龍記	《明報》
	白馬嘯西風	《明報》
	天龍八部	《明報》
	素心劍（即連城訣）	《東南亞周刊》
	俠客行	《明報》
	笑傲江湖	《新明日報》/《明報》
	鹿鼎記	《明報》
	越女劍	《明報晚報》
非武俠小說	三劍樓隨筆	《大公報》〈三劍樓隨筆〉專欄
	最厲害的傢伙	《大公報》/《新晚報》
	情俠血仇記	《野馬》
	探求一個燦爛的世紀	《明報月刊》
	明窗小札	《明報》〈明窗小札〉專欄
	獻給投考初中者	——
	在台所見、所聞、所思	《明報》
	香港的前途	《明報》社評
	中國震撼着世界	《新晚報》
	朝鮮血戰內幕	《新晚報》
	中國民間藝術漫談	《大公報》
	論祖國問題	《明報》〈自由談〉專欄

「十問」答案：

① 查理
②〈如花年華〉
③〈一事能狂便少年〉
④《獻給投考初中者》
⑤《太平洋雜誌》
⑥《絕代佳人》
⑦ 梁羽生、百劍堂主（陳凡）
⑧ 姚馥蘭、林子暢、蕭子嘉、姚嘉衣
⑨《最厲害的傢伙》、《情俠血仇記》
⑩《中國震撼着世界》、《朝鮮血戰內幕》

---

7 《鴛鴦刀》最早於《武俠與歷史》第 37-40 期連載，時維 1961 年 3 月至 6 月，在連載尚未結束時，亦在《明報》每天連載（1961 年 5 月 1 日至 31 日）；《笑傲江湖》在香港首載是《明報》（1967 年 4 月 20 日），但真正的首載是在新加坡《新明日報》（1967 年 3 月 18 日）；《最厲害的傢伙》收錄七個短篇小說，分別最早在《大公報》和《新晚報》連載。

甲篇

武俠小說以外的筆耕

《太平洋雜誌》

查理

「查理」是金庸的第一個筆名，《太平洋雜誌》是金庸創辦的第一本雜誌，雜誌裏一篇名為〈如花年華〉的小説，是金庸的第一部小説（可惜未能完成，原因見後文）。這三個「第一」，相信不少金迷毫不知情。

1943 年，金庸入讀重慶中央政治學校，但只讀了一年零兩個月，1944 年 11 月失學。離開校園，透過時任國立中央圖書館館長的表哥蔣復璁的關係，在重慶這間圖書館任職，薪水不高，每月五十元，僅僅餬口。因工作量不多，可以在圖書館裏一邊管理圖書，一邊看書，這段時間，金庸讀了大量西方文學作品。後來因着任職圖書館之便，充分利用圖書館的藏書資料，便萌生辦一本刊物的念頭。於是邀約三位同學，就此創辦了《太平洋雜誌》。之所以取名《太平洋雜誌》，乃是其時美國有一本《大西洋雜誌》，在重慶很受歡迎，金庸為吸引大眾關注，給刊物起了一個堪與「大西洋」媲美的「太平洋」的名字。

《太平洋雜誌》是一本月刊雜誌，第 1 期於 1945 年 2 月 20 日出版，印刷三千冊，全部售罄，銷量不俗。

雜誌內容以翻譯外國作品為主，發刊詞由金庸以筆名「查理」撰寫。「查理」這個筆名，據説是老師給他起的。「查」是金庸本姓，但配以一個「理」字，洋味十足，原因無從得知，莫非是金庸在學期間的英文成績不俗之故？

這篇〈發刊詞〉中，金庸談及自己辦雜誌的目的，可視作他日後成為報界鉅子的「少年初心」，意義非凡，原圖模糊不清，現輯錄於下供參閱：

> 一本理想的綜合刊物應該能傳授廣博的智識，報導正確的消息，培養人們高尚的藝術興趣與豐富的幽默感。
>
> 隔膜、誤解，盲目的仇視，無謂的憎恨，產生了人類的禍患與不幸。西洋人笑我們用二根竹棒吃飯，我們笑他們用一支鉄叉。竹棒與鉄叉是互相輕視的。「懂得一切，就寬恕一切！」為要培養一種天下一家的世界觀，為要使得人類互相愛護扶持，我們先得清楚地知道，在這廣大的世界上，別人是怎樣生活，怎樣思想？怎樣哭，怎樣笑。讓我們懂得人家的 XXXX 笨[1]，人家的勇敢與怯弱。
>
> 讀者是最好的審判者，給他們事實，他們自然會分辨真理與謊話。我們要有事實，要有公正的輿論。把各方面的意見不偏不倚的陳述出來。如果觀點不同，儘可友善地商量出健全的結論。只是要真誠，要友善。看書的人比寫書的人聰明。他們會熱烈地歌頌那善良的，唾棄那罪惡的。
>
> 讓我們來欣賞那美麗的東西：摘取一瓣芬芳的花朵，或是朗誦一首動人的詩篇。瞎子想像不到色彩的豔麗，聾子不會懂得旋律的和諧。試着去了解人家微妙的情緒，走向更高級的人生境界。希望你能懂得陶淵明采菊東籬下的意境，能了解莊子死了妻子還唱歌的心情。
>
> 外國人説我們是一個「微笑的國家」，但是我們近來漸漸忘記笑了。在野外，在屋子裏，難得會遇見一張明亮愉快的笑臉。有什麼事值得這樣嚴重呢？古希臘人是快快樂樂的生活，快快樂樂的去死。我們笑吧！要笑得響朗，笑得勇敢！
>
> 這些都是很好的，我們大家都知道，但如果要閱讀幾百種雜誌，幾千張報紙，幾萬卷書籍才得到，也未免太辛苦了。因為除了讀書之外，我們還得要「生活！」有沒有一種比較迅速的方法呢？每一條路都通到羅馬，步行可以，坐車可以，乘飛機也是可以的。
>
> 真理、善良、美麗、都是十分寶貴的東西，為了要獲得這些，幾千年來不知道有多少人盡了終生的努力，甚至犧牲了生命。就是要使人家笑也是非天才不行。古時候不是説有一個皇帝嗎？如果他聽了人家説的笑話而不笑，那麼説笑話的人就要砍頭了。我們再笨也不會相信我們這幾個愚魯幼稚的人，會告訴你那些美好寶貴的

1 筆者案：原文四字難辨。

《太平洋雜誌》第 1 期封面

發刊詞

查理

太平洋雜誌　創刊號

▲《太平洋雜誌》第 1 期〈發刊詞〉由金庸以筆名「查理」發表

本期目錄

下期要目預告

1. 希特勒的自殺師團
2. 指揮邱吉爾的人
3. 莫羅阿戀愛的藝術
4. 我丈夫的著作
5. 美國十一個著名大學
6. 美國間諜總司令部
7. 安娜與泰王（續完）
8. 關於蕭伯納
9. 如花年華
10 世界上惟一的女大使
11 戰後世界文化交流的政策
12 紙牌上的鬼臉
13 其他

▲《太平洋雜誌》第 1 期目錄

東西，但是總有人會的，我們這本雜誌就集攏這些美麗的東西獻給你。渺小的蜜蜂從各種花朵裏製出蜜來，我們希望：這蜜是甜的。

雜誌內有一篇亦以筆名「查理」發表的長篇小說〈如花年華〉，究竟金庸早期寫小說的筆法，跟日後寫武俠小說的有何差異，不妨參閱〈如花年華〉的開首：

一切有為法，如夢幻泡影，如露亦如電，應作如是觀。—— 金剛般若經

（一）

這是我的愛子，我所喜悦的。—— 馬太福音

春天是花的季節，戀愛的季節，是青年人的季節。

放春假了，春假後二星期校中就要開美術展覽會，王哲想在春假中完成幾幅寫生。誰也不知道他真能完成幾幅，他媽媽不知道，先生不知道，他自己更不知道。也許是六七幅，也許是一幅也沒有。

一清早，王哲拿了畫具出去，口中吹着口哨，隨着淙淙的小溪走去，一路上楊柳桃花，正是江南醉人的早春天氣。風景太好了，隨便在那一處坐下來，面前就構成一幅絕好的風景畫：兩個燕子輕輕掠過柳梢，偶然落下的幾片花瓣在水上流，XX的海面上飄着幾個白帆[2]。早晨的太陽晒得人混身軟軟的不得勁，空氣中浮動着花的甜香，鳥的歌唱。

他走到那坐慣的溪邊的石上坐下，張開了畫布。景色中就似乎缺乏了一種什麼東西，花盛開着，太陽照着，鳥叫着，春天的美麗一切都完備了，但他總感到還缺少了一種什麼東西，這說不上來，不過心中的空虛却是明明感到的。這幅面中似乎沒有生命，他想到一個沒有指揮者的交響樂會，各種樂器都動人的演奏着，可是不和諧。

有些花在枝上盛開着，有些花却落在地上，水上。這些花瓣該用胭脂來畫才好，這樣方才有香氣，花不是香的嗎？他想，但怎樣畫唱歌的鳥呢？

正在暝想着，溪水中飄來了一隻小小的紙船，乘着水流與微風，正向下流飄去。兒時的回憶，春天的刺激，他立刻就跳下溪去，溪水的急流使他來不及脫鞋襪，水還有點寒冷，接觸到水時，心中感到無限的喜悦。也沒有思想的時間，一跑過去就拿了起來。隨即一面看一面走上岸來。

上引文字最堪玩味的地方，是在故事開端前的兩則引文，一引自《金剛般若經》，一引自《聖經》〈馬太福音〉，究竟這篇名為〈如花年華〉的小說，主題和這兩則涉及宗教的引文有何關連？可惜小說最終無法寫完，始終是謎。

---

2 筆者案：原文二字難辨，很可能是「遠遠」。

1. 本刊熱誠歡迎外稿
2. 本刊為綜合性，內容不拘，凡時事，學術，文藝，趣味的創作，翻譯，節譯等均所拜嘉。
3. 來稿字數不拘，短至百字以內，長至萬以外，均所歡迎。
4. 來稿請用有格稿紙繕寫清楚，標點亦佔一格。
5. 譯稿請附寄原文，如不便附寄，請註明原籍之題目原文作者，發表時間，及出處。能予稿端附細略介紹尤佳。
9. 本刊對來稿有增删之權，如絕對不願修改者，請預先聲明。
7. 稿件於發表後以現金從豐酌酬。
8. 來稿概不退還，如附有貼足郵票之信者，則不用當可照退。
9. 稿件在本刊發表後，版權由作者保留，但本刊出彙刊時，得自由選用。
10 來稿請寄：重慶彈子石大有巷四號太平洋出版社編輯部

太平洋雜誌

（月刊）第一期

三十四年二月二十日出版

編輯人　查良鏞

發行人　張鳳來

發行所　太平洋出版社

重慶彈子石大有巷四號

印刷者　警聲合作社印刷部

重慶彈子石大佛段六十一號

本期定價：七十五元

自由預定辦法：一次交款三百元，出版後儘先寄奉，八折優待，不收郵費。其他本版書八折優待

▲《太平洋雜誌》第 1 期版權頁

本社新書預告

★世界文學不朽巨著★

基度山伯爵（全譯本）

大仲馬原作

查良鏞譯

大仲馬最精采之傑作，西洋流傳最廣之小說。

史蒂文孫說：「此書極度迷人，沒有人能看了第一章而不一口氣看到末一[illegible]

每個西洋人都知道基度山伯爵就像中國人知道關公和賈寶玉。

書中包含了一切使人興奮的情節：愛情、戰爭、決鬥、陰謀、復仇、報恩、越獄、自殺、假死、發瘋、復辟、退位、黨爭、強盜、綁票、偷竊、結婚、尋寶、掘寶、化裝、暗殺、航海、覆舟、縱火、賽馬、比槍、……

有：全身癱瘓用眼睛說話的老人。

為了兒子而毒殺四人的美婦。

與父親信仰相反，活埋自己的兒子的檢官。

奪女兒當生意經的銀行家……

譯文流暢，語句美麗。

本書第一册在印刷中　第一册實價二百五十元

歡迎預約及批銷　預約八折

出書後，預約者儘先寄奉　批銷六五折

二十世紀英文選

俞　楊等選編

1. 所選各篇均為二十世紀之傑作，現代人應讀現代英文。
2. 作家為英美第一流文豪，如蕭伯納，拉斯金，威爾斯，馬克吐溫，高爾斯華綏，羅素，哈代，辛克萊，賈克倫敦，巴蕾，吉卜林等。
3. 每作家選一代表作，自一文可窺見一文豪之作風。
4. 每篇題材各個不同，抒情，議論，描寫敘述等均有。
5. 每篇長短相仿，均係精短可資背誦。
6. 文首附有作家小傳，及該文之地位。
7. 篇末詳細註釋生字，難句，用於自修教科均屬適宜。

▲《太平洋雜誌》第 1 期封底廣告

文藝

如花年華

查理

一切有為法，如夢幻泡影，如露亦如電，應作如是觀。——金剛般若經

（一）

這是我的愛子，我所喜悅的。——馬太福音

春天是花的季節，戀愛的季節，是青年人的季節。

放春假了，春假後二星期校中就要開美術展覽會，王哲想在春假中完成幾幅寫生。誰也不知道他真能完成幾幅，他媽媽不知道，先生不知道，他自己更不知道。也許是六七幅，也許是一幅也沒有。

一清早，王哲拿了畫具出去，口中[illegible]着[illegible]，[illegible]着淙淙的小溪走去，一路上楊柳桃花，正是江南醉人的早春天氣。風景太美了，隨便在那一處坐下來，面前就構成一幅絕好的風景畫：兩個燕子輕輕掠過楊柳梢，偶然落下的幾片花瓣在水上漂，[illegible]的溪面上飄着幾個白帆。早晨的太陽曬得人渾身軟軟的不想動，空氣中浮動着花的甜香，鳥的歌唱。

他走到那坐慣的溪邊的石上坐下，張開了畫布。景色中就似乎缺乏了一種什麼東西，花盛開着，太陽照着，鳥叫着，春天的美麗一切都完備了，但他總感到還缺少了一種什麼東西，這說不上來，不過心中的空虛却是明明感到的。這幅畫中似乎沒有生命，他想到一個沒有指揮者的交響樂會，各種樂器都動人的演奏着，可是不調諧。

有些花在枝上盛開着，有些花却落在地上，水上。這些花瓣該用胭脂來畫才好，這樣方才有香氣，花不是有[illegible]嗎？他想，但怎樣畫唱歌的鳥呢？

正在[illegible]想着，溪水中飄來了一隻小小的紙船，乘着水流與微風，正向下流漂去。兒時的回憶，春天的刺激，他立刻就跳下溪去，溪水的急流使他來不及脫鞋襪，水還有點寒冷，[illegible]水時，心中感到無限的喜悅。也沒有[illegible]間，一跑過去就拿了起來。[illegible]一面走上岸來。

白色道林紙摺成的一隻小船，做得很精巧，就像八九年前他媽媽給他做的一樣，底上糊着油紙，也糊了一張小帆，帆上寫着：

「風呀，帶我到媽媽那裏去。」

歪七斜八的字，他想，比我寫的字還壞。

王哲完全忘記畫了，他想把船再放到水裏去，就像小時候那樣跟着船跑。忽然，「還我！」[illegible]到一種柔軟清脆的聲音。

抬起頭來，見在溪水邊，一個六七歲的小女孩子正在向他走來，手伸出着，一個小白狗奔在她前面。女孩[illegible]美麗，淡紅綢衣在風中飄動着，手中拿着一束白色的花，王哲心中一動，這幅畫不是完成了嗎？他把小船放在背後，笑着說：

「是我拾起來的。」

「但是我做的。」小女孩說着，走近來，離開王哲五六步時站住了。[illegible]

◀ 金庸以筆名「查理」發表長篇小說〈如花年華〉，載於《太平洋雜誌》第 1 期，書影為第 49 頁。

從雜誌目錄可見，全冊共十三篇文章，除了〈發刊詞〉和〈編後記〉外，其餘十一篇文章，就只有〈如花年華〉是金庸原創作品，餘下十篇都是他人的翻譯文章。而雜誌共六十四頁，〈如花年華〉就佔去七頁，約九千字，可見分量吃重。

其實雜誌裏亦兩度出現「查良鏞」本名，其一是雜誌封底內頁的版權頁，編輯人正是「查良鏞」。其二是整本雜誌的封底，金庸留作自家太平洋出版社出版的兩本書的廣告用，其中一本是《基度山伯爵（全譯本）》，譯者正是「查良鏞」。

可惜，這本《基度山伯爵（全譯本）》最終不能面世，原因是《太平洋雜誌》出版第 1 期後，便停刊了，創刊號頓成終刊號，那篇〈如花年華〉，文末「待續」兩字就成了這篇小說最後的悼詞。

雜誌如此短壽，來得相當突然，觀乎第 1 期的目錄下方，已附上「下期要目預告」，足見第 2 期的稿件已大致備妥。停刊原因，是資金不足，據知金庸已將編輯好的第 2 期稿件送往書局印刷，書局老闆拒絕賒賬，不肯接稿。金庸籌措無力，只能無奈地目送自己辛苦創辦和編輯的《太平洋雜誌》就此夭折。

《東南日報》

上文提及三個「第一」，本文續談其他「第一」。

《明報》、《新晚報》、《香港商報》等曾經連載過金庸小說的報紙，金迷不會不知，而金庸曾在任職的《大公報》撰寫過文章，知者亦眾，但說到最早和金庸扯上關係的《東南日報》，相信不少自詡「粉絲」亦不免納罕，甚或追問《東南日報》是一份甚麼樣的報紙？

《東南日報》前身是杭州《民國日報》，創刊於 1927 年，1934 年改名《東南日報》。金庸有兩個「第一」跟這份報紙有關，一是金庸第一篇發表的文章，刊登於《東南日報》（比上文提及的《太平洋雜誌》還早）；二是金庸第一份正式工作（或曰與報刊有關的工作），任職於《東南日報》。

查理

金庸發表文章，早於學生時代。他以「查理」為筆名，有三篇投予《東南日報》的文稿，曾獲《東南日報》刊登於副刊〈筆壘〉，分別是〈一事能狂便少年〉（1941 年 9 月 4 日）、〈人比黃花瘦 —— 讀李清照詞偶感〉（1941 年 12 月 7 日）、〈千人中之一人〉（1942 年 9 月 3 日至 8 日分五期）。

〈一事能狂便少年〉是金庸首篇發表的文章，文壇巨擘初登之文，相信絕大部分人不曾看過，現節錄於下：

> 去年，我的一位好友被訓育主任叫到房裏去，大大的教訓了一頓。訓到末了，訓育主任對他說：「你真是狂得可以！」
>
> 是王國維先生說過罷：「一事能狂便少年。」狂氣與少年似乎是不可分離的。他不能勉強自己趕快增加年齡，於是，暑假後不得不換了一個學校。
>
> 這位友人是那些有着火熱的情緒的人們之

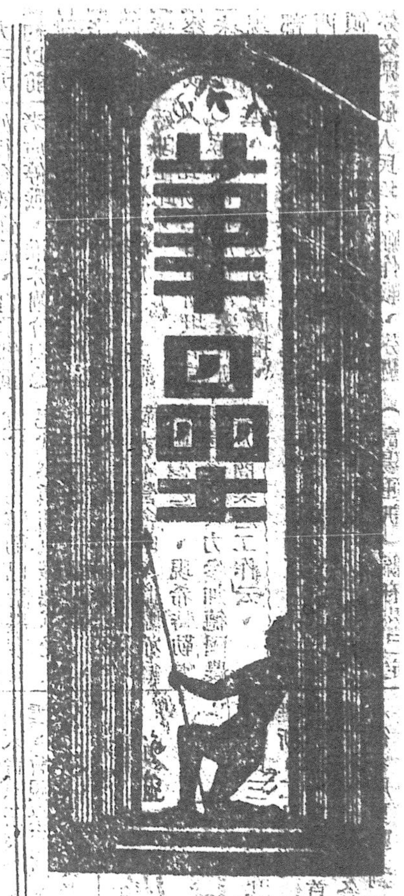

一事能狂便少年

查理

去年，我的一位好友被訓育主任叫到房裏去，大大的教訓了一頓。訓到末了，訓育主任對他說：「你眞是狂得可以！」是王國維先生說過罷：「一事能狂便少年。」狂氣與少年似乎是不可分離的。他不能勉強自己趕快增加年齡，於是，暑假後不得不換了一個學校。這位友人是那些有着火熱的情緒的人們之一，他做起各種事情都像在拚命。而使他成爲我最親密的友人的，正由於這種性格。因爲狂氣固然會使保守者感到非常憤怒與厭惡，而冷靜同樣要使狂氣十足的人覺得萬分的不可忍耐。對於這個，我和安德雷馬羅斯有着相同的見解：「其間發生的誤會與不幸，應當歸罪於人類的天才，勝於歸罪於個人的惡德。」所以我不願意使自己對這位訓育主任有甚麼不敬的意見，因爲我知道我和他幾乎相差三十歲的年紀。這種差異是不可超越的。我只以爲放棄教育手段而勉強別人增加年齡是一件不値得讚美的事情，並且狂氣也不是同他所想像的那樣：是一種非常要不得的東西。

「狂氣」，我以爲是一種達於極點的衝動，有時甚至於是「故意的盲目」，情情願願的撇開一切理智考慮底結果。固然，這可以大闖亂子，但未始不是某種偉大事業的因素。像我們不能希望用六十度的水來發動蒸汽機一樣，一件驚天動地的事業要以微溫的情感、淡漠的意志來成就，那是一件太美好了的夢想。我要這樣武斷的說一句：要成就一件偉大的事業，帶幾分狂氣是必需的。

因爲事業的夠得上稱一聲「偉大」，一定是「與衆不同」，在開始時，在進行中，頑固者固然看了不順眼，優柔寡斷者也未嘗會贊同。於是：勸告來了，嘲笑來了，責駡來了，干涉禁錮也來了。如果不帶幾分狂氣，蔑視別人底意見，不顧社會的習俗，這件事準得半途撤手。假使帕理不是憑着一股狂氣，或許到現在，「北極」還沒有在地圖上出現；愛迪生沒有對工作的熱狂，這許多造福人類的發明，恐怕也不會由他開始吧！

在現在，固然那些假作疎狂，裝裝才子風流的像晉代的縱酒傲世，披髮箕踞的也未始不有，但那已經不値得一哂；就是如陶潛的潔身自好，阮籍的明哲保身底消極狂態，也適遇到它們底沒落了。我們不需要溫德莎公爵、安東尼底「不愛江山愛美人」的狂，拿破崙、希特勒底征服全世界的狂，因爲這種狂氣發洩的後果，小則使世界動盪不安，大則將使全人類受到禍害。

我們要求許許多多的，像法國大革命時代一般志士追求自由的狂；馬志尼、加富爾的復興民族的狂，以及無數的科學家，藝術家，探險家等對於眞理，對於藝術，對於事業的熱狂。

▲《東南日報》1941 年 9 月 4 日副刊

一，他做起各種事情都像在拚命。而使他成為我最親密的友人的，正由於這種性格。因為狂氣固然會使保守者感到非常憤怒與厭惡，而冷靜同樣要使狂氣十足的人覺得萬分的不可忍耐。對於這個，我和安德雷馬羅斯有着相同的見解：「其間發生的誤會與不幸，應當歸罪於人類的天才，勝於歸罪於個人的惡德。」所以我不願意使自己對這位訓育主任有甚麼不敬的意見，因為我知道我和他幾乎相差三十歲的年紀。這種差異是不可超越的。我只以為放棄教育手段而勉強別人增加年齡是一件不值得讚美的事情，並且狂氣也不是同他所想像的那樣：是一種非常要不得的東西。

「狂氣」，我以為是一種達於極點的衝動，有時甚至於是「故意的盲目」，情情願願的撇開一切理智考慮底結果。固然，這可以大闖亂子，但未始不是某種偉大事業的因素。像我們不能希望用六十度的水來發動蒸汽機一樣，一件驚天動地的事業要以微溫的情感、淡漠的意志來成就，那是一件太美好了的夢想。我要這樣武斷的說一句：要成就一件偉大的事業，帶幾分狂氣是必需的。

因為事業的夠得上稱一聲「偉大」，一定是「與眾不同」，在開始時，在進行中，頑固者固然看了不順眼，優柔寡斷者也未嘗會贊同。於是：勸告來了，嘲笑來了，責罵來了，干涉禁錮也來了。如果不帶幾分狂氣，蔑視別人底意見，不顧社會的習俗，這件事準得半途撤手。假使帕理不是證着一股狂氣，或許到現在，「北極」還沒有在地圖上出現；愛迪生沒有對工作的熱狂，這許多造福人類的發明，恐怕也不會由他開始吧！

在現在，固然那些假作疎狂，裝裝才子風流的像晉代的縱酒傲世，披髮箕踞的也未始不有，但那已經不值一哂；就是如陶潛的潔身自好，阮籍的明哲保身底消極狂態，也遭遇到它們底沒落了。我們不需要溫德莎公爵、安東尼底「不愛江山愛美人」的狂，拿破崙、希特勒底征服全世界的狂，因為這種狂氣發洩的後果，小則使世界動盪不安，大則將使人類受到禍害。

我們要求許許多多的，像法國大革命時代一般志士追求自由的狂；馬志尼、加富爾的復興民族的狂，以及無數的科學家，藝術家，探險家等對於真理，對於藝術，對於事業的熱狂。

看過《金庸傳》之類書籍的讀者，大抵知道上文所述，受到訓育主任訓斥，導致離校的「一位好友」，其實就是金庸自己。那是 1940 年，金庸就讀浙江省立臨時聯合高中，在學校壁報發表一篇名為〈阿麗絲漫遊記〉的文章，內容敘述阿麗絲來到校園，正感興奮，忽見一條眼鏡蛇在東遊西竄，「吐毒舌，噴毒汁，還口出狂言威嚇教訓學生」[3]，文章中的「眼鏡蛇」，顯然就是諷喻戴着一副眼鏡的時任訓育主任沈乃昌。此事迅即傳遍校園，當然傳到沈乃昌耳中，由是種下金庸受斥和離校的禍根。〈一事能狂便少年〉其實就是一篇自傳式的述志文章。

《東南日報》刊登金庸這三篇文章時，正值日本侵華，報館先是西遷至金華，後分兩路再撤至浙南和福建南平。中日戰爭結束後，《東南日報》返回上海和杭州，分兩地復辦，上海是主社，杭州是分社。是時金庸從重慶圖書館離職，得杭州《東南日報》總編輯汪遠涵推薦，獲聘任外勤記者，主要負責收錄英語的國際新聞廣播，並且翻譯和編寫國際新聞稿。金庸自述：「我在一九四六年夏天就參加新聞工作，最初是在杭州的《東南日報》做記者兼收錄英語的國際新聞廣播。」[4] 可是，金庸的記憶有所偏差，他入職日期是 1946 年 11 月 20 日。[5]

金庸入職一星期，便開始在《東南日報》副刊〈東南風〉主編一個專欄，名為〈信不信由你〉，署名「查理」。由 1946 年 11 月 27 日至 1947 年 2 月 21 日，共十一期，三十六篇所謂「小故事」，其實不外是一些奇聞趣事之類的一小段文字。茲列舉一則於下：

「一七九二」不是一個數目而是一個姓。一七九二家族住在法國古龍米斯地方。他

---

3 金庸在發表〈阿麗絲漫遊記〉並遭訓斥而離校一事，詳見傅國湧：《金庸傳》。新北：INK 印刷文學生活雜誌出版有限公司，2016 年 2 月初版，頁 44-48。

4 池田大作、金庸：《探求一個燦爛的世紀》。香港：明河社出版有限公司，1998 年 7 月初版，頁 169。

5 金庸在《東南日報》工作情況，詳見傅國湧：《金庸傳》，頁 77-79。

信不信由你

查理

（一）

柏林的舒華茲夫人能够聽懂一篇倒讀的演說。

（二）

「一七九二」不是一個數目而是一個姓。一七九二家族住在法國古龍米斯地方。他家裏有四個兒子。每個人都用月份做名字，即「一七九二正月」，「一七九二二月」，「一七九二三月」和「一七九二四月」。

「一七九二三月」於一九〇四年九月間逝世。

（三）

一七九九年十月二十五日倫敦的愛德華、羅素勳爵舉行宴會，有六千位客人大醉。宴會中用以調合酒料的是一個大池，裏面倒了二千五百加侖白蘭地酒，其他混在裏面的有二萬五千隻檸檬和一千三百磅糖。

（四）

法國拉潑魯地方某次大雷雨，閃電穿入一個羊欄，所有黑羊都觸電而死，而全部白羊均安然無恙。

▲《東南日報》1946 年 11 月 27 日副刊〈東南風〉第 131 期〈信不信由你〉專欄

咪咪博士答客問

宜

咪咪博士整日笑咪咪，十分和氣，並且「精通七國英文，有化學的眼光，有物理的頭腦」（韓復榘語），所以學問淵博異常，一切問題有問必答。正經問題以正經答之，胡鬧問題則以胡鬧答之。

一、什麼水是「硬水」？

答：冰。

二、何以見得熱脹冷縮？

答：例如夏天天氣熱，所以日子長，冬天天氣冷，所以日子短。

三、試舉四種著名的豬玀。

答：黑豬，白豬，有黑有白的豬，不黑不白的豬。

四、為什麼一幅撲克牌有五十二張？

答：這是代表一年中有五十二個星期。

五、撲克牌中那一種花樣「老K」的人像是側面的？

答：鑽石（即方塊）的「老K」是側面，其餘三種的老K都是正面的。

六、美國華盛頓總統讀的有一部大英百科全書麼？

答：是的，他有的是第三版。（編者按：現在流行的是第廿四版。）

七、美國總統中得諾貝爾獎金的有幾位？

答：兩位。老羅斯福總統在一九〇六年得獎，威爾遜總統在一九一九年得獎。

八、西班牙從事過幾次戰爭？

答：六次。

那六次？

答：第一次，第二次，第三次，第四次，第五次，第六次。

九、密爾頓的二部大史詩中，他先寫那一部？

答：他先寫「失樂園」，後來他妻子死了，他就寫「重得樂園」。

十、請把「王先生打死了我的狗」這句句子改成被動語氣。

答：「我的狗打死了王先生。」

▲《東南日報》1947 年 4 月 12 日副刊〈東南周末〉第 3 期〈咪咪博士答客問〉

> 家裏有四個兒子。每個人都用月份做名字，即「一七九二正月」，「一七九二二月」，「一七九二三月」和「一七九二四月」。
>
> 「一七九二三月」於一九〇四年九月間逝世。

文字內容是否可信？真是「信不信由你」！

宜 / 鏞

其後在《東南日報》副刊〈東南周末〉（有別於每日出版的〈東南風〉，〈東南周末〉只限逢週末出版），金庸主編第二個專欄〈咪咪博士答客問〉。由 1947 年 4 月 12 日至 1947 年 7 月 19 日，共十五期，每期自擬八至十條自問自答形式的冷笑話，如第一天的前文表明：「正經問題以正經答之，胡鬧問題則以胡鬧答之。」但觀乎內容，不見正經，通篇胡鬧。茲列舉其中兩則於下：

> 一、什麼水是「硬水」？答：冰。
>
> 五、「教師」是一種什麼東西？答：屬哺乳動物靈長類人科，其主要食料為粉筆灰。

這個欄目第 1 期，署名「宜」，第 2 期起則署名「鏞」。「鏞」這個筆名不必解說，「宜」字是「宜官」、「宜孫」的簡稱，二者都是金庸的小名。金庸於在 2000 年第 1 期《收穫》雜誌〈人生採訪〉專欄發表了一篇自傳體短文〈月雲〉，文末有詳細說明「宜官」、「宜孫」就是金庸自己。

> 宜官姓查，「宜官」是家裡的小名，是祖父取的，全名叫做宜孫，因為他排行第二，上面還有一個哥哥。宜官的學名叫良鏞，「良」是排行，他這一輩兄弟的名字

> 中全有一個「良」字。後來他寫小說，把「鏞」字拆開來，筆名叫做「金庸」。[6]

大概〈咪咪博士答客問〉這類冷笑話受讀者歡迎，因此專欄還未告終，《東南日報》副刊〈東南周末〉由第9期起，再增闢一個專欄〈看你聰明不聰明〉，由署名「宜」的金庸主編，內容跟〈咪咪博士答客問〉相若，不同者是問題的答案藏在同版面的某個角落，讀者需要自行尋找。由1947年5月24日至1947年7月5日，共七期。

金庸寫這類幽默小品，似乎得心應手，《東南日報》副刊〈東南風〉再開闢一個小小專欄〈咪咪錄〉，主編的金庸署名「鏞」。由1947年7月31日至1947年10月3日，共五十期。茲列舉一則於下：

> 她：「當我和你結婚的時候，我總當你是一個很勇敢的人。」
>
> 他：「我的朋友們也都以為如此。」

香光 / 白香光

除了上述四個專欄外，《東南日報》的副刊還偶爾找到金庸以「香光」和「白香光」署名的小品文。

「白香光」是金庸的筆名，是趙躍利考證而得的結論。當中最有力的證據，就是金庸其後南來香港後，在《大公報》曾經再以「白香光」、「香光」、「光」為筆名寫過多篇文章，主要是翻譯一些外國短篇小說，而這些翻譯作品之中，〈記者之妻〉就成為破解「白香光」即金庸的鑰匙。〈記者之妻〉是美國小說家冷揚（亦譯作丹蒙．倫揚或達蒙．魯尼恩）（Damon Runyon，1884-1946）的短篇小說，《大公報》由1948年9月6日至12日，連續七天翻譯連載，署名「白香光譯」。至1956年4月，三育圖書文具公司出版了一部滑稽諷刺小說，書名《最厲害的傢伙》，是一部短篇小說集，署名「丹蒙．倫揚作 / 金庸譯」。該書共收錄七篇短篇小說，〈記者之妻〉正是其中一篇，以此跟《大公報》那篇由「白香光」翻譯的〈記者之妻〉一經比較，竟是一字不差。1956年金庸已薄有名氣，以「金庸譯」為名出版的書，絕不會盜用「白香光」的作品，這正好說明「白香光」的真身就是金庸。

〈記者之妻〉的起筆頗見幽默，輯錄於下：

> 只有大傻瓜纔會對達夫的女朋友看上兩眼，因為達夫可以忍受第一眼，他想這或許是一種錯誤，但如果你看上第二眼，他一定要生氣。倘使達夫對你生了氣，那你就晦氣了。
>
> 但這個溫契特却是一個百分之一百的傻瓜，所以他竟向達夫的女朋友看了好幾眼。而且她竟向他還看了好幾眼。那就糟了。一個男人與女人互相的看來看去看上好幾眼，那必定是糟了。

看上文節錄的兩段，不要誤會是古龍小說！

---

6 金庸：《金庸散文》。香港：明河社出版有限公司，2008年5月初版三刷，頁292。

冷場短篇小說之一

記．者．之．妻

白香光譯

▲《大公報》1948 年 9 月 6 日首天刊載白香光譯〈記者之妻〉

看你聰明不聰明

宜

—— [illegible]先生深夜從外面回來，推開房門進去，聽見壁上的時鐘嗒的響了一下。他就脫衣上床睡覺，過了一會，聽見時鐘又嗒的響了一下。他翻來覆去的睡不着，迷迷糊糊的又聽見時鐘嗒的敲了一下。他家的時鐘在半小時時也敲一下的，他想回家時不知道到底是什麼時候，想來想去想不出，忽然又聽見時鐘嗒的響了一下，他更糊塗了。聰明的讀者，你可知道他回家時是什麼時候？

（答案見右下角）

▲《東南日報》1947 年 5 月 24 日副刊〈東南周末〉第 9 期〈看你聰明不聰明〉專欄

咪咪錄（一）

她：「當我和你結婚的時候，我總當你是一個很勇敢的人。」

——他：「我的朋友們也都以爲如此。」

▶《東南日報》1947 年 7 月 31 日副刊〈東南風〉第 339 期〈咪咪錄〉專欄

文綜

這位記者先生的腿彎曲了，他跌倒在地上。

記者之妻

只有大傻瓜纔會對達夫的女朋友看上兩眼，因爲達夫可以忍受第一眼，他想這或許是一種錯誤，但如果你看上第二眼，他一定要生氣。倘使達夫對你生了氣，那你就晦氣了。

但這個溫契特却是一個百分之一百的傻瓜，所以他竟向達夫的女朋友看了好幾眼，而且她竟向他還看了好幾眼，那就糟了。一個男人與女人互相的看來看去看上好幾眼，那必定是糟了。

溫契特是一個相貌漂亮的青年，「百老滙晨報」的記者。他常常報道夜總會中的消息，打架自殺等等，還寫許多誰跟誰常常在一起玩，包括男人與女人。

有時候這些新聞很使人狠狽，因爲在兩個一起玩的人中間，可能有一個是已經結了婚，而另一個則沒有結婚，但溫契特在寫新聞時當然不能够要他們一個一個拿出結婚證書來看啊。

如果溫契特知道柏雷小姐是達夫的女朋友，他決不會向她看上第二眼，但[illegible]

▲ 署名金庸譯的《最厲害的傢伙》當中的一篇短篇〈記者之妻〉

▸《東南日報》1947 年 7 月 5 日副刊〈東南周末〉第 15 期〈成人的游戲〉

成人的游戲　白香光

我們常常遇到這種事，家裏來了許多客人，談天之外，就很難有引起大家興趣的事。從前是麻將一桌，現在時髦社會中這就不大通行。或者是在同樂會中，或者是在旅途的舟車中，常常感到有玩一種有趣的游戲的需要。以後我們每期供給你一種。

一、忠告

分給每個客人一張小紙片，請他們寫一個給別人的忠告——女客人寫給男客人，男客人寫給女客人。例如打「不要把粉塗得太厚」「打一條顏色花點的領帶」等等。主人把紙片搜集起來重行隨便分配，請每人讀出自己所得的忠告。客人拿到紙片後不可就看，要先說這忠告是一種什麼性質的——是好的，壞的，不需要的等等，又要聲明他是否願意照這忠告去做，然後打開紙來高聲朗讀。

▴《東南日報》1947 年 5 月 31 日副刊〈東南周末〉第 10 期〈自由職業者〉

《東南日報》以「香光」署名的文章共出現兩次。首見於副刊〈東南周末〉第 10 期〈自由職業者〉，寫了醫生、律師和強盜三種人的三個笑話段子，署名「香光輯譯」。到第 14 期，又有署名「香光輯」的《古文觀止》，輯錄了〈早降黃巢〉、〈不求聞達〉和〈決斡太湖〉三個段子。細閱兩篇共六個段子的內容，又是翻譯笑話的舊招。現輯錄一則於下：

> 病人：「老老實實告訴我，醫生，我有沒有痊愈的希望？」
>
> 醫生：「絕對會痊愈，統計家告訴我們，像你這種病，患的總是『九死一生』，在我這醫院裏，已有九個這種病患者，都已死了，你剛好是第十個，一定是『生』的呀！」

至於署名「白香光」，《東南日報》副刊〈東南周末〉第 15 至 17 期連續三期，刊登〈成人的游戲〉，介紹了三款適合大人玩的遊戲。大家千萬不要誤會金庸寫甚麼前衛文字，那是客人到訪時，建議主人可以玩一些有趣遊戲。現輯錄一則於下：

> 一、忠告
>
> 分給每個客人一張小紙片，請他們寫一個給別人的忠告 —— 女客人寫給男客人，男客人寫給女客人。例如打「不要把粉塗得太厚」「打一條顏色花點的領帶」等等。主人把紙片搜集起來重行隨便分配，請每

人讀出自己所得的忠告。客人拿到紙片後不可就看，要先說這忠告是一種什麼性質的 —— 是好的，壞的，不需要的等等，又要聲明他是否願意照這忠告去做，然後打開紙來高聲朗讀。

查良鏞

1946 年 10 月 23 日，那是金庸入職《東南日報》前一個月，《東南日報》副刊〈長春〉曾經刊登過一篇署名「查良鏞」，名為〈沙孚的情書 —— 就正於李白鳳君〉的文章。文章似是小說（其中提到作者之前身在重慶，莫非是金庸的自述？）。文末標示「一」，顯然全文未完，另有續篇。此文在副刊刊登，可能是金庸投稿之作，那是筆者所見最早以「查良鏞」本名發表在報刊的文學類文章，文筆與日後的武俠小說風格大異。茲節錄首段部分內容於下：

> 前年春天，懷着愉快的心情抄了羅賽蒂詩選的譯稿。好幾天來埋頭工作，因為羅賽蒂那首最著名的聖潔的處女是在十九歲寫的，希望能在自己二十歲生日前完成這譯稿，作為生涯上的一點紀念；現在能如期完成，在我是一個極大的喜悅。抄好後就拿去給芯看。她是我小小的女友，一個愛糖果愛故事的小孩子，我在重慶時每一篇作品都曾由她批述「超、優、中、可、劣」的小學生們底評語。她從不覺得這批等第是一件可笑的事，我也從沒有因了她是小孩子，而在得到「優」時不感到快樂，或是得到「劣」時不感到沮喪。她認真地從頭至尾看下去，不懂的地方隨時問我。最後，她拿起蠟筆在沙孚那首小詩（羅賽蒂轉譯的）上寫了個紅紅的「超」。

金庸入職後，在《東南日報》主要任職記者，當然不獨主編副刊專欄，做新聞和訪問才是正事。做正事，用正名；正名者，查良鏞是也。

第一篇署名「查良鏞」的見報文章，是 1946 年 12 月 5 日發表在《東南日報》第三版的《英國最近的外交政策 —— 艾德禮表示支持聯合國》，這是金庸在《東南日報》做記者兼英文翻譯工作時，翻譯倫敦《泰晤士報》記者斯蒂特的一篇稿，因是譯作，故署名為「查良鏞譯」。

署名「查良鏞」原創的第一篇見報文章是《訪問東方的劍橋大學 —— 浙江大學》，刊於第一篇譯作發表的次日即 1946 年 12 月 6 日《東南日報》〈青年版〉第 19 期，這是金庸作為外勤記者的第一篇訪問記。現輯錄原文首兩段，主要敘述訪問因由和介紹受訪者。

> 國際著名的生物學者密克教授前年參觀了我國內地各個高等教育機關之後，在歸國時發表演說稱：「中國的浙江大學與西南聯大，在設 X[7]，教授及學生的程度各方面，決不稍亞於牛津、劍橋或其他世界著名的大學。」浙大素以純粹科學的研究知名於世，在這方面，是更似劍橋而不似牛津，如果有人稱交通大學為東方的麻省理

7 筆者案：原文一字難辨。

中華民國三十五年十二月六日　東南日報

訪問東方的劍橋大學

——浙江大學

查良鏞

國際著名的生物學者密克教授前年參觀了我國內地各個高等教育機關之後，在歸國時發表演說稱：「中國的浙江大學與西南聯大，在設備，教授及學生的程度各方面，決不稍亞於牛津、劍橋或其他世界著名的大學。」浙大素以純粹科學的研究知名於世，在這方面，是更似劍橋而不似牛津，如果有人稱交通大學爲東方的麻省理工學院，則稱浙大爲「東方劍橋大學」，似不是一種誇張的說法。

趁着薄薄的積雪，記者到大學路浙大去訪問代理校長王季梁先生。王先生是一位六十歲的學者，但精神還是旺盛得很，他現在是代理校長，代理理學院院長，兼化學系主任。浙江黃岩人，他講和地說因爲搬來還不久，一切都還沒有十分上軌道，他先談到這學期新聘的教授。教授是大學的靈魂，一個大學的知名於世或是沒沒無聞，幾乎百分之八十是決定於它的教授。

「因爲諸種困難，有幾位新聘的教授還沒有到校」，王先生說，「文學院新聘的教授有豐子愷。（豐先生在中國幾乎是個婦孺皆知的人物）吳禹勳、酈則孟、李賽芬諸位先生，理學院有盧嘉錫先生（盧先生是有名的物理化學家），工學院有嚴德慶先生，農學院有蔣芝生先生、許道夫先生，法學院有李浩培、沈乃正、殷仁賚、陳令儀諸位先生」從王先生給我的那張名單看來，浙大的聲名決不是偶然的事，而新加入教授羣陣容的堅強更象徵着浙大前途的光明。

談到校舍的破壞，王先生很是感狀，大學路差不多被燬一半，華家池的農學院全部夷爲平地。本來農學院的建築全部是鋼骨水泥，設備極爲完備，戰時日本東京帝國大學來校參觀時，極爲讚譽。日本的學者們對之稱譽流連，日本的軍閥們卻將這文化的代表毀滅無遺，想不到同一國人類的思想，有這樣鉅大的分野。現在要恢復原狀，最低的估計也需要四十萬萬元。

這時校工送上茶來，給記者是一杯茶，給王先生的卻是一杯白開水，從這裏可以看到王先生平時的生活是如何的樸實與簡單。這時話題轉到教授的待遇與同學們的生活上去。在目前，愈是「清高」，愈是「清潔」就愈是「清苦」，這是各地皆然。拜訪王先生前，曾先去看幾個在校裏讀書的老同學，他們二十幾個人擠在一個寢室，上下床。這簡直比遷入重慶的各大學還不如。最近在上海時常到各大學去玩，在寢室中所見的總是桃樂珊拉摩的照相，無線電，西裝與紅紅綠綠的領帶，[illegible]Spade, Club的Dvidge團體，在有幾個學校裏甚至遇見過四人一桌的衛生麻將。但在浙大裏，第一個印象就是擁擠簡陋的同學，其次看見的是算尺，英文書，儀器……。與王先生談起，他很得意於學生們的用功，他高興地說，「學生們就是想不用功也不行，因爲功課逼得很緊」。對於學生們的用功，教授先生有不感到驕傲的嗎？

記者問到竺校長回來的日期。王先生說竺校長在巴黎開過聯合國文教大會後，要到華盛頓去出席國際氣象會議，美國去後還要到英國一行，所以回校總須在明年三月以後。談到師範學院，長鄭曉滄先生（大家對於這位學者熟悉，恐怕不是由於他在教育科學上的造詣，而是由於他所譯的「小婦人」與「好妻子」），王先生說鄭先生本來已可回校，因爲美國工人的罷工，影響了船隻的航行，所以還躭擱在美國。但這是爲這個理由，我也願意聯邦法院的法官高斯格爾將工人領袖魯易斯定一個臨禁的判決。

講到今後的發展計劃時，王先生說：「浙大現在有文、理、工、農、師範、法六學院，醫學院正在籌備中，本學期已有新生。浙大戰前學生僅四五百人，現在增加到二千三百餘人，校舍極感不敷。可是一切限於經濟。法學院現在只有法律一系，本來想添設政治、經濟兩系，因爲浙江的學生很感需要，可是教育部亦因經費困難，於添系目前不加考慮，所以短期內恐難以實現。最近本擬建造一個科學館，因限於經費，只好造一個簡陋較小的科學實驗館。附中現在縣橋大街吳牙巷，是購的民房，校舍雖然簡陋，但因爲教員很多是大學中的教授，所以師資極爲優良。現在計劃在慶春門外建築新校舍，並擴充班級，正呈請教育部中」。至於校中的圖書儀器，雖然經過到浙東，到廣西宜山，到貴州遵義等數度的遷移，由於校中的籌劃維護，總算沒有大損失。

懷着[illegible]敬的心情，向王先生告別，心裏想着一方面有許多人在荒淫無恥，一方面也有許多人在艱苦地作育英才，研究學術。本想去拜訪一下數學系的蘇步青先生，陳建功先生，因時間不及，只好把這事留在心中暫時作爲一種願望了。

▲《東南日報》1946 年 12 月 6 日〈青年版〉第 19 期

沙孚的情書

——就正於李白鳳君

查良鏞

前年暑天，懷着愉快的心情抄了羅寶帶詩選的譯稿。好幾天來埋頭工作，因爲羅寶帶那首最著名的聖潔的處女是在十九歲寫的，希望能在自己二十歲生日前完成這譯稿，作爲生命上的一點紀念。現在能如期完成，在我是一個極大的喜悅。抄好後就乘去給某看。她是我小小的女友，一個愛糖果愛故事的小孩子，我在重慶時每一篇作品都曾由她批評「超、優、中、可、劣」的小學生們底評語。她從不覺得這批等第是一件可笑的事，我也從沒有因了她是小孩子，而在得到「優」時不感到快樂，或是得到「劣」時不感到沮喪。她認真地從頭至尾看下去，不懂的地方隨時問我。最後，她拿起紅筆在沙孚那首小詩「星辰疊轉譯的」上寫了個紅紅的「超」。這很出於我的意料，在我想來，她不會理解那些過於抽象的生命之屋中的十四行，或是潔淡的祕密等詩；她所喜愛的不是富於中世紀神祕氣氛的海倫姊姊，尙是最後的懺悔。但她堅決地選中了這首只有三行的詩：

像那甜甜的蘋果，它紅在樹枝的頂上，在樹枝最高的尖頂，所以採集人忽略了，不，沒有忽略，只是採不着，因爲到現在爲止，還沒有人能得到。」

這是象徵一位少女的。或許是沙孚自有她獨特的風度翻譯而仍不能掩沒的眞美，或許是小孩子對那紅紅的蘋果發生了興趣，然總是最喜愛這首。從此每看到沙孚這名字，眼前總浮動着那個拙劣的「超」字，心中感到？眞純友誼的溫情。看到了李白鳳先生底沙孚情書外集時，心中也一度這樣感到了的。

我很喜愛有這種辭藻華瞻的文字替沙孚增光，只是那信中把沙孚降到了那樣卑賤的地步，我卻極不同意。如果先生們能對青年讀者的意見作善意的響應，如果他認爲指止一點事實上的錯誤並不是一件失禮的事，我願意提出幾個問題。

李君在附記中第一句就是「沙孚被希臘人崇奉爲第十文藝女神，一直在西西利島上過着美麗的時日。」縱然上古的歷史有許多至今還猜測，但沙孚的生地從來沒有引起過大爭執。他生在希臘利斯布的艾勒沙斯，當地的錢幣上鑄有她的像，她無疑的是那地方的驕傲。柏拉圖一首詩中說：「有人說有九個繆斯，但他們說得太魯莽，因爲看啊，還有利斯布的沙孚，她是第十個。」英國大詩人斯溫朋也有一首崇仰她的詩：

「啊，那歌唱，啊，那歡樂，那熱情！
所有的愛神們哭泣，靜聽，悲傷和不安，
那九個彙繼的繆斯站在阿波羅旁邊，
她們感到恐懼了，
當那第十個唱着她們 所不懂的 神秘的歌時，
啊，那第十個，這利斯布人！那九個無聲了，
無人能聽到她的歌聲而不哭泣。」

李君文中接連再三地提到她在西西里島居住，不知是何根據。沙孚西西里是去過的，卻因爲反對獨裁者畢達哥斯而遭放逐去的。西西里的首府敍拉古有一座她的石像，上面刻着「在雅典早期克立梯斯執政及加摩里統治敍拉古時，沙孚因第二次放逐而從米第蘭到西西里。」時間大概可以確定爲公元前五九一年，卽沙孚二十歲時。但五年後卽前五八六年，卽被赦回米梯蘭，此後她永未去過。與她五十餘歲的年齡相比，西西里的生活只是一個極短的時期。

她自殺的處所是留加斯島的留加第懸崖，屍體後來在海中找到，火化後運到米第蘭安葬。希臘詩選中至少有三首關於沙孚的墓誌銘，證明她的墳墓在利斯布。

沙孚六歲時，她父親在與雅典戰爭時陣亡，她家遷到米蘭（也是利斯的一城），此後卽永在米第蘭居住，所以也有人稱她爲米第蘭人的，但決無人稱她爲西西里人。亞里士多德曾說：「米第蘭的人民尊敬沙孚，雖然她是一個女人。」

（一）

▲《東南日報》1946 年 10 月 23 日副刊刊載〈沙孚的情書〉署名查良鏞

基教會議外國代表羣像

查理

聯合國文教組織遠東區基本教育會議代表十七日到杭州來遊覽。他們覺得杭州這地方很有趣，杭州人也覺得他們這些人很有趣。陪着他們整整玩了一天，記述一些對於這幾位貴賓的印象：

宇巴倫——緬甸代表，面貌最不古怪，因爲完全像中國人；衣服最古怪，因爲完全不像中國人，黃袍黑褂、黃巾包頭。佛教徒，對於談抽象的信仰問題最感興趣；對於參觀開會買東西最不感興趣。簽名像畫符。在街上最受人注意。

宇國——緬甸的教育專家，不大活動。

薩易定——印度代表，說得一口極流利的捲舌頭印度英語。會哼中國戲。演說漂亮，談吐幽默，在我簽名簿上題：「在這樣和平，可愛，安靜的杭州，我們還需要什麼？」

夏博士——印度教育專家。他說跟記者的姓聲音差不多，可以來一個中印聯宗。在簽名簿上，他畫了一大篇印度字，再用英文翻譯一遍：「新聞是傳佈文化教育科學的利器，在杭州能遇到你這位能幹的記者先生，眞覺得高興」。這位夏博士倒擅外交辭令。

王宗鏡——馬來亞代表，身體很魁梧，祖籍是福建，一向生長在馬來亞。會講國語、福建話、馬來語、英語會拿了照相機特地去攝武松的墳。

摩根——香港代表，瘦長身材，高鼻子，很像漫畫中的山姆叔叔。愛打紅領帶。

大迭克西——尼泊爾代表，非常和藹可親，他問我，「迭克西」這三個字中文是什麼意思。我告訴他：「迭是ofteli 克是Conguer，西是Mest」。他說：「of ten conguer West！（屢次克服西方）」不覺哈哈大笑。他要買一件禮物送給女兒，我貢獻意見買一把壞香小扇子，他對於這扇子製造的精美讚不絕口。（上）

▲《東南日報》1947 年 9 月 21 日副刊〈東南風〉第 381 期

工學院，則稱浙大為「東方劍橋大學」，似不是一種誇張的說法。

踏着薄薄的積雪，記者（筆者案：即查良鏞）到大學路浙大去訪問代理校長王季樑先生。王先生是一位六十歲的學者，但精神還是旺盛得很，他現在是代理校長，代理理學院院長，兼化學系主任。浙江黃岩人，他謙和地說因為搬來還不久，一切都還沒有十分上軌道，他先談到這學期新聘的教授。教授是大學的靈魂，一個大學的知名於世或是沒沒無聞，幾乎百分之八十是決定於它的教授。

其實，金庸在《東南日報》或譯或寫的時事和訪問稿子並不多，除了上述兩篇外，具體有〈四國外長代表會議——與世界和平〉（查良鏞譯，1947 年 1 月 28 日）、〈湯山採石記〉（查良鏞，1947 年 3 月 4 日）、〈馬歇爾在蘇京會議〉（查良鏞譯，1947 年 3 月 24 日）、〈記空校演唱會〉（查良鏞，1947 年 6 月 18 日）、〈基督會議外國代表群像（上）〉（查理，1947 年 9 月 21 日）、〈基督會議外國代表群像（下）〉（查理，1947 年 9 月 22 日）。

《時與潮》／《時與潮副刊》

《時與潮》是一本談論政治時事的半月刊雜誌，由齊世英主編，1938 年 5 月 1 日在重慶創刊（一說 1938 年 4 月在漢口創刊），1946 年第 24 卷第 6 期後曾停刊，1946 年 12 月在上海復刊，至 1949 年 2 月終刊，共出版三十三卷（每卷六期）。其後齊世英在 1959 到 1967 年間在台灣復辦《時與潮》，宗旨如一，談論台灣時政。

《時與潮》在 1946 年 12 月於上海復刊，正值金庸在杭州《東南日報》任職，因此《時與潮》至 1949 年 2 月終刊這段時期，金庸同時往雜誌投稿（或受邀約稿），大部分是翻譯外國的政治題材文章。1947 年 10 月 6 日，金庸向《東南日報》呈辭。同月，金庸到上海，得堂兄查良鑑幫忙，入讀東吳大學法學院攻讀國際法，並且兼職編輯前後共四期（由 1947 年 10 月 16 日出版的第 28 卷第 5 期至 1947 年 12 月 1 日出版的第 29 卷第 2 期）。

查良鏞／查理／白香光／宜孫

金庸在《時與潮》一共輪換使用過四個署名：一是「查良鏞」，二是「查理」，三是「白香光」，都是任職杭州《東南日報》時的「舊名號」，另有一個是「宜孫」，這是金庸首次讓他的小名登場。

值得一提二事，其一是第 29 卷第 3 期齊集四個不同署名共四篇文章，如果只能收集一期《時與潮》的話，這期必是首選；其二是第 29 卷第 4 期有一篇〈日本天皇的命運〉，目錄署名「宜孫」，但內文則署名「白香光」，可以視作「白香光」是金庸筆名的旁證。

金庸在《時與潮》發表的第一篇譯作是署名「查良鏞譯」的〈西伯利亞的神秘城〉（1947 年 1 月 16 日第 25 卷第 5 期），最後一篇是署名「查理譯」的〈蘇聯會發生革命嗎？〉（1948 年 6 月 1 日第 31 卷第 2 期），其間共計二十一期三十九篇譯作。

以下是金庸在《時與潮》刊登的文章一覽：

刊載日期	期數	篇名	署名	雜誌定價
1947.1.16	第 25 卷第 5 期	西伯利亞的神秘城	查良鏞譯	1000 元
1947.2.1	第 25 卷第 6 期	蘇聯也能製造原子彈	查良鏞譯	1000 元
1947.2.16	第 26 卷第 1 期	五國和約的檢討	查良鏞譯	1500 元
1947.3.16	第 26 卷第 3 期	美國的通貨膨脹與物價管制	查良鏞譯	不詳
1947.5.1	第 26 卷第 6 期	馬來亞的民族主義	查良鏞譯	不詳
1947.5.16	第 27 卷第 1 期	美國夢想着帝國	白香光譯	不詳
1947.7.1	第 27 卷第 4 期	美蘇就要開戰嗎？	查良鏞譯	不詳
1947.9.1	第 28 卷第 2 期	英國的危機	查良鏞譯	5000 元
1947.10.1	第 28 卷第 4 期	維持和平的神秘武器	查良鏞譯	6000 元
1947.10.16	第 28 卷第 5 期	右派的自由主義	查良鏞譯	7000 元
1947.11.1	第 28 卷第 6 期	蘇聯陸地戰略的秘密	白香光譯	8000 元
		如何避免第三次世界大戰	宜孫節譯	
		莫洛托夫的左右手	查良鏞譯	
1947.11.16	第 29 卷第 1 期	強權政治即是戰爭	查良鏞譯	11000 元
		美國物價高漲與對策	查理譯	
		蘇聯糧食豐收	宜孫譯	
1947.12.1	第 29 卷第 2 期	英國能挺過冬天嗎？	查良鏞譯	沒有印上
		中美貿易衰退	宜孫譯	
		英國議會做些甚麼？	查理譯	
1947.12.16	第 29 卷第 3 期	資本主義與世界和平	查良鏞譯	13000 元
		社會主義與共產主義	宜孫譯	
		巴勒斯坦怎樣分治	白香光譯	
		法國飢饉的原因	查理譯	
1948.1.1	第 29 卷第 4 期	日本對和會要求的秘密文件	查良鏞譯	13000 元
		日本大皇的命運	宜孫譯（目錄） 白香光譯（內頁）	
1948.1.16	第 29 卷第 5 期	蘇聯物資的缺乏	宜孫譯	不詳
		蘇聯的新經濟措施	查理譯	
		法國總理許曼	查良鏞譯	
1948.2.1	第 29 卷第 6 期	本年的世界動態	查良鏞譯	不詳
		美國要從援歐中索取的戰略原料	查理譯	
1948.2.16	第 30 卷第 1 期	美國的防禦戰略	查良鏞譯	25000 元
		蘇聯的攻擊戰略	查理譯	
		美國財長史奈德	白香光譯	
1948.3.1	第 30 卷第 2 期	「天下一家」的困難	查良鏞譯	35000 元
		史達林與希特勒的外交祕密	查理譯	
1948.3.16	第 30 卷第 3 期	世界政府在七年後成立？	查理譯	不詳
		被欺騙的貝奈斯	白香光譯	
		「文件戰爭」的蘇聯反攻	宜孫譯	
1948.6.1	第 31 卷第 2 期	蘇聯會發生革命嗎？	查理譯	100000 元

查良鏞首篇譯作〈西伯利亞的神秘城〉篇幅很長，足足五頁，現輯錄首兩段於下，讓讀者看看一本七十多年前的時事雜誌的政治觀點：

> 總有一天，蘇聯當局必須得決定：要東方呢還是要西方，要統治亞洲呢還是歐洲。現在，史達林及政治局的其他十三委員，正竭力計劃同時統治兩洲。兩洲的領土對於蘇聯當局，都有強大的政治上的吸引力，使他們都不捨得放棄。這次戰爭的結果，使蘇聯的戰略前線，向西推進了六百哩，即由波羅的海的羅斯多克（Rostock）進到了亞德里亞海的特里雅斯德港。然而蘇聯政治委員會仍向廣大的亞洲，擴展他們的戰略前線。
>
> 這個事實便說明了美國介入日本和中國，為什麼引起蘇聯許多猛烈的反對。同時這也說明，為什麼蘇軍運走了中國東北的工業設備。政治局委員們正需要時間，建起在蘇聯東部工業上的堡壘，以便他們控制歐洲和亞洲的中心地區。

《時與潮》出版社另出版一本名為《時與潮副刊》的綜合月刊雜誌，1942 年 8 月創刊時，《時與潮》出版社在重慶；1948 年 12 月在上海終刊，其間於 1945 至 1946 年間曾經多次脫期。除了「宜孫」以外，其餘三個在《時與潮》的署名都用上。

金庸在《時與潮副刊》發表的第一篇譯作是署名「查良鏞譯」的〈戒不戒煙由你〉(1947 年 4 月 1 日第 7 卷第 4 期)，最後一篇是署名「白香光譯」的〈自然界的最大奇蹟〉(1948 年 7 月 1 日第 10 卷第 1 期)。其間共計十一期十六篇譯作，當中有一期齊集三個不同署名共三篇文章（1947 年 11 月 1 日第 8 卷第 5 期），是收藏的最佳期數。

以下是金庸在《時與潮副刊》刊登的文章一覽:

刊載日期	期數	篇名	署名	雜誌定價
1947.4.1	第 7 卷第 4 期	戒不戒煙由你	查良鏞譯	2500 元
1947.5.1	第 7 卷第 5 期	人間的天堂——瑞典	查良鏞譯	不詳
		心理學家論政治	查理譯	
1947.6.1	第 7 卷第 6 期	胖子與瘦子	查良鏞譯	不詳
1947.7.1	第 8 卷第 1 期	魚多聰明	白香光譯	不詳
		原子時代的眼睛	查理譯	
1947.8.1	第 8 卷第 2 期	「天下一家」的建築師	查良鏞譯	不詳
1947.10.1	第 8 卷第 4 期	容忍厭惡與愛好	查良鏞譯	不詳
		為甚麼罷工？	查理譯	
1947.11.1	第 8 卷第 5 期	SVP——萬能服務處	白香光譯	不詳
		了解你的頭髮	查理譯	
		鋁是一種新藥嗎？	查良鏞譯	
1947.12.1	第 8 卷第 6 期	我怎樣寫暢銷書？	查良鏞譯	不詳
1948.2.1	第 9 卷第 2 期	預言家	查良鏞譯	不詳
1948.3.1	第 9 卷第 3 期	英國報業現狀	查良鏞譯	不詳
1948.7.1	第 10 卷第 1 期	自然界的最大奇蹟	白香光譯	220000 元

SHIH YU CHAO

時與潮

第二十九卷 半月刊 第三期

中華民國三十六年十二月十六日

《時與潮》1947 年 12 月 16 日第 29 卷第 3 期封面

時與潮半月刊目次

中華民國三十六年十二月十六日 第二十九卷 三期

時與潮社
社長……齊世英
副社長兼總編輯……鄧蓮溪
半月刊主編……鄧蓮溪
副主編……辛木
文藝主編……孫晉三
副刊主編……李雨蒼
編輯……查良鏞
經理……張殿傳
發行主任……李英軍
會計主任……朱科進
瀋陽分社主任……劉椿靈
瀋陽分社經理……邢世公
重慶分社主任……鄒陽如
駐英特派員……唐理
駐美特派員……陶朋非
駐日特派員……吳世漢
駐印特派員……沈旭宇

時與潮半月刊 第二十九卷第三期
中華民國二十七年五月一日創刊
中華民國三十六年十二月十六日出版
發行人 齊世英
編輯人 鄧蓮溪
發行所 時與潮社 上海（27）梵王渡路六一八號 電話二二九三三
分發行所 重慶時與潮書店 沙坪壩正街三十三號時與潮書店 瀋陽中山路一四號時與潮書店
代售處 全國各大書店

▲《時與潮》1947 年 12 月 16 日第 29 卷第 3 期目錄，下方員工名單有「編輯　查良鏞」。

資本主義與世界和平

Harold J. Laski 著
查良鏞 譯

▲《時與潮》1947 年 12 月 16 日第 29 卷第 3 期署名查良鏞的譯作

社會主義與共產主義

Margaret Marshall 作
宜孫 節譯

▲《時與潮》1947 年 12 月 16 日第 29 卷第 3 期署名宜孫的譯作

巴勒斯坦怎樣分治

World Report 載
白香光 譯

▲《時與潮》1947 年 12 月 16 日第 29 卷第 3 期署名白香光的譯作

法國的飢饉原因

World Report 載
查理 譯

法義工潮與馬

▲《時與潮》1947 年 12 月 16 日第 29 卷第 3 期署名查理的譯作

日本天皇的命運

World Report 載
白香光 譯

▲《時與潮》1948 年 1 月 1 日第 29 卷第 4 期譯作〈日本天皇的命運〉在內文署名白香光

SHIH YÜ CHAO
時與潮

時與潮半月刊目次

中華民國三十七年一月一日 第二十九卷 四期

日本天皇的命運
宜孫 譯（21）

▲《時與潮》1948 年 1 月 1 日第 29 卷第 4 期譯作〈日本天皇的命運〉在目錄署名宜孫

《時與潮副刊》1947 年 4 月 1 日第 7 卷第 4 期封面

SHIH YU CHAO

時與潮副刊

—要目—

史達林的兒女教育
化除偏爲巨人★肺病夜療院
我爲什麼從事寫作？
由上海到瀋陽
何謂幽默？工廠大學化
看看人家的廣播
婦女四考★無處機鐵
奧林匹克大會與蘇聯體育傾向
戒不戒煙由你★便秘研究
音樂治病★心算奇才

四月號

一九四七

時與潮社出版

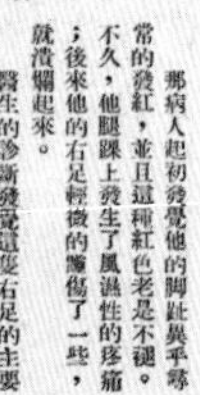

戒不戒煙由你

查良鏞譯

那病人起初發覺他的腳趾異乎尋常的發紅，並且這種紅色老是不褪。不久，他腿踝上發生了風濕性的疼痛；後來他的右足輕微的蹩傷了一些，就潰爛起來。

醫生的診斷發覺這隻右足的主要血管脈搏完全停止。這是患了「保格症」（Buerger's Disease）。就是說該處的血管收縮，發炎，以及血液凝結而阻塞了脈管，因而使足上的組織腐爛。人體的任何部分都可能發生這種血的凝結；在心臟，眼睛，腦子，胸部或是腹部都會發生。最普通是生在腿部或手臂。

不管這種疾病發生在那一部份，總是非常嚴重的，因爲血管的阻塞意思就是說血液不能在這血管中通過，這樣，它所流經的一部份肉體就無法獲得營養。組織缺乏營養就要發痛，而血液的供應大大的減少時，這些組織就要疽壞而死滅。這腿或手臂要用外科手術割去，以挽救病人的生命。上面所提到的那個病人，在他初次到醫生那裡去就診的一個多月以後，就得把他的小腿割去。

根據梅育病院（Mayo Clinic）的霍敦醫生（Dr. B. T. Horton）報告，在九百四十八個患「保格症」的病人中，有三百八十五人必須割去一隻手臂或是一條腿。全部九百四十八個病人中，只有二十一個女人。其中有八百八十人是吸煙的，只有六十八人不吸煙。換一句話說，百分之九十三是吸煙者。

紐約西奈山（Mount Sinai）醫院的薛爾勃醫生（Dr. S. Silbert）診治過數十病人，雖然其中有許多是不吸煙的，他說他從來沒有見到一個不吸煙的人生典型的「保格症」。他所治療過的一千多個生這種病的病人中，每個人都是吸煙的。薛爾勃醫生的發現非常重要，所以這裡引用一下他說話的原文。他寫道：

「澈底的戒吸會阻止這病的進行，而繼續抽煙會使這病更形惡化。有無數的例子表明，那些因醫治和戒煙而治癒的病人，重行抽煙後就舊病復發。實際上，一切因壞疽，潰爛的復發因而再度施行割切手術的病人，都承認是又開始抽煙了。

在發生初期「保格症」時，只要停止吸煙，不施任何治療，就可以使所有的病象完全消滅。吸煙和這病的發生及惡化之間，有這樣規律性的關連，這事實是不可忽視的。雖然每人

▲《時與潮副刊》〈戒不戒煙由你〉
（金庸在《時與潮副刊》第一篇文章）首頁

《時與潮副刊》1948 年 7 月 1 日第 10 卷第 1 期封面

第十卷第一期★三十七年七月號

論進步觀念
兩性在能力上的差異
卡通片大王狄斯耐
自然界的最大奇蹟
空氣怎樣影響健康
蚊聲的研究
開明的性教育
橫榔★笑口常開
蘇聯的地下宗教活動
紐約浮世繪

自然界的最大奇蹟

人是怎樣產生的？科學家正在探究環繞着這個問題的許多神秘。

譯自 Coronet, April 1948

J. D. Rakcliff著　白香光譯

現代的科學家們有著卓越的才能，精密的觀察力，但他們卻尚未能開始瞭解那自然界最大的奇蹟——人類的生殖。

初生細胞怎樣一再分裂而成爲一個成年人體中所含有的一萬億個細胞？沒有人知道。爲什麼人體的一部份——譬如說是手臂——的細胞分裂而增加，到手臂達到某一種長度後分裂就停止？爲什麼手臂不繼續增長一直蔓延着地面？沒有人能確實的回答。

那些微小之至的遺傳因子是什麼東西？這些因子決定了一個孩子保有他父親的藍眼珠，或者保有他母親的黃頭髮，這一切我們幾乎完全不知道——我們只知道有這種東西存在，知道這些東西有相當作用。

爲什麼一個新的生命產生了，生長到快要脫離母體時突然的死亡了？在美國每年產前死去的胎兒有六萬六千個這個比率之高是頗爲驚人的。

要完全舉出我們所不能瞭解的關於人類生殖的事情，那可以寫滿好幾本書。美國人每年化了三千萬美元研究植物與動物的繁殖，但對於人類生殖的神祕，幾乎一點也沒有去研究。當然這並非絕對是如此。美國在計劃中即將設立的『父母協會』（Parenthood Federation），『全國母親健康委員會』（National Committee on Maternal Health）以及『全國研究委員會』（National Research Council） 這三個機構共同主持的一個研究計劃即將開始進行探討那一切人類問題中最最基本的問題。

原始人類對於生育的過程一定茫然無知。他們對於時間的觀念很模糊，他們一定不知道性行爲與好幾個月以後生孩子這兩件事之間有什麼關聯。因此，他們以爲生產是一種超人力量的表現。甚至在現在，澳洲森林中的土人還以爲產生女嬰是由於月亮的力量。他們認爲男孩是比較凡

▲《時與潮副刊》〈自然界的最大奇蹟〉
（金庸在《時與潮副刊》最後一篇文章）首頁

〈戒不戒煙由你〉佔五頁篇幅，現輯錄最後作為結論的幾段於下：

> 這些人除了吸烟或不吸烟的區別之外，選擇時毫無標準。分析觀察後的結果得到了結論。這裡引用布爾教授的話：
>
> 「不論從那一方面來看，這簡單的結論是很清楚的。根據這種資料，可以知道在統計上，吸烟和壽命的縮短有連帶關係，吸烟的量增加時，壽命也愈益縮短。」
>
> 布爾教授求出的結果並不證明吸烟是壽命縮短的原因，它只表示，吸烟和壽命縮短這事有關。但根據這個發現，我們可以正確無誤的說，一般而論，大量吸烟者的壽命比稍微吸烟的人要短，而稍微吸烟者的壽命又比不吸烟者的短。換一句話說，大體上，吸烟者比不吸烟者遠為迅速的燒去他們的生命。
>
> 吸烟呢還是不吸烟？這是一個問題。
>
> 我已經供給你一些材料，我希望這些材料可以供給你那個答案。（譯自 Your Health, M. F. Ashley Montague 著）

《大公報》早期文章

1947 年 10 月，金庸抵達上海入讀東吳大學法學院期間，除了在《時與潮》短期兼職編輯，亦入職在上海新聞界聲譽極隆的《大公報》，擔任翻譯員，上夜班，這並不影響他的學業和在《時與潮》的兼職。

1948 年 3 月 15 日，香港《大公報》復刊，急需一名電訊翻譯員，打算由上海《大公報》派員到港。其時包括金庸在內有三人是報社屬意的，三人都沒有任何一人頗具去意，大家都抱着「最好不派我去」的心態。最後因緣際會，任務落在金庸身上，為期原定半年。1948 年 3 月 30 日，金庸帶着只敷半年的期待，登上飛赴香港的航機。當時，連金庸自己也沒想到，這次無心插柳的安排，將造就華人文壇的一代巨匠，造就香港報業的一則傳奇。

查良鏞

到港一個星期，金庸在《大公園地》寫了一篇題為〈來港前後〉的短文，署名「查良鏞」，可說是金庸在香港發表的第一篇文章。《大公園地》是大公報社同寅創辦的半月刊，屬內部刊物，只供《大公報》上海、天津、重慶和香港四社員工、國內外辦事、特派員等翻閱，不作外傳。

這篇〈來港前後〉先敘述金庸獲《大公報》派往香港的源由，繼而談及抵港的見聞，行文活潑抵死。茲輯錄末段提到香港的好處，讓讀者緬懷四十年代末的香港：

> 香港有許多好處，風景真美，天氣真好。報館中工作雖多，但大家精神很好，另有樂趣。有太太的報館中供給房屋（略出少數租金）。廣東菜好。馬路上五花八門的洋貨多，派克筆絕非奢侈品。女人衣服奇花。生活安定，毫無漲價威脅。共産黨來時不必逃難。可以學會廣東話，廣東文字。可以坐二毫子的雙層電車。在街上沒有被汽車撞死的危險。出門買東西不必背

來港前後

查良鏞

決定來香港後，許君遠先生就要我寫一篇「我怎樣決定到香港」，用在大公園地，總因為心緒不擒一直沒有寫。李君維兄曾替我預先題名為「杭州別鳳記」，並代繪小報頭兩個。一看報頭如此之美，題目又如此之艷，文章也嚇着不敢出來了。現在到香港已有一個星期。如再不寫，除給許先生罵不算之外，將來大有寫「我怎樣回到了上海」的危險。決定隨便寫寫，把香港情形報告一點給上海的朋友們聽。

× × ×

先說怎樣決定來香港。滬館本來請張契尼兄來，約他在滬館做二個星期，弄熟了即來。豈知後來發覺張兄非但有一位張太太，而這位張太太正在生產一位小張先生，而港館又急需人工作。於是楊先生徵詢我們的意見，蔣定本兄，張美餘兄，我。一一 testify 之後，大家表示「如果可能，最好不派我去。」結果形成僵局。

美餘兄有太太孩子在寧波，到香港相隔太遠，只有我與定本兄兩人最夠格。看天下大勢，非我們兩者之一去港不可。於是我寫信兩封徵詢別人的意見。爸爸回信說：「男兒志在四方，港館初創，正閱歷之機會。」另一位回信說：「既然報館中有這些不得已情形，如果你去一個短時期，我答應的。假使時間很長，我不肯！」

於是我把這一位的意思，轉達楊歷樵先生，表示我希望去一個短時期。楊先生轉達許君遠先生，許先生轉達王芸生先生。一一通過。王先生對我說：「你去半年再說！」於是我決定到香港了。

× × ×

到香港之前，家裏去了一次，南京去了一次，杭州去了兩次。這即是君維兄所謂「別鳳記」也。廿七日送我到上海，替我理行李，送我上飛機。臨別一句話：「我們每人每天做禱告一次，不要忘了說。但願你早日回到上海。」

廿九日館中同事替餞行。尹任先先生替我買飛機票極為努力。卅日早晨即起飛，本來預定計畫四月一日辦一件有關終身大事而并非終身大事的事，於是一切只好「半年後再說」。

在南京路報館中喝酒時，翁世勳兄忽忽趕到，特別介紹一件香港我決不敢去嘗試的「高等談話」。

× × ×

到了香港，來接我的人沒有遇到，向同機而來的潘公弼先生借了十元港幣纔到報館。馬廷棟、李俠文、王文耀、李宗瀛、郭煒文諸兄午餐接風。一面送行，一面接風，我心中實有說不出的苦。因為如此一來，一、在香港工作非特別努力不可，二、要想回上海的話總是不好意思出口也。馬先生說昨晚即排好了我今天的 Programme，中午吃飯，下午睡覺，晚上工作。這種「陰謀」只好接受。

× × ×

港館情形一切簡陋，自然意想中事，略舉一二：

1、辦公室一小間，大概同滬館資料室那麼大。白天經理部晚上編輯部自然不必說起。而我譯稿時還要遷移兩次，原來午夜十二時吃稀飯，幾碟榨菜，鹹蛋總要有一個地方放放也。

2、宿舍在後面山上，我睡在四層樓的走廊上。中午十二時必須起來，自己固然飯可以不吃，但別人要坐在你的床上喫飯。胡政之先生每天必輕手輕脚經過我床邊到盥洗室，其實我大都是老早醒了。

3、人手不足，沒有休息日子，好在我在香港，沒有休息也不要緊。

× × ×

香港人讀報標準令人又好氣又好笑。某次吃飯時馬先生談起，有某香港友人對他說：「你們貴報雖然有些地方不及人家，但有一次倒也登了一條別報沒有的新聞。」馬先生受寵若驚，大喜之下，連忙問什麼新聞，他說，那次九龍發現一條一尺多長的蜈蚣，只有貴報上有。

× × ×

香港用港幣。寄信一封，郵資六角（等於國幣四萬八千元），看電影一場三元五角（等於廿八萬元），平生除看電影外無嗜好，現已有不勝負擔之苦。其他則客飯二元八角（廿二萬元）理髮三元（廿四萬元）餘類推。

便宜的東西也有，西裝每套約一百七八十元。玻璃絲襪十一二元，固齡玉牙膏二元三角，橘子每個二三角，麵包二角，牛乳四角。聽聽便宜，算成國幣，也未見得。

× × ×

香港有恤衫（襯衫），有領呔（領帶），有荷李活道（Hollywood Road），一般報上有一整版刊登當天粵曲廣播的唱詞，試抄今天的節目為：深吻妾朱唇，西江西水向東流，夜盜美人歸，西廂記酬簡……。廣告上說：「乎到你笑，靚到你饒叫。」

× × ×

香港有許多好處，風景真美，天氣真好。報館中工作雖多，但大家精神很好，另有樂趣。有太太的報館中供給房屋（略出少數租金）。廣東菜好。馬路上五花八門的洋貨多，派克筆絕非奢侈品。女人衣服奇花。生活安定，毫無漲價威脅。共產黨來時不必逃難。可以學會廣東話，廣東文字。可以坐二毫子的雙層電車。在街上沒有被汽車撞死的危險。出門買東西不必背皮包裝鈔票等等……。上海同事，如已結婚而小孩不多，或小孩雖多而放在寧波，匯錢回去者，實在來香港的好。因為香港賺錢香港用，不如上海。香港賺錢匯到寧波，比上海好得多也。又如定本克的令妹還沒有給你介紹妥當，君維兄的愛人出了什麼變卦（請勿生氣），則香港小姐似比上海大方。

× × ×

又附告，李俠文兄中獎之後，喜氣洋洋，常買麵包請客。

▲《大公園地》1948 年 4 月刊登的〈來港前後〉

皮包裝鈔票等等……。[8] 上海同事，如已結婚而小孩不多，或小孩雖多而放在寧波，匯錢回去者，實在來香港的好。因為香港賺錢香港用，不如上海。香港賺錢匯到寧波，比上海好得多也。又如定本克的令妹還沒有給你介紹妥當，君維兄的愛人出了什麼變卦（請勿生氣），則香港小姐似比上海大方。

金庸在香港《大公報》履新後，發表過的文章逾百篇，題材多樣。文章用過的署名，按發表日期先後，序列如下：查良鏞、白香光、宜孫、良鏞、查理、宜、小渣、小喳、小查、徐宜孫、鏞、香光、光。這十三個署名之中，「徐宜孫」需要說明一下，金庸母親姓名是徐祿，「徐宜孫」在「宜孫」前冠以「徐」姓，顯然意在紀念母親。

金庸在《大公報》早期發表的文章表列如下：

刊載日期	篇名	署名
1948.4.18	東西之間的義大利	查良鏞譯
1948.4.25	英國有多強？(上)	查良鏞譯
1948.4.26	英國有多強？(中)	查良鏞譯
1948.4.27	英國有多強？(下)	查良鏞譯
1948.4.29	下屆白宮的女主人是誰？(一)	白香光
1948.4.30	下屆白宮的女主人是誰？(二)	白香光
1948.5.1	下屆白宮的女主人是誰？(三)	白香光
1948.5.2	下屆白宮的女主人是誰？(四)	白香光
1948.5.3	下屆白宮的女主人是誰？(五)	白香光
1948.5.4	下屆白宮的女主人是誰？(六)	白香光
1948.5.5	下屆白宮的女主人是誰？(七)	白香光
1948.5.7	下屆白宮的女主人是誰？(八)	白香光
1948.5.8	下屆白宮的女主人是誰？(九)	白香光
1948.5.15	蘇聯的力量（上）	查良鏞譯
1948.5.16	蘇聯的力量（下）	查良鏞譯
1948.5.19	蘇聯十四人	宜孫
1948.5.22	市政的進步	良鏞
1948.5.25	簡潔新聞	良鏞譯
1948.6.4	不需要美國援助的四個歐洲小國	查理
1948.6.11	牧童・戲子・鍛工・參議員	查良鏞
1948.6.25	美國的議員們	查良鏞譯述
1948.7.2	三強的兵力	宜譯
1948.7.4	笑話而已	小渣譯

8 筆者案：其時內地通脹嚴重，人們購物需以皮包盛着大疊大疊的鈔票付賬，如同文前段提到在香港看電影一場三元五角，卻等於內地廿八萬元，又如前文列出《時與潮》的定價，金額龐大之餘，數年間漲升厲害，足可反映通脹之劇。

（續上表）

刊載日期	篇名	署名
1948.7.7	何必做總統	良鏞
1948.7.12	費城種種	小喳
1948.7.16	貝那杜特伯爵	小喳譯
1948.7.23	貝方	良鏞
1948.7.23	世運前奏曲（一）	良鏞輯譯
1948.7.24	世運前奏曲（二）	良鏞輯譯
1948.7.25	世運前奏曲（三）	良鏞輯譯
1948.7.26	世運前奏曲（四）	良鏞輯譯
1948.7.26	港穗間的貿易	小查
1948.7.27	世運前奏曲（五）	良鏞輯譯
1948.7.28	世運前奏曲（六）	良鏞輯譯
1948.7.29	世運前奏曲（七）	良鏞輯譯
1948.7.31	世運比賽項目漫談	良鏞
1948.8.2	世運漫談	查理
1948.8.6	世運會中的摔角	小查
1948.8.15	世運漫談	小查
1948.8.26	棒球大王比俾羅夫	查理
1948.9.4	體育逸話	宜譯
1948.9.5	體育逸話	宜譯
1948.9.6	冷揚短篇小説之一——記者之妻（一）	白香光譯
1948.9.7	冷揚短篇小説之一——記者之妻（二）	白香光譯
1948.9.7	體壇逸話	宜譯
1948.9.8	冷揚短篇小説之一——記者之妻（三）	白香光譯
1948.9.9	冷揚短篇小説之一——記者之妻（四）	白香光譯
1948.9.10	冷揚短篇小説之一——記者之妻（五）	白香光譯
1948.9.11	冷揚短篇小説之一——記者之妻（六）	白香光譯
1948.9.12	冷揚短篇小説之一——記者之妻（七）	白香光譯
1948.9.13	香港的自由貿易	徐宜孫譯
1948.9.26	二十六個字母的秘密	白香光
1948.9.26	希奇古怪的死	小渣
1948.11.15	動盪中的美國對華政策	查理譯
1948.11.15	賽珍珠談中國米價	鏞譯
1948.11.23	冷揚短篇小説之二——會一會總統（一）	白香光譯
1948.11.24	冷揚短篇小説之二——會一會總統（二）	白香光譯
1948.11.25	冷揚短篇小説之二——會一會總統（三）	白香光譯
1948.11.26	冷揚短篇小説之二——會一會總統（四）	白香光譯
1948.11.27	冷揚短篇小説之二——會一會總統（五）	白香光譯
1948.11.28	冷揚短篇小説之二——會一會總統（六）	白香光譯
1948.11.29	本年諾貝爾化學物理獎金的獲得者	小查輯譯
1948.12.10	我怎樣成為拳王——喬路易自傳（一）	鏞譯

（續上表）

刊載日期	篇名	署名
1948.12.13	論美軍登陸「護僑」	查良鏞
1948.12.17	我怎樣成為拳王——喬路易自傳（二）	鏞譯
1948.12.20	為美最高法院擔憂	良鏞
1948.12.25	我怎樣成為拳王——喬路易自傳（三）	鏞譯
1948.12.29	我怎樣成為拳王——喬路易自傳（四）	鏞譯
1948.1.4	我怎樣成為拳王——喬路易自傳（五）	鏞譯
1949.1.6	杜魯門的「新政」	查良鏞譯
1949.1.8	我怎樣成為拳王——喬路易自傳（六）	鏞譯
1949.1.18	我怎樣成為拳王——喬路易自傳（七）	鏞譯
1949.1.19	我怎樣成為拳王——喬路易自傳（八）	鏞譯
1949.1.20	我怎樣成為拳王——喬路易自傳（九）	鏞譯
1949.1.21	我怎樣成為拳王——喬路易自傳（十）	鏞譯
1949.1.22	我怎樣成為拳王——喬路易自傳（十一）	鏞譯
1949.1.24	我怎樣成為拳王——喬路易自傳（十二）	鏞譯
1949.1.25	我怎樣成為拳王——喬路易自傳（十三）	鏞譯
1949.1.26	以色列開國第一次普選	良鏞
1949.1.26	我怎樣成為拳王——喬路易自傳（十四）	鏞譯
1949.1.28	我怎樣成為拳王——喬路易自傳（十五）	鏞譯
1949.2.1	我怎樣成為拳王——喬路易自傳（十六）	鏞譯
1949.2.3	我怎樣成為拳王——喬路易自傳（十七）	鏞譯
1949.2.4	我怎樣成為拳王——喬路易自傳（十八）	鏞譯
1949.2.5	我怎樣成為拳王——喬路易自傳（十九）	鏞譯
1949.2.7	我怎樣成為拳王——喬路易自傳（二十）	鏞譯
1949.2.8	我怎樣成為拳王——喬路易自傳（廿一）	鏞譯
1949.2.9	我怎樣成為拳王——喬路易自傳（廿二）	鏞譯
1949.2.10	砥柱中流的挪威共產黨	良鏞
1949.2.10	我怎樣成為拳王——喬路易自傳（廿三）	鏞譯
1949.2.11	我怎樣成為拳王——喬路易自傳（廿三）	鏞譯
1949.2.12	我怎樣成為拳王——喬路易自傳（廿四）	鏞譯
1949.2.14	我怎樣成為拳王——喬路易自傳（廿五）	鏞譯
1949.2.15	夫婦之間	小渣
1949.2.15	我怎樣成為拳王——喬路易自傳（廿六）	鏞譯
1949.2.17	我怎樣成為拳王——喬路易自傳（廿七）	鏞譯
1949.2.18	我怎樣成為拳王——喬路易自傳（廿八）	鏞譯
1949.2.20	我怎樣成為拳王——喬路易自傳（廿九）	鏞譯
1949.2.22	我怎樣成為拳王——喬路易自傳（三〇）	鏞譯
1949.2.23	我怎樣成為拳王——喬路易自傳（三一）	鏞譯
1949.2.24	堅苦卓絕的丹麥共產黨	查理
1949.2.24	我怎樣成為拳王——喬路易自傳（三二）	鏞譯
1949.2.25	我怎樣成為拳王——喬路易自傳（三三）	鏞譯

（續上表）

刊載日期	篇名	署名
1949.2.26	我怎樣成為拳王——喬路易自傳（三四）	鏞譯
1949.2.28	矗立在逆流中的法國共產黨	查理
1949.2.28	我怎樣成為拳王——喬路易自傳（三五）	鏞譯
1949.3.1	矗立在逆流中的法國共產黨	查理
1949.3.2	我怎樣成為拳王——喬路易自傳（三六）	鏞譯
1949.3.3	我怎樣成為拳王——喬路易自傳（三七）	鏞譯
1949.3.4	我怎樣成為拳王——喬路易自傳（三八）	鏞譯
1949.3.5	最完美的容貌	香光
1949.3.5	我怎樣成為拳王——喬路易自傳（三九）	鏞譯
1949.3.6	我怎樣成為拳王——喬路易自傳（四〇）	鏞譯
1949.3.7	我怎樣成為拳王——喬路易自傳（四一）	鏞譯
1949.3.8	我怎樣成為拳王——喬路易自傳（四二）	鏞譯
1949.3.9	我怎樣成為拳王——喬路易自傳（四三）	鏞譯
1949.3.11	我怎樣成為拳王——喬路易自傳（四四）	鏞譯
1949.3.14	我怎樣成為拳王——喬路易自傳（四五）	鏞譯
1949.3.15	我怎樣成為拳王——喬路易自傳（四六）	鏞譯
1949.3.16	我怎樣成為拳王——喬路易自傳（四七）	鏞譯
1949.3.17	領導人民反對美帝奴役的義大利共產黨	查理
1949.3.26	老婆守則	白香光譯
1949.4.16	戀愛讀本之一　袋裏只有五毫子	香光譯
1949.4.19	挾原子彈以橫行天下？	查良鏞
1949.4.20	美式民主笑話	白香光譯
1949.4.20	挾原子彈以橫行天下？	查良鏞
1949.4.21	再聽不到那些話了	查良鏞
1949.4.28	美式民主笑話	白香光譯
1949.5.13	美式民主笑話	白香光譯
1949.5.15	美式民主笑話	白香光譯
1949.5.16	國雖大，好戰必亡	查良鏞
1949.5.17	美式民主笑話	白香光譯
1949.5.17	國雖大，好戰必亡	查良鏞
1949.5.29	對作家的嘲笑	光譯
1949.5.31	對作家的嘲笑	光譯
1949.6.11	艾斯勒論德國問題	查理譯
1949.6.12	艾斯勒論德國問題	查理譯
1949.6.13	艾斯勒論德國問題	查理譯
1949.6.16	政客	光譯
1949.6.17	編輯與記者	光譯
1949.6.25	從國際法看新中國政府的承認	查良鏞
1949.6.26	從國際法看新中國政府的承認	查良鏞
1949.7.6	分析蔣黨的「封鎖」	查良鏞

（續上表）

刊載日期	篇名	署名
1949.7.7	分析蔣黨的「封鎖」	查良鏞
1949.7.13	澳洲共產黨	查理
1949.7.28	偉大的無產階級作家涅克索	查良鏞
1949.8.5	不健康的政治人物	查理
1949.9.15	蘇聯對華政策的基礎	查良鏞
1949.9.16	蘇聯對華政策的基礎	查良鏞
1949.9.24	拉鐵摩爾論白皮書	鏞譯
1949.9.25	中蘇締交經過	查良鏞
1949.9.26	中蘇締交經過	查良鏞
1949.9.26	拉鐵摩爾論白皮書	鏞譯
1949.9.28	拉鐵摩爾論白皮書	鏞譯
1949.10.12	絕交・九一八・復交	查良鏞
1949.10.13	絕交・九一八・復交	查良鏞
1949.10.14	絕交・九一八・復交	查良鏞
1949.10.23	抗戰初期的蔣介石與蘇聯	查良鏞
1949.10.24	抗戰初期的蔣介石與蘇聯	查良鏞
1949.10.25	抗戰初期的蔣介石與蘇聯	查良鏞
1949.11.18	從國際法論中國人民在國外的產權	查良鏞
1949.11.20	從國際法論中國人民在國外的產權	查良鏞
1949.12.10	最近幾樁涉外事件	查良鏞
1949.12.11	最近幾樁涉外事件	查良鏞
1950.1.10	真正的朋友	查良鏞
1950.1.11	真正的朋友	查良鏞
1950.2.12	試論廢除舊約的根據	查良鏞
1950.2.13	試論廢除舊約的根據	查良鏞
1950.6.12	「近代國際關係史」張鐵生 著	良鏞
1950.7.1	反動報紙宣傳侵略有罪	良鏞
1950.9.4	世界名導演蒲多符金	白香光
1950.11.13	從國際法論援朝志願部隊	查良鏞
1950.11.14	從國際法論援朝志願部隊	查良鏞
1950.11.26	百年的干涉	鏞譯
1951.1.27	瓦維洛夫談他的工作	鏞譯
1951.2.1	國際札記	良鏞
1951.2.2	國際札記	良鏞

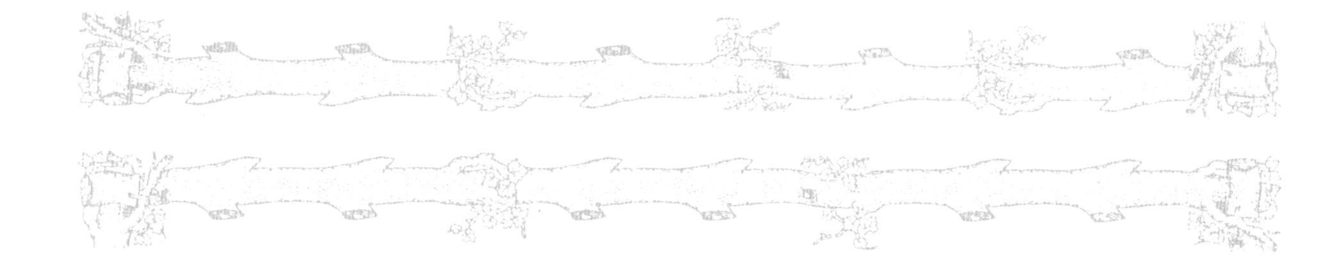

東西之間的義大利

——一個義大利自由主義者對於今日普遍的看法

Mario Rossi 作

查良鏞譯

從國際法看

新中國政府的承認

查良鏞

▲《大公報》1948 年 4 月 18 日第三版
〈東西之間的義大利〉署名查良鏞

▶《大公報》1949 年 6 月 25 日第四版
〈從國際法看新中國政府的承認（上）〉
署名查良鏞

在眾多署名中，本名查良鏞顯然具有特殊意義。署名「查良鏞」的，不論是評論，或是譯作，都是政論文章，亦是金庸甚為重視和寫作嚴謹的。他在《大公報》署名「查良鏞」的第一篇是 1948 年 4 月 18 日的譯作〈東西之間的義大利〉，而署名「查良鏞」的第一篇個人評論是 1948 年 6 月 11 日的〈牧童．戲子．鍛工．參議員〉。其後 1949 年 6 月 25、26 日的〈從國際法看新中國政府的承認〉、1949 年 11 月 18、20 日的〈從國際法論中國人民在國外的產權〉、1950 年 11 月 13、14 日的〈從國際法論援朝志願部隊〉，都是金庸利用自己所學國際法而撰寫的重量級社評，引起了當時國際法專家梅汝璈的注意，其後得梅氏的薦舉，金庸得以赴北京謁見外交部負責人喬冠華，可惜最終未獲外交部錄取，金庸未能一遂當外交官的理想。

1949 年 6 月 25、26 日發表的〈從國際法看新中國政府的承認〉，是金庸對國際法的個人見解，全篇逾八千字，分兩天刊登。值得注意，發表時中華人民共和國仍未宣佈成立，但大勢已成，讀者不妨從文中內容了解文章立場。茲將首天的引言輯錄於下：

> 新政協籌備會成立，中華人民民主共和國的聯合政府即將通過新政協而誕生。當在新政協籌備會議舉行之前，人民解放軍勢如破竹的向江南進軍時，國內外人士看到國民黨反動政府垮台的命運已無可避免，就已紛紛的議論中國新政府的承認問題起來。一時消息傳來說美國想聯合英、法、荷諸國一致不承認新政府，一時又說英國準備立即承認。眾說紛紜，莫衷一是。現在新政府成立在即，這問題當更引起大家的關心。對於外國承認新中國政權這問題，有許多流行的錯誤觀念。一種是認為新中國政府必須要得到外國的承認，否則就要糟糕，所以聽見艾契遜說暫不考慮就覺得很擔心，聽見司徒雷登主張承認了，又馬上很高興。另一種認為英美將以承認為要挾，要求中國保護外國在華財產等等為交換條件。我們認為這些錯誤觀念必須予以澄清。同時對什麼「事實上承認」、「法律上承認」、「明示的承認」、「默示的承認」這些名詞也需略作解釋。

白香光

下屆白宮的女主人是誰？

•白香光•

美國的大選，在今年十一月中就要舉行。共和黨參加競選的有：杜威、麥克阿瑟、司徒森、范登堡、塔夫特、華倫、馬丁；民主黨競選的是：杜魯門總統，第三黨候選人華萊士。這些人都可能是以後四年中美國的總統；未來的總統太太是怎樣一個人呢？

（一）杜威夫人（Frances Hatt Dewey）

她是一個容貌很可愛的女人，今年四十五歲，身材苗條而顯得很年青，深褐色頭髮，柔和的棕色的眼珠，有着一個含蓄的微笑。她一生最重要的目的，就是做杜威要她做的事。她認為人民希望官員的太太們不要太出風頭，她也就這樣做。

當她丈夫的名字在報紙上登做頭條標題時，她仍舊是靜靜的坐在家中。但當她從前在喬治樓特的劇團中擔任主要的主高音歌手時，杜威夫人是比她丈夫出名得多的。

在做紐約州州長夫人時，她把市長大廈裝飾得很漂亮。這本來是一座中世紀的遺物，結果變得極美。她有兩個兒子。她也很聰明的不讓他們在外面招搖。

如果杜威夫人做了白宮的主人，她會文雅而有技巧的擔任這個職務；因為她從來不對政務插一句嘴，所以她不會惹起煩惱的。

▲《大公報》1948 年 4 月 29 日第八版〈下屆白宮的女主人是誰？(一)〉署名白香光，此篇連載至 5 月 8 日止，其間 5 月 6 日停刊一天，共分九期。

宜孫

蘇聯十四人

——決定蘇聯政務的政治局委員

•宜孫•

蘇聯的政治大權操於「蘇聯共產黨政治局」（Politburo）的手中。政治局的委員有十四人，他們決定了蘇聯的一切大小政務。

史達林（J.V. Stalin）：老是咬着煙斗，態度和藹可親，他是政治局的書記長，自從政治局設立以來他就擔任這職位。三十二年以前，列寧任命了首批政治局的委員，這些委員中只有史達林還活着。他生於喬治亞，經過了艱難困苦的路程現在成為世界上最有權勢的人。共產國家中的聖人，反共國家中的魔鬼。

莫洛托夫（V. M. Molotov）：蘇聯的各個人物中，除了史達林之外，外長莫洛托夫是最為外國人所熟悉了。他淵博而精密，由於不斷出席聯合國會議，四外長會議等國際集會，他被認為東西方衝突的象徵。他與史達林第一次共事是在一九一二年，他們共同編輯列寧的聖彼得堡真理報。莫洛托夫是蘇聯的著名人物，如果史達林比他先死，他不致於繼承他而掌握實權，不過他可能做蘇聯的總理。

日丹諾夫（A.A. Zhdanov）自從戰爭結束後，他成為史達林繼承人的希望逐漸增高。今年五十一歲，相當肥胖。他那冷靜的決心使列寧格勒城渡過了被圍、寒冷與飢餓的難關。是戰後「共產國際情報局」的組織人，他曾竭力推動黨的路線，改正共產黨中的「西方傾向」。

馬倫可夫（G. M. Malenkov）：一般認為他是可能繼承史達林的三人中之一。他曾擔任史達林的私人秘書很久。現年四十五歲，是政治局中的少壯派。

安特葉夫（A. A. Andreyev）：他也是可能繼承史達林的三人中之一。據一般的觀察，這三人中日丹諾夫可能性最大，其次是馬倫可夫，安特葉夫第三。

米柯揚（A.I. Mikoyan）：短小精悍的國際貿易部長，現年五十二歲。廿一年來他一向是蘇聯政治中的核心人物。他現在的任務似乎沒有戰前那樣重要。他到美國去訪問之後，曾把愛斯基摩餅頭、罐裝水果汁等這些新奇的東西帶給蘇聯的人民。

柏里亞（L.P Beria）：他是史達林的同鄉，也是喬治亞人。在三十年代著名的莫斯科審訊之後有「清算清黨者運動」，這運動是他主持的，他也因領大運動而地位驟然重要。那時他是秘密警察N.K.V.D.的領袖，現在他仍舊是國家監察（現稱為M.V.D.）的名義上首領，但實際上似乎在負責工業與建設計劃方面的任務。

克羅雪夫（N.S. Khrushchev）克羅雪夫在政治局中代表烏克蘭。他在戰後的主要任務就在把這一區歸入蘇聯的控制。不過烏克蘭常常發生許多困難局勢，克羅雪夫一個人也處理不了，還需要政治中的其他同僚幫他的忙。

卡加諾維區（L.M. Kaganovich）：他第一件成功的事是莫斯科的地下車道，這是蘇聯共產黨常引以為傲的一件工程。在戰時他負了使蘇聯鐵道運輸行駛的重大責任，那時供應缺乏，德國的轟炸又猛烈。現在他擔任什麼任務不大清楚。

柯希金（A. N. Kosygin）：有人稱他為政治局中的「嬰兒」，今年四十二歲，進政治局還只有兩年，他現在是政治局中的「候補委員」。（候補委員可發言而不能表決；大多政治局的委員，都要先做若干年候補委員。）他是蘇聯年青一代的典型人物，是革命之後的產品。他負責建設。

伏羅希洛夫（K.E. Voroshilov）：他是史達林革命戰爭中的同志。在這次大戰中，他的指揮似乎不見高明，史達林在軍隊中引進了新血，但史達林仍舊顧念他的老朋友。自從前總理加里寧逝世後，伏羅希洛夫就成為蘇聯的「元老」。

伏納森斯基（N.A. Voznessensky）：蘇聯的主要經濟計劃人，年紀還很輕——四十四歲，在戰時進入政治局。蘇聯現在重建遭戰爭破壞的工業，將來建立新的工廠等等，都是依據於這位青年設計人的計劃。

布加寧（N.A. Bulganin）：他的才能在大戰中顯出，那時他任莫斯科市長，配合了人民與軍隊的力量防衛首都。一般認為他在蘇聯的政治上很有前途。高身材，灰頭髮，樣子很像一個銀行家——事實上，他確曾做過莫斯科國家銀行的總經理。

席佛尼克（N.M. Shvernik）：席佛尼克是最高蘇維埃中央常務委員會主席，與法國大總統那樣擔任了一個沒有實權的職位。他因為領導蘇聯的工會運動而得到這個名譽上的尊位。他每日的主要工作是處理蘇聯各個工人、農夫與其他公民寫來的信件。

▲《大公報》1948 年 5 月 19 日第七版〈蘇聯十四人〉署名宜孫

良鏞

市政的進步

•良鏞•

某市市長因為另有高就而辭職了。幾天之後他闖進當地的報館裏去見總編輯。會見之後這前任市長大叫：「你是不是很喜歡開玩笑？」「何以見得？」老總大為詫異。「我想你知道我已經辭職了。」「是的，」總編輯說，「我知道的。」那位大發脾氣的來客說：「為什麼你們把這新聞登在『市政的進步』欄中？」

◀《大公報》1948 年 5 月 22 日第八版〈市政的進步〉署名良鏞

查理

不需要美國援助的四個歐洲小國

查理

被義大利包圍的聖馬力諾

一均都靠賭的摩納哥

郵票養活了列支坦士登

靠走私為生的安道爾

▲《大公報》1948 年 6 月 4 日第七版〈不需要美國援助的四個歐洲小國〉署名查理

宜

三強的兵力

宜譯

美國：

蘇聯：

英國：

▲《大公報》1948 年 7 月 2 日第七版〈三強的兵力〉署名宜

小渣

新聞掇拾

笑話而已

小渣譯

天堂路遠

懷舊慶×溫泉×公橋碑

▲《大公報》1948 年 7 月 4 日第八版〈笑話而已〉署名小渣

小喳

▲《大公報》1948 年 7 月 12 日第七版〈費城種種〉署名小喳

良鏞

▲《大公報》1948 年 7 月 23 日第六版〈世運前奏曲（一）〉，金庸文章首載於體育版，署名良鏞，此篇連載至 7 月 29 日止，共分七期。

小查

▲《大公報》1948 年 7 月 26 日第五版〈港穗間的貿易〉，金庸文章首載於經濟版，署名小查。

徐宜孫

◀《大公報》1948 年 9 月 13 日第五版〈香港的自由貿易〉，惟一一篇署名徐宜孫。

鏞

《大公報》由1948年12月10日起連載〈我怎樣成為拳王 —— 喬路易自傳〉，署名「鏞」，此篇譯作連載共四十八期（編號由「一」至「四七」，其中「廿三」重號），至1949年3月16日止，是金庸首篇長篇譯作。首天內容是喬路易自述出生時的身世和家庭狀況，以及回應一些媒體對他的評論。茲輯錄部分內文於下：

> 本文於十一月八日起在美國「生活畫報」刊載，是世界重量級拳擊冠軍喬路易的生活史，敘述他怎樣從一個農奴的家庭中生長為世界聞名的拳王。其中包括許多拳擊中的要訣。[9]
>
> 人家問我，「喬，你小時在阿爾巴馬州棉花田中給人家做散工時，你夢想過將來會成為一個百萬富翁，擁有這些汽車，飽滿的錢袋，漂亮的衣服等等東西麼？」我說，「我想像不到有這樣好」。在我小時候，我從沒有夢想過這些東西，我心中根本不會想到這種事情。現在我也不大回想小時候在阿爾巴馬州的各種情形，似乎人家希望你這樣想像，但我生來不是這種人。
>
> 一九四八年五月十三日，我滿三十四歲。我估計我在拳擊比賽中賺了四百萬美元。其中百分之八十給政府收去，大概每一元中我可以得到二角。他們對我說，我的收入中除了政府徵稅及其他開支外，大約還只剩下八十萬到一百萬美元光景，但我生活却過得很舒適。
>
> 現在人家說，「喬，從拳賽裏掙來的大錢現在是不會再有了，你怎麼辦呀？」他們說，「你的生活是否要緊縮一點？」我告訴他們，「不管退休還是不退休，我仍舊會過得很舒適。我在企業中投過資，並且我還有另外辦法。我仍舊可以生活得寫寫意意。只是那些靠靠我比拳吃飯的人將不能像從前那樣寫意了。」[10]
>
> ……
>
> 其實我生下來時是很笨手笨腳的。我母親說我在嬰兒時常要跌交。她說她到棉田裏去工作時不能把我一個人留在家裏，因為我會把東西打倒。我在嬰孩時期就有力氣把放在火爐旁的攪乳器打倒。她說我曾把這傢伙打倒兩三次。有一次我竟把攪乳器中的乳酪弄壞了。
>
> ……
>
> 關於我的出生地，以及我出生時的情形，報章雜誌上的記載也各有不同。我生於一九一四年五月十三日，誕生地是在阿爾巴馬州張勃斯郡，拉法雅特與古賽塔之間一條污穢的路旁一間農舍裏。這是一個紅

9 此段是金庸撰寫的前言，並非譯文。
10 筆者案：原文「靠靠」疑多排一個「靠」字。

鏞

我怎樣成爲拳王（一）

喬路易自傳　鏞譯

本文於十一月八日起在香港「生活畫報」刊載，是世界拳王喬路易的生活史，寫他怎樣從一個貧苦的家庭中長成爲世界聞名的拳王，其中包括許多拳擊中的要訣。

◀《大公報》1948 年 12 月 10 日第六版
〈我怎樣成為拳王（一）——喬路易自傳〉署名鏞

光

對作家的嘲笑

光譯

（一）

「這一次」，一位作家說。「我寫的東西那報館一定會接受了。」

「你寫了什麼？」一位友人問。

「一張定三個月報的支票。」

（二）

兩個文化人激烈的辯論，因爲他們對於一本新小說的價值意見不合。最後，一個人（他是一位小說家）對另一個人說：「不對，老張，你不會欣賞這本小說的眞正價值。你自己沒有寫過小說。」

「那倒不見得，」老張反駁，「我自己從來沒有生過雞蛋，但對於一盤炒雞蛋的滋味，恐怕比任何母雞都更會欣賞。」

（三）

「我丈夫的職業是編字紙簍，唉，」那位喜歡附庸風雅的女人嘆道：「字紙簍，這多麼沒有詩意！」

「你錯了，我看見編輯部的字紙簍中常常有許多詩篇。」她的朋友說，她丈夫在報館中打掃房間。

（四）

一位速記學校的校長在報上大登廣告，宣傳速記的好處。有一天廣告中說：

「據歷史上的記載，詩人格萊寫他那首傑作『鄉村教堂墓地中的哀歌』化了七年時間。如果他學會速記，只要七分鐘就可把全詩寫完。如有不信，請即繳付學費到本校學習，即知言之不謬也。」

▲《大公報》1949 年 5 月 29 日第八版
〈對作家的嘲笑〉署名光

香光

最完美的容貌

香光

最近美國「美術家協會」閑來無事，曾投票表決全世界女人中最完美的容貌。美術家協會的會員中包括了美國最著名的美術家，根據最多數的決定，結果如下：

㈠大腿——愛絲德威廉絲，「出水芙蓉」的女主角，美術家協會說她的大腿是「堅實與柔和的一種奇異結合」。

㈡耳——瑪格麗特杜魯門，美國大總統的女公子，歌唱家。耳朵「正是希臘雕刻的複製品」。

㈢眼——瑪格莱特·洛絲，英國小公主。她的眼光「眞是溫柔」。

㈣唇——烈達希和芙，「風暴虎」女主角。她嘴唇的美在於：「男性的反應」。

㈤鼻——朱美爾，「鼻子越不突出，越是完美」，意思是說「塌」得好看。

㈥頸——溫莎公爵夫人，英王愛德華爲了她而拋棄王冠的人。「頸頭的傾斜度極其適當」。

㈦顴骨——珍羅素，「國脂雙槍將」女主角。

㈧小腿——蓮達丹娜兒，「除卻巫山不是雲」女主角。小腿是「毫無缺點的勻稱」。

上列引號中的話是美國美術家協會的評語，讀者按圖索驥，以爲如何？

▲《大公報》1949 年 3 月 5 日第七版〈最完美的容貌〉署名香光

土的田野，土質極硬。我的家鄉處於阿爾巴馬州的中心，靠近喬治亞州。

我所出生的農舍看起來似乎一陣大風就可把它吹倒。我在軍隊中時曾回去過，現在這屋仍舊在那裏，仍舊是每分鐘都好像要倒下來的樣子。房子是木板釘成的，沒有油漆，每塊板都鬆鬆的搭着。屋後就是一片棉田。據我母親說，後面的棉田是西萊的，他是我母親的舅舅。在我生下來時，這棉田已屬於我父親的，我父親叫做門羅．巴洛，身高六呎三吋，體重近二百磅。他被送入佛農山的西爾賽州立醫院時，我只有兩歲。他此後就不再回家來，死在那裏時是五十八歲。他從不知道我是世界拳擊冠軍。他死時我寄了錢回家，使家屬可以參加他的葬禮。

《新晚報》新聞紀實譯作

《新晚報》於 1950 年 10 月 5 日創刊，由《大公報》營運，可說是《大公報》的屬報。1952 年 3 月，金庸離開《大公報》，正式轉職《新晚報》任副刊編輯。其實金庸早於仍在《大公報》任職期間，已開始替《新晚報》撰文。

樂宜

金庸給《新晚報》翻譯了三篇新聞紀實報道，筆名「樂宜」，譯自金庸的英文名「Louis」。其一是〈中國震撼着世界〉，原著是美國記者貝爾登（Jack Belden），從 1950 年到 1951 年 9 月 22 日，共分三百四十一篇刊載。其二是〈朝鮮美軍被俘記〉，原載於美國《星期六晚郵報》，原著是記者哈羅德．馬丁（H. Martin），從 1951 年 10 月 22 日至 29 日刊載，共分八篇。其三是〈朝鮮血戰內幕〉節選，原著是英國記者 R．湯姆遜（Reginald William Thompson），從 1952 年 1 月 17 日到 6 月 5 日，共分一百三十八篇刊載。〈中國震撼着世界〉和〈朝鮮血戰內幕〉在報章刊載後都結集成書出版。

〈朝鮮血戰內幕〉最後一篇副題為〈從香港到倫敦〉，寫到原著者湯姆遜坐飛機回倫敦，途中取道「光輝的香港」，停留一天。相關記述僅寫了一段，但當中一句「機尾似乎在山上擦過」，不禁勾起筆者對飛機降落啟德機場是如何驚險的回憶，原來湯姆遜亦有同感。還有湯姆遜提到離開香港時，坐的是甚麼「魟魚式」飛機？又惹起一番好奇。最後幾段寫到湯姆遜返抵倫敦後的感觸，得與妻子重聚，筆調浪漫，跟全書寫「血戰內幕」成強烈對比。茲輯錄相關內容於下：

> 我們又飛越長長的海道，越過台灣淡綠色的叢山，在寒冷荒漠毫不動人的沖繩島降落。當我再看到那光輝的香港時，已是傍晚時分了，飛機盤旋着降落，機尾似乎在山上擦過。那天晚上，萊爾甫和我從九龍乘渡輪到香港，從電報局拍發我們最後的一個報道戰爭的電訊，鬆懈了下來，與英國海軍中的朋友一起喝酒，他們擔任遠東區巡邏有好幾個星期，現在才回來慶祝那早已過了很久的聖誕節。
>
> 現在我真正感到了歸心如箭。「魟魚式」飛機第二天一早平安地離開香港，越過海洋到曼谷吃中飯，又越過大片稻田而到曼谷。
>
> ……

最後，看到了英國的海岸，燦爛的燈光，以及廣袤的倫敦。

半夜以後，我和我妻子在薩伏衣旅館一間可愛的房中，站在大窗子邊望着那條河，倫敦與英國的精神與心臟，似乎就在我周圍跳動、呼吸。

許多個月來，在許多江河上，我曾夢想這一個時刻，答應我自己這個夢想一定要實現。現在是完全實現了。

數世紀來經受了風霜剝落的老房子在黑暗中溫柔地擁抱着那條河，岸旁黃色的燈光照射在黝黑的河水上，微微地顫動，好像在搖籃中搖擺。時針指向一時，開始了一個新的日子，一個新的月份。那是二月一日。

這一切都成為真實了，剛在七天以前，我在中國東北邊界幾乎進了鴨綠江口，現在乘船、乘車、乘飛機橫越世界，到了這條河邊來，真像是一個奇蹟。

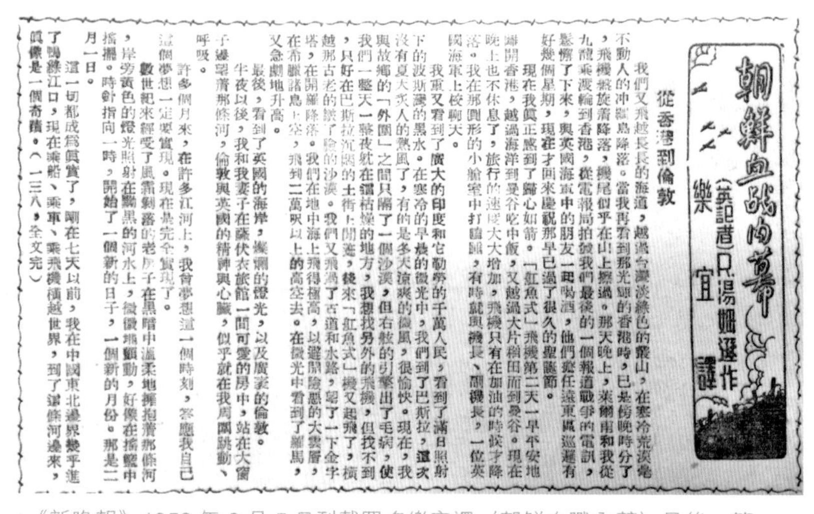

朝鮮血戰內幕

（英記者）R.湯姆遜作 樂宜譯

從香港到倫敦

我們又飛越長長的海道，越過台灣淡綠色的羣山，在寒冷荒漠毫不動人的冲繩島降落。當我再看到那光頭的香港時，已是傍晚時分了，飛機緊旋着降落，機尾似乎在山上擦過。那天晚上，萊爾甫和我從九龍乘渡輪到香港，從電報局拍發我們最後的一個報道戰爭的電訊，鬆懈了下來，與英國海軍中的朋友一起喝酒，他們擔任遠東區巡邏有好幾個星期，現在才回來慶祝那早已過了很久的聖誕節。

現在我真正感到了歸心如箭。「虹魚式」飛機第二天一早平安地離開香港，越過海洋到曼谷吃中飯，又越過大片稻田而到曼谷。現在晚上也不休息了，旅行的速度大大增加，飛機只有在加油的時候才降落。我在那圓形的小艙室中打瞌睡，有時就與機長、副機長，一位英國海軍上校聊天。

我重又看到了廣大的印度和它勤勞的千萬人民，看到了滿日照射下的波斯灣的黑水。在寒冷的早晨的微光中，我們到了巴斯拉，這次沒有夏天炙人的熱風了，有的是冬天涼爽的微風，很愉快。現在，我與故鄉的「外圍」之間只隔了一個沙漠，但右舷的引擎出了毛病，使我們一整天一整夜就在這枯燥的地方，我想找另外的飛機，但找不到，只好在巴斯拉沉悶的土街上閒逛，後來「虹魚式」機又起飛了，橫越那古老的讀了險的沙漠。我們又飛過了古道和水路，望了一下金字塔，在開羅降落。我們在地中海上飛得極高，以避開險惡的大雲層，在希臘諸島上空，飛到二萬呎以上的高空去。在微光中看到了羅馬，又急劇地升高。

最後，看到了英國的海岸，燦爛的燈光，以及廣袤的倫敦。

半夜以後，我和我妻子在薩伏衣旅館一間可愛的房中，站在大窗子邊望着那條河，倫敦與英國的精神與心臟，似乎就在我周圍跳動、呼吸。

許多個月來，在許多江河上，我曾夢想這一個時刻，答應我自己這個夢想一定要實現。現在是完全實現了。

數世紀來經受了風霜剝落的老房子在黑暗中溫柔地擁抱着那條河，岸旁黃色的燈光照射在黝黑的河水上，微微地顫動，好像在搖籃中搖擺。時針指向一時，開始了一個新的日子，一個新的月份。那是二月一日。

這一切都成為真實了，剛在七天以前，我在中國東北邊界幾乎進了鴨綠江口，現在乘船、乘車、乘飛機橫越世界，到了這條河邊來，真像是一個奇蹟。（一三八，全文完）

▲《新晚報》1952 年 6 月 5 日刊載署名樂宜譯〈朝鮮血戰內幕〉最後一篇

金庸與大公

1952年1月26日 新晚報

到橫須賀基地

（英記者）R.湯姆遜作　樂宜譯

編者註：本文為武俠小說家查良鏞以英文名Louis作筆名「樂宜」，翻譯英國記者湯姆遜（Reginald William Thompson）著作《朝鮮血戰內幕》的節選，刊登於一九五二年一月二十六日《新晚報》「下午茶座」版面。該譯作連載自一九五二年一月十七日至六月五日，共一百三十八篇。

▲當時刊登在《新晚報》上的版面，同版還有查良鏞以筆名「姚馥蘭」撰寫的影評《艷福齊天》　大公報資料圖片

他有沒有留下一個條子給我呢？顯然沒有。一個准尉漫不經意地說：「或許有什麼命令留給你，他桌上恐怕有什麼東西。」

是有的。那准尉說，「這些命令還需要簽字。」到底由誰簽字呢？並沒有說。伊里斯上尉走了，就此而已。這時必須鎮定。我考慮了一分鐘，喘了一口氣，一位少校從門口探進來找伊里斯，我一把抓到他，就像在海上遇險的人抓到一個救生圈。他讀了給我的命令。「我可以簽字，」他說。「沒有誰會來看的。跳進我的吉普車去。就在街對面。我送你到你要去的地方。」

這種事情是經常發生的，你在期待，注視，機會一到，馬上抓住。在吉普車中，一個年輕的海軍軍官伸展着他的長腿，毫不驚訝的和我招呼。「你好！」他打斷了我解釋的話，歡迎我坐進去。我讀那份給我的命令。上面規定我在中午以前到海空軍基地橫須賀的追濱報到。

「我們趕得及的。」司機說。

十分鐘後，我們是在路上了。那位少校帶着一幅匆匆忙忙地畫起來的道路圖，圖上畫了沿途重要的景物。經過了橫濱。兩小時後，駛過了好幾哩最單調的工業區，正要進入鄉村時，海空軍基地的大門到了。司機根據得克薩斯州牛仔的傳統而把吉普車調過頭來，好像當它是一匹馬，他說「幫你忙很高興。好運氣，老友。」他駕了車走了。

和年輕的美國人在一起時，我經常會有一種印象，覺得他們是在演戲，他們說的話是在唸台詞。一連串辭句似乎全然不是反映這個人的心靈，這種簡短而粗魯的話是普通青年人所不說的，這更增加了我這種感覺。

我又處在一種不知要到哪裏去的境況中了，「傳令室」中唯一的那個人也表示全然莫名其妙。差不多是中午了。上尉吃飯去了。我爲什麼不吃？恐怕我肚子有些兒餓了。值班的那個准尉說，「以後這個鏡頭中不會有什麼事，我可以擔保。吃吧，老友。」

我就匆匆忙忙地吃了。又有一個准尉過來了，我把我的問題告訴他。「我替你到那邊去問一下。」他說。「你最好在這裏不要走開。有什麼事一定會通知你。」

旁邊有兩艘登陸艇，這些艇上裝了輪子，不用時縮在艇邊深深凹進去的窩中。那准尉說，「這兩艘登陸艇要開到什麼地方去。」

不久，來了一群空軍人員，再隔幾分鐘，一位海軍中校到了，還有三個模樣很特別的人，帶了卡賓槍，子彈帶，肩上掛了手槍手袋及模樣很兇猛的步槍。（一〇）

◀一九五二年，湯姆遜著、樂宜譯《朝鮮血戰內幕》集結成書　大公報資料圖片

▲《大公報》2018 年 11 月 25 日〈金庸與大公〉重刊《新晚報》1952 年 1 月 26 日〈朝鮮血戰內幕〉〈到橫須賀基地〉

《新晚報》丹蒙・倫揚譯作

溫華篆

前文提到，金庸有一個「白香光」的筆名，是趙躍利考證得來的。此外，金庸還有一個更「冷門」（意指更難考證）的筆名叫做「溫華篆」，亦是趙躍利考證的成果。

趙躍利在〈金庸筆名知多少〉一文早已提出「溫華篆」是金庸筆名，原文引錄於下：

> 溫華篆如同白香光一樣，也是一個不見提及的名字。
>
> 確認這個名字是金庸，不必像追尋白香光那麼麻煩，因為接著《朝鮮血戰內幕》連載的，就是署名「溫華篆」的三部短篇小說譯作，又是丹蒙・倫揚的作品，從1952年6月6日開始，連載二十七期，三篇小說名字是《馬場經紀》、《神槍大盜》、《開夾萬專家》，譯筆與《記者之妻》諸篇如出一轍，也使用了一些香港本土方言，筆調風趣幽默，更易使讀者接受。這個筆名最為典雅又富有書卷之氣，但來歷不詳。此三篇也沒有收錄到《最厲害的傢伙》之中。

筆者最初認為這三個理據雖然言之有理，但到底正如趙君最後一句：「此三篇也沒有收錄到《最厲害的傢伙》之中」，如果這三篇有任何一篇收錄到《最厲害的傢伙》一書，那才是「鐵證如山」。

終於，趙君得見也是署名「溫華篆」翻譯的丹蒙・倫揚的第四篇作品〈超等大腳〉，在《新晚報》連載的書影。〈超等大腳〉正是《最厲害的傢伙》七篇的其中一篇！

筆者得趙君傳來書影，跟《最厲害的傢伙》書中〈超等大腳〉的內文對照，正是同屬一文。換言之，「溫華篆」這篇〈超等大腳〉，就是後來被收錄到署名「金庸」譯的《最厲害的傢伙》的原出處。「溫華篆」是金庸的筆名，終於隨着這些書影的曝光而「無所遁形」。

「溫華篆」到底在《新晚報》刊載過丹蒙・倫揚多少篇譯作？

金庸曾以筆名「白香光」在《大公報》翻譯〈記者之妻〉和〈會一會總統〉；[11]《新晚報》現知有「溫華篆」翻譯的〈超等大腳〉、〈馬場經紀〉、〈神槍大盜〉、〈開夾萬專家〉四篇。到出版《最厲害的傢伙》一書時，收錄七篇小說，[12] 當中卻捨棄《大公報》的〈會一會總統〉，以及《新晚報》的〈馬場經紀〉、〈神槍大盜〉、〈開夾萬專家〉。《最厲害的傢伙》七篇中除〈記者之妻〉和〈超等大腳〉外，其餘五篇相信極可能都在《新晚報》連載過。否則，出版《最厲害的傢伙》時，金庸豈有將已譯好的四篇捨棄不用，反而要特別新譯五篇湊集成書之理？

---

11 參閱前文〈《大公報》早期文章〉的文章表列。

12 《最厲害的傢伙》收錄〈吃飯比賽〉、〈檸檬少爺〉、〈記者之妻〉、〈十二槍將〉、〈最厲害的傢伙〉、〈超等大脚〉、〈戀愛之王〉共七篇。

馬場經紀

滑稽短篇小說

丹蒙・倫揚作　溫華篆譯

這是一九三一年的春天了，經過了一過難熬的漫漫的冬季，時勢很壞，股票市場整個垮台，左鄰右舍的銀行都倒閉了，警察當局對這個那個乜乜東東苛刻得要命，本城的許多公民都不得不盡力而爲。

各處很少綁票案子發生，在百老匯，許多公民都穿着他們去年的衣服，實際上沒有什麽錢去賭馬或者賭任何東西，對於這種情況誰也會感動的。

所以當我聽到謠傳說，有些地方在進行綁票，我一點也不驚奇，因爲綁票雖然決不是一種高尚的業務，甚至被認爲有一點兒非法，但究竟是度過難關的辦法。

再者，我聽說這件綁票案子是一個名叫老馬哈萊的傢伙幹的，我也不感驚奇，他是布洛克林區的人，對於幹什麽業務，他是不大放在心上的，他和布洛克林區其他的人如西班牙人約翰和小伊沙多等合夥，他們對於幹什麽業務，也是不大放在心上的。

事實上，老馬哈萊、西班牙人約翰、和小伊沙多在各方面都是很厲害的脚色，當他們從布洛克林區來到曼哈頓區而展開綁票業務時，各方面大起反感，因爲曼哈頓區的公民們覺得，假使本區中有什麽綁票業可幹，他們有自行經營之權。

但老馬哈萊、西班牙人約翰、和小伊沙多對於當地的情緒沒有多加注意，以相當的規模展開了綁票業務，不久，我就聽到謠傳說，他們業務的範圍相當廣。當然，這範圍也不是大得不得了，但已足以使他們不致挨餓，不久之後，老馬哈萊、西班牙人約翰和小伊沙多就在馬場中賭馬了，因爲假使有一件事情是他們都喜歡的，那就是賭馬。

對於綁票業務，有許多公民存在着一種全然錯誤的觀念。許多公民們以爲，幹綁票只要把那個被綁的人找到，把他抓起來放在某個地方，直到他的家人或者朋友張羅到綁票人所開出的價錢。很少有人了解，綁票業務必須組織良好，而且極有系統。

第一，如果你要去綁票，你不能隨隨便便把那一個人抓走。你必須知道你所綁的人是誰，因爲假使綁到一個沒有什麽錢來贖身的人，那麽這種綁票就毫無價值之可言。你並不能根據一個人的外表或生活方式來決定他是否有錢，因爲有許多人出入有汽車，穿了漂亮的衣服，花錢很爽氣，其實只不過是空心闊佬而已，並沒有多大水頭的。

當然，這種傢伙是不值得去綁他票的，同時，經營綁票業務的人也不能到處打聽別人的銀行存款，或者詢問這個那個的夾萬中有多少現鈔，因爲這種問題會引起人們的疑心，而引起別人的疑心卻是很危險的。所以，經營綁票業務的人要尋找客戶，必須和某個供給內情的線人打交道。（一）

◂《新晚報》1952 年 6 月 6 日首天刊載
署名溫華篆譯〈馬場經紀〉

神槍大盜

滑稽短篇小說

丹蒙・倫揚作　溫華篆譯

當一天下午大朱里走進我旅館的房間中來時，我確然是非常緊張，因爲任何人都知道，在我說話的那時候，大朱里是全世界最「熱」的傢伙。

事實上，談到他的「熱」，那是非常驚人的。在賓州的匹玆堡，他們想要見到他，那是關於一輛郵車被劫的事，在明尼蘇達州的明尼那波里斯，也有人在閑談中提到他，因爲那裏有人從一個信差身邊拿走了五萬元現款，而這個人還怪那個信差沒有把錢保存好，在他身上開了幾槍。

再者，密蘇里州育薩斯城的銀行公會出了很高的懸賞，想請大朱里去談談，那裏有一家銀行被一個陌生人闖了進去，在混亂中出納、司庫、和襄理身上都中了槍，守門人受了傷，兩個警察被打得眼腫鼻歪，櫃台中有一萬五千多元隨人移開原位，此後就永不再回來。

在俄亥俄州廣州城的一家百貨公司，杜爾都一家麵粉廠的保險箱，華盛頓州史波凱納城的一家雜貨商店，以及舊金山一所郵政支局中，都出了一點事，在支加哥也發生了槍殺案，但當然這並沒有多大關係，因爲受致命傷的只有一個人。但不管怎樣，你可以想見大朱里的確是非常的熱，全國的警察都在拚命找他。事實上，他可以說熱得全身在起火。

當然，我並不相信如警察們所說的那樣，這些案子都是大朱里幹的，因爲不管那裏出了事，警察總是朝最著名的人物身上推，而大朱里在美國全國是大名鼎鼎的。看來，這許多案子中不見得有半數以上是他幹的，而對於其餘一半他所幹的案子呢，他或許能够提出出事時並不在場的證據來，但總而言之，他是很「熱」的，我並不喜歡身旁有「熱」傢伙，甚至只不過有點兒「溫暖」的傢伙也不喜歡。

但在他走進我房裏來時，我自然不會去對他說這種話，因爲他或許會覺得我歡迎的意思不够誠懇，我不喜歡和他這種人混在一起，再者，如果大朱里覺得我歡迎得不够誠懇，就可能發起脾氣來，在我頭上幹他幾下，因爲大朱里是極容易發火的。

所以我就和大朱里招呼，作非常愉快狀，請他在窗邊的椅上坐下，他在那裏可以看到公民們在第八道上來來往往，還可看到馬戲團的車子從第四十九街邊上駛到麥迪遜方場花園去，因爲在春天，馬戲團到各地去表演之前，總先在那花園中演出，天氣有點熱，大朱里脫掉了外衣，我看見他手臂下有一支自動手槍，褲帶上還插着一支，我希望當大朱里在這裏的時候，沒有警察走進房來，因爲在紐約城中，這樣攜帶槍械是非常違法的。（一）

◂《新晚報》1952 年 6 月 15 日首天刊載
署名溫華篆譯〈神槍大盜〉

▸《新晚報》1952 年 6 月 23 日首天刊載
署名溫華篆譯〈開夾萬專家〉

開夾萬專家

滑稽短篇小說

丹蒙・倫揚作　溫華篆譯

一天晚上大約七點鐘左右，我坐在明戴餐室中大擦煮魚，那是我非常喜歡的一種菜，這時走進來三個從布洛克林區來的脚色，他們戴着便帽，姓名如下：老馬哈萊、小伊沙多、西班牙人約翰。

我並不願意和這種人打交道，因爲我常聽到謠傳說，他們的行爲非常不端，即使這些謠言並非事實，我還是覺得對他們敬而遠之爲妙。事實上，我聽人說，布洛克林區有許多公民希望老馬哈萊、小伊沙多、和西班牙人約翰離開那邊，因爲他們老是在幹一套被認爲危害公衆的事，例如打劫啦，或者開槍殺人用刀刺人啦，投擲炸彈啦，諸如此類。

我看到這三位仁兄到了百老匯，的確感到十分驚奇，因爲衆所週知，百老匯的警察們最高興的事莫過於把這三位仁兄抓起來，但他們是進了明戴餐室，而我也在那裏，我當然向他們大大地招呼一番，因爲我決不願意顯得對人冷淡，甚至對布洛克林區的人也不例外。他們馬上走到我桌旁坐下，小伊沙多伸出手來，用手指把我的煮魚扒了一塊去，對於這件事我只好置之不理，因爲桌上只有一把刀，而我正在使用。

他們坐在那裏，一句話也不說地望着我，他們的神色使我十分不安。最後我猜想，在明戴餐室這種上流的地方，正派的人士來來去去，他們或許有點不慣，於是我很客氣的對他們說：

「這個晚上很好。」

「有什麼好？」老馬哈萊問，他是一個瘦小的人，滿臉橫肉，眼光銳利。

嗯，這一下可把我問住了，我看這個晚上並沒有什麼好，於是我想動動腦筋，找點什麼有趣的東西來說說，那時小伊沙多不斷用手指來抓我的煮魚，而西班牙人約翰則拿了我一塊洋芋。

「大布區住在那裏？」老馬哈萊問。

「大布區？」我問，好像我一生從來沒有聽見過這個名字，因爲在紐約，不經過考慮而回答問題，那是絕對不行的，說不定你的話是對的，但看錯了人，或者人沒有問題，可又答錯了話。「大布區住在那裏？」我又問他們。

「不錯，他住在那裏？」老馬哈萊說，很不耐煩。「我們要你帶我們去找他。」（一）

短篇滑稽小說

超等大脚

R. Runyon 作　溫華纂譯

當然，大脚山姆不知道為什麼除了當發絲之外，還有這麼許多女子喜歡和他跳舞，他想，或許他還有一點兒「老性感」，當「默蒂夜總會」的司理昂利限制他只許每十隻舞中跳一隻時，他極為氣憫，為什麼要限制他呢？因為大脚山姆的脚佔的地方太大，他一下舞池之後，另外只能再容兩個人跳舞了，那個舞池是很小的。

關於大脚山姆的脚，我還要說點兒東西給你聽聽，因為這對脚實在大得離奇。這對脚分成八字，向着不同的方向，所以當大脚山姆站在一個轉角上時，非常非常難猜他到底要走那一條路，因為他一隻脚向着這邊，而另一隻脚又向着那一邊。事實上，當大脚山姆站住不動的時候，明戴餐室中的顧客們就常常互相打賭，猜他走向那一條路去。

大脚山姆依什麼為生呢？他是儘力而為，在紐約，許許多多傢伙都是這樣獨循過活的，他在馬場、賭場。拳賽場中東混西混，這裏撈幾文，那裏騙騙老襯，如次而已，但他一生從來沒有撈超過。他總是在欠債或借債中打圈子，我從來沒有見他度過不欠錢的日子。

大脚山姆唯一的長處是對所欠的債極有信用，他欠了錢，一有錢就還。關於大脚山姆，這一點是眾所公認的，雖然事實上，像大脚山姆這種撈家，如果他想維持信用而繼續混下去，就非這樣不可。但話又要說回來了，忘記還債的傢伙還是非常眾多的，說出來不免令你大吃一驚。

因為一般認為大脚的信用非常很好，所以他總是能借到一筆小小的款子，甚至白倫也肯借錢給他，白倫是決不輕易借錢給人的。事實上，白倫向來極難極難借錢給別人。

如果任何人向白倫借了不論多少錢，他馬上就問，本利甚麼時候歸還，如果他們說星期二清晨五時三十分，那麼他們最好不要在星期二清晨五時三十一分還錢，否則白倫就會認為他們非常靠不住，永遠不再借錢給他們了。如果有人在白倫面前失了信用，他在當地就很難混下去了，因為只有白倫身邊才總是有錢的。

再者，那些向白倫借了錢而沒有準時歸還的傢伙，常常會遭到一些不尋常的事情，例如打破了鼻子，扭傷了脚踝，或者是其他的創傷，因為白倫有一批手下人，他們對於向白倫借了錢而不準時歸還的人似乎極其痛恨。雖然如此，白倫還是常常出其不意的借錢給別人，因為他對於別人的性格，有一種奇妙的判斷力，他對別人的看法從來沒有錯，而大脚山姆向白倫借錢時比任何人都容易。（二）

◀《新晚報》刊載署名溫華篆譯〈超等大腳〉的第二天連載（日期不詳）

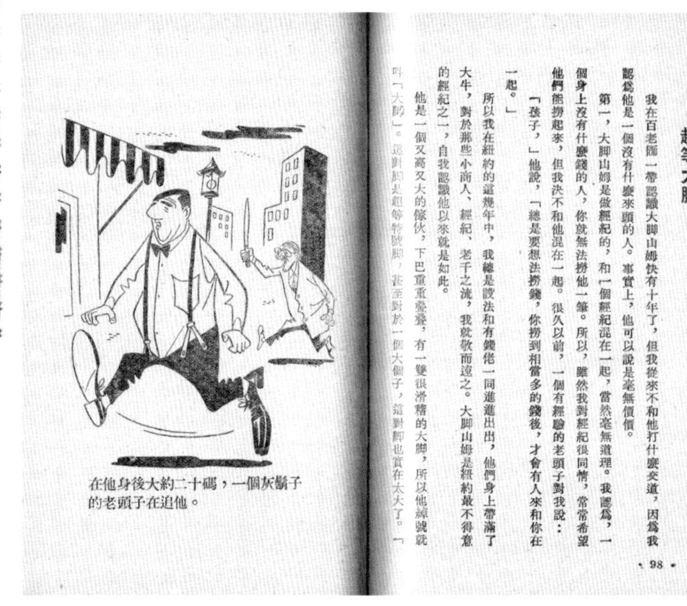

超等大脚

我在百老匯一帶認識大脚山姆快有十年了，但我從來不和他打什麼交道，因為我認為他是一個沒有什麼來頭的人。事實上，他可以說是毫無價值。

第一，大脚山姆是做經紀的，和一個經紀混在一起，當然毫無道理。我認為，一個身上沒有什麼錢的人，你就無法撈他一筆。所以，雖然我對經紀很同情，常常希望他們能撈起來，但我決不和他混在一起。很久以前，一個有經驗的老頭子對我說：

「孩子，」他說，「總是要想法撈錢，你撈到相當多的錢後，才會有人來和你在一起。」

所以我在紐約的這幾年中，我總是設法和有錢佬一同進進出出，他們身上帶滿了大牛，對於那些小商人、經紀、老千之流，我就敬而遠之。大脚山姆是紐約最不得意的經紀之一，自我認識他以來就是如此。

他是一個又高又大的傢伙，下巴重重疊疊，有一雙很滑稽的大脚，所以他綽號就叫「大脚」。這對脚是超等特號脚，甚至對於一個大個子，這對脚也實在太大了。「

在他身後大約二十碼，一個灰鬍子的老頭子在追他。

· 98 ·

▶ 署名金庸譯的《最厲害的傢伙》其中一篇〈超等大腳〉

這五篇曾經連載幾可肯定，至於在哪份報紙連載？筆者瀏覽大量《大公報》，不見這五篇蹤影，那麼極可能見於《新晚報》。「溫華篆」甚至在《新晚報》刊載過「丹蒙・倫揚系列」。這個「系列」至少有〈超等大腳〉、〈馬場經紀〉、〈神槍大盜〉、〈開夾萬專家〉另加仍未見書影的五篇，共計九篇。

〈馬場經紀〉、〈神槍大盜〉、〈開夾萬專家〉是慘遭摒棄於《最厲害的傢伙》以外的三篇，原文彌足珍貴，茲節錄各篇的首段，「吊吊」讀者的胃口。

> 這是一九三一年的春天了，經過了一過難熬的漫漫的冬季，[13] 時勢很壞，股票市場整個垮台，左隣右舍的銀行都倒閉了，警察當局對這個那個乜乜東東苛刻得要命，本城的許多公民都不得不盡力而為。（〈馬場經紀〉）
>
> 當一天下午大朱里走進我旅館的房間中來時，我確然是非常緊張，因為任何人都知道，在我說話的那時候，大朱里是全世界最「熱」的傢伙。（〈神槍大盜〉）
>
> 一天晚上大約七點鐘左右，我坐在明戴餐室中大擦煮魚，那是我非常喜歡的一種菜，這時走進來三個從布洛克林區來的脚色，他們戴着便帽，姓名如下：老馬哈萊、小伊沙多、西班牙人約翰。（〈開夾萬專家〉）

13　筆者案：原文「一過」疑是「一個」之誤。

《新晚報》〈馥蘭影話〉

姚馥蘭

金庸在港初期，看電影是他的一大嗜好。因此除了翻譯新聞紀實報道，亦替《新晚報》副刊〈下午茶座〉撰寫影評，專欄名為〈馥蘭影話〉，以「姚馥蘭」為筆名，即是英文「Your Friend」的諧音。金庸起了「姚馥蘭」這個女性化的筆名寫影評，據説旨在沖淡一下副刊男性化的格調。

首篇〈馥蘭影話〉刊於 1951 年 5 月 8 日，篇名〈幾度山恩仇記〉。

茲輯錄 1951 年 12 月 18 日〈馥蘭影話〉〈脂粉市場〉全文於下，看看金庸寫影評用的是甚麼筆調：

> 關於這張影片，有兩件事要先向讀者講明：
>
> 第一，這是一張侮辱中國人的片子。片中，男主角藉股票投機，白手起家，大宴賓客時，長長的餐廳的末端，恭恭敬敬的站着三個梳長辮、穿馬褂長袍的中國人。這三個中國人雖然沒有特寫鏡頭，只在熱鬧的宴會中陪襯一筆，然而，編導的本意仍是存心侮辱的。因為，按劇情來看，這三個中國人根本沒有出場的必要，把他們放在那裏，只是表示出在一八六幾年的舊金山社會裏，有中國人作奴僕的才算是真正的富翁。昨天，銀幕上映出這個鏡頭時，觀眾裏竟然有了笑聲。作為一個中國人，我想我是有權在這裏向荷里活影片商及那些毫無民族意識的「高等華人」提出抗議的。
>
> 第二，這不是一張像影院刊登的廣告上所說的甚麼「香艷、肉感」的巨片，裏面沒有香艷，也沒有肉感。這是一個敘述投機商人怎樣取巧獲利，怎樣懺悔的故事片。按照英文原名，片名應譯為「在誠實以內」，而中譯名却變成了名不符實的「脂粉市場」。在片中，股票市場是有的，但是「脂粉」就不知何所指了。
>
> 以下才談到劇情。這故事的開端很能抓住觀眾的情緒，尤其是香港觀眾的情緒。一八七〇年舊金山一家銀行發生擠兑了，第二天就有擠倒的可能。女行長星夜求救，找到舊金山唯一可以付出三百萬美元現款的人，他們兩人原早相識，不過那個人是投機取巧白手起家，十五年來，造成了不少恩恩怨怨，並且賭博成性。女行長到了他家，他又拿出一副撲克，限用一副牌賭這三百萬元的款項，牌發出後，在坐的幾個旁觀者，便用回憶的方式，來敘述這個人發家的經過。敘述之後，又回到第一場，他終於覺得過去巧取豪奪手段之不對，放棄了看牌機會，付出三百萬元代為解圍。
>
> 故事是相當有趣味的，不過高潮似乎擺在太前了，以致從整體看來，顯得頭重脚輕。幾個人分段回憶經過也過於支離破碎，前後頗不連貫，最不合道理的是追述他童年的一段反而置於最後，在全片近尾聲時，又用了一名童星來演出他的兒童遭遇，這是這個劇本最大的缺點。

片中有幾句對白是相當適合香港情況的。譬如：「有了六千元，社會上的人便都是你的朋友了。」人情冷暖在今日香港也確實相同。金髮明星大衛白賴仁演來很落力，但是他的外形與神態恐怕還不是一個刻薄狡猾的投機商人的典型。

從明天起，便有一連串的熱鬧電影可以看了，這些電影不一定好，但大都是五彩片。在我覺得，聖誕節玩的機會正多，何必去看電影？但事實上，我還是要天天去看的。

〈馥蘭影話〉最後一篇刊於 1952 年 8 月 21 日，題為〈姚馥蘭小姐的信〉，以姚馥蘭第一身寫信予專欄接手人林子暢：「我明天要走了……關於繼續寫影話的事，你催催子暢，要他快些開始，他這個人這件事也想做，那樣東西也想學，整天忙忙碌碌，而且又愛玩，你不催他，他是不會動筆的……子暢這個人有時想法很公子哥兒氣，可能與你的版面不很調和，如果他一定堅持這樣寫，你可以多和他談談，要他多聽聽別人的話，自己不要太驕傲了，總之要設法使我們的影話是不偏不倚最最公正的……」

林子暢何許人也？下回分解。

馥蘭影話

脂粉市場
(Inside Straight)

關於這張影片，有兩件事要先向讀者講明：

第一，這是一張侮辱中國人的片子。片中，男主角藉股票投機，白手起家，大宴賓客時，長長的餐廳的末端，恭恭敬敬的站着三個梳長辮、穿馬褂長袍的中國人。這三個中國人雖然沒有特寫鏡頭，只在熱鬧的宴會中陪襯一筆，然而，編導的本意仍是存心侮辱的。因為，按劇情來看，這三個中國人根本沒有出場的必要，把他們放在那裏，只是表示出在一八六幾年的舊金山社會裏，有中國人作奴僕的才算是真正的富翁。昨天，銀幕上映出這個鏡頭時，觀衆裏竟然有了笑聲。作為一個中國人，我想我是有權在這裏向荷里活影片商及那些毫無民族意識的「高等華人」提出抗議的。

第二，這不是一張像影院刊登的廣告上所說的甚麼「香艷、肉感」的巨片，裏面沒有香艷，也沒有肉感。這是一個敍述投機商人怎樣取巧搏利，怎樣懺悔的故事片。按照英文原名，片名應譯為「在誠實以內」，而中譯名却變成了名不符實的「脂粉市場」。在片中，股票市場是有的，但是「脂粉」就不知何所指了。

以下才談到劇情。這故事的開端很能抓住觀衆的情緒，尤其是香港觀衆的情緒。一八七〇年，舊金山一家銀行發生擠兌了，第二天就有擠倒的可能。女行長星夜求救，找到舊金山唯一可以付出三百萬美元現款的人，他們兩人原是相識的，不過那個人是投機取巧白手起家，十五年來，造成了不少恩恩怨怨，並且賭博成性。女行長到了他家，他又拿出一副撲克，限用一副牌賭這三百萬元的款項，牌發出後，在坐的幾個旁觀者，便用回憶的方式，來敍述這個人發家的經過。敍述之後，又回到第一場，他終於覺得過去巧取豪奪手段之不對，放棄了看牌機會，付出三百萬元代為解圍。

故事是相當有趣味的，不過高潮似乎擺在太前了，以致從整體看來，顯得頭重脚輕。幾個人分段回憶經過也過於支離破碎，前後頗不連貫，最不合道理的是追述他童年的一段反而擺於最後，在全片近尾聲時，又用了一名童星來演出他的兒童遭遇，這是這個劇本最大的缺點。

片中有幾句對白是相當適合香港情況的。譬如：「有了六千元，社會上的人便都是你的朋友了。」人情冷暖在今日香港也確實相同。金髮明星大衛白賴仁演來很落力，但是他的外形與神態恐怕還不是一個刻薄狡猾的投機商人的典型。

從明天起，便有一連串的熱鬧電影可以看了，這些電影不一定好，但大都是五彩片。在我覺得，聖誕節玩的機會正多，何必去看電影？但事實上，我還是要天天去看的。

姚馥蘭

▲《新晚報》1951 年 12 月 18 日〈馥蘭影話〉〈脂粉市場〉

金庸與大公

1952年8月22日 新晚報

關於「城市之光」的故事

林子暢

編者註：本文為武俠小說家查良鏞以筆名「林子暢」，在一九五二年八月二十二日《新晚報》開設專欄「子暢影話」的首篇。該專欄至一九五三年二月十六日完結，每月平均刊發二十五篇。

我生平做過許多笨事，大概答應姚馥蘭小姐（編者註：查良鏞曾以「姚馥蘭」爲筆名在《新晚報》撰寫影評專欄）來接替她寫「影話」的工作，要算是最笨的事之一。因爲大家想念姚小姐，一定會看見我寫的「影話」就覺得惹氣。習慣了她文章的風格，會更難於忍耐我這種平庸的文字，更何況姚小姐在給編者的信中先「破壞我的名譽」，說我驕傲愛玩等等，讀者對我的印象是更壞了。

姚小姐在美國電影工作者中最崇拜的人物之一是卓別靈，關於他以及「城市之光」，她寫過好幾篇影話，今天我想談一些她沒有談過的關於這張片子的故事。

我們在電影廣告上常常看到，「片長十四大本，時間更動，務請注意」等字樣，什麼叫做一本呢？一本，在英文稱爲一個reel，那就是一千呎膠片。這一千呎放映的時候，大概是十分鐘。普通一張片子假使映一個半鐘頭，那大概是九千呎左右。一張片子長到十四本，戲院就需更改時間了，因爲兩個鐘頭中映不完。「城市之光」並不長，九本，映八十七分鐘。但你們倒猜猜看，卓別靈攝製的時候一共拍了多少膠片？

我先提供一點資料。本港粵語片因爲節省成本，九千呎的電影如果拍一萬八千呎已經算非常了不起了（所謂拍一萬八千呎，是犧牲一半，即拍好的電影中，實際上只有半數有用，其餘的半數因種種關係而要犧牲掉）。一般國語片也很少超過一倍，尤其在美國禁運後膠片價錢大漲的時候。長城與龍馬公司製作時態度比較認眞，有些片子拍到四萬多呎，那就是說有三倍以上的膠片要犧牲。

你或許猜不到，「城市之光」一共拍了八十萬呎，製作的時間是兩年。像這樣精心構作的電影是很少的，而像這樣成功的片子也是很少的。打一個比方，假如你要投稿大家談（編者註：當年《新晚報》另一專欄），用心寫了八十條，再選出其中最精采的一條來寄出去，其餘的七十九條都自動投入字紙簍，那一條絕對是非登不可了。

飾賣花女那個維吉尼亞薛麗爾是卓別靈在拳擊場中發現的，她從來沒有上過銀幕，由卓別靈一手調練成功。不過她一生也就只有這麼一部成功的電影，離開卓別靈後就默默無聞，只是嫁了許多丈夫，其中之一是美國明星加利格蘭。

演那個富翁的，本來是哈萊克洛克。電影中不是有一場跳入河中自殺嗎？可是這位克洛克先生怕冷，淸晨拍到這一場，他堅持要等太陽出來，把河水晒得溫暖一點時再跳下去。卓別靈一怒之下，換了現在的哈里米爾斯。他不怕冷，可是損失也眞不小，一切從頭拍起，多花了六個月時間。

這張片子的成本是一百五十萬美元，卓別靈在其中賺到的錢是五百萬美元，你假使今天到國泰去看這張片子，有一部分錢是歸他收的，而這筆錢還不算在這五百萬美元之內。

▲當時刊登在《新晚報》上的版面

大公報資料圖片

▲《大公報》2018 年 11 月 24 日〈金庸與大公〉重刊《新晚報》1952 年 8 月 22 日〈子暢影話〉首篇〈關於「城市之光」的故事〉

《新晚報》〈子暢影話〉

林子暢

翌日 1952 年 8 月 22 日，〈馥蘭影話〉「姚馥蘭」不見芳蹤，〈子暢影話〉「林子暢」如期登場。首篇〈關於「城市之光」的故事〉有道：「我生平做過許多笨事，大概答應姚馥蘭小姐來接替她寫影話的工作，要算是最笨的事之一。因為大家想念姚小姐……」其實「姚馥蘭」是金庸，「林子暢」何嘗不是？原來是金庸故弄玄虛，捉弄讀者。

〈子暢影話〉每月平均刊發二十五篇，一直到 1953 年 2 月 16 日刊登最後一篇，題為〈再談孽海花〉，文中有道：「讀者們看到這篇影話時，我正在火車中，因為我要到杭州上海一帶旅行一趟，看看同學朋友，看看電影和各種戲劇，再拍一些風景照片，預定一個月回來。」

《大公報》〈每日影談〉

蕭子嘉

金庸在最後一篇〈子暢影話〉許下的諾言，今回沒有兑現，「林子暢」去如黃鶴，一個月後沒有重回《新晚報》續寫影評，反而是兩個月後，在《大公報》現身。原因是金庸其時重回《大公報》，開闢另一個影評專欄〈每日影談〉，筆名換作「蕭子嘉」。

〈每日影談〉由 1953 年 4 月 28 日開始刊登，首篇是〈蠟像院魔王〉。

〈每日影談〉至 1953 年 12 月 30 日和 31 日，用兩期發表了〈與姚嘉衣兄一夕談〉而終。故技重施，如「姚馥蘭」交棒「林子暢」一般，今回「蕭子嘉」交棒「姚嘉衣」，「姚嘉衣」何嘗不是金庸？玄虛再弄，而且「故事」愈見誇大，茲將最後一段輯錄於下：

最後，我談到了正題。我（筆者案：指蕭

蠟像院魔王

(House of Wax)

每日影談

你如果沒有看過立體電影這種東西，那麼作為見識一樣新奇的玩意，不妨去看看本片，但假使存着太多的希望，結果就難免有不快之感了。

藝術上一種新的形式或風格開始出現的時候，普通一定有兩種情形：第一是使人突然耳目一新，但同時形式上還不能十分完美。無聲電影、有聲電影、彩色電影都經過這個階段。在電影剛踏上有聲的階段時，許多大師都反對這種東西，說它破壞了電影藝術，直到蘇聯三位大導演愛森斯坦、浦多夫金、亞力山大洛夫發表聯合聲明，擁護有聲電影，有聲電影才正式立定了腳跟。不可否認，有聲電影的出現曾使電影藝術退步了一下，使它相當長時期的停滯起來沒有進步。至於五彩電影，因為它有許多問題沒有解決，直到現在還提不到黑白片的水準。立體電影將來或許會有重大發展，然而在現階段，它還是非常幼稚，非常粗陋，距離黑白片的水準還遠得很。

立體電影「蠟像院魔王」的故事很簡單：上一世紀中，紐約有一家蠟像院，是教授亨利．約勞與商人布克合辦的，因為生意不好，布克放火把蠟像院燒了，取得了火險賠款。約勞被燒得全身變形，他半夜裏出來復仇，把布克勒死，又把布克的女友凱茜害死，製成蠟像。他又企圖害死凱茜的女友芙兒，結果警察趕到援救，這個可怕的人跌在滾熱的蠟池中燙斃。

飾約勞的雲信柏賴斯本來是一個很會演戲的演員，在「新三劍客」中飾那個奸詐的紅衣主教黎塞留，在「海角驚魂」中飾一個風雅幽默的匪黨首領，又在珍羅素主演的一張打鬥片中飾一個裝腔作勢的大明星，每次表演，都令人印象頗為深刻。然而在這個立體電影中，他的身體是立體了，演技卻「平面化」了。像本片中那種恐怖人物，本來稍會演戲的演員都可以演得極為凸出，大概因為導演和演員對於立體電影的技術都還沒有掌握好，所以故事的結構或者演員的演技都是非常貧乏。

值得欣賞一下的倒是那些蠟像。蠟人院中陳列了蒲斯在戲院中刺死林肯的情景，法國革命家馬拉在浴盆中被女叛徒刺死的情景，埃及女王克麗奧派特拉的像，聖女貞德被焚死的場面，法國大革命中所使用的斷頭機，美國首次使用的電椅，以及法國路易十六的王后瑪麗亞安東妮的像。電影中那個「魔王」所以要害死芙兒，目的就是想把她製成那位法國王后的蠟像。

戲院的廣告畫中有一個惡魔抱住一個半裸的舞女，這在電影中是沒有的。比較「大膽」的鏡頭是一批舞女跳法國式的肯肯舞，但與一般美國電影相比，這根本算不了什麼。恐怖的氣氛也沒有生動地烘托出來。如果把立體電影比作雕塑而普通電影比作繪畫，那麼看了本片的感覺，就如是參觀了博物院中那些名畫之後，在街邊看到幾個日本貨的公仔。（蕭子嘉）

◂《大公報》1953 年 4 月 28 日〈每日影談〉
〈蠟像院魔王〉

與姚嘉衣兄一夕談（下）

每日影談

嘉衣向我解釋，在「火海雙雄」前面那部短片「巴黎的歡樂」中，馬西年的舞蹈跳得多麼精采。在那部影片中，馬西年飾一個來自秘魯的遊客，他的巴蕾舞中混有拉丁美洲的成分。他跳起來在空中連打三個轉，顯得一點也不費力的樣子。這種稱為Tourner en l'air 的動作，是非常艱難的，嘉衣說他再練兩年，也不知道能不能在空中打兩個轉。馬西年快六十歲了（他於一八九六年生在莫斯科），他拍這部影片時雖然年紀還比較輕，但我們看他的近作「魔宮艷舞」，可以看到他的動作仍舊十分矯健。有一位巴蕾舞批評家說，哥德八十歲時還在和一位少女戀愛，馬西年到八十歲時一定還在跳巴蕾舞。

馬西年所編的巴蕾舞劇很多，有一部叫做「馬戲班遊行」，他自演主角中國魔術家。這是一個小小的悲劇，馬戲班的演員們在遊行中落力表演，招徠顧客。觀衆們卻說：「我們已經看到你們的表演了，何必再買票入場。」據說馬西年飾那位中國大魔術家，是一個很精采的創造。馬西年的藝術思想早期很受現代派的影響，他創作的許多舞劇是所謂「立體主義」的，畢加索曾給他設計過很多舞台裝置。這種獨創性的藝術是不大健康的，但馬西年後期的作品已走向比較優美的道路。

「巴黎的歡樂」的音樂是奧芬巴哈的作品。馬西年說，他化了兩年時間，研究奧芬巴哈已發表與未發表的作品，選出許多片斷來組成這個巴蕾舞組曲。其中「霍夫曼故事」中的威尼斯船歌與「巴黎生活」中的肯肯舞曲，是香港觀衆們十分熟悉的，尤其是後者，一般遊樂場雜技團的樂隊常常拿來演奏。

我們從肯肯舞談到烈打希和美的脫衣舞，又談到法國片「春色無邊愁海花」。嘉衣說，他對於我對這張影片的看法也不同意。他認為這部影片表現了男女之間的不了解。一個男人深深的愛着一個女人，願為她犧牲一切，然而兩人在情感上卻有着隔膜，那是很動人的戲劇。我說，「談到愛情問題，你也不見得懂什麼，還是少牙擦吧！」

最後，我談到了正題。我告訴他，明年度我所屬的公司要擴充海外業務，想多做點生意，有許多工作派給我。我沒有時間天天寫影談，以後要請他與邵治明、李嘉長等幾位幫忙寫。他連忙推辭，說不會寫文章。我說，你橫豎要看電影，看了電影橫豎要牙擦，把說話寫下來，豈不比我呆呆板板的文字生動活潑得多。嘉衣說，「君子動口不動手！」我勸之再三，他終於答應試試，我很高興，因為他家常閒話式的影「談」，一定會比我板起了面孔的影「評」受讀者歡迎。我答應他的條件是：假使我做生意賺了錢，一定請他和他的女朋友看戲吃飯。我很放心，因為第一，明年做生意賺錢希望很少；第二，像他那樣牙擦的人，不見得會有什麼小姐願意做他的女朋友！

蕭子嘉

▸《大公報》1953 年 12 月 31 日〈每日影談〉
〈與姚嘉衣兄一夕談（下）〉

子嘉）告訴他（筆者案：指姚嘉衣），明年度我所屬的公司要擴充海外業務，想多做點生意，有許多工作派給我。我沒有時間天天寫影談，以後要請他與邵治明、李慕長等幾位幫忙寫。他連忙推辭，說不會寫文章。我說，你橫豎要看電影，看了電影橫豎要牙擦，把說話寫下來，豈不比我呆呆板板的文字生動活潑得多。嘉衣說，「君子動口不動手！」我勸之再三，他終於答應試試，我很高興，因為他家常閒話式的影「談」，一定會比我板起了面孔的影「評」受讀者歡迎。我答應他的條件是：假使我做生意賺了錢，一定請他和他的女朋友看戲吃飯。我很放心，因為第一，明年做生意賺錢希望很少；第二，像他那樣牙擦的人，不見得會有什麼小姐願意做他的女朋友！

這麼一大段偽造橋段，可見金庸之「鬼馬」。

《大公報》〈影談〉（附〈電影衆議院〉、〈頭輪影評〉、〈電影信箱〉、〈今日電影〉）

姚嘉衣

「蕭子嘉」一去，「姚嘉衣」〈影談〉便於翌日 1954 年元旦馬上接棒登場，首篇是〈從賀年卡談起〉。「蕭子嘉」最後一篇將交棒故事寫得天花亂墜，「姚嘉衣」的首篇豈無配合圓謊之理？輯錄文中一段於下：

蕭子嘉兄自己想多做生意多賺錢，拉我幫他寫「影談」。要人寫稿不要緊，還在兩篇臨別文章中大說我牙擦擦。他對我說，大部分讀者愛讀漫談式的比較輕鬆的文字，要我就像平時和朋友們聊天時那樣上天下地的隨便談談，千萬不可板起面孔作批評家狀、作導師狀、作權威狀。這倒不必他囑咐，因為這種「狀」就是要我作也作不來，不過他說我牙擦，倒非辯白一下不可。

雖然「蕭子嘉」明言交棒予「姚嘉衣」，但在 1954 年元旦新闢的〈影談〉，其實並非只由「姚嘉衣」一人執筆，「蕭子嘉」在〈與姚嘉衣兄一夕談〉已提及，與之拍檔的還有「邵治明」和「李慕長」。不要誤會，邵和李是另有其人，並非金庸化身。因此這段時期的〈影談〉，其實是「姚嘉衣」、「邵治明」和「李慕長」三人合寫的專欄，評論的電影有新有舊。三人倒不是按次序輪流每天寫專欄，某人有時連續兩天見報，有時隔兩至四天不等，「姚嘉衣」的見報率略高於「邵治明」，二人很多時每月都各寫不少於十篇，「李慕長」則顯然寫得最少。

「姚嘉衣」在〈影談〉最後一篇是 1957 年 7 月 5 日的〈談舊片的重映〉，可是這篇「臨別之作」，金庸今回沒有交棒「儀式」了，而是悄然封筆，不再在報章寫影評了。

「姚嘉衣」在《大公報》寫影評，前後三年多，其間〈影談〉經歷了三個階段。

第一階段由 1954 年元旦〈影談〉初會讀者起，至 1956 年農曆新年止。這兩年多的〈影談〉由「姚嘉衣」、「邵治明」和「李慕長」三人執筆，其間只脫期十天。

茲節錄 1955 年 6 月 25 日〈影談〉〈兩點不同

從賀年卡談起

影談

齋子磊兒自己想多做生意多賺錢，拉我幫他寫「影談」。要人寫稿不要緊，還在兩篇臨別文章中大說我牙擦擦。他對我說，大部分讀者愛讀漫談式的比較輕鬆的文字，要我就像平時和朋友們聊天時那樣上天下地的隨便談談，千萬不可板起面孔作批評家狀、作導師狀、作權威狀。這倒不必他囑咐，因為這種「狀」就是要我作也作不來，不過他說我牙擦，倒非辯白一下不可。

放在我手邊的是一疊朋友們寄來的聖誕卡賀年卡，我以為單從幾張賀年卡中，就可證明所謂牙擦也者，大部分是冤枉。

首先，我的牙擦是因人而施的。這次過年，我寄出了一批賀年卡，對長輩與老師們是恭恭敬敬地說「恭賀新禧」；對小弟弟小妹妹們是祝他們越長越健康。對於同輩的朋友，那就要看他這個人的個性如何了。因為這裏寫的是「影談」，我就談談寄給影人們的賀年卡。

我與電影界沒有什麼關係，不過認識的朋友很多，我常到他們家裏吃飯談天，他們也常到我家來玩。大部分影人都沒有寄賀年卡的習慣，所謂「圈子內」的人隔不一兩天總要見面，所以互相都不寄贈。我是電影圈外人，有些影人寄給我，我也寄一些給那些對這種「友誼的玩意」有興趣的人。我寄出的賀年卡中有一張是給夏夢的，這張卡片中裝了一個小彈簧，一打開就有一個聖誕老人跳出來向她一鞠躬。她給我一張她自己設計的卡片，上面有她的照片，和「恭賀新禧」四個王羲之聖教序體的字。她的照片上角有一盞中國燈籠，很有民族情調。

我寄給石慧的一張就比較牙擦，上面畫滿了鈔票。她給我的一張更牙擦，那是書店中出售的專門供祖母寄給孫兒用的。我收到了毫無辦法，只好笑笑。

昨天晚上，我聽到了一個消息，覺得自己實在沒有用。石慧寄了一張母親給兒子的卡片給一位姓嶋的朋友，他爸爸教他，見到石慧時要裝作若無其事。石慧一定會問他，聖誕卡收到沒有，就告訴她沒有收到。這張聖誕卡她一定化了好幾塊錢，沒有發生任何作用她心裏會很難過。果然，這個辦法的效果很好，可見別人的牙擦實在比我厲害得多。

以後我寫「影談」，想範圍放得廣些，只要是和電影有關的東西，什麼都談，不一定每天批評一張新片。片場中的消息、影人們的生活、外國書報上的新資料等等，都屬於我這影談的範圍。

同時很希望讀者多多寫信給我，不論是正正經經的討論問題，或者是嘻皮笑臉的隨便談談，都非常歡迎。不過影談的範圍儘管廣，有一個原則我卻一定要牢牢遵守：好的電影一定說他好，不好的一定說不好。即使是我最要好的朋友所編所導所演，如果影片不好，寧可他當面罵我，也不會在「影談」中對他客氣。我告訴你，他們所以罵我牙擦，就是因為我太老實，不識捧人的緣故。

姚嘉衣

▸《大公報》1954 年 1 月 1 日
〈影談〉〈從賀年卡談起〉

兩點不同的地方
——談「戰地天使」

影談

戲院登在報上的廣告說：「本片最近始獲解禁。」

這部「戰地天使」（Battle Circus）是一九五三年六月間發行的，但據影片公司說，在香港一直未能公映。這是什麼緣故呢？是不是珍雅莉臣在影片裏的表演過於肉感大膽？是不是堪富利保格的搏殺過於兇狠殘酷？這都不是，因為影片裏根本沒有這些東西。接吻當然是要接的，但只到此為止，堪富利保格甚至根本沒有伸拳頭或拔槍打人。

本片是以朝鮮戰爭為背景的。以朝鮮戰爭作背景的荷里活影片很多，這些影片不外是描寫美軍如何英勇、把對方打得落花流水等等。可是朝鮮戰爭結束不久，每個人從報上都知道這場戰爭的真相，要撒謊揑造實在太困難了一點。美高梅公司負責製片的杜里·沙爾利看得比較深一層，他在這部影片中表面上描寫了美軍的失敗，使觀眾首先不起反感，先爭取到觀眾的信心和同情，然後稍稍歪曲一下雙方戰爭的手段，使觀眾對到朝鮮去殺人的美國軍隊發生好感。

編導者李察·布洛克斯很聰明，是一個宣傳的能手。他知道當時美國一般人民對朝鮮戰爭感到迷惘，心中實在是一點也不贊成，於是把這種心情反映在影片裏面。堪富利保格飾演一個機械化部隊戰地流動醫院的外科軍醫韋白少校，珍雅莉臣則是他手下的一個護士露絲。兩人在敵機襲擊時共經了一次患難，發生了愛情。在談情說愛之中，互相表示了對這場戰爭的憎厭，兩人都感到不明白這場戰爭的目的是什麼，都不知道他們為什麼而戰。

故事簡單之極。韋白少校離過婚，不願露絲問到他從前的妻子，有一次她無意談到，於是他難受得喝酒至醉，被上司訓斥了一頓。這上司致露絲採取「進攻性的戰略」，來俘虜這個曾在情場失意以致心理不大正常的少校。結果「戰役」勝利，然而朝鮮兵卻打來了。美軍大隊撤退，戰地醫院也狼狽而逃，途中不斷遇到游擊隊，逃命逃得很是艱苦，終於男女主角逃出包圍而重會。

影片裏描寫朝鮮軍隊攻擊美軍的醫院與醫務人員，而美軍的軍醫對朝鮮兒童卻盡力施救，似乎仁慈得不得了。片裏又描寫一名被俘的朝鮮兵，因為害怕得心理失常，要用手榴彈來炸人，結果被珍雅莉臣鎮靜的態度所制服。這部影片不惜暴露美國軍人的厭戰心理，不惜表現美軍的傷亡慘重和狼狽遁逃，目的就在於為美國到朝鮮作戰這件事辯護。美軍對朝鮮兒童的仁慈被重點的描寫了。

導演的手法和演員的表演都很不錯。

這部影片在目的與思想上，和其他以朝鮮戰爭為背景的美國片並沒什麼區別，只是它提到對戰爭的厭倦，表現了美軍的敗逃，這兩點，與其餘那些影片有點不同。

姚嘉衣

特稿

◂《大公報》1955 年 6 月 25 日〈影談〉
〈兩點不同的地方 ——談「戰地天使」〉

的地方——談「戰地天使」〉部分內文於下(筆者案：不妨留意其中「接吻當然是要接的」一句，似乎在調侃荷里活電影，不禁莞爾)：

> 戲院登在報上的廣告說：「本片最近始獲解禁。」
>
> 這部「戰地天使」(Battle Circus)是一九五三年六月間發行的，但據影片公司說，在香港一直未能公映。這是什麼緣故呢？是不是珍雅莉臣在影片裏的表演過於肉感大膽？是不是堪富利保格的搏殺過於兇狠殘酷？這都不是，因為影片裏根本沒有這些東西。接吻當然是要接的，但只到此為止，堪富利保格甚至根本沒有伸拳頭或拔槍打人。
>
> 本片是以朝鮮戰爭為背景的。以朝鮮戰爭作背景的荷里活影片很多，這些影片不外是描寫美軍如何英勇、把對方打得落花流水等等。可是朝鮮戰爭結束不久，每個人從報上都知道這場戰爭的真相，要撒謊捏造實在太困難了一點。美高梅公司負責製片的杜里．沙爾利看得比較深一層，他在這部影片中表面上描寫了美軍的失敗，使觀眾首先不起反感，先爭取到觀眾的信心和同情，然後稍稍歪曲一下雙方戰爭的手段，使觀眾對到朝鮮去殺人的美國軍隊發生好感。
>
> ……
>
> 影片裏描寫朝鮮軍隊攻擊美軍的醫院與醫務人員，而美軍的軍醫對朝鮮兒童却盡力施救，似乎仁慈得不得了。片裏又描寫一名被俘的朝鮮兵，因為害怕得心理失常，要用手榴彈來炸人，結果被珍雅莉臣鎮靜的態度所制服。這部影片不惜暴露美國軍人的厭戰心理，不惜表現美軍的傷亡慘重和狼狽遁逃，目的就在於為美國到朝鮮作戰這件事辯護。美軍對朝鮮兒童的仁慈被重點的描寫了。
>
> 導演的手法和演員的表演都很不錯。
>
> 這部影片在目的與思想上，和其他以朝鮮戰爭為背景的美國片並沒什麼區別，只是它提到對戰爭的厭倦，表現了美軍的敗逃，這兩點，與其餘那些影片有點不同。

第二階段由1956年2月15日(農曆年初四)起，至同年9月止，〈影談〉迎來改革。2月15日當天〈影談〉暫停，取而代之是嶄新的專欄〈電影眾議院〉。所謂「眾議院」，意指專欄不獨刊登一篇影評，而是兩至三篇不等，篇幅都較〈影談〉為短，內容不拘。作者除了是報館邀約的影評人外，還歡迎讀者投稿。首日專欄便有三篇由不同作者執筆的短文，「姚嘉衣」和「邵治明」均見諸其中，另一人是「方聲」。而「姚嘉衣」除了在〈電影眾議院〉首日驚鴻一瞥，寫了一篇〈中國雜技藝術〉，其後就未再露面。

筆者臆測，〈影談〉三位影評人或許公務日繁，稿件恐怕未能日日如期見報。〈電影眾議院〉的誕生，相信是《大公報》的折衷辦法，〈電影眾議院〉成為副刊的正式專欄，幾乎每日見報，反而〈影談〉則待有稿時才間中客串。〈電影眾議院〉的稿件來源易得，反正作者可以是任何一位影評人，亦可以是不見經傳的「讀者」(是真正的讀者還是報館中人則無法證實)。

電影眾議院

中國雜技藝術

金殿福星（The Court Jester）

根州英雄（The Kentuckian）

頭輪影評

狂戀

苦海雙雛

▲《大公報》1956 年 2 月 15 日〈電影眾議院〉〈中國雜技藝術〉及其餘兩篇

▲《大公報》1954 年 3 月 8 日〈頭輪影評〉〈狂戀〉及其餘一篇

〈電影眾議院〉甫登場不夠一個月，由 1956 年 3 月 1 日起，便改名〈頭輪影評〉，至同年 9 月停止。〈頭輪影評〉篇幅與〈電影眾議院〉相若，篇數更為不一，有一至六篇不等，主要分別在於刪去「歡迎讀者投稿」字眼，相信作者都是受《大公報》之邀的特約影評人，內容則限於評論頭輪公映的電影。「姚嘉衣」偶爾在〈頭輪影評〉客串執筆，改以「嘉」署名（〈頭輪影評〉每篇影評的署名一般都用單字），但為數甚少，計有 1956 年 3 月兩篇，4 月一篇。[14]

自 2 月 15 日〈電影眾議院〉登場，至 9 月 28 日〈頭輪影評〉最後一天見報為止，兩個專欄差不多每天見報，反而〈影談〉便淪為後備專欄，由 1956 年 2 月算起，〈影談〉2 月有三篇，3 月有五篇，4 月有六篇，5 月有十五篇，6 月有七篇，7 月有五篇，8 月有十四篇，9 月有十二篇。

由於〈頭輪影評〉的文章篇幅較短，「姚嘉衣」有時興之所至，要發表篇幅較長的影評，便沒刊登於〈頭輪影評〉專欄上，而是署名「姚嘉衣」，以特稿形式刊載，共計七篇：

刊載日期	篇名
1956.3.26	「黃金萬兩」與「奧賽洛」
1956.5.27	瑪丁嘉露論
1956.7.3	「英名蓋世三岔口 傑作驚天十字坡」（上）
1956.7.4	「英名蓋世三岔口 傑作驚天十字坡」（下）
1956.7.18	黃虹八歌
1956.7.19	談幾首歌曲
1956.7.24	談「天仙配」

14　分別是 1956 年 3 月 8 日〈狂戀〉、3 月 10 日〈歷盡滄桑一美人三集〉、4 月 9 日〈蘭閨玉女〉。

寫給姚嘉衣的信

姚嘉衣兄來信說，他收到許多讀者們給他的信。這些信中有的提到了他們對電影的意見，很有發表的價值，他建議我們把這些信刊登出來。我們商量之後，同意了他的建議，以後「大公園」專闢一欄，發表這類信件，凡刊登的都致付稿費（提出問題的短信不付稿費），使得廣大的讀者們有機會把自己對電影的看法寫出來。——編者

推薦「蘇聯雜技團」

嘉衣君：

元旦早晨：南方影業公司和國泰戲院邀我去看「蘇聯雜技團」，請柬中還附有一張字條，要我「觀映後代爲向觀衆推薦介紹」，現在我就向你推薦介紹一下。

每年元旦他們都請我看好戲，去年看的是「蘇聯大馬戲團」——該片曾在香港連映兩個多月，爲香港電影史創一個紀錄——「蘇聯雜技團」却比該片有着更出色的表現。

「蘇聯雜技團」包括蘇聯各加盟共和國的地方藝術表演。有造型人體美，有馬上舞蹈，有狗踢足球，有空中飛人，有體育表演，有丑角戲，有馬戲，有車術表演……總之，非常精采，非常精采；色彩也很鮮艷；尤其是攝影技術。

「蘇聯大馬戲團」你是看過的，「繩上人」和「寶珠馬戲班」我相信你也看過。好與壞在乎比較，你試比較一下，不用我說，你也會大呼「蘇聯雜技團」是最「好嘢」的。

正片前還加映卡通短片，從繪畫技術說，非常之好；同時還有一個正確的主題——描寫年青一代與老一代思想上的矛盾與統一。

從事美術工作的我，對片中「造型人體美」最爲欣賞，看了這片好像參觀一次羅馬的 C APPELLO SISTINA。美西安吉洛與羅丹這兩位雕刻家的傑作，我認爲也無過於此。

這裏附帶告訴你一個好消息：南方影業公司一九五四年度要推出幾部好片子，其中有「大歌舞會」、「沙漠苦戰記」、「鄉村醫生」、「光明之路」、「烏克蘭音樂會」（以上皆蘇聯出品，國語對白）和國產片「兩家春」等。

你覺得刊登這封信會「搶」你的「生意」嗎？那就請你自己另寫一篇介紹吧！不會的話，又如果有稿費的話，請代捐給石硤尾村的災民。

祝福你！

弟 許東俠上

再者：請原諒我沒有稱呼你「先生」，因爲萬一你是一位小姐，那五千元的「名譽損失」我賣十年畫也賠不起呀！

東俠先生：你這樣熱烈推薦「蘇聯雜技團」，該片正式上映時我一定去看。不過我暫時不全部相信你的意見，等我看了覺得真的好時，再向讀者們推薦。

下次來信稱我「先生」，我「絕對」不是小姐，「兄」「弟」均可。不過萬一是小姐，「名譽損失費」決不止五千元。——嘉衣

新謎語

有口皆碑 言之津津

猜九龍一街道名，謎底在「服務版」。（欣欣擬）

大公園

澳門的街名

仙人柱

在澳門這個地方，如果留意一下街道的名稱，也是一件健脾開胃、有益身心的事。

這些街名多樣的，分起類來，大可以分成以下各類：

有澳門特色的有：番攤街。

觸目驚心的有：人頭井、雕場地、鬼仔巷、賊仔街、爛鬼樓等。

香艷纏綿的有：癡愛巷、情人街、美女巷等。

鹹鹹濕濕的有：鹹魚圍、鹹蝦圍等。

香噴噴的有：玫瑰巷、瑰花里等。

「兆頭」不好的有：瘋人院街、監牢街、窮里、暗里等。

以職業名稱爲名的有：工匠巷、木匠巷、轎夫巷、魚翁街、剃髮匠巷、喃巫園、水手斜巷等。

以動物爲名的有：狗虱圍、虱乸街、山鷄巷、水鷄巷、鷄公圍、馬里、……

◄《大公報》1954 年 1 月 10 日首篇〈電影信箱〉

電影信箱

姚嘉衣主答

「電影軌範」及其他

嘉衣先生：

我很佩服你寫的影話，尤其是那篇「漫談凱撒大帝」，能使我知得這個戲的多少東西，本來呢，原先去看這部片子的，爲了我不了解莎翁的作品，因而我願看完了你的大作後，才好購票入座。

我以前讀過了「電影軌範」，這是陳鯉庭先生寫的，聽說國內有了再版，你可以和我託國內的朋友，購買一本轉給我，辦得到嗎？若干費用，可以先付給你。

關於「蒙太奇」是不是僅有十五個法則，而且什麼稱成「蒙太奇」等等，希能在報刊上，寫一篇好像「凱撒大帝」等那樣有份量的文章。這是過份的要求，請原諒我，也是我太熱愛電影藝術的緣故。我也是一個電影工作者，我極愛電影工作，在最窮的時候，假如有好的電影，我情願不吃麵包，也得抽出這些錢，來看一部電影。同時，我的情感豐富，常常會流淚，比如看了「高爾基的童年」，他的偉大的地方，能激動我流淚。在我最困苦的時候，朋友們都伸手來援助我，當然我會感到友誼的溫暖，就是基於這樣，我才有勇氣的活下去了。

最近增闢了讀者影談，我可以參加嗎？以前讀子嘉先生談的「法國電影週」，那部「黑夜黎明」，我沒有看過，真是可惜得很，因爲僅演一場，適遇那天，我沒有錢。可惜嘉先生寫的影談，倒也不錯。拉雜說來，寫得太多了，以後希能賜教，則感激萬分了。專此敬祝

撰安

讀者梁小紅上

梁先生：謝謝你寫信讚我的「影談」。上星期你打電話給大公園的編者先生，要他告訴我，說你寫了幾篇「影談」，他已經轉告我了。其實關於「凱撒大帝」的這幾篇文字，寫得很雜亂，見解也未必全對，很希望你批評指教。「電影軌範」未聽見說有新的再版本，這本書的初版本我看過，內容與觀點也有缺點，所談的技術也已跟不上各國最新的進步，如果再版，相信一定會加以修正。一般電影技術書此地三聯與新民主都可買得到，這兩家書店我常去，這本書假使到這裏，我再通知你，好嗎？你要我寫一篇關於「蒙太奇」的文字。當勉力辦到，只恐怕自己能力有限，寫得不好。所謂只有十五種法則，那是機械的說法，任何藝術部門中，都不可能有一定數目的法則，電影藝術也不例外。讀者們關於電影的意見，我想「大公園」一定樂於發表。——嘉衣

▲《大公報》1954 年 1 月 19 日〈電影信箱〉

影談 答覆讀者來信

去看了一部電影「古城豔盜」，對這種影片加以評論實在是浪費篇幅，也浪費了讀者們閱讀的精力，所以在這裏繼續答覆讀者們的來信。

★趙友慶先生：你關於「公主與七勇士」的問題，有一部分我在昨天答覆曾莫更先生時已經提及，請參閱。普式庚這首故事詩原名叫做「死公主與七勇士」，三聯書店有一本「普式庚童話詩」，裏面就有這首故事詩。這部書印刷得很漂亮，還有許多美麗的插圖，你如有興趣，可以去買來看看。

★張小鳳小姐：你說你對國語片很感興趣，連帶的對國語片的演員們也發生了好感，你要他們的照片，可直接寫信去問他們要，信可由他們所屬的公司轉。你說聽說夏夢要結婚，石慧快生小孩，問我消息是否確實。那是真的。夏夢最近的新戲是「望夫山下」與「不要離開我」，陳娟娟的新戲是「一見鍾情」與「水火之間」。她們的演技各有所長，不能說誰比較好。

★鄭明生先生：你說到一位粵語片的導演先生說，「電話情殺案」編導的處理簡潔而明晰，你不大信，想再問他，一直沒機會，所以寫信請我解釋。我以為他的話是不錯的，試舉一個例子：影片開場時是用推鏡頭介紹倫敦一所考究的房屋，室內，葛萊絲凱萊在溫文地吻她丈夫，他們在吃早餐，報上登着美國作家拔甘明斯到英國的消息。幾個鏡頭介紹拔甘明斯下船而走上的士。然後同樣的推鏡頭介紹那所考究的房子，室內，那是下午，葛萊絲凱萊在毫不溫文地吻她的情人甘明斯。如果編導的才能差一點，他或許會用十五分鐘的時間十五頁的對話來表達這些關係，而該片大概只用了一分鐘，沒有一句對話。又如葛萊絲凱萊被判死刑那一場也是簡潔而很有力量。這部影片技術不錯，但內容沒有什麼意義。

★李文先生：你說在「美國電影分析」的連載中提到荷里活拍了許多關於朝鮮的影片，可是在香港不大看得到，那是什麼道理？美國在朝鮮明明打了敗仗，他們不可能在電影中自誇大捷，所以那些影片的情節都十分勉強，賣座沒有一部是好的。這種影片有些在香港上映過的，不過引不起觀眾的注意，映不了幾天就抽掉了。這種電影荷里活還在拍攝的，最近拍了一部「戰俘」，裏面說中國人與蘇聯人虐待被俘的美國兵，逼他們承認進行細菌戰。美國的「電影評論」說這是一部「自己毀謗自己的宣傳性影片……劇作者與製片人的目標非常混亂，不用說，演員與導演的毫不高明是預先註定了的。」

★陳樂倫先生：你問我「罪惡樂園」中蘇珊希活在救了丈夫之後為什麼要一個人獨自留下。這點影片中交待得很不清楚，我也不知道。美國電影中常常有這種無法解釋的地方，恐怕編導者自己也未必十分明白。

姚嘉衣

▲《大公報》1954 年 9 月 2 日〈影談〉〈答覆讀者來信〉

影談 談舊片的重映

英國近代一位著名的文學批評家曾說：對莎士比亞的「哈姆萊特」，他在十幾歲時早就能從頭至尾的背誦，但從二十幾歲起，一直到他頭髮白了，每隔幾年就要重讀一次，而每次重讀的時候，總能獲得許多新鮮的東西，有許多從前不曾有過的奇妙感受。

我想這幾句話決不是誇張，我們自己或許也有過這種經驗。我們從小就讀「水滸傳」與「紅樓夢」，長大之後，有許多人也是每隔幾年就重讀一次，年紀愈大，重讀時了解得也愈多。而這種「發掘」，似乎永遠是無窮無盡的。

最近國泰戲院舉行「一九四九—一九五五獲獎優秀影片展覽月」，把十多部好片讓我們再重溫一遍。從前錯過了機會而沒看到的人，固然可以乘機補一補；而以前已經看過了的人，也不妨再去看看。古語說，「溫故而知新」，我想對於這次展出的大部份影片，也都是適合的。

當然，這些影片絕對不能與「哈姆萊特」或「紅樓夢」相提並論，我舉了上面這兩個例子也決不是類比的意思。這些影片雖然比較是好的，但一來其中質素相互間頗有距離，我想許多人都會承認，「梁祝」是比那些香港的獲獎片好得多；二來，這些影片的內容究竟也沒有豐富到可以百看不厭的地步。

但我自己卻碰是有了「溫故而知新」的經驗，那是在去重看「我這一輩子」的時候。這部影片我以前曾看過兩次，每一個場面都是記得清清楚楚的，例如「五十塊！這麼貴！幹什麼？」這些對話，還常和朋友們鬧着玩的學說，但這次再看，竟又發現了許多從前沒有領略到的妙趣。電影並沒有改變，認識之所以不同，那是由於自己的思想情感與知識，與從前的自己是有點不同了。

比如說：電影中有一個鏡頭是革命者[illegible]被槍斃而跌倒，緊跟着一個鏡頭是持槍的海福英勇地站起來向前衝鋒。簡單的看，這是按着時間發生的次序，在敘述一個故事中所發生的事件，在交代情節，然而在兩個鏡頭「撞擊」而產生出來的「蒙太奇」之中，卻含着深刻的意義：「一個人倒下去，千萬人英勇地站了起來。」

又如石揮在警局中受刑，他被倒轉了灌涼水。鏡頭採取了從他眼中看出來的角度，牆上蔣介石的像，以及「禮義廉恥」四個大字，都倒了轉來。這是合於生活中真實的，然而同時也極有意義，這不是生硬的象徵，而是藝術形象與思想內容巧妙的結合。

這些我從前沒有好好地體會到，而現在是想到了。我想，別的觀眾一定也會在舊片之中，找到對於他是嶄新的東西。

姚嘉衣

▲《大公報》1957 年 7 月 5 日〈影談〉〈談舊片的重映〉

黃虹八歌

我們曾在兩部紀錄影片中聽過黃虹的歌唱，固然那時也受到了感動，但決不是親耳聽到她原音的那麼如醉如癡。我們在收音機、唱片和音樂會中聽到過若干名家的歌唱，雖然覺得好，但很少有這種如坐春風的甜美感覺。比如說著名的華格納樂曲演唱家海倫查拉賽，講到技巧的修養、音域之大等等，應該說比黃虹更好，然而黃虹在台下所有的聽眾都着了迷般沉醉，而海倫查拉賽卻不能夠，那是什麼緣故呢？

原因之一，或許是因為黃虹唱的都是我們全部理解的中國歌。這些歌曲的曲調雖然有些我們以前從來沒聽見過，但它的旋律和節奏，和我們民族的生活完全是一致而和諧的，一聽到，好像立刻和我們脈搏的跳動合拍。海倫查拉賽唱的卻是些德國歌，內容既不大理解，曲調對中國人來說又很拗。我們欣賞的只是她圓熟的技巧，驚訝於她音量的宏大。

但我想這並不是最重要的原因。我親眼見過一個英國朋友聽「李陵碑」的京劇唱片而泫然淚下，可是他是不懂中國話的，他所以感動，完全是由於音樂中那種蒼涼悲壯的情感和氣氛影響了他的心靈。黃虹的嗓子固然好極，但她又把自己的情感注入了歌曲之中，她使我們的心靈循着她的歌聲而跟從了她的情感，於是她歡樂，我們也歡樂，她熱情，我們也熱情，她幸而沒唱哀傷的歌，否則聽眾們會跟着她哭的。她不一定是有意的這樣來影響別人，只因為她自己是這樣的感動了，藝術的巨大感染力使人不能冷靜。

我前後一共聽黃虹唱了八首歌，覺得每一首歌都有它的特點。我不懂聲樂上的專門技術問題，這裏只談談我直接的感受。

「耍山調」是最受歡迎的曲子，一聲清脆而爽朗的「姐姐喲」，馬上把你帶入了一種少女們單純美麗的歡樂之中，你想到一羣女孩子們穿着新衣服，手挽着手，咭咭呱呱的笑着，一路玩一路吃東西。她一口氣快速地念着「大姐、二姐……小十妹」，你只覺眼前一片花團錦簇。「飄蕩飄蕩」這四個字唱得那麼悠閒而起伏有致，你就像坐在綠波托着的小船裏輕輕搖擺；「滴滴都都又下來了」這一句清脆而快速，真如白樂天詩句中所寫的「大珠小珠落玉盤」，只覺驟珠搖玉、風飄紅裳，十個少女從三百三十三級石級上奔躍而下，結尾「哎喲，好耍呀！」這句滿足喜悅的歎息，在聽眾心裏也正是這樣一個結論：哎喲，好耍呀！

在空中像銀鈴鼓盪動的「依啦」一聲，如果真是在「山對山來岩對岩」的薔薇山中喊了出來，一定是山谷鳴響，引起了長長的回聲吧。要唱給小河對面的情哥聽，正是應該這樣嘹亮而熱情地大叫一聲的，對河的情哥聽見了掉過頭來，接着把堅決而樂觀的心意告訴他。怕什麼？為你死也可以的。蜜蜂不是做了麼？梁山伯不是這樣做了麼？我們中間隔着小河，兩人合力就造成了橋。我們的愛情中有着阻礙，兩人合力就克服了它。這歌中用死來表示堅決，但又強調着樂觀和成功的可能，真是最好的情歌。

「蛤蟆調」和「猜調」是兩首有趣的對唱山歌。一隻蛤蟆有一張嘴、兩個眼睛四條腿，兩隻蛤蟆就有兩張嘴、四個眼睛八條腿，這樣一直唱上去。這歌大概是兩人對唱的，「楊柳楊柳青、隔過粉牆來」這一段本身沒有意義，只是為了拖延時間，口中這樣唱的時候，心裏就在計算五隻蛤蟆有幾條腿，六隻蛤蟆有幾個眼睛，誰先弄錯，誰就輸了。這兩首歌唱完的時候，接着一定是嘻嘻哈哈的一陣哄笑。黃虹唱得輕快歡樂，正是曲調中要求的情調。

「趕馬調」曲調曼長，大概唱的人一面在山路上趕馬，一面放開了嗓子抒述着心裏的理想，嫁女兒要嫁給勤勞的男兒，娶媳婦要娶個聰明的姑娘。這歌中微微還有一點嚴謹的意味，當趕馬的人遠遠聽見迎面走來一位大姑娘時，他會大唱「懶惰的姑娘她一樣也不行」吧。這位大姑娘臉一紅，等到交叉而過，轉了個彎，山那邊突然響起了姑娘的「無用的人啊他遊蕩閑一生」那清亮的歌聲。

「放馬山歌」的特點是每四句之後一聲趕馬的吆喝聲。一個鄉下姑娘拿了鞭子，趕着大馬小馬上山吃草，唱幾句，吆喝幾聲。我們好像聞到了青草和露水的氣息，看到這鄉下姑娘追逐着亂跳亂蹦的小馬。

柔潤的轉折和流暢，我以為是「採茶」與「雨不洒花花不紅」兩首歌的特點。這兩首都是情歌，描寫含情脈脈的女兒心事，不像「[illegible]渡山歌」那樣熱烈奔放。妹妹綉手巾的時候，四角綉了茶花，但在中間，卻綉上了那個採茶郎，這塊手巾，一定是誰也不讓看的了。女兒手攀槐樹在望郎來，媽媽奇怪了：「你老是望，望什麼呀？癡丫頭！」女兒害羞撒個謊：「我望槐花幾時開。」這四句歌所寫的真是絕好的意境。王國維論詞以「不隔」為高，這首民歌的寫情，那真是「不隔」了。黃虹唱到「雨不翻身不下雨」在這「雨」字上一拖，非常舒服的轉入了下一句，固然好聽，也流露了一個痴愛着的少女那種溫甜蜜的情懷。

歌曲的情調有時豪放，有時細膩，全都極美。而用來傳達這些感情的，又是一副甜極亮極的好嗓子。即使是唱到最高的地方，還是如說話那麼輕鬆自然，沒有半點費力的神態，沒有半點刻意彫琢的痕跡。別人以一生之苦功所達不到的「純樸之至美」的境界，黃虹似乎在無意之間就得到了。

姚嘉衣

▲《大公報》1956 年 7 月 18 日〈黃虹八歌〉

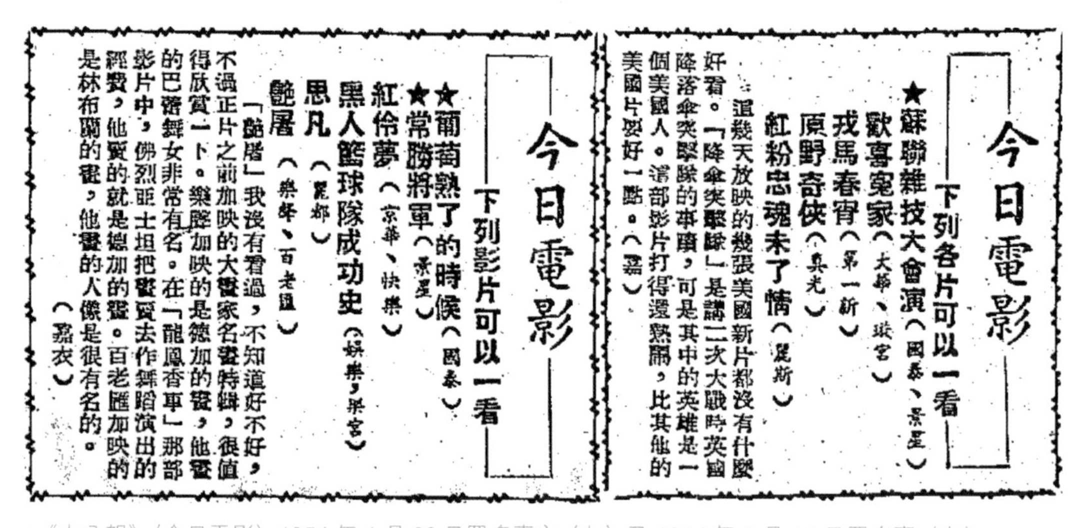
今日電影

下列影片可以一看

★葡萄熟了的時候（國泰）
★常勝將軍（景星）
紅伶夢（京華、快樂）
黑人籃球隊成功史（娛樂，琪宮）
思凡（麗都）
艷屠（樂聲、百老匯）

「艷屠」我沒有看過，不知道好不好，不過正片之前加映的大畫家名畫特輯，很值得欣賞一下。樂聲加映的是德加的畫，他畫的巴黎舞女非常有名。在「龍鳳香車」那部影片中，佛烈亞士坦把畫貿去作舞蹈演出的佈景，他畫的就是德加的畫。百老匯加映的是林布蘭的畫，他畫的人像是很有名的。（嘉衣）

今日電影

下列各片可以一看

★蘇聯雜技大會演（國泰、景星）
歡喜冤家（大華、琪宮）
戎馬春宵（第一新）
原野奇俠（真光）
紅粉忠魂未了情（麗斯）

這幾天放映的幾張美國新片都沒有什麼好看。「降傘突擊隊」是講二次大戰時英國降落傘突擊隊的事蹟，可是其中的英雄是一個美國人。這部影片打得還熱鬧，比其他的美國片要好一點。（嘉）

▲《大公報》〈今日電影〉1954 年 1 月 30 日署名嘉衣（左）及 1954 年 2 月 10 日署名嘉（右）

第三階段由 1956 年 10 月起，〈頭輪影評〉告終，〈影談〉重拾原配地位，幾乎每日刊載。而影評人陳容亦早於 1956 年 4 月起擴大，計有「良規」、「康辛」、「勛叔」、「潘君儀」、「方茵」、「司晋」、「方慎聲」、「柳如眉」、「關山」等相繼加入，「李慕長」亦增加寫作量；反之「邵治明」早已退出，而「姚嘉衣」亦大幅減產。此後，至「姚嘉衣」在〈影談〉刊登最後一篇〈談舊片的重映〉的 1957 年 7 月 5 日為止，主要由「潘君儀」、「康辛」、「方慎聲」和「李慕長」四人執筆，「姚嘉衣」僅偶然見報。

綜觀金庸以「姚馥蘭」、「林子暢」、「蕭子嘉」和「姚嘉衣」四個筆名化身的影評人當中，以「姚嘉衣」寫得最久最多，共計約三百五十七篇（包括以特稿形式刊載的七篇）。[15]

除了寫影評，「姚嘉衣」還由 1954 年 1 月 10 日起，開闢〈電影信箱〉專欄，用於刊登讀者來函及回答讀者問題，文末署名簡寫為「嘉衣」。首日刊登一封「許東俠」的來函，信末一段：

> 請原諒我沒有稱呼你「先生」，因為萬一你是一位小姐，那五千元的「名譽損失」我畫十年畫也賠不起呀！

這種調侃的筆調，不妨與「姚嘉衣」首篇〈影談〉〈從賀年卡談起〉對照，筆者不期然猜想這個「許東俠」就是金庸「杜撰」出來的！

這個專欄亦非每天刊登，有時連續幾天見報，有時卻要數天才露面一次。該天是否見報，亦與當日的〈影談〉是否由「姚嘉衣」撰寫沒有關係。然而，這個專欄為時甚短，不能跟「姚嘉衣」的〈影談〉「白頭偕老」，僅三個多月告終，最後於 1954 年 4 月 19 日見報後便戛然而止。之後，「姚嘉衣」只會非常偶然地在某日的〈影談〉專欄答覆讀者來信。

由 1954 年 1 月 30 日起，「姚嘉衣」更開闢一

---

15 由 1954 年 1 月 1 日至 1957 年 7 月 5 日止，筆者缺其中六天《大公報》〈大公園〉副刊書影，因而未能確知「姚嘉衣」有否在這六天刊載影評。

片小區，名為〈今日電影〉，即電影推介，初時文末署名「嘉衣」，由 1954 年 2 月 10 日起再簡略為「嘉」。這片小區為時極短，最後於 1954 年 2 月 28 日與讀者見面後便不辭而別，前後不竟一月。

《大公報》文藝文章

嘉衣

「姚嘉衣」為《大公報》撰寫〈影談〉期間，偶爾會以「嘉衣」之名，客串一些翻譯工作，1954 年 4 月 15 日至 17 日一連三天，翻譯蘇聯著名芭蕾舞家烏蘭諾娃的〈談談舞蹈〉。首兩天沒有署名，僅在最後一期印有「嘉衣譯」。

談談舞蹈（下）

烏蘭諾娃

「天鵝湖」中的天鵝

我記得一次在列寧格勒演出的「天鵝湖」，在這齣戲中，奧黛特和歐蒂爾的角色由兩個女舞蹈家分擔。我要跳歐蒂爾的角色，她在這童話中被變成了一隻天鵝，幾乎花整個巴蕾舞劇中都要演出。

在排練開始之前，我化了很長的時間觀察天鵝和一般的鳥類；我注意鳥翼的動作，以及這些活潑壯健的鳥兒們卓越的身體機能。我不再願做一個在舞台上穿上天鵝裝束的少女，我要演一隻天鵝，要體現她藝術性的造像。由於研究實物，我以藝術性的體現達到了天鵝的形象，使我的手臂和我整個身體儘可能的掌握天鵝動作的特點。

這些對於塑劇姿勢的思考和探索當然並不只是我個人的事。我自己藝術經驗的豐富，是與我們劇院的巴蕾舞團同時並進的。再者，我認爲蘇聯巴蕾舞藝術發展的整個過程，決定與發展了我們創造上的個性。我在實踐中開始着手解決的問題，也是我們整個巴蕾舞劇院，尤其是它最積極、最愛研究的人員們的問題。

超越成法的限制

在一個角色或另一個角色中的舞蹈動作，幾乎總是極少變化的。古典舞蹈的位置和步法一經確定之後，就永遠一成不變地繼續下去。

然而在舞蹈的時候，我不願、也不能被這些成法所限制。我要生活在所演出的舞劇的藝術形象之中，通過這種形象，我要設法超越舞蹈中的成法。在這種地方，我舞蹈中所出現的精微差別，這種差別有時幾乎是不易察覺的，終於幫助創造了所需要的造型形象。精密設計的生動的造像，總是帶給許多人一種重要而有趣味的感覺。只有努力分析造像，使表現性的舞蹈動作服從於這造像的內容，才能眞正使它與今日觀衆們一般的觀念與氣質得到和諧。

表演英勇的中國姑娘

不久以前，大劇院在隔了一段很長的時間之後，上演了格里爾「紅罌粟花」的新的演出。在這舞劇中，我跳中國少女陶華的角色。過去，在二十世紀二十年代這舞劇的上一個演出中，她是愛上了一位外來的蘇聯船員的中國姑娘的單純形象。今天，陶華的形象中充滿了新的內容，關於目前的局勢，它與中國人民歷史性的勝利、以及全世界所有不獨立與受壓迫人民解放運動的關係，我把我的了解和看法，儘可能的表現在這個交託給我的角色之中。

在目前的演出中，陶華是一個覺悟了的英勇的人物，是爲爭取她人民的自由而鬥爭的戰士。她外表上是舞廳中的一個舞女，服從她主人的意思，但在這外表之下，她隱藏着一顆不可征服的、無所恐懼的心，她輕視危險，不折不撓地堅決地團結廣大人民，反抗那些奴役他們的人。陶華散發宣傳品，參加勞動人民準備起義舉事的集會。巴蕾舞劇抒情的主調成爲大要：在蘇聯商船船長的身上，這位姑娘首先看到了一位堅決保衞全世界和平的社會主義的大國的代表。陶華救了這位蘇聯船員，把他手中的一碗毒酒打掉。當起義的領袖遭到生命危險時，陶華毫不遲疑地用自己的生命代替了他。

建立和平幸福的生活

如果我在了解和表現陶華這正確的形象中得到了成功，在某種程度上能在舞台上體現了她，這要歸功於我自己的成長和蘇聯巴蕾舞的發展。我們每一件藝術上的成功，不管這成功是如何的微小，都是我們各個劇院目前的制度的成功，這種制度訓練了有修養的廣泛發展的藝術家，他們自覺地爲他們人民當前的利益服務，愉快地把他們的全力放在他們的日常工作之中，這種工作是受到爲全世界所有人民建立和平幸福生活的偉大意念所激勵鼓動的。（嘉衣譯）

和平幸福生活的偉大意念所激勵鼓動的。（嘉衣譯）

▲《大公報》1954 年 4 月 17 日〈談談舞蹈（下）〉

子暢

類似的翻譯工作，亦有由「子暢」分擔職務。「子暢」是「林子暢」的略寫，是金庸之前為《新晚報》撰寫影評時用的筆名。「子暢」在《大公報》現身，亦屬客串身份，翻譯了美國劇作家 J．勞遜的〈美國電影分析〉，由 1954 年 7 月 18 日至 10 月 20 日每天連載，中間在 9 月 25 日至 10 月 3 日，因生病而暫停了九天，共計八十六期。每期均沒有署名，僅在最後一期印有「子暢譯」。

〈美國電影分析〉是長篇譯作。茲將首天內文輯錄於下：

> 一、電影與外交政策
>
> 一九五〇年初，「星期六文學評論報」（現在改名為「星期六評論報」）刊載了一些文章，討論電影在支持美國外交政策中所發生的作用。這發表在該刊四期上的一系列的社評和文字，透露了替政府戰爭計劃作宣傳的人們所遭遇的困難，以及在這世界性的計劃中交給荷里活的特殊任務。
>
> 諾曼．克純斯寫道，「對於世界上大多數人，關於美國的知識的主要來源，是美國電影。」克純斯遺憾地認為，美國電影把我們的國家主要描為一個「謀殺者、匪徒、遊手好閒的人、飯桶、酒徒、替盜賊把風的小流氓、妓女、騙子的國家。」
>
> 克純斯要求影片能引起人們「對司法與代議政府的作用發生尊敬。」電影製作商協會的主席愛力克．莊士頓在答覆克純斯時說，荷里活製作「娛樂性的、沒有思想灌

輸或說教的」影片，它幹得很好。他描寫荷里活的產品是「輕鬆的軟性的歌舞片。喜劇片。不錯，還有些『砰砰片』，在這些影片裏，勇敢的牛仔們追趕偷牲口的盜賊而把他們打瓜。有趣的東西，逃避現實的東西。」

莊士頓用他那別人難以模倣的商會體的散文作出了結論：「我們永遠希望，我們所有的電影混合起來，能在別人眼前出現美國那淡淡的幽靈般的形狀。」他提到一個「幽靈般的形狀」，使我們不由得覺得，莊士頓認為反映美國生活的電影，是鬼魂的展覽。無論如何，他對於電影作為「一個自由國家的使者」而到海外去，很感滿意。

在最後的一篇文章中，克純斯強調輸出問題的緊要性。他抨擊莊士頓那「顯著的意見，認為一部影片對美國觀眾與外國觀眾所發生的影響不必加以區別。」他重複他曾經堅持過的電影的重要性：「沒有一種手段，能夠在每個星期或每個月這樣一個連續的時間中，吸引成百萬人民的注意。至於談到今日的思想鬥爭，沒有一種手段能夠這樣有效的把美國反映給外國觀眾。」

莊士頓和克純斯告訴了我們很多關於思想鬥爭的東西，這或許比他們原來想說的為多。他們同意，電影必須作為外交政策的一種工具而來加以估計，送到別國去的影片必須符合政府的宣傳要求。事實上，他們兩個人對政府當局都是這樣死心塌地的順從，似乎頗有互相碰得頭破血流的危險。宣傳問題是如此的緊迫，以致他們省却了在對「文化問題」的爭執中通常有的禮讓。他們的文章是很明顯的不顯到美學的標準和人的價值。他們所爭辯的是灌輸思想的方法。藝術與生活，真理與美，在他們的論爭中沒有地位。

〈美國電影分析〉結束後五日，「子暢」接續另一個翻譯任務，翻譯法國作家莫洛亞的〈幸福婚姻講座〉，千萬別光看標題「法國教授主講」，又以「講座」為名，就誤會金庸當起婚姻顧問，其實這是一個長篇故事，以模擬一位教授主講講座的情景寫出。筆者以 1954 年 10 月 22 日的預告權作介紹：「莫洛亞文筆輕鬆，態度幽默，用戲劇化的方法描寫一對夫婦從求婚直至銀婚的經歷，講解夫婦之間如何可以謀致幸福，如何避免悲劇。」

該文由 1954 年 10 月 25 日起連載，共七十四期，至 1955 年 1 月 10 日結束（其間 1954 年 12 月 22 日及 1955 年 1 月 1 日至 3 日共停四天）。這次「子暢譯」三字每期均在文首原著者名字之旁出現了。

該文以幽默及調侃的筆法分析兩性對婚姻的看法。筆者引第一期其中一段作例，當中「女人等男人就像蜘蛛等蒼蠅」的比喻，尤其抵死。

> 我們在第一課裏要研究婚姻的先決問題，那就是求婚和追求成功。表面上看來，好像是男人追求到了女人；事實上，這是女人出於愛情或者友誼，使結婚結成功。我知道，一向的習慣總是女人等男人來求婚，但這等待決不是消極的。「女人等男人。不錯。但那就像蜘蛛等蒼蠅。」

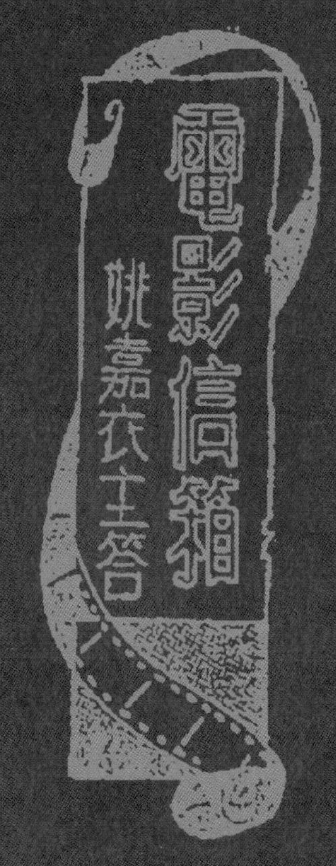

美國電影分析

(美國劇作家) J.勞遜作

高爾基的「母親」

華爾街迫害性的權力，在美國獨立的電影藝術的道路上加上了困難。但不向這些困難屈服的藝術家們可以得到巨大的收穫，那就是人民的愛戴、愛國性的成就、那還沒有說出來的故事中的宏大與英勇——傳說與歷史中豐富的泉源、勞工與黑人的鬥爭、日常生活中的英勇事蹟。那些對他們自己、對他們的國家、對將來沒有失却信心的各個階級，在他們的普通生活充滿着仁慈、深情、和道義。

在「母親」那部小說中，高爾基描寫了一個工人階級女人的覺醒。當那位母親了解了她兒子所從事的鬥爭之後，她知道他是在爲一切善良的與實在的東西而鬥爭，在爲人類的將來而鬥爭。使「母親」這部小說具有深刻而不朽的意義的，是它一方面具有一貫的階級觀點，另一方面重視人性和道德，這並不是抽象的概念，而是工人階級正在爲之而鬥爭的東西。當她兒子在五一勞動節的遊行中被捕時，那位母親拾起了本來由兒子高舉着而現在已被撕破了的旗，向她四周的人民羣衆大叫：

……「你們都是親愛的人，你們都是好人。放開心胸，不害怕，不恐懼，放眼瞧。我們的兒女正在走到世界上來，我們的兒女正在走出來，我們的血爲眞理而流，他們心地正直，他們打開了新路的大門——那是一條給一切人走的又直又寬的路……」

在這部小說的後部，她又叫道，「我們要把整個生命弄得乾乾淨淨。」

美國獨立製片所需要的藝術家們，應該像這樣的了解現實，能夠打開他們的心胸，「不害怕，不恐懼，放眼瞧，」把他們的藝術用在對人類的敬愛上，去「把整個生命弄得乾乾淨淨。」

(全文完。子暘譯)

▶《大公報》1954 年 10 月 20 日
〈美國電影分析〉最後一期

法國教授主講 幸福婚姻講座

(法國)莫洛亞作 子暘譯

第一課 求婚和勝利

法國一所大學裏的一間小課堂。學生們一路閑談低語着進來。打鐘了，教授請大家安靜。

教授：各位女士、各位先生——這似乎很奇怪，一位大學教授竟會開課講授婚姻問題，對於這個問題，生活與經驗會講得比任何大師更好。那不錯，但是生活要在你經過許多試驗，犯了許多過失之後才慢慢的教會你。爲什麼不避免這許多痛苦？爲什麼不從別人的經驗中得到好處？我想稍稍說明一下。我這講座中將包括一些戲劇化的演出，在這裏你們的面前表演，用來說明在婚姻生活中應該怎樣，不應該怎樣。喜劇一向是人類的偉大導師。通過一些短短的喜劇，我希望能夠向你們指出某些錯誤的愚蠢的態度，使得你們不致去犯同樣的毛病。

我們在第一課裏要研究婚姻的先決問題，那就是求婚和追求成功。表面上看來，好像是男人追求到了女人；事實上，這是女人出於愛情或者友誼，使結婚結成功。我知道，一向的習慣總是女人等男人來求婚，但這等待決不是消極的。「女人等男人。不錯。但那就像蜘蛛等蒼蠅。」

各位小姐，這並不是不好。一個女人如認爲一個男人可以使他們兩人都能得到眞正的幸福，那麼設法引他和她結婚完全是對的。她有時不得不採取一點旁敲側擊的辦法，因爲男人不大肯放棄他自由自在的獨身生活，他不久就會對這位小姐的態度發生疑心，因而採取防禦。對付男人這種態度的關鍵是在他的自負。男人總自以爲了不起，而且相當虛榮。在「馬薩克的亞波隆」(L'Apollon de Marsac)那本書中，吉拉杜(Giradoux)指出，一個男人不論是多麼難看，如果一個女人說他漂亮，他總會相信。今天，我們表示給你們看，從友誼通到婚姻的最短道路，在於女人對男人職業的關心和敬仰。

這是我們的兩位角色：瑪麗絲，二十歲，正在她青春的最好時期；菲立普，一位年青的工程師，廿九歲。在第一場中，他們正在海邊渡假，一起躺在沙灘上。

(鋼琴輕彈德布西的「大海」。)

菲立普　你眞有點兒古怪，瑪麗絲。昨天，你親親熱熱的，讓我靠在你身旁躺着……但今天，你却沒精打采，冷冷淡淡。

瑪麗絲　你才古怪呢。你追求我追了兩星期，但什麼名堂也沒有。你靠在我身旁，你要和我親嘴，可什麼話都不說。

菲　你要我說什麼呀？說話有什麼用？我並不覺得說話有什麼好處。(一)

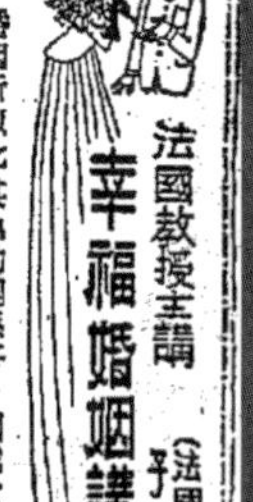

▲《大公報》1954 年 10 月 25 日
〈幸福婚姻講座〉首期

法國教授主講 幸福婚姻講座

(法國)莫洛亞作 子暘譯

教授　婚姻所以比其他的關係好，因爲它使丈夫和妻子都有時間來互相適應。如果男女之間惟一的聯繫只是性慾，那麼只要爭吵一次，一切就都完了。他們就會分手，去和別人發生關係，但新的關係也不見得會維持得比較久一些。在一個幸福的婚姻之中，在愛情之上會逐漸逐漸的產生友誼，這更爲強固，因爲那是從心靈和肉體兩方面生長出來的。拉．華先—福高爾(La Roche-Foucauld)曾寫道，「有良好的婚姻，但少有愉快的婚姻。」(Il y a de bons mariages, mais il n'y en a point de delicieux)我希望我已向你們表示，你們這一代能夠得到愉快的婚姻，而且應該得到。根據莎士比亞、莫里哀，或者博馬舍，愛情開始的時候總是一個愉快的求愛的場面，但婚禮一結束，接着而來的就是不和和痛苦。溫柔體貼的丈夫變成一個放蕩無行的浪子，或者是妒忌的老不死，新娘不是向人賣弄風情，就是兇狠潑辣。在這個講座中，我們曾設法替我們這對夫妻尋求一種可以終身維持下去的關係。我們現代的朱麗葉是羅米歐的同事和朋友，他們的談話當然沒有那麼富有詩意。但這種平凡的愛情自有它本色之美。就像兩位音樂家極度和諧地合奏直到曲子奏完一樣，一種幸福的婚姻也是這樣令雙方心滿意足的直到老年。你是不是要得到這樣一種婚姻呢？這要由你來決定，完全由你決定。在你們離開之前，我要贈給你們亞蘭(Alain)所說的幾句話，那是關於對婚姻的誠意的：「不管你是自願結婚的，還是被人勸誘而結婚的，事實總是這樣，現在你不得不和一個人在極度親密的狀態下共同生活，這個人其實你並不是眞正了解的，因爲戀愛的初步階段不會告訴你什麼東西。你必須勇往直前，解決一切可能發生的問題，而不能等待……所有一切有價值的東西都是困難的。和某一個人快樂地在一起生活是一件艱鉅的任務，需要雙方都具有誠意。即使在二十年之後，你仍然必須需要愛，需要被愛。」

在婚姻中，就像人類所有的事情一樣，最重要的是幸福。在每一課中我們都看到菲立普和瑪麗絲面臨婚姻的歧路。每一次他們都有兩條路可資選擇，他們的婚姻是成功還是失敗就在乎他們作什麼決定。各位小姐，各位先生，你們自己不久也會面臨這種決定。一定要選擇忠誠，因爲這是得到幸福的最確實的途徑。

(鋼琴彈奏婚禮進行曲。)(全文完)

▶《大公報》1955 年 1 月 10 日
〈幸福婚姻講座〉最後一期

▶《大公報》1955 年 5 月 25 日
〈怎樣看「天鵝湖」〉

怎樣看「天鵝湖」

子暢

當你第一遍看「天鵝湖」舞劇的時候，你大概會完全被美麗的音樂和舞蹈迷住了，但當第二遍第三遍看的時候，你或許會想多知道一些關於這個舞劇的東西。烏蘭諾娃這個動作是什麼意思啊？王子爲什麼要把她舉起來呢？那四個年輕女孩子代表的是什麼？等等。

「天鵝湖舞曲」這部影片中包括三個舞劇。「巴黎的火焰」是最容易懂的，幾乎用不着什麼解釋。「巴赫契沙拉伊的噴泉」的主要之點是它所包含的哲學思想，姚嘉衣兄在「影談」中已經談過了。「天鵝湖」是最抒情的作品，象徵的表現手法最多，單就舞蹈而論，是芭蕾舞劇中比較難懂的。

「天鵝湖」共分四幕，全部在舞台上演出時需要三個鐘頭。其中第二幕（即王子和天鵝公主奧狄蒂的會見）最重要，所以在影片佔的篇幅也最多。第一幕是王子和朋友們的飲宴和王后命他選擇新娘。第三幕是宮中舞會和奧蒂爾來引誘王子。第四幕是打倒惡魔，天鵝回復人形。第四幕的音樂最好聽，但舞蹈設計並不傑出，所以影片中簡短的交代過就算了。

我在這裏只把第二幕中的幾個問題談一下，讓本來對巴蕾舞不大熟悉的讀者們有一個大致的概念，以增加看電影時的興趣。

第二幕出場的人員本來規定是奧狄蒂、王子、他的朋友本諾、惡魔羅斯柏特、十六名獵人、四十個天鵝。但一般巴蕾舞劇團沒有這許多人員，所以天鵝與獵人的數目都大加減少，但舞步與排列仍舊是一樣的。

第二幕演出的時間共二十五分鐘（電影中沒有那麼長，因爲已有省略），共分爲十個小節，每個小節的舞蹈性質和長短各各不同，互相對比而又互相平衡。

我們看電影，鏡頭的角度導演是已經代我們選擇好了的，但真正的舞台劇卻不同了。看巴蕾舞的觀衆有的坐在大廳的中央，那是正看，有的坐在兩側，那就是斜看，更有坐在樓座和包廂中的，那是從上向下看。舞蹈設計人最大的難題之一，就是每一個場面不論用什麼角度去看都是美的。據說，看巴蕾舞老資格的觀衆，對同一個舞劇如連看幾次，每次都要掉換座位，以便得到不同的視野。「天鵝湖」中那些舞蹈家的排列，你在平面上看過去極美，垂直的望下來也極美。在「大欲舞會」的一段「天鵝湖」中，幾十個女舞蹈家伏在地上，電影用俯攝鏡頭，從上面望下去就像是一片片的花瓣，組成了一朵大花。

「天鵝湖」的主題是浪漫派的，所以舞蹈家的舞步不但美麗，還要使觀衆們感覺到，他們所看到的是一羣有人類的靈魂的天鵝，她們還有不同的個性和動作——受驚的天鵝、安靜的天鵝、非常幼小的天鵝、快樂的天鵝、在天空飛在水上游的天鵝。（一）

▼《大公報》1954 年 3 月 15 日
〈請動動腦筋〉

請動動腦筋

暢

有一天，我遇到了一件愉快而出於意料之外的事。那是這樣的。

我正在大街上閒步，忽然聽見一個人說，「啊！那是老卜！」

我轉過身來。那是我在牛津大學念書時的老同學。我們分別已有二十年之久，一直未通音訊。

我們當然停下來傾談一番。「我已經結了婚」。我的朋友說。「你有沒有結婚？有沒有兒女？這是我的小女兒。」

我和那女孩握手——她很好看，大約八九歲的樣子。

「你叫什麼名字？」我問她。

「瑪麗。」

「瑪麗，」我說。「很好。這和你媽媽的名字相同。」

你猜猜看，我怎麼知道她媽媽的名字也叫瑪麗。（答案在「新野」中）

每週漫談

▶《大公報》1954 年 5 月 20 日
〈李絲梨嘉儂演巴蕾舞劇〉

李絲梨嘉儂演巴蕾舞劇

電影明星李絲梨嘉儂最近加入巴蕾舞團在倫敦等地演出，圖中是她跳「睡美人」（La Belle au Bois Dormant）的一個場面。這舞劇是講一個走鋼索女郎的故事，並不是柴可夫斯基的巴蕾舞劇「睡美人」。她的鋼索被一個追求她不遂的男人割斷，因而跌了下來。這舞劇的男主角與編舞人是羅蘭・貝蒂，即在影片「安徒生傳」中演出的男舞蹈家。據批評家說，李絲梨嘉儂的個性和演技都很迷人，但因爲舞蹈技術不十分到家，編舞人不能運用很多精采的動作，所以這個舞劇的演出沒有得到多大成功。（暢）

李絲梨嘉儂在巴蕾舞劇「睡美人」中

很難相信上文是出自金庸的手筆吧！且慢，那只是譯作，並不一定是金庸的男女觀！

除了翻譯之外，「子暢」偶然亦有自己的評論。1955 年 5 月 25 日至 26 日一連兩天，「子暢」發表了一篇短文〈怎樣看「天鵝湖」〉。

暢

至於比「子暢」再簡略的筆名「暢」，則更是難得一見的客串，任務是翻譯零碎短篇。其中一篇〈請動動腦筋〉，絕對是「爛 gag」。究竟是否金庸原作？請自行判斷。原文如下：

> 有一天，我遇到了一件愉快而出於意料之外的事。那是這樣的。
>
> 我正大街上閒步，忽然聽見一個人說，「啊！那是老卜！」
>
> 我轉過身來。那是我在牛津大學念書時的老同學。我們分別已有二十年之久，一直未通音訊。
>
> 我們當然停下來傾談一番。「我已經結了婚」。我的朋友說。「你有沒有結婚？有沒有兒女？這是我的小女兒。」
>
> 我和那女孩握手 —— 她很好看，大約八九歲的樣子。
>
> 「你叫什麼名字？」我問她。
>
> 「瑪麗。」
>
> 「瑪麗，」我說。「很好。這和你媽媽的名字相同。」
>
> 你猜猜看，我怎麼知道她媽媽的名字也叫瑪麗。（答案在「新野」中）[16]

謎底是啥？(答案在註釋[17])

林歡

「金庸」以外，查良鏞其餘筆名最為人所知者，當推「林歡」。金庸以「林歡」之名進軍電影圈，做過編劇、導演，亦為電影歌曲作詞。[18]《大公報》曾經刊登金庸署名「林歡」翻譯的論述電影文章，筆者知道的有三篇，分別是〈荷里活的男主角（上、中、下）〉，原作者是 Michael Wilson，1954 年 6 月 17 日至 19 日刊登，分三期；〈論「碼頭風雲（上、中、下）〉，原作者是美國影評人 John H. Lawson，1955 年 4 月 11 日至 13 日刊登，分三期；〈我怎樣學舞〉，原作者是蘇聯著名芭蕾舞演員烏蘭諾娃，1956 年 5 月 30 日至 6 月 10 刊登，分十二期。三篇譯作都是到最後一期文末才有「林歡譯」三字。

除了翻譯文章外，「林歡」亦曾經在《大公報》發表親撰的文章，筆者僅見 1957 年 2 月 24 日〈從胡蓉蓉談起〉一篇。該文後半提及香港著名舞蹈家毛妹，茲輯錄於下：

16　筆者案：本文在《大公報》第八版，「新野」在第六版。

17　〈請動動腦筋〉答案：他的老同學是一位女同學。

18　關於金庸以「林歡」之名在電影圈的編劇、導演、填詞作品，詳見本書後文〈金庸在電影圈〉。

談「空城計」

林歡

京戲中三國戲特多，以諸葛亮爲主角的也有好幾齣，這些戲中我最喜歡「空城計」。因爲其餘的戲大都把他演成一個「超人」。像「草船借箭」、「七擒孟獲」、「收姜維」等戲，描寫諸葛亮算無遺策，料事如神，有當近於不可思議的智慧，至於「借東風」、「七星燈」等戲，更把他演得頗有「妖氣」。但在「空城計」中，諸葛亮卻是一個內心衝突極爲強烈、有血有肉的人物。他不單單是智慧的化身，不像在許多戲中那樣，只是一個抽象的「無所不知、無所不能」，只要掐指一算，就能解決了問題，而是有苦惱，有困難，感情很是激動的一個崇高的心靈。

一齣完整的「空城計」要包括「失街亭」與「斬馬謖」在內，一頭一尾這兩場戲，使諸葛亮的性格更爲深刻。譚富英唱這齣戲，因爲配角人手不足，沒帶「失街亭」，有幾場還「斬馬謖」也略去了，不過最重要的部分，也就是戲的高潮，卻很精采的演了出來。

這戲固然是描寫諸葛亮的智謀，但我想此外還有許多意義。像馬謖這個人物，就是一個很有代表性的典型。

在蜀國，馬謖是一個出名的智謀之士。據「三國演義」中說，他曾貢獻過兩個很有價值的意見。第一是在諸葛亮出師南蠻的時候，馬謖提出了「攻心爲上」的口號，主張設法收服南蠻的人心，否則蜀兵雖然得勝，退兵後南蠻又反，諸葛亮認爲這是一個很高明的戰略思想。第二件功勞是獻反間計，魏主曹叡果然中計，罷了善於用兵的司馬懿。由於過去表現得不錯，所以諸葛亮委了他守街亭的重責。

那知馬謖卻是個理論不能與實踐結合的教條主義者，他熟讀兵書，卻不能活用。守街亭時提出了韓信「置之死地而後生」的戰術方針，結果「置之死地」確是置了，但不能「生」，終於把軍事要地街亭失去。正如戰國時的那個趙括，他也以熟讀兵書、誇誇其談而出名，結果長平一戰，被白起坑殺趙兵四十萬。這種言過其實，只知書本子上死知識的知識分子，馬謖正是一個代表。京戲中雖把文人的馬謖改爲武將，但這人驕傲自負、泥古不化的性格，一樣很突出的表現了出來。王平勸他不可在山頂紮營時，馬謖道：「某隨丞相出兵多年，軍國大事，尚問於我，汝奈何相阻也！」他過去的成功使他驕傲，使他失敗。有時候，成功與勝利常能成爲一個人的絆腳石，這一點在這戲裏正可看得出來。

失街亭使諸葛亮六出祁山的第一次攻勢完全挫敗，不但使過去辛辛苦苦擒孟獲、斬楊諒、殺楊陵、取上邽、襲冀縣、駡王朗、破曹眞，所有的功績全部付之流水，所要施的軍略要地全部放棄，還險遭全軍覆沒。諸葛亮在「出師表」中說：「今天下三分，益州疲敝，此誠危急存亡之秋也。」他明知己方實力不足，伐魏沒有把握，但又不得不伐，這種知其不可而爲之的心情，本來已是十分悲壯的。好容易一路勝利，那知在一個關鍵性的事件上重重遭到了挫折。諸葛亮聽到失街亭的消息時，不僅僅是可惜一個軍事要地的失守，還會想到王業前途的黯淡，想到實現先帝的遺志是愈來愈渺茫，那份心情實在是十分沉重的。演義中描寫這時的情景說：「孔明跌足長嘆曰：『大事去矣，此吾之過也。』」這兩句話中包括了無數失望，無數悲哀，以及深深的自責。日後「鞠躬盡瘁，死而後已」的先機，已伏於此。

「空城計」完全是不得已，如果棄城而走，二千五百名人馬不但一定會被司馬懿的二十五萬大軍趕上消滅，而且分散在各地的北伐軍都變成沒有了退路。這一役不只決定孔明是否能夠脫身，簡直就是決定着蜀漢的存亡。諸葛亮一生謹慎，這時候如果能謹慎，他還是要謹愼的，但局勢逼得他不得不冒險。

先料到對手是個很有智計之人，才用這個計策。假若對手不是能幹的司馬懿，而是魯莽的張郃，諸葛亮這個計策反而不能生效了。一個愈是殷勤的請他來喝酒談心，保證沒有埋伏、沒有兵，另一個愈是不肯上當。司馬懿所以不敢進城，固然是知道諸葛亮從不弄險，但更重要的，還是怕了諸葛亮過去計謀百出的評語。

演這戲中的諸葛亮，我想除了演出他的瀟灑自如之外，還要體會他當時十分沉痛的心情。他在敵樓上撫琴而唱，自誇自讚（所謂「周文王訪姜尚周室大振，俺諸葛怎比得前輩的先生？」說比不得，其實正是比得），那是做給司馬懿看的，先生心中，眞是心亂如麻，所以司馬退兵之後，向來鎮靜的諸葛亮也不禁抹汗了。

到後來斬馬謖，表演了諸葛亮心情的矛盾。在私交，馬謖是最好友，但按法律，卻又不能不斬，結果終於是斬了。諸葛亮哭了一場，這不僅是哭好友之死，思念先帝當日知人之明，還在痛哭大業前途的不能樂觀吧。

一個人眞正的品格，在憂患時比在得意時更能顯現出來。悲劇所以比喜劇更能描寫英雄人物，我想這也是原因之一。在這戲中，諸葛亮的情緒有許多變化，調遣兵馬時的謹愼和憂慮（不免想到關、張、黃、馬諸大將的凋落），聞報遭敗時的痛心，面臨勁敵時的鎮靜和智謀，以及不得不處決好友的傷感，把責任由自已來擔負的光明磊落，使我們見到一個男子漢大丈夫怎樣來面對危難，怎樣來擔當憂傷。

譚富英演這戲不僅唱腔又醇又亮，更重要的，我覺得是他體現了諸葛亮這角色的內心，使這戲有很大的深度。

▲《大公報》1956 年 7 月 16 日〈談空城計〉

長城電影製片公司紀錄片《中國民間藝術》電影特刊封面

中國民間藝術
民間藝術紀錄電影特刊
・長城製片公司榮譽出品・
・每本二角・

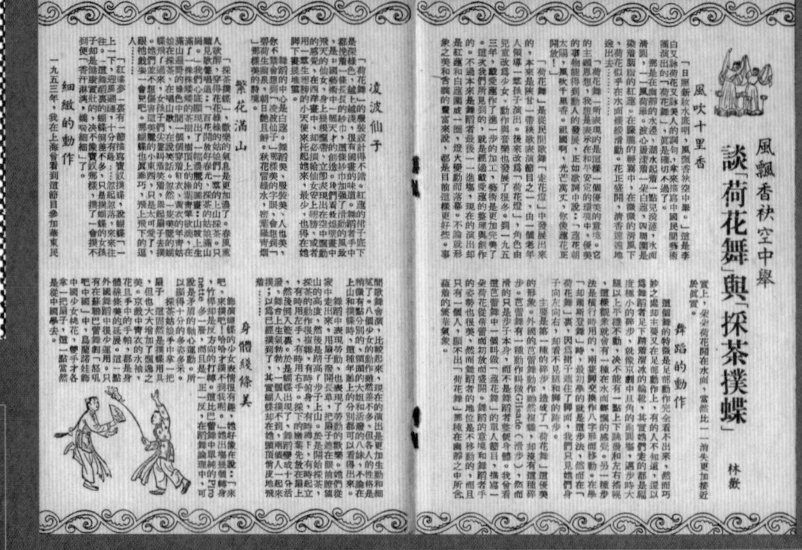
風飄香袂空中舉
談「荷花舞」與「採茶撲蝶」
林歡
風吹十里香
舞蹈的動作
凌波仙子
繁花滿山
身體綫條美
細緻的動作

▲ 長城電影製片公司紀錄片《中國民間藝術》電影特刊內頁轉載《大公報》1956 年 6 月 26 日〈談「荷花舞」與「採茶撲蝶」〉

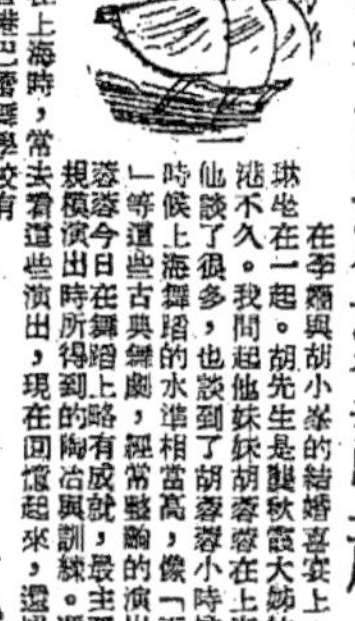

從胡蓉蓉談起

林歡

在李嬙與胡小峯的結婚喜宴上，與胡心靈先生及馮琳坐在一起。胡先生是龔秋霞大姊的丈夫，從上海來香港不久。我問起他妹妹胡蓉蓉在上海教芭蕾舞的情形，他談了很多，也談到了胡蓉蓉小時候學舞蹈的經過。那時候上海舞蹈的水準相當高，像「天鵝舞」、「睡美人」等這些古典舞劇，經常整齣的演出。胡先生認為，胡蓉蓉今日在舞蹈上略有成就，最主要的，是參加這許多大規模演出時所得到的陶冶與訓練。馮琳在一旁說，從前她在上海時，常去看這些演出，現在回憶起來，還覺得十分動人。

香港巴蕾舞學校有好幾所，所教的方法也與世界各國的沒有什麼分別，因為巴蕾舞的基本動作是全世界一樣的。但如在香港學舞蹈而想成為第一流的舞蹈家，恐怕有點不大可能，因為在這裏沒有這樣完整的演出。正如在香港學唱京戲，儘管天賦再好，恐怕也不能成為名家吧。

主要是由於電影的介紹，香港人對於巴蕾舞的興趣越來越熱烈。最近美國舊金山巴蕾舞劇團來香港表演，雖然規模並不很大，演出的也只是一些片斷的零星節目，然而四天的座券在演出之前很久就已銷售一空，除了「中國民間藝術團」之外，還沒有第二個藝術表演受到這樣熱烈的歡迎。近年來，學舞蹈的人也越來越多。

不久之前，英國皇家舞蹈學院派人來香港舉行舞蹈測驗，這次考試的包括了第一段的高級測驗，那是以前香港從來沒有過的。香港通過這測驗的，共有四人，其中之一是演過電影「三戀」的毛妹。聽毛妹說，這次考試一共考了一小時又四十五分鐘，依着考試人的命令而做各種動作。她說嚇得全身發抖，跳時手軟脚酸，但居然還是通過了。

英國皇家舞蹈學院的主席就是大名鼎鼎的瑪哥芳婷，她的舞蹈有一段時期是在中國學的，現在她已成為英國的「國寶」了。

毛妹去年曾到北京的舞蹈學校去考了一下，學校方面認為她可以加入四年級學習。這所學校是六年級完成初步的階段。毛妹或者香港別的人，如果決心把終身獻給舞蹈藝術，我想還是早些集中精神，在一所完備的舞蹈學校中接受全面的訓練，再遲些，或許會來不及了。可是毛妹還沒決定讀大學做醫生呢，還是專心學舞。在我，我很喜歡看她跳舞，決不願請她治病，因為對於這位「胡塗大國手」（她在自己家裏的綽號）的手術，我絲毫沒有信心。

無所不談

冇眼睇

老友：「聽說你的妻子紅杏出牆呀。」

肓公：「我都冇眼睇咯！」（林方泉）

◂《大公報》1957 年 2 月 24 日〈從胡蓉蓉談起〉

英國皇家舞蹈學院的主席就是大名鼎鼎的瑪哥芳婷，她的舞蹈有一段時期是在中國學的，現在她已成為英國的「國寶」了。

毛妹去年曾到北京的舞蹈學校去考了一下，學校方面認為她可以加入四年級學習。這所學校是六年級完成初步的階段。毛妹或者香港別的人，如果決心把終身獻給舞蹈藝術，我想還是早些集中精神，在一所完備的舞蹈學校中接受全面的訓練，再遲些，或許會來不及了。可是毛妹還沒決定讀大學做醫生呢，還是專心學舞。在我，我很喜歡看她跳舞，決不願請她治病，因為對於這位「胡塗大國手」（她在自己家裏的綽號）的手術，我絲毫沒有信心。

1956 年 6、7 月間，中國民間藝術團訪港演出，表演項目分歌舞和京劇兩大類，轟動一時。金庸其時既任職《大公報》，亦在長城電影製片公司當編劇。長城電影公司獲得獨家拍攝權，將藝術團演出全部過程，攝製成一部紀錄片後上映。因此，金庸公私兩便，入場觀賞藝術團演出。觀賞過後，在《大公報》發表一系列談論藝術團演出的雜文，既為《大公報》撰稿，亦可為長城公司的紀錄片做宣傳。雜文共十篇，刊登日期及篇名臚列於下：

刊載日期	篇名
1956.6.23	真名士・大英雄——談「除三害」
1956.6.26	風飄香袂空中舉——談「荷花舞」與「採茶撲蝶」
1956.6.28	吟到恩仇心事湧——談「慶頂珠」（上）
1956.6.29	吟到恩仇心事湧——談「慶頂珠」（下）
1956.7.10	談「獅子樓」
1956.7.12	談「姚期」
1956.7.13	劍舞・扇舞・獅子舞
1956.7.14	談「盜御馬」
1956.7.16	談「空城計」
1956.7.17	「斬雄信」與「桑園會」

奧布拉茲卓夫和他的傀儡戲

（英國）約瑟・麥克廖德作

鼓手愛上了女歌手

下一個表演者事實上是一位女馴獸家。軀體龐大，穿了白衣，拿了插圈讓她的狗兒們鑽過去。但對於那些滾來滾去的小狗們，與牠們鼻子相齊的樂隊指揮的頭是無法忍耐的。牠們突然向他衝過去，大驚的叫起來；不知是爲了避免這種吵鬧，還是避免一個比吠叫更糟的命運，他在台下消失了。狗兒們跳舞，聽到鼓掌就搖擺尾巴。你可以看到牠們是多麼高興；你可以看到牠們在遲疑猶豫，然後舉起前脚來乞求。牠們不但是像真的狗一樣的傀儡，而且是具有人的聰明的狗，真是奇妙。一隻漂亮的黑色小狗跳了一個舞，一隻母鷄在手風琴的伴奏之下咯咯咯的唱了一個歌，直到小狗把她趕下台去，結束了動物表演。

其後是一位莊嚴的詩人朗誦他的近作，或者是近作的一部[illegible]。那是一個企圖很[illegible]品，是不多不少地表達一個人在等候巴士時的思想。已評讀到第八十七段，但毫無停止的需要，除非那位詩人自行停止；他決不停止。這位詩人，穿着點子和條紋的上衣，結了紅色的領花，是一位「隱秘主義者」。他的詩是隱秘主義的詩，非常深奧。深奧到沒有一個字有任何意識的或下意識的意義。司儀告訴我們，這首詩的作者並不假意謙遜，「就像音式庚一樣」。

最後一個節目是爵士樂隊。歌唱家名叫蘇茜・卡波爾（其實可以稱她爲「碰碰粉布丁小姐」）。但當她唱歌時，我們知道她有她自己的生活和個性。顯然那位鼓手是愛上了她，目不轉睛的注視她，當觀衆表示喜歡她時，鼓手就帶着謙樣的得意和快樂，[illegible]出驕笑容。於是全體[illegible]出場，重新强調他們表演過的可笑之點，然後擁上前來鞠躬。大舞台院的紫色絲絨前幕拉上了，似乎表示戲演完了，但幕馬上又拉開來，露出玩傀儡的藝人們的頭部和肩部，與我們已習慣了的規模相比，他們的臉是太大了，他們微笑着表示道別和感謝。

藍絲絨幕又拉上，傀儡藝人們出來排成一排鞠躬。那被迷住了的有斑斕和雀斑的小人兒用力的向他們鼓掌；但她有點失望，因爲那位司儀不在其中。在她心中，真真假假還弄不清楚，說老實話，我們心中也是這樣。當真人和假人是如此相似的時候，那有什麼辦法呢。

不久奧布拉茲卓夫可能要演一個諷刺電影中各種愚蠢的傀儡戲。如果演的話，這可能叫做「在你睫毛的低語之下」。（敘完・歐譯）

▲《大公報》1954 年 3 月 31 日
〈奧布拉茲卓夫和他的傀儡戲〉最後一期

蘇聯最近演出的 巴蕾舞劇「寶石花」

巴凡爾・巴茲霍夫寫的關於烏拉爾的故事，眞正的詩意是十分顯著的。這些故事顯示作者充分了解這個地區、這地區中的人民、和那些幻想和現實混和在一起的民間故事。巴茲霍夫筆下的人物是勞動者，是探尋自然的秘奧、熱切地要使自然爲人民服務的奇妙的手工藝者。

巴茲霍夫的故事的詩意對作曲家和演出人都很有吸引力。根據於寶石花的故事，曾拍過一部很受歡迎的影片，這故事抓住了賽其・普洛可菲耶夫的想像。他化了好幾年的時間在這巴蕾舞劇（歌詞作者是L・拉佛羅斯基和M・普洛可菲耶娃）上面，現在這舞劇由莫斯科大劇院演出了。巴蕾舞曲是普羅可菲耶夫很喜愛的藝術形式。他在一九一四年寫了他第一個巴蕾舞劇。「羅米歐與朱麗葉」（一九三六年）和「灰姑娘」（一九四五年）曾在蘇聯及外國的劇院中演出。「寶石花」是他最後的一個作品。（普羅可菲耶夫於去年春天逝世——譯者）

「寶石花」開始是一個序幕，技術高妙的工匠達尼拉在爲地主刻一隻石杯。這位青年對於地主所選定的式樣很不滿意。他想依據自己心意來彫刻一隻杯子——像一朵有天然之美的花。達尼拉的老師父告訴他山后的那朵有魔力的寶石花。只要看到那朵花一次，就可發現工藝的秘奧。但只有對勇敢的人中的最勇者，只有對技藝最高明的匠人，山后才肯透露這個秘密。達尼拉決心去找尋寶石花，即使要離開他年輕的新娘卡特麗娜也在所不惜。代表卡特麗娜的音樂主調是一個旋律緩慢的調子，使人想起了俄羅斯的民歌，其中充滿了寧靜的魅力和嫵媚，表達了一個天眞少女的形象。作爲强烈對比的是達尼拉活潑輕快的主調，和山后迷人的旋律。

山后把達尼拉引到她的魔穴裏，考驗他的品格，把許許多多奇珍異寶——鑽石、紅玉、翡翠——給他看，這些珍寶用優雅的舞姿在那青年面前連續滑過，後面跟着來的是金子和銀子的精靈。那青年絲毫不爲財寶和山后自己的美貌所動，山后很讚賞他堅毅的精神，就拿那朵奇花給他看，又送了一把神鎚給他。描寫山后魔穴的多采多姿的器樂，以及各種珍寶的舞蹈，使這一場成爲巴蕾舞劇中的珍品之一。

當達尼拉在山后的魔穴中工作時，壞蛋監工塞維爾揚猛烈的追求卡特麗娜，但她仍舊忠於她的愛人。山后爲了使這少女擺脫塞維爾揚在一次星期日市集中討厭的糾纏，變成卡特麗娜的模樣，把他和他的徒黨引到一個古老的山坑裏，大地裂開，吞沒了他們。

卡特麗娜在有魔力的「火花」的幫助之下，出發去尋找達尼拉。山后考驗她的愛情，使她看到已變成爲石頭的達尼拉，但姑娘的眼淚溶開了石頭，這對愛人重會了。於是山后決定把最神妙的工藝的秘奧告訴達尼拉。結尾的音樂是光采華麗的歡樂。

這巴蕾舞劇（由L・拉佛羅斯基主持演出）是一個人類理性勝過自然力量的故事，是描寫勞動的歡樂和眞正的愛情的故事。

烏蘭諾娃扮演卡特麗娜，深刻地富於抒情和詩意。扮演達尼拉的V・普萊奧勃拉仁斯基精采之極，扮演山后的N・柯洛可娃無懈可擊。A・葉莫拉也夫對那最後受到自然懲罰的壞蛋監工的刻劃，最美妙絕倫。（蘇聯A・達可諾夫作，歌譯）

▲《大公報》1954 年 4 月 9 日〈巴蕾舞劇「寶石花」〉

全世界第一部立體長片

（英國）約瑟・麥克廖德作

但是，羅茲金批評性地指出，光線較暗的場面常常比較模糊。大概拍立體電影的打光也與拍彩色影片那樣精巧複雜。其中沒有「溶」。每一場都用「淡」來結束，或者，爲了表示時間的過去，則用「割」。

忽然，杜立茲狂叫一聲，從座位上跳起來。他對於蜘蛛素來害怕；啊！像銀幕一半那樣大栩栩如生的一隻大傢伙突然幌到他鼻子前面用手抓得到的地方，羅茲金大笑起來；他們鄰座的人也笑了；杜立茲滿頭大汗，喃喃抱怨，但也笑起來，鎭靜了下來。

深度被用來增加克魯索孤寂的感覺。在一場暴風雨摧毀了他的「家」之後，我們聽到他對他的狗談他艱苦的工作。由於遠近距離是這樣的清楚，就像在看一部意大利影片那樣，我們內心的感動使得在接觸到各種東西時，石塊、木板、繩索、閃光，都有了新的意義；這使克魯索的打樁有了新的力量。羅茲金想到了將來用立體電影來拍紀錄片的念頭。這必須要進行研究。

克魯索笛聲的回聲不但增加了樂調的和諧，還襯托出了他的處境，在一個巨大的含有敵意的世界中一個小小的幽幽的聲音。因此，當他發燒時，雖然不可能有多少對話，但對於羅茲金和杜立茲，他是一個眞實的人；感覺代替了言語，把他放入他們的頭腦之中；他們和他一路掙扎，爭取生存和康復。

當他在沙灘上發現人的足跡時，二十五年已經過去了。現在他已有一個生産豐富的農場，能够保衛自己以對抗鄰島上成羣結隊乘獨木舟的土人。一個「遠攝」鏡頭中有了新的生命，從這鏡頭中看到了凝縮的鮮明的立體的戰舞。這樣的當他在溪流的大石下划着獨木舟時，海洋也有了新的深度，如雨而下的箭向着逃亡者「星期五」射來，顯然非常猛烈殘酷，這些箭從觀衆頭頂的黑暗中射出來，顫動着飛入銀幕。

到這裏爲止，電影並不缺乏興趣和行動，的確也不缺少感人之處，尤其是那隻狗死的時候。現在在這些之上又加上了對話。「星期五」努力學克魯索的話是很有趣的。「手想」，他在某一次學習時說；「頭吃。」他很誠樸，頗有點愚蠢，但動人而敏捷。他服從克魯索的指揮，然而他們的友誼超過了主僕關係。我們看到他們一起耕地、補網，在海邊互相傳授他們各自的民歌。用取火鏡來取火的一雙手的特寫，證實了羅茲金的預見，即這種新形式的電影在拍攝紀錄片時有其重要性。

一個驚人地美麗的鏡頭是一隻張滿了帆的船駛近岸來，這是出於克魯索意料之外的，使他氣也喘不過來，對羅茲金和杜立茲也是這樣。在一個平面的鏡頭中，一隻行駛的帆船本來已有足够的光采。那些風帆、繩索、和乳酪般木材的立體效果，簡直無法形容，只好用金器來比擬。在這裏，所包含的意義也是富於戲劇性的。因爲它把整個世界搬到了克魯索的小島旁來。在羅茲金和杜立茲有時間來向這小島告別之前，他們已和克魯索一起回到了十七世紀的倫敦，他在抽着數堂管事的煙斗。這時，一個多小時的緊張刺激顯示了主題和方向。人類聰明的雙手和腦子，共同勞動而建造了這個奇妙的城市，正如克魯索從一無所有之中，建造了他的家，和「星期五」共同過他們的島上生活。他們什麼都沒有，除了肌肉、腦筋和感覺。（嵐究。歐譯）

▲《大公報》1954 年 4 月 13 日〈全世界第一部立體長片〉最後一期

我怎樣學舞

烏蘭諾娃作

看烏蘭諾娃的「朱麗葉」

（英國）約瑟·麥克廖德作

單獨在那裏，我們淸楚地知道她是在思索。她「必須單獨表演」的那場「陰謀的戲」：「假使那是毒藥怎麼辦？」在神父面前，她曾嘲笑恐懼；但在這隱藏着陰謀和壓迫的世界中，在這你不能信任任何人、她是如此不喜歡不了解的世界中，假使那神父也是在騙她，在設法害死她呢？他可能會有理由的，他自己的理由。

她站在鏡子面前，在這鏡中，她會第一次發現自己已成爲成長了的女人。現在她已成長了，她不會在這鏡中看到死亡嗎？死亡是年青人的敵人，甚至他有時是老年人的朋友。年青而柔弱，在這鏡子前面，她似乎看到死亡在鏡中向外窺視。

但她對羅米歐的愛情使她不顧一切。只有採取這大膽的步驟，他們才能共同得到勝利。在她服藥時，她充滿着希望而舞蹈，你可以看到各種希望的景象通過她的心頭，他們走向自由的情形的短短片段，他們要互相傾訴的短短話語，以及得到自由之後他們在以後的歲月中要做的事。她上了床，那是走向她愛人的路。帳子在她身後拉上了。

來了婚禮中的歡樂。那位如波蒂采里畫中人物的朋友與她穿了銀色衣服、拿着琵琶的愛人來同舞蹈。如波蒂采里畫中人物的少女們穿着白衣，帶了花朵，來回舞蹈。她們帶着琵琶的愛人們來回舞蹈。巴里斯也穿着銀色的斗篷。

最後是保姆出來去叫醒她；發現她顯然已經死了！大大的混亂和驚慌；她父母被請來了。當每個人都離開房間時，燈光暗了下來，只有一道強光照着朱麗葉，她是眩目地純淨和潔白，睡在床上。我們但願相信這只不過是一個巧計。但與我們的願望相反，我們知道這是一個預告。

現在，在一個有若干梯級的拱門下，在藍灰色的陰暗背景之前，羅米歐聽到了朱麗葉的訂婚和即將舉行的婚禮，一陣莫展地狂怒。巴爾薩沙帶來了朱麗葉死亡的消息，平息了他的憤怒。一個窮藥人給他帶來了一瓶毒藥，平息了他因朱麗葉之死而感到的哀痛。

場面暗下來，轉爲一個異常巨大的墳場，許多形式莊嚴、縱橫交叉的道路通下來到這一個位在中央的墳墓。一隻小提琴發出一個高音來，使人無法忍受地持續着，硬生生地鑽入我們的耳朵中，在月光下，穿着白衣和拿着提燈來參加朱麗葉假葬禮的人移動着，走下梯級和斜坡、階梯和交叉，她就慢慢地向前。怪異；沉默；美麗；全城在哀悼她。這個可怖的高音鑽進我們的耳朵，攻擊着我們的心。

頭邊一枝蠟燭，腳邊一枝蠟燭，屍架被放在墳上。月亮走到了墳的後面，用黑暗把朱麗葉和其餘的世界孤立了起來。

羅米歐從黑暗中出來，踏上梯級走到墳邊。他想起她的身體。她僵硬了，像死一樣，由於藥力的作用，沒有人能告訴他她只是服了麻醉藥。誰會和一個被放逐的人說話？除了神父，誰知道？隱秘的悲劇，是那個時代所需要、而被那個時代所註定了的。

他把她擁在肩上，對她哀傷。但那美麗的身體不再柔和了。她現在已不能跪在他胸上。他把她帶回墳去。他最後一次吻她而道別。

銅樂驚人地打擊。毒藥在他血管裏發作了，一陣可怕的鼓聲在他和我們的耳朵中響着，他跌倒了。瓶子拋在地上。

在鼓聲之後，墳場中是一陣沉寂，這甚至比聲音還更可怕。月亮又出來了。這死人之城中白色的石像在注視。

朱麗葉動了。她的移動比羅米歐的死亡更加痛苦。

她看到了羅米歐的屍體，在內心的一陣劇痛之中，她了解發生了什麼。她動作很少，絕望，慌亂了。

她滑下來到他身旁，把他抱在懷裏。現在他不能再舉動了。她向下凝視他，就如當她跪在他胸前時那樣凝視他。她肢體的沉默令人無法忍受。她的吃驚太深，不需要有什麼表情。她割開了剩餘的毒藥而死了，就如她曾計劃要活一樣，安安靜靜地，完全屬於他的。

維羅那城的公衆當知道了這件事之後，撫心自問了；仇恨從此結束。這對愛人的犧牲使城市得到了進步；這城市不久就可興旺而健全，米歐想這件事。但在這時候，我們管它作甚？羅米歐或朱麗葉，或作爲他們朋友的我們，能管它作甚？

墳墓上蒼白的人像，過去蒼白的人像，也是未來蒼白的人像，在戲院中注視着。沉默地。

當我們出院時，實在太感動了，不能高聲的談論起來，查伐達斯基追上了我們。

「喂？」他用俄語遜雅地問，「你們以爲怎樣？」

但我們無話可說，不管是用俄語或用英語；即使我們有話，我們也說不出來。

我們不但是羅米歐和朱麗葉的朋友，是查伐達斯基和烏蘭諾娃的朋友，是我們最親近和最親愛的人的朋友，而且也是整個善良世界的朋友。（完，歡譯）

▲《大公報》1954 年 4 月 27 日〈看烏蘭諾娃的「朱麗葉」〉最後一期

歡

同是翻譯論述電影的文章，金庸有時署名「歡」，即「林歡」的略寫，在《大公報》刊登。以下介紹四篇，刊登時間均早於上述三篇署名「林歡」的譯作。按時序為〈奧布拉茲卓夫和他的傀儡戲〉，1954 年 3 月 26 日至 31 日刊登，分六期；〈巴蕾舞劇「寶石花」〉，只刊登 1954 年 4 月 9 日一天；〈全世界第一部立體長片〉，1954 年 4 月 11 日至 13 日刊登，分三期；〈看烏蘭諾娃的「朱麗葉」〉，1954 年 4 月 22 日至 27 日刊登，分六期。當中除了〈巴蕾舞劇「寶石花」〉是蘇聯的 A·達可諾夫所作，其餘三篇的作者都是英國的約瑟·麥克廖德，這三篇譯作亦是到最後一期文末才有「歡譯」二字。

《大公報》〈三劍樓隨筆〉

金庸

金庸寫作《碧血劍》期間，任職《大公報》，其時報館另有梁羽生和百劍堂主（陳凡）二人做同事，三人都有寫武俠小說的經驗，有人稱他們為「文壇三劍客」，於是報館編輯靈機一動，借三人的名氣，給他們開闢一個專欄，每日一篇，話題不拘，屬千餘字之類的隨筆，由三人輪流寫，於是《大公報》這個名為〈三劍樓隨筆〉的專欄，就在 1956 年 10 月 23 日誕生了。專欄刊載了三個多月，1957 年 1 月 30 日結束，其間偶有脫期，但從未出現一人連續兩篇文章見報的情況。〈三劍樓隨筆〉共計八十五篇，詳列於後：

刊載日期	篇名	作者
1956.10.23	「正傳」之前的「閒話」	百劍堂主
1956.10.24	「相思曲」與小說	金庸
1956.10.25	凌未風・易蘭珠・牛虻	梁羽生
1956.10.26	魯迅與副刊	百劍堂主
1956.10.27	看李克玲的畫	金庸
1956.10.28	才華絕代納蘭詞	梁羽生
1956.10.30	阿飛・太陽族・十四K黨	百劍堂主
1956.10.31	錢學森夫婦的文章	金庸
1956.11.1	閒話楊朱一局棋	梁羽生
1956.11.2	忽見風雲讀此書——納塞爾的「革命哲學」	百劍堂主
1956.11.3	費明儀和她的歌	金庸
1956.11.4	翩翩濁世佳公子，富貴功名總等閒——再談納蘭容若的詞	梁羽生
1956.11.6	我想瑪麗蓮夢露	百劍堂主
1956.11.7	圍棋雜談	金庸
1956.11.8	納蘭容若的武藝	梁羽生
1956.11.9	人非草木話詩經	百劍堂主
1956.11.10	顧梁汾賦「贖命詞」	金庸
1956.11.11	談楊官璘的殘棋	梁羽生
1956.11.13	「詩」與情	百劍堂主
1956.11.14	快樂與莊嚴——法國影人談中國人	金庸
1956.11.15	精研中國學問的外國人——談各國漢學家在巴黎的會議	梁羽生
1956.11.16	有關「詩經」的種種——簡答讀者	百劍堂主
1956.11.17	郭子儀的故事	金庸
1956.11.18	香港翻版書之怪現象	梁羽生
1656.11.20	乾亨行・楊衢雲	百劍堂主
1956.11.21	代宗・沈后・昇平公主	金庸
1956.11.22	夢的化裝	梁羽生
1956.11.23	風雷巨筆話「南喬」	百劍堂主
1956.11.24	馬援見漢光武	金庸
1956.11.25	黃粱夢醒已三生	梁羽生
1956.11.26	取銷「例假」述「烏龍」	百劍堂主
1956.11.28	馬援與二徵王	金庸
1956.11.29	圍棋聖手吳清源	梁羽生
1956.11.30	老大公報的「閒評」	百劍堂主
1956.12.1	「無比敵」有什麼意義？	金庸
1956.12.2	怪夢不怪	梁羽生
1956.12.4	陸鏗其人	百劍堂主
1956.12.5	「無比敵」有什麼好處？	金庸
1956.12.6	辯才無碍說玄奘	梁羽生
1956.12.7	吟詩作對之類	百劍堂主
1956.12.8	歷史性的一局棋	金庸
1956.12.9	閒話怪聯	梁羽生

（續上表）

刊載日期	篇名	作者
1956.12.11	馬堅先生談豬	百劍堂主
1956.12.12	也談對聯	金庸
1956.12.13	棋壇歷史開新頁 —— 寫在全國象棋大比賽之前	梁羽生
1956.12.14	裁箋倍憶寄書人	百劍堂主
1956.12.15	月下老人祠的籤詞	金庸
1956.12.16	從香港小說談到阮郎的「格羅珊」	梁羽生
1956.12.18	不亦快哉！	百劍堂主
1956.12.19	舞蹈雜談	金庸
1956.12.20	賸揮熱淚哭蕭紅	梁羽生
1956.12.21	不愛白臉假斯文	百劍堂主
1956.12.22	書的「續集」	金庸
1956.12.23	縱談南北棋壇 —— 並預測全國象棋比賽的名次	梁羽生
1956.12.25	好歌善歌的廣東人	百劍堂主
1956.12.26	聖誕節雜感	金庸
1956.12.27	談陳凡的幾首舊詩	梁羽生
1956.12.28	馬思聰喜得佳琴	百劍堂主
1956.12.29	談各國象棋	金庸
1956.12.30	永留佳話在棋壇 —— 談何順安「歷史性的一局棋」	梁羽生
1957.1.1	黃賓虹的題畫詩	百劍堂主
1957.1.3	談棋手的實力 —— 敬答何魯蔭先生	梁羽生
1957.1.4	從「小梅的夢」談起	金庸
1957.1.5	雲鬢玉腿馬師曾	百劍堂主
1957.1.6	愛之神的神話	梁羽生
1957.1.8	民歌中的譏刺	金庸
1957.1.9	廣東人與中國電影	百劍堂主
1957.1.10	水仙花的故事	梁羽生
1957.1.11	最近的三台京戲	金庸
1957.1.12	齊白石之詩	百劍堂主
1957.1.13	世界最長的史詩	梁羽生
1957.1.15	攝影雜談	金庸
1957.1.16	巴金論粵片五星 —— 吳楚帆、白燕、紅線女、張活游、周志誠	百劍堂主
1957.1.17	數學與邏輯	梁羽生
1957.1.18	從一位女明星談起	金庸
1957.1.19	再記齊白石之詩	百劍堂主
1957.1.20	殺父娶母情意綜	梁羽生
1957.1.22	圓周率的推算	金庸
1957.1.23	傅青主不「武」而「俠」	百劍堂主
1957.1.24	讀蘇聯的小說	梁羽生
1957.1.25	談謎語	金庸
1957.1.26	郁達夫主要的一面 —— 美人香草閒情賦　豈是離騷屈宋心	百劍堂主
1957.1.27	一部嘲諷武俠小說的小說	梁羽生
1957.1.29	「大國者下流」	金庸
1957.1.30	歇歇手　加加油 ——「三劍樓隨筆」跋	百劍堂主

三劍樓隨筆

「相思曲」與小說

你或許是我寫的「書劍恩仇錄」或「碧血劍」的讀者，你或許也看過了正在皇后與平安戲院上映的影片「相思曲」（Serenade）。這部影片是講一位美國歌唱家的故事，和我們的武俠小說沒有任何共通的地方，但我們這個專欄却是上天下地無所不談的，所以今天我談的是一部電影。也許，百劍堂主明天談的是廣東魚翅，而梁羽生談的是變態心理。

這一切相互之間似乎完全沒有聯繫，作爲一個隨筆與散文的專欄，越是沒有拘束的漫談，或許越是輕鬆可喜。但「相思曲」據說是從美國作家詹姆士·凱恩（James M. Cain）一部同名的小說改編的，我在三四年前看過這部小說，現在想來，不覺得小說與電影之間有什麼關係，後來拿小說來重翻一遍，仍舊不覺得有什麼關係。

你看了電影之後，一定會覺得這是一個普通的俗套故事，不知道有多少美國影片曾用過這個故事：一個藝術家受到一個貴婦人的提拔而成了名，兩人相愛了，後來那貴婦拋棄了他，使他大受打擊，但另一件眞誠的愛情挽救了他。然而小說的故事却不是這樣的，完全不是。

凱恩的作風與漢明威（Ernest Hemingway）很相像，再加上史各特·弗茲吉拉德（F. Scott Fitzgerald）和威廉·法根納（William Faulkner），這幾位美國第一流的作家對歐洲近代小說發生了相當大的影響。凱恩有點模倣漢明威，不論題材和風格都有點相似。這部「相思曲」的小說，這句簡短有力，描寫激烈的感情，粗魯的火熱的性格，在性的方面肆無忌憚，都很像漢明威，但社會意義却勝過了漢明威大多數的作品。

電影裏的女主角（莎列妲夢桃所飾的黃亞娜）是一個有錢小姐，在小說裏是一個妓女；電影裏教堂那一場戲莊嚴肅穆，馬里奧蘭沙虔敬地唱着「聖母頌」，但在小說裏，馬里奧蘭沙所飾的這個男主角却在教堂裏强姦這個妓女，而黃亞娜後來也不加拒絕。

單是這兩個例子，你就會想到，電影與小說的風格是截然相反的。是不是電影的文雅比較好些呢？我以爲一點也不是。

在小說裏，黃亞娜是一個墨西哥的印第安人，是一個妓女，男主角丹蒙和她同居（決不是結婚），把她偷偷帶到美國。丹蒙在舞台上和電影界都成爲大明星。電影的製片人溫斯敦很憎恨黃亞娜，他怕觀衆們知道她的身世之後會大大影響丹蒙的票房價值，於是去報告移民局，要把她驅逐出境。黃亞娜和丹蒙是眞誠相愛的，她不願這場眞摯的愛情被金錢、名聲、種族偏見所毀掉，於是在一個酒會裏用鬥牛的劍把溫斯敦刺死。丹蒙和她逃到了瓜地馬拉。

結局是很悲慘的，丹蒙越來越潦倒，天天在下等妓院裏廝混，黃亞娜終於離開他了，又去當妓女。在追逐中，黃亞娜被警察打死。

這是一個很有力量的故事，控訴惡劣的社會怎樣摧毀一個歌唱的天才，怎樣殺死一個善良的少女，怎樣破壞一樁純潔的愛情。但荷里活把這個有力的故事改變爲一個女人禍水的公式。

小說中有一段話（小說是用第一人稱寫的），表示了作者對荷里活的看法，也說明了荷里活爲什麼要用現在的方式來摧毀這部文學作品。書中這樣說：

「我不喜歡荷里活。我所以不喜歡它，一部分是由於他們對待一個歌唱家的方式，一部分是由於他們對待她的方式。對於他們，歌唱只是你所買的東西，你必須付錢的東西，演技、劇本的編寫、音樂、以及其他所有一切他們所使用的東西都是這樣。這些東西本身可能自有其價值，這種念頭他們從來沒有想到過。他們認爲本身自有其價值的，那只有製片家，他決不知道勃拉姆斯與艾榮·柏林之間有什麼分別，他不會知道歌唱家與哼時代曲的人有什麼分別，直到有一天晚上，二萬多人高聲大叫要聽那唱時代曲的人唱歌，他才懂得兩者的不同，除了編劇部替他寫好的故事大綱之外他不會讀書，他甚至不會說英語，但他自以爲是精通音樂、歌唱、文學、對話，以及攝影的專家，因爲有人把奇勒基寶借給他拍一部影片，於是他成功了。」

小說家凱恩對於荷里活一點也不尊敬，於是他們對他的小說也使用了暴行，不過不是在教堂裏，是在攝影場上。

金庸

▲《大公報》1956年10月24日〈三劍樓隨筆〉〈「相思曲」與小說〉

八十五篇之中，金庸佔二十八篇，1956 年 10 月 24 日刊載的〈「相思曲」與小說〉，是金庸在〈三劍樓隨筆〉的首篇文章，文章一開始就寫到他對這個專欄的理解：

> 你或許是我寫的「書劍恩仇錄」或「碧血劍」的讀者，你或許也看過正在皇后與平安戲院上映的影片「相思曲」（Serenade）。這部影片是講一位美國歌唱家的故事，和我們的武俠小說沒有任何共通的地方，但我們這個專欄却是上天下地無所不談的，所以今天我談的是一部電影。也許，百劍堂主明天談的是廣東魚翅，而梁羽生談的是變態心理。這一切相互之間似乎完全沒有聯繫，作為一個隨筆與散文的專欄，越是沒有拘束的漫談，或許越是輕鬆可喜。

另一篇〈圓周率的推算〉，金庸以此為題，是由梁羽生五天前的一篇〈數學與邏輯〉接續而來。金庸談數學，其實是談中國數學史，也評論中國自古不重視數學的原因，文章最後竟然牽連到陳家洛？茲輯錄相關的兩段內文於下：

> 在各文化古國中，我國的數學是不算十分發達的。我國數學一直限制於實用，與實用無關的比較抽象的推理幾乎都不去接觸，最突出的貢獻，恐怕是這圓周率了。我在初中讀書時，教我數學的是章克標先生。他因寫小說而出名，為人很是滑稽，曾寫過一部「數學的故事」，其中說到有一個歐洲青年化了極長的時間，把圓周率推算到小數點後六百多位。這個圓周率，當然是毫無實用價值的。

> 為了要多知道一些陳家洛的身世，我曾翻過一些關於他祖宗海寧陳氏的記載，發現有一位與他父親陳世倌同輩的陳世仁（1676-1722）。這位先生是康熙時翰林，竟是一位數學大家，著有「少廣補遺」一卷，對於「級數」頗有研究，發現了許多據說是前人從來沒有談過的公式。

〈三劍樓隨筆〉專欄結束之後，三位作者對各自的文章整理，同年五月結集成《三劍樓隨筆》一書出版。

〈三劍樓隨筆〉其後在 1958 年 10 月崔護重來。專欄重啟源起《大公報》於 1958 年 9 月底開闢一個名為〈百劍堂雜筆〉專欄，由百劍堂主陳凡撰文，百劍堂主只分別在 9 月 21 日、25 日及 28 日刊登三篇後，至 10 月便即徵得金庸和梁羽生加入，三人故劍重逢，專欄遂更名〈三劍樓隨筆〉。〈三劍樓隨筆〉復刊後第一篇是由百劍堂主執筆的〈黃遵憲筆下的美式民主〉，10 月 4 日刊出。金庸接手第二篇，10 月 7 日刊出〈原子堆和迴旋加速器生產什麼？〉。

復刊後的〈三劍樓隨筆〉僅逢星期二、四、六見報，每星期三天（只有 10 月 15 日一天例外），星期二刊登金庸文章，星期四刊登梁羽生的，星期六是百劍堂主的。專欄歷時跟第一次相若，前後不足三個月，最後一篇於同年 12 月 23 日刊載金庸的〈永恒神秘的微笑〉後，便無聲無息地告別。專欄結束後，沒有結集出書。

由於每星期只刊登三篇，其中梁羽生還有三個星期脫稿，復刊的〈三劍樓隨筆〉全數只有三十三篇，金庸佔十三篇，詳列於後：

刊載日期	篇名	作者
1958.10.4	黃遵憲筆下的美式民主	百劍堂主
1958.10.7	原子堆和迴旋加速器生產什麼？	金庸
1958.10.9	大手筆　好文章——雜談文告	梁羽生
1958.10.11	小蟲無奈對華佗	百劍堂主
1958.10.14	談影片「十誡」（上）	金庸
1958.10.15	談影片「十誡」（下）	金庸
1958.10.16	今日乒壇健將多——全國乒乓錦標賽雜感	梁羽生
1958.10.18	魯迅的戰術之一——筆名	百劍堂主
1958.10.21	魯迅先生談香港	金庸
1958.10.23	淺談條件反射	梁羽生
1958.10.25	明代的棋王	百劍堂主
1958.10.28	有才無行錢謙益	金庸
1958.10.30	花都苦學不尋常——談冼星海在巴黎學音樂的故事	梁羽生
1958.11.1	台灣詩人丘逢甲	百劍堂主
1958.11.4	談南洋兄弟煙草公司	金庸
1958.11.6	錦標今歲落誰家——談今年的全國象棋賽	梁羽生
1958.11.8	聽歌可以知政	百劍堂主
1958.11.11	「傲慢與偏見」	金庸
1958.11.13	唐代的武俠小説	梁羽生
1958.11.15	于郎能復舊悲慷？	百劍堂主
1958.11.18	凡爾納的科學小説	金庸
1958.11.20	關於「阿Q正傳」	梁羽生
1958.11.22	美國野心有詩為證	百劍堂主
1958.11.25	半斤八兩？	金庸
1958.11.29	詩與禪　學與悟	百劍堂主
1958.12.2	禪宗的棒喝與勞動	金庸
1958.12.6	豐富的戲曲遺產	百劍堂主
1958.12.9	「任是無情也動人」？	金庸
1958.12.13	民歌中的方志敏	百劍堂主
1958.12.16	談「不為五斗米折腰」	金庸
1958.12.18	關於象棋的兩個故事	梁羽生
1958.12.20	所謂「淫書」的厄運	百劍堂主
1958.12.23	永恒神秘的微笑	金庸

三劍樓隨筆

原子堆和迴旋加速器生產什麼？

金庸

▲《大公報》1958 年 10 月 7 日〈三劍樓隨筆〉〈原子堆和迴旋加速器生產什麼？〉

在廣州看武術（上）

金庸

▲《大公報》1957 年 6 月 30 日〈在廣州看武術（上）〉

附帶一提，金庸非常偶然會在《大公報》客串寫特稿，例如 1957 年 6 月 30 日至 7 月 1 日，以「金庸」署名，分兩天刊載〈在廣州看武術〉。

《長城畫報》

《長城畫報》是長城電影製片有限公司的官方宣傳刊物。上世紀五六十年代，「長鳳新」是左派電影公司代表，《長城畫報》除了報道長城的消息，亦是鳳凰影業公司、新聯影業公司等左派電影公司的宣傳陣地。

《長城畫報》創刊號於 1950 年 8 月出版，是一部月刊雜誌（偶有脱期，後期甚或合兩至三個月出版一期）。在〈創刊詞〉中表明雜誌的立意是「介紹電影知識，研究電影技巧，報道電影界動向，批評電影的內容與形式，與電影工作者共同求取進步，與觀眾共同追尋新生」。事實上，《長城畫報》的確辦得相當嚴謹有水準，每期真的不止於宣傳，能如〈創刊詞〉所言推廣電影知識。1962 年 1、2 月第 119 期終刊。

姚馥蘭 / 林子暢 / 林歡

金庸曾經以「姚馥蘭」、「林子暢」的筆名，除了在《新晚報》寫影評，亦曾在這個時期為《長城畫報》撰寫關於電影知識的〈特稿〉專欄。1953 年，金庸加入長城電影製片公司任編劇，開始使用筆名「林歡」寫劇本，因此，《長城畫報》後來的〈特稿〉，都一律改用「林歡」署名，至第 90 期而止，中間只脱稿六期，共計七十一期。

金庸在《長城畫報》〈特稿〉發表文章一覽：

出版年月	期數	篇名	署名
1952.3	14	談看電影	姚馥蘭
1952.4	15	電影的觀眾	姚馥蘭
1952.5	16	什麼是好片子	姚馥蘭
1952.6	17	談兒童演員	姚馥蘭
1952.7	18	電影的起源	姚馥蘭
1952.8	19	談古裝電影	姚馥蘭
1952.9	20	談演員的演技	林子暢
1952.10	21	談音樂片	林子暢
1952.11	22	談喜劇電影	林子暢
1952.12	23	電影故事的來源	林子暢
1953.1	24	銀幕的形式	林子暢
1953.2	25	從「孽海花」的表演談起	林子暢
1953.5	28	古裝電影的要旨	林歡
1953.6	29	京戲與電影	林歡
1953.7	30	民族遺產與電影	林歡
1953.8	31	電影中的舞蹈	林歡
1953.9	32	爭取國際聲譽	林歡
1953.11	34	舞台與電影	林歡
1954.2	36	文學作品改編電影	林歡
1954.3	37	義演和我們的工作	林歡
1954.4	38	談電影音樂	林歡
1954.6	40	電影的民族形式	林歡
1954.7	41	談電影的題材	林歡
1954.8	42	談電影中的配角	林歡
1954.9	43	學會了看電影	林歡
1954.10	44	觀眾們的意見	林歡
1954.11	45	談電影的風格	林歡
1954.12	46	短篇小説式的電影	林歡
1955.1	47	談演員的戲路	林歡
1955.2	48	電影中的衝突	林歡
1955.3	49	故事好 講得好	林歡
1955.4	50	談偵探片	林歡

（續上表）

出版年月	期數	篇名	署名
1955.5	51	關於闊銀幕的三個問題	林歡
1955.6	52	電影與報紙	林歡
1955.7	53	電影中的心理分析	林歡
1955.8	54	電影演員與話劇	林歡
1955.9	55	談文藝影片	林歡
1955.10	56	談舊片重映	林歡
1955.11	57	電影中的女子職業	林歡
1955.12	58	電影中的風俗習慣	林歡
1956.1	59	今年的願望	林歡
1956.2	60	電影的多樣性	林歡
1956.3	61	對歌唱片的愛好	林歡
1956.4	62	談紀錄片	林歡
1956.5	63	「梁祝」在星馬上映	林歡
1956.6	64	對少年兒童的影响	林歡
1956.7	65	向京戲學習	林歡
1956.8	66	中國民間藝術與電影	林歡
1956.9	67	電影中的「百花齊放」	林歡
1956.10	68	談電影中的言論	林歡
1956.11	69	談電影的結尾	林歡
1956.12	70	談中國風格	林歡
1957.1	71	從一次選舉談起	林歡
1957.2	72	名著的改編	林歡
1957.3	73	從「電影學」談起	林歡
1957.4	74	優秀影片的標準	林歡
1957.5	75	舊片的重映	林歡
1957.6	76	彩色的道路	林歡
1957.7	77	談亞洲各國的電影	林歡
1957.8	78	悼周璇	林歡
1957.9	79	電影為什麼會沉悶？	林歡
1957.11	81	集體智慧的綜合	林歡
1957.12	82	拍外景	林歡
1958.1	83	「給編導們寫信！」	林歡
1958.2	84	經濟蕭條與電影市場	林歡
1958.3	85	電影觀眾的年齡	林歡
1958.4	86	從「風箏」談起	林歡
1958.5	87	電影中的音响	林歡
1958.6	88	美國影業的衰退	林歡
1958.9	89	談「阿 Q 正傳」的得獎	林歡
1958.10	90	談「倒敘」手法	林歡

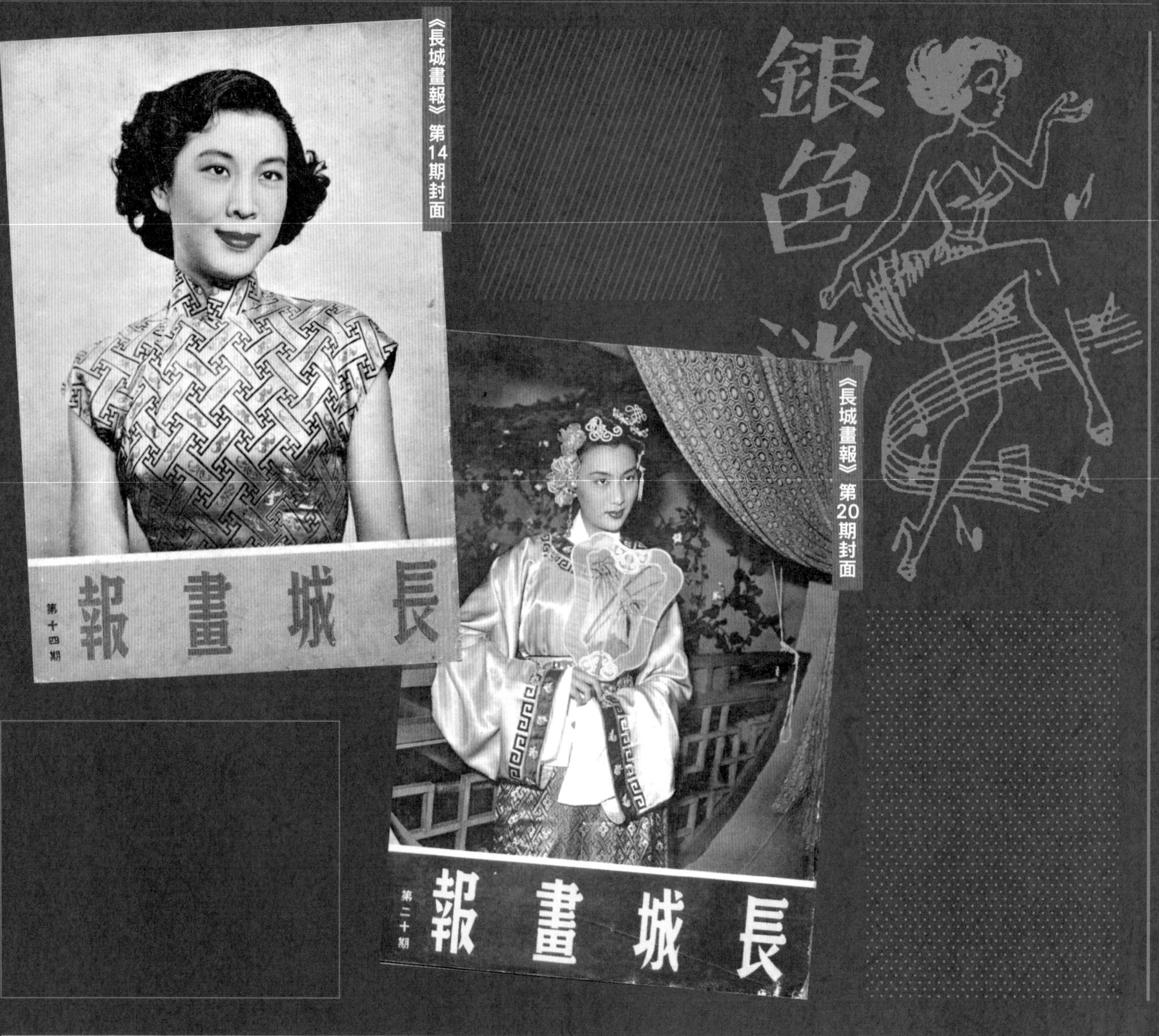

談看電影

特稿

讀者對本文作者「姚馥蘭」的名字該不會太陌生吧，姚小姐是香港新晚報「馥蘭影話」專欄作者，所撰影評深獲廣大讀者歡迎，我們由本期起特請姚小姐按期為本刊撰寫特稿，這當是讀者們的一個極大的喜訊。

你一定很愛看電影，然而有沒有想過「電影」這個東西在現代社會中的意義呢？有沒有遇到看電影看不懂的情形呢？

電影是當代最完滿的藝術表現，它把各種藝術如繪畫、音樂、舞蹈、彫刻、建築、文學、戲劇、攝影等熔爲一爐。高特式教堂是中世紀藝術的代表，電影就是當代藝術的代表。

對於藝術的欣賞能力是要培養出來的，其實對人生各方面的欣賞都是如此。你如果不會喝酒，當然不知道二十年的陳酒和十年的陳酒之間有什麼差別；你如果不會抽烟，不會瞭解爲什麼張先生愛吸三個五，李先生愛吸鴨都拿。你對藝術懂得愈多，則在欣賞其精妙之處時所得到的愉快也就越多。對於一個音樂的門外漢，蕭邦的夜曲他會覺得很沉悶，悲多汶的第五交响曲他會覺得太嘈雜；對於一個不懂現代繪畫的人，塞尚以後那些法國畫家的作品他可能會認爲是全部胡鬧。

電影的觀衆比任何藝術品的欣賞者都要廣大，主要原因之一是因爲電影這種媒介物最容易爲人了解，讀詩須先識字，電影則自三歲小孩到七八十歲的老太太個個識不識字都會看。再者，藝術品都是表現人生的，不過電影所表現的最好直接要通過赫普曼的巴蕾舞去了解人生，當然比通過「一家春」或「百花齊放」去了解人生要困難得多。

電影雖然最容易懂，但要了解每一張片子中所包含的全部意義，却並非十分容易。看電影也要經過一番訓練。從前美國大導演格立菲斯在電影中創用特寫鏡頭時銀幕上只出現演員的上半身，看慣了演員全身的觀衆們大爲不滿，大叫：「他們的脚到那裡去了。」現在，每當導演在片子中使用一些別出心裁的手法時，觀衆們也常常會感到不慣。

雪萊在談到詩歌時說，「詩歌的語言記錄對事物關係的理解，把這種理解永久化起來。」電影也是一樣，它是記錄編劇人和導演對各種事物的理解，讓觀衆也得到這種理解。例如「一家春」的編劇和導演認爲並非天下所有的後母個個是壞人，觀衆看了這張片子後，不管他們是否全部同意這意見，但至少已接觸到這意見。

有些電影是好的，它把一個有益的意義帶給觀衆。有些電影却把一種有害的意思向觀衆傳播。所以，電影不妨常常看，看過之後却必須多想。想想電影中所描寫的故事在實際生活中會發生嗎？電影中的好人真的是好人嗎？等等。要多了解電影，必須多了解生活。當你對人生有較多的認識時，你在看電影時也會有更多的認識，更多的趣味。

姚馥蘭

▲《長城畫報》第 14 期〈特稿〉〈談看電影〉署名姚馥蘭

林歡在長城電影公司主要供職編劇，筆者特別揀選節錄第 36 期〈文學作品改編電影〉部分內文，從而窺探金庸在編劇方面的心得：

> 把古典的文學名著或成功的當代文學作品拍成電影，向來對電影工作者們是一件極有吸引力的事。自有電影以來，各國不知道已把多少文學作品拍成了電影，其中有十分成功的，有瑕瑜互見的，也有極度失敗的。而成敗之分，主要在於改編。
>
> ……
>
> 這種改編主要有兩種好處：對於沒有讀過原著的人，使他們在銀幕上閱讀了這部書；對於已經讀過原著的人，使他們看到書中的人物生氣勃勃地出現在另一種藝術裡（他們有權利要求電影對原著能有所豐富、能幫助他們對原著中的人物和事件有更多的瞭解）。
>
> 當然，改編的任務是很困難的。劇作者要在數十頁的電影劇本中表示數百頁的長篇小說中的故事，要在兩小時的電影中表現四小時的舞台劇。……
>
> 每一種藝術都有自己的法則，電影並不例外。一部根據文學作品改編的電影，它是電影，它不可能與原來作品完全相同，因為電影必須服從自己的法則。電影具有豐富的特殊可能性，它擁有的手段，有些是別種藝術所無法掌握的，有些則僅為別種藝術所掌握一小部分。小說中的描寫很難能像電影畫面中所表現的那樣生動而緊湊，舞台上的表演不可能像電影中那麼場面宏偉、變化迅速。
>
> 有一句名言說：「散文的翻譯 —— 是作者的奴隸，詩的翻譯 —— 則是他的競爭者。」關於文學作品改編為電影，正確的理論是這樣，在精神和內容上，電影劇作者在很大程度上應該是原著作者的奴隸，在許多具體的運用上，却是他的競爭者。事實上，「青年近衛軍」這種影片，電影避免了原著中存在着的缺點，在某種程度上可以說比原著更好。電影可以（也是必須）批判式地選擇文學作品中的材料，在情節上也可以作必要的改動。
>
> 重要的是，電影的編導者應當謹慎地注意原著的精神，要瞭解作品的特點，深刻地揭示它的內容，仔細保持作家的創作風格。假使原著中的情節與人物異常複雜，電影應當精選構成原著本質的素材，保存決定主要衝突和表現作品主題思想的那些人物。銀幕上的藝術必須更加集中、更加精鍊，原著比較次要的事件與人物是可以不出現在電影中的。
>
> 電影改編好壞的標準應該是這樣：它是不是表現了原著基本的、本質的東西，是不是符合原著藝術上的風格。
>
> ……

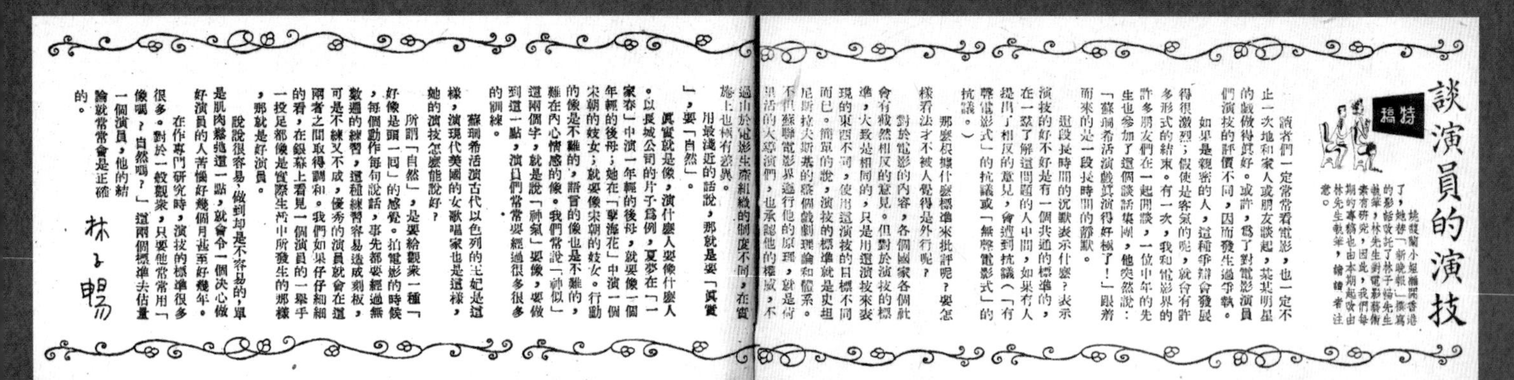

特稿

談演員的演技

姚嫣蘭小姐離開香港了，她替「新晚報」撰寫的影話改托了林子暢先生執筆，林先生對電影藝術素有研究，因此，我們每期的專稿也由本期起改由林先生執筆，請讀者注意。

讀者們一定常常看電影，也一定不止一次地和家人或朋友談起，某某明星的戲做得甚好。或許，爲了對電影演員們演技的評價不同，因而發生過爭執。

如果是親密的人，這種爭辯會發展得很激烈；假使是客氣的呢，就會有許多形式的結束。有一次，我和電影界的許多朋友們在一起閒談，一位中年的先生也參加了這個談話集團，他突然說：「蘇珊希活演戲甚演得好極了！」跟着而來的是一段長時間的靜默。

這段長時間的沉默表示什麼？表示演技的好不好是有一個共通的標準的，在一堆了解這問題的人中間，如果有人提出了相反的意見，會遭到抗議（「有聲電影式」的抗議或「無聲電影式」的抗議。）

那麼根據什麼標準來批評呢？要怎樣看法才不被人覺得是外行呢？

對於電影的內容，各個國家各個社會有截然相反的意見。但對於演技的標準，大致是相同的，只是用這演技來表現的東西不同，使用這演技的目標不同而已。簡單的說，演技的標準就是史坦尼斯拉夫斯基的整個戲劇理論和體系。不但蘇聯電影界遵行他的原理，就是荷里活的大導演們，也承認他的權威，不過由於電影生產組織的制度不同，在實施上也極有差異。

用最淺近的話說，那就是要「眞實」，要「自然」。

眞實就是像，演什麼人要像什麼人。以長城公司的片子爲例，夏夢在「一家春」中演一年輕的後母，就要像一個年輕的後母；她在「孽海花」中演一個宋朝的妓女，就要像宋朝的妓女。行動的像是不難的，語言的像也是不難的，難在內心情感的像。我們常說「神似」這兩個字，就是說「神氣」要像，要做到這一點，演員們常常要經過很多很多的訓練。

蘇珊希活演古代以色列的王妃是這樣，演現代美國的女歌唱家也是這樣，她的演技怎麼能說好？

所謂「自然」，是要給觀衆一種「好像是頭一回」的感覺。拍電影的時候，每個動作每句說話，事先都要經過無數遍的練習，這種練習容易造成刻板，可是不練又不成，優秀的演員就會在這兩者之間取得調和。我們如果仔仔細細的看，在銀幕上看見一個演員的一舉手一投足都像是實際生活中所發生的那樣，那就是好演員。

說說很容易，做到却是不容易的，單是肌肉鬆弛這一點，就會令一個決心做好演員的人苦惱好幾個月甚至好幾年。

在作專門研究時，演技的標準很多很多。對於一般觀衆，只要他常常用「像嗎？自然嗎？」這兩個標準去估量一個演員，他的結論就常常會是正確的。

林子暢

▲《長城畫報》第 20 期〈特稿〉〈談演員的演技〉署名林子暢

特稿

文學作品改編電影

把古典的文學名著或成功的當代文學作品拍成電影，向來對電影工作者們是一件極有吸引力的事。自有電影以來，各國不知道已把多少文學作品拍成了電影，其中有十分成功的，有瑕瑜互見的，也有極度失敗的。而成敗之分，主要在於改編。

長城公司出品的影片中，如「豪門孽債」、「不知道的父親」、「枇杷巷」、「孽海花」、以及最近正在進行拍攝的「新紅樓夢」、都是從文學作品改編的。以後，這種工作還在繼續下去。

這種改編主要有兩種好處：對於沒有讀過原著的人，使他們在銀幕上閱讀了這部書；對於已經讀過原著的人，使他們看到書中的人物生氣勃勃地出現在另一種藝術裡（他們有權利要求電影對原著能有所豐富、能幫助他們對原著中的人物和事件有更多的瞭解）。

當然，改編的任務是很困難的。劇作者要在數十頁的電影劇本中表示數百頁的長篇小說中的故事，要在兩小時的電影中表現四小時的舞台劇。然而過去許多優秀的電影範例証明，有可能把文學作品巧妙而富有創造性的搬上銀幕，並使這些形象具有更強烈力的藝術感染力的。美國片「凱撒大帝」、英國片「王子復仇記」、蘇聯片「青年近衞軍」是其中的幾個例子。

每一種藝術都有自己的法則，電影並不例外。一部根據文學作品改編的電影，它是電影，它不可能與原來作品完全相同，因爲電影必須服從自己的法則。電影具有豐富的特殊可能性，它擁有的手段，有些是別種藝術所無法掌握的，有些則僅爲別種藝術所掌握一小部分。小說中的描寫很難能像電影畫面中所表現的那樣生動而緊湊，舞台上的表演不可能像電影中那麼場面宏偉、變化迅速。

有一句名言說：「散文的翻譯——是作者的奴隸，詩的翻譯——則是他的競爭者。」關於文學作品改編爲電影，正確的理論是這樣，在精神和內容上，電影劇作者在很大程度上應該是原著作者的奴隸，在許多具體的運用上，却是他的競爭者。事實上，「青年近衞軍」這種影片，電影避免了原著中存在着的缺點，在某種程度上可以說比原著更好。電影可以（也是必須）批判式地選擇文學作品中的材料，在情節上也可以作必要的改動。重要的是，電影的編導者應當謹慎地注意原著的精神，要瞭解作品的特點，深刻地揭示它的內容，仔細保持作家的創作風格。假使原著中的情節與人物異常複雜，電影應當精選構成原著本質的素材，保存決定主要衝突和表現作品主題思想的那些人物。銀幕上的藝術必須更加集中、更加精鍊，原著比較次要的事件與人物是可以不出現在電影中的。

電影改編好壞的標準應該是這樣：它是不是表現了原著基本的、本質的東西，是不是符合原著藝術上的風格。

根據果戈里的喜劇「欽差大臣」，蘇聯曾拍了一部五彩片。該片導演彼得羅夫在討論這部影片的文章「舞台劇本和電影劇本」中，提出了一個原則：「要既能保持偉大作家的藝術手法的豐富性，同時又能利用電影所特有的表現手段。」這個原則，我想是全世界所有嚴肅的電影工作者們都一致同意的。

林歡

長城畫報 第三十六期

《長城畫報》第36期封面

►《長城畫報》第 36 期〈特稿〉〈文學作品改編電影〉署名林歡

鏞 / 蕭子嘉 / 林歡

除了〈特稿〉以外，金庸偶然還為《長城畫報》客串寫稿，前後四次，包括一篇譯作，分別署名「鏞」、「蕭子嘉」和「林歡」。臚列於下：

出版年月	期數	篇名	署名
1952.10	21	意大利電影	鏞
1953.8	31	愛丁堡電影節	蕭子嘉
1956.1	59	德西嘉自傳之一	林歡譯
1956.2	60	德西嘉自傳之二 ——新現實主義的開始	林歡譯
1956.3	61	德西嘉自傳之三 ——拍攝「單車竊賊」	林歡譯
1956.4	62	德西嘉自傳之四 ——「米蘭的奇蹟」及其他	林歡譯
1956.5	63	德西嘉自傳之五 ——會見卓別靈和拍「孽戀」	林歡譯
1956.6	64	德西嘉自傳之六 ——為了做導演只好做演員	林歡譯
1956.8	66	電影藝術淺説之一	林歡
1956.9	67	電影藝術淺説之二 ——學看電影	林歡
1956.10	68	電影藝術淺説之三 ——臉的表情	林歡
1956.11	69	電影藝術淺説之四 ——鏡頭的角度	林歡

金庸在長城電影製片公司除了做編劇，還為電影主題曲和插曲填詞。《長城畫報》不時刊登電影主題曲和插曲的曲譜，因此，從《長城畫報》的這些資料，可以看見金庸另一類的文字功力。臚列於下：

出版年月	期數	曲名	電影	填詞	作曲或編曲
1954.8	42	不要離開我	《不要離開我》主題曲	林歡	草田
		門邊一樹碧桃花	《不要離開我》插曲	林歡	于粦
1955.3	49	問你一問	《三戀》插曲	林歡	草田
1955.4	50	孩子的委曲	《三戀》插曲	林歡	草田
1955.5	51	女兒心	《少女的煩惱》插曲	林歡	于粦
1956.3	61	苦情歌	《鳴鳳》插曲	林歡	草田
1956.5	63	上轎歌	《鳴鳳》插曲	林歡	于粦
1956.9	67	清潔整齊歌	《小鴿子姑娘》插曲	林歡	草田
1957.2	72	一間小小的屋子	《香噴噴小姐》插曲	林歡	于粦
1957.3	73	割稻歌	《小鴿子姑娘》插曲	林歡	于成中
1957.4	74	猜謎歌	《小鴿子姑娘》插曲	林歡	于粦
1957.5	75	黑黑的泥土是寶貝	《小鴿子姑娘》插曲	林歡	于粦
1957.6	76	懶惰的老爺來做夢	《小鴿子姑娘》插曲	林歡	于成中
1957.10	80	人好不怕家裡窮	《小鴿子姑娘》插曲	林歡	草田
1958.1	83	從前有個小傻瓜	《有女懷春》插曲	林歡	草田
1958.2	84	快樂的人兒	《有女懷春》插曲	林歡	草田

意大利電影

・鏞・

《長城畫報》第 21 期〈意大利電影〉
署名鏞

愛丁堡電影節

英國愛丁堡第七屆國際電影節賽會 「孽海花」甄審入選

蕭子嘉

《長城畫報》第 31 期〈愛丁堡電影節〉
署名蕭子嘉

德西嘉自傳

・林歡譯・

第一篇

An Autobiography of Vittorio De Sica

影評家使我大受刺激

《長城畫報》第 59 期〈德西嘉自傳之一〉
署名林歡

▶《長城畫報》第 42 期〈不要離開我〉曲譜（草田（黎小田之父）曲 / 林歡詞）

林歡詞
草田曲

電影新歌介紹

不要離開我

林歡詞
草田曲

林歡的婚禮

長城公司編劇

SCRIPTWRITER LIN HUAN'S MARRIAGE

Ling Huan, who wrote "The Peerless Beauty", "When You Are Not With Me", "Never Leave Me" and "Three Loves", married to Miss Rosie Chu on May 1st. at the Hotel Miramar. Readers will recognize him as the special column writer of GW Pictorial. Many well-known movie stars and cultural workers attended his wedding.

名編劇家林歡，過去曾替長城公司編過「絕代佳人」、「歡喜冤家」、「蘭花花」、「不要離開我」、「三戀」等劇作，同時每期為本刊撰寫之特稿，深為本刊讀者所歡迎，最近與朱蘿茜小姐戀愛成熟，於五月一日假美麗華酒店舉行婚禮，到賀者多為電影及新聞文化界同人，情況熱烈，本頁各圖，為婚筵舉行時留影。

張錚和蕭芳芳也來吃喜酒。
Chang Tseng joins Shao Fong-fong at the party.

一對新人舉杯互敬。
The newly-weds in a toast of love.

大公報社長費彝民和陳娟娟、許樂羣費明儀夫婦合照。
Mr. Fei Yee-ming of Ta Kung Pao posed with Chen Chuan-chuan, Barbara Fei and her husband Mr. Hsu.

婚筵後舉行舞會，一對新人翩翩起舞。
Dance after dinner and here is the couple!

劉甦、馮琳、韋偉和王蘇瑤時著串招待之職。
Liu Su Fung Ling, Wei Wei and Wong Tse helped to entertain the guests.

陳思思和喬莊也是席上嘉賓。
Chen Sze-sze and Chao Chuan are among the well-wishers.

28

▲《長城畫報》第 64 期〈林歡的婚禮〉

電影藝術淺說 1.

林歡

前言

ELEMENTS OF FILM ART

The film plays a most important part in our daily life. One simple fact is, nearly everyone of us goes to the movies. This is one brach of art which does not necessary require hard studies in order to appreciate its entertaining values, yet some elementary knowledge may help us to enjoy it more thoroughly. This is the first of a series of articles.

卓別靈與賈基柯根在「義父傳」中。
Chaplin and Jackie Coogan in "The Kid".

有電影而無藝術

Chaplin in one of his early films.

默片時代的笑匠麥克斯林德。
Max Linder-a favourite of the silent films.

28

▶《長城畫報》第 66 期〈電影藝術淺說之一〉署名林歡

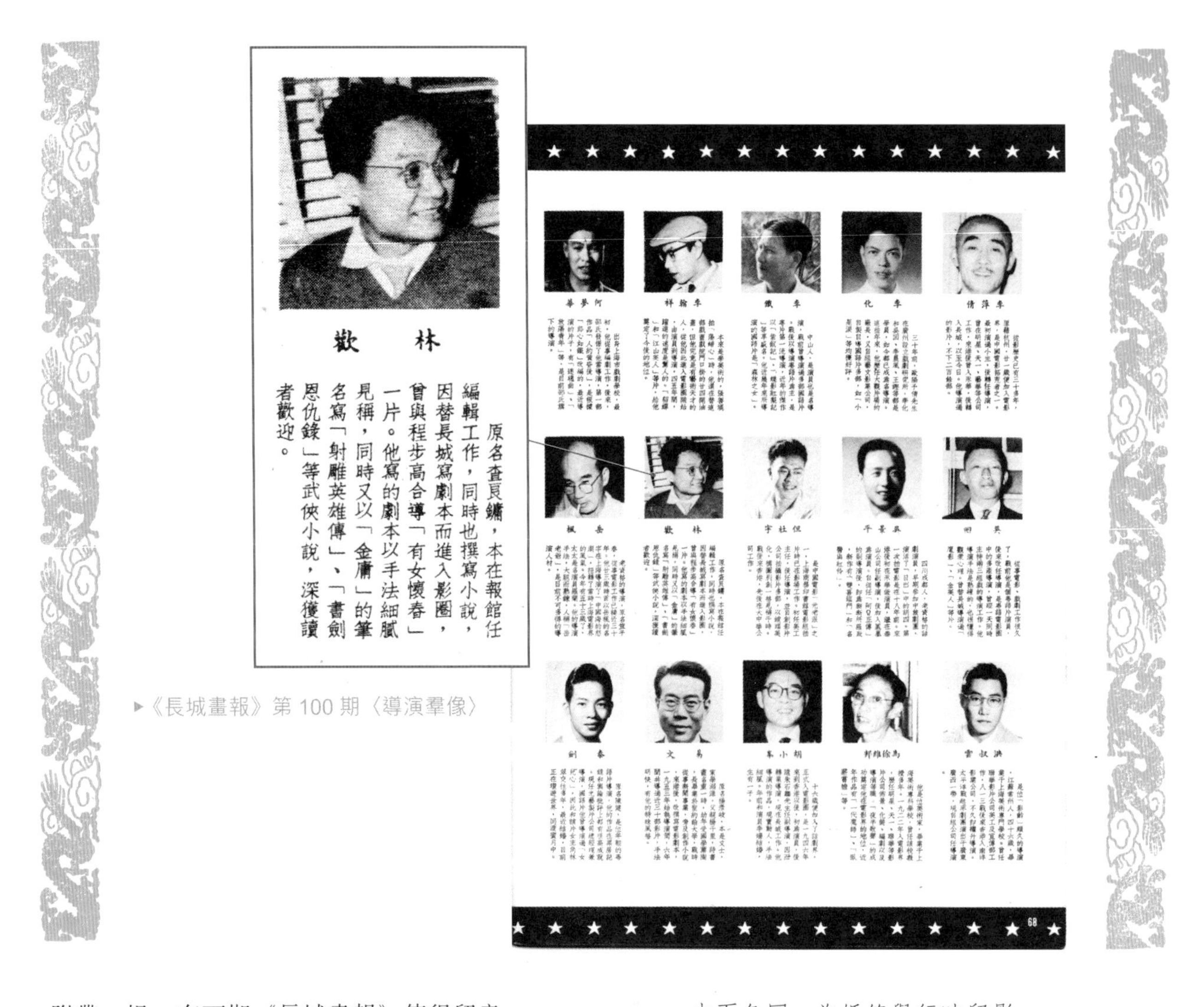
林歡

原名査良鏞，本在報館任編輯工作，同時也撰寫小說，因替長城寫劇本而進入影圈，曾與程步高合導「有女懷春」一片。他寫的劇本以手法細膩見稱，同時又以「金庸」的筆名寫「射雕英雄傳」、「書劍恩仇錄」等武俠小說，深獲讀者歡迎。

▶《長城畫報》第 100 期〈導演羣像〉

附帶一提，有兩期《長城畫報》值得留意。

其一是 1956 年 6 月出版的第 64 期，此期別具意義，以「林歡的婚禮」為題，用一頁篇幅刊登了金庸和第二任夫人朱玫婚禮的花絮和照片，其中一張二人舉杯合照，正是以後不少書刊轉載的來源。婚禮的文字記述：

> 名編劇家林歡，過去曾替長城公司編過「絕代佳人」、「歡喜冤家」、「蘭花花」、「不要離開我」、「三戀」等劇作多部，同時每期為本刊撰寫之特稿，深為本刊讀者所歡迎，最近與朱璐茜小姐戀愛成熟，於五月一日假美麗華酒店舉行婚禮，到賀者多為電影及新聞文化界同人，情況熱烈，本頁各圖，為婚筵舉行時留影。

其二是 1959 年 11 月出版的第 100 期，此期出版了百期紀念特大號，當中有〈島上的星羣〉和〈導演羣像〉，分別以圖文介紹與左派影圈有關的演員一百四十五人和導演四十人。其中〈導演羣像〉有「林歡」的簡短介紹：

> 原名査良鏞，本在報館任編輯工作，同時也撰寫小說，因替長城寫劇本而進入影圈，曾與程步高合導「有女懷春」一片。他寫的劇本以手法細膩見稱，同時又以「金庸」的筆名寫「射雕英雄傳」、「書劍恩仇錄」等武俠小說，深獲讀者歡迎。

Films Of Chivalry Romance

談武俠電影

金庸

Lately, films of chivalry romance—including Cantonese and Mandarin ones—have been largely produced in Hong Kong. As a matter of fact, chivalry-films based on stories of chivalry romance attract a great number of audience.

「碧血劍」上集。

「七劍下天山」。

「書劍恩仇錄」下集。

「書劍恩仇錄」中集。

「碧血劍」下集。

「射鵰英雄傳」上集。

「射鵰英雄傳」下集。

「書劍恩仇錄」上集。

張瑛、羅艷卿在「白髮魔女傳」二集片中一鏡頭。

「白髮魔女傳」一集。

「白髮魔女傳」三集。

「鴛鴦刀」下集。

「鴛鴦刀」上集。

「江湖三女俠」下集。

「江湖三女俠」上集。

「神鵰俠侶」二集。

「神鵰俠侶」。

3

2

▲《中聯畫報》第 58 期刊登〈談武俠電影〉

《中聯畫報》／《峨嵋影片公司三週年紀念畫冊》

金庸

上世紀五六十年代，《長城畫報》和《中聯畫報》、《國際電影》、《南國電影》均為最重要且最具代表的電影雜誌。金庸除了給《長城畫報》寫稿外，亦曾替其他雜誌撰文，筆者有《中聯畫報》第 58 期，當中有一篇署名金庸的文章，也見過《新中華》第 35 期有一篇署名林歡談論芭蕾舞的文章。

《中聯畫報》第 58 期，出版於 1961 年 5 月，其時金庸已經沒有替《長城畫報》寫稿了。文章題為〈談武俠電影〉，共兩頁，文中指出他在《武俠與歷史》提出「武俠小說健康化」的一句口號，並舉出八點內容，這八點內容，同樣適用於武俠電影。八點內容有助了解金庸寫武俠小說的看法，現抄錄於下：

一、影片的道德信條，必須和中國人固有的民族傳統道德觀念相符合。我們主張任事必忠，對父母孝敬，對兄弟友愛。主張仁慈，反對殘酷；主張守信重義，反對反覆卑鄙。有犧牲小我願至大我的精神，反對自私自利，損人害群。即使影片只不過敘述一個曲折離奇的故事，也不能有意或無意的破壞這些道德規條。

二、戒除色情的描寫，黃色的場面。

三、打鬥不宜過于殘酷，不宜血淋淋的使人慘不忍覩。

中聯
画報
58
MAY 1961

《中聯畫報》第58期封面

《峨嵋影片公司三週年紀念畫冊》封面

對武俠片的期望

金庸

三年前，峨嵋影片公司成立，開始拍攝「射鵰英雄傳」，終於成爲專業性的拍攝武俠片的電影公司，今日能有這樣的成就，自是頗感欣慰。

在香港影壇中，近年來武俠電影非常流行，單是粵語片，最近幾個月來每個月都有十餘部武俠電影開拍，國語的武俠影片，也有好幾部正在拍攝或籌備拍攝。人們不禁要問：這是不是一個健康的現象？

任何種類的影片，如果爲了迎合市場而一窩蜂的拍攝，如果數量過多，至少在營業方針上，未必會是健康的，又如果爲了趕時間，因而近乎粗製濫造，觀衆便會感到厭煩。這在歌唱片是如此，喜劇胡鬧片是如此，武俠片也是如此。

武俠片中不免有神怪誇張的場面，如果影片的主題是健康的，應該容許有誇張的處理。在「武俠與歷史」小說雜誌中，我曾提出「武俠小說健康化」這樣一句口號，同時舉出了八點內容，在我個人以爲，這八點對于武俠影片也同樣適用，現在謹列舉於下，以供製作武俠影片的朋友們參考：

（一）影片的道德信條，必須和中國人固有的民族傳統道德觀念相符合，我們主張任事必忠而對父母孝敬，對兄弟友愛。主張仁慈，反對殘酷；主張守信重義，反對反覆卑鄙。有犧牲小我成全大我的精神，反對自私自利，損人害羣。即使影片只不過敘述一個曲折離奇的故事，也不能有意或無意的破壞這些道德規條。

（二）戒除色情的描寫，黃色的場面。

（三）打鬥不宜過于殘酷，不宜血淋淋的使人慘不忍覩。

（四）影片中不免有誇張、有奇異、有特殊的人物和事件。但這些事件須不致於宣揚迷信，對邪惡人物須有應得的懲罰。

（五）影片可以是悲劇，正面的英雄可以死亡或不幸，但悲劇的目的不是使觀衆沮喪，而是使人意氣激昂發揚。

（六）避免「誨盜」的暗示。英雄人物是行俠仗義、鋤强扶弱的好漢，而不是打家刼舍，欺壓良善的盜賊、幫匪、流氓、惡霸。

（七）頌揚愛情上的堅貞和眞摯。

（八）主張人類的平等，各種族之間的和平相處。在描寫古代民族之間的鬥爭時，如漢人反抗滿清等等，主要是從愛國心出發，而不是從種族偏見出發。

不論是在美國、蘇聯、武俠形式的影片都已有很久的歷史，美國的西部片歷久而不衰，近來更注入較新的內容和人生哲理，蘇聯的「遊俠傳」、「寶劍屠龍」等有豐富的想像，爲廣大觀衆所喜愛，香港拍攝的武俠片數量很多，一般說來主題也還不錯，只是限於製作成本和攝製的日期，往往令觀衆有「兒戲」之感。我個人誠懇的希望，香港影壇中要拍攝幾部製作認眞、娛樂性豐富、內容健康嚴肅的武俠片出來。

關於武俠片的製作方面，我覺得有幾點是值得注意的；

一、武俠片只是一種特殊形式，其內容主題，其實和其他的影片並無多大不同，總之是要導引觀衆向上向善。

二、武俠片應當多强調「俠」字，而不能一味打打殺殺。

三、武俠片的一大部份觀衆是少年和兒童，製作者應當經常注意到，影片對於少年觀衆所發生的影响。

金庸與名導演李晨風在討論碧血劍服裝手持黑部者爲金庸左爲李晨風

▲《峨嵋影片公司三週年紀念畫冊》〈對武俠片的期望〉

四、影片中不免有誇張、有奇異、有特殊的人物和事件。但這些事件須不致於宣揚迷信。對邪惡人物須有應得的懲罰。

五、影片可以是悲劇，正面的英雄可以死亡或不幸，但悲劇的目的不是使觀眾沮喪，而是使人意氣激昂發揚。

六、避免「誨盜」的暗示。英雄人物是行俠仗義、鋤強扶弱的好漢，而不是打家劫舍，欺壓良善的盜賊、帮匪、流氓、惡霸。

七、頌揚愛情上的堅貞和真摯。

八、主張人類的平等，各種族之間的和平相處，與描寫古代民族之間的鬥爭，如漢人反抗滿清等等，主要是從愛國心出發，而不是從種族偏見出發。

《中聯畫報》第58期出版後不久，峨嵋影片公司正值成立三週年出版紀念畫冊（1961年7月）。這本只有三十二頁的小書，有二十九頁都是刊登峨嵋影片公司拍攝過的電影劇照及簡短介紹，惟書前三頁分別刊載三篇文章，分別是金庸的〈對武俠片的期望〉、聞武的〈獻詞〉和林炎的〈峨嵋三年〉。

將金庸這篇〈對武俠片的期望〉和《中聯畫報》第58期的〈談武俠電影〉一相比較，便發現是一稿二用，峨嵋三週年紀念畫冊這篇僅改寫了第一段，並在文末添加一段「關於武俠片的製作方面，我覺得有幾點是值得注意的」三點。現錄於下：

一、武俠片只是一種特殊形式，其內容主題，其實和其他的影片並無多大不同，總之是要導引觀眾向上向善。

二、武俠片應當多強調「俠」字，而不能一味打打殺殺。

三、武俠片的一大部份觀眾是少年和兒童，製作者應當經常注意到，影片對於少年觀眾所發生的影响。

《新晚報》談論武俠小說文章

金庸

金庸貴為武俠小說大宗師，接受媒體訪問談論武俠小說，以及以武俠小說為題材的演講，可謂從來不止。如談到金庸揮筆談論武俠小說，那就相對較少了。

《武俠與歷史》第3至8期有一篇連載了六期的長文〈關於武俠小說的幾個問題〉，是筆者見過金庸就武俠小說談論得最詳盡的一篇，該文發表於1960年，是他早期寫武俠小說時的見解。可惜《武俠與歷史》存世不多，難覓原書，該文亦不見有甚麼書籍輯錄出來，要一睹原文，可謂難矣。

《海光文藝》有〈一個「講故事人」的自白〉一文，發表於1966年，亦是一篇文獻價值很高的文章。《海光文藝》原書亦不易見，下文將原文輯錄。

《金庸作品集》〈新序〉，作於2002年4月，是金庸特意為新修版而寫的文章，已屆暮年而成篇，對評論如何寫武俠小說，或許說是他如何評論自己的武俠小說，應當是最成熟而滿意的看法。

關於武俠小說的幾個問題

——答覆香港「新生晚報」一位讀者

金庸

香港「新生晚報」於一月十一日刊載了一位讀者何水申先生的來信，這信是寫給該報專欄作者十三妹女士的，信中主要是討論我的武俠小說。信的開端這樣說：「十三妹女士：多謝你在十二月廿四日及廿五日的答覆，你說想將敝函轉與金庸先生，因爲他夠資格來發揮這個問題。我今特地再寫此信給你來表示我的贊同。祇恐怕金庸先生不屑將這個有價值的問題提出來討論與研究。」

因爲在此以前，何水申先生曾有信給十三妹，而十三妹在去年十二月廿四、廿五兩日的專欄中曾答覆過他。據新生晚報上的引述，那封信中說：「很久以前，女士在報上曾大大地讚揚金庸先生的武俠小說，而且認爲凡爲父母者應以該類小說爲兒女的輔助讀物。女士那文自發表迄今已甚久，不幸至今留存這種觀念，仍對武俠一再的維護。」

十三妹女士在電話中和我談過這個問題（順便一提：我從來沒見過這位十三妹，而且香港的文化界人士似乎誰也沒見過她，也沒人知道她眞姓名到底是什麼。這位小姐頗有點兒武俠小說中人物的作風），我想既然承何先生注意到，並且可能還有許多人關心，而這問題確是值得一談，不妨提出來加以討論和研究。不過「新生晚報」篇幅寶貴，各種專欄和連載每天有固定的地位，不方便劃出地位來討論武俠小說的問題，所以我借「武俠與歷史小說雜誌」的篇幅來和何水申先生及各位讀者們談談。何先生信中所說的「不屑」，那是決不敢當的，我只怕我學識有限，說得不對的地方，還請博雅君子有以教之。

何先生的信中提到了武俠小說本質的許多問題，分析起來有下列幾點：一、武俠小說的內容是非自然的不科學的。二、武俠小說的情節結構是荒謬的不合理的，因而不是反映現實的。三、武俠小說的人物是怪異絕倫的超人。四、武俠小說中沒有思想性。五、武俠小說因有上列毒素，因此對讀者有不良影响。

這五個問題確是許多人在想到武俠小說時，極易聯想到的概念，雖然我對何先生的看法，並不同意，但他所提出事實確有不容否認的地方。

本刊以登載武俠小說與歷史小說爲主，以上五個問題頗有加以澄清與說明的必要。最後，附帶還可談一個問題，那就是武俠小說與偵探小說的比較。因爲最近胡適博士在台灣公開演講，說外國人不論男女老少都喜歡看偵探小說，而中國人則最喜歡看武俠小說，因此偵探小說是高尙的，而武俠小說則是不高尙的。所以第六個問題想談談武俠小說是高尙的還是不高尙的？

一、武俠小說的內容是非自然的非科學的

在研究這個問題之前，我們必須確立幾個觀念。第一、武俠小說是小說的一種。不管武俠小說是好是壞，它總之是小說之一，那是沒有人會否認的。小說的種類很多，根據內容性質來分，有愛情小說、偵探小說、歷史小說、諷刺小說、科學幻想小說、神怪小說、社會小說、宗教小說、政治小說、風俗小說等等。武俠小說也是其中之一。

第二、小說是文學的一種，而文學是藝術的一種。武俠小說屬於文學與藝術的範圍。某一部武俠小說或許是極好的文學，也或許是最劣等的文學，但總是文學。它既不是科學，也不是政論文或宗教傳道。

認明白了這兩點，對於這個問題就很容易了解了。何先生的信中說：「所以文學不止含有思想性，且必需是合乎自然的、求眞的和健康的。如果缺乏了思想性，則好像一個沒有靈魂和內在美的脂粉美人。如果缺乏了自然性、求眞性和健康性，則變成包着糖衣的毒藥了。」

我以爲何先生對文學的認識是不正確的。文學的內容可以合乎自然和科學，但也可以不合乎自然和科學。因爲文學根本是一種「非科學」的東西，也就是說和科學無關的東西。

中國的例子

我們試舉一些例子說明。

我國最偉大的文學家是誰？大多數人會說是屈原、杜甫、李白。

屈原的作品幾乎全部是不合於科學的，非自然的。「離騷」中有許許多多神話中的人物，許許多多超自然的想像。屈原寫道：「我駕起玉龍和鳳凰，陡然間，我飄忽地脫離了俗塵，隨風上升。清晨我從蒼梧出發，晚上便到了崑崙山上的縣圃。」（白話譯文）他又吩咐太陽之神羲和慢慢走，命月神望舒做嚮導，叫風伯飛廉在後面跟隨奔跑。

李白詩說：「朝辭白帝彩雲間，千里江陵一

▲《武俠與歷史》第 3 期刊載〈關於武俠小說的幾個問題〉

至於金庸執筆談論自己的武俠小說或小說人物，比較起來就更少。正如金庸在《明報月刊》第190期一篇名為〈韋小寶這小傢伙！〉（這篇文章被多本金庸散文集之類的書籍輯錄，要閱讀原文不難）的文章中提到，「作者不該多談自己的作品」。然而，話雖如此，金庸還是談過的，至少〈韋小寶這小傢伙！〉就已經是其中一篇。

本篇就以此話題略舉三篇刊載於《新晚報》的文章，分別刊登於《新晚報》五週年、七週年和十週年當日。

筆者所見金庸最早談論自己的武俠小說的文章，發表於1955年10月5日，是日為《新晚報》創刊五週年，《書劍恩仇錄》仍在同報連載，篇名為〈漫談「書劍恩仇錄」〉。文章對金庸提筆開寫武俠小說的緣起，有第一手且時間最早的珍貴文獻價值，其中更提及書中角色是否參照某個原型人物，對研究金庸創造人物的技法亦具參考價值。茲輯錄部分相關內文於下：

> 梁羽生弟是我知交好友，我叨長他一歲，所以稱他一聲老弟。他年紀雖比我輕，但寫武俠小說却是我的前輩，他在「新晚報」寫「龍虎鬥京華」和「草莽龍蛇傳」時，我是忠實讀者，可是從來沒想自己也會執筆寫這種小說。
>
> 八個月之前的一天，新晚總編輯和「天方夜譚」的老總忽然向我緊急拉稿，說「草莽」已完，必須有「武俠」一篇頂上。梁羽生此時正在北方，說與他的同門師兄中宵看劍樓主在切磋武藝，所以寫稿之責，非落在我的頭上不可。可是我從來沒寫過武俠小說啊，甚至任何小說都沒有寫過，所以遲遲不敢答應。但兩位老編都是老友，套用「書劍」中一個比喻，那簡直是章駝子和文四哥之間的交情，好吧，大丈夫說寫就寫，最多寫得不好挨罵，還能要了我的命麼？於是一個電話打到報館，說小說名叫「書劍恩仇錄」。至於故事和人物呢？自己心裏一點也不知道。老編很是辣手，馬上派了一位工友到我家裏來，說九點鐘之前無論如何要一千字稿子，否則明天報上有一大塊空白，就請這位工友坐着等我寫。那有什麼辦法呢？於是第一天我描寫一個老頭子在塞外古道上大發感慨，這個開頭下面接什麼全成，反正總得把那位工友先請出家門去。「書劍」的第一篇就是這樣寫的。
>
> ……
>
> 朋友們常問我，書中人物是否全部憑空捏造，還是心中以某人為模型？我的答案是：有的寫生，有的想像。如俏李逵周綺，那就是我認識的一位小姐的寫照，此人綽號「胡塗大國手」，天真直爽，活潑可愛。這位小姐常讀「書劍」，常讚周綺有趣，而不知其有趣乃從她身上提取出來者也。
>
> ……

看罷這篇〈漫談「書劍恩仇錄」〉，恍然大悟，原來周綺的原型是毛妹！（參閱前文一篇金庸署名「林歡」在《大公報》發表的〈從胡蓉蓉談起〉）

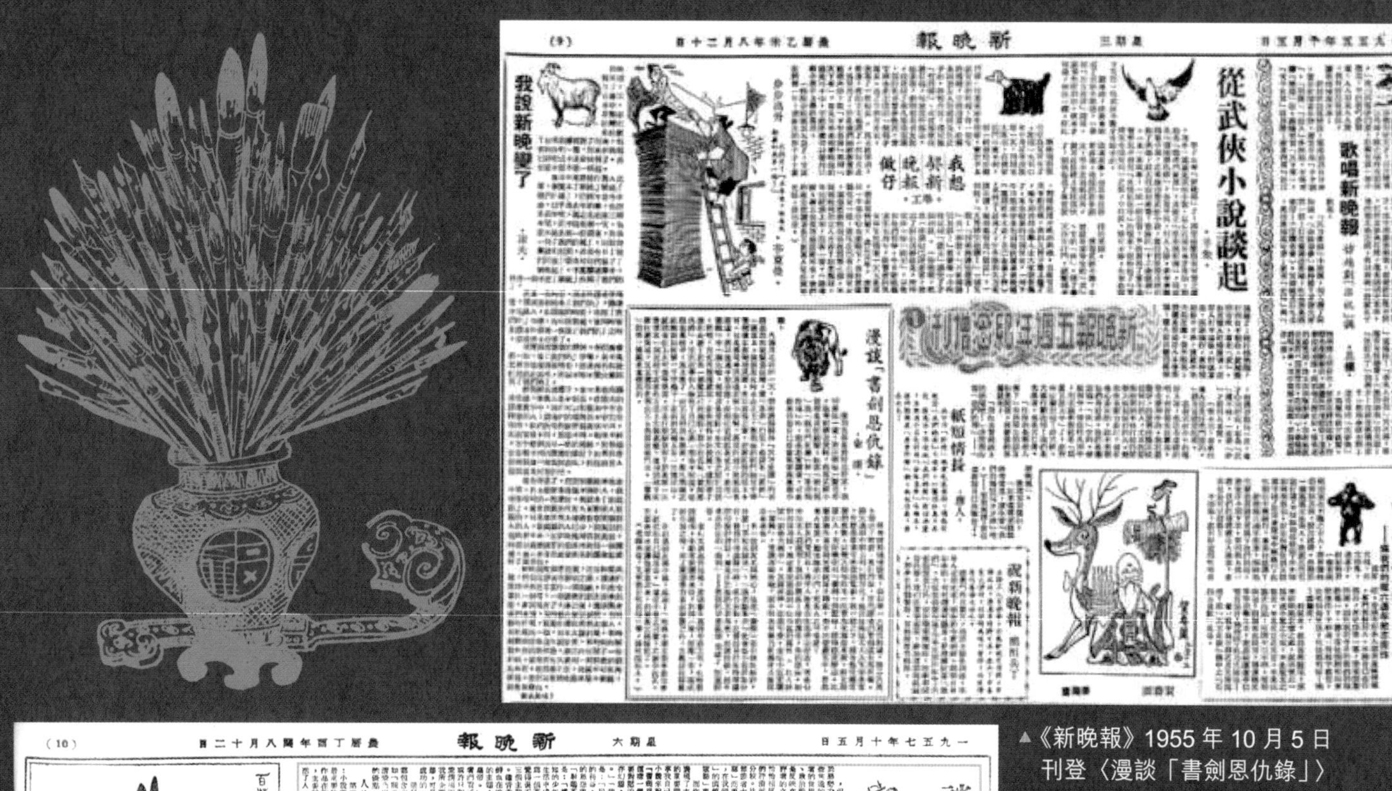

新晚報

從武俠小說談起

歌唱新晚報

我說新晚報了

新晚報五週年紀念特刊

漫談「書劍恩仇錄」

▲《新晚報》1955 年 10 月 5 日
刊登〈漫談「書劍恩仇錄」〉

新晚報

新晚報七週年紀念徵文

談批評武俠小說的標準

感激與希望

從「情詩」到「愛的日記」

新晚報與長江大橋

報慶日談晚報

關於寫小說

七年之慶

書祝新晚報七週歲紀念即以報名分韻三首

◀《新晚報》1957 年 10 月 5 日
〈談批評武俠小說的標準〉

一九六零年十月五日 星期三 新晚報 農曆庚子年八月十五日 (14)

花好月圓人長壽

恭喜！恭喜！

恭喜年年有今日 歲歲有今朝

第一個十年

新·晚·報·這·個·仔

報慶 十周年特刊

恭祝新晚十週紀念

新晚報的愛情

「雪山飛狐」有沒有寫完

金庸

有感而作

新晚讀者心理

賀新晚報十週年紀念

深得人心為報慶

十全·十足與十拗

▲《新晚報》1960 年 10 月 5 日〈雪山飛狐有沒有寫完〉

兩年後同一日，即1957年10月5日，《新晚報》創刊七週年。其時金庸在《新晚報》已經連載完《書劍恩仇錄》，並轉移陣地到《香港商報》連載《射鵰英雄傳》。金庸在《新晚報》發表了一篇名為〈談批評武俠小說的標準〉的文章，提出主題思想、人物的刻劃、故事性與結構、環境的刻劃四個批評武俠小說好壞的標準。雖然金庸為文時屬寫作武俠小說的早期，但對認識金庸創作的理念，參考價值亦非常高。

三年後同一日，即1960年10月5日，《新晚報》創刊十週年。其時金庸已自立門戶，開辦了《明報》，但舊東家慶誌，邀請他寫點東西，還是欣然答應。其時《雪山飛狐》已在《新晚報》連載完畢逾年，但其沒有明寫結局的安排，一直為讀者談論且不解，因此，金庸藉此撰文〈雪山飛狐有沒有寫完〉，應該是最早一篇金庸親自專談《雪山飛狐》何以沒有結局的文章，他還借大文豪馬克吐溫使用類似手法的一篇小說作例，說明這樣安排的結局並非孤例。茲輯錄部分相關內容於下：

> 「新晚報」出版十週年，主編先生要我寫一篇紀念性的文字。因為和「新晚報」很老友，幾乎它每年的生日，都要寫一篇文字，什麼祝賀、批評、感舊、回憶等等都寫完了，乘着這機會，我向許多位新晚讀者答覆一個問題：「雪山飛狐」為什麼不寫完而中斷了？
>
> ……
>
> 其實，「雪山飛狐」是寫完了的。我首先設計了這個兩難的結局，再佈置故事。胡一刀死在苗人鳳的手裏，胡一刀的兒子胡斐後來却愛上了苗人鳳的女兒苗若蘭，最後胡斐和苗人鳳在一個極危險的局勢下動手，到了一個決定性的一招時，胡斐或者是顧全愛情而犧牲自己性命，或者是殺死對方而保全自己。
>
> 到底他如何決定，讓讀者自己去猜測。
>
> ……
>
> 這個故事的性質，使它的結局不易成為喜劇，也不易成為悲劇。這種兩難的處境，容許讀者們有極大的自由來發展想像。重視實際而不喜歡想像的人，決不會讀武俠小說，而喜歡武俠小說的人，一定有豐富的想像力。「雪山飛狐」這樣的結局，可以讓讀者們自己過一下寫武俠小說的癮，他們在自己的心裏，可以寫出胡斐和苗若蘭的結婚場面，也可以寫出胡斐和苗人鳳同歸於盡的悲慘場面。
>
> ……
>
> 美國的作家馬克吐溫也寫過一篇類似的小說，叫做「中世紀的傳奇」。故事中說，一個女扮男裝的少女即將承襲公爵的爵位，老公爵的女兒和人私通而生了一個兒子，按照法律，她要被判死刑。判決由那假公爵來宣佈，但按照法律，凡是沒有加冕的女子坐上公爵寶座，須處死刑。這個假公爵為了宣判，只好冒險坐上寶座，那知道這個犯人暗中一直愛着這女扮男裝的假公爵，她當眾宣佈，這個私生子的父親便是假公爵。

要辯明是非，假公爵必須暴露自己是個女人，但她若說明是女子，未經加冕而坐上寶座，其罪必死！

這篇小說最後這幾句話是這樣：「這件駭人聽聞，變化莫測的事，下文如何，無論現在或將來，你在任何書中也找不出答案的。老實告訴你：我把我的主角（或女主角）置身於如此奇特的絕境，使我不知怎樣才能把他（或她）搭救出來，因此我想完全不再過問，聽其自然，讓他自己盡可能去獲得圓滿的下場 —— 否則就到此為止吧。本來我以為這個小小的難題是很容易解決的，可是現在我却無能為力了。」

……

《海光文藝》

金庸

《海光文藝》是上世紀六十年代一部重要但短壽的文藝月刊，每期一百頁，創刊於 1966 年 1 月，可惜僅出版十三期，最後一期 1967 年 1 月出版。雜誌由羅孚策劃，黃蒙田編輯，內容水準不俗，大致分為論著、藝術、小說、散文和詩歌五輯。

《海光文藝》最為人樂道的文章，相信非「佟碩之」的〈新派武俠小說兩大名家金庸梁羽生合論〉莫屬，這篇長文洋洋灑灑二萬字，由創刊號至第 3 期分三期刊載，作者「佟碩之」，以往有人以為這是羅孚的筆名，一直到 1988 年柳蘇（羅孚）在北京《讀書》月刊寫〈俠影下的梁羽生〉一文，才說出「佟碩之」就是梁羽生本人。這篇文章比較金庸、梁羽生作品的異同，也分析了二人的優劣，是評論新派武俠小說兩大名家的劃時代經典之作。

〈金庸梁羽生合論〉刊畢，金庸馬上寫了一篇長約二千字佔紙兩頁的〈一個「講故事人」的自白〉回應。他自謙之所以寫武俠小說，只當娛人而已，並含蓄地對梁羽生的批評提出了辯駁。文中：「我以為武俠小說和京戲、評彈、舞蹈、音樂等等相同，主要作用是求賞心悅目，或是悅耳動聽……如果一定要提得高一點來說，那是求表達一種感情，刻劃一種個性，描寫人的生活或是生命，和政治思想、宗教意識、科學上的正誤、道德上的是非等等，不必求統一或關聯。」這篇文章刊載於《海光文藝》第 4 期，1966 年 4 月出版。

值得補充一點，接下來《海光文藝》第 5 期，梁羽生旋即以署名「梁羽生」發表一篇〈著書半為稻粱謀〉的三頁文章，既回應「佟碩之」對「梁羽生」的批評，又回應了金庸在〈一個「講故事人」的自白〉文中給他「文藝工作者」的稱呼。

《海光文藝》第 1 至 5 期刊登這幾篇文章，在武俠小說文學史佔極重要的文獻價值。茲將金庸〈一個「講故事人」的自白〉文中回應「佟碩之」批評的部分輯錄於下：

佟碩之兄那篇「金庸梁羽生合論」在「海光文藝」上發表後，他要我對他的批評表示一些意見。佟兄是我已有了十八年交情的老朋友，當年共居一屋，同桌吃飯，相知不可謂不深。這篇批評文章的用意，確如他所說，是出於「友直」兩字。老友有

《海光文藝》第4期封面

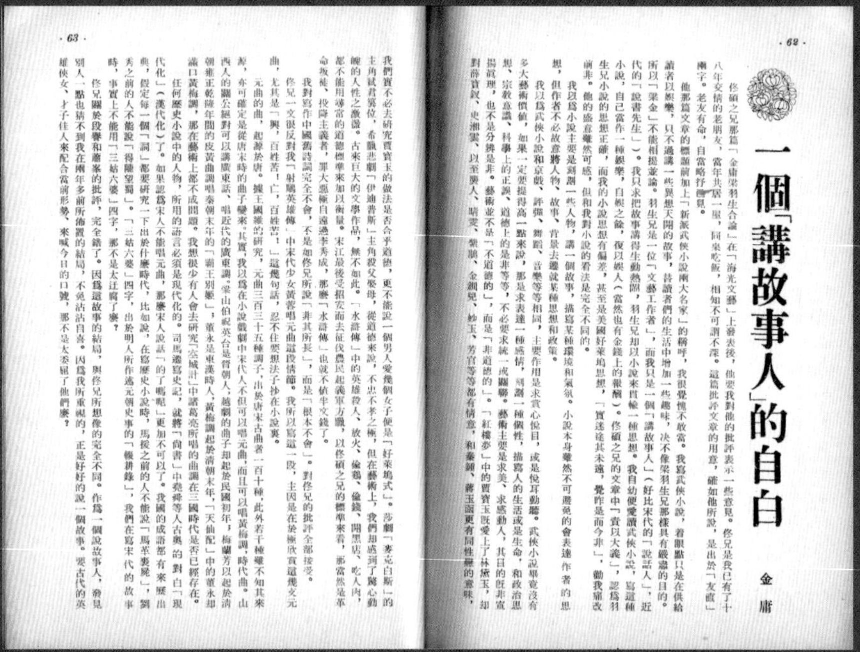

▲《海光文藝》第 4 期刊登〈一個「講故事人」的自白〉

命，自當略抒己見。

他那篇文章的標題前加上「新派武俠小說兩大名家」的稱呼，我很覺愧不敢當。我寫武俠小說，着眼點只是在供給讀者以娛樂，只不過講一些異想天開的故事，替讀者們的生活中增加一些趣味，決不像梁羽生兄那樣具有嚴肅的目的。所以「梁金」不能相提並論。羽生兄是一位「文藝工作者」，而我只是一個「講故事人」（好比宋代的「說話人」，近代的「說書先生」）。我只求把故事講得生動熱鬧，羽生兄却以小說來貫輸一種思想。我自幼便愛讀武俠小說，寫這種小說，自己當作一種娛樂，自娛之餘，復以娛人（當然也有金錢上的報酬）。佟碩之兄的文章中「責以大義」，認為羽生兄小說的思想正確，而我的小說思想有偏差，甚至是美國好萊塢思想，「實迷途其未遠，覺昨是而今非」，勸我痛改前非。他的盛意雖然可感，但和我對小說的看法是完全不同的。

我以為小說主要是刻劃一些人物，講一個故事，描寫某種環境和氣氛。小說本身雖然不可避免的會表達作者的思想，但作者不必故意將人物、故事、背景去遷就某種思想和政策。

我以為武俠小說和京戲、評彈、舞蹈、音樂等等相同，主要作用是求賞心悅目，或是悅耳動聽。武俠小說畢竟沒有多大藝術價值，如果一定要提得高一點來說，那是求表達一種感情，刻劃一種個性，描寫人的生活或是生命，和政治思想、宗教意識、科學上的正誤、道德上的是非等等，不必要求統一或關聯。……

我對寫作中國舊詩詞完全不會，不是如佟

兄所說「非其所長」，而是「根本不會」。對佟兄的批評全部接受。

佟兄一文很反對我「射鵰英雄傳」中宋代少女黃蓉唱元曲這段情節。我所以寫這一段，主因是在於極欣賞這幾支元曲，尤其是「興，百姓苦！亡，百姓苦！」這幾句話，忍不住要想法子抄在小說裏。

元曲的曲，起源於唐。據王國維的研究，元曲三百三十五種調子，出於唐宋古曲者一百十種，此外若干種雖不知其來源，亦可確定是從唐宋時的曲子變來。其實，我以為在小說戲劇中宋代人不但可以唱元曲，而且可以唱黃梅調，時代曲。山西人的關公絕對可以講廣東話、唱近代的廣東調。……

任何歷史小說中的人物，所用的語言必須是現代化的。司馬遷寫史記，就將「尚書」中堯舜等人古奧的對白「現代化」(漢代化）了。如果認為宋人不能唱元曲，那麼宋人說話「的了嗎呢」更加不可以了。……

佟兄關於段譽和蕭峯的批評，完全錯了。因為這故事的結局，與佟兄所想像的完全不同。作為一個說故事人，發見別人一點也猜不到我在兩年多前所佈置的結局，不免沾沾自喜。因為我所重視的，正是好好的說一個故事。要古代的英雄俠女、才子佳人來配合當前形勢、來喊今日的口號，那不是太委屈了他們麼？

《武俠與歷史》

金庸

《武俠與歷史》是金庸於 1960 年 1 月 11 日創辦的雜誌，顧名思義，以刊載武俠和歷史小說為主，《飛狐外傳》和《鴛鴦刀》便是在這本雜誌首次面世。除了連載小說外，金庸在《武俠與歷史》也發表過其他文章，茲列舉四例：

一、第 3 至 8 期（1960 年 2 月 1 日至 1960 年 3 月 21 日）一篇連續刊載了六期的長文〈關於武俠小說的幾個問題〉。

二、就第 86 期封面而寫的兩篇短篇故事〈一行觀棋〉和〈高僧觀棋〉，分第 86 和 87 期（1962 年 6 月 29 日及 1962 年 7 月 6 日）兩期刊載。

三、紀念《武俠與歷史》出版第 100 期（1962 年 10 月 5 日）而撰寫的〈「武史」百期漫談〉。

四、第 742 至 746 期（出版日期分別是 1975 年 4 月 10 日、1975 年 7 月 16 日、1975 年 8 月 1 日、1975 年 8 月 16 日、1975 年 9 月 1 日）分五期連載〈廣東英雄袁蠻子 —— 袁崇煥評傳〉，即為後來修訂版中附在《碧血劍》後面的《袁崇煥評傳》。

閒筆一提，〈廣東英雄袁蠻子〉亦在《明報》1975 年 5 月 23 日至 6 月 28 日連載（參閱後文），但值得注意的是，在《武俠與歷史》連載的首兩期（即第 742 和 743 期），出版日期竟相隔三個多月，而〈廣東英雄袁蠻子〉在《明報》首天刊載日期又夾在這兩期之間，那麼可以說〈廣東英雄袁蠻子〉最早刊載的應該

封面故事

一行觀棋

金庸

▲《武俠與歷史》第 86 期刊載〈一行觀棋〉

廣東英雄袁蠻子

——袁崇煥評傳

●金庸●

▲《武俠與歷史》第 742 期刊載〈廣東英雄袁蠻子——袁崇煥評傳〉

是在《武俠與歷史》，但卻在《明報》連載結束時，《武俠與歷史》還未刊載第 2 期呢！

〈一行觀棋〉和〈高僧觀棋〉是一篇完整的短篇歷史故事，只因分兩期刊登而用兩個標題，全篇分九節，第 86 期刊第一至五節，第 87 期刊第六至九節。金庸寫歷史故事小品的功力如何？玆輯錄第一節於下供參閱：

> 一
>
> 一個高大的長鬚人和一個身材矮小的人在對奕，旁邊一個僧人在觀看。長鬚人是張説（音悦，「學而時習之，不亦説乎」的「説」），矮小的是王積薪，僧人是一行。
>
> 一行本來不懂圍棋，但看兩人下了一局之後，對張説道：「這也沒什麼難，只不過是爭先而已。」
>
> 「爭先」兩字，正好説出了圍棋的根本要旨。自古以來，下棋便是爭先。所謂「先手」，便是主動。高手下棋，常常棄子以爭先，正如軍事學上的重要原則：寧可放棄土地城市，但必須保持主動。
>
> 日本圍棋界古往今來第一大天才是本因坊秀策，人家向他請教下棋制勝的秘訣，秀策説秘訣只有兩個字：「先手」。
>
> 秘訣雖然簡單，應用起來却千變萬化，妙用無窮。
>
> 張説、王積薪、一行三個人都是唐代的傳奇人物，每個人都有一些奇妙的故事。

野馬　小說雜誌　1

第一卷　第一期　一九六二年八月十五日出版

這位愉快、活潑的少女，相信很多讀者一看都知道她是誰了。不錯，她是國際知名的電影明星柯德莉夏萍。但這張照片拍攝的時候，她還未成名，那時她是一個服裝模特兒，比現在更年青。這張照片風格明朗可喜，充分表現一個少女的美態。

▲《野馬》創刊號目錄

第一章　婚宴

大仲馬原著　金庸譯

最佳西洋武俠小說

情俠血仇記

▲《野馬》創刊號起開始連載金庸翻譯的〈情俠血仇記〉

《野馬》〈情俠血仇記〉

金庸

《野馬》雜誌創刊於 1962 年 8 月 15 日。與金庸辦的其他報紙和雜誌一樣，金庸例必由創刊號起，開寫一部小說，為旗下刊物打響頭炮。所不同者，金庸為《野馬》撰寫的，並非由自己創作的小說，而是翻譯大仲馬的〈情俠血仇記〉，金庸在小說名字前以「最佳西洋武俠小說」稱譽這部小說。

《情俠血仇記》是法國大文豪大仲馬的一部小說，另有中文譯名《蒙梭羅夫人》。大仲馬是世界文學巨著《基度山恩仇記》、《三個火槍手》的作者，是金庸推崇備至的作家。

茲將〈情俠血仇記〉首天連載前由金庸撰寫的引言輯錄於下：

西洋最負盛名的武俠小說、歷史小說作家，是法國的大仲馬（Alexandre Dumas 1802-1870）。他創作最旺盛的年月，離開我們已一百多年，但在西洋各國，仍是吸引着無數讀者的心靈。十多年前，法國出版界向廣大的讀者們作過一次調查：「你最喜歡的作家是誰？」調查結果，佔首位的是大仲馬。大仲馬當然不是最偉大的小說家，然而是最通俗的、最能激動人心的說故事者。即使像卡爾．馬克思那樣嚴肅的思想家和學者，也是為大仲馬着迷。

大仲馬最著名的作品，自然是「三個火槍手」及其兩部續集，其次是「基度山伯爵」，更其次是「亨利三世三部曲」。這部「情俠血仇記」，是以「亨利三世三部曲」中摘錄譯出的。據我所知，中國文學界從未有人介紹過這部作品，不但沒有譯文，連文字中也未見有人提起。其實這部小說描寫男女的愛，充滿了美麗的、淒厲的、委婉的感情和事蹟，而黑夜行劫、武士決鬥、下毒復仇、密室療傷等等驚險情節，更是令人閱讀之際，激動得難以自已。

這段引言既介紹小說，又透露金庸欣賞它的原因，筆者甚至覺得這是寫金庸創作的理念。

〈情俠血仇記〉連載結束之後，結集成《情俠血仇記》一書出版。

《東南亞周刊》

金庸

《東南亞周刊》是金庸與東南亞《南洋商報》合辦的一本週刊，1964 年 1 月 12 日創刊，同時在香港和馬來西亞兩地發行。新刊物登場，金庸又按例由創刊號起開寫一部小說以擔大旗。今回是《素心劍》（修訂版改名《連城訣》）。除了《素心劍》外，金庸亦在雜誌一個名為〈每週漫談〉的專欄發表過以「金庸」署名的文章，共計十篇。茲列舉於下：

期數	篇名
1	發刊詞
2	談「才」與「德」
3	繭絲乎？保障乎？
4	過去一年中最大的事件
8	得罪於民　莫若秦隋
9	完顏亮的三個志願
10	「英」與「雄」不同
11	責人無難　受責惟艱
12	重讀「老殘遊記」
13	「穿雲箭」和核彈

茲輯錄其中一篇〈責人無難　受責惟艱〉（筆者認為此篇是金庸借談古人而自述做人該有的風度）於下：

我幼年讀書時，沒受過四書五經這些中國古典經書教育，直到年紀大了，才自己去找這些書來讀。這幾天在讀「尚書」，唸着古代帝皇名臣這些古樸誠懇的語言，不禁想到：「這些幾千年前人們的思想和道德，其中有許許多多，在今日還是完全適用的。」

例如商湯將桀打敗而流放後，向百姓解釋自己的行動，並提出了若干政治格言。這一篇文告，是他的左相仲虺代作的，所以叫做「仲虺之誥」，其中有幾句道：「予聞曰：能自得師者王，謂人莫己若者亡。好問則裕，自用則小。」能夠得到能幹的人，來向他請教，那便能成為大領袖，如果以為別人都及不上自己，「老子天下第一」，那便要滅亡了。多向別人請教，自己的知識就越來越豐富，老是自以為是，一意孤行，成就便有限得很了。

在另一篇「湯誥」中，商湯更表現了十分博大的胸襟和心懷。「爾有善，朕弗敢蔽。罪當朕躬，弗敢自赦。惟簡在上帝之心。其爾萬方有罪，在予一人。予一人有罪，無以爾萬方。」後世的君主當天有大災、或國家有難之時，往往下一道「罪己詔」，責備自己一番，而罪己詔中，往往引用商湯這幾句話，這幾句話，被後人用得濫了。但我們閱讀尚書的原文，却自然而然的會感覺到商湯一副甘願負担全民重罪的大肩膀。「善行，都是你們的，天下

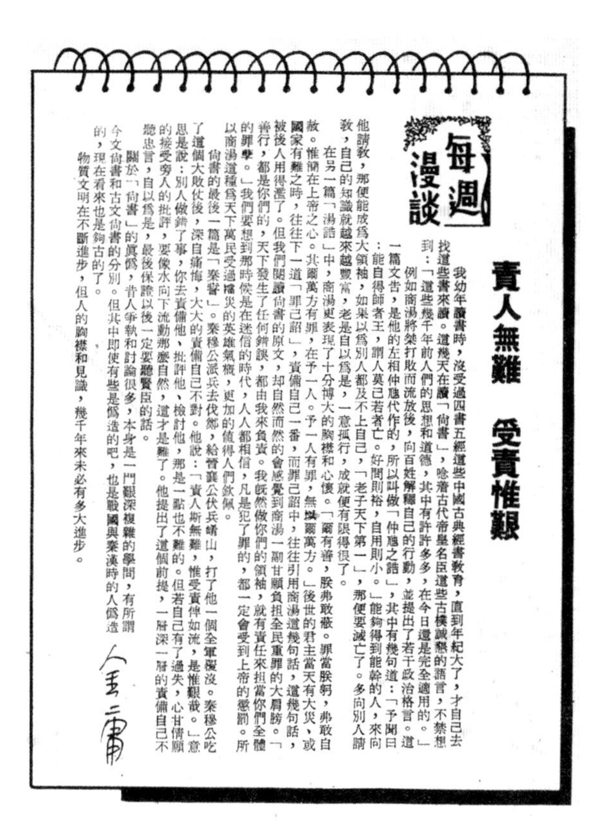

每週漫談

責人無難　受責惟艱

我幼年讀書時，沒受過四書五經這些中國古典經書教育，直到年紀大了，才自己去找這些書來讀。這幾天在讀「尚書」，唸着古代帝皇名臣這些古樸誠懇的語言，不禁想到：「這些幾千年前人們的思想和道德，其中有許許多多，在今日還是完全適用的。」

例如商湯將桀打敗而流放後，向百姓解釋自己的行動，並提出了若干政治格言。這一篇文告，是他的左相仲虺代作的，所以叫做「仲虺之誥」，其中有幾句道：「予聞曰：能自得師者王，謂人莫己若者亡。好問則裕，自用則小。」能夠得到能幹的人，來向他請教，那便能成爲大領袖，如果以爲別人都及不上自己，「老子天下第一」，那便要滅亡了。多向別人請教，自己的知識就越來越豐富，老是自以爲是，一意孤行，成就便有限得很了。

在另一篇「湯誥」中，商湯更表現了十分博大的胸襟和心懷。「爾有善，朕弗敢蔽。罪當朕躬，弗敢自赦。惟簡在上帝之心。其爾萬方有罪，在予一人。予一人有罪，無以爾萬方。」後世的君主當天有大災、或國家有難之時，往往下一道「罪己詔」，責備自己一番，而罪己詔中，往往引用商湯這幾句話，這幾句話被後人用得濫了。但我們閱讀尚書的原文，卻自然而然的會感覺到商湯一副甘願負担全民重罪的大肩膀。「善行，都是你們的，天下發生了任何錯誤，都由我來負責。我既然做你們的領袖，就有責任來担當你們全體的罪孽。」我們要想到那時候是在迷信的時代，人人都相信，凡是犯了罪的，都一定會受到上帝的懲罰。所以商湯這種爲天下萬民受過擋災的英雄氣概，更加的值得人們欽佩。

尚書的最後一篇是「秦誓」。秦穆公派兵去伐鄭，給晉襄公伏兵崤山，打了他一個全軍覆沒。秦穆公吃了這個大敗仗後，深自痛悔，大大的責備自己不對。他說：「責人斯無難，惟受責俾如流，是惟艱哉。」意思是說：別人做錯了事，你去責備他、批評他、檢討他，那是一點也不難的。但若自己有了過失，心甘情願的接受旁人的批評，要像水向下流動那麼自然，這才是難了。他提出了這個前提，一層深一層的責備自己不聽忠言，自以爲是，最後保證以後一定要聽賢臣的話。

關於「尚書」的真僞，昔人爭執和討論很多，本身是一門艱深複雜的學問，有所謂今文尚書和古文尚書的分別。但其中即使有些是僞造的吧，也是戰國與秦漢時的人僞造的，現在看來也是夠古的了。

物質文明在不斷進步，但人的胸襟和見識，幾千年來未必有多大進步。

金庸

▲《東南亞周刊》第 11 期〈每週漫談〉〈責人無難　受責惟艱〉

發生了任何錯誤，都由我來負責。我既然做你們的領袖，就有責任來担當你們全體的罪孽。」我們要想到那時候是在迷信的時代，人人都相信，凡是犯了罪的，都一定會受到上帝的懲罰。所以商湯這種為天下萬民受過擋災的英雄氣概，更加的值得人們欽佩。

尚書的最後一篇是「秦誓」。秦穆公派兵去伐鄭，給晉襄公伏兵崤山，打了他一個全軍覆沒。秦穆公吃了這個大敗仗後，深自痛悔，大大的責備自己不對。他說：「責人斯無難，惟受責俾如流，是惟艱哉。」意思是說：別人做錯了事，你去責備他、批評他、檢討他，那是一點也不難的。但若自己有了過失，心甘情願的接受旁人的批評，要像水向下流動那麼自然，這才是難了。他提出了這個前提，一層深一層的責備自己不聽忠言，自以為是，最後保證以後一定要聽賢臣的話。

關於「尚書」的真偽，昔人爭執和討論很多，本身是一門艱深複雜的學問，有所謂今文尚書和古文尚書的分別。但其中即使有些是偽造的吧，也是戰國與秦漢時的人偽造的，現在看來也是夠古的了。

物質文明在不斷進步，但人的胸襟和見識，幾千年來未必有多大進步。

《明報》〈社評〉

查良鏞

有一句陳腔濫調，說金庸有兩支筆，一支寫武俠，一支寫社評，兩支筆下的文字，造就了一個文學家兼政論家。就金庸自己而言，他一向不諱言寫社評較之寫武俠，更為重視。他視武俠小說是娛己娛人的作品，亦為報紙賺取銷量的工具，但社評則是他直抒胸臆之所在。有時他身在外地，寧願武俠小說脫稿，也不願耽擱寫社評。

從一九五九年五月二十日在《明報》正式創刊日開始撰寫社評，直至一九九三年宣佈退出，金庸整整為《明報》撰寫了三十多年的社評。報紙的社評從原則上說是每天必有的，之所以難以計算出精確的時間長度，因為在上世紀六七十年代的《明報》中，偶爾會由於金庸外出而間歇地暫停刊發社評，雖然這種現象極為少見。自上世紀八十年代隨著《明報》的成長和擴大，於一九八二年成立社評委員會之後，金庸因公務及社會活動繁忙不再每天撰寫社評，只是間中就一些重大事件才親手動筆，雖然每篇社評都經他親自審閱和修改，但有些社評的起草和初稿擬就已交由社評委員會的成員來完成。[19]

上文足以印證金庸對社評的重視程度。

李以建又提到，在 1982 年《明報》成立社評委員會之前，暫停刊發社評的情況極為少見。張圭陽對此記述得較具體：

《明報》最早的社評，始於 1959 年 6 月 6 日。從這一天起，直至 1964 年年底之前，《明報》社評並不是天天見報……在這段時間，社評大致上由查良鏞執筆，遇上香港經濟問題，則由總編輯潘粵生執筆；遇上查良鏞離開香港，如 1964 年 6 月查良鏞出席國際新聞協會在土耳其召開的年會，則一連十一天沒有社評……1967 年查良鏞離開香港避居新加坡，防範為香港激進左派人士暗殺。離港期間，《明報》社評由當時的總編輯梁小中撰寫。1969 年至 1974 年，專欄作家董千里曾出任《明報》主筆，每星期為《明報》撰寫一、兩篇社評。中國版編輯主任丁望也曾為主筆之一。《明報月刊》總編輯胡菊人偶然也會參與社評的寫作。[20]

《明報》社評有一個特點，就是不署名。

《明報》從創刊的即日起，就採用社評的形式，但不署名，這是金庸訂立的規矩。……「本報規模不大，社長、總編輯、主筆三合一，同時本報社評中喜歡保持一些個人風格，十幾年向來如此，有時談談筆者個人的私事。照說，社評署上筆者個人姓名更為合理，不過《明報》喜歡標新立異，讀者又看慣了，似乎也不以為忤，於是就將這個形式維持下去。」[21]

有一個說法，可以從印刷字體分辨出該則社評是否金庸所寫。

八十年代中期開始，字房工人為了方便追稿排印，必要區分查良鏞的社評與社評委員所寫的社評，於是用大號黑體字來排查良鏞所寫的社評標題，其他社評成員所寫的社評，標題則用二號楷體。久而久之，養成了一種習慣，《明報》工作人員從社評標題是黑體字還是楷體字，來判斷那一篇是查良鏞的社評。偶有查良鏞認為寫得好的社評，查良鏞也會特批標題改用大號

19 李以建：《香港當代作家作品選集：金庸卷》。香港：天地圖書有限公司，2016 年 7 月初版，頁 16-17。
20 張圭陽：《金庸與報業》。香港：明報出版社有限公司，2006 年 6 月初版，頁 342。
21 李以建：《香港當代作家作品選集：金庸卷》，頁 17-18。

社評
香港多數人的基本願望
查良鏞

▲《明報》社評 1988 年 12 月 2 日
〈香港多數人的基本願望〉

平心靜氣談政制 (一)
查良鏞

▲《明報》1988 年 11 月 28 日
〈平心靜氣談政制（一）〉

黑體，這對代查良鏞寫社評的委員來說，是一個莫大的鼓勵。[22]

從幾處記載看來，《明報》社評不署名，似乎是不變的規矩。然而，這個規矩，卻並非沒有例外。筆者列舉以下一則《明報》社評，就有「查良鏞」的署名。

談到這則社評的來龍去脈，不得不追溯事情到 1986 年，金庸接受任命為基本法起草委員會小組成員，並擔任「政治體制」小組負責人，主責政制方案起草工作。迨至 1988 年 11 月，金庸的「新協調方案」成為政制小組的「主流方案」。香港民主派認為這個「主流方案」過於保守，窒礙香港民主進程，引起軒然大波，民主派甚至組織民眾上街遊行聲討。金庸為了平息風波，亦欲闡述方案的理念，11 月 25 日先在《明報》發表不署名社評：〈沒有一國的行政首長是直選產生〉回應。《明報》赫然出現這則社評，非獨不能平息眾怒，反而掀起更大風波，金庸於是在往後兩天（11 月 26 日和 27 日）繼續為自己辯解，發表另兩則

22 張圭陽：《金庸與報業》，頁 342-343。

不署名社評：〈直選首腦　少之又少〉和〈民主國家如何選出行政首長？〉。豈料這三天的社評更給這場風波火上添油。

從11月28日起，金庸在《明報》另闢版面，堂堂皇皇署名「查良鏞」，連續十二天發表題為〈平心靜氣談政制〉的長文，以解釋「主流方案」的理念。

這十二天期間，金庸在12月1日和2日的《明報》發表兩則社評：〈謹向民主派提個建議〉和〈香港多數人的基本願望〉，其中12月2日的〈香港多數人的基本願望〉更是這場風波相關的社評中首度以「查良鏞」署名見報的一則。

署了名的《明報》社評，到底極為少見，筆者竊以為這是因為金庸惟恐論點牽累《明報》，表明願意一力孭起文責。

專門將金庸在《明報》所寫的社評結集成書的，只有一本，就是署名查良鏞的《香港的前途——「明報」社評選之一》。至於一併輯錄金庸文章，兼收納社評的書籍，如《金庸散文集》之類，則不在少數。新亞洲文化基金會編印的《中國當代政論選》[23]，輯錄多人的政論文章，其中六篇有金庸關於香港前途和明報立場的社評，據編者指出，「查先生應邀精選近年六篇社評，列入本集。」那自然是金庸親自挑選的精品了。[24]

《明報》〈談《彷徨與抉擇》〉

金庸

前香港《大公報》編輯周榆瑞於上世紀六十年代初移居英國倫敦後，出版了一本名為《彷徨與抉擇》的書，敘述個人與《大公報》和中共中央政府的意見分歧。金庸供職《大公報》期間，曾跟周榆瑞共事多年，對他知之甚詳，於是撰寫一篇逾七萬字的長文予以評述，由1963年4月23日起，分四十期在《明報》每日連載，全文不獨是對周書的評述，亦可當作是金庸對往事和國共變革的看法。

筆者苦於未能找到《明報》原文，只好從網絡上看到該文。

1963年4月23日首天的〈談《彷徨與抉擇》〉，副題是〈一、斜風細雨候選人〉，是一篇回憶故人的文章，寫得感情真摯，很值得未讀過該文的讀者一睹，現輯錄前半篇如下：

> 偶然在一本舊書上看到自己從前留下幾個字批注，偶然翻到拋在抽屜角落裏的一枝舊筆，偶然聽到遠方一位舊友的消息，往往會感到幾分喜悅，幾分惆悵。日子是永遠永遠的逝去了，但在心底深處，過去的事總是不能忘記。年青時代的歡樂與哀傷，偶然的，會在汽車聲和電話鈴中，驀地裏闖到腦海中來，於是，忍不住眼眶有

23　徐東濱主編：《中國當代政論選》。香港：新亞洲文化基金會有限公司，1987年3月初版，金庸六篇社評載於頁286-300。

24　另有《明報社評選輯1【明報報慶十周年特輯】》，相信是1969年下半年由明報出版部出版。書名只標明選輯《明報》社評，並無強調都由金庸執筆，不算是金庸的專著。

些濕潤，手掌有些顫抖。雖然是在現代大都市中的塵囂中，我還是根深蒂固的帶著中國封建時代的傳統和溫情。舊日朋友們的爭執和吵鬧都忘記了，只是記著他們的親切。對於過去，我常常感到茫然和惋惜，很多歉仄，然而，沒有什麼後悔。

讀到周榆瑞兄那本「彷徨與抉擇」，許多早已模糊了的記憶，忽然又鮮明起來。第一件想到的事，是十二年前的秋天，一個斜風細雨的傍晚，我和榆瑞，芃如，劉朱，壽齡四個人，在山頂纜車站旁的茶室中喝茶。我們在等一個人 —— 等費彝民先生。

這件事，當劉芃如兄去年去開羅途中在曼谷墮機逝世時，我曾想到過。我又忽然想到了英國哲學家羅素的一段話。他說，馬克思主義者認為歷史完全是經濟發展決定的，其實，世界上許多偶然的意外，往往會改變歷史，如果當日德國的移民局局長消化不良、脾氣不好，沒有批准列寧離開德國到俄國去，那麼蘇聯革命的面貌恐怕會大不相同。

我們這些小人物，當然對歷史絲毫不起什麼作用，但對於我們自己的生命，一些偶然的事件，却是影響了我們的一生。如果十二年前我們在山頂中的商量有另一種結果，今天，芃如或許仍是在「新晚報」的編輯部中精心琢磨地翻譯，榆瑞或許仍是坐在芃如的桌上肆無忌憚地大笑，壽齡或許正成為榆瑞取笑的對象，而我自己，正在給「新晚報」寫着影評，或者正在將「大家談」讀者的投稿，一篇篇地投入了字紙籃 —— 雖然，心中不無有些抱歉，為了這般的無情，將許多年青的希望投到了字紙籃中。

如果是這樣，我們都會很歡喜的。

……

《明報》〈人類的前途〉

金庸

不少金迷都知道，金庸對英國哲學家羅素非常推崇，他的政治理念，受羅素影響甚深。

> 辦《明報》，就是憑著對民主自由的嚮往。說到這一點，就不得不提我景仰的英國哲學家羅素；講人權自由，一定要知道羅素的解釋。[25]

羅素一篇《人類的前途》（一般譯作《人類有前途嗎？》），金庸曾經翻譯並於 1963 年在《明報》連載。筆者未能得見全部連載，因此連載日期和期數不能得知。現列舉其中一期作例，並輯錄原文的末段如下：

> 首先，我們必須消除戰爭。目前，那些進行冷戰的國家每年化費三十億鎊用以準備大舉屠殺，那就是說，每分鐘化費六萬

25 〈「書劍」生涯—與金庸深情對話〉，陶傑，《讀者文摘》二〇〇一年十二月號。

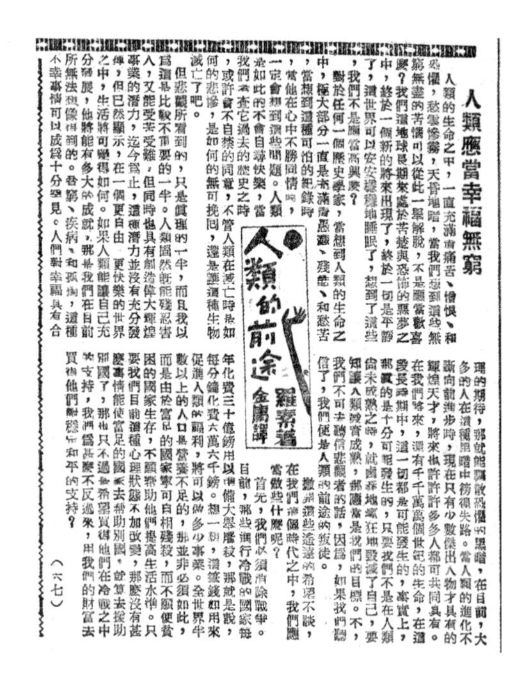

人類的前途

羅素著 金庸譯

人類應當幸福無窮

人類的生命之中，一直充滿着痛苦、憎恨、和恐懼，愁雲慘霧，天昏地暗，當我們想到這些無窮無盡的苦惱可以從此一舉解脫，不是應當歡喜麼？我們這地球長期來處於苦楚與恐怖的惡夢之中，終於一個新的將來出現了，終於一切是平靜了，這世界可以安安穩穩地睡眠了，想到了這些，我們不是應當高興麼？

對於任何一個歷史學家，當想到人類的生命之中，極大部分一直是充滿着愚蠢、殘酷、和愁苦，當想到這種可怕的紀錄時，當他在心中不勝同情時，一定會想到這些問題。人類是如此的不會自尋快樂，當我們考查它過去的歷史之時，或許會不自禁的同意，不管人類在滅亡時是如何的悲慘，是如何的無可挽回，還是讓這種生物滅亡了吧。

但悲觀所看到的，只是眞理的一半，而且我以爲還是比較不重要的一半。人類固然旣能殘忍害人，又能受苦受難，但同時也具有創造偉大輝煌事業的潛力，迄今爲止，這種潛力並沒有充分發揮，但已然顯示，在一個更自由、更快樂的世界之中，生活將可變得如何。如果人類能讓自己充分發展，他將能有多大的成就，那是我們在目前所無法想像得到的。貧窮、疾病、和孤獨，這種不幸事情可以成爲十分罕見。人們對幸福具有合理的期待，那就能驅散恐懼的黑暗，在目前，大多的人在這種黑暗中彷徨失路。當人類的進化不斷向前邁步時，現在只有少數傑出人物才具有的輝煌天才，將來也許許許多多人都可共同具有。在我們將來，還有千千萬萬個世紀的生命，在這段長時期中，這一切都是可能發生的，事實上，確實的是十分可能發生的，只要我們不是在人類尚未成熟之時，就鹵莽地瘋狂地毀滅了自己，要知讓人類長大成熟，都應當是我們的目標。不，我們不可去聽信悲觀者的話，因爲，如果我們聽信了，我們便是人類的前途的叛徒。

撇開這些遙遠的希望不談，在我們這個時代之中，我們應當做些什麼呢？

首先，我們必須消除戰爭。目前，那些進行冷戰的國家每年化費三十億鎊用以準備大舉屠殺，那就是說，每分鐘化費六萬六千鎊。想一想，這筆錢如用來促進人類的福利，將可以做多少事業。全世界半數以上的人口是營養不足的，那並非必須如此，而是由於富足的國家寧可自相殘殺，而不願使貧困的國家生存，不願幫助他們提高生活水準。只要我們目前這種心理狀態不加改變，那麼沒有甚麼事情能使富足的國家去幫助別國，就算去援助別國了，那也只不過是希望買得他們在冷戰之中的支持，我們爲甚麼不反過來，用我們的財富去買得他們對穩定和平的支持？

（六七）

▲《明報》1963 年 11 月 10 日〈人類的前途〉〈人類應當幸福無窮〉

六千鎊。想一想，這筆錢如用來促進人類的福利，將可以做多少事業。全世界半數以上的人口是營養不足的，那並非必須如此，而是由於富足的國家寧可自相殘殺，而不願使貧困的國家生存，不願帮助他們提高生活水準。只要我們目前這種心理狀態不加改變，那麼沒有甚麼事情能使富足的國家去帮助別國，就算去援助別國了，那也只不過是希望買得他們在冷戰之中的支持，我們為甚麼不反過來，用我們的財富去買得他們對穩定和平的支持？

《明報》〈自由談〉

1962 年香港出現「五月逃亡潮」，《明報》大幅報道，從而改變了報紙的命運。自逃亡潮後，《明報》加重報道內地新聞，批評多了，態度亦尖銳了。有鑑於此，《明報》開闢〈自由談〉專欄，冀以改變報紙由娛樂小報轉為新聞評論為主的大報角色。

〈自由談〉由 1962 年 6 月 17 日開始刊行，金庸以編輯室之名，發表創刊詞〈有容乃大　無欲則剛〉。〈自由談〉主要談論海峽兩岸及港澳，尤其以內地和香港話題為主，有歷史、文化、見聞、回顧，更多是兼具報道和評論，初始期由金庸主編。〈自由談〉每週刊一、兩次，每次約三幾千字，後來是每週三、五次。

〈自由談〉作者有三類，一是成名作家，二是明報員工，三是普通讀者。作者包括有金庸本人，以及董千里、徐訏、曹聚仁等。明報員工則有桑莫（金庸給林山木起的筆名）、丁望、周青、黃俊東等。〈自由談〉至今猶見於《明報》，全由讀者投稿，每篇上限四百字。金庸在〈自由談〉發表文章不多，用的都是筆名，包括「華小民」、「徐慧之」和「林歡」[26]。須知，金庸用不同筆名寫作不同題材的文章，當中「華小民」是首度使用的，主要寫一些歷史隨筆，借古諷今。

1969 年 5 月前，丁望受金庸之囑，編選出版了《明報“自由談”選輯 1（1962-1965）》[27]，作為報慶十週年出版物。書中收入金庸文章有：

26　筆者得知金庸在〈自由談〉用上了這三個筆名，是根據《明報“自由談”選輯 1（1962-1965）》而來，該書未收錄的文章，當中有否金庸使用其他筆名發表文章，則不得而知。

27　《明報“自由談”選輯 1（1962-1965）》由明報出版部出版，1969 年 7 月初版，有平裝本（印 3000 本，售港幣 5 元）和精裝本（印 500 本，售港幣 10 元）。至於該書有否再版，以及有否選輯 2 或更多續篇，筆者則從未得見而未可知。

刊登日期	篇名	署名
1962.6.17	有容乃大　無欲則剛 ——「自由談」的發刊詞	「自由談」編輯室
1962.6.24	「不為不可成者」——「讀史隨筆」之一	華小民
1962.6.30	柳完元．郭沫若．郭橐駝 ——「讀史隨筆」之二	華小民
1962.7.7	民食不足，是誰之過？——「讀史隨筆」之三	華小民
1962.7.12	天災的好處 ——「讀史隨筆」之四	華小民
1962.7.14	劉聰的「愧賢堂」——「讀史隨筆」之五	華小民
1963.3.30	羅素論「神權政治」	徐慧之
1965.10.14	看「江湖奇俠」雜感	林歡

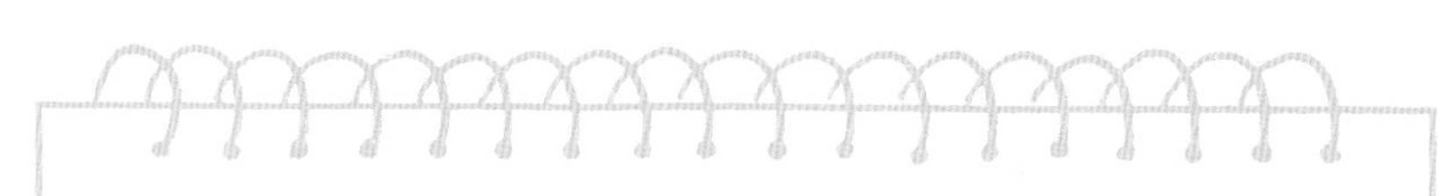

明報“自由談”選輯

①

〔1962—1965〕

明報叢刊編委會　編輯

明報出版部　出版

·1969·

《明報“自由談”選輯（1962-1965）》封面

自由談選輯

有容乃大　無欲則剛

——「自由談」的發刊詞

「自由談」編輯室

像眼前的這樣一個副刊，在我們心裏已想望了三年之久，每逢和朋友們閑聊時，常常會提出來計劃一番。作者的名單至少也開過七八次，凡是和「明報」常有來往的文化界朋友，多多少少都盡過一番促成之力。

「自由談」這名稱是從前上海申報用過的，而且一用便三十餘年，成爲中國報學史上歷史最悠久的副刊名字。明報很喜歡標新立異，我們總是在想做些旁人從來沒有做過的事情，用些旁人從來沒有用過的名詞，但想來想去，實在想不出一個比「自由談」三字更合適的副刊名稱來。我們很喜歡「自由」這兩個字，也很喜歡這個「談」字，於是便襲用了老前輩的這個名稱。

「自由談」這副刊，在國民黨和共產黨手下，境況都很不得意。申報的主持人史量才先生（也即「自由談」的老闆），是國民黨當局派人暗殺的。在國民黨時代的上海，「自由談」中不許談政治，因之當時的主編黎烈文先生才不得不號召作者們「只可談風月」。到了上海受共產黨統治之後，申報變成了「解放日報」，「自由談」自然也就此結束。馬克思主義者對「自由」兩字，是決計沒有好感的。

住在香港的文人，大概十分之九不反對自由。甚至可以說，所以住在香港，既不同大陸去建設社會主義，也不到台灣去克難復國，恐怕主要還是貪圖這裏的自由空氣。不過要在報章雜誌上暢所欲言，往往也有不自由之苦，左派右派壁壘分明，那是不必說了，有些純商業的報紙，又極怕廣告客戶。但在我們這個「自由談」中，我們保證：「在香港法律範圍內，極度自由」。當然，也有不大自由的地方，如果文章寫得太枯燥，讀者們閱讀之下勢必索然無味，我們便有不予刊登的自由了。

·1·

▲《明報“自由談”選輯（1962-1965）》〈有容乃大　無欲則剛 ——「自由談」的發刊詞〉

華小民

「不為不可成者」

——「讀史隨筆」之一

華小民

打了十二小時麻將，大敗虧輸，往往便苦笑道：「勞民傷財！」進行一件生意，化了不少力氣，結果卻一無所獲，只有雙手一攤，道：「勞民傷財。」這些小事是不足道的，但在一個國家中，「勞民傷財」卻是極大的災禍了。

自古以來，中國的大政治家便把「勞民傷財」這四個字，列為治國的大戒。我們讀歷史，每見有皇帝要興建什麼大建築，定有不怕死的臣子竭力反對，唯一的理由便是不可勞民傷財。我從前常常覺得奇怪，心想帝皇富有四海，建造一兩座宮殿有什麼了不起，難道真的會把幾萬萬百姓都累死了？後來才漸漸明白：**建造一兩座宮殿只是一種象徵，當政者如果不恤民力，可以不怕勞民傷財而大造宮殿，自然也可不必怕勞民傷財而去做任何「偉大的」事情，結果定然弄到民窮財盡，天下大亂為止。**

管仲曾提出一個主張：「不爲不可成者，量民力也。」有許多事情實在是極難辦到的，應當正確估計人民的力量，不要勉强。在我們看來，苦戰三年啦，十五年內趕上英國啦，一畝田生產廿萬斤穀啦等等，都是不量民力而去做不可成之事。「禮記・王制篇」中說：「用民之力，歲不過三日。」元代陳皓註解說：「用民力，爲治城郭、塗巷、溝渠、宮廟之類。」

那就是徵調民力來從事基本建設，只能佔總勞動力的百分之一左右。目前中國的經濟仍是以農業生產爲主，基本上和兩三千年之前沒有太大的不同。遇到了荒年，古人要更加珍惜的使用勞動力。「周禮」上說：「豐年三日，中年二日，無年則一日而已。」意思說遇到了災荒嚴重的年份，徵用民力來從事基本建設，共可佔用總勞動力的百分之零點三左右。

▲《明報"自由談"選輯（1962-1965）》
華小民〈「不為不可成者」——「讀史隨筆」之一〉

徐慧之

羅素論「神權政治」

徐慧之

馬克思認爲一切政治鬥爭，根本原因在於經濟，羅素却認爲政治鬥爭的基本原因在於奪取權力，他有一部論文「權力論」（Power: A New Social Analysis），將這一點闡述得十分透澈。在談到各種形式的政府時，他把教會控制的政府或獨裁政黨控制的政府，都稱之爲「神權政治」。在中世紀時，教會掌權的政府是很多的。他文中寫道：「到了十八世紀和十九世紀，這種形式的政治可以說永久消滅了。但在列寧手裏，神權政治又恢復起來，在意大利和德國又推行起來，中國正在鄭重的加以試行。」他這本論文集出版於一九三八年十月，那時中國正處於抗戰初期，但他已天才地預見到共產主義在中國的勝利。

他那時寫道：「在一個像俄國或中國那樣的國家中，大部份人民是不識字的，他們沒有政治上的經驗，一個成功的革命家會處在一種極困難的境地。像西方那樣的民主不可能成功；這種民主曾在中國試行過，但一開始便徹底的失敗了。另一方面，俄國的革命黨對貴族地主和資產階級都是十分蔑視，他們的革命目標，決不可能由地主或資產階級來達成。因此他們說：『我們的革命已得到了勝利，我們要繼續掌握政權，直至時機成熟，再實行民主；在目前，我們要用我們的原則來教育人民。』但結果並不如那些老布爾什維克黨人之所料。由於內戰的壓力、饑饉、農民的不滿，布爾什維克的專政越來越加嚴厲，列寧死後，共產黨黨內的鬥爭，使得一黨政府變成了個人獨裁。這一切情形是不難預見的。我在一九二〇年時寫道：『布爾什維克的理論要求，每個國家遲早都要像俄國那樣，經過目前這樣一個階段。處在這種情形下的每一個國家，我們預料其政府會落在一批心狠手辣者的手中，他們的本性是不愛好自由的，他們覺得並無將專政儘快轉爲民主的必要。處在像俄國布爾什維克黨那樣地位的人們，自然不願放棄他們的專政，自然會找尋各種各樣的理由來繼續專政，直至發生一個新的革命而將他們推翻爲止，這不是幾乎不可避

▲《明報"自由談"選輯（1962-1965）》
徐慧之〈羅素論「神權政治」〉

林歡

看「江湖奇俠」雜感

林歡

小說的要素雖然向來以人物、故事、背景三者並稱，但其中尤以人物爲最重要。

我國劍俠小說，最早的是唐人傳奇。豪邁的虬髯客，瀟洒的太原公子，一擊不中便飄然遠行的空空兒，騎黑驢的聶隱娘，夜盜美女的崑崙奴，仗義的黃衫客，簷前如一葉悄落的紅綫女……這許多人物，一千多年深印在成千成萬讀者的腦海之中。傳奇中故事的細節很難記得清楚了，唐代社會那生氣勃勃的背景也許只有一個模糊的印象，然而那些人物，却仍是像朋友那樣的親切。

在較後期的俠義小說中，我們記得水滸中的林冲、魯智深、武松、李逵、石秀。記得三俠五義中的白玉堂、艾虎、歐陽春、展昭。彭公案中的馬玉龍和施公案的黃天霸，那便差得多了。

民國初年以至抗戰前後的武俠小說中，最流行的是不肖生的「江湖奇俠傳」以及趙苕狂的一些著作。「江湖奇俠傳」以奇幻取勝，並沒有真正寫成功什麼人物；趙苕狂一味模倣舊作，極少創造，比不肖生更差一籌。

二十年前，武俠小說最負盛名的是白羽諸作（「十二金錢鏢」爲代表作）、還珠樓主的「蜀山劍俠傳」、鄭證因的諸作（「鷹爪王」爲代表作）。當然是白羽的最好，飛豹子虎虎有生氣，俞劍平綿密穩重，個性十分凸出，次要人物如楊華、柳葉青、鐵雁刀柳老、一塵道人等都躍然紙上。

近年來在海外流行的武俠小說，有些人稱之爲「新派武俠小說」。如果真的可以稱之爲「新」的話，那是由於，這些小說對於人物個性的刻劃比較重視，對人物的感情和內心世界比較重視。當然，有的寫得比較成功，有的都是些抄襲模倣。並不是說凡是新的形式，就都比較好。事實上，恐怕誰也沒能達到寫虬髯客和紅綫女的水平。

香港電影界根據於這些武俠小說，拍了許多武俠電影。但一般說來，這些武俠電影的藝術水準，似乎還及不上

◀《明報"自由談"選輯（1962-1965）》
林歡〈看「江湖奇俠」雜感〉

補充一點，「華小民」五篇〈讀史隨筆〉，四年後在《明報月刊》第10期（1966年10月出版）一次過刊載，並且在文前正式揭露「華小民」的身份，以人所熟悉的「金庸」署名示人。

> 一九六二年六七月間，我寫了幾則隨筆，發表於明報「自由談」副刊（發表時用「華小民」的筆名）。那時正是大陸上民食不足、大批農民湧來香港之後。最近重讀，覺得這幾篇短文文字粗陋，多所抄引，無甚創見，却有點「以古喻今」的「牛鬼蛇神體」氣息，茲重刊以博讀者一粲。

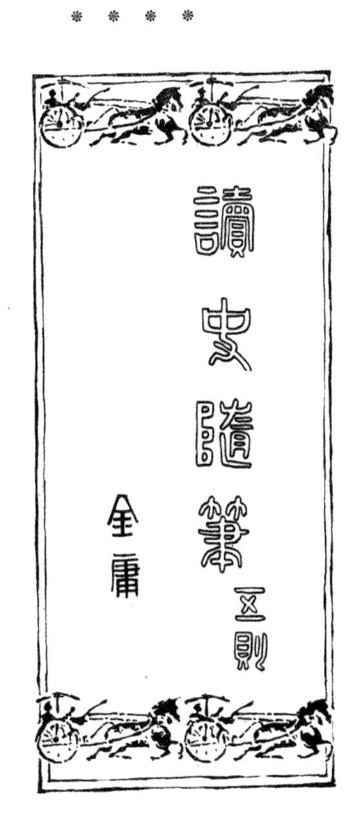

讀史隨筆五則

金庸

一九六二年六七月間，我寫了幾則隨筆，發表於明報「自由談」副刊（發表時用「華小民」的筆名）。那時正是大陸上民食不足、大批農民湧來香港之後。最近重讀，覺得這幾篇短文文字粗陋，多所抄引，無甚創見，却有點「以古喻今」的「牛鬼蛇神體」氣息，茲重刊以博讀者一粲。

——作者

劉聰的「愧賢堂」

「五胡亂華」是中國歷史上政治最黑暗、人民生活最痛苦的一個時期。西晉是亡在匈奴人劉聰手中的。西晉的懷帝、愍帝先後被劉聰俘虜而殺死。劉聰殘暴兇惡，中國人有史以來第一次受到異族人統治而大吃苦頭，便是在劉聰手下（第一個統治中原的少數民族皇帝，是劉聰的父親劉淵。但劉淵英明大度，並不殘暴）。劉聰殺兄屠弟，逼姦母后，荒淫無恥之事，件件做得十分到家，滅晉後，將西晉所有大官的女兒，個個收為妃子。西晉的太保是劉殷。劉聰也姓劉，但毫不客氣，照樣將劉殷的兩個女兒收為妃子，後來看到劉殷的四個孫女相貌也不錯，於是兼收並納，不管她是姑母還是侄女，一起收入後宮。當時號稱「六劉之寵。」

▲《明報月刊》第10期〈讀史隨筆五則〉

現節錄署名「華小民」〈不為不可成者——「讀史隨筆」之一〉部分內容於下：

> ……
>
> 自古以來，中國的大政治家便把「勞民傷財」這四個字，列為治國的大戒。我們讀歷史，每見有皇帝要興建什麼大建築，定有不怕死的臣子竭力反對，唯一的理由便是不可勞民傷財。我從前常常覺得奇怪，心想帝皇富有四海，建造一兩座宮殿有什麼了不起，難道真的會把幾萬萬百姓都累死了？後來才漸漸明白：建造一兩座宮殿只是一種象徵，當政者如果不恤民力，可以不怕勞民傷財而大造宮殿，自然也可不必怕勞民傷財而去做任何「偉大的」事情，結果定然弄到民窮財盡，天下大亂為止。
>
> 管仲曾提出一個主張：「不為不可成者，量民力也。」有許多事情實在是極難辦到的，應當正確估計人民的力量，不要勉強。……
>
> 民固不可勞，財亦不可傷，「禮記．王制篇」上還有一段文字，特別說明一個國家積蓄的重要：「國無九年之蓄曰不足，無六年之蓄曰急，無三年之蓄曰國非其國也。三年耕必有一年之食，九年耕必有三年之食。」中共立國十二年，按理說該有可吃四年的財富貯積，目前當然達不到這個標準，應該說是過去十二年中勞民過甚，傷財太多。
>
> 這幾天「楊貴妃」電影正在上映，影片中這個唐明皇，在初做皇帝時，政治是非

常清明的。他在打獵之時，任用姚崇做宰相。姚崇提出了十點要求，要皇帝答允，他才肯担任宰相的職位，其中一條要求說：「太后（指武則天）造福光寺，中宗造聖善寺，上皇（指唐明皇的父親睿宗）造金仙、玉真觀，皆費鉅百萬，耗蠹生靈。凡寺觀宮殿，臣請止絕建造，可乎？」唐明皇答道：「朕每覩之，心即不安，而況敢為哉？」「心即不安」這四個字，是一個愛護百姓的仁者之言，如果他到晚年時仍能不忘這「心即不安」四字，安史之亂是決計不會發生的。

（一九六二・六・二四）

《明報》〈論祖國問題〉

黃愛華

「黃愛華」是一個鮮為人知的金庸筆名，金庸甚至刻意隱瞞「黃愛華」就是自己的真實身份。

《明報》〈自由談〉專欄由 1963 年 9 月 3 日（第 117 期）起，出現多篇以〈論祖國問題〉為名的一系列文章，專門論述內地政治、社會、經濟、民生，至 1964 年 3 月 9 日止，共二十篇專題，分六十四則刊載，其後結集成書出版。現輯錄 1963 年 11 月 18 日一期其中一節，看看金庸如何以隱瞞的身份（假借是一名海外華僑）而評論中國時政，指出中國在六十年代初如何糾正在大學教育上的一些偏差：

糾正了偏差

中共在大學教育上的某些偏差，現在已得到糾正，主要是下列這些方面：

一、陳毅副總理公開表示，應當「先專後紅」。「學校應當強調專業學習」成為新的口號。

二、無限制的體力勞動、開會、政治學習已予減少。

三、大學中有成就的教授和專家，已得到相當尊重，不再像以前那樣，由不學無術的年青黨員干預教授的教學。

四、課程比較合理化。

論祖國問題　之十

黃愛華

教育上的成功與失敗

對於這種種情況，學校的教師和學生們當然是不滿的。在一九五七年的鳴放運動中，這種不滿情緒便大量的反映出來，師生們異口同聲的對中共種種措施提出批評。他們反對最劇烈的，是當局對個人自發精神和獨立思想的壓制。他們也反對以個人的政治積極性作為成績的根據。

鳴放和反右

鳴放運動在學校中發展得相當激烈，有些學校甚至中出現了暴動、罷課，與上街遊行。

跟着而來的是反右派的運動，凡是發表過反對言論的教師和學生，多數被免職，勞改的勞改，開除的開除。

對於中共主持教育的領袖們，這實在是值得深思的問題。積極的反對派，未必都是資產階級份子和地主份子，事實上，由於入學時對階級成份的選擇，大學生中資產階級和地主份子本來就極少。然而從小受黨培養，畢生受社會主義教育的青年，居然對這種教育懷有強烈的不滿，

來自海外的學生

中共對華僑學生是比較優待的。海外成千成萬青年基於強烈的愛國心，都返大陸求學。

但這些學生之中，極大多數是感到失望的。他們覺得大學中在政治上有偏袒，政治活動多，體力勞動多，而實際的學習少，選擇科系和畢業後選擇職業沒有自由。

去年，據香港移民當局公布的數字，暑假中自大陸出來約一萬一千名學生中，只有六百名重行回去。

僑生所佔的數量當然很少，也不是中共教育中的重點，然而從僑生的情況，也可以看到中共教育的一部份真實情形。

糾正了偏差

中共在大學教育上的某些偏差，現在已得到了糾正，主要是下列這些方面：

一、陳毅副總理公開表示，應當「先專後紅」。「學校應當強調專業學習」成為新的口號。

二、無限制的體力勞動、開會、政治學習已予減少。

三、大學中有成就的教授和專家，已得到相當尊重，不再像以前那樣，由不學無術的年青黨員干預教授的教學。

四、課程比較合理化。

五、混亂的調動，強迫轉系等情形較少發生。

創造和進步

然而高等教育中的基本矛盾，那是無法解決的。要在學術上得到進步，必須有自由思想。因為學術上每一種進步，便是一次思想解放。思想大解放，學術大進步；小解放，小進步。不解放，便沒有進步。

我國自從漢武帝時起，儒家學說定於一尊，於是兩千多年來學術便陷於停滯。西方自基督教教義定於一尊，中間經過長期的黑暗時代，直到文藝復興，學術文化方始復甦。這是不可否認的歷史教訓。思想定於一尊。在政治上是便於統治，不容許有反對派存在，那就減少了麻煩，但在學術上卻是扼殺進步。

中共的大學教育能訓練大批技術人員，但對自由思想的限制，很難培養真正有成就的科學家、創作者，發明家。當然我們可以寄望於奇跡、天才和叛逆，但在今日如比嚴密的統制下，單是糧票和戶口，便能使任何加里略般的大天才束手無策。

俄國在革命之前的數十年中，出了托爾斯泰、屠格涅夫、杜思退益夫斯基、契可夫、高爾基、孟德列也夫、柴可夫斯基、巴甫洛夫、米丘林等等學術、藝術上的大天才，為什麼在革命之後，時間已過去了半個世紀，卻沒有任何偉大的創造？他們製造了氫彈、太空船，那不錯，然而這是工業技術而不是學術創造。

（本節完・全文未完）

▲《明報》1963 年 11 月 18 日〈論祖國問題〉〈教育上的成功與失敗〉

五、混亂的調動，強迫轉系等情形較少發生。

《明報》〈明窗小札〉

徐慧之

「徐慧之」，另一個從前少人得知的金庸筆名，同是金庸刻意隱瞞的「分身」。明河社由 2013 年起，陸續將「徐慧之」撰寫的〈明窗小札〉專欄文章按年份選輯出版，書名《明窗小札》，作者署名「金庸」，算是將「徐慧之」的「真身」曝光。

筆者所言金庸刻意隱瞞「徐慧之」的身份，證據見於 1963 年 1 月 17 日的〈明窗小札〉內文，文章開首言道：「從昨天起，我正式加入明報編輯部工作，除了寫這『明窗小札』專欄，還協助金庸兄選擇『自由談』的稿件。」文末又添加臨門一腳：「以上所述，是金庸兄和我數日長談的大致結論。」「金庸兄」前「金庸兄」後，戲味十足。

〈明窗小札〉從 1962 年 12 月 1 日開始，直至 1968 年 10 月 30 日為止，歷時幾近六載。除了 1967 年曾經中斷約五個半月之外，幾乎每日一篇，總篇數近二千。

茲挑選 1965 年 2 月 13 日〈日本與南韓的敵意〉部分內文節錄於下：

> 日本與南韓是兩個很特殊的國家，它們同處在自由陣綫，又是那麼接近，然而兩國却永遠懷着敵意，不論旁人怎樣設法拉攏，它們的感情總是不能和好。兩國的仇恨是日積月累的……
>
> 這兩個國家儘管經常坐在一起開會談論，却永遠談不攏。
>
> 最近，在美國的調停之下，兩國又開會了。開會的主題有三點：（一）賠償問題。南韓要求日本對過去佔領韓國卅五年所遭受損失的賠償。（二）李承晚綫問題，這是當年南韓總統李承晚規定下來，禁止日本漁民不得自韓國海岸起、伸展至二百英里地區的海面上捕魚。（三）韓僑問題，是指韓國留日六十萬僑民國籍之處理問題。
>
> 除了上述這三大問題外，尚有一個枝節問題，那便是一個小島的糾紛。在日本海中有一個荒島，現在為少數南韓士兵佔領，但日本說這個島的主權是屬於日本的。
>
> 如果這些問題不能解決，則日韓友誼很難建立。在所有的問題中，最難解決的又是賠款問題，關於這問題，去年已大致取得協議，日本同意付予南韓一筆約合十七億港幣數目的款項，另給予約十一億的貨款，作為恢復友誼的先聲。而南韓方面，則以釋放歷來日本越犯李承晚綫的漁民，作為交換條件。
>
> ……

明河社早已計劃將〈明窗小札〉選輯結集成書，並於 2013 年及 2015 年分別出版了《明窗小札 1963（上下冊）》和《明窗小札 1964（上下冊）》。

明窗小札

蘇聯隱然支持印度

中共大為光火

徐慧之

▲《明報》1962 年 12 月 7 日
〈明窗小札〉〈中共大為光火〉

明窗小札

美國不敵視中共？

徐慧之

▶《明報》1963 年 11 月 22 日
〈明窗小札〉〈美國不敵視中共？〉

美國電影分析

（美國劇作家）J. 勞遜作

明窗小札

美在南越保留現狀

徐慧之

▲《明報》1964 年 3 月 31 日
〈明窗小札〉〈美在南越保留現狀〉

明窗小札

日本與南韓的敵意

徐慧之

▲《明報》1965 年 2 月 13 日
〈明窗小札〉〈日本與南韓的敵意〉

法國教授主講

幸福婚姻講座

（法國）莫洛亞作　予暢譯

明窗小札

中共去年的貿易情況

徐慧之

在中共文化大革命時期內，世界人士注意的是政治人物的變動，在經濟方面的波動却未有人作出估計，但事實上政治對經濟的影響却相當大。一般人均想知道文化大革命究竟對中共的經濟有無影響。

幸而一日本經濟代表團最近在東南亞各地訪問，對這問題有了部份的解答，據該報告說：中共在文化大革命期間內對東南亞國家的輸出並未有減少，反之却達到紀錄性的貿易額。

隨着英國一家有數銀行，巴其理銀行的經濟情報又有一個報告說：在一九六六年內，中共的出入口貿易額均比一九六五年為高。

中共去年的總輸出額是八億一千二百萬鎊（二十二億七千萬美元）輸入額是六億七千五百萬鎊（十八億九千萬美元）在出口方面比一九六五年多了百分之十六，入口方面多了百分之十三。

同時這個統計還表示出，中共與非共國家的貿易額倍增，與共黨國家之貿易則僅及一九五九年四分一。這自然是與蘇聯交惡有關，共產國家的貿易多為蘇控制，中共就算沒有文化革命與他們的交易也不會多的。

該報告得出的結論就是說文化革命雖然波動大，中共還是極力顧及它的經濟的，報告還特別指出中共總理周恩來就是極力保衛中共經濟的一個人。

在壞的一方面；該報告說：雖然去年中共的工業產額增加了百分之五，而今今年初的工廠情況可能對生產有一些不良影響。

不過報告最終還說：最近中國的生產情況已恢復穩定，前途仍有可為，公社的農產品也有增加。而中共對外貿易發達也有另一個原因。就是別國不用担心中共的付欵問題，因為他們一向遵守合約。

巴其理銀行的報告雖未寫明如何取得這些資料，但也可窺見中共去年經濟情況一斑。

▲《明報》1967 年 5 月 7 日
〈明窗小札〉〈中共去年的貿易情況〉

明窗小札

蘇聯與東歐集團

徐慧之

去年，蘇聯的農業收成不好。這種消息，照往常的慣例來說，東歐各國的報章是輕輕帶過、或甚至加以掩飾的。但這一次很特殊，東歐各國首都像華沙、東柏林、布拉格的報刊，毫不客氣地把蘇聯農業歉收的情況報道出來，還用詳細的數字加以說明。

例如捷克的黨機關報形容蘇聯去年的收成與「不幸的一九六三年」相似，且比那一年更差。它說，一九六三年時蘇聯國營農場計劃生產穀類五千五百萬噸，但結果只生產了四千五百萬噸，蘇聯政府不得不向外國購買二億五千萬美元的小麥以為補助。想不到去年成績更差，連四千五百萬噸的收成都達不到，前年（一九六四），蘇聯的穀類總收成是六千七百萬噸，這與蘇聯國內所需糧食的總數八千萬噸仍有若干距離，克里姆林宮決定向外國購買小麥，不使人民因挨餓而產生不滿的情緒。

根據布拉格報章保守的估計，去年（一九六五）年生產較前年減少了二千二百萬噸，即減少了百分之三十五的數量。前年尚且不能自給，則去年的情況可想而知了。

西方觀察家以為，東歐各國之一改慣例，把蘇聯農業歉收的情況刊登出來，是基於一種畏懼的心理，她們怕莫斯科會在他們身上動腦筋，剝奪她們的經濟利益以補償其農業的損失。

波蘭報章說，在這種情況下，蘇聯必須以大量的黃金儲備去向美國、加拿大或阿根廷購買糧食，這可能打亂以後幾年的經濟計劃，蘇當局必定要在其他地方尋求補救的方法。

補救的方法之一，是要求東歐各國負担若干「老大哥」的債務。其次，莫斯科可能對東歐小國承認，她的經濟非常困難，雙方經濟條約暫停履行。又或許克里姆林宮把許下的若干蘇援暫停支付……等等。

幸虧蘇聯目前要拉攏這些小國，以對付中共，不敢做得太過份。以羅馬尼亞為例，她老是提出要脫離「蘇聯集團」的樣子，令克里姆林宮寢食不安，反而要處處討好於她。看來蘇聯也不致於對其他各國用甚麼手段了。

▲《明報》1966 年 5 月 16 日
〈明窗小札〉〈蘇聯與東歐集團〉

明窗小札

食米不足專家獻策

徐慧之

印尼目前所面臨的困難之一是食米的問題。去年九月及十一月發生的食米危機，使學生們不斷上街示威，也迫使政府在向世界各國找尋可以購買的糧食。

在過去六年來，印尼輸入糧食每年在三十萬噸至七十萬噸之間，成為國家一項巨大的負担。尤其是一九六六、一九六七兩年，印尼的外匯相當短缺，在這期間，美國曾經以極相宜的條件，供應印尼食米二十萬噸。

由於食米的危機始終不能解決，印尼政府僱請了許多經濟專家來考慮這項問題。專家們已提出了如下三種對策：

（一）廢除高級公務員的食米補助制度。這些高級公務員約佔全體公務員的百分之三十五，在四十萬人之譜。他們每人每月可得政府配米二十二磅，他們的家庭中的每一成員，也可獲得同樣的待遇。這是政府糧食一項龐大的開支。

經濟專家建議以現金代替這種糧食配給，政府已宣佈在三月後實行，高級公務員對這項決定反應不佳，他們担心幣值不穩定，收到現錢買不回等量的食糧。

至於較低級公務員則仍舊給予糧食的補助，他們將得到米與麵粉的配給，後者作為食米的代替品。

（二）專家建議政府取銷產米區的限制輸出令，以前政府用此項方法，迫使農民以較低的價錢將米售與政府。如廢除這一制度，將加速食米從農村流通到城市去，及鼓勵農民改進食米的質量。

目前，因向農民收購米價太廉，他們根本沒有錢去買肥料，肥料每磅貴過食米，買一磅肥料雖可增產食米三磅，但農民們一般地不感興趣。

（三）最後，專家建議政府的儲米倉全部用外國的糧食，以減輕本國米產的負担。

這種米倉經常存儲一定數額的糧食，以供應三軍食用，及必要時推出市場，以作穩定米價之用。

▲《明報》1968 年 2 月 19 日
〈明窗小札〉〈食米不足專家獻策〉

《明報》丹蒙・倫揚譯作

金庸

金庸由1955年2月8日起在報上首撰《書劍恩仇錄》，至1972年9月23日《鹿鼎記》完稿封筆，前後足足十七個年頭，金庸真的筆耕不輟？這十七年間，金庸其實偶有脱期的日子。

脱期的原因甚多，有些會在報上明確交代，有些則只表示「續稿未到」，但肯定抱恙不是最主要原因，而且因病而脱期一般只是一兩天。

金庸小説脱期可不是小事一樁。如1959年9月27日和28日，金庸因病暫停連載《神鵰》，分別由亞南的〈熊廷弼慧眼識英才〉和沒有署名的〈清官妙計捉貪官〉兩篇文章頂上，1959年9月27日，編輯在版面寫道：

> 「神鵰俠侶」因作者有病暫停一天，謹向鵰迷致歉。

翌日金庸仍在病榻中，《神鵰》仍未見刊，編輯更要急急撰文解釋：

> **金庸先生不適　讀者函電紛馳**
> **小説明天見報　神鵰迷請釋念**
>
> 金庸先生抱恙後，本報接到許多電話與讀者親自送來的函件，或詢問金庸先生的病狀，或詢問「神鵰」今天可否刊出，盛情十分可感。昨天當編者將這番消息告訴金庸先生時，他在病榻中也非常不安，本擬扶病續寫，但終因力不從心，未能成文。今迫得再將「神鵰俠侶」停一天，據金庸先生説，今天無論如何可以續寫，明天將見報了。那麼請「鵰迷」再耐性一天吧。編者也是「鵰迷」之一，待金庸先生痊愈後，决令他大進補品，不許他再來一次對讀者「抱歉」了。

其後，金庸有幾次脱期日子較長，原因是因事離港外遊或外訪，又或一部小説刊完，新作未能馬上接續，這等脱期短則一旬半月，多則逾月。要每天在報紙副刊版頭位置，慣着追看金庸小説的讀者，挨飢抵餓般看一些不知何許人也的頂替文章，難免「噓聲四起」。

《天龍八部》最後一期於1966年5月27日刊出，而《俠客行》要到6月11日才登場，其間有十四天的「空檔」。要十四天都用他人的文章頂替，不如就用自己的，至少大可稍為「撫慰」一眾金迷。可是既然無暇寫小説，又怎會有時間寫文章？解決方案是找來自己舊日的譯作。

筆者正好有1966年5月28日的《明報》，原來當天刊載的是〈吃飯比賽〉。〈吃飯比賽〉是金庸早年譯作。早於1956年4月，三育圖書文具公司已出版了一部書名為《最厲害的傢伙》的滑稽諷刺短篇小説集，署名是「丹蒙・倫揚作／金庸譯」，當中一共收錄七篇小説，〈吃飯比賽〉正是第一篇。想不到書本出版十年後，這些譯作還得大派用場。

1966年5月28日刊載的〈吃飯比賽〉，大約二千字，而〈吃飯比賽〉全篇大約一萬二千四百字。以此推論，〈吃飯比賽〉大概六、七天可以刊完。筆者另有6月6日的《明報》，刊載的是另一篇同是出自《最厲害的傢

影談

明報　一九五九年九月廿八日　星期一

金庸先生不適　讀者函電紛馳

小說明天見報　神鵰迷請釋念

故事精選

清官妙計捉貪官

此頭尚嫩

羅馬無數

爭誇夫勇

▲《明報》1959 年 9 月 28 日《神鵰俠侶》脫期，由〈清官妙計捉貪官〉頂上，並附上啟事一則。

短篇滑稽小說

吃·飯·比·賽

D倫揚作　金庸譯

▲《明報》1966 年 5 月 28 日《天龍八部》連載完後以金庸譯作〈吃飯比賽〉頂替

短篇滑稽小說

超·等·大·腳

D倫揚作　金庸譯

三、齊掉身體還欠債

▲《明報》1966 年 6 月 6 日《天龍八部》連載完後以金庸譯作〈超等大腳〉頂替

短篇滑稽小說

最厲害的傢伙

D倫揚著 金庸譯

三、巧取豪奪一千元

▲《明報》1966 年 11 月 18 日《俠客行》脱期以金庸譯作《最厲害的傢伙》頂替

短篇滑稽小說

十二槍將

D倫揚著 金庸譯

二、喜歡强盜的小姐

▲《明報》1966 年 11 月 22 日《俠客行》脱期以金庸譯作《十二槍將》頂替

伙》的金庸譯作〈超等大腳〉，副題是〈三、賣掉身體還欠債〉，筆者根據報上刊載文字核對《最厲害的傢伙》一書，相信副題的「三」就是第三天刊載〈超等大腳〉，換言之，〈超等大腳〉應該由 6 月 4 日起刊載，以此推論〈吃飯比賽〉刊載了七天（5 月 28 日至 6 月 3 日）大致可信。至於〈超等大腳〉刊載了多少天？6 月 6 日的〈超等大腳〉大約一千四百字，而〈超等大腳〉全篇大約一萬一千字，大概刊載七、八天，那麼由 6 月 4 日至 10 日一直刊載至《俠客行》登場，大致可信。

茲輯錄 1966 年 6 月 6 日〈超等大腳〉開首幾段於下（值得注意金庸用了一些粵語詞彙入文）：

> 大腳說：「我所以不自殺，惟一原因是我還欠白倫一百蚊，因為我不願意在我死後，他到處宣揚說我的壞話。最糟最糟的事，是我在戀愛。我愛上了霍登絲。」
>
> 「霍登絲？」我說。大為驚訝。「哼，霍登絲只不過是一個大 ——」
>
> 「住口！」大腳說，「不許再說下去！我不准你說她是一個大冬瓜，或者大乜乜大物物，因為我愛她。我沒有她就活不下去。事實上，」大腳說，「沒有她我也不想再活下去了。」
>
> 「嗯，」我說，「你愛她，霍登絲對你怎樣？」
>
> 「她不知道我在愛她，」大腳說。「我不好意思對她說，因為如果我對她說我愛她，霍登絲當然會要我買些鑽石手鐲給她，我當然買不起。但我想她非常喜歡我，因為她以一種異常的眼色看我。但是，」大腳說，「另外還有一個傢伙也在喜歡她，他買鑽石手鐲送給她，這對我當然很不好。

我不知道這傢伙是誰，我想霍登絲也不見得會太把這傢伙放在心上，但對於一個能買鑽石手鐲送給她的人，任何女人都會予以鄭重考慮的。所以，我覺得除了自殺之外，實在是毫無辦法。」

到開始連載《俠客行》大約半年後，金庸再次要停載為期不短的十四天（1966 年 11 月 15 日至 28 日）。相信不少金迷都知道，1965 年 5 至 6 月金庸連載《天龍八部》期間，曾因歐遊三、四十天，不欲《天龍八部》這麼長時間停載，便請由倪匡代筆，結果鬧出倪匡把阿紫弄盲的驚天情節。雖然最後憑藉金庸曠世之才，把阿紫失明的情節轉化成為令人激盪的故事，但大抵金庸是「心有餘悸」的。

到了這趟連載《俠客行》期間又要停載半個月，不欲重蹈倪匡代筆一事的覆轍，覺得他人所寫，總有違自己創作原意，那麼就繼續搬出《最厲害的傢伙》，就筆者所見的幾份《明報》，這十四天刊登了〈最厲害的傢伙〉和〈十二槍將〉兩篇，其中三或四天脫期。

其後，《明報》在連載完《笑傲江湖》後到《鹿鼎記》開始連載，中間亦有十一天的「空檔」，在《鹿鼎記》連載期間，亦有兩次分別為期二十一天和二十天的脫期，這三段較長時間的脫期，金庸再沒有刊登自己作品來頂替，而是再用上他人的文章或小說了。

《明報》〈在台所見·所聞·所思〉

查良鏞

1973 年 4 月 18 日至 28 日，金庸獲邀前往台灣考察訪問，回港後，在《明報》以〈在台所見·所聞·所思〉為題，撰成長文，由 6 月 7 日至 23 日分十七天連載，共分三十七節，闡釋他對海峽兩岸關係的看法，尤其是對台灣社會的思考和見解。其後於同年 7 月結集成書出版，復又於《明報月刊》同年 9 月至 11 月分三期刊載。

1973 年 6 月 7 日，〈在台所見·所聞·所思〉首天刊載了第一、二節，是全篇的前言，茲節錄第一節部分內文於下，讓讀者一窺金庸當時的立場：

一、

台灣是中國的一部份。

台灣問題是整個中國問題的重大關鍵之一，將來如何解決，不但影响到中國，而且影响到亞洲和整個世界，不但和我們這一世代的中國人有密切關係，也和今後許多代的中國人有密切關係。

……

二十多年來，一直在注意台灣的情況。讀到和聽到的報道雖然不少，但總不及親自去看看那麼有真切的感受。台灣我有很多親友，平時常常在想念他們。四月十八日我去了台灣，四月廿八日回港。在台灣留了十天，看到的很多，聽到的很多，想到的也很多。

「明報」在一切問題上都力求忠實而客觀，對於台灣的報道當然也應當嚴格遵守這個標準。不過忠實容易，只要不是故意的歪曲，那就是忠實，客觀卻很難。

這次台北當局邀請我去，作主人的盛意拳拳，事先答應了，我可以會見想見的人，去看想看的地方，在台灣及回來之後，可以發表任何批評和意見，甚至是極嚴厲的批評。

我是個很講温情的人，自覺性格隨和，注重禮貌，主人家這樣客氣，請了我去，怎麼好意思講許多不好的話？不過這次去台灣，並不是以個人身份到親戚朋友家裏作客，而是以明報記者的身份去採訪消息。有關國家人民的事，做記者的應當忠於職責和良心，向讀者忠實報道，如果只講好話，有失報人的品格。台北當局和我在台親友們看到這篇雜感時，也希望他們能諒解。在台灣，說捧場話的人已經夠多了，再多聽幾句也沒有什麼用處。如果把我當作一個朋友的話，「友直」總比「友便僻，友善柔，友便佞」要有價值一些。

……

可以肯定的是，對於台灣或中國大陸，我於私人均無所企求。希望整個國家好，全國同胞的生活幸福，這樣的願望是真實而熱切的。讀者如果不同意我在這裏所發表的感想，那是因為各人的意見不同。對任何事情都會有不同看法，對於國家大事，意見當然更加紛歧複雜。我們辦報，一直遵照英國著名報人史各特（前「孟徹斯特衞報」的主筆）的一句名言：「事實是神聖的，意見是自由的。」意思說，事實不可歪曲，根據事實而發表不同意見，則人人均有自由。

所以，我在台灣十天的「所見、所聞」是真實的。「所思」則是個人的感想，其中不可避免的有個人的偏見，個人的淺薄無知，個人的熱誠和願望。

《明報》〈廣東英雄袁蠻子〉

金庸

看罷《碧血劍》，不能錯過書後的〈袁崇煥評傳〉，這是一篇分析精微的歷史考證文章，從袁崇煥和崇禎二人性格分析歷史事件。這篇文章並非在《金庸作品集》首度曝光，其實它早已在《明報》連載，時維 1975 年 5 月 23 日至 6 月 28 日，連載了三十七天，當時標題是粗獷感十足的〈廣東英雄袁蠻子〉。

這篇長文，亦曾經在《武俠與歷史》第 742 期至 746 期分五期連載（參閱前文）。

〈廣東英雄袁蠻子〉附於《碧血劍》後改名〈袁崇煥評傳〉，讀者隨時可讀。寫作目的，《明報》〈廣東英雄袁蠻子〉首篇的前言有所交代，現輯錄於下，可跟《碧血劍》〈後記〉互作比較：

為了修訂改寫武俠小說「碧血劍」，近幾個月來讀了一些與袁崇煥有關的資料。「明史」中有「袁崇煥傳」，那是清人站

廣東英雄袁蠻子
——袁崇煥評傳
金庸

為了修訂改寫武俠小說「碧血劍」，近幾個月來讀了一些與袁崇煥有關的資料。「明史」中有「袁崇煥傳」，那是清人站在滿清立場寫的。梁啟超有一篇「袁崇煥傳」，則是一面倒的頌揚，所用的方法與當代一般學者頗有不同。因此我試寫了這一篇文字。其實這不能說是「評傳」，只是一篇「讀史感想」。這篇文字本有許多條附注，說明資料的出處，相信報紙的讀者不會感到興趣，所以在這裏都略去了。這些注解與有關圖片，將來發表在「碧血劍」的修訂本裏。「蠻子」兩字，是崇禎皇帝背後對袁崇煥的稱呼。 ——金庸

時勢壓倒了英雄

在距離香港不到一百五十公里的地區之中，過去三百多年中出了兩位與中國歷史有重大關係的人物。第一位當然是孫中山先生。第二位是出生在廣東東莞的袁崇煥。

我在閱讀袁崇煥所寫的奏章、所作的詩句、以及與他有關的史料之時，時時覺得似乎是在讀古希臘劇作家攸里比第斯、沙福克里斯等人的悲劇。袁崇煥真像是一個古希臘的悲劇英雄，他有巨大的勇氣，和敵人作戰的勇氣，道德上的勇氣。他冲天的幹勁，執拗的蠻勁，和剛烈的狠勁，在當時猥瑣萎靡的明末朝廷中，加倍的顯得突出。袁崇煥，字元素，號自如。「煥」，是火光，是明亮顯赫、光采輝煌；「素」是直率的質樸，是自然的本性。他大火熊熊般的一生，我行我素的性格，揮洒自如的作風，的確是人如其名。這樣的性格，和他所生長的那個不幸的時代，構成了強烈的矛盾衝突。古希臘英雄拚命掙扎奮鬥，終於敵不過命運的力量而垮了下來。打擊袁崇煥的不是命運，而是時勢。雖然，在某種意義上說來，時勢也就是命運。就像希臘史詩與悲劇中那些英雄們一樣，他轟轟烈烈的戰鬥了，卻終於一步步走向難以避免的悲劇結局。

希臘史詩「伊里亞特」記述赫克托和亞契力斯繞城大戰這一段中，描寫天神們拿了天平在秤這兩個英雄的命運，小時候我讀到赫克托這一端沉了下去，天神們決定他必須戰敗而死，感到非常難過，「那不公平！那不公平！」過了許多許多歲月，當我讀到滿清的皇太極怎樣設反間計，崇禎和他的大臣們怎樣商量要不要殺死袁崇煥，同樣有了劇烈的悽愴之感，那是一樣的不公平。

歷史家評論袁崇煥，着眼點在於他的功業，他對當時及後世的影響，他在明清兩個朝代興亡交替之際所起的作用。近二十年來，我幾乎每天都寫一段小說，又寫一段政治評論，因此對歷史政治與小說是同樣的感到興趣，然而在研究袁崇煥的一生之時，他強烈的性格比之他的功業更加吸引我的注意。

整體說來，清朝比明朝好得多。我以為，清朝十二個君主（從清太祖算起）的總平均分數，和明朝十六個皇帝相比，在數學上簡直不能比，因為前者的是相當高的正數，後者是相當高的負數。對於滿洲人入主中國一事，近代的評價與前人也頗有改變。所以袁崇煥的功業，不免隨着時代的進展而漸漸失卻光采。但他的英雄氣概，光采卻永遠不會泯滅。正如當年七國紛爭的是非成敗，在今天已完全不重要了，但荊軻、屈原、信陵君這些人物，卻仍是活在人們心頭。

「碧血劍」中的袁承志，在性格上只是一個平凡人物。他沒有抗拒艱難時世的勇氣，受到了挫折之後，就逃避到了海外，就像我們大多數在海外的人一樣。

袁崇煥卻是真正的英雄。他的才氣和豪氣籠蓋當世，即使他的缺點，也是英雄式的驚世駭俗。他比小說中虛構的英雄人物，有更多的英雄氣概。

像白居易詠古劍的詩句：「至寶有本性，性精剛無儔。可使寸寸折，不能繞指柔。」袁崇煥是一柄鋒銳無匹、剛強無儔的長劍，然而終於在一個不幸的時代中，寸寸斷折。

在明末那段不幸的歲月中，任何人都是不幸的。悲劇性的君主：崇禎、清太祖努爾哈赤、清太宗皇太極，蒙古人的首領林丹汗，朝鮮國王李倧；始終是死路一條的將軍大臣（奮勇抗敵的將軍與降敵做漢奸的將軍，忠鯁正直的大臣與奸佞無恥的大臣，命運都沒甚麼分別，但在一個比較溫和的時代，奸臣卻常常能得善終，例如秦檜）；憤怒不平的知識份子，領不到糧餉的兵卒，生命朝不保夕的「流寇」，飢餓流離的百姓，以及有巨大才能與勇氣的英雄人物：楊漣、熊廷弼、孫承宗、李自成、袁崇煥。

在那個時代中，人人都遭到了在太平年月中所無法想像的苦難。在山東的大飢荒中，丈夫吃了妻子的屍體，母親吃了兒子的屍體。那是小人物的悲劇，他們心中的悲痛，一點也不會比英雄們輕。只不過小人物只是默默的忍受，英雄們卻勇敢地奮戰了一場，在歷史上留下了痕跡。 （一）

▲《明報》1975 年 5 月 23 日〈廣東英雄袁蠻子〉首篇

在滿清立場寫的。梁啟超有一篇「袁崇煥傳」，則是一面倒的頌揚，所用的方法與當代一般學者頗有不同。因此我試寫了這一篇文字。其實這不能說是「評傳」，只是一篇「讀史感想」。這篇文字本有許多條附注，說明資料的出處，相信報紙的讀者不會感到興趣，所以在這裏都略去了。這些注解與有關圖片，將來發表在「碧血劍」的修訂本裏。「蠻子」兩字，是崇禎皇帝背後對袁崇煥的稱呼。

從這篇前言得知，金庸寫這篇文字時，就是為了出版修訂版《碧血劍》時附加的。另據《金庸作品集》《碧血劍》〈後記〉，可知發表〈袁崇煥評傳〉時文句已略有修改：

> 現在的面目，比之在「明報」上所發表的初稿「廣東英雄袁蠻子」，文字上要順暢了些。

《明報晚報》〈卅三劍客圖〉

金庸

《金庸作品集》《俠客行》結束之後，接續還有《越女劍》和《卅三劍客圖》。夾在《越女劍》和《卅三劍客圖》之間，金庸用了兩頁篇幅，寫下撰寫它們的緣起，現輯錄以說明一下：

> 我手邊有一部任渭長畫的版畫集「卅三劍客圖」，共有三十三個劍客的圖形，人物的造型十分生動。偶有空閒，翻閱數頁，很觸發一些想像，常常引起一個念頭：「最好能給每一幅圖『插』一篇短篇小說。」慣例總是畫家替小說家繪插圖，古今中外，似乎從未有一個寫小說的人替一系列的繪畫插寫小說⋯⋯可是連寫三十三個劍俠故事的心願，永遠也完成不了的。寫了第一篇「越女劍」後，第二篇「虬髯客」的小說就寫不下去了。寫敘述文比寫

> 小說不費力得多，於是改用平鋪直敘的方式，介紹原來的故事。…… 這些短文寫於一九七〇年一月和二月，是為「明報晚報」創刊最初兩個月所作。[28]

原來金庸曾經動過念頭，要寫三十三篇短篇小說，奈何只完成第一篇《越女劍》就無以為繼，於是改用平鋪直敘方式寫了三十三篇短文。《越女劍》和這三十三篇短文，乘着《明報晚報》創刊而陸續刊載。《明報晚報》創刊於 1969 年 12 月 1 日，《越女劍》共連載了三十一天，至 12 月 31 日止。名為〈卅三劍客圖〉的三十三篇短文，便由 1970 年 1 月 1 日起登場了。

筆者僅有兩期〈卅三劍客圖〉在《明報晚報》的連載，未能確定連載日期和日數，但根據金庸在上述文字所記，大概是兩個月。現以當時每天刊載約一千字的篇幅看來，兩個月是可信的，只是並非確實日數。

筆者這兩期的書影如下：

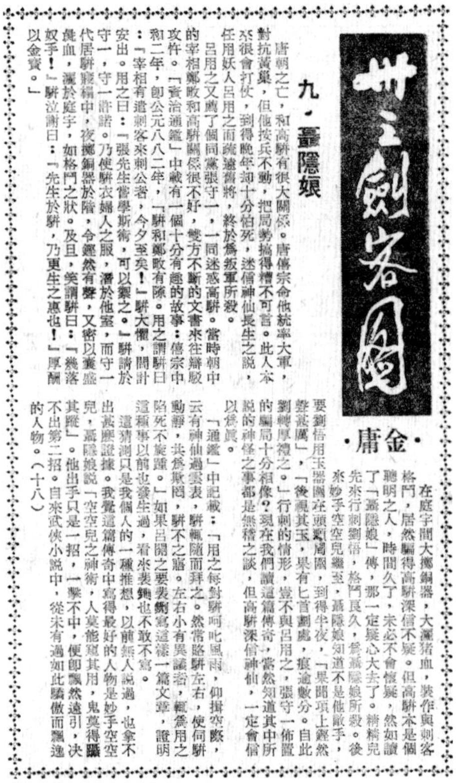
卅三劍客圖

·金庸·

九、聶隱娘

唐朝之亡，和高駢有很大關係。唐僖宗命他統率大軍，對抗黃巢，但他按兵不動，把局勢搞得糟不可言。此人本來很會打仗，到得晚年卻十分怕死，迷信神仙長生之說，任用妖人呂用之而疏遠舊將，終於為叛軍所殺。

呂用之又薦了個同黨張守一，一同迷惑高駢。當時朝中的宰相鄭畋和高駢關係很不好，雙方不斷的文書來往辯駁攻訐。「資治通鑑」中載有一個十分有趣的故事：僖宗中和二年，即公元八八二年，「駢和鄭畋有隙。用之謂駢曰：『宰相有遣刺客來刺公者，今夕至矣！』駢大懼，問計安出。用之曰：『張先生嘗學斯術，可以禦之。』駢請於守一，守一許諾。乃使駢衣婦人之服，潛於他室，而守一代居駢寢榻中，夜擲銅器於階，令鏗然有聲，又密以囊盛豕血，灑於庭宇，如格鬥之狀。及旦，笑謂駢曰：『幾落奴手！』駢泣謝曰：『先生於駢，乃更生之惠也！』厚酬以金寶。」

在庭宇間大擲銅器，大灑豬血，裝作與刺客格鬥，居然騙得高駢深信不疑。但高駢本是個聰明之人，時間久了，未必不會懷疑，然如讀了「聶隱娘」傳，那一定疑心大去了。精精兒先來行刺劉悟，格鬥良久，為聶隱娘所殺。後來妙手空空兒繼至，聶隱娘知道不是他敵手，要劉悟用玉器圍在頸周圍，到得半夜，「果聞項上鏗然聲甚厲」，「後視其玉，果有匕首劃處，痕逾數分。自此劉轉厚禮之。」行刺的情形，豈不與呂用之，張守一佈置的騙局十分相像？現在我們讀這篇傳奇，當然知道其中所說的神怪之事都是無稽之談，但高駢深信神仙，一定會信以為真。

「通鑑」中記載：「用之每對駢呵叱風雨，仰揖空際，云有神仙過雲表，駢輒隨而拜之。然常賂駢左右，使伺駢動靜，共為欺罔，駢不之寤。左右小有異議者，輒為用之陷死不旋踵。」如果呂用之要裴鉶寫這樣一篇文章，證明這種事以前也發生過，看來裴鉶也不敢不寫。

這猜測只是我個人的一種推想，以前無人說過，也拿不出甚麼證據。我覺這篇傳奇中寫得最好的人物是妙手空空兒，聶隱娘說「空空兒之神術，人莫能窺其用，鬼莫得躡其蹤」。他出手只是一招，一擊不中，便即飄然遠引，決不出第二招。自來武俠小說中，從未有過如此驕傲而飄逸的人物。（十八）

▲《明報晚報》1970 年 1 月 18 日〈卅三劍客圖〉〈九、聶隱娘〉

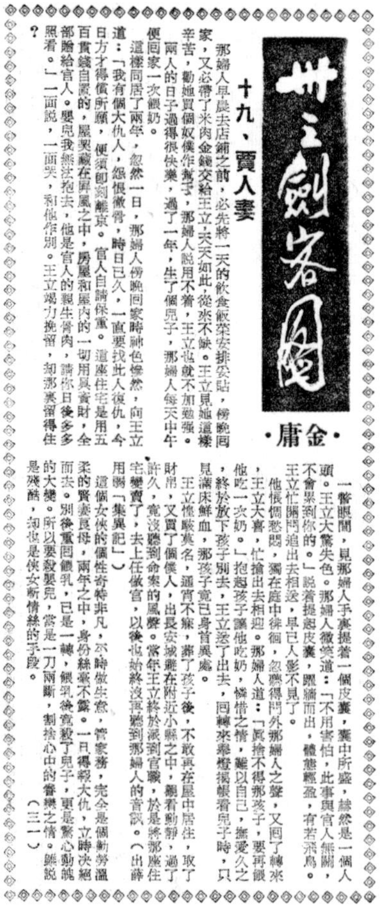
卅三劍客圖

·金庸·

十九、賈人妻

那婦人早晨去店鋪之前，必先將一天的飲食飯菜安排妥貼，傍晚回家，又必帶了米肉金錢交給王立，天天如此，從來不缺。王立見她這樣辛苦，勸她買個奴僕作幫手，那婦人說用不着，王立也就不加勉強。兩人的日子過得很快樂，過了一年，生了個兒子，那婦人每天中午便回家一次餵奶。

這樣同居了兩年，忽然一日，那婦人傍晚回家時神色慘然，向王立道：「我有個大仇人，怨恨徹骨，時日已久，一直要找此人復仇，今日方才得償所願，便須即刻離京。官人自請保重。這座住宅是用五百貫錢自置的，屋契藏在屏風之中，房屋和屋內的一切用具貲財，全部贈給官人。嬰兒我無法抱去，他是官人的親生骨肉，請你日後多多照看。」一面說，一面哭，和他作別。王立竭力挽留，卻那裏留得住？

一瞥眼間，見那婦人手裏提着一個皮囊，囊中所盛，赫然是一個人頭。王立大驚失色。那婦人微笑道：「不用害怕，此事與官人無關，不會累到你的。」說着提起皮囊，躍牆而出，體態輕盈，有若飛鳥。王立忙開門追出去相送，早已人影不見了。

他悵惘愁悶，獨在庭中徘徊，忽聽得門外那婦人之聲，又回了轉來，王立大喜，忙搶出去相迎。那婦人道：「真捨不得那孩子，要再餵他吃一次奶。」抱起孩子讓他吃奶，憐惜之情，難以自已，撫愛久之，終於放下孩子別去，王立送了出去，回轉來舉燈揭帳看兒子時，只見滿床鮮血，那孩子竟已身首異處。

王立惶駭莫名，通宵不寐，葬了孩子後，不敢再在屋中居住，取了財帛，又買了個僕人，出長安城避在附近小縣之中，觀看動靜，過了許久，竟沒聽到命案的風聲。當年王立終於派到官職，於是將那座住宅變賣了，去上任做官，以後也始終沒再聽到那婦人的音訊。（出薛用弱「集異記」）

這個女俠的個性奇特非凡，不時做生意，管家務，完全是個勤勞溫柔的賢妻良母，兩年之中，身份絲毫不露。一旦得報大仇，立時決絕而去。別後重回餵乳，已是一轉，餵乳後竟殺了兒子，更是驚心動魄的大變。所以要殺嬰兒，當是一刀兩斷，割捨心中的眷戀之情。雖說是殘酷，卻也是俠女斬情絲的手段。（三一）

▲《明報晚報》1970 年 1 月 31 日〈卅三劍客圖〉〈十九、賈人妻〉

28　金庸：《金庸作品集》《俠客行》。香港：明河社出版有限公司，1977 年 11 月初版，頁 727-728。

《明報月刊》

金庸、黃愛華、查良鏞、徐慧之

《明報月刊》是《明報》的姊妹刊物，由金庸創辦。

《明報月刊》既是金庸「私家地盤」，他在雜誌發表的文章當不少見，一般署名金庸或查良鏞，按文章題材而定，另外署名黃愛華和徐慧之各客串一次（黃愛華〈七十年代的中共〉是一篇長文，分六期刊載）。黃愛華和徐慧之都是金庸刻意隱瞞的筆名，前文〈《明報》〈明窗小札〉〉提及金庸「分身」的伎倆。至於要隱瞞黃愛華的身份，手法大同小異，第 55 期〈七十年代的中共〉文前，就要一耍故技，搖身成海外華僑是也！

> 編者按：黃愛華先生是海外一位著名華僑的筆名。他關心中國事務，對中共問題深有研究，數年前在「明報」發表「論祖國問題」一文連載，見解精闢，深為有識之士注意，其中之主要論點，均為日後事態之發展所證實。該文之單行本暢銷歐美及東南亞各地。該書出版以來，中共又生千古未有之變局。黃先生茲應本刊之請，論述踏入七十年代後之中共將有如何新的局面。該文意見未必盡為廣大讀者所同意，讀者諸君如撰文討論，本刊樂於發表。

金庸逝世後第 636 期（2018 年 12 月）的〈金庸紀念專號〉，輯錄金庸三篇曾經在《明報月刊》發表的舊作，但這三篇均是旨在紀念的翻印之作，性質特殊，筆者不算是金庸在《明報月刊》最後刊載的文章。

若以金庸在生而論，在《明報月刊》最後刊載的文章，算是第 562 期（2012 年 10 月）的〈釣魚台的風波〉，但該期是因應「保釣與反思」特輯，編者其實是摘取金庸在 1970 年 9 月 13 日於《明報》發表的社評，算是刊載於《明報月刊》則可，算是發表則不可，因此，金庸在《明報月刊》最後發表的文章，便要算是第 519 期（2009 年 3 月）的〈痛悼梁羽生兄〉。

茲就《明報月刊》刊載金庸文章臚列於下：

出版年月	總期數	篇名	署名
1966.1	1	橋和路	金庸
		旅遊寄簡——日本	金庸
1966.2	2	憂鬱的突厥武士們	金庸
1966.9	9	一個科學家為民主而呼籲（羅素論著選譯）	金庸譯
1966.10	10	讀史隨筆五則	金庸
1967.10	22	序「中共文化大革命資料彙編」	金庸
1970.7	55	七十年代的中共	黃愛華
1970.8	56	七十年代的中共（二）	黃愛華
1970.9	57	七十年代的中共（三）	黃愛華
1970.10	58	七十年代的中共（四）	黃愛華
1970.11	59	七十年代的中共（五）	黃愛華

（續上表）

出版年月	總期數	篇名	署名
1970.12	60	七十年代的中共（六）	黃愛華
1973.9	93	在台所見所聞所思	查良鏞
1973.10	94	在台所見所聞所思（續）	查良鏞
1973.11	95	在台所見所聞所思（續完）	查良鏞
1974.4	100	「明報」的一些意見（上）	查良鏞
1974.5	101	「明報」的一些意見（下）	查良鏞
1976.1	121	「明月」十年共此時	查良鏞
1980.1	169	不「美麗」的動亂	徐慧之
1980.3	171	讀劉殿爵先生語體譯《心經》	查良鏞
1980.9	177	《毛澤東與中國的社會主義道路》《專輯之一》讀後	查良鏞
1981.9	189	中共中央副主席鄧小平的談話紀錄	查良鏞
1981.10	190	韋小寶這小傢伙！	金庸
		康熙朝的機密奏摺	金庸
		《鹿鼎記》後記	金庸
1984.1	217	《神鵰俠侶》後記	金庸
1984.2	218	實事求是看九七	查良鏞
1985.4	232	圍棋五得	金庸
1986.1	241	丙丁之歲	查良鏞
1986.4	244	堅決保衛言論自由	查良鏞
		甚麼是言論自由？	查良鏞
1986.5	245	向中國畫的大師們致敬	查良鏞
1989.4	280	吳靄儀與《金庸小説的女子》	金庸
1992.4	316	香港和中國：一九九七及其後五年	查良鏞
1993.1	325	功能選舉的突變	查良鏞
1993.6	330	北國初春有所思	查良鏞
1993.8	332	《北國初春有所思》律詩補注	查良鏞
1994.1	337	三地同業，皆兄弟也	查良鏞
1994.5	341	大眾傳媒與開放社會	查良鏞
1997.6	378	鄧小平的估計實現了多少？——致池田大作信	金庸
1998.6	390	人生小語	金庸
1998.8	392	小説創作的幾點思考——金庸在閉幕式上的講話	金庸
1999.7	403	讀書心得	金庸
1999.10	406	文景開元，何足道哉！	查良鏞
1999.12	408	浙江港台的作家——金庸回應王朔	金庸
		不虞之譽和求全之毀	金庸
2001.1	421	群星燦爛月華明	金庸
2002.7	439	什麼東西退步了？	金庸
2003.8	452	好看而真實的歷史小説——讀《張居正傳》	金庸
2004.9	465	憶鄧小平的「治港遠見」	查良鏞
2005.1	469	尊重法治決非「笑柄」	金庸

（續上表）

出版年月	總期數	篇名	署名
2005.11	479	正直醇雅永為激勵 —— 悼巴金先生	金庸
2006.1	481	拚了命出版《明月》	金庸
2006.4	484	愛中國、愛中華文化	金庸
2009.3	519	痛悼梁羽生兄	金庸
2012.10	562	釣魚台的風波	查良鏞
2018.12	636	讀書心得	金庸
		人生小語	金庸
		拚了命出版《明月》	金庸

以下是《明報月刊》刊登金庸的訪問、演講、談話等，由他人整理記錄的文章：

出版年月	總期數	篇名	署名
1978.12	156	錢穆伉儷訪問記	本刊記者
1981.9	189	中國之旅：查良鏞先生訪問記	本刊記者
1985.1	229	胡耀邦總書記會見香港明報社長查良鏞先生的談話記錄	記者
1994.12	348	金庸的中國歷史觀	查良鏞（焦小雲記錄）
1995.1	349	金庸談武俠小說	金庸（林翠芬整理）
1997.2	374	香港的明天 —— 面對回歸 —— 金庸 / 池田大作對談錄之一	金庸（孫立川翻譯整理）
1997.3	375	中日關係與環太平洋文明 —— 金庸 / 池田大作對談錄之二	金庸（孫立川翻譯整理）
1997.4	376	撫今追昔話當年 —— 金庸 / 池田大作對談錄之三	金庸（孫立川翻譯整理）
1997.5	377	從香港走向二十一世紀 —— 金庸 / 池田大作對談錄之四	金庸（孫立川翻譯整理）
1997.6	378	酒逢知己千杯少：論中日的友情觀 —— 金庸 / 池田大作對談錄之五	金庸（孫立川翻譯整理）
1997.7	379	酒逢知己千杯少：談香港的明天、佛法與正義 —— 金庸 / 池田大作對談錄之五（下）	金庸（孫立川翻譯整理）
1997.8	380	世界名著中的英雄人物 —— 金庸 / 池田大作對談錄之六	金庸（孫立川翻譯整理）
1997.9	381	世界名著中的英雄人物 —— 金庸 / 池田大作對談錄之六（下）	金庸（孫立川翻譯整理）
1997.10	382	魯迅：在靈魂深處喚醒民眾的作家 —— 金庸 / 池田大作對談錄之七	金庸（孫立川翻譯整理）
1997.11	383	魯迅、日蓮與巴金 —— 金庸 / 池田大作對談錄之八	金庸（孫立川翻譯整理）
1997.12	384	中國人的多元思考與文學創作價值觀 —— 金庸 / 池田大作對談錄之九	金庸（孫立川翻譯整理）
1998.1	385	大文豪雨果：以人性之光照耀世界 —— 金庸 / 池田大作對談錄之十	金庸（孫立川翻譯整理）

（續上表）

出版年月	總期數	篇名	署名
1998.2	386	《三國演義》：中國古典小說的典範 ——金庸 / 池田大作對談錄之十一	金庸 （孫立川翻譯整理）
1998.3	387	《水滸傳》：寄託着民眾內心憧憬的名著 ——金庸 / 池田大作對談錄之十二	金庸 （孫立川翻譯整理）
1998.4	388	談吉川英治和大眾文學 ——金庸 / 池田大作對談錄之十三	金庸 （孫立川翻譯整理）
1998.5	389	關於「武俠小說」的對話 ——金庸 / 池田大作對談錄之十四	金庸 （孫立川翻譯整理）
1998.12	396	金庸談讀書及小說、電影創作——金庸答問錄	嚴家炎
2000.12	420	關於金庸小說評點訴訟——金庸答本刊記者問	艾火
2004.1	457	快樂的君子——王蒙、金庸與香港大學生暢論人生	穆查
2004.3	459	金庸王蒙笑遊大觀園——兩大作家妙論《紅樓夢》	穆查

《明報月刊》不難找來翻閱，尤其近二十年的，即使久遠的期數，不少金庸的文章亦散見其他輯錄金庸散文的書籍，不難讀到。現輯錄〈痛悼梁羽生兄〉的一段前言，作為對兩位武俠小說宗師的致敬：

> 春節剛過，傳來噩耗，梁羽生兄在澳洲雪梨（悉尼）病逝。在得到消息的前兩天，我妻子樂怡和他夫人通了電話，還把電話交到我手裏，和他說了幾句話。他的聲音很響亮，顯得精神不錯，他說：「金庸，是小查嗎？好，好，你到雪梨來我家吃飯，吃飯後我們下兩盤棋。你不要讓我，我輸好了，沒有關係……身體還好，還好……好，你也保重，保重……」想不到精神還挺健旺，腦筋也很清楚的他，很快就走了。我本來打算春節後去澳洲一次，跟他下兩盤棋，再送他幾套棋書，想不到天人永隔，再也聽不到他爽朗的笑聲和濃濁的語言了。
>
> 聽到他去世的消息，我流了很多眼淚，拿起筆來，寫了一副很粗糙的輓聯，交給秘書吳玉芬小姐，轉交梁羽生夫人：
>
> 痛悼梁羽生兄逝世
>
> 同行同事同年　大先輩
>
> 亦狂亦俠亦文　好朋友
>
> 自愧不如者
>
> 同年弟金庸敬輓

此外〈韋小寶這小傢伙！〉一文亦很有意思，金庸很少如此詳盡談論自己作品和筆下人物，全文在《明報月刊》佔七頁，分十二節。這篇七千多字的文章，原是打算當作《鹿鼎記》的〈後記〉，最終卻被刪掉，現節錄最後一節部分文字如下，讀者大可當作窺看「被消失」的〈後記〉，當中文末寫道嚴肅的金庸原來竟將跳脫的韋小寶當作「好朋友」，更是大出讀者意料之外呢！

> 以上是我在想到韋小寶這小傢伙時的一些拉雜感想。
>
> 坦白說，在我寫作《鹿鼎記》時，完全沒

痛悼梁羽生兄

我知道文統兄一生遭人誤會的地方很多，他都只哈哈一笑，並不在乎，這種寬容的氣度和仁厚待人的作風，我確是遠遠不及，這是天生的好品德，勉強學習模倣也學不來的。

金庸

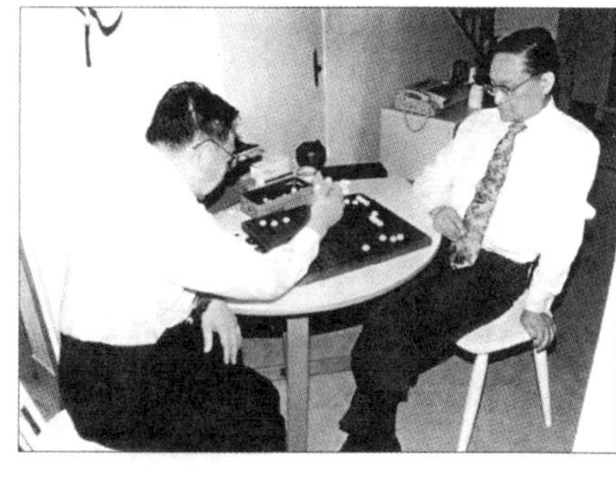

一九九四年梁羽生與金庸（右）在悉尼對弈。

（《名士風流——梁羽生全傳》）

春節剛過，傳來噩耗，梁羽生兄在澳洲雪梨（悉尼）病逝。在得到消息的前兩天，我妻子樂怡和他夫人通了電話，還把電話交到我手裏，和他說了幾句話。他的聲音很響亮，顯得精神不錯，他說：「金庸，是小查嗎？好，好，你到雪梨來我家吃飯，吃飯後我們下兩盤棋。你不要讓我，我輸好了，沒有關係……身體還好，還好……好，你也保重，保重……」想不到精神還挺健旺，腦筋也很清楚的他，很快就走了。我本來打算春節後去澳洲一次，跟他下兩盤棋，再送他幾套棋書，想不到天人永隔，再也聽不到他爽朗的笑聲和濃濁的語言了。

聽到他去世的消息，我流了很多眼淚，拿起筆來，寫了一副很粗糙的輓聯，交給秘書吳玉芬小姐，轉交梁羽生夫人：

痛悼梁羽生兄逝世

同行同事同年　大先輩

亦狂亦俠亦文　好朋友

自愧不如者

同年弟金庸敬輓

如果他能親眼見到這副輓聯，相信他一定會很高興。因為他一直耿耿於懷：「明明金庸是我後輩，但他名氣大過我，所有批評家也都認為他的作品好過我。」我和他同年，如他得知我在輓聯中自稱「自愧不如」，他一定會高興的。他嘴裏會說：「你『自謙』，自謙嘅，好像下圍棋，你故意讓我，難道我不知道嗎？哈哈。」

武俠小說之緣

梁羽生本名陳文統，他最初進《大公報》是做翻譯（進《大公報》，最初往往是做翻譯，我自己就是在上海考翻譯而蒙錄取的），當時的總編輯李俠文先生委托我做主考。我覺得文統兄的英文合格，就錄取了，沒想到他的中文比英文好得多（他的中文好得可以做我老師）。

他後來被分派到經濟版

▲《明報月刊》第519期〈痛悼梁羽生兄〉，署名金庸，是金庸最後一篇發表於《明報月刊》的文章。

旅遊寄簡——日本

金庸

一九六四年四月，我代表明報到日本東京，參加國際新聞協會（IPI）所舉辦的「亞洲報人座談會」。這裡發表的幾封短信，記錄了一些當時的零星見聞和感想。——作者

外交部長和報人

椿山莊

「沙龍酒吧」

•67•

▲《明報月刊》第1期〈旅遊寄簡——日本〉，署名金庸，是金庸首篇刊載於《明報月刊》的文章（〈橋和路〉只是一封金庸的信函）。

釣魚台的風波

查良鏞

◀《明報月刊》第562期〈釣魚台的風波〉，署名查良鏞，是金庸最後一篇刊載於《明報月刊》的文章。

·20·

在台所見所聞所思

查良鏞

「在台所見．所聞．所思」在香港明報日報連載以後，受到相當廣泛的注意，接着又出版了單行本，在報攤廣為發行，本無再在明報月刊重刊之必要。但近來有些海外讀者來信，表示遠在美國歐洲南美澳洲，購買單行本甚為困難，希望月刊能加轉載。我們也覺得對於海外讀者，這樣可以提供閱讀的方便，但為了照顧香港讀者，不想佔太多的篇幅，祇擬要分期刊出。又查氏本文面世以來，還未引起批評和討論，在本刊連載時，我們歡迎大家來文發表各種意見。國事是大家的事，原文亦一再聲明這祇代表個人的看法，無論贊成或反對的意見，我們都歡迎。

明報月刊編輯部

一、

台灣是中國的一部份。

台灣問題是整個中國問題的重大關鍵之一，將來如何解決，不但影響到中國，而且影響到亞洲和整個世界，不但和我們這一世代的中國人有密切關係，也和今後許多代的中國人有密切關係。

一九四九年以來，我去過中國大陸八次，歐洲五次，美洲、中東、非洲、澳洲、日本、甚至東歐的南斯拉夫也去過了，東南亞各國差不多去遍了，新加坡和馬來西亞更是不計其數，就是台灣沒有去過。

二十多年來，一直在注意台灣的情況。讀到和聽到的報道雖然不少，但總不及親自去看看那麼有真切的感受。台灣我有很多親友，平時常常在想念他們。四月十八日我去了台灣，四月廿八日回港。在台灣留了十天，看到的很多，聽到的很多，想到的也很多。

我是……以明報記者的身份去採訪消息。有關國家人民的事，做記者的應當忠於職責和良心，向讀者忠實報道，如果只講好話，有失報人的品格。台北當局和我在台親友們看到這篇雜感時，也希望他們能諒解。在台灣，說捧場話的人已經夠多了，再多聽幾句也沒有什麼用處。如果把我當作一個朋友的話，「友直」總比「友便辟，友善柔，友便佞」要有價值一些。

然而儘管直言無忌，我個人的出身、教育、經歷、經濟地位，尤其是個人的思想信仰，決定了一切觀感和判斷的標準。絕對的客觀是不可能的。我只能根據十多年來在明報撰寫社評的態度來看問題，也就是說，多多少少以明報大多數讀者的態度來看問題。

可以肯定的是，對於台灣或中國大陸，我於私人均無所企求。希望整個國家好，全國同胞的生活幸福，這樣的願望是真實而熱切的。讀者如果不同意我在這裏所發表的感想，那是因為各人的意見不同。對任何事情都會有不同看法，對於國家大事，意見當然更加紛歧複雜。我們辦報，一直遵照英國著名報人史各特（前「孟徹斯特衛報」的主筆）的一句名言：「事實是神聖的，意見是自由的。」意思說，事實不可歪曲，根據事實而發表不同意見，則人人均有自由。

所以，我在台灣十天的「所見、所聞」，是真實的。「所思」則是個人的感想，其中不可避免的有個人的偏見，個人的淺薄無知，個人的熱誠和願望。

二、

在台北會見　蔣經國先生、嚴家淦先生、張寶樹先生（國民黨中央黨部秘書長）、陳裕清先生（中央黨部海外工作組主任）、徐晴嵐先生（中央黨部大陸工作組主任），以及其他許多位黨政軍的負責人。和上面這幾位先生個別作了一次或幾次相當長時間的談話，我的問題提得很直率，他們都答覆得很詳盡。在台北所會見的人，沒有一位聲明過他們的談話是不能發表的。但我一般上不準備直接引述他們的談話。因為我發覺，他們所說的內容，有很多與報上所發表的官式談話相距很大。或許因為

◀《明報月刊》第 93 期〈在台所見所聞所思〉，是金庸最早一篇發表於《明報月刊》署名查良鏞的文章。

·31·

不「美麗」的動亂

徐慧之

十二月十日晚間，台灣高雄市市中心的圓環發生大動亂。起因是「美麗島」雜誌在該處組織世界人權日的活動，演講進行了三個半小時後，開始在市區舉行火炬遊行，憲警阻止，於是發生衝突。憲警奉有嚴令：「打不還手，罵不還口」，變成了片面挨打，有一百八十餘人受傷。事後當局逮捕了組織這次活動的「美麗島」雜誌主持人張俊宏、姚嘉文、王拓、陳菊等十七人，為首的雜誌總經理施明德逃匿。雜誌的發行人黃信介是立法委員，經立法院會議通過，也由當局逮捕。

「美麗島」雜誌這次活動事先沒有得到高雄市治安機關的批准，因為雜誌所申請的集會人數多達三萬，顯然極易造成危險局面。雜誌社不顧當局反對而自行集會，治安機關還是容忍了，為了恐怕引起流血衝突，派到現場監視的憲警都不配佩武器。但集會者却携帶了大批棍棒。要在市區舉行大規模的火炬遊行，那明顯是向法律挑戰。憲警列成人牆阻止，雖然打得頭破血流，始終沒有還手，顯示了世上罕見的克制。因此這件事沒有人能對鬧事者表示同情，連黃信介也大罵事件的組織者是「笨蛋」，連說：「我氣死了，氣得『哭爸』（意謂「如喪考妣」），簡直是『夭壽』。」

「美麗島」於今年八月十日創刊，是一份政論性雜誌。發刊人黃信介在創刊詞中說：「國民黨政府面對這一熱烈的選舉運動，在其政治危機來臨時驚慌失措，急急忙忙下令停止選舉，並施展一連串高壓手段，企圖摧毀這一股民主運動的洪流，這造成半年來我們社會的緊張不安。」又說：「三十年來，國民黨以禁忌、神話隱蔽我們國家社會的許許多多問題，扼殺我們政治的生機，阻礙了社會的進步。」「美麗之島是我們生長的家鄉。我們深愛這片土地及吸飲其乳汁長大的子民，更關懷我們未來共同的命運。……『美麗島』雜誌的目標是要推動新生代政治運動。」

「美麗島雜誌」的英文名是 Formosa 而不是 Taiwan，很明顯的表示了這本刊物的意向。那是台灣本地一羣熱心於參政的人士，企圖通過羣眾運動而從國民黨手中奪權。他們一再表示反共，事實上，他們對中國大陸不感興趣，只對台灣的政治感到強烈興趣。他們有意組成一個反對黨，相信可以得到台灣本地人的擁護，通過選舉而獲得政權，至少是以頗大的比例來分享政權。雜誌出版後的四個月中，他們在台灣各地設立了十一個服務處，舉辦了十四次羣眾性活動，集會的主要內容是攻擊國民黨政府，要求民主和公平選舉。另外有一本「八十年代」雜誌，立場與之相仿，但態度比較溫和些。國民黨也辦了兩本雜誌「疾風」與「黃河」，與之針鋒相對的辯論。正面擁護政府的刊物，銷數自然不及攻擊政府的報刊。

長期來，國民黨處理選舉，並不能說是真正的公正。對付反對派人士，也不是純粹以法律為依據，司法當局在頗大程度上受到國民黨當權者意旨的左右。這兩點完全是值得批評的。反對派如果就事論事，以具體事實和證據來揭發這中間的不公正之處，並指出政府的各種錯誤缺點，為大多數人民的利益講話，儘管這些意見和批評具有政治目的，却也可以博得多數人的同情。懷有政治目的、要求參預政治、分享權力，那並不是壞事。這是公民的正當權利。然而這羣人所採取的手段和方式，却大大的錯了。

他們並不是用理性的態度來和國民黨理論每一件具體事情的是非，而是以「地域觀念」為主要武器，訴諸羣眾的情緒。不是批評和分析國民黨的錯誤缺點，而是儘量使本地人覺得：「我們受外省人統治和欺壓了三十年，現在政權應當回到我們台灣人手裏。」地域觀念、受壓迫感、不公平感，那都是情緒性的感情。要激動人心，單在雜誌上寫文章是不夠的，必須組織羣眾活動，在火炬遊行之類活動中使人熱血如沸，沒有時間思考，受到羣眾和行動的感染，造成轟轟烈烈的場面。

國民黨這次十分聰明，完全沒有以武力反擊，避免造成一種印象：國民黨政府又在殺人、打人，用武力鎮壓台灣人。

「美麗島」的領導人在政治上完全沒有成熟，企圖以狂熱羣眾運動爭取政權。只有內戰、武裝叛變、革命、政變、暗殺、非法手段才有奪權成功的可能。想用小規模羣眾活動的非法手段來取得全國權力，古往今來，世界上從來沒有成功過。這次事件，徒然證明給台灣人看，不管這羣人的主張是否正確，至少是全然缺乏能力，如果讓他們上台執政，只有把台灣搞得不「美麗」之至。

▲《明報月刊》第 169 期〈不「美麗」的動亂〉，署名徐慧之。

·8·

七十年代的中共

●黃愛華

編者按：黃愛華先生是海外一位著名華僑的筆名。他關心中國事務，對中共問題深有研究，數年前在「明報」發表「論祖國問題」一文連載，見解精闢，深為有識之士注意，其中之主要論點，均為日後事態之發展所證實。該文之單行本暢銷歐美及東南亞各地。該書出版以來，中共又生千古未有之變局。黃先生茲應本刊之請，論述踏入七十年代後之中共將有如何新的局面。該文意見未必盡為廣大讀者所同意，讀者諸君如撰文討論，本刊樂於發表。

◀《明報月刊》第 55 期〈七十年代的中共〉，署名黃愛華。

有想到這些。在最初寫作的幾個月中，甚至韋小寶是什麼性格也沒有成型，他是慢慢、慢慢的自己成長的。

在我的經驗中，每部小說的主要人物在初寫時都只是一個簡單的、模糊的影子，故事漸漸開展，人物也漸漸明朗起來。

我事先一點也沒有想到，要在《鹿鼎記》中着力刻劃韋小寶善於（不擇手段地）適應環境和注重義氣這兩個特點，不知怎樣，這兩種主要性格在這個小流氓身上顯現出來了。

……

從《書劍恩仇錄》到《鹿鼎記》，這十幾部小說中，我感到關切的只是人物與感情。韋小寶並不是感情深切的人。《鹿鼎記》並不是一部重情的書。其中所寫的比較特殊的感情，是康熙與韋小寶之間君臣的情誼，既有矛盾衝突，又有情誼友愛的複雜感情。這在別的小說中似乎沒有人寫過。

韋小寶的身上有許多中國人普遍的優點與缺點，但韋小寶當然並不是中國人的典型。民族性是一種廣泛的觀念，而韋小寶是獨特的、具有個性的一個人。劉備、關羽、諸葛亮、曹操、阿Q、林黛玉等等身上都有中國人的某些特性，但都不能說是中國人的典型。中國人的性格太複雜了，一萬部小說也寫不完的。孫悟空、猪八戒、沙僧他們都不是人，但他們身上也有中國人的某些特性，因為寫這些「妖精」的人是中國人。

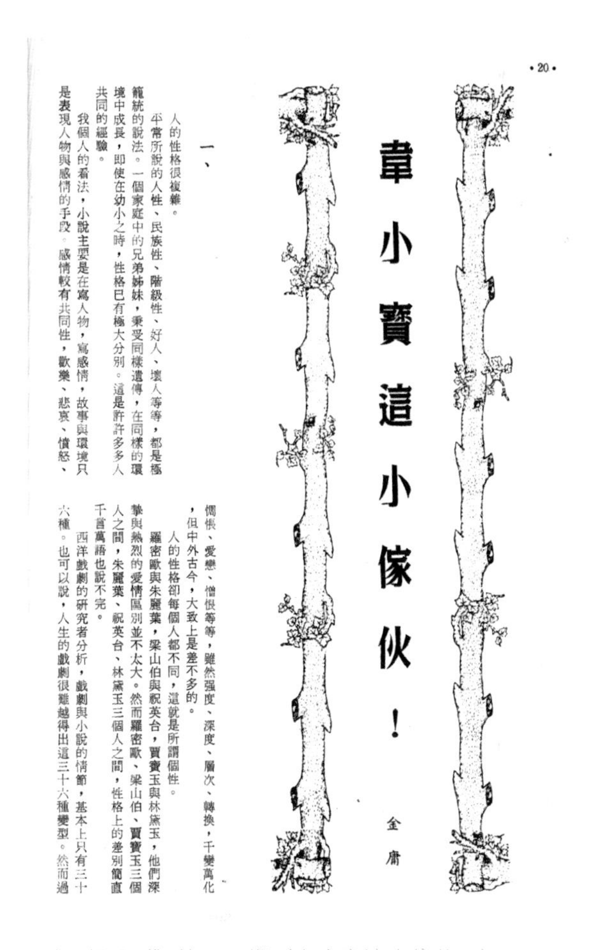
•20•

韋小寶這小傢伙！

金庸

一、

人的性格很複雜。

平常所說的人性、民族性、階級性、好人、壞人等等，都是極籠統的說法。一個家庭中的兄弟姊妹，秉受同樣遺傳，在同樣的環境中成長，即使在幼小之時，性格已有極大分別。這是許許多多人共同的經驗。

我個人的看法，小說主要是在寫人物，寫感情，故事與環境只是表現人物與感情的手段。感情較有共同性，歡樂、悲哀、憤怒、惆悵、愛戀、憎恨等等，雖然強度、深度、層次、轉換，千變萬化，但中外古今，大致上是差不多的。

人的性格卻每個人都不同，這就是所謂個性。

羅密歐與朱麗葉，梁山伯與祝英台，賈寶玉與林黛玉，他們深摯與熱烈的愛情區別並不太大。然而羅密歐、梁山伯、賈寶玉三個人之間，朱麗葉、祝英台、林黛玉三個人之間，性格上的差別簡直千言萬語也說不完。

西洋戲劇的研究者分析，戲劇與小說的情節，基本上只有三十六種。也可以說，人生的戲劇很難越得出這三十六種變型。然而過

▲《明報月刊》第190期〈韋小寶這小傢伙！〉，是金庸少罕有地談論自己筆下人物的一篇文章

這些意見，本來簡單的寫在《鹿鼎記》的《後記》中，但後來覺得作者不該多談自己的作品，這徒然妨碍讀者自行判斷的樂趣，所以寫好後又刪掉了。何況作者對於自己所創造的人物，總有偏愛。「癩痢頭兒子自家好」，不可能有比較理性的分析。事實上，我寫《鹿鼎記》寫了五分之一，便已把「韋小寶這小傢伙」當作了好朋友，多所縱容，頗加袒護，中國人重情不重理的壞習氣發作了。因編者索稿，而寫好了的文字又不大捨得拋棄，於是畧加增益，以供談助。忽忽成篇，想得並不周到。

《內明》〈談「色蘊」〉

查良鏞

《內明》是一本佛教月刊，由香港屯門妙法寺成立「內明雜誌社」辦理，於1972年4月1日創刊，十六開本，四十來頁，內容主要刊載佛教學術文獻探討之文章，以贈閱方式送予善信，至1997年3月出版到三百期停刊。

金庸曾以本名「查良鏞」為《內明》寫過一篇長文〈談「色蘊」〉，由第68期（1977年11月1日）至第74期（1978年5月1日）共分七期刊載，每期寫足滿滿八頁（最後一期更長達九頁），是金庸唯一發表的佛學研究文章。

現輯錄首期的前言：

> 人生痛苦與煩惱無窮無盡。
>
> 嬰兒一生到這世界上，最先的行動是掙扎和哭喊，不是安靜和歡笑。疾病、衰老、死亡是不能擺脫的命運。所愛的要分離，厭惡的却偏偏要相逢，所熱切祈求的總是得不到。最寶愛的人永遠離開了，他的身體在熊熊烈火中化為灰燼。
>
> 可是，死亡只是這一生的終結，却不是生命痛苦的盡頭。
>
> 是「人生長恨水長東」嗎？天下的江河並不都向東流，人生却當真是長恨。「天長地久有時盡，此恨綿綿無絕期」。李後主曾獨佔江南繁華，唐明皇富有四海，到頭來却都只有痛苦。人類歷史上沒有另一個人比成吉思汗所建立的帝國更大，到得臨死之時，他將滿盤明珠絕望地撒在大草原中，什麼權力、威勢、榮華、妻兒，到頭來盡化烏有，因為他自己的生命要結束了。
>
> 為什麼做人是這樣苦？人能從這無窮無盡的煎熬中得到解脫嗎？如果能夠的話，用什麼方法？
>
> 二千五百多年前，印度北部有一位王子，對這個大問題終於得到了最後的答案：人生的痛苦是可以解脫的。要明白痛苦怎樣產生，明白產生痛苦的原因可以除去，明白正確的方法，照着去做，人就能從痛苦中得到解脫，從此自由自在，永遠不受痛苦的打擊、折磨、糾纏、和束縛。那是真正的大自由，大解放。
>
> 生命中再也沒有比這更重要的事。自己得到自由，也要幫助別人得到自由，這是人生的目的。
>
> 這位王子，就是佛陀，釋迦牟尼。佛陀的意思，是「覺悟的人」。他苦修了六年，在菩提樹下苦思四十九天，終於見到了解脫生命中一切痛苦的道理和方法，那就是佛法。將佛法廣教世人，便是佛教。
>
> 佛法的內容十分豐富，下面所說是最初步的道理。

最後一期文末，金庸記下「一九七七年十月九日晨初稿寫畢」，接附一段〈後記〉：

> 我於佛學是初學，所知甚為淺薄，原無資格寫佛學文章。在閱讀佛學書籍之際，遇到許多不同說法，互相矛盾衝突，令初學

内明

72

《內明》1978 年 3 月 1 日第 72 期封面

聽香室筆談

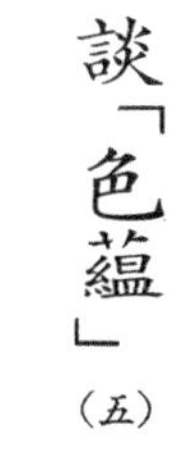

談「色蘊」（五）

查良鏞

可礙可分

人身無常。一生之中，肉體不知要受到多少災害，風霜侵襲，刀石損傷，蚊叮蛇蛟。從肉體而引起的煩惱痛苦無窮無盡。

「爾時世尊告諸比丘，有五受陰。云何爲五？色受想行識受陰。若沙門婆羅門，以宿命智，自識種種宿命，已識、當識、今識，皆於此五受陰，已識、當識、今識，我過去所經，如是色，如是受、如是想、如是行、如是識。若可礙可分，是名色受陰相。所礙：若手、若石、若杖、若刀、若冷、若暖、若飢、若渴、若蚊虻諸毒蟲、風雨觸，是名觸礙。是故，礙是色受陰。復以此色受陰，無常，苦，變易。」（以下分說受想行識四受陰。）（雜四六經）

這段經文相當不易了解。我把南傳相應部第二十二章七九經（與此經相當）英譯者的注釋摘譯如下：

這一品經名爲「被捕食的動物」(Khajjani)，整章經名爲「被吞食」（Khajjaniya）。此經將肉體比喻爲『吞食者』（鏞按：意思說，如對肉體貪著依戀，肉體就會吞食了你。雜含四六經以下有：「我今爲現在色所食，過去世已曾爲彼色所食。如今現在，復以是念，我今爲現在色所食，我若復樂著未來色者，當復爲彼色所食。」）「可礙可分」四字的原文是 Rūpaṃ ruppati，這個詞很難譯，如果直譯，是：「色者色之」（意思說：「肉體敗壞了肉體」），或者說：「對肉體貪戀的心理敗壞了肉體」）。覺音的注釋中，將作爲動詞的「色之」解說爲「困惱，打擊、迫害、破壞」。李斯－台維茲夫人（Mrs. Rhys Davids，李斯－台維茲夫婦是英國倡導將巴利文佛典譯成英文的大功臣，巴利文的權威學者）認爲不妨譯作 affected（受到影響，受到病患），而覺音的原意似可以用 Afflicted（使其受到痛苦災難）一字來總括之。覺音的注釋中指出，經中所述，是以宿命智得知自己前生的種種遭遇，肉體受到手、石、杖、刀、冷、暖、飢、渴、毒蟲、風雨等等侵害，災難重重，苦不堪言。

一個人此生已經夠苦了，如果再知道前生許多世中，自己肉體曾遭受過多少悲慘的打擊，那怎麼受得了？只有修爲已高、得

— 6 —

▲《內明》第 72 期〈談「色蘊」（五）〉

下面三位近代外國佛學者說明佛法中關於物質的觀念，我以爲是很合理的：

錫蘭佛學家迦耶蒂萊凱說：「在佛教傳統中，除了極端唯心論的唯識宗思想之外，一般關於物質的觀念基本上是相同的。肯定物質世界爲客觀的存在。他們認爲，物並不是心，物質獨立存在於思想之外。」（「佛陀的啓示」頁六六）

印度的巴夏姆教授（Prof. A. L. Pasham）說：「佛家所說的物質元素，並不是永恆存在的，這與其他三個宗派不同，因爲佛教十分堅定的主張，一切事物無常。」（「邪命外道的歷史與教義」頁二六七）。

英國的凱斯爵士（Sir Arthur B. Keith）是較早期的佛學者，他說：佛教中的物質元素，可以說是「閃動跳躍而化爲物質；它的基本特性是行動或作用，因此，可以將之比作爲一種能量的凝聚。」（「佛教哲學」頁一六一）。

結　論

佛說色蘊，教導世人：

一、無常、苦——肉體的成長、衰老、疾苦、死亡，每個人都不能避免。這是生命的必然痛苦。

二、因緣、空、非我——身體的形成和消逝，是由於各種關係和條件（因緣），所以是「空」的。身體無常，不穩定，依賴於其他的關係和條件，不是自己所能控制，因此身體不是「眞正的我」——非我。

三、解脫——要解脫生命中的大痛苦，得到永遠而眞正的自由自在，第一步是正確認識肉體（色蘊）並非「眞我」。

四、無住、無著——人生的煩惱，來自對色、聲、香、味、觸、法、一切人、事、物的貪戀關切（「住」「著」），如能減少這種欲望和癡愛（「無住」「無著」），煩惱就能逐漸消滅，有助於得到解脫。（小乘有部論師對外物的研究分析是哲學，不是佛法。要了解外物，以研究現代物理學爲妥。）

阿含經談論認識「色蘊非我」而得到解脫。大乘經則談如何而能得到與佛一樣的正覺。般若系用的是「空、無相、無作」的方法，唯識系用的是「轉識成智」的方法，真常系用的是「明心見性」的方法。方法不同，目標則一。

下面這段大乘經「維摩詰經」中，所用的各種譬喻都源自阿含經，其中所說的「身」，在阿含經中都用「色」或「色蘊」，可見「色蘊」即「身」。以下所引這段經文的最後兩句，則是大乘佛法的精義。

「是身無常，無强、無力、無堅，速朽之法，不可信也。爲苦爲惱，衆病所集。諸仁者，如此身，明智者所不怙。是身如聚沫，不可撮摩；是身如泡，不得久立；是身如炎，從渴愛生；是身如芭蕉，中無有堅；是身如幻，從顛倒起；是身如夢，爲虛妄見；是身如影，從業緣現；是身如響，屬諸因緣；是身如浮雲，須臾變滅；是身如電，念念不住。是身無主，爲如地；是身無我，爲如火；是身無壽，爲如風；是身無人，爲如水。是身不實，四大爲家。是身爲空，離我、我所。是身無知，如草木瓦礫；是身無作，風力所轉。是身不淨，穢惡充滿；是身爲虛僞，雖假以澡浴衣食，必歸磨滅；是身爲災，百一病惱；是身如丘井，爲老所逼；是身無定，爲要當死；是身如毒蛇、如怨賊，如空聚，陰、界、諸入所共合成。諸仁者，此可患厭，當樂佛身。所以者何？佛身者，即法身也。」（「維摩詰所說經」、「方便品」）

（全文完）

一九七七年十月九日晨初稿寫畢

——後記

我於佛法是初學，所知甚爲淺薄，原無資格寫佛學文章。在閱讀佛學書籍之際，遇到許多不同說法，互相矛盾衝突，令初學者如我感到無所適從，十分困惑，「色蘊」問題是其中之一。這篇文字可說是篇讀書筆記，希望能得到讀者們指教。本來寫得甚長，但怕讀者厭煩，將其中討論小乘論師各家意見、各主要大乘經及中國八宗對色蘊的不同解說等都删去了。本文曾得本刊編者沈九成兄審閱，並數次討論，謹此致謝。

— 15 —

◀《內明》第 74 期〈談「色蘊」（七）〉最後一頁

者如我感到無所適從，十分困惑，「色蘊」問題是其中之一。這篇文字可說是篇讀書筆記，希望能得到讀者們指教。本來寫得甚長，但怕讀者厭煩，將其中討論小乘論師各家意見、各主要大乘經及中國八宗對色蘊的不同解說等等都刪去了。本文曾得本刊編者沈九成兄審閱，並數次討論，謹此致謝。

《收穫》〈月雲〉

金庸

〈月雲〉是金庸很晚期的一篇作品，是他自從寫罷《鹿鼎記》封筆後，相隔二、三十年後，再提筆寫作的故事，他自稱是「自傳體的一篇短文」。

單說是「短文」，甚是籠統，不知歸類如何。視之為小說，未嘗不可，它的的確確在說故事，楊興安甚至將〈月雲〉稱為「文藝小說」[29]，但這個故事卻是作者在自述往事，沒有花假，這又有別於一般將小說理解成創作故事的概念；若視之為自傳（百度百科如是稱之），總覺篇幅不足以如是觀，它只是作者記述兒時的一段浮光掠影；視之為隨筆或雜文，內容又不至於那麼簡單，而且鋪陳故事的技巧爐火純青，文筆清淡無華，情節雋永動人，絕不是一般隨筆或雜文可比擬。更何況，閱畢全篇，湧出一份感動之餘，對舊中國大家庭制度不能遏止一份深思，以隨筆或雜文稱之，絕對不足反映它的文藝價值。

〈月雲〉最先在 2000 年第 1 期《收穫》雜誌發表。《收穫》是一本由巴金和靳以創辦的文學雙月刊，1957 年 7 月 24 日創刊，編輯部在上海，是內地文學雜誌中的翹楚。由創刊至巴金 2005 年去世後的第 6 期為止，雜誌主編署名都是巴金，副主編是他的女兒李小林，巴金過身後主編正式署名李小林。

其後好些金庸散文集之類的書都將〈月雲〉收納其中，包括明河社的《金庸散文》（2007 年 7 月初版）、遠流出版社的《金庸散文》（2007 年 7 月 16 日初版）、中華書局的《尋他千百度．金庸集》（2013 年 2 月初版）、天地圖書的《香港當代作家作品選集－金庸卷》（2016 年 7 月初版）等等。

明河社和遠流出版社的《金庸散文》實是同一部書，只是港台兩地不同出版發行而已。金庸在該書〈後記〉親述寫〈月雲〉的緣由：

> 那篇〈月雲〉，是我自傳體的一篇短文，巴金先生的千金李小林女士數次約稿，我又向來佩服巴老，所以寫了這篇文字向她主編的《收穫》雜誌投稿，作為一種文字因緣。[30]

---

29 楊興安：〈從金庸的《月雲》談起〉，《香江文壇》總第九期（2002 年 9 月），頁 38-40。

30 金庸：《金庸散文》。香港：明河社出版有限公司，2007 年 7 月初版一刷，頁 295。

巴金主编
收穫
A LITERARY BIMONTHLY 2000. No.1
1957-2000
HARVEST
MAGAZINE

《收穫》2000年第1期封面

人生采訪

月　云

金庸

一九三几年的冬天，江南的小镇，天色灰沉沉的，似乎要下雪，北风吹着轻轻的哨子。突然间，小学里响起了当啷、当啷的铃声，一个穿着蓝布棉袍的校工高高举起手里的铜铃，用力摇动。课室里二三十个男女孩子嘻嘻哈哈的收拾了书包，奔跑到大堂上去排队。四位男老师、一位女老师走上讲台，也排成了一列。女老师二十来岁年纪，微笑着伸手拢了拢头发，坐到讲台右边一架风琴前面的凳上，揭开了琴盖，嘴角边还带着微笑。琴声响起，小学生们放开喉咙，唱了起来：

> 一天容易，夕阳又西下，
> 铃声报放学，欢天喜地各回家，
> 先生们，再会吧……

唱到这里，学生们一齐向台上鞠躬，台上的五位老师也都笑眯眯地鞠躬还礼。

> 小朋友，再会吧……

前面四排的学生转过身来，和后排的同学们同时鞠躬行礼，有的孩子还扮个滑稽的鬼脸，小男孩宜官伸了伸舌头。他排在前排，这时面向天井，确信台上的老师看不到他的顽皮样子。孩子们伸直了身子，后排的学生开始走出校门，大家走得很整齐，很规矩，出了校门之后才大声说起话来：“顾子祥，明天早晨八点钟来踢球！”“好。”“王婉芬，你答应给我的小鸟，明天带来！”“好的！”

男工万盛等在校门口，见到宜官，大声叫：“宜官！”笑着迎过去，接过宜官提着的皮书包，另一只手去拉他的手。宜官缩开手，不让他拉，快步跑在前面。万盛也加快脚步追了上去。

两人走过了一段石板路，过了石桥，转入泥路，便到了乡下。经过池塘边柳树时，万盛又去拉宜官的手，宜官仍是不让他拉。万盛说：“少爷说的，到池塘边一定要拉住宜官的手。”宜官笑了，说：“爸爸怕我跌落池塘吗？

· 131 ·

▲《收穫》2000年第1期〈月雲〉

2 署名「金庸」的書籍

《三劍樓隨筆》

前文〈《大公報》〈三劍樓隨筆〉〉提到〈三劍樓隨筆〉緣起《大公報》的專欄。專欄結束於 1957 年 1 月 30 日後，三位作者都對自己的文章稍加整理，結集成書，於 1957 年 5 月由文宗出版社付梓出版，全書正文二百一十三頁，定價二元，印量不詳，有否再版亦不詳。

書本版共有七十八篇文章，刪去連載時的七篇，計為百劍堂主的〈魯迅與副刊〉、〈忽見風雲讀此書〉、〈風雷巨筆話「南喬」〉、〈取銷「例假」述「烏龍」〉、〈陸鏗其人〉、〈裁箋倍憶寄書人〉和梁羽生的〈賸揮熱淚哭蕭紅〉。

書本版的文章次序基本依循連載的時序，只有〈馬思聰喜得佳琴〉和〈閒話怪聯〉兩篇調前。此外，有四篇文章換了標題，計為〈談陳凡的幾首舊詩〉改為〈一個記者的舊詩〉、〈最近的三台京戲〉改為〈談三台京戲〉、〈巴金論粵片五星〉改為〈論粵片五星〉、〈歇歇手　加加油——「三劍樓隨筆」跋〉改為〈後記〉。另外，亦增補三篇在連載時由讀者寫到報館的文章，主要是補充內容和提出意見。

1988 年 8 月，有台灣風雲時代出版公司的版本。1997 年 1 月，有上海學林出版社的版本。兩個版本都是源自文宗版，篇目完全一致。論收藏價值，兩者都遠遜文宗版，台灣風雲版還可聊備一格，上海學林版出版時日不遠，印量特多，收藏價值最低。

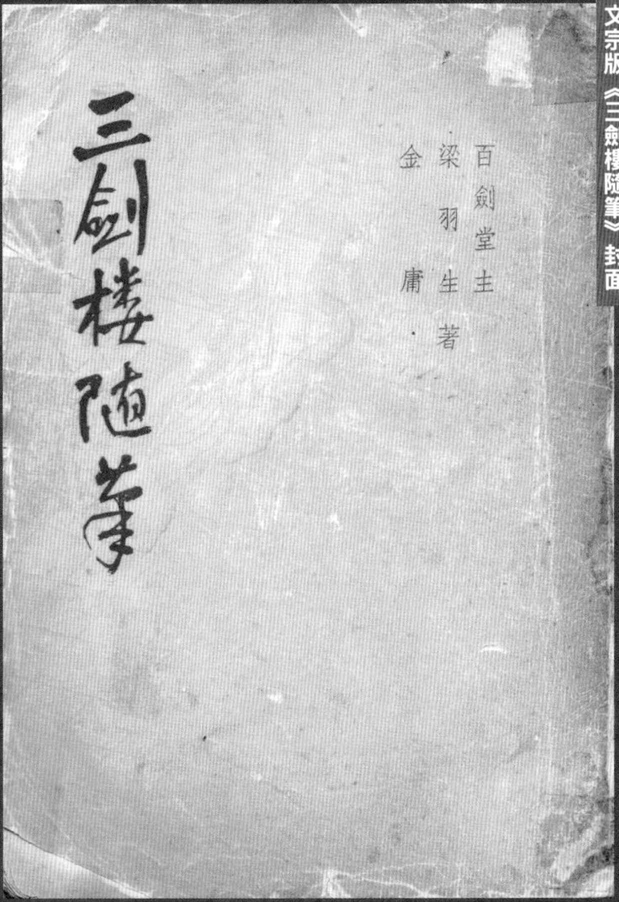

三劍樓隨筆

百劍堂主
梁羽生 著
金庸

▲ 文宗版《三劍樓隨筆》封面

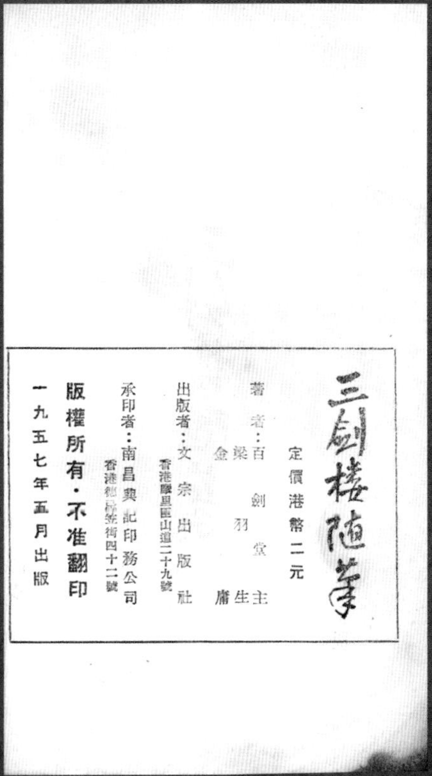

三劍樓隨筆

定價港幣二元

著者：百劍堂主
　　　梁羽生
　　　金庸

出版者：文宗出版社
香港摩星嶺山道二十九號

承印者：南昌興記印務公司
香港德忌笠街四十二號

一九五七年五月出版

▲ 文宗版《三劍樓隨筆》版權頁

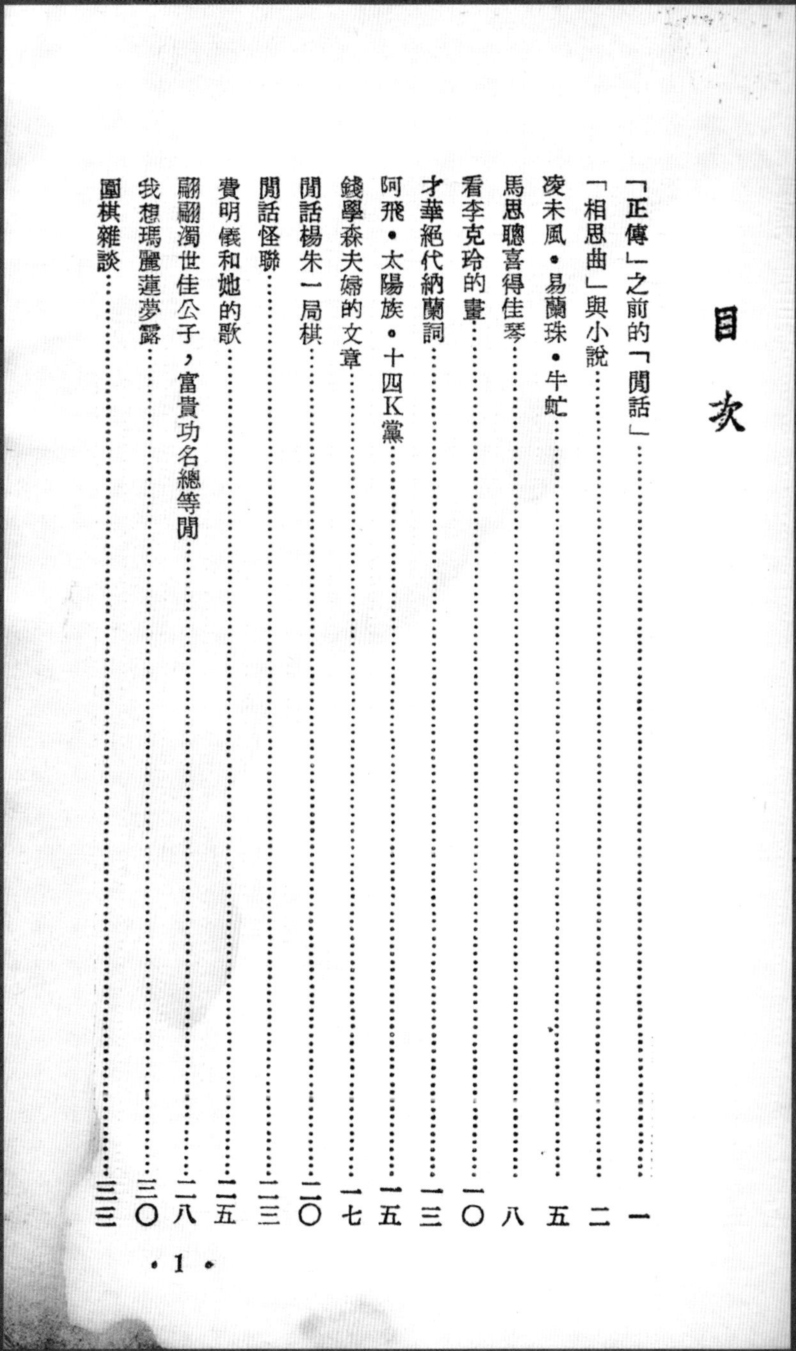

目次

▲ 文宗版《三劍樓隨筆》目次第 1 頁

們也希望自己的一枝拙筆，能够畧効微勞罷了。

說到隨筆，它是中國文學傳統中最方便的樣式之一，它可長可短，可記事，可寫人。嚴肅如燃犀燭奸，荒誕如談狐說鬼，世界之大，沙粒之微，均可信筆寫來。它內容不限而形式無拘，它如故友相對而可恣聲談笑。我們今後在這個專欄裡，也將是無所不談，我們自然極希望能受到讀者的歡迎，但首先想避免讀者的討厭。

這一篇算是開頭，但只是「正傳」之前的「閒話」。（百）

「相思曲」與小說

你或許是我寫的「書劍恩仇錄」或「碧血劍」的讀者，你或許也看過了正在皇后與平安戲院上映的影片「相思曲」（Serenade）。這部影片是講一位美國歌唱家的故事，和我們的武俠小說沒有任何共通的地方，但我們這個專欄却是上天下地無所不談的，所以今天我談的是一部電影。也許，百劍堂主明天談的是廣東魚翅，而梁羽生談的是變態心理。

這一切相互之間似乎完全沒有聯繫，作爲一個隨筆與散文的專欄，越是沒有拘束的漫談，或許越是輕鬆可喜。但「相思曲」據說是從美國作家詹姆士•凱恩（James M. Cain）部同名的小說

改編的，我在三四年前看過這部小說，現在想來，不覺得小說與電影之間有什麼關係，後來拿小說來重翻一遍，仍舊不覺得有什麼關係。

你看了電影之後，一定會覺得這是一個普通的俗套故事，不知道有多少美國影片曾用過這個故事：一個藝術家受到一個貴婦人的提拔而成了名，兩人相愛了，後來那貴婦拋棄了他，使他大受打擊，但另一件眞誠的愛情挽救了他。然而小說的故事却不是這樣的，完全不是。

凱恩的作風與漢明威（Ernest Hemingway）很相像，他們兩人再加上史各特•弗茲吉拉德（F.Scott Fitzgerald）和威廉•法根納(William Faulkner)，這幾位美國第一流的作家對歐洲近代小說發生了相當大的影響。凱恩有點模倣漢明威，不論題材和風格都有點相似。這部「相思曲」的小說，造句簡短有力，描寫激烈的感情，粗魯的火熱的性格，在性的方面肆無忌憚，都很像漢明威，但社會意義却勝過了漢明威大多數的作品。

電影裏的女主角（莎列妲麥桃所飾的黃亞娜）是一個有錢小姐，在小說裡却是一個妓女；電影裡教堂那一場戲莊嚴肅穆，馬里奧蘭沙虔敬地唱着「聖母頌」，但在小說裡，馬里奧蘭沙所飾的這個男主角丹蒙却在教堂裏强姦這個妓女，而黃亞娜後來也不加拒絕。

單是這兩個例子，你就會想到，電影與小說的風格是截然相反的。是不是電影的文雅比較好些呢？我以爲一點也不是。

在小說裡，黃亞娜是一個墨西哥的印第安人，是一個妓女，男主角丹蒙和她同居（决不是結婚），把她偸偸帶到美國。丹蒙在舞台上和電影界都成爲大明星。電影的製片人溫斯敦很憎恨黃亞

▲ 文宗版《三劍樓隨筆》第 2-3 頁載有金庸著的〈「相思曲」與小說〉（可與前文《大公報》〈三劍樓隨筆〉的書影對照）

梁學研究系列②

三劍樓隨筆

金庸
梁羽生 合著
百劍堂主

三劍樓隨筆

金庸 梁羽生 百劍堂主著

學林出版社

▲ 風雲版（左）和學林版（右）《三劍樓隨筆》封面

書末有一篇〈後記〉，實是由連載時最後一篇〈歇歇手　加加油——「三劍樓隨筆」跋〉改寫而來，由百劍堂主執筆，可以視作出版說明，茲節錄部分文字於下：

> 「三劍樓隨筆」自一九五六年十月開始刊登，一共登了三個多月。我們三人，一共寫了近百個題目，約為十四萬字。
>
> 我們這三個多月來所寫的東西，印成書時，編排次序照舊，[31] 但在文末依次註上「百」、「羽」、「庸」等字，以資分別。我們這樣做，一方面是有意一仍其舊，另一方面也是兼顧讀者的趣味，因為我們覺得：在我們而言，每一個人懂得的東西總是有限，而興味也有所偏，若任一人絮絮不休，未免自己乏味，人家也乏味。以己之心度人之心，在讀者而言，集中地看我們一個人的，反不如分散開來看，食而兼味，倒胃口的可能性或會少些。其中只百劍堂主在結集時刪去了幾篇。[32]
>
> ……
>
> 寫文章是樂事，但有時也是「苦」事，我們有時為寫一篇千多字的隨筆，也常常要翻幾本書，查不少材料。老實說，下筆千言，其實也並不難，最多一個半鐘頭擔保了事，「倚馬」的滋味如何，我們未嘗試過，「倚桌」的速度還是有一點把握的。問題只在於「下筆」之前，要費相當時間去組織材料，核對材料。我們總求能給讀者一點東西，所以自問是認真的。至於工或不工，那就不敢說了。這次所以敝帚自珍，一方面是因為有人要印。另一方面，也因為我們看到南洋有些報紙，都在轉載這些隨筆；內地呢，也有人寫文章來，補我們之不足。這些情形也鼓勵了我們，使我們減少了臉紅，增大了膽量。所以有人要印，也就印了。

至於1958年10月在《大公報》復刊的〈三劍樓隨筆〉則沒有結集成書了。

《最厲害的傢伙》

《最厲害的傢伙》是三育圖書文具公司出版的一部「滑稽諷刺小說」，署名是「丹蒙．倫揚作／金庸譯」。該書是一部共收錄七篇的短篇小說集，依次為〈吃飯比賽〉、〈檸檬少爺〉、〈記者之妻〉、〈十二槍將〉、〈最厲害的傢伙〉、〈超等大腳〉和〈戀愛之王〉，書名以其中一篇篇名命名。

《最厲害的傢伙》初版於1956年4月出版，印二千本，全書正文有一百四十頁，定價一元八角，有否再版不詳。

金庸翻譯丹蒙．倫揚的作品有多少篇？前文提及金庸以筆名「白香光」在《大公報》翻譯〈記

31　此處不確，〈馬思聰喜得佳琴〉和〈閒話怪聯〉兩篇調前。

32　此處不確，刪去的還有梁羽生的〈賸揮熱淚哭蕭紅〉。

滑稽諷刺小說

最厲害的傢伙

丹蒙·倫揚 作
金庸 譯

三育圖書文具公司 出版

《最厲害的傢伙》封面

目次

▲《最厲害的傢伙》目次

鐵銹大叫一聲喂，這些人都回頭一望。

最厲害的傢伙

一個星期三的晚上，大約十一時半，我站在四十八街與第七道的轉角，在想着我的血壓，這個問題我以前是從來沒有想到過的。

事實上，在這個星期三的下午之前，我根本沒有聽人談起我的血壓，那天我去看布萊南醫生，請他檢查一下我的肚皮，他把一個鑷子放在我手臂上，對我說，我的血壓比貓背還要高，要我注意飲食，避免興奮激動，否則我會突然倒地瓜直。

「像你這樣一個容易衝動的人，血壓又是如此之高，生活必須過得非常平靜，」布萊南醫生說。「診費十元，請請」他說。

嗯，我站在那裏想，現在，這地方情形如此糟糕，避免興奮刺激倒不也壞，我還希望能拿回這十塊錢來，在第二天比姆利可賽馬的第四場中買「太陽美人」的溫拿，突然我抬頭一望，看見站在我面前的，乃鐵銹查理是也。

如果我知道鐵銹查理會走到這裏，你可以用全爪哇所有的咖啡來和我打賭，我一定馬上會走到別處去，因爲鐵銹查理並不是一個我願意與他打任何交道的人。事實

· 78 ·

▲《最厲害的傢伙》第 78-79 頁

滑稽諷刺小說
最厲害的傢伙
定價港幣一元八角正
原著者：D·倫揚　翻譯者：金庸
出版發行：三育圖書文具公司　香港九龍彌敦道五八〇號
印刷：精華印刷公司　香港九龍新柳街一號
1956年4月初版　32K160P. 印數1—2000

▲《最厲害的傢伙》版權頁

者之妻〉(1948年9月6日至12日)。[33] 同年11月23日至28日,再有另一篇譯作〈會一會總統〉見報,小標題是「冷揚短篇小說之二」,「白香光」譯。[34] 此外,金庸又以筆名「溫華篆」在《新晚報》至少譯過〈超等大腳〉、〈馬場經紀〉、〈神槍大盜〉、〈開夾萬專家〉。[35] 這六篇短篇小說,僅〈記者之妻〉和〈超等大腳〉後來被收錄於《最厲害的傢伙》書中,其餘四篇「落選」。《最厲害的傢伙》一書共七篇小說,另加「落選」的四篇,那是至少十一篇。

其中〈記者之妻〉早於1948年見報,其時《新晚報》還未創刊,因此〈記者之妻〉是金庸首篇翻譯丹蒙·倫揚的作品了。

有趣的是,《最厲害的傢伙》這七篇短篇小說,竟在出版十年之後,又出現在報上連載金庸小說的空檔日子。[36]

金庸如何評價丹蒙·倫揚的短篇諷刺小說?且看書末〈譯者後記〉,輯錄於下:

> 丹蒙·倫揚(Damon Runyon)是美國小說界的一個怪才,他所寫的小說獨樹一幟,別出心裁,常有意想不到之奇。一般人都拿他與奧·亨利並列,不過奧·亨利是早一輩的人,不像倫揚作品中寫的都是二十世紀的人物。
>
> 倫揚的文筆非常奇特,全部沒有過去式,而俚語之多之怪,在美國作家中也是罕有的。
>
> 他寫的大都是紐約百老滙黑社會中大大小小的人物,由此可以看出美國社會的情況。他每一篇小說都很滑稽,但總多多少少反映出了美國生活的一面。
>
> 倫揚逝世後火葬,骨灰用飛機撒佈在紐約百老滙上空,這是他遺囑中規定的。
>
> 這個集子中共收了他七篇短篇小說。「吃飯比賽」是對節食者的諷刺。「檸檬少爺」有很強烈的社會意義,在滑稽中含有辛酸的眼淚。「記者之妻」是拿一個卑鄙的所謂「上流人」,來和一個好心腸的流氓相對照。「十二槍將」諷刺無聊的匪徒影片對年青觀眾所造成的心理上的後果。「最厲害的傢伙」取笑專門刮龍的庸醫。「超等大腳」嘲笑在紐約這商業社會中,「信用」與「商業合約」是這麼一回事。「戀愛大王」則敘述一個賣蘋果的窮老太婆,遠比那些珠光寶氣的太太小姐們有良心得多。

全書既有七個短篇,金庸揀選〈最厲害的傢伙〉作為結集的書名,未知原因何在?是名字最具吸引力,還是他認為這篇最好看?故事的主人翁(即那個「最厲害的傢伙」)名字是鐵銹查理,茲輯錄開篇介紹鐵銹查理的兩段於下,讀者不妨看看這個人物是否很吸引:

---

33 參閱前文〈《東南日報》〉介紹金庸筆名「香光 / 白香光」。
34 參閱前文〈《大公報》早期文章〉的文章表列。
35 參閱前文〈《新晚報》丹蒙·倫揚譯作〉。
36 參閱前文〈《明報》丹蒙·倫揚譯作〉。

如果我知道鐵銹查理會走到這裏，你可以用全爪哇所有的咖啡來和我打賭，我一定馬上會走到別處去，因為鐵銹查理並不是一個我願意與他打任何交道的人。事實上，我希望能避之大吉。再者，本地沒有一個人願意和鐵銹查理打交道，因為他的確是一個厲害傢伙。事實上，全世界任何地方都沒有一個比他更厲害的人。他又高又大，一雙硬手，許許多多壞脾氣，只要他願意，他會毫不在乎地把人擊倒在地，用腳踹他的臉。

眾所週知，鐵銹查理的褲子袋裏常常放着一根槍，有時會放槍把人打死，死得道道地地之至，原因只因為他不喜歡此人的帽子——而鐵銹查理對於帽子的批評又是非常苛刻的。事情是這樣，鐵銹查理在此地用槍打死了許多人，而那些他沒有用槍打的，他用刀子刺，他所以沒有入獄，惟一的原因是他剛剛從監獄中出來，當局還沒有時間來想法子再把他關進去。

《情俠血仇記》

前文〈《野馬》〈情俠血仇記〉〉提到〈情俠血仇記〉是金庸在《野馬》雜誌連載的翻譯小說，後結集成書。由野馬小說雜誌出版社付梓出版，全書正文三百七十四頁，分二十章，沒有章目。[37] 全書沒有目次、序和後記，定價三元八角，印量不詳，出版日期亦不詳。

《情俠血仇記》版權頁印着發行是「胡敏生記書報社」，但書脊卻印着「遠東書報公司發行」。根據其他由遠東書報公司發行的舊版金庸小說，得知遠東書報公司的地址是「德輔道西四七三號」，與胡敏生記書報社不同，相信兩家是不同的發行商。那麼該書的發行商是哪一家？實在不解。

由於出版社是野馬小說雜誌出版社，雜誌於1969年停刊，相信雜誌停刊後，以雜誌命名的出版社不復營運，因此《情俠血仇記》一書出版日期當在1969年或之前。筆者見過幾本《情俠血仇記》，定價一欄都有印着「$8」的貼紙覆蓋着，而且版權頁沒有版次資料，相信初版未及售罄，物價已然高漲，定價由三元八角漲至八元，由此可以推測該書沒有再版。

故事人物亨利三世甫出場就見氣勢。茲輯錄第一章第一頁（頁3）首兩段於下供參閱：

> 一五七八年，人們慶祝「懺悔星期日」已罷，街上喜慶歡樂的聲音剛消逝，一所華邸之中的大宴便即開始，這所華邸是著名的蒙芒西家族所新建，在河之對岸，和羅浮宮斜斜相對，蒙芒西家族和法國王族有姻戚之誼，貴盛有若王公。在公宴之後再舉行這次家宴，那是為了慶祝桑洛克和白尚妮兩人的婚禮，新郎是法王亨利三世的寵臣，而新娘則是法國元帥白里薩的女兒。
>
> 婚禮的大宴是在羅浮宮中舉行的，國王對於這場婚禮批准得非常勉強，雖然參加了

37 〈情俠血仇記〉在《野馬》連載時分章而且有章目，如第一章是「婚宴」。

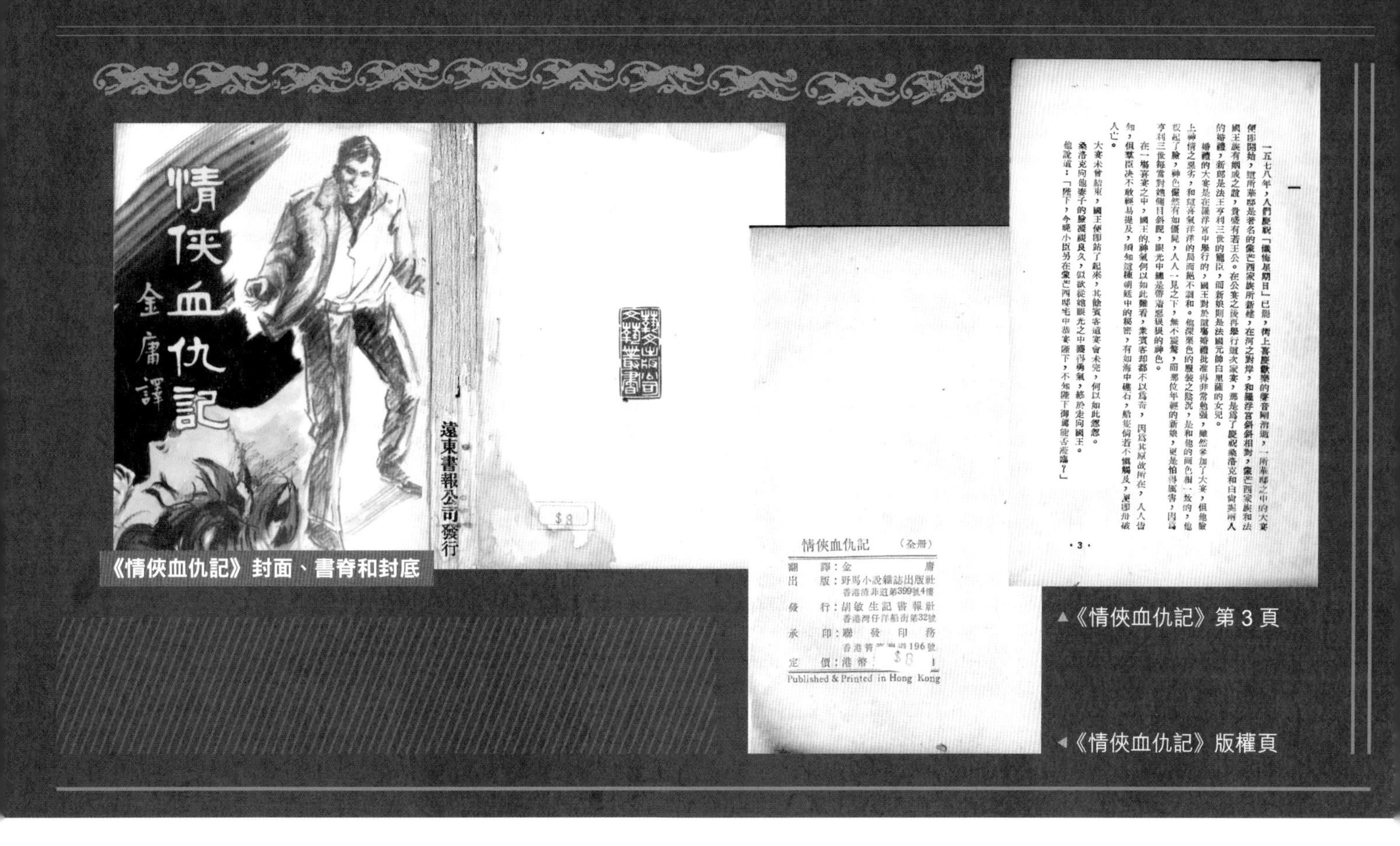

《情俠血仇記》封面、書脊和封底

一

一五七八年，人們慶祝「懺悔星期日」已罷，街上喜慶歡樂的聲音剛消逝，一所華邸之中的大宴便即開始，這所華邸是著名的棠芒西家族所新建，在河之對岸，和羅浮宮斜斜相對，棠芒西家族和法國王族有姻戚之誼，貴盛有若王公。在公宴之後再舉行這次家宴，那是為了慶祝桑洛克和白尚奧兩人的婚禮，新郎是法王亨利三世的寵臣，而新娘則是法國元帥白里薩的女兒。

婚禮的大宴是在羅浮宮中舉行的，國王對於這場婚禮批准得非常勉強，雖然參加了大宴，但他臉上神情之惡劣，和這喜氣洋洋的局面絕不調和。他深栗色的服裝之陰沉，是和他的面色相一致的，他板起了臉，神色儼然有如僵屍，人人一見之下，無不震驚，而那位年輕的新娘，更是怕得厲害，因為亨利三世每當對她側目斜睨，眼光中總是帶着惡狠狠的神色。

在一場喜宴之中，國王的神氣何以如此難看，眾賓客却都不以為奇，因為其原故所在，人人皆知，但羣臣決不敢輕易提及，須知這種朝廷中的秘密，有如海中礁石，船隻倘若不慎觸及，更即舟破人亡。

大宴未曾結束，國王便即站了起來，其餘賓客道宴會未完，何以如此怱怱。

桑洛克向他妻子的臉凝視良久，似欲從她眼光之中獲得勇氣，終於走向國王。

他說道：「陛下，今晚小臣另在棠芒西邸宅中恭宴陛下，不知陛下御駕能否光臨？」

·3·

▲《情俠血仇記》第 3 頁

情俠血仇記　（全冊）

翻　譯：金　庸
出　版：野馬小說雜誌出版社
香港渣非道第399號4樓
發　行：胡敏生記書報社
香港灣仔洋船街第32號
承　印：聯發印務
香港……196號
定　價：港幣 $8
Published & Printed in Hong Kong

◀《情俠血仇記》版權頁

大宴，但他臉上神情之惡劣，和這喜氣洋洋的局面絕不調和。他深栗色的服裝之陰沉，是和他的面色相一致的，他板起了臉，神色儼然有如僵屍，人人一見之下，無不震驚，而那位年輕的新娘，更是怕得厲害，因為亨利三世每當對她側目斜睨，眼光中總是帶着惡狠狠的神色。

《探求一個燦爛的世紀》

嚴格說來，《探求一個燦爛的世紀》不能算是金庸撰寫的作品。雖然出版社在書面、書脊和版權頁，都明確印着作者是金庸和池田大作。

此書的緣起，大可輯錄一段印於封底的文字交代明白：

一九九五年十一月，池田大作訪港時拜訪了金庸，二人一見如故，有許多共同的話題，促膝而談，海闊天空，縱橫人間，所涉內容廣泛，論鋒銳利。此後又通過書信的不斷的補充、討論和修訂。這些對談的內容分為：「人生觀」、「歷史觀」、「文學的角色」、「亞洲的未來」、「世界和平的方向」等，而以「九七問題：香港回歸」為首要討論的篇章。最後擬定將之結集，初步命名曰：「探求一個燦爛的世紀」。

由此可知，此書實際是金庸和池田大作二人的對談錄，以及往還的書信內容。須知金庸和池田大作，一中一日，二人如何對談？書信如何溝通？那必然是對談時需要翻譯和筆錄，書信也需要翻譯，因此此書之成，文字上的功夫當不能忽略翻譯者和筆錄者。此等何許人也？版權頁上只印有編輯黃白露，未見其他。幸好，書末附有一篇由「書信筆譯者孫立川」執筆的〈譯者小記〉，清楚交代箇中情況：

探求一個
燦爛的世紀
Compassionate Light in Asia

金庸
Jin Yong
池田大作
Daisaku Ikeda

《探求一個燦爛的世紀》封面

旭日の世紀を求めて

探求一個燦爛的世紀

金庸
KIN YO
池田大作
DAISAKU IKEDA

出会いのドラマ——
「東洋のデュマ」と「世界桂冠詩人」の対話

潮出版社
定価：本体一八〇〇円
※消費税が別に加算されます

《探求一個燦爛的世紀》日文版封面

探求一個燦爛的世紀

作者／池田大作．金庸
編輯／黃白露

出版／明河社出版有限公司
香港北角渣華道191號嘉華國際中心2501室
電話：2597 5513
圖文傳真：2960 0625

承印／天時印刷有限公司
香港北角渣華道321號嘉柯達大廈2座9樓901－8室

香港發行／藝文圖書（香港）有限公司
九龍官塘偉業街99號連順工業大廈5字及7字樓
電話：2795 9595
圖文傳真：2795 8818

台灣地區發行／遠流出版有限公司
台北市汀州路3段184號7樓之5
電話：(02) 2365 1212
圖文傳真：(02) 2365 7979

版次／一九九八年七月初版

ISBN／962-8129-20-1

版權所有•翻印必究

▲《探求一個燦爛的世紀》版權頁

第一章　香港的明天——面對回歸

一九九七年七月一日，正是香港回歸中國的日子。對於這個不單只香港本身，連全世界也矚目的「歷史性日子」，究竟「香港的明天」該如何預測？

池田：所謂「相識滿天下，知音有幾人。」能與善於思想交流而求同存異的人對談，實在是幸福之至。我們可以這樣進行對話，或是早就「心有靈犀一點通」。

這使我想起舊蘇聯作家愛特．馬托夫在同鄉人進行「鑄就大魂之詩」對談開始之際，曾說過這樣的話：

——不知道當從何談起，更正確地說，這種對話不是剛剛開始，而是繼續而已。為什麼這樣說呢？在我們對話之前，也即是在我們相識之前，這種對話其實已經開始了。

這同我們相見之前也一樣，如此相同的意義——以佛教的語言來說，正是「宿世之緣」。

17

▲《探求一個燦爛的世紀》第17頁

讀史隨筆三則
金庸

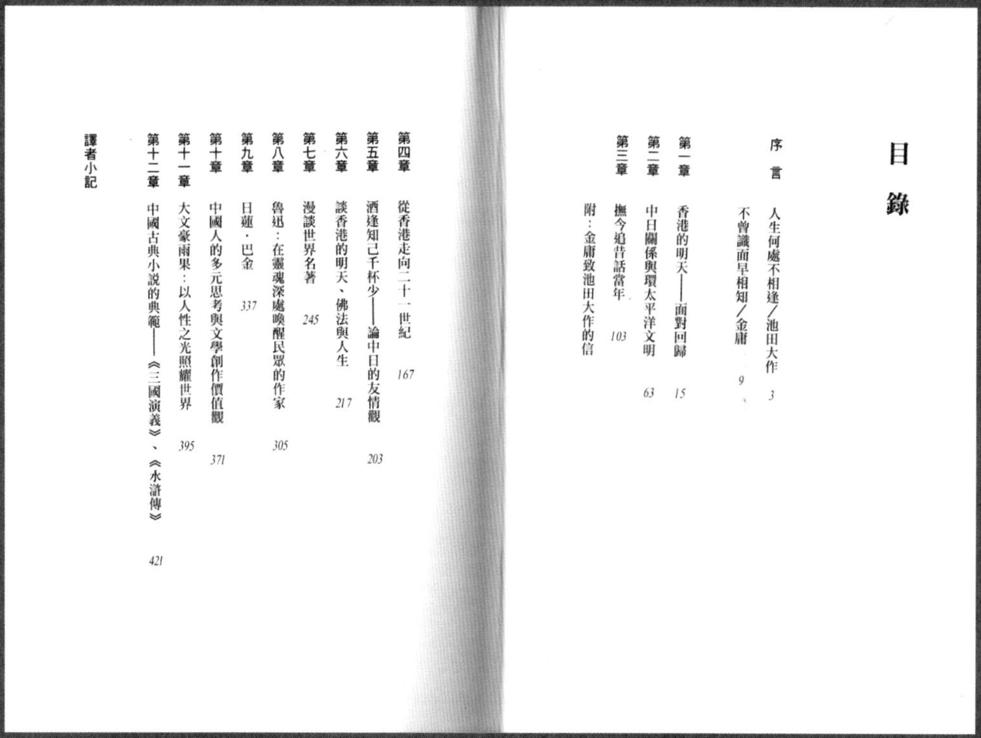

目錄

▲《探求一個燦爛的世紀》目錄

……

這場對談自一九九五年十一月十六日起，歷時二年有餘。二位賢者在香港和日本多次會晤，其間更曾魚雁相通，書信往返，圍繞着香港回歸、言論自由、佛學哲理、文學愛好等問題認真討論。期間正逢香港回歸中國，其中的論題也留下鮮明的時代印記。其中口譯部分由錄音筆錄成文，我有幸參與兩位往來書信的譯事。榮幸之餘，多有惶恐之慮。二位學者縱論歷史和時局，所涉範圍廣泛，餘生也晚，[38] 加之學識有限，常恐迻譯時學力不逮，多有訛誤。但他們總是諄諄善誘，耐心指教。在本書成稿之後，金庸先生還親自披閱校改，增刪訂正，其認真治學之態度，令吾等晚輩從中受益良多。

這本對談錄全書分為十二章，日文版曾於一九九七年二月起在日本的《潮》月刊雜誌連載。中文版則於同一時間於香港《明報月刊》上連載，北京《生活》雙週刊也曾轉載其中的一部份。「對話」在日本發表後曾引起極大反響，去年十一月，我應邀訪日，在廣島、東京兩地作了三場報告，許多讀者熱烈提問，使我深受感動。在香港及內地，這場對話也引起不少知識分子的注意。此書的日文版於今年五月於東京正式出版，中文版也將在北京和香港、台灣隆重推出。兩位的對話錄發表未完，關於哲學歷史、國際問題、武俠小說等的對話，將來擬再出版續集。

……

38 筆者案：原文作「餘」，疑是「余」之誤。

《探求一個燦爛的世紀》記錄了金庸和池田大作的對談，以及書信的內容，內容正如封底所言，天南地北，侃侃而談，是一本要了解金庸很具意義的書，有好些由金庸親述的往事，可信程度絕非坊間其他《金庸傳》所能比擬。現輯錄其中金庸憶述自己戰時的經歷：

> 金庸：戰時印象最深的有兩件事，一是日本空軍投擲的炸彈在我身旁不遠處爆炸。我立刻伏倒，聽得機槍子彈在地下啪啪作響。聽得飛機遠去而站起身來後，見到身旁有兩具死屍，面色臘黃，口鼻流血，雙眼卻沒有閉上。附近一個女同學嚇得大哭，我只好過去拍拍她肩頭安慰。
>
> 另一次是日軍進行細菌戰，在浙江衢州城上空投擲鼠疫的細菌疫苗。當時我在衢州中學上高中，在鄉下上課，鼠疫在衢州城中蔓延，病者絕對治不好，情況十分恐怖。哪一家有人染上了，軍人將病人搬到衢江中的一艘船上，任其自死，七日後放火燒船，叫這家人換上新衣，什麼東西也不能帶，立即出門（官方補還其鈔票），將整座房子燒了。
>
> 池田：真是太過沉痛的話題。舊日本軍的細菌部隊（七三一部隊）的罪行，它所留下的傷痕仍然是餘燼未滅，揮之難去啊！
>
> 金庸：當時我是高中二年級，同班有一個同學體育健將毛良楷君染上鼠疫，全校學生校工等立刻逃得乾乾淨淨。毛君躺在床上只是哭泣，班主任姜子璜老師拿錢出來，重金僱了兩名農民抬毛君進城，送上江中的一艘小船。我是班長，心中雖然害怕，但義不容辭，黑夜中只得跟在擔架後面步行，直至江邊和毛君垂淚永別，回到學校，和姜老師全身互潑熱水，以防身上留有傳染鼠疫的跳虱。戰爭期間，唯一自覺有點勇敢的事就只這麼一件。[39]

金庸和池田大作的對談錄，先於 1997 年 2 月至 1998 年 5 月分十六期連載，到出版《探求一個燦爛的世紀》時篇章名稱略有改動。[40]

《探求一個燦爛的世紀》分別有在香港、台灣、中國內地和日本出版。香港版由明河社出版，全書四百七十五頁，有兩個版次，1998 年 7 月初版，2002 年 9 月第二次印刷，平裝本定價八十元，精裝本一百二十元，印量不詳。台灣版由遠流出版社出版，1998 年 10 月 16 日初版，台幣三百五十元。中國內地版由北京大學出版社出版，1998 年 12 月第一版，平裝本定價人民幣二十元，精裝本四十元。日本版《旭日の世紀を求めて》由潮出版社出版，1998 年 5 月 3 日初版，同月 20 日已出二刷，是四地最早出版的，精裝本定價一千八百日元，不知有否平裝本。

39 池田大作、金庸：《探求一個燦爛的世紀》，頁 120-121。
40 參閱前文：〈《明報月刊》〉。

《明窗小札》

上世紀六十年代，金庸以「徐慧之」為筆名，在《明報》一個名為〈明窗小札〉的專欄發表文章，歷時幾近六年。這些文章，於 2013 年起陸續輯錄出版。按文章發表年份分冊，如輯錄某年份的文章過多，便分開上下兩冊。

《明窗小札》分別有在香港和中國內地出版。香港版由明河社出版，至目前為止，只出版了《明窗小札 1963》（上下兩冊）及《明窗小札 1964》（上下兩冊），兩書的初版分別是 2013 年 7 月和 2015 年 7 月，兩書四冊均每冊售八十五元。內地版由中山大學出版社出版，已出三套《明窗小札 1963》、《明窗小札 1964》和《明窗小札 1965》，三書都各分上下兩冊。

金庸為這套書親撰〈後記〉，簡略交代這個專欄的緣起，以及輯錄結集成書的經過。茲輯錄相關內文於下：

> 《明窗小札》是我在《明報》以「徐慧之」筆名撰寫的專欄。從一九六二年十二月到一九六八年十月，前後大約六年。
>
> 這些集子所收的文字，是從近二千篇中挑選出來的，之前都沒有結集成書出版。這次編選時，主要根據內容來分門別類，加上小標題註明，完全是為了方便讀者的閱讀。每一篇文字都註明了發表的日期，排列按照時間先後的順序。每一篇文字的內容，和當日《明報》發表時完全相同，不作任何改動，以保持其歷史的原來面貌。
>
> 我寫《明窗小札》，一九六七年曾經中斷幾個月，其餘的幾乎是每天寫一篇，寫完次日在《明報》上發表，大都是對當時的國際形勢和重大新聞所作的分析和評述，也有對政壇人物的介紹。當年的電信和通訊遠沒有今天的發達，除了參考每天的電訊稿外，更多是借助翻閱大量的外來期刊和報紙，從中選擇重大新聞和事件，摘譯之後加以綜合，盡量說出事件的真相，也表達了自己的分析和看法。這些事件和人物已經成為歷史，在當時卻是全世界都關注的新聞和重要人物。
>
> ……

前文〈《明報》〈明窗小札〉〉提及，當年金庸在〈明窗小札〉用「徐慧之」這個筆名，是刻意向讀者隱瞞自己的身份。1963 年 1 月 17 日的〈明窗小札〉是明證，「徐慧之」在文中先後兩次以「明報員工」身份稱呼老闆「金庸兄」。

該文標題是〈明辨是非　積極中立〉，由於該文闡述〈明窗小札〉的立場，意義重大，因此收錄到《明窗小札 1963》（上冊），就放在第一篇。茲輯錄相關內文於下：

> **明辨是非　積極中立**
>
> 一九六三年一月十七日
>
> 從昨天起，我正式加入明報編輯部工作，除了寫這「明窗小札」專欄，還協助金庸兄選擇「自由談」的稿件。過年之前多了一份兼職，心境愉快，偕妻子到裕華國貨公司買了一個大花瓶，準備新年裏插桃花之用。這花瓶上繪的都是戰將武士，殺氣甚重，以備新年賭錢，大殺三方。瓶底寫

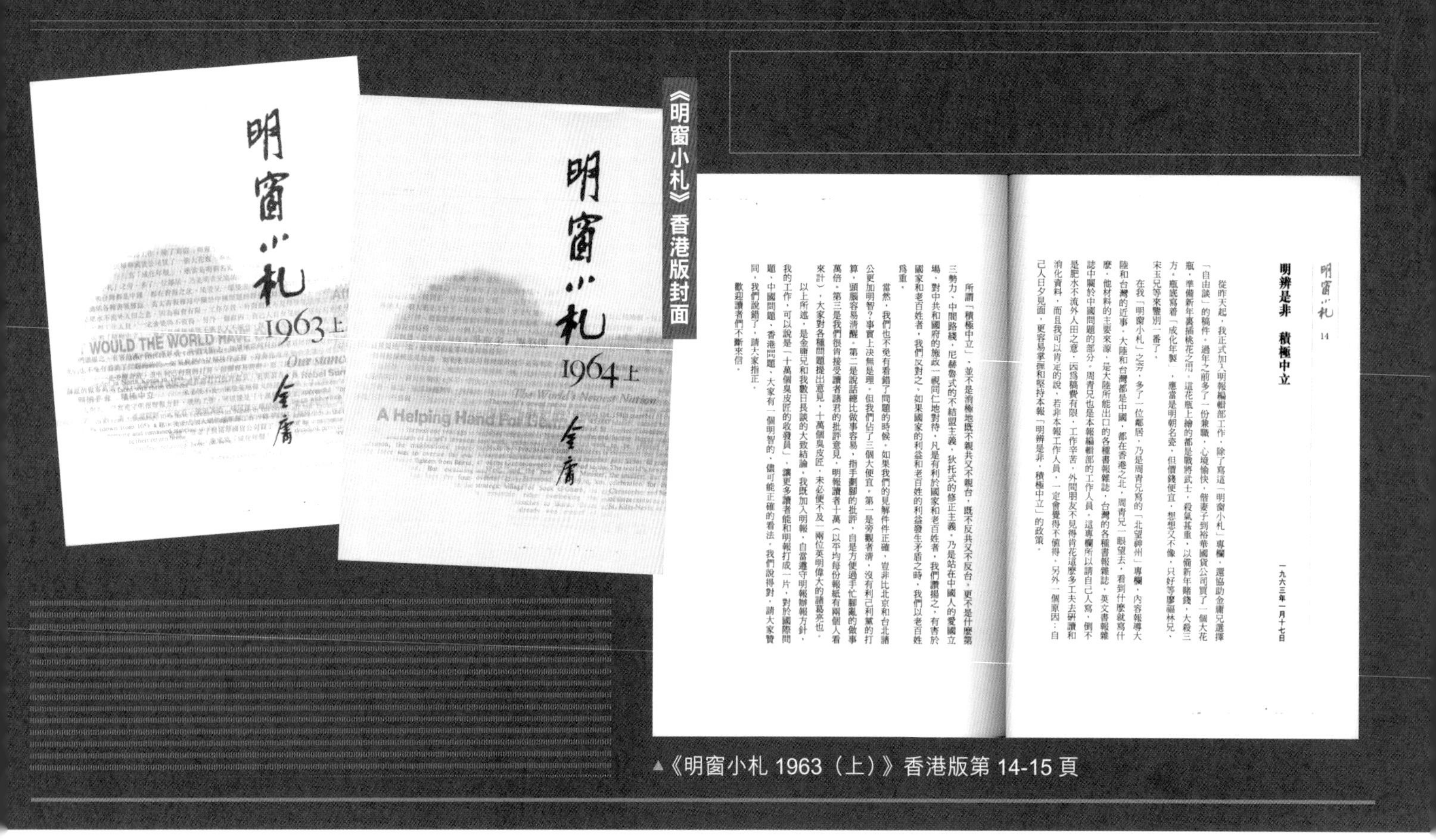

明窗小札 14

明辨是非　積極中立

一九六三年一月十七日

從昨天起，我正式加入明報編輯部工作，除了寫這「明窗小札」專欄，還協助金庸兄選擇「自由談」的稿件。過年之前多了一份兼職，心境愉快，偕妻子到裕華國貨公司買了一個大花瓶，準備新年裏插桃花之用。這花瓶上繪的都是戰將武士，殺氣甚重，以備新年賭錢，大殺三方。瓶底寫着「成化年製」，應當是明朝名瓷，但價錢便宜，想想又不像，只好等廖福林兄、宋玉兄等來鑒別一番了。

在我「明窗小札」之旁，多了一位鄰居，乃是周青兄寫的「北望神州」專欄，內容報導大陸和台灣的近事。大陸和台灣都是中國，都在香港之北，周青兄一眼望去，看到什麼就寫什麼。他材料的主要來源，是大陸所能出口的各種書報雜誌，台灣的各種書報雜誌，英文書報雜誌中關於中國問題的部分。周青兄也是本報編輯部的工作人員，這專欄所以請自己人寫，倒不是肥水不流外人田之意，因為稿費有限，工作辛苦，外間朋友不見得肯花這麼多工夫去研讀和消化資料，而且我可以肯定的說，若非本報工作人員，一定會覺得不值得。另外一個原因：自己人日夕見面，更容易掌握和堅持本報「明辨是非，積極中立」的政策。

所謂「積極中立」，並不是消極地既不親共又不親台，既不反共又不反台，更不是什麼第三勢力、中間路綫，尼赫魯式的不結盟主義，狄托式的修正主義，乃是站在中國人的愛國立場，對中共和國府的施政一視同仁地對待，凡是有利於國家和老百姓者，我們讚揚之，有害於國家和老百姓者，我們反對之。如果國家的利益和老百姓的利益發生矛盾之時，我們以老百姓為重。

當然，我們也不免有看錯了問題的時候。如果我們的見解件件正確，豈非比北京和台北諸公更加明智？事實上決無是理。但我們佔了三個大便宜。第一是旁觀者清，沒有利己利黨的打算，頭腦容易清醒。第二是說話總比做事容易，指手劃腳的批評，自是方便過手忙腳亂的做事萬倍。第三是我們很肯接受讀者諸君的批評意見，明報讀者十萬（以平均每份報紙有兩個人看來計），大家對各種問題提出意見，十萬個臭皮匠，未必便不及一兩位英明偉大的諸葛亮也。

以上所述，是金庸兄和我數日長談的大致結論。我既加入明報，自當遵守明報辦報方針，我的工作，可以說是「十萬個臭皮匠的收發員」，讓更多讀者能和明報打成一片，對於國際問題、中國問題、香港問題，大家有一個明智的，儘可能正確的看法。我們說得對，請大家贊同，我們說錯了，請大家指正。

歡迎讀者們不斷來信。

《明窗小札》香港版封面

▲《明窗小札 1963（上）》香港版第 14-15 頁

着「成化年製」，應當是明朝名瓷，但價錢便宜，想想又不像，只好等廖福林兄、宋玉兄等來鑒別一番了。

……

所謂「積極中立」，並不是消極地既不親共又不親台，既不反共又不反台，更不是什麼第三勢力、中間路線，尼赫魯式的不結盟主義，狄托式的修正主義。乃是站在中國人的愛國立場，對中共和國府的施政一視同仁地對待，凡是有利於國家和老百姓者，我們讚揚之，有害於國家和老百姓者，我們反對之。如果國家的利益和老百姓的利益發生矛盾之時，我們以老百姓為重。

當然，我們也不免有看錯了問題的時候。如果我們的見解件件正確，豈非比北京和台北諸公更加明智？事實上决無是理。但我們佔了三個大便宜。第一是旁觀者清，沒有利己利黨的打算，頭腦容易清醒。第二是說話總比做事容易，指手劃腳的批評，自是方便過手忙腳亂的做事萬倍。第三是我們很肯接受讀者諸君的批評意見，明報讀者十萬（以平均每份報紙有兩個人看來計），大家對各種問題提出意見，十萬個臭皮匠，未必便不及一兩位英明偉大的諸葛亮也。

……

3 署名「查良鏞」的書籍

《獻給投考初中者》

若問，金庸第一本出版的書是哪一本？知道《獻給投考初中者》者幾稀。金庸在《探求一個燦爛的世紀》自述：

> 《獻給投考初中者》那本書，內容平凡，只是搜集了當時許多中學校的招考試題，加以分析解答，同時用一種易於翻查的方式來編輯，出版後得到很大成功。我們在浙江南部的麗水出版，書籍一直行銷到福建、江西、安徽各地。這本書的收益，支持我們合作的三人順利從高中畢業，再到重慶去進大學。這本書和文字修養無關，而是商業上的成功。對一個十五歲的少年來說，表示我能了解到消費者的需要，用簡捷的方式來滿足他們。以後我創辦《明報》而得到成功，大概就源於這種洞悉讀者心理的直覺能力。[41]

原來金庸第一本出版的書，竟是坊間所謂的考試「雞精書」。

《獻給投考初中者》編者共三人，除金庸外，還有他的兩個中學同學張鳳來和馬胡鎣。

41　池田大作、金庸：《探求一個燦爛的世紀》，頁 142。

大田版《献給投考初中者》封面

南光版《献給投考初中者》封面

全書正文有二百九十頁，初版由大田出版社於1940年5月出版，定價不詳，1941年5月出第二版，定價二元，其後不知有否再版。其後南光書店接手於1942年出版，重新設計封面之餘，更聲稱是初版，甚至改動〈代序〉提及編輯時間的關鍵內文，刻意將作者編輯時間延後兩年，意圖令讀者以為南光版就是初版。

大田版〈代序〉起首：

> 編輯這書的動機，是起於民國二十八年十二月，那時我們三人有幾個弟妹要投考初中，可是沒有適當的參攷書。

但南光版〈代序〉則改為：

> 編輯這書的動機，是起於民國三十年十二月……

筆者手上有的是南光四版（1948年1月），不知有否更後版次。定價不詳，其時正值通脹極度嚴峻之時，相信書本上印上售價實屬徒然，不如任由書店以「時價」售賣吧！

全書內容架構如下：

算術	一　整數四則	【一】整數四則
		【二】整數四則應用
	二　分數	【一】分數計算
		【二】分數應用
	三　利息	【一】單利法
		【二】複利法
	四　比例	【一】單比例
		【二】複比例
		【三】連鎖比例
		【四】配分比例
		【五】混合比例
	五　百分法	【一】百分率同分數小數的互化法
		【二】百分法應用
	六　求積	【一】平面的面積求法
		【二】方體形體積的求法
常識	公民	一　總理遺教
		二　公民常識
	歷史	一　本國史
		二　外國史
	地理	一　本國地理
		二　外國地理
	理化	一　物理
		二　化學
	自然現象	自然現象
	生物	一　植物
		二　動物
		三　衛生
國文		一　作文的方法
		二　範文
		三　瞭解力測驗
		四　造句及填充
		五　改錯
		六　整理句子
		七　成語註釋
		八　標語符號
		九　翻譯
		十　國文測驗題解答
附錄		怎樣應付考試

20　　整數四則

，弟下行6時，問弟上行須幾時？

10　鷄兎問題

公式一　鷄＝(4×總頭數－總足數)÷(4－2)
兎＝總頭數－求得的鷄數
【例】　鷄兎同籠，頭數16，足數40，問鷄兎各幾隻？
鷄＝$(4\times16-40)\div(4-2)=24\div2=12$(隻)
兎＝$16-12=4$(隻)
公式二　兎＝(總足數－2×總頭數)÷(4－2)
鷄＝總頭數－求得的兎數
【例】　鷄兎合計43頭，足共136隻，問鷄兎各幾隻？
兎＝$(136-2\times43)\div(4-2)=50\div2=25$隻)
鷄＝$43-25=18$(隻)

習　題

1.龜鶴共100頭，足數共350隻，問龜鶴各多少？
2.有鷄蛋18匣，大匣容18個、小匣容12個，共値銀3024元，若每蛋落價2元，則共値2520元，問大小各多少？

11　植樹問題

公式一　株數＝(路長÷距離)＋1
【例】　馬路長240丈，每隔6丈植樹1株，問每邊共植多少？
路長240丈，可分爲$240\div6=40$段，每段植樹

整數四則　　21

，但首起之一端也需植一株。
故共植　$40+1=41$(株)
【例】　校園周圍長192丈，每隔3丈植樹1株，問周圍共植樹幾株？
校園周圍，沒有兩端，所以株數卽等於段數，後面不必再加1
$192\div3=64$株　　答　共植樹64株。
公式二　距離＝路長÷(株數－1)
【例】　路長1024丈，共植樹257株，問每兩株間的距離是多少？
$1024\div(257-1)=1024\div256=4$(丈)
答　兩株間的距離是4丈。
公式三　路長＝距離×(株數－1)
【例】　沿鐵路的一邊植樹共205株。兩株間的距離爲5丈，問這段鐵路共長幾丈？
$5\times(205-1)=1020$丈　　答　路長1020丈

習　題

有路長744丈，兩旁種柳和梅，每距8丈種柳
間種梅一株，問梅柳各種多少？
架設電桿，相隔345尺，如要在中間再立
間的距離要一樣遠，問該幾尺？第18根和
長方形地面長9丈寬6丈，在四角各植松一
丈植松一株，問共植松樹幾株。

▲ 南光版《獻給投考初中者》
第 20-21 頁

186　　理化

自然由此開始

理　化

一　物　理

1.物體的三態是什麼？
固體、液體、氣體。
2.什麼叫做重力、重量、重心？
地球與吸引物體的作用，這種作用叫做重力。重力的大小就是重量。全重量所叢集的一點，稱爲重心。
3.什麼叫做密度？比重？
物體疏密的程度叫做密度；物體與同體積的純水，在攝氏溫度四度時比較的結果，叫做比重。
4.液體有那幾種壓力？
有上壓力、下壓力、旁壓力三種。
5.什麼叫做浮力？浮力有什麼作用？
浮力就是液體的上壓力。浮力較重力大則物浮起，較重力小則沉下。木的浮起和石的沉下都是這個緣故。
6.冰爲什麼能够浮在水面？
水結冰時，體積膨脹比重比水小，所以能浮在水面。
7.氣壓計有什麼功用？
氣壓計可以預測天氣和測知地面上的高度。
8.拍球時爲什麼球能跳起？
因球和地面相撞，發生反作用，所以球跳起。

理化　　187

什麼叫做萬有引力？爲何人所發見？
萬有引力就是各種物體互相都有吸引力，爲牛頓所發見。
穩度與重心有什麼關係？
重心越低則越不易跌倒。不倒翁就因爲重心穩定的緣故。
槓桿有那幾種？有什麼作用？
第一種：支點在中間，如剪刀。第二種：重點在中間，如鍘刀。第三種：力點在中間，如縫衣機的踏板。槓桿可以省力或省時。
滑車有幾種？那一種滑車能省力？
有定滑車、動滑車二種。動滑車能省力。
什麼叫做斜面？
和水平面成傾斜的面叫做斜面，用以省力。凡斜面愈長或愈低，則愈省力。
螺旋、尖劈都是什麼的變形？
都是斜面的變形。尖劈的頂愈薄愈省力。刀、斧、釘等都是。
熱從何處而來？
來源有四：就是太陽、燃料、摩擦及電。
熱的傳遞方法共有幾種？
一、傳導－熱從高熱的地方，經物質逐漸傳到低熱的地方。
二、對流－熱有物質本身的循環，漸次傳到全部。
三、輻射－熱不依物質爲媒介，由熱源直接射來。
什麼叫做導體和非導體呢？
善於傳熱的叫做導體，像各種金屬。不善傳熱的叫非導

▲ 南光版《獻給投考初中者》
第 186-187 頁

230　　作文方法

國　文

一　作文的方法

在國文考卷發下來之後，應該計算有多少時間做作文，多少時間做旁的題目，而來一個適當的分配。最好將作文放到最後去做，而將旁的能做的題目先做完畢。
作文可分爲下面的四個步驟：
1.認淸題目　把這個題目所含有的意思懂得淸淸楚楚。
2.擴展思想　將自己對題目所想到的意思，一層一層的推想進去，求其新穎動人。不是遠離題目的意思；而是使得更加能够表達出題意。普通拿到一個題目，腦子裏初起的思想，總比較來得淺近表面；這同剛打開一隻大衣箱來一樣，面上所有的衣裳總不是放着頂美頂好的，以後一層一層的翻下去，那就要比較漸漸精緻了。思想也是這樣，所以不要想到便寫。
3.整理材料　將想到所有關於題目的意思，把他一點點寫在紙上，然後開始整理材料。將不重要的思想棄去，而將重要的意思排列成先後的次序。排列時最好能避去那一種形式，便是呆板板的將每一篇文章分成爲開場、敍述、結束這樣三個步驟來寫述。
4.落筆敍述　在落筆寫第一段之前，應先將這一段所要寫的意思，前後想好，然後開始落筆。在第一段寫的當中，最

作文方法　　231

好不要半途停筆，到全段寫好之後，再想妥第二段的意思並如何排法，而再落筆。以後每段都要如此。最壞的是想一句寫一句，前後的意思便往往不能連貫。
現在將上面四點的用法，舉一實例於：
題目爲「我的志願」
第一　認淸題目　「志願」就是對於將來所抱的理想。
「我的志願」就是我對將來所抱有的一種理想。
第二　擴展思想　現在假設我對題目所想起的意思，以想起時的先後排在下面。
1.我的志願是什麼？——希望將來做個工程師。
2.爲什麼我希望將來做個工程師？——(1)因爲我性情很愛研究機器。(2)國家正需要這種人才。(3)能使自己有一種專技，用以謀生。
3.立志的好處是什麼？——(1)可以使一生的光陰精力不致隨便浪費，而能集中於一個目標上，容易達到成功。(2)有了志願，可以常常提醒自己上進。
第三　整理材料　將1.2.兩點可合併爲一段，因爲第二點上已經說出了第一點，第三點可放在最前面，作爲第一段，因爲這樣更使全文呼成一氣。
第四　落筆敍述　「我的志願」寫成如下：
靑年人是最有希望的，這就是因爲他有一個前途未可限量的將來。只要他有目標，和不斷的努力，社會上任何一種事業，一種材具，他都可以成就。但是假使相反地他沒有一個目標，只是糊糊塗塗的生活下去，那麼他的將來，真如同一隻在大海中失却方向的帆船一樣，最後只不過

◀ 南光版《獻給投考初中者》
第 230-231 頁

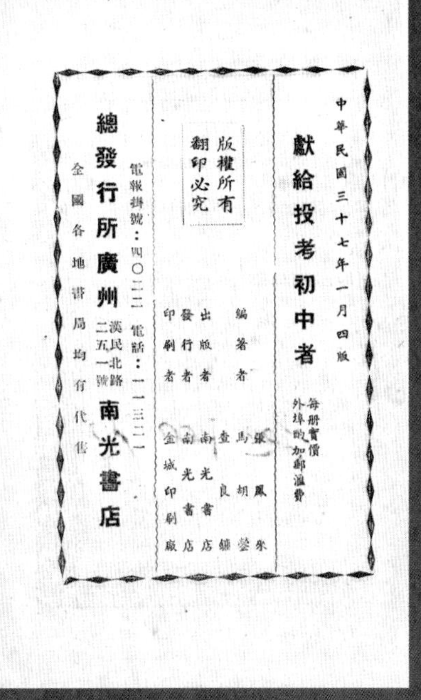

中華民國三十七年一月四版

獻給投考初中者

每冊實價　外埠酌加郵匯費

版權所有　翻印必究

編著者　張鳳來　馬胡鎣　查良鏞

出版者　南光書店

發行者　南光書店

印刷者　金城印刷廠

總發行所廣州漢民北路二五一號　南光書店

電報掛號：四○二二　電話：一一三二一

全國各地書局均有代售

▲ 南光版《獻給投考初中者》版權頁

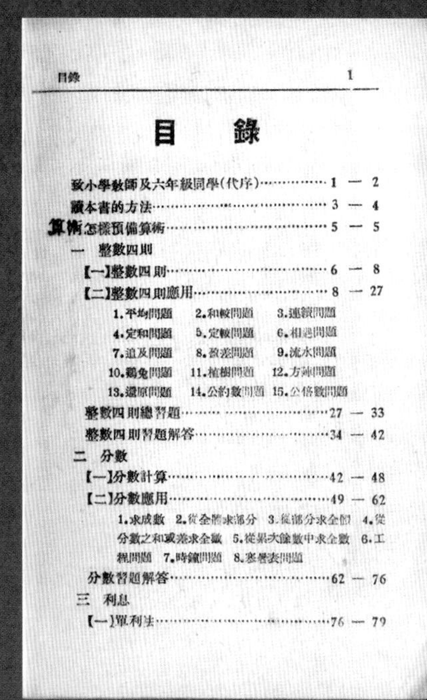

目錄　1

目　錄

▲ 南光版《獻給投考初中者》目錄第 1 頁

就全書三大部分：算術、常識、國文，各選書影以見一斑。其中算術部分包括「流水問題」、「鷄兔問題」、「植樹問題」等經典名稱，相信要老一輩讀者方知是啥！

為了讓讀者得悉出版此書的經過，甚至少年金庸的文筆（可能是另兩位同學，或三人共同執筆），現輯錄南光版〈代序〉於下：

> 致小學教師及六年級同學（代序）
>
> 編輯這書的動機，是起於民國三十年十二月，那時我們三人有幾個弟妹要投考初中，可是沒有適當的參考書。要靠幾本小學教科書及古舊的升學指南之類的幫助來應付考試，實在感覺到太不夠。於是我們就着手搜集適當的材料來給弟妹們作參考。靠了這些材料，弟妹們是全部錄取了。後來我們想到凡是要投考初中的同學，都會感到這種缺少參考書的苦悶。可是他們不會每個人都有哥哥，即便有，他也未必願意或能夠為弟妹們找到適當的材料和給他們以良好的指導。於是我們決定把我們底材料印出來獻給需要的同學們。
>
> 為了我們知道這書的好壞，將對數萬小朋友有極重大的影響，所以從事編輯的時候，是極度的鄭重從事；我們絕不以以前所得到的材料為滿足，我們又搜集了所有國定教科書及商務、中華、世界等書局出版的國文、算術、自然、社會，等共一百餘冊，從民國十八年以後所出版的小學升學指導書共七十餘冊，又向本省及江西、廣西、福建等鄰近省份討等到歷年的入學試題共四百二十四份。我們的主要材料就是根據這三部門而採取科學方法與客觀精神來編輯。我們邀請了數十位同學計算每個題目在上面這些材料中的發現次數。例如本書裏的，中國著名的媒鑛有那些？這題目，讀者只見得這是一個很簡單的題目，其實我們在這題目上所化的精力不在少數；我們查到這題目在這些教科書中發現九次，在小却學升學指導中發現十二

次[42]，在各校試題中發現十三次。所有的題目都這樣計算後，我們再把發現次數最多的編入本書，依照它的事實而重新寫定，作有系統的排列，所以我們這書可以說是包括了普通小學教科書，升學指導及入學試題三種主要部門中頂頂重要的材料。這書的寫定雖然只有二個多[43]，但搜集材料及決定取捨這步艱苦繁重的工作却是靠了數十位同學的幫助，經過了一個學期及一個假期而成。至於其他「讀本書的方法」及「怎樣應付考試」等文章，我們是參考歐美教育學心理學的名作，再斟酌以現在情形而寫成，可以說是非常合於科學原理。編定後除由我們自己反覆仔細校閱外，又由十一位友好同學組成的，[44]「獻給投考初中者審訂委員會」精密審訂修正。最後由國立兒童保育院浙江分院教導主任許為通先生正式審定。我們自信對這工作的態度很是認真嚴肅，而這書對小朋友一定有很大的幫助，才將它開始付印。

本書出版以來，蒙各同學熱烈歡迎，全國各地優秀之小學都採本書為六年級必修課本，補習班作為教本，出版一年，印行二十次，銷數二十萬冊。而各地小朋友因我們這書的幫助而考入初中的，及學校當局因採用本書為教本而使學生程度提高會考成績優良的，都紛紛寫信向我們道謝讚譽。我們感奮之餘，為報答各位的愛護，故藉在粵勝利後第一版出書的時候，益求精良，又大為改進，如國文之部等內容均更形充實，歷史也增加不少，地理也大加修正。新的材料務使對各小朋友作更大的貢獻。

自從本書出版後，最近見同類書籍出現很多，編制體例等固然依照本書，且有許多是完全抄襲本書。有許多同類書籍完全是東抄西錄，純粹營業性質的，這對於小朋友的幫助當然很少，或者甚至於有妨礙，所以小朋友在購買時務請注意選擇。對於內容充實及材料的精當與否；頁數的多寡，售價的貴賤各項，望各小學教師請比較而加以指導。

編者

《在台所見、所聞、所思》

前文〈《明報》〈在台所見．所聞．所思〉〉提到，1973 年 4 月 18 日至 28 日，金庸獲邀前往台灣考察訪問，回港後，先在《明報》以〈在台所見．所聞．所思〉為題，由 6 月 7 日至 23 日撰寫文章，其後於同年 7 月結集成書，由明報有限公司出版。全書 57 頁，沒有目錄、序和後記，依報紙連載時分三十七節，定價一元，印量不詳，有否再版亦不詳。

42 筆者案：這句中「却」字疑是多餘的。
43 筆者案：這句中「二個多」疑是「三個人」之誤。
44 筆者案：這句的逗號疑是多餘。

在台所見、所聞、所思

《在台所見、所聞、所思》封面

在台所見・所聞・所思

查良鏞

明報有限公司印刷出版

香港英皇道六五一號

一九七三年七月出版

・版權所有・

▲《在台所見、所聞、所思》版權頁

一、

台灣是中國的一部份。

台灣問題是整個中國問題的重大關鍵之一，將來如何解決，不但影響到中國，而且影響到亞洲和整個世界，不但和我們這一世代的中國人有密切關係，也和今後許多代的中國人有密切關係。

一九四九年以來，我去過中國大陸八次，歐洲五次，美洲、中東、非洲、澳洲、日本、甚至東歐的南斯拉夫也去過了，東南亞各國差不多去遍了，新加坡和馬來西亞更是不計其數，就是台灣沒有去過。

二十多年來，一直在注意台灣的情況。讀到和聽到的報道雖然不少，但總不及親自去看看那麼有眞切的感受。台灣我有很多親友，平時常常在想念他們。四月十八日我去了台灣，四月廿八日回港。在台灣留了十天，看到的很多，聽到的很多，想到的也很多。

「明報」在一切問題上都力求忠實而客觀，對於台灣的報道當然也應當嚴格遵守這個標準。不過忠實容易，只要不是故意的歪曲，那就是忠實，客觀卻很難。

這次台北當局邀請我去，作主人的盛意拳拳，事先答應了，我可以會見想見的人，去看想看的地方，在台灣及回來之後，可以發表任何批評和意見，甚至是極嚴厲的批評。

我是個很講溫情的人，自覺性格隨和，注重禮貌，主人家這樣客氣，請了我去，怎麼好意思講許多不好的話？不過這次去台灣，並不是以個人身份到親戚朋友家裏作客，而是以明報記

・1・

▲《在台所見、所聞、所思》第1頁

《香港的前途》

《香港的前途》由明報有限公司出版，1984 年 5 月初版。全書正文有三百二十頁，定價二十元，印量不詳，另見 1984 年 6 月再版，僅隔一個月面世，足證這書銷量不俗。

現將《香港的前途》第一篇社評〈一九九七？一九八二？〉（原文刊於一九八〇．二．一二《明報》）輯錄部分內文於下：

> 去年香港問題重重，通貨膨脹，幣值下跌，難民湧到，人口激增，但本港出口的增長，仍在外國保護主義的嚴厲限制下有進一步增長，而且生產增長幅度之大，是整個地區之冠，是世界性的第一流。足見香港人在處理經濟上確有了不起的才能與幹勁。不過「一九九七年」這五個字，掛在每一個關心香港事務的人心上。日子一天天的過去，這年份就是一天天的迫近。終於會到了某一個時期，很多人會鄭重的感覺到，這不能再拖下去，非有一個明確的解決不可。
>
> 沒有明確的解決，就是表示中國在一九九七年要收回香港，至少是要收回九龍和新界。
>
> 香港是永遠會存在的，就算政治地位有了根本改變，這裏大多數居民當然也會生活下去，而且也不一定生活得不好，所謂香港的前途，只是指香港目前的政治、經濟、社會制度的前途。香港永遠會有前途，目前的制度卻不一定。「不一定」三個字，對於所有做生意的人是最大的困擾，而香港目前制度卻依賴於做生意。問題當然會遠遠發生在一九九七年以前，所有稍有辦法的人，都不會等到一九九七年再採取行動。
>
> ……
>
> 到一九八二年還有三年。許多人覺得，這三年之中，北京方面對於香港的前途應當有一個明確的決定。中國的決定其實是很明確的，只是必須在這三年之中，以一種清楚確定的方式明文表達出來，否則會有不良後果。

此書另有英文版，書名是 ON HONG KONG'S FUTURE，作者署名「Louis Cha 查良鏞」，譯者是「Stephen Wang 汪濟」。同是明報有限公司出版，版權頁只印 1984 年初版。全書正文有三百八十六頁，定價二十元，印量不詳，有否再版亦不詳。

《香港的前途》英文版封面

明報社評選之一

香港的前途

查良鏞

自由＋法治＝穩定＋繁榮

－(自由＋法治)＝－(穩定＋繁榮)

《香港的前途》封面

「明報」社評選之一

香港的前途

(On Hong Kong's Future)

作者　查良鏞

出版　明報有限公司
香港英皇道651號明報大廈

印刷　建明印刷有限公司
香港英皇道651號2樓
新昌印刷有限公司
香港英皇道655號5樓B

發行　明報有限公司
香港英皇道651號8樓
電話：H616683
（香港郵政信箱：4363）

一九八四年五月初版

定價：港幣20元　美金3元
HK$20　US$3

Distriduted by:
Ming Pao Daily News Ltd.
651 King's Road, Hong Kong
G. P. O. Box: 4363

▲《香港的前途》版權頁

目錄

▲《香港的前途》目錄第1頁

一九九七？一九八二？

一九八〇・二・一二

去年香港問題重重，通貨膨脹，幣值下跌，難民湧到，人口激增，但本港出口的增長，仍在外國保護主義的嚴厲限制下有進一步增長，而且生產增長幅度之大，是整個地區之冠，是世界性的第一流。足見香港人在處理經濟上確有了不起的才能與幹勁。不過「一九九七年」這五個字，掛在每一個關心香港事務的人心上。日子一天天的過去，這年份也就是一天天的迫近。終於會到了某一個時期，很多人會鄭重的感覺到，這不能再拖下去，非有一個明確的解決不可。

沒有明確的解決，就是表示中國在一九九七年要收回香港，至少是要收回北九龍和新界。

香港是永遠會存在的，就算政治地位有了根本改變，這裏大多數居民當然也會生活下去，而且也不一定生活得不好，所謂香港的前途，只是指香港目前的政治、經濟、社會制度的前途。香港永遠會有前途，目前的制度卻不一定。「不一定」三個字，對於所有做生意的人是最大的困擾，而香港目前制度卻依賴於做生意。

問題當然會遠遠發生在一九九七年以前，所有稍有辦法的人，都不會等到一九九七年再

・1・

▲《香港的前途》第1頁

《中國震撼着世界》

樂宜

前文〈《新晚報》新聞紀實譯作〉提及，金庸任職《新晚報》期間，曾經以筆名「樂宜」，翻譯過三篇新聞紀實報道，其中〈中國震撼着世界〉在報章刊載後結集成書出版。

《中國震撼着世界》由文宗出版社出版，分上、下兩冊。上冊初版於 1952 年 3 月出版，正文有二百四十八頁，定價三元；下冊初版於 1952 年 4 月出版，正文由二百五十一頁起，至五百三十五頁完，定價三元五角，由再版起上下兩冊合售五元。筆者有初版和五版兩套，可知該書至少出過五版，而且五版與初版相距只有九個月，總印量已過萬，可見該書的暢銷程度。各版的出版日期和印量臚列於下：

版次	出版日期	上冊印數	下冊印數
初版	1952 年 3 月（上冊） 1952 年 4 月（下冊）	0001-2000	0001-2000
再版	1952 年 7 月	2001-3000	2001-3000
三版	1952 年 8 月	3001-4500	3001-4200
四版	1952 年 9 月	4501-7500	4201-7200
五版	1952 年 12 月	7501-10500	7201-10200

▲《中國震撼着世界》上冊（左）和下冊（右）封面

▲《咆哮長城》，萬源圖書公司分別於 1978 年 2 月和 10 月出版上下冊，將金庸（署名樂宜）翻譯的《中國震撼着世界》一字不改印行，書中提及原名是《中國震撼着世界》，但只有原著者姓名，卻沒有註明誰是翻譯者，相信是未經金庸授權的翻版書。

書前有一段由金庸撰寫（並非翻譯）的〈前言〉，可算是全書的內容簡介。全文輯錄於下：

> 本書作者賈克．貝爾登（Jack Belden）是美國人，曾任美國合眾社、國際新聞社、倫敦每日郵報、倫敦每日先驅報及美國時代雜誌、生活雜誌的記者。他在中國停留時間甚久，會說中國話。作為美國一個無黨無派的記者，他的觀察和描寫是頗為不偏不倚的。
>
> 他在本書記載他會見劉伯承、薄一波、楊秀峯、戎伍勝、趙樹理等著名人物的談話；分析劉伯承部渡黃河，淮海大戰，解放軍渡長江等重要戰役；敘述蔣介石夫婦的生活和性格，以及國民黨的內幕；描寫土地改革、婦女翻身、游擊戰爭、農民運動等大事件的真相。他這本書在英美兩國分別出版，引起了很大的注意，在不到兩年的時間中已銷了六版。
>
> 譯者中英文能力均有限，翻譯時力求忠於原作，文字不免有不流暢處，錯漏的地方敬請讀者指教。本書之出版承任先、芝蕃、凌翰、永玉諸兄協助甚多，翻譯時得到許多好友和家人的鼓勵，均在這裏致謝。
>
> —— 譯者 ——

中國震撼着世界
"CHINA SHAKES THE WORLD"
（上　冊）
定價港幣三元正
原著者：美·賈克·貝爾登
譯　者：樂　宜
出版者：文宗出版社　香港摩里臣山道二十九號
承印者：嘉華印刷有限公司　香港德輔道西三〇八號
版權所有·不准翻印
1952,3,初版　1—2000

中國震撼着世界
"CHINA SHAKES THE WORLD"
（下　冊）
定價港幣三元五角
（上冊定價港幣三元）
原著者：美·賈克·貝爾登
譯　者：樂　宜
出版者：文宗出版社　香港摩里臣山道二十九號
承印者：嘉華印刷有限公司　香港德輔道西三〇八號
版權所有·不准翻印
1952,4,　初版　1—2000

▲《中國震撼着世界》上冊（左）和下冊（右）初版版權頁

目錄

目錄（下冊）

▲《中國震撼着世界》上冊（左）和下冊（右）目錄第 1 頁

第一章　進入中國解放區

一、前言

當第二次世界大戰結束時，蔣介石必定是感到非常滿意了。時他打得無法招架的日軍，不經戰鬥而向他投降了。各西方國家也交還了條約中規定的商埠特權，承認中國是一個完全的主權國家，承認蔣是中國的合法統治者。在他本國的同胞中間，蔣的地位似乎更加穩固。在他的指揮之下，他有着一支四百萬人的陸軍，其中的三十九個師是美國人訓練而擁有美式配備的；他有任何亞洲大陸國家所從來未有的大空軍，他幾乎已把所有曾經反對過他的軍閥或政客都拘禁起來或制服了。對他職權唯一可能的反抗是一點共產黨游擊隊，他們在八年前曾被他圍困在西北貧瘠的黃土窰洞地帶中。

這位中國的獨裁者，從他戰時的藏身處重慶出來，勝利地回到他的首都南京，準備再去統治四萬五千萬人民。這一點事實上也似乎絲毫不成問題。在表面上，蔣介石好像是過去兩世紀中國歷史中最有權力的統治者了。

不到四年之後，當我寫着這幾句話時，蔣的前途有了一個急劇的轉變。他已逃離他的首都，躲藏在他的家鄉（那時他還沒有到台灣——譯者），他政府的行政院長恬不知恥地要求美國恢復不平等條約，在中國設立軍事基地，他的妻子已跑到美國來哀求美國官員們挽救那破碎的命運，

·1·

第九章　人民的戰爭

三六、活埋他們

在西方，對於人民的戰爭是不大懂的。這事相當奇怪，因為在美國與歐洲，這種現象並非完全沒有出現過。在康考德與萊辛敦（指美國獨立戰爭時——譯者）的日子中，美國曾見過這種形式的戰鬥。歐洲之見到這種戰爭，是在十九世紀時，西班牙與俄羅斯的人民組成了游擊隊與別動隊，對拿破崙的正規軍作戰。在更近的時代中，我們看到在俄國的革命、西班牙內戰、南斯拉夫民族戰爭，以及希臘的內戰中都有游擊戰發生。這種性質的戰爭的擴展，表示在將來任何的國際衝突中，游擊戰可能會發生決定性的作用。

對於這種未來的局勢，並不能以閒情逸緻的心情來看。人民的戰爭並不是羅曼蒂克的。人民的戰爭無疑是再加強早已十分猛烈的戰爭的性質。當國家被外敵侵入時，這種戰鬥進行時並不遵守通常的戰爭規律。而與內戰結合起來時，人民的戰爭一定帶了一種階級戰爭的性質。因此，它比其他任何形式的戰爭是更激烈、更堅決，更加與個人切身有關。

大約一個世紀前，克勞塞維茲（他自已承認對這問題所知甚少）說，單是進行人民的戰爭而要成為有效，必須有下列這些條件。

一、戰爭在本國內部進行

·251·

▶《中國震撼着世界》上冊第 1 頁（左）和下冊第 251 頁（右）

《朝鮮血戰內幕》

樂宜

前文〈《新晚報》新聞紀實譯作〉同樣提及，金庸在《新晚報》以筆名「樂宜」翻譯的新聞紀實報道，除了〈中國震撼着世界〉外，〈朝鮮血戰內幕〉亦在報章刊載後結集成書出版。

《朝鮮血戰內幕》同是由文宗出版社出版，只有一冊。初版於 1952 年 8 月出版，定價二元五角，印三千本，有否再版不詳。

朝鮮血戰內幕
CRY KOREA
英記者R·湯姆遜著
樂宜譯
文宗出版社出版

《朝鮮血戰內幕》封面

跟《中國震撼着世界》一樣，書前有一段由金庸撰寫（並非翻譯）的〈譯者序〉，可算是全書的內容簡介。全文輯錄於下：

> 自從朝鮮戰爭發生以來，英美方面出版了成百種敘述這戰爭的書籍。就我們所知，其中以本書及美國 I.F. 史東所作的「朝鮮戰爭祕史」最引人注意，銷量也最廣大。本書是以朝鮮戰場上的實地描寫為主，史東則以分析資料為主，兩書對朝鮮戰爭真相的揭露，都有極重大的價值。
>
> 本書在英美各國得到了廣泛的好評，一般都認為作者報道真實，見解客觀，同時有極大的戲劇性的敘述能力，使人讀過後永遠不能忘。因為作者是英國人，所以對英國軍隊特別予以好評。
>
> 作者 R. 湯姆遜是英國的名記者，過去二十五年中在世界各地採訪，經驗非常豐富。一九四〇年至一九四四年間，他在英軍情報隊工作，後來作「倫敦星期泰晤士報」記者，採訪諾曼第登陸消息。這次到朝鮮採訪，是作為倫敦「每日電訊報」的記者而去的，那是代表保守黨大資本家意見的報紙。
>
> 譯本的出版承任先、芝藩[45]、凌翰、國競諸兄協助甚多，謹此誌謝。
>
> 譯者

45　筆者案：此處「芝藩」跟《中國震撼着世界》〈前言〉提到的「芝蕃」當同屬一人，但兩處寫法有異，孰真孰誤，難以稽考。

目錄

▲《朝鮮血戰內幕》目錄

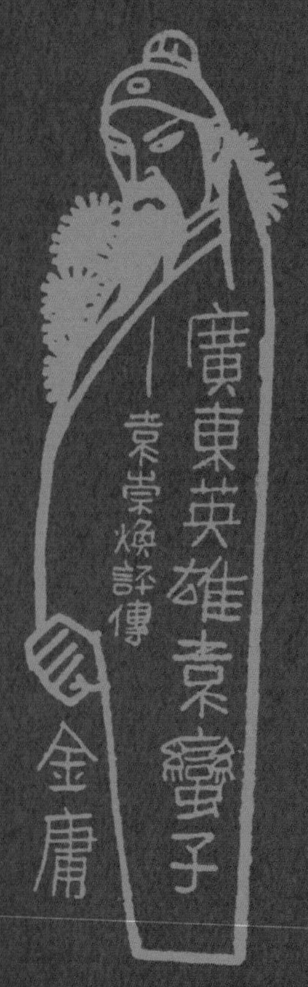

第一篇 到漢城

第一章 到某地

我在東京停留的時間，還沒有從倫敦來時在空中停留的時間久，用這種新的計時方法來計算的鐘頭，有一種特異的能力，它把我推進了它的軌道之中。除了那無法改變的日期之外，現在似乎是難以相信的，在兩天兩晚之中，我至少和一個人建立了永久友誼的基礎，還與數十個人熱情而友好地接觸了，最後是開始走上「到某處之路」。生活是奇異地迅速的進行了，那與我在家裏種馨仔時截然不同。

丸之內旅館是英國人與英共和聯邦人在東京的家庭和會面所，事實上，除了日本人與美國人外，所有「無家可歸」的人都到這裏來聚會。許多美國人也到這旅館的休息室中來，這些美國人的生活細節是旅館中其他的住客們所熟知的，他們或者喜歡，或者不喜歡。我不愛丸之內旅館的模樣，尤其是我那間像小盒子那樣的臥室，但我後來慢慢喜歡起來了。我從我九層樓的窗子中望出去，有些汗毛豎豎，除非坐飛機，否則我不喜歡處在高空，我有一種事態緊急了的感覺。

一件事情已進行了一半，我半途參加進去，什麼都摸不着頭腦，也沒有聯繫，交通困難異常，但必須設法報道新聞，想到這一點真是頭痛。在形式上，還須辦許多手續，去向官員們報到，領軍方發的通行證，安排拍發電報的手續，電報費之貴真是駭人聽聞，每個字要一先令一便士半

7

▲《朝鮮血戰內幕》第 7 頁

朝鮮血戰內幕

CRY KOREA

每冊定價港幣二元五角

原著者：英・R・湯姆遜
譯者：樂宜
出版者：文宗出版社 香港摩里臣山道二十九號
承印者：嘉華印刷有限公司 香港德輔道西三〇八號

1952,8, 初版 0001—3000

▲《朝鮮血戰內幕》版權頁

《中國民間藝術漫談》

林歡

前文〈《大公報》文藝文章〉提及，1956年6、7月間，中國民間藝術團訪港演出，金庸觀賞過後，在《大公報》發表十篇談論藝術團演出的雜文。其後再添加署名「姚嘉衣」的雜文，有談論歌舞和京劇的，有在專欄〈影談〉評論中國電影的，同年十月結集成《中國民間藝術漫談》一書出版。

《中國民間藝術漫談》封面

該書〈後記〉詳述了成書經過：

> 這本小冊子裏，歌舞部分與京劇部分的雜文，是在一九五六年六、七月間寫的，這時「中國民間藝術團」在香港的演出，成為香港藝術史上一件空前未有的轟動大事。這些雜文是我當時發表在報紙上的急就之作，目的是在向海外觀眾們解釋藝術團演出節目的內容。
>
> 電影部分寫於一九五四年到一九五六年。
>
> 為了配合演出和電影，這些雜文都是在當晚看戲、當晚就寫的狀態下趕出來的，所以事後校閱，頗覺文字粗率，更加缺乏學術上的深度。因為主要的目的在說明，所以批評意見就寫得極少。由於久在海外，沒有機會聽到我國藝術大師與理論家們精闢的言論，沒有機會經常看到國內重要的演出、影片、與關於藝術的各種評論文字，不免孤陋寡聞，所以這些雜文採用的是一種個人漫談，隨意抒發己見的形式。
>
> 這些年來我的專業工作是報紙編輯與電影劇本的寫作，這些短文都是業餘之作。由於我對聲樂與京劇沒有比較完備的知識，所以這裏大多數的短文，只能是一個業餘欣賞者膚淺的雜感紀錄。
>
> 速寫是李流丹兄的作品，照片大部分是張光亮兄的作品，感謝這些插圖使這本小書增加了光采！

《中國民間藝術漫談》由長城畫報社出版，1956年10月初版，全書正文有一百三十六頁，定價一元四角，印四千本，有否再版不詳。

《中國民間藝術漫談》全書分三輯，分別是〈歌舞〉、〈京劇〉和〈電影〉，共計二十三篇。臚列於下：

輯名	篇名	文章出處	署名
第一輯 歌舞	「荷花舞」	1956.6.26〈風飄香袂空中舉——談「荷花舞」與「採茶撲蝶」〉	林歡
	「採茶撲蝶」	1956.6.26〈風飄香袂空中舉——談「荷花舞」與「採茶撲蝶」〉	林歡
	「劍舞」與「扇舞」	1956.7.13〈劍舞・扇舞・獅子舞〉	林歡
	「獅子舞」與「兩個小夥子摔跤」	1956.7.13〈劍舞・扇舞・獅子舞〉	林歡
	黃虹八歌	1956.7.18〈黃虹八歌〉	姚嘉衣
	從周小燕的歌談起	1956.7.19〈談幾首歌曲〉	姚嘉衣
第二輯 京劇	「除三害」	1956.6.23〈真名士大英雄——談「除三害」〉	林歡
	「慶頂珠」	1956.6.28〈吟到恩仇心事湧——談「慶頂珠」(上)〉	林歡
		1956.6.29〈吟到恩仇心事湧——談「慶頂珠」(下)〉	林歡
	「三岔口」與「打店」	1956.7.3〈「英名蓋世三岔口 傑作驚天十字坡」(上)〉	姚嘉衣
		1956.7.4〈「英名蓋世三岔口 傑作驚天十字坡」(下)〉	姚嘉衣
	「姚期」	1956.7.12〈談「姚期」〉	林歡
	「獅子樓」	1956.7.10〈談「獅子樓」〉	林歡
	「空城計」	1956.7.16〈談「空城計」〉	林歡
	「斬雄信」	1956.7.17〈「斬雄信」與「桑園會」〉	林歡
	「桑園會」	1956.7.17〈「斬雄信」與「桑園會」〉	林歡
	「盜御馬」	1956.7.14〈談「盜御馬」〉	林歡
第三輯 電影	「梁山伯與祝英台」	1954.12.8〈影談〉〈看「梁山伯與祝英台」〉	姚嘉衣
		1954.12.15〈影談〉〈談「梁祝」與「鑄情」〉	姚嘉衣
		1954.12.31〈影談〉〈「梁祝」的「十八相送」〉	姚嘉衣
		1955.4.20〈影談〉〈民間文學和「梁祝」〉	姚嘉衣
	「秦香蓮」	1956.1.1〈影談〉〈「秦香蓮」的主題〉	姚嘉衣
		1956.1.6〈影談〉〈「秦香蓮」中的衝突〉	姚嘉衣
		1956.1.19〈影談〉〈「秦香蓮」中的包公〉	姚嘉衣
	「天仙配」	1956.7.24〈談「天仙配」〉	姚嘉衣
		1956.7.28〈影談〉〈再談「天仙配」〉	姚嘉衣
		1956.8.2〈影談〉〈「天仙配」與希臘神話〉	姚嘉衣
	「閩南傀儡戲」	1954.6.18〈影談〉〈全世界歷史最久——談「閩南傀儡戲」〉	姚嘉衣
	「敦煌壁畫」	1955.6.28〈影談〉〈談「敦煌壁畫」〉	姚嘉衣
	紀錄片「中國民間歌舞」	1954.6.23〈影談〉〈中國舞蹈的特點——再談「中國民間歌舞」〉	姚嘉衣
	紀錄片「中國民間藝術」	1956.3.28〈影談〉〈「中國民間藝術」〉	姚嘉衣
	「紅樓二尤」	1954.3.18〈影談〉〈漫談「紅樓二尤」(上)〉	姚嘉衣
		1954.3.19〈影談〉〈漫談「紅樓二尤」(下)〉	姚嘉衣

中國民間藝術漫談

林 歡 著

出版發行： 長城畫報社
香港畢打街畢打行六〇七室

印刷： 僑光印務有限公司
香港英皇道九五一號

1956年10月初版 136P. 1—4,000
定價一元四角

◀《中國民間藝術漫談》版權頁

「中國民間藝術」漫談 目次

第一輯 歌舞

第二輯 京劇

第三輯 電影

▲《中國民間藝術漫談》目次

「荷花舞」

「日照新粧水底明，風飄香袂空中擧。」這是李白又詠美人又詠荷花的詩句，拿來描寫中國民間藝術團演出的「荷花舞」，眞是確切不過了。

那是在幽靜的水邊，湖水起着一點兒漪漣，水面淸圓，一一風荷擧。波心蕩漾着一朶白蓮，四周圍是染着胭脂的紅蓮。在朦朧的輕霧中，在微微的淸風下，荷花似乎在水面緩緩滑動。花正盛開，淸香遠遠地送出去……

（「荷花舞」中飾白蓮的王珊）

「荷花舞」所表現的是這樣一個優美的意境。它的主題思想，我想是表示在和平安定的環境中，優美的事物能得到絢爛的發展，正如歌詞中說：「蓮花朝太陽，風吹千里香。祖國啊，光芒萬丈，你像蓮花正開放！」

「荷花舞」是從民間歌舞「走花燈」中發展出來的，本來是陝甘一帶秧歌表演節日之一，由一個老年

—3—

◀《中國民間藝術漫談》第3頁

現節錄〈除三害〉金庸評論該齣京劇的相關內文於下：

> 「除三害」是舊戲「應天球」中的一部份，我在舞台上看到，這還是第一次。據說在富連成科班，這是教學生的功課之一，富連成出身的生角與淨角是沒有不會的。可是因為過去賣座不佳，極少貼演，我只在唱片中聽過言菊朋唱的一段。然而，這是多精采的戲啊。王濬與周處對唱那一場，兩人身段之美、唱詞之緊湊，實在是京劇中第一流的佳作。上次在長城公司拍的紀錄片中看到袁世海和李和曾合演此戲，覺得十分精采，現在在舞台上再看到譚富英和裘盛戎合演，真覺各有千秋，一時瑜亮。
>
> 「除三害」的主題思想是知過必改，為民除害。殺虎斬蛟還不希奇，難得的是把自己從壞人變為好人，除掉這一害是最高貴，最勇敢的行為。正如宋末鄭所南題「周處除三害圖」云：「一朝周處奮英豪，三害皆除豈憚勞，若是不能降自己，縱屠龍虎不為高。」在歐美的戲劇中，我們最常見的英勇行為是打敗敵人、為父報仇、為保護某某小姐的榮譽而戰鬥等。如果主角犯了罪，總是讓他受到劇烈的痛苦而遭受懲罰，很少把改過作為一種英勇的行動來加以讚揚。例如在「馬克白斯」中，主角做了壞事後內心痛苦、受到難堪的煎熬，然後是死亡。當然這些也是偉大的戲劇，但總似乎不及「除三害」這樣積極、樂觀而明朗。
>
> 在袁、李合演的「除三害」，李和曾飾的是老人時吉，這次譚富英飾的則是太守王濬。譚裘這次比袁李在澳門的演出較為完備，從周處砸窰演到王濬唱「周處今日如夢醒，定能改過作好人」而完結，但後來周處殺虎、斬蛟以及和太守相認的幾場戲還是略去了。我想後面這些戲本來有點多餘，周處既然悔悟，基本的戲劇衝突已經解決，如「京劇叢刊」中所寫的殺虎斬蛟等等是想當然的事。但人民唱片中所灌的袁李「除三害」多了一個轉折，那就極佳，周處殺蛟不歸，百姓皆大歡喜，周處見了氣憤得想自殺。這個根據「世說新語」中所記載的戲劇衝突極有力量，成為周處改過遷善的主要動機。如沒有強烈的刺激，單是聽人一勸馬上改過，這轉變未免太輕易了些。

《論祖國問題》

黃愛華

前文〈《明報》〈論祖國問題〉〉提及，《明報》〈自由談〉專欄由 1963 年 9 月 3 日起，出現一系列以〈論祖國問題〉為名的文章，至 1964 年 3 月 9 日止，共計文章二十篇，分六十四則刊出。其後將文章與十篇相關的讀者來函結集成書出版。

該書〈序言〉由明報編輯部撰寫（或許是金庸本人亦未可料），記述了成書經過：

> 我們辦報的宗旨，是實事求是，將真正的事實不加任何歪曲的向讀者們報道。在評論上，我們也是一本良心，力求公正，不受任何偏見所左右。我們對每一件事情的

評價，是根據它本身的善惡是非，而給予應有的判斷。

明報的「自由談」副刊向來門戶大開，容納各種各樣不同黨派、不同政見的讀者們來發表意見，甚至攻擊明報本身的文字，我們也照樣刊登。「自由談」創刊時，提出「有容乃大，無欲則剛」八個字，作為我們的信條。我們相信，真理愈辯愈明，只要能有自由討論的機會，真理終於會出現。我們決不敢相信我們所提出的一切意見都是對的，但只要我們永遠不拒絕別人的指教和批評，那麼我們的任何錯誤始終都會有改正的機會。

黃愛華先生的長文「論祖國問題」在明報刊載以來，引起了讀者們極廣泛的興趣，討論的文章真的如潮水般湧來。這不僅僅由於黃先生不偏不倚的態度、悲天憫人的感情、公正開明的分析引起了廣大讀者的注意，更重大的原因，是他所談論的問題，正是每個華人所深切關注的。

這個單行本，是應許多讀者們的要求而印行的。文末附錄了十篇讀者的來稿，那只是許多來稿中的一個極小部份。

《論祖國問題》由明報出版社出版，1964 年 8 月初版，全書正文有一百九十三頁，平裝本定價一元五角，精裝本定價不詳，兩者印量不詳，有否再版亦不詳。

現將《論祖國問題》最後一章〈二十　我們努力的道路〉輯錄首兩段（第 163 頁）於下：

筆者執筆至此，關於祖國問題的專論已至尾聲。對於中共自一九四九年在大陸執政以來，各種措施與後果，大陸同胞所身受的遭遇和處境，筆者已力求公正的加以討論。筆者雖是身處海外，但所收集的資料力求詳備，避免任何道聽塗説或是故意的歪曲。筆者深信這些討論，對於我們每個寄跡異域，有熱血、有愛國心的炎黃子孫，在考慮到我國國家民族的所需，以及如何達到此目的之時，當有若干參考價值，而對我們在事實與幻想之間，希望與危險之間的抉擇，或許不無協助。

我們需要一個值得我們驕傲的強盛祖國，但我們並不需要一個聲勢洶洶，使人「畏」而不使人「敬」的國家。我們希望能見到祖國的經濟與文化日進佳境，但我們所要求的是真憑實據的事實，而不是各種各樣巧妙的宣傳，不是妄貶他人而使自己顯得出眾的假東西。我們已談論了中共統治下的許多事實，同時，我們也需要考慮一下，我們身處海外的中國人，到底與祖國之間應當處於怎樣的一種關係。

▲《論祖國問題》平裝本（上）和精裝本（下）封面

論祖國問題

著作者：黃　愛　華
出版者：明　報　出　版　部
地址：香港謝斐道三九九號
印刷者：永　聯　印　刷　公　司
地址：香港北角渣華道一一〇號
定　價：每冊港幣一元五角

1964年八月出版
Printed in Hong Kong

▲《論祖國問題》平裝本版權頁

目錄

▲《論祖國問題》目錄

二十　我們努力的道路

筆者執筆至此，關於祖國問題的專論已至尾聲。對於中共自於一九四九年在大陸執政以來，各種措施與後果，大陸同胞所身受的遭遇和處境，筆者已力求公正的加以討論。筆者雖是身處海外，但所收集的資料力求詳備，避免任何道聽塗說或是故意的歪曲。筆者深信這些討論，對於我們每個寄跡異域，有熱血、有愛國心的炎黃子孫，在考慮到我國國家民族的所需，以及如何達到此目的之時，當有若干參考價值，而對我們在事實與幻想之間，希望與危險之間的抉擇，或許不無協助。

我們需要一個值得我們驕傲的強盛祖國，但我們並不需要一個聲勢洶洶，使人「畏」而不使人「敬」的國家。我們希望能見到祖國的經濟與文化日進佳境，但我們所要求的是真憑實據的事實，而不是各種各樣巧妙的宣傳，不是蒙蔽他人而使自己顯得出衆的假東西。我們已談論了中共統治下的許多事實，同時，我們也需要考慮一下，我們身處海外的中國人，到底與祖國之間應當處於怎樣的一種關係。

為什麼不反抗？

祖國在經濟與社會上的具體情況，我們已分別論述，這裏不必重複。顯然，我們對中共的各種作為，大部份是感到十分不滿意的。然而，為什麼廣大的人民羣衆不加反抗呢？為什麼羣衆的力量，不

·163·

◀《論祖國問題》第 163 頁

天涯新劍錄
乙篇

閒話金庸
文字軼事
与歷史

1
《明報》的「七兄弟姊妹」及其他「家族成員」
明窗小札

1969 年 12 月 1 日《明報晚報》創刊當日，《明報》發表社評〈《明報》的小七妹誕生〉，張圭陽《金庸與報業》記述其事：

> 《明報》社評曾經形容《明報》是大哥，《武俠與歷史》雜誌是二哥，《明報月刊》是三哥，四哥、五哥是孖仔，四哥是新加坡《新明日報》，五哥是馬來西亞《新明日報》，六妹是《明報周刊》，七妹是《明報晚報》。
>
> 事實上，《明報》還辦有兩份刊物，一是《野馬》雜誌，一是《華人夜報》，社評中沒有提及。
>
> 《野馬》雜誌 1962 年創刊，1969 年停刊。《野馬》的性質與《武俠與歷史》雜誌接近，內容更為蕪雜，由於《野馬》只是查良鏞與沈寶新二人合辦的雜誌，因此並不計算入《明報》的集團之內。
>
> 《華人夜報》於 1967 年 9 月 22 日創刊，社長是查良鏞的第二任夫人朱玫，總編輯及督印人是王世瑜，總經理是沈寶新，查良鏞並不負任何職務。[1]

1　張圭陽：《金庸與報業》。香港：明窗出版有限公司，2000 年 6 月初版，頁 168-169。

《野馬》雜誌和《華人夜報》不算入《明報》的「七兄弟姊妹」，或許更有一個原因，就是該則社評見報之日，二者已經停刊。

《金庸與報業》補充解釋何以《野馬》和《華人夜報》不入「七兄弟姊妹」之列，確實釋去讀者的疑問，然而卻忽略了其時已停刊的《東南亞周刊》和《明報星期畫刊》，還有或許連金庸也不太重視的《明報馬寶》，以及忽略了八十年代《明報》旗下曾經增添過的兩名短壽「家庭成員」:《財經日報》和《明報電視》週刊。

本文逐一介紹上述刊物。

《明報》

1959 年初，金庸和中學同學沈寶新註冊成立「野馬出版社」，準備出版一份十日刊雜誌，以刊登武俠小說為主。三月，距離雜誌出版前兩個月，報販建議，與其出版十日刊或半月刊，不如辦一份日報，天天出版，賺錢更易，於是，取「明辨是非」之意，給報紙取名《明報》，報名由電懋公司製片部主任兼著名書法家王植波所題。金庸出資八萬元，沈寶新二萬元，於 1959 年 5 月 20 日創刊。

《明報》創刊號出紙一張共四版，尺寸是一紙四開的小報，即與今日的免費報紙大小相若。第一版是社會特稿，另有由金庸撰寫的〈發刊詞〉，闡明創辦《明報》的宗旨；第二版是副刊，共刊載六篇故事，其中五篇是連載；第三版也是副刊，共刊載五篇小說及一篇漫畫故事，其中重頭戲《神鵰俠侶》即刊於該版的最頂當眼位置；第四版是雜文、小品、漫畫之類，全份報紙沒有新聞報道。售價一毫，印八千份，沒賣完。

至第十八天（1959 年 6 月 6 日）開始改版，擴大為一紙兩開的尺寸，一直沿用至今。

《明報》〈發刊詞〉談及創辦的目的，現輯錄於下：

> 「公正　善良　活潑　美麗」
>
> 「明報」是一張同人的報紙，也是一張讀者的報紙。
>
> 它是同人報紙，因為這是幾個愛好新聞事業的朋友合資創辦的。我們的力量很微薄，出版這麼一張報紙本來相當冒險。但我們有一個很大的優點，那就是幾乎全香港所有主要的作家都支持我們，在直接和間接的帮助這張報紙。以後，我們要進一步的聯繫各位作家，不論他是老前輩還是青年作家，不論他是極著名的還是初學習寫作的。雖然「明報」是一張小型報，但我們有把握這樣說，在這報上可以看到香港與澳門所有主要作家的作品。
>
> 它是讀者的報紙，因為我們辦報的目的不是要宣傳什麼，也不是為什麼商品作廣告，我們只是希望能辦成一張精緻的、生動的、健康的小小報紙，為那些喜愛精緻、生動、健康事物的人們所喜愛。
>
> 我們的信條是「公正、善良、活潑、美麗」。我們決心要成為你一個甜蜜的知心的朋友，跟你說說故事、講講笑話，討論一下問題，但有時候，也向你作一些溫文的勸告。

發刊詞

「公正　善良　活潑　美麗」

「明報」是一張同人的報紙，也是一張讀者的報紙。它是同人報紙，因爲它是幾個愛好新聞事業的朋友合資創辦的。我們的力量很微薄，出版這麼一張報紙未來相當冒險。但我們有一個很大的優點，那就是幾乎全香港所有主要的作家都支持我們，在直接和間接的幫助這張報紙。以後，我們要進一步的聯繫各位作家，不論他是老前輩還是青年作家，不論他是極著名的還是初學習寫作的。雖然「明報」是一張小型報，但我們有把握這樣說，在這報上可以看到香港與澳門所有主要作家的作品。

它是讀者的報紙，因爲我們辦報的目的不是要宣傳什麼，也不是爲什麼商品作廣告，我們只是希望能辦成一張精緻的、生動的、健康的小小報紙，爲那些喜愛精緻、生動、健康事物的人們所喜愛。

我們的信條是「公正、善良、活潑、美麗」。我們決心要成爲你一個甜蜜的、知心的朋友，跟你說說故事、講講笑話，討論一下問題，但有時候，也向你作一些溫文的勸告。

當然，我們也十分歡迎你向我們說故事、講講笑話、討論一些問題，提出一些勸告，把我們當作你一個甜蜜的知心的朋友。

▲《明報》1959 年 5 月 20 日創刊號〈發刊詞〉

> 當然，我們也十分歡迎你向我們說說故事、講講笑話、討論一些問題，提出一些勸告，把我們當作你一個甜蜜的知心的朋友。

《明報》創刊於 1959 年 5 月 20 日，日子並非隨意揀選的。前一天，即 5 月 19 日，金庸還在《香港商報》連載最後一期的《射鵰英雄傳》，大結局後的翌日，就是《明報》的生辰，目的顯而易見，就是由於《射鵰英雄傳》廣受歡迎，金庸藉着勢頭，在自己創辦的報紙撰寫情節接續《射鵰》的《神鵰》，把追看開他的小說讀者，給拉攏過來買《明報》。當時《射鵰》受歡迎的程度如何？下文可見一斑：

> 等到《射鵰英雄傳》一發表，更是驚天動地，在一九五七年，若是有看小說的人而不看《射鵰英雄傳》的，簡直是笑話。[2]

金庸這招「乾坤大挪移」確是奏效。

> （金庸）的武俠小說在《新晚報》、《香港商報》連載已擁有大批讀者，許多人為了看他的武俠小說而買《明報》。《明報》能奇蹟般地活下來，首先是他的武俠小說吸引了一批固定的讀者，說《明報》是他的武俠小說支撐起來的並不過分。[3]

金庸自知自己是「生招牌」，因此其後創辦的刊物，很多時都由他親撰小說來做賣點。這點往後再個別說明。

2　倪匡：《倪匡新編》。香港：大山文化出版社有限公司，2022 年 7 月第一版第三次印刷，頁 47。

3　傅國湧：《金庸傳》。新北：INK 印刷文學生活雜誌出版有限公司，2016 年 2 月初版，頁 161。

明報

第一號
今日出紙壹張
本港零售港幣壹毫
督印人：沈寶新
地址：九龍尖沙咀
彌敦道文遜大廈
四〇八室
電話：六九〇一四
承印人：景星印刷公司
香港荷里活道三十號

美國「展望」雜誌載

一個美國人在中國

—地球上四分之一人口的眞象—

為什麼我到中國去？

我看到了甚麼？

為什麼我發愁？

本文作者戴上衞生口罩

公社制度

再會發生革命麼

汽車和飛機

美國的經濟封鎖

美國女明星山杜拉提在新片「懷抱裡的陌生人」中。

發刊詞

「公正　善良　活潑　美麗」

上床閨女　下床寡佬

香港床位住客五十萬

（原作約翰・史特勞姆，凌妤望譯）

銀色消息

中聯新人排話劇

「新聞人物」明天上鏡

朱紅和「青春幻想曲」

張瑛與羅艷卿是「最佳搭檔」

玉女受了兩家茶

裁判員臨陣脫逃

（本報記者）

明報創刊紀念

峨嵋影片公司敬賀

▲《明報》1959 年 5 月 20 日創刊號第一版

一九五九年五月二十日　星期三　農曆己亥年四月十三日　（3）

神鵰俠侶

金庸　雲君插圖

一：深宵怪客

「越女採蓮秋水畔，窄袖輕羅，暗露雙金釧。照影摘花花似面，芳心只共絲爭亂。鷄尺溪頭風浪晚，霧重烟輕，不見來時伴。隱隱歌聲歸棹遠，離愁引着江南岸。」

這一首「蝶戀花」詞，是北宋大詞人歐陽修所作，寫的是越女採蓮的情景，雖只寥寥六十字，但季節、時辰、所在、景物、以及越女的容貌、衣着、首飾、心情、無一不描繪得歷歷如見，下半闋更是寫景中有敘事，敘事中夾抒情，自近而遠，餘韻不盡，的是大詞人手筆。

看官，歐陽修在江南為官甚久，是以江南風物，恍如藏之胸中一般。想那江南春日楊柳，初夏櫻桃，確是令人迴腸盪氣，而秋水盈盈之時，小溪中紅裳少女共採蓮子，那情懷更是醉人如酒。

且說南宋理宗年間，江南湖州有一個小鎮，叫做菱洲。時近中秋，荷葉漸殘，蓮肉飽實，鎮旁小溪之中，有五個少女坐着小船，和歌嬉笑，盪舟採蓮。這五個少女中有三人是十五六歲上下，另外兩個卻都只有九歲。這兩個幼女是中表之親，表姊姓程，單名一個英字，表妹姓陸，名叫無雙。兩人只相差半歲年紀，可是程英秀雅文靜，陸無雙卻是十分的活潑，兩個兒性格截然不同。

那三個年長少女唱着歌兒，把小舟從荷葉叢中盪將出來。程英道：「表妹你瞧，這怪老伯伯還在這兒。」說着伸手指向垂柳下的一人。那人滿頭亂髮，鬍鬚也是蓬蓬鬆鬆如刺蝟一般，鬚髮都是油光烏黑，照說年紀不大，可是滿臉皺紋深陷，卻似個七八十歲的老翁。他所穿的衣服更是奇特，上身套着一隻千穿百孔的麻袋，下身卻穿了一條九成新的錦緞女褲，褲腳邊兒上還繡着一對對的蝴蝶。他右手拿着一個小孩兒玩的搖鼓，不住價咚咚的搖着，雙眼向前直呆呆直觀。

陸無雙道：「這瘋子在這兒坐了三天啦，怎麼肚子不餓？」程英道：「唉，別叫他瘋子，他聽見了要生氣的。」陸無雙道：「他生氣那才好看呢。」從小舟中拿起一個蓮蓬，往那怪人頭上擲了過去。

小舟與那怪客相距約摸八九丈，陸無雙年紀雖小，手上勁力竟自不弱，這一擲也是極準，程英叫了聲：「表妹！」待要阻止，已然不及，只見那蓮蓬撲着一股勁風，逕往怪客頭上飛去。那怪客頭顱一昂，已咬住蓮蓬。（一）

瘋狂的大砲

西洋豪俠小說精選　雨果作

「瘋狂的大炮」，是法國大小說家雨果歷史小說「九十三年」中精采的一段，其中驚險緊張，驚心動魄之處，一定使你看得氣也喘不過來。——編者——

一：一隻不可思議的野獸

船長沒有來得及回答，大副的話被一聲慘叫打斷了，同時他們又聽到一種又奇怪又可怕的大聲。這叫聲和這大聲都是從船艙裏傳出來的。

船長和大副急忙向炮艙跑去，但是他們下不去。所有的炮手們都在瘋狂地疾速向上跑。

一件可怕的事變發生了！

炮台中有一尊二十四磅的大炮突然掙斷了束縛。

這也許是海上意外事變中最可怕的一種。對於一艘在汪洋大海中順風疾航的船不會發生比這更可怕的事了。

一尊掙斷了鎖索的巨炮，突然變成一隻不可思議的野獸。牠本是一架機器，却把自己變成了一個怪物。牠立在牠的輪子上像桌球一般迅速地滾動着；用牠的輪子滾着，用牠的鐵身子橫衝直撞；來回滾着，停息片刻，像是在沉思，然後又繼續滾，像箭一般，從船的一端衝向另一端，兜着圈子，向旁邊跳躍，閃避，破壞，殺人，殲滅。牠像一隻破城槌，自己任性地在撞着城牆。而尤其這隻槌是金屬的，而這堵牆却是木頭的。我們人可以說這永世的奴隸在為自己復仇，彷彿有一種邪惡的威力藏在我們所謂的無生命的物件裏，突然爆發了出來。牠那樣子彷彿發了脾氣，在尋找着一種兇猛的，神秘的報復方法，沒有甚麼比這無生物的憤怒更難克服。這瘋狂的鋼塊有豹子的敏捷，有大象的重量，有老鼠的靈巧，有斧子的堅硬，有波濤的突然，有閃電的速度，有如墳墓的不聽命令。牠有一萬磅重，滾跳起來却像小孩的皮球。牠的飛滾有如瘋狂的旋風，會突然轉一個直角。這怎麼辦呢？如何解決呢？雷雨可以平息，旋風可以渡過，風可以息，桅杆斷了可以換一根，一個漏洞可以堵上，火可以滅；可是有甚麼方法可以控制這隻黃銅打的巨獸呢？用甚麼方法去攻打牠呢？

你可以使巨犬聽話，你可以嚇一條牛，迷醉一條蟒蛇，可恐嚇一隻老虎，馴服一頭獅子；可是對這樣一個怪物——一尊脫了鎖索的大炮，却沒有辦法。你不能殺牠，因為牠是死的；但同時牠也是活的。牠以一種上帝賦給牠的兇惡的生命活着。

牠在船板上遊戲着。船搖動着牠，海搖動着船，風搖動着海。這破壞者是一個玩物。船，波浪，和風都協助牠，因此更助長了牠的瘋狂。怎樣才能克服這個錯綜的瘋狂呢？怎樣才能束縛這怪物似的機器使牠不致把船撞毀呢？

赤眉女傑

宋玉

第一章・綠林山　（一）

我國歷史上最混亂的時代，除了東周末年列國紛爭之外，便要數西漢末年王莽稱帝後至劉秀得國那一段時期了。王莽篡漢，厲行新政，但所謂新政，其實只得個表面上的名稱，事實上他並沒有定出一個決策來領，制度搖擺不定，官吏貪贓爲奸，假借新政名目，強征暴，民不聊生，天下愁怨，同時北方邊境的匈奴、西方邊境的戎族，也不斷侵擾，王莽爲着防邊，竭盡國中的資源，來作邊防的軍費。在邊境駐屯的吏民，所至放縱。耗費軍實，在內地的郡縣，却被徵發得粒米無存，百姓們棄家流轉，亡命爲盜。更壞的是，天災也來湊趣，不是大旱，便是大雨。天鳳元年夏四月，已到夏天，也會突然降起霜雪，把田禾冷死，地皇天皇秋九月，連下了六十多日的大雨。跟着來了一場大蝗災。使到關東的百姓人相爲食。這一來更使王莽慌了手脚，他本來搖擺的政策，便愈發搖動，終於失掉了任何信心，迷信起符讖來了。國家大政，委決於無稽的符籙讖文，那有不大亂的道理。

這一個時期，盜賊之多，遠超過歷史上任何一個時代。而最大的一股，便是赤眉。赤眉事實上是劉秀的開路先鋒，沒有赤眉倡亂於先，可能不會誘起劉秀的起事，這正等於陳涉吳廣是劉邦的先導一樣。沒有陳吳，劉邦也未必敢發難。赤眉對於劉秀所起的決定作用，也許還甚於陳吳之對劉邦，因爲赤眉初起時，便把王莽的官兵，打得七零八落，到劉秀起事時，王莽的實力已經不能應付了。

赤眉在樊崇等領導之下，幾乎得到天下。可是，樊崇所立的皇帝劉盆子，實在太不濟事，而且也太年輕了，根本比不上劉秀。是以赤眉進入長安之後，仍不免於失敗。其後樊崇，劉盆子向劉秀投降時，尚有十多萬勁卒，可見其全盛時的勢力爲何如了。

赤眉的初起，並非一個領袖，而是由無數反抗暴政的地方勢力匯合而成的。其中有一股勢力，領導的人物是一個女孩子，她是本書的主角赤眉女傑平原人遲昭平。

遲昭平的起義，僅後於樊崇一年。樊崇初起時才得百餘人，一年後由於各方歸附，才聚至萬多人。遲昭平却在起義之時，已有數千人了。赤眉後來能夠成爲一股大力量，遲昭平實在是決定因素。而這一個女傑的行事，更値得人們敬仰的。以下便是她的一生事迹。（未完）

一：奇鏢異犬

明清故事選

秦淮健兒

秦漁

一：一掌打死了狗

雙雄爭霸

▲《明報》1959 年 5 月 20 日創刊號第三版副刊，《神鵰俠侶》刊印於最頂位置。

《武俠與歷史》

金庸曾經透露，創辦《明報》並非他的最初志願，創辦雜誌才是他的理想，後來改變心意，方創辦《明報》。然而創辦一份以刊登武俠小說為主的雜誌，始終是他的心願。《明報》創立半年後，金庸終於一償這個心願 ——《武俠與歷史》創刊。

顧名思義，《武俠與歷史》中連載的小說，除了武俠小說以外，還有數量不少的歷史小說。第 1 至 60 期由黃鳳簫繪畫武俠插畫做雜誌封面，由第 61 期起，封面都選用文物古蹟或者歷史人物畫像的照片了，可見這本雜誌，武俠和歷史的分量，在金庸心目中不分軒輊。

《武俠與歷史》於 1960 年 1 月 11 日創刊，原來是旬刊，每月的 1 日、11 日和 21 日出版，到第 45 期（出版日期為 1961 年 7 月 21 日）起，改為週刊，逢星期五出版。第 45 期第 19 頁的啟事：「茲於本期起急起直追，自每月三期改為每星期一期」。

篇幅方面，《武俠與歷史》最初全書五十六頁，售價八角。由第 51 期起增加篇幅至九十二頁，加價至一元。其後又一次增加篇幅至一百一十頁，售價亦加到一元五角，到大概於上世紀七十年代後期，雜誌停刊時已加價至二元。

《武俠與歷史》由「武史出版社」出版，最初的編輯者只是用「編輯部」之名，由第 79 期起，改由金庸掛名編輯，其後做過主編的有倪匡、孫超凡。

本刊啓事

一、本刊過去時有脫期事情，引起讀者諸君不滿，本刊深為歉仄。最近雖已無脫期現象，但自出版以來累計脫落之期數已達十一期。茲於本期起急起直追，自每月三期改為每星期一期，逐步補足以前所脫落之期數。

二、本刊原定登載梁羽生先生兩篇長篇武俠小說，唯最近決定自旬刊改為週刊，集稿排印各方面均須大為緊張，為避免脫期起見，「聯劍風雲錄」停刊，「冰魄寒光劍」則照舊刊登。

▲《武俠與歷史》第 45 19 頁的啟事

本刊加強內容擴大篇幅啓事

本刊自旬刊改為週刊，並克服過去的脫期現象後，銷數大有增加。茲為答謝讀者諸君雅意，決定於第五十期起擴大篇幅，每期自五十六頁增加為九十二頁，即增加二分之一以上，但售價僅增港幣二角，每期定價一元。

增加者將有下列內容：

一　一期完之中篇武俠或歷史小說——邀約海外各位名家撰述，每篇四萬五千餘字，等於一本單行本之篇幅，使讀者每期均能閱讀一個完整而精采緊湊的故事，不必苦苦等候「下期分解」。

二　歷史故事——以生動文筆描寫中國歷史上的著名故事，既可作小說看，又能豐富年青讀者的歷史知識，增長學問。

三　讀者信箱——作為讀者與作者、編者之間的聯繫，解答問題，溝通感情。

四　豪氣文學選——選錄中國歷代和豪俠有關的詩文，加以評註。

五　拳術、氣功和兵器——約請專家講述，讀者可據以練習，強身健體。

同時原有連載之長篇武俠小說，將逐步更換，最後到達成「本刊所載長篇武俠小說，其他報刊全部不能轉載的目的，使讀者所讀到者，全部為各位名家的「最新力作」。

▲《武俠與歷史》第 48 期第 8 頁的啟事，預告由第 50 期起擴大篇幅至九十二頁及加價至一元。

承印者：朗文印務公司　香港北角渣華道一一〇號
編輯者：金庸
督印人：沈仲森　電話：四一二一九
出版者：武史出版社　香港德輔道中二三九號四樓
封面彩印：良友印刷有限公司　香港英皇道二六八號
總發行 海外地區：胡敏生記　香港灣仔洋船街卅二號
總代理：鄺拾記報局　香港卑利街四十六號
版權所有不准翻印

▲《武俠與歷史》第 79 期刊於目錄右側的版權資料

港幣八角　零售每冊
出版者：武史出版社　香港北角春秧街96號2樓　電話：772235
督印人：沈仲森
編輯者：武史出版社編輯部
承印者：朗文印務公司　香港北角渣華道110號
總代理：鄺拾記報局　香港卑利街46號
海外地區總發行：胡敏生記　香港灣仔洋船街32號
封面設計：黃鳳簫
封面彩印：良友印刷廠　香港英皇道166號

◀《武俠與歷史》第 1 期刊於目錄下的版權資料

萬丈懸崖

倪匡・文
李烽・圖

▲《武俠與歷史》第 2 期連載張夢還的長篇小說《雪山血痕》

▲《武俠與歷史》第 7 期刊載倪匡的一期完短篇小說《萬丈懸崖》，此為倪匡於《武俠與歷史》首度登場。

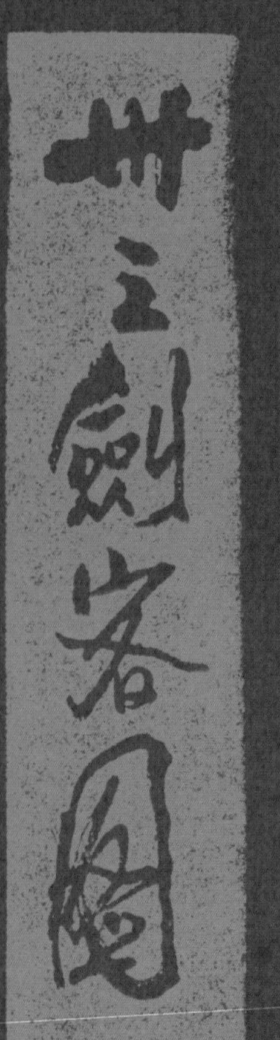

雲・文
馬 鳳・圖

▲《武俠與歷史》第 13 期刊載南宮搏一期完文章〈李太白是大唐皇族？〉

▲《武俠與歷史》第 20 期刊載馬雲的一期完短篇小說《無影腳傳奇》

— 40 —

半劍一鈴

司馬紫煙・文
雲龍・圖

一、谷中賭命

▲《武俠與歷史》第 25 期連載司馬紫煙的長篇小說《半劍一鈴》

— 42 —

烈・餤・珠

岳川・文
子瑜・圖

▲《武俠與歷史》第 26 期刊載倪匡以筆名岳川發表的一期完短篇小說《烈餤珠》

— 10 —

・武俠長篇連載・

冰魄寒光劍

梁羽生

鳳簫・圖

魔鬼城中鬧玉笛

▲《武俠與歷史》第 42 期連載梁羽生的長篇小說《冰魄寒光劍》，此為梁羽生於《武俠與歷史》首度登場。

絕代雙驕

古龍著
司馬畫

▲《武俠與歷史》第 422 期連載古龍的長篇小說《絕代雙驕》

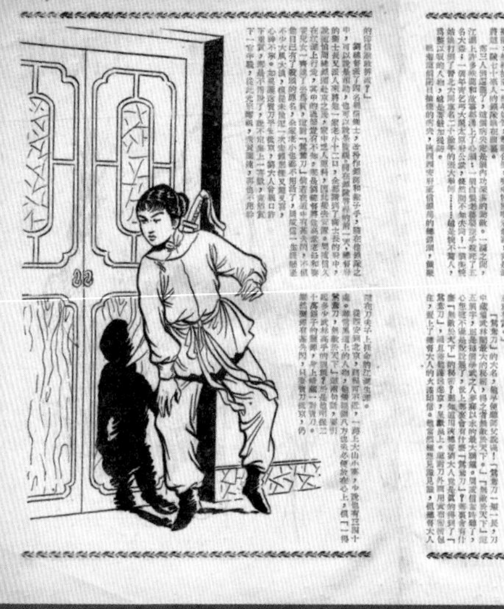

中篇武俠小說（連載）

鴛鴦刀（上）

金庸

雲君・圖

一　太岳四俠

▲《武俠與歷史》第 37 期連載《鴛鴦刀》

飛狐外傳

苗人鳳風雨追踪

金庸

▲《武俠與歷史》第 2 期連載《飛狐外傳》

《武俠與歷史》曾招攬不少名家執筆寫稿，如張夢還、倪匡、南宮搏、馬雲、司馬紫煙、岳川（倪匡筆名）、梁羽生、古龍等。

前述金庸為創辦的刊物親撰小說以催谷銷量，《武俠與歷史》的重頭賣點就是《飛狐外傳》。由第 1 期起連載，至第 74 期完結，其間有九期脫期。《武俠與歷史》的銷量大抵不錯，甚至能補助《明報》：

> 那時《明報》還在艱苦的掙扎中，全靠這份武俠小說周刊賺錢貼補。[4]

連載《飛狐外傳》期間，《鴛鴦刀》亦於《武俠與歷史》首載（第 37 至 40 期共四期）。

除了首載《飛狐外傳》和《鴛鴦刀》之外，《武俠與歷史》亦二輪連載金庸另外六部小說。茲將《武俠與歷史》二輪連載金庸這六部小說的資料詳列於下：

小說	首輪連載日期及報章	《武俠與歷史》二輪連載日期	《武俠與歷史》二輪連載期數
倚天屠龍記	1961.7.6 — 1963.9.2《明報》	1961.7.21 — 1963.9.13	45-149
天龍八部	1963.9.3 — 1966.5.27《明報》	1963.9.20 — 1966.6.3	150-290
俠客行	1966.6.11 — 1967.4.19《明報》	1966.6.17 — 1967.5.5	292-330
笑傲江湖	1967.4.20 — 1969.10.12《明報》[5]	1967.5.12 — 1969.10.31	331-460
鹿鼎記	1969.10.24 — 1972.9.23《明報》	1969.11.14 — 1972.10.6	462-613
越女劍	1969.12.1 — 1969.12.31《明報晚報》	1970.1.16	471

4　傅國湧：《金庸傳》，頁 166。

5　僅指香港，《笑傲江湖》首載應是新加坡《新明日報》，比《明報》早三十三天面世。

附帶一提，《武俠與歷史》二輪連載《鹿鼎記》跟書本版《鹿鼎記》頗有淵源。原因是翻版《鹿鼎記》的文本，並非取自《明報》的首載，而是取自《武俠與歷史》的二輪連載。

須知《鹿鼎記》沒有獲金庸授權出過正版的書本版或合訂本，翻版商如何將書本版《鹿鼎記》分回呢？《明報》的連載共分廿二回（另加一回楔子），如果翻版商依此為分回所據，那麼每回的篇幅必然過長，於是靈機一動，乾脆挪用《武俠與歷史》的二輪連載文本，將每期連載的內文，當作書本版的每一回。

至於回目，《武俠與歷史》二輪連載《鹿鼎記》，每期都另撰兩句各四個字的標題，翻版商就用第一句的四個字作為書本版的回目（偶然用第二句的四個字）。現列舉其中二十期《武俠與歷史》的《鹿鼎記》標題，與翻版《鹿鼎記》書本版的回目對比，當一目瞭然。

《武俠與歷史》			翻版《鹿鼎記》書本版	
出版日期	期數	標題	回數	回目
1969.11.14	462	人為刀俎 我為魚肉	一	人為刀俎
1969.12.12	466	人小胆大 出言無狀	五	人小胆大
1970.1.16	471	潛入禁宮 言語不敬	十	潛入禁宮
1970.2.13	475	瓜分贓銀 突成暴富	十四	瓜分贓銀
1970.5.1	486	虛聲恐嚇 臉上彫花	二五	虛聲恐嚇
1970.6.12	492	虛聲恐嚇 拍馬有術	三一	虛聲恐嚇
1970.6.19	493	虛聲恐嚇 大賣人情	三二	大賣人情
1970.8.7	500	太后寢宮 發生血案	三九	太后寢宮
1970.9.18	506	鬼屋驚魂 秘密盡洩	四五	鬼屋驚魂
1970.10.30	512	十八對一 讀碑脱困	五一	十八對一
1971.1.15	523	少林為僧 半山挨打	六二	少林為僧
1971.3.5	530	妙計脱困 父子相會	六九	妙計脱困
1971.5.21	541	阿諂挑撥 雙闖寢宮	八〇	阿諂挑撥
1971.7.30	551	尋死覓活 漢奸被刺	八八	尋死覓活
1971.8.20	554	往事如烟 禪房惡戰	九一	往事如烟
1971.10.8	561	奉旨祭天 施琅求見	九八	奉旨祭天
1972.1.7	574	妙語解厄 重回故居	一一一	妙語解厄
1972.3.24	585	共商大計 擲骰決疑	一二二	共商大計
1972.5.26	594	薄情寡義 內間現形	一三一	薄情寡義
1972.6.16	597	荒島生涯 加官晉爵	一三三	荒島生涯
1972.9.8	609	威武不屈 妙計生效	一四二	威武不屈

倚天屠龍記

金庸

雲君插画

◀《武俠與歷史》第 45 期
連載《倚天屠龍記》

天龍八部

金庸

雲君圖

▶《武俠與歷史》第 150 期
連載《天龍八部》

武俠長篇連載

金庸·文　雲君·圖

雪山派內變橫生

俠客行

宜孫

雲君圖

◀《武俠與歷史》第 322 期
連載《俠客行》

武俠長篇連載

笑傲江湖

金庸‧文　雲君‧圖

◀《武俠與歷史》第 422 期
連載《笑傲江湖》

鹿鼎記

金庸

◀《武俠與歷史》第 594 期
連載《鹿鼎記》

▶《武俠與歷史》第 471 期
連載《越女劍》

《武俠與歷史》在金庸眼中是如何定位？它的營運方針如何？姑且輯錄第100期一篇由金庸撰寫、回顧《武俠與歷史》出版百期的文章。茲輯錄部分內文於下：

> 「武俠與歷史」小說雜誌這本刊物終於出到一百期了。起初我們絲毫沒有心懷大志，希望在這本消閒性的讀物上有什麼作為，可是一出版之後，香港的作家朋友們很捧場，寫稿寫得很起勁，讀者們也很歡迎，銷路穩步的上升。情勢逼得我們非越來越加努力不可，否則未免太對不起海外這幾萬位讀者。
>
> 凡是本刊的長期讀者，自能發現「武史」在這一百期中逐步蛻變的過程。起初，「武史」百分之九十的重心放在武俠小說上，「歷史」只是作為一種點綴，但逐漸地，我們增加了一些中國歷史的材料，後來又少量加入了一些外國著名人物的材料。當然，「武史」基本上仍舊是一本消閒性的、娛樂性的刊物，可是我們的編輯方針中經常不忘記這樣的一個志願：要使讀者們在消遣和娛樂之餘，附帶的也得到一點真實的知識。於是我們改變了封面的形式，刊出一系列中國古代藝術品的彩色圖片，刊出了一系列中國歷代帝王的圖像，一系列古代的名畫，同時刊載一些與封面相配合的故事和文字。欣賞美麗的圖片，那仍舊是富於娛樂性的，但附帶的也得到了一些知識。對於我們大量的青年讀者，學生讀者，相信這不會是完全無益的。這個方針我們還會堅持下去，我們已搜集了許多中國歷代名將的圖片，名畫家所繪的人物版畫、名山大川（如少林山、武當山、峨嵋山這些武俠小說中的著名地點）的版畫，名人的書法手迹等等，準備陸續刊登。
>
> 但讀者們最感興趣的，當然還是精采的長篇武俠小說。遺憾的是，我們雖然在努力約稿，大量的精采武俠小說終究是不易得到。我們約稿的範圍早已從香港擴充到了台灣，台灣最好的武俠小說作家們是在經常替「武史」寫稿的。一方面我們也在努力發掘新的作者。……
>
> ……
>
> 許多人都說，武俠小說所以能有這麼多的讀者，是由於海外的中國人精神苦悶，無可發洩，於是從武俠小說中去逃避現實。這可能是一部份原因，但決不是根本原因。武俠小說的讀者中，佔比例最大的是青年和少年，從十歲到二十歲的不計其數。十幾歲的孩子，能有什麼苦悶？有什麼解決不了的難題，必須在武俠小說中去尋求逃避？據我想，武俠小說中展開着一個神奇的世界，人物和事件充滿着新鮮的羅曼諦克情調，本身自有它奇異的吸引力。好像吃糖果，吃冰淇淋，不一定是為了爭取營養，也不一定是為了精神苦悶需要調劑，只是為了它的美味。
>
> 我們要努力把「武史」調製成一件甜蜜的，有刺激性的，中國式的糖菓。它雖然不是飯和麵包，然而是令中國人感到津津有味的美食，雖然不一定有不得了的益處，然而也決不是有害的。

— 4 —

「武史」百期漫談

金庸

「武俠與歷史」小說雜誌這本刊物終於出到一百期了。起初我們絲毫沒有心懷大志，希望在這本消閑性的讀物上有什麼作爲，可是一出版之後，香港的作家朋友們很捧場，寫稿寫得很起勁，讀者們也很歡迎，銷路穩步的上升。情勢逼得我們非越來越加努力不可，否則未免太對不起海外這幾萬位讀者。

凡是本刊的長期讀者，自能發現「武史」在這一百期中逐步蛻變的過程。起初，「武史」百分之九十的重心放在武俠小說上，「歷史」只是作爲一種點綴，但逐漸地，我們增加了一些中國歷史的材料，後來又少量加入了一些外國著名人物的材料。當然，「武史」基本上仍舊是一本消閑性的、娛樂性的刊物，可是我們的編輯方針中經常不忘記這樣的一個志願：要使讀者們在消遣和娛樂之餘，附帶的也得到一點真實的知識。於是我們改變了封面的形式，刊出一系列中國古代藝術品的彩色圖片，刊出了一系列中國歷代帝王的圖像，一系列古代的名畫，同時刊載一些與封面相配合的故事和文字。欣賞美麗的圖片，那仍舊是富於娛樂性的，但附帶的也得到了一些知識。對於我們大量的青年讀者，學生讀者，相信這不會是完全無益的。這個方針我們還會堅持下去，我們已搜集了許多中國歷代名將的圖片，名畫家所繪的人物版畫、名山大川（如少林山、武當山、峨嵋山這些武俠小說中的著名地點）的版畫，名人的書法手迹等等，準備陸續刊登。

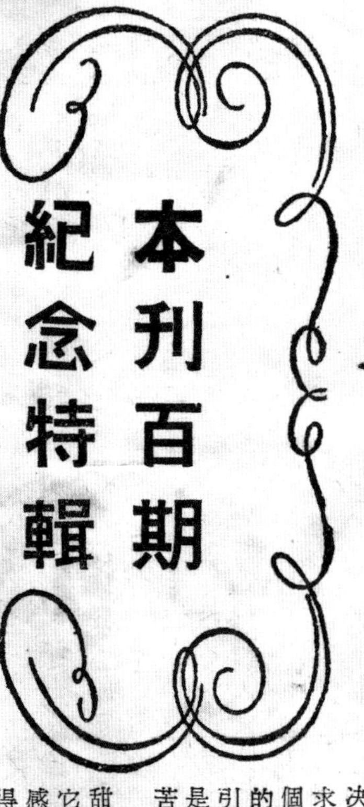

但讀者們最感興趣的，當然還是精采的長篇武俠小說。遺憾的是，我們雖然在努力約稿，大量的精采武俠小說終究是不易得到。我們約稿的範圍早已從香港擴充到了台灣，台灣最好的武俠小說作家們是在經常替「武史」寫稿的。一方面我們也在努力發掘新的作者。可以向讀者們告慰的是，「武史」所登載的武俠小說，一定能維持最高的水準。除非香港和台灣的作家們個個寫不出好作品了，那是沒有辦法，要是有好作品產生，我們總會有辦法爭取到刊載在「武史」之中。每個作家的寫作總是有高潮，有低潮；有一段時期情緒飽滿，靈感湧如清泉，也有一段時期精神苦悶，故事舒展不開。然而不可能所有的作家一齊遭逢低潮，因此讀者們在閱讀每期「武史」時，即使對其中一兩篇不滿意，但另外總有好幾篇是緊張驚險，熱鬧動人的。

中國的文化藝術，有中國人自己的體系。西洋的歌劇、話劇、巴蕾舞傳到了中國，但極大多數的中國人還是只欣賞中國傳統的戲曲。並不見得西洋的話劇、歌劇、舞劇不好，也不見得因爲水準太高而中國一般觀衆不能欣賞，只因爲中國數千年的文化傳統，自有它自己一套美妙的形式。

中國近代的小說受西洋小說影响極深，意識和技巧上都有很大進步，可是讀者最多，流傳最廣的，還是傳統的說部。水滸傳、紅樓夢、三國演義、西遊記這些眞正偉大的小說不必說了，甚至像彭公案、永慶昇平、三門街這些在意義和藝術手法上都頗不足取的說部，還是擁有極廣大的讀者，至今流傳不衰。主要的原因，那是由於這些說部的形式和內容合於中國人的口味。武俠小說在這一點上，也總是能保持中國傳統小說的風格。

許多人都說，武俠小說所以能有這麼多的讀者，是由於海外的中國人精神苦悶，無可發洩，於是從武俠小說中去逃避現實。這可能是一部份原因，但決不是根本原因。武俠小說的讀者中，佔比例最大的是青年和少年，從十歲到二十歲的不計其數。十幾歲的孩子，能有什麼苦悶？有什麼解決不了的難題，必須在武俠小說中去尋求逃避？據我想，武俠小說中展開着一個神奇的世界，人物和事件充滿着新鮮的羅曼蒂克情調，本身自有它奇異的吸引力。好像吃糖果，吃冰淇淋，不一定是爲了爭取營養，也不一定是爲了精神苦悶需要調劑，只是爲了它的美味。

我們要努力把「武史」調製成一件甜蜜的，有刺激性的，中國式的糖菓。它雖然不是飯和麵包，然而是令中國人感到津津有味的美食，雖然不一定有不得了的益處，然而也決不是有害的。

▲《武俠與歷史》第 100 期刊載〈「武史」百期漫談〉

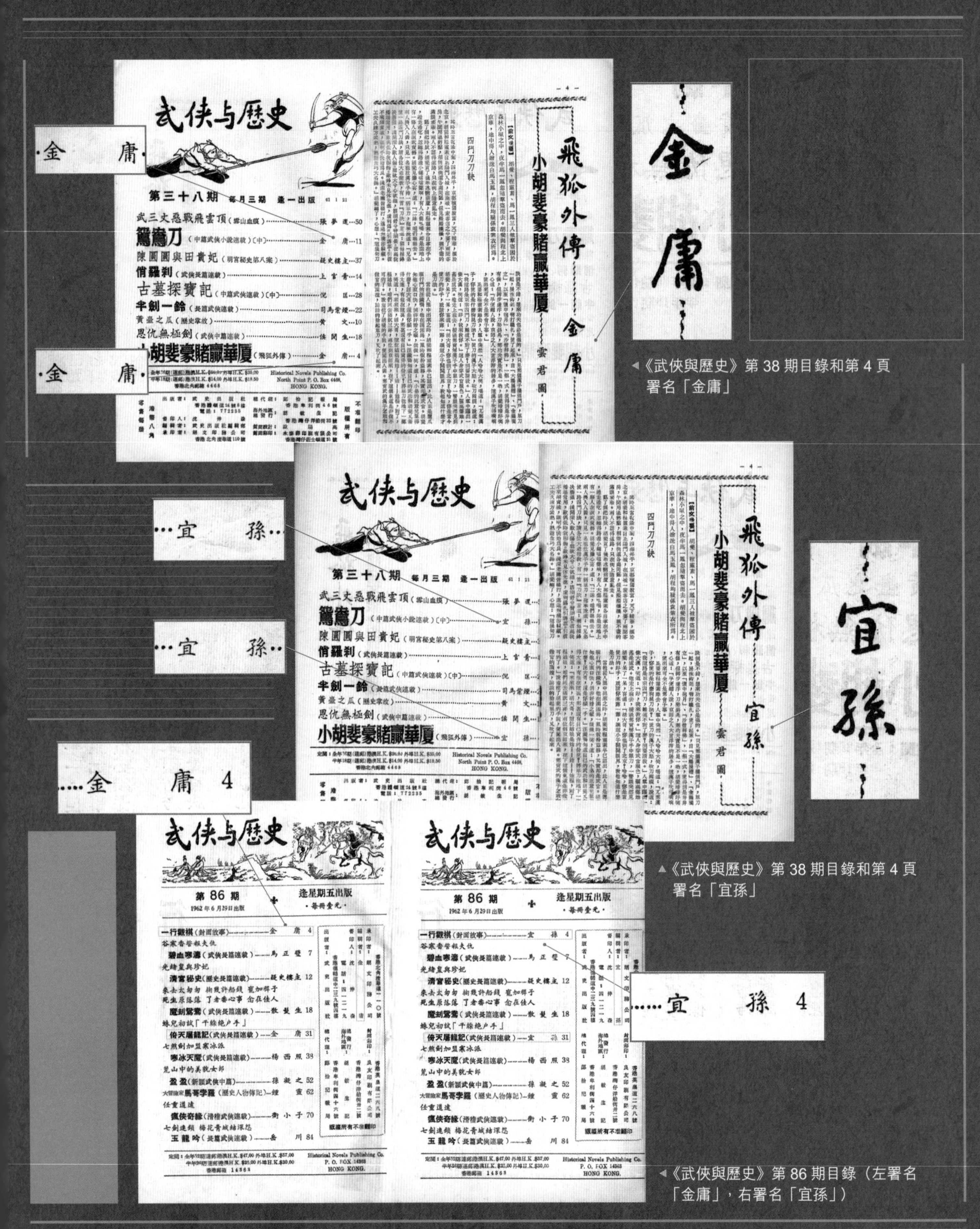

武俠与歷史

第三十八期　每月三期　逢一出版　61 1 21

·金　庸·

飛狐外傳

小胡斐豪賭贏華厦

金庸

雲君圖

四門刀刀訣

金庸

《武俠與歷史》第 38 期目錄和第 4 頁署名「金庸」

武俠与歷史

第三十八期　每月三期　逢一出版　61 1 21

…宜　孫…

飛狐外傳

小胡斐豪賭贏華厦

宜孫

雲君圖

宜孫

《武俠與歷史》第 38 期目錄和第 4 頁署名「宜孫」

武俠与歷史

第 86 期　逢星期五出版

1962 年 6 月29日出版　·每冊壹元·

Historical Novels Publishing Co.
P. O. BOX 14363
HONG KONG.

……金　庸 4

……宜　孫 4

《武俠與歷史》第 86 期目錄（左署名「金庸」，右署名「宜孫」）

武侠与歷史　第一二一期

一九六三年三月一日出版

·逢星期五出版·每冊港幣壹圓·

承印者：朗文印務公司　香港北角流脈道一一〇號
編輯　宜孫
督印人：
電話：四三一二一九
出版者：武史出版社　香港德輔道中二三九號四樓
封面彩印：良友印刷有限公司　香港英皇道三六八號
海外地區總發行：胡敏生記　香港灣仔洋船街三十二號
總代理：鄭拾記報局　香港皐利街四十六號

定閱：全年52期（連郵）港澳H.K.$47.00外埠H.K.$57.00
半年26期（連郵）港澳H.K.$25.00外埠H.K.$30.00
香港郵箱 14363　電報掛號：三三四一
Historical Novels Publishing Co.
P. O. POX 14363
HONG KONG.

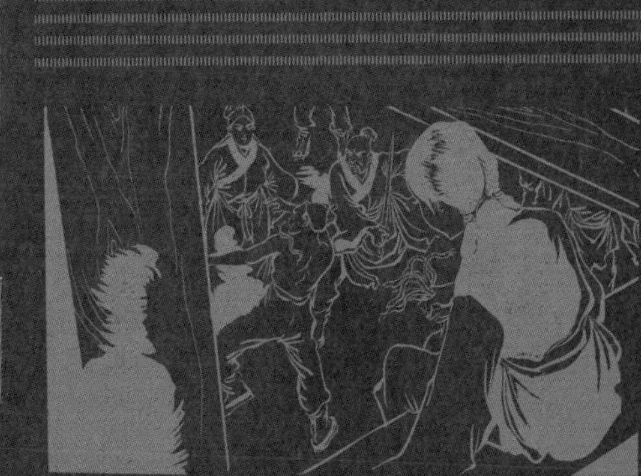

◀《武俠與歷史》第 121 期目錄
（「宜孫」小紙條覆貼在「金庸」之上）

武侠与歷史

第一九九期　一九六四年八月二十八日出版

·逢星期五出版·每冊港幣壹圓·

定閱：全年52期（連郵）港澳H.K.$47.00外埠H.K.$57.00
半年26期（連郵）港澳H.K.$25.00外埠H.K.$30.00
香港郵箱14363　電報掛號：三三四一
Historical Novels Publishing Co
P.O.BOX 14363
HONG KONG

—60—

天龍八部　宜孫　雲君圖

菩提院中　失去藏經

▲《武俠與歷史》第 199 期署名「宜孫」的《天龍八部》連載

補充《武俠與歷史》有三個令人費解之處：

一、出版日期存疑，第 45 期前印在雜誌上的出版日期殊不可靠。[6]

二、金庸在創作武俠小說前，使用過的筆名「宜孫」，竟然在《武俠與歷史》出現。

首先說明一點，這並非偶爾在某一期《武俠與歷史》的小說連載中，搞搞花樣，將「金庸」的署名撤換上「宜孫」客串登場。而是同一期《武俠與歷史》，分別有署名「金庸」和「宜孫」兩個版本，這才叫人費解。筆者手上有多本期數相同但署名不同的兩個版本，前頁圖以兩個版本的第 38 期作例，說明這情況。

如果該本《武俠與歷史》是署名「宜孫」的版本，而其中刊載「金庸」的文章，甚至是版權資料上「編輯者」的姓名，也一概換上「宜孫」。有趣的是，偶然印刷或釘裝出錯，以致目錄和內文署名不一，如第 121 期，目錄印着「金庸」而內文印着「宜孫」，補救做法是在目錄將一張印着「宜孫」的小紙條，覆貼在「金庸」上面便處理了。

署名「宜孫」的版本，論期數當不在少數。筆者藏有署名「宜孫」的《武俠與歷史》，分別有連載《飛狐外傳》、《鴛鴦刀》、《倚天屠龍記》和《天龍八部》的期數，也見過署名「宜孫」的連載《俠客行》，由第三十多期至約第三百期。至於以印量論，則難有定論，就筆者所見，署名「金庸」的較「宜孫」的為多。

三、大抵《武俠與歷史》銷量不差，有時賣斷市一段時間後，會有「再版本」，然而，奇怪的是，這個「再版本」竟然不用原本封面，反而用上更早期數的封面。筆者手上有第 57 期的初版和「再版本」各一，「再版本」三個細字印在封面右下角的期數旁，封面用第 52 期的圖畫，翻看內頁，和初版並無二致，並無註明是「再版本」，而出版日期亦和第 57 期的初版相同。

《武俠與歷史》到底何時結束？筆者有第 742 至 746 期（連載〈廣東英雄袁蠻子 —— 袁崇煥評傳〉）的書影，當中第 742 和 743 兩期的出版日期分別是 1975 年 4 月 10 日和 1975 年 7 月 16 日，一本標明「逢星期四出版」的週刊，兩期之間竟然相隔了三個多月。至於第 743 至 746 期情況改善，大約是每半個月出版一期，而目錄亦不見「逢星期四出版」，但吊詭的是，到 1975 年 9 月 1 日出版的第 746 期，目錄下方仍印着歡迎讀者「定閱全年 52 期和半年 26 期」。出版情況淪落如此，大抵離停刊不遠。

其實踏入上世紀七十年代，《武俠與歷史》已經難以跟另外兩本武俠小說雜誌《武俠世界》和《武俠春秋》爭長短了，其時《武俠世界》和《武俠春秋》坐擁不少名家，包括古龍、蕭逸、秦紅、曹若冰、臥龍生、柳殘陽、陳青雲、諸葛青雲等，而《武俠與歷史》連載完《鹿鼎記》後，已無金庸作品，其他名家僅餘古龍一人，怎能與《武俠世界》和《武俠春秋》抗衡？

6　有關《武俠與歷史》早期的出版日期不可信情況，十分複雜。可參閱邱健恩、鄺啟東著：《流金歲月：金庸小說的原始光譜》，遠流出版事業股份有限公司，2023 年 5 月 1 日初版一刷，頁 250-265。

▲《武俠與歷史》第 57 期的兩個版本和第 52 期
（左圖紅框內見「57」和「再版本」三字）

武侠与歷史

第七四二期目錄　一九七五年四月十日出版

逢星期四出版．每冊港幣二元

▲《武俠與歷史》第 742 期 1975 年 4 月 10 日出版

武侠与歷史

第七四三期目錄　一九七五年七月十六日出版

．每冊港幣二元．

▲《武俠與歷史》第 743 期 1975 年 7 月 16 日出版

定閱：
全年52期（連郵）港幣H.K. $ 97.00　外埠H.K. $110.00
半年26期（連郵）港幣H.K. $ 50.00　外埠H.K. $ 56.00

香港郵箱 1 4 3 6 3　電報掛號：三三四一

Historical Novels Publishing Co.,　P. O. BOX 1 4 3 6 3 HONG KONG

▲《武俠與歷史》第 746 期 1975 年 9 月 1 日出版

武侠与歷史

第六八〇期目錄　一九七四年一月三十一日出版

逢星期四出版．每冊港幣弍元

精選兩期完俠義奇情中篇：

玉觀音	（下）	慧石	62

武俠長篇連載：

俠義血	佳人援手　羣俠出牢籠	馬元	4
血雨洒情天	寃家路窄　山神古廟遇強敵	施琳	16
潛龍傳	挺身作證　招致報復險喪生	鐵笑生	32
鬼蜮江湖	鬼氣瀰漫酆都城　血雨洒遍迷魂圩	方正	46
俠義英雄	叔姪相逢　驚悉天池門陰謀	西門雄	73
鴛鴦刼	一場血戰傷亡多	古風	80
銀鈎賭坊	喬裝富商　尋訪羅剎牌	古龍	94
追魂令箭	骨肉情深感迷茫　捨身成仁誅頑惡	汪洋	100

定閱：
全年52期（連郵）港幣H.K. $ 97.00　外埠H.K. $110.00
半年26期（連郵）港幣H.K. $ 50.00　外埠H.K. $ 56.00

香港郵箱 1 4 3 6 3　電報掛號：三三四一

Historical Novels Publishing Co.,　P.O.BOX 1 4 3 6 3 HONG KONG

▲《武俠與歷史》第 680 期 1974 年 1 月 31 日出版，
目錄顯示只有古龍一個名家坐鎮。

《明報月刊》

1965 年下半年，金庸決意創辦《明報月刊》。其時《明報》已然踏上軌道，成為香港一份銷量甚佳的報紙，於是金庸有足夠條件創辦一本他夢想中的刊物，內容以探索華人文學、學術、文化、思想為主，走知識分子路線。

《明報月刊》於 1966 年 1 月創刊，每月月初出版，十六開本，售價一元五角。

茲輯錄第 1 期的〈發刊詞〉部分內文於下：

> 華裔學人散處全世界各地。在相互的通訊之中，許多人表達了一個共同的要求：希望有一本獨立的、沒有任何政治背景的中文刊物，來發表大家的意見，交流朋友們的感想和看法；也希望這本刊物能客觀地報道各地華人社會的真實情況，不要作任何偏袒的或惡意的宣傳。
>
> 「明報月刊」是亞洲、歐洲、美洲許多華人文化界朋友們探討商量了三四年之後的產物。這些朋友有的是大學教授、有的是留學生、有的是作家、有的是新聞工作者。經過了長期來的通訊商酌，這本刊物終於面世而和廣大讀者們相見。所以叫做「明報月刊」，只不過因為這本刊物由香港「明報」負担主要的經費、主要的編輯與發行工作。但刊物的主幹人物，却是亞、歐、美三洲的文化人。我們熱切希望，這本刊物能作為海外華人溝通心聲的一個橋樑，更希望海外同胞們熱心的予以支持。
>
> 這是一本以文化、學術、思想為主的刊物。編輯方針嚴格遵守「獨立、自由、寬容。」的信條，只要是言之有物，言之成理的好文章，我們都樂於刊登。對於任何學派、任何信仰的意見，我們都決不偏袒或歧視。本刊可以探討政治理論、研究政治制度、評論各種政策，但我們決不作任何國家、政黨、團體、或個人的傳聲筒。我們堅信一個原則：只有獨立的意見，才有它的尊嚴和價值。任何人如對本刊所發表的文字感到不同意，我們都樂於刊載他的反對意見。「明報月刊」希望成為一個辯論和探討問題的園地。並不是它已經有了一套信念，因而借這個刊物來加以闡述和宣傳。
>
> ……
>
> 「明報」有一個副刊「自由談」，經常發表各方面的文章和來信，還頗能得廣大讀者們的歡迎。這個副刊提出「有容乃大，無欲則剛」八個字作為編輯信條。有容，那是門戶開放，對任何那一種意見都不歧視；無欲，那是說我們決不企圖由此而追求私利，除了讀者們的支持之外，決不接受任何方面的津貼和影响。由於我們識淺學陋，才疏力弱，報紙距離「大」和「剛」的目標還很遙遠，但這是我們一貫的理想，也始終在這樣堅持着。如果本刊和「明報」有什麼共通之處，我們只希望，在全世界親愛的華人朋友們的支持之下，我們也始終不渝的向着這個目標邁步。……

《明報月刊》1966 年 1 月創刊號封面

編後話

此時此地要辦一本嚴正的大型綜合型雜誌確非易事，何況，我們所要求的還不止於嚴正。

「明報月刊」創刊號，乃是同人等經過四個月不算辛苦卻很艱難的努力的結果。同人等深自慶幸，這本籌劃經年的刊物終於問世了。然則，我們必須坦白承認，就目前的質素說，它距離我們所要求的水準尚有一段不短的路程。

我們願意借這個機會向所有支持、贊助、同情和關注我們的朋友和讀者保證，今後，我們定將為爭取達到我們的理想水平繼續努力，加倍的努力。

本刊同人深信，要達到我們的理想目標，絕不是少數人能辦得到的，更不是我們參與實際編輯工作的幾個人能辦得到的。我們以十二萬分的至誠歡迎並期望各方面人士的指教和批評。同人等確信，在海內外華人社羣中，特別是知識界中，與我們抱同感的大有人在。

「明報月刊」目前的內容和形式是「暫時的」。我們準備隨時改善，為滿足讀者的需要而作一切必需的改善。我們準備在不違背本刊基本宗旨的大前提下，接受一切指教、批評和建議，並在我們力之所能及的範圍內作最大的改進。

從下一期起，「明報月刊」將逐步增添以下幾欄：

1. 文藝——各種形式的文學、藝術作品；
2. 書評；
3. 現代史料（一九一一年以後）；
4. 當代問題研究（一九四九年以後）；
5. 大陸及台灣近況的報導和分析。

•101•

明報月刊

第一卷 第一期

一九六六年一月號

Ming Pao Monthly
(Vol. 1 No. 1, January 1966)
2A, Leighton Road, 1st Floor,
Hong Kong.
Tel. 766936 (P. O. Box 14363)

出版者 發行者：香港明報有限公司
香港謝斐道三九九號
電話：七二三一三六 七二〇七一七
電報掛號：三三四一

編輯：明報月刊編輯委員會

編輯部地址：香港禮頓道二號A二樓
（香港郵政信箱：一四三六三）
電話：七六六九三六

總代理：鄺拾記報局
香港卑利街四十六號

海外地區總發行：胡敏生記
香港灣仔洋船街三十二號

內文印刷者：誠泰印務公司
香港北角英皇道六五三號十四樓
電話：七一二七一三

彩頁製印者：新昌印刷有限公司
香港北角英皇道六五五號五樓B

《明報月刊》1966 年 1 月創刊號封底內頁的〈編後話〉及版權頁

•2•

發刊詞

《明報月刊》1966 年 1 月創刊號〈發刊詞〉

新加坡《新明日報》

金庸在明河社《金庸作品集》東南亞版〈序〉曾記述創辦《新明日報》的淵源：

> 《神鵰》寫完後，在馬來西亞柔佛新山出版《新生日報》的梁潤之先生和潘潔夫先生殷殷邀請，要求轉載續寫的《倚天屠龍記》。一來他們態度誠摯，二來中間有好友極力推介，於是《倚天》在《新生日報》連載。……由於與《新生日報》合作的淵源，雙方友誼與信任的增進，我們決定合辦一份報紙，本來想叫做《新加坡明報》和《馬來西亞明報》，幾番商議之後，我們接受李炯才先生（當時他任新加坡文化部部長）的建議，將這份報紙命名為《新明日報》，最初是在新加坡出版，後來星馬分別獨立，《新明日報》也分為星、馬兩版，梁潤之先生擔任董事長，我任副董事長兼社長，請香港《明報》的總編輯潘粵生先生去新加坡任總編輯。《新明日報》連載《笑傲江湖》與《鹿鼎記》，也相當得到南洋讀者的歡迎。

一般誤傳，《新明日報》是取「新加坡的明報」之意，實是謬誤，其實「新明」二字是從《新生日報》及《明報》各取一字組成。

《新明日報》於 1967 年 3 月 18 日創刊，最初在新加坡出版，每份一角。創刊不久，又在馬來西亞出版。創刊之初，標榜有五大特色，其中之一是「獨家刊載金庸武俠小說」。其後於 1979 年，新加坡政府修改法例，非本國國籍人士不得對本地報章持股超過百分之三，因此金庸只好將新加坡《新明日報》的股份退出。

前文提及，金庸在創辦一份新刊物時，很多時候都要在刊物發表小說以招徠讀者，這份新加坡《新明日報》亦是如此。所發表的，正是耳熟能詳的《笑傲江湖》。不要誤以為《笑傲江湖》首載於香港《明報》，實情是《笑傲江湖》在 1967 年 3 月 18 日的《新明日報》已經發表；香港《明報》待連載完《俠客行》後，到 1967 年 4 月 20 日才見報。

據香港文化博物館內金庸館資料所示：

> 1967 年金庸在新加坡與商人梁潤之合資創辦《新明日報》，同時安排《笑傲江湖》在 3 月 18 日該報的創刊號上發表。《明報》則遲至同年 4 月 20 日才開始連載。當年金庸曾短暫在新加坡寓居，期間他每天下午二、三時便回到報館寫稿，每次寫滿三張原稿紙，約有 1,200 字，剛好應付《笑傲江湖》一天的稿量。由於新加坡的華文報章每逢公眾假期都不出版，因此在 1968 年中旬，《明報》刊登《笑傲江湖》的進度已超越《新明日報》。

上文寫到「由於新加坡的華文報章每逢公眾假期都不出版，在 1968 年中旬《明報》刊登《笑傲江湖》的進度已超越《新明日報》」，不盡準確，需加補充。

其一，1967 年 12 月 25 日，《新明日報》刊載《笑傲江湖》第 251 續，《明報》當天刊載的是第 250 續，《新明日報》的連載仍比《明報》早一天。然而《新明日報》於 12 月 26 日和 27 日連續脫稿兩天，而《明報》則如期在該兩天刊載第 251 和 252 續，《新明日報》則到 12 月 28 日才刊載第 252 續。《明報》正式

馬來西亞請求英澳配備三個新步兵營

新明日報

屋頂補漏・一步踏差墮地死

船頭抛錨・半空閃電墜海亡

兩宗不幸命案官判死於意外

馬各地局勢進一步改善 敦拉查表示欣慰

東京公路大規案

解嚴點滴

巴黎和談美再碰壁

男服日光丸 女服月光丸 家室愉快 兒女盈庭

徵聘小童雜役

北京大旅店

愛迪生電專

平平眼鏡公司 PIN PIN OPTICAL CO.

新加坡《新明日報》1969 年 5 月 24 日第一版

笑傲江湖 金庸 雲君圖

二八，翠谷恩仇

荒谷之中，忽現敵踪

新加坡《新明日報》1969 年 7 月 10 日連載《笑傲江湖》第七六九續

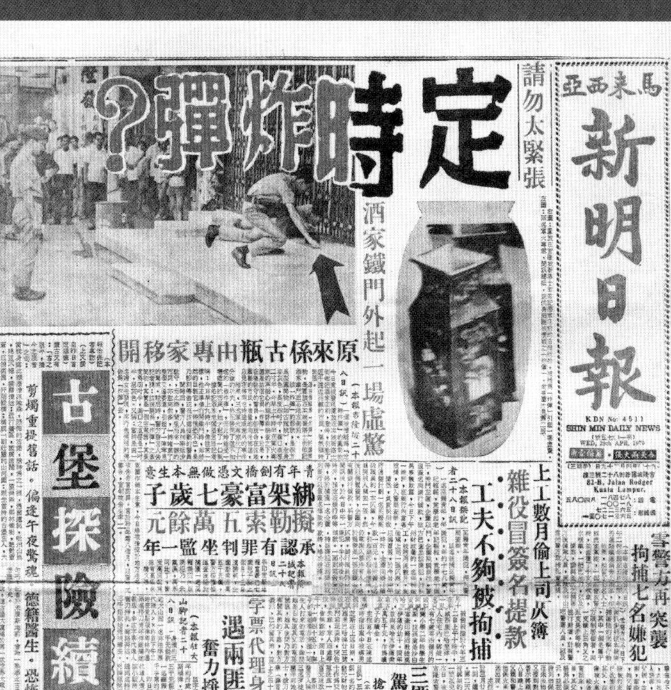

馬來西亞 新明日報

請勿太緊張

定時炸彈？

酒家鐵門外起一場虛驚

原來係古瓶由專家移開

雪警方再突襲拘捕七名嫌犯

上工數月偷上司入簿 雜役冒簽名提款 工夫不夠被拘捕

綁架富豪七歲子 擬勒索五萬餘元

古堡探險續誌

三匪先搶的士 駕車再刼油站

遇兩匪持刀攔刼 奮力掙扎幸免遭殃

工程師移情別戀 嬌妻唱負心的人

鍾應達藥房 鼻病斷根特效藥

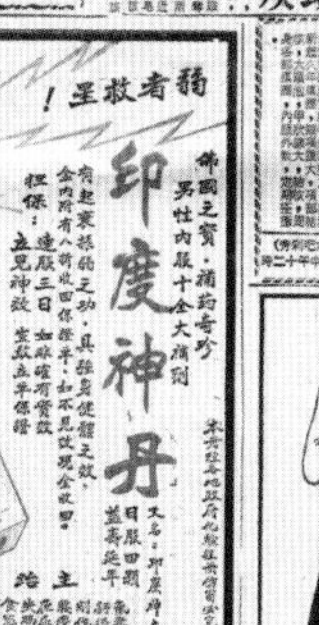

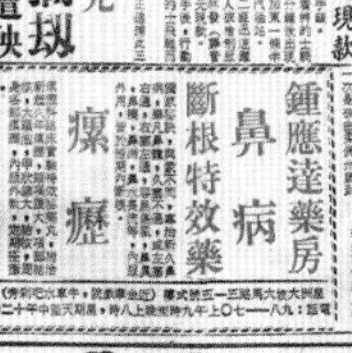

馬來西亞《新明日報》1970 年 4 月 29 日第一版

全新修訂本 雪山飛狐 金庸

敘中地圖與刀上寶石

馬來西亞《新明日報》1973 年 11 月 5 日連載明晚修訂版《雪山飛狐》第七四續

搶過《新明日報》的連載進度，是在 1967 年 12 月 27 日，而非 1968 年中旬。

其二，《新明日報》連載的進度慢，「每逢公眾假期都不出版」確是原因（星期六、日不算作公眾假期），然而並非唯一原因，「續稿未到」導致脱稿的日數更多。《新明日報》連載《笑傲江湖》由 1967 年 3 月 18 日至 1969 年 10 月 20 日止，其間停載七十八天，當中因公眾假期而不出版的日數共三十四天，「續稿未到」而由其他文稿暫代的日數共四十四天。

新加坡《新明日報》至今仍是新加坡的大報。

馬來西亞《新明日報》

新加坡《新明日報》創刊後，銷量暢旺，同年 4 月 8 日在吉隆坡出版，每份一角。起初新、馬兩地的《新明日報》同用一個版，自 1968 年 12 月 16 日起，分開兩地排版和發行，正式分為新加坡《新明日報》和馬來西亞《新明日報》兩份報紙。

兩地的《新明日報》雖然名為兩份報紙，但是除了新聞資訊外，副刊和小説稿件，則是由香港《明報》及新加坡、馬來西亞的《新明日報》三家共用。直到 1971 年，新、馬兩地《新明日報》正式分家。

1976 年，馬來西亞《新明日報》被馬華黨員陳群川收購後，因立場偏頗，銷量日差。1986 年陳群川入獄，報紙轉手至《新海峽時報》旗下，然而仍然未能扭轉頹勢，最後在 1996 年 2 月 7 日停刊。

《明報周刊》

《明報周刊》是現時歷史最悠久的綜合娛樂雜誌，也是同類雜誌的翹楚。創刊於 1968 年 11 月 17 日，八開大小，二十頁，售價五角。

創刊號的〈發刊詞〉提及創刊源起：

> 早在一九六五年前後已醞釀這個意念，當時「明報」出版已趨穩定，有進一步發展業務的空間，於是構思出版月刊和周刊，前者已於一九六六年付諸實行，後者亦在過去出版的「東南亞周刊」和「明報星期畫刊」的基礎上更進一步，成為一份資訊與娛樂並重的綜合雜誌。

由此可見，説《東南亞周刊》和《明報星期畫刊》是《明報周刊》的前身，實在有根有據。

▲《明報周刊》2016 年 5 月 7 日第 2478 期附送《金庸傳奇》特輯

《明報晚報》

《明報晚報》是承接《華人夜報》而辦的報紙，於 1969 年 12 月 1 日創刊，出紙一大張共四版，四開尺寸，售價一毫。

創刊當日，《明報》發表社評〈《明報》的小七妹誕生〉，將《明報晚報》比喻為「七妹」，「大哥與七妹的氣質、思想、品格是一樣的，但外表、談吐、舉止卻完全不同。大哥嚴肅些，七妹愉快活潑些，年輕漂亮些。」文中並闡述創辦的目的，在於《明報》篇幅所限，有相當多的新聞、特寫、故事、分析文章無法刊登，而這些材料，內容都頗為不錯，值得讀者閱讀，因此另出晚報，旨在成為日報的補充報紙，希望大部分日報的讀者都成為晚報的讀者，兩報加起來就能滿足《明報》支持者的全部要求，例如香港經濟近十年空前繁榮興旺，日報報道不足，晚報則開闢〈香港經濟〉版，將在這方面努力。《明報》社評早已明言《明報晚報》將走向報道經濟新聞為主。

但《明報晚報》創刊號的社評則並非如是說：

> 我們要辦一份「愉快活潑」的晚報，以輕鬆可喜的文筆，向讀者們報道新聞，供給娛樂。香港是一個生活十分緊張的社會；就算是在家裏休息，也往往有透不過氣來的忙迫之感。你讀這一份晚報，應當是一種舒服的享受，即使是在吸取知識，也是懷着一種愉快的心情。
>
> 我們要辦一份「年青漂亮」的晚報，讀者應當是年齡上年青的或精神上年青的，容貌體格上漂亮的或丰采作風上漂亮的。一位滿頭白髮而精神勃勃、風度翩翩的讀者，那也是「年青漂亮」之至。
>
> 我們要辦一份「忠實客觀」的晚報，堅持「明報」向來的立場與作風，忠實於事實，忠實於讀者。當然我們有錯誤的時候，但一當我們發覺錯誤，立刻會加以更正。
>
> 我們要辦一份「力求上進」的晚報。「明報晚報」今天出版時只有一大張，但「明報」初出版時只有一小張（半個大張）。一大張定會逐步加成一張半，兩大張，兩張半……。今天的晚報還不大理想，但我們有充分信心，你所閱讀的一定是一份越辦越好、越來越豐富的報紙。「明報」的全體工作人員和老讀者們：都知道這是絕對不成問題的。
>
> 我們要辦一份「高尚雅緻」的晚報，要先生們喜歡看，太太小姐們也喜歡看。我們要使這份晚報放在客廳的茶几上、辦公室的桌上、學校圖書館的報夾中、年青的弟弟妹妹的床頭。不會有一句令人臉紅的句子，不會有一張使人尷尬的圖片。
>
> 是不是一定做得到？我們不知道。
>
> 但如果我們做不到，你一定不會看這份晚報了，這是我們所知道的。

誠如這則社評所言，《明報晚報》創刊初期是走綜合報紙路線，後來乘着香港上世紀七十年代股市暢旺的因素，〈香港經濟〉版逐步擴充，《明報晚報》轉型為以報道財經新聞為主的一份報紙。

明報
晚報

要一份這樣的晚報

獲生鷄片一噸
分裝卅八蔴包

警設蔴包沉屍專案小組
追緝運鑽集團

杜娟狂舞銷金窩
何專攻室內工夫

新羽西施驚加拿大

抽獎
好消息

CAMLUX

▲《明報晚報》1969 年 12 月 1 日創刊號第一版

社評

要一份這樣的晚報

我們要辦一份「愉快活潑」的晚報，以輕鬆可喜的文筆，向讀者們報道新聞，供給娛樂。香港是一個生活十分緊張的社會；就算是在家裏休息，也往往有透不過氣來的忙迫之感。你讀這一份晚報，應當是一種舒服的享受，即使是在吸取知識，也是懷着一種愉快的心情。

我們要辦一份「年青漂亮」的晚報，讀者應當是年齡上年青的或精神上年青的，容貌體格上漂亮的或丰采作風上漂亮的。一位滿頭白髮而精神勃勃、風度翩翩的讀者，那也是「年青漂亮」之至。

我們要辦一份「忠實客觀」的晚報，堅持「明報」向來的立場與作風，忠實於事實，忠實於讀者。當然我們有錯誤的時候，但一當我們發覺錯誤，立刻會加以更正。

我們要辦一份「力求上進」的晚報。「明報晚報」今天出版時只有一大張，但「明報」初出版時只有一小張（半個大張）。一大張一定會逐步加成一張半，兩大張，兩張半……。今天的晚報還不大理想，但我們有充分信心，你所閱讀的一定是一份越辦越好、越來越豐富的報紙。「明報」的全體工作人員和老讀者們，都知道這是絕對不成問題的。

我們要辦一份「高尚雅緻」的晚報，要先生們喜歡看，太太小姐們也喜歡看。我們要使這份晚報放在客廳的茶几上、辦公室的桌上、學校圖書館的報夾中、年青的弟弟妹妹的床頭。不會有一句令人臉紅的句子，不會有一張使人尷尬的圖片。

是不是一定做得到？我們不知道。

但如果我們做不到，你一定不會看這份晚報了，這是我們所知道的。

▲《明報晚報》1969 年 12 月 1 日創刊號第一版的〈社評：要一份這樣的晚報〉

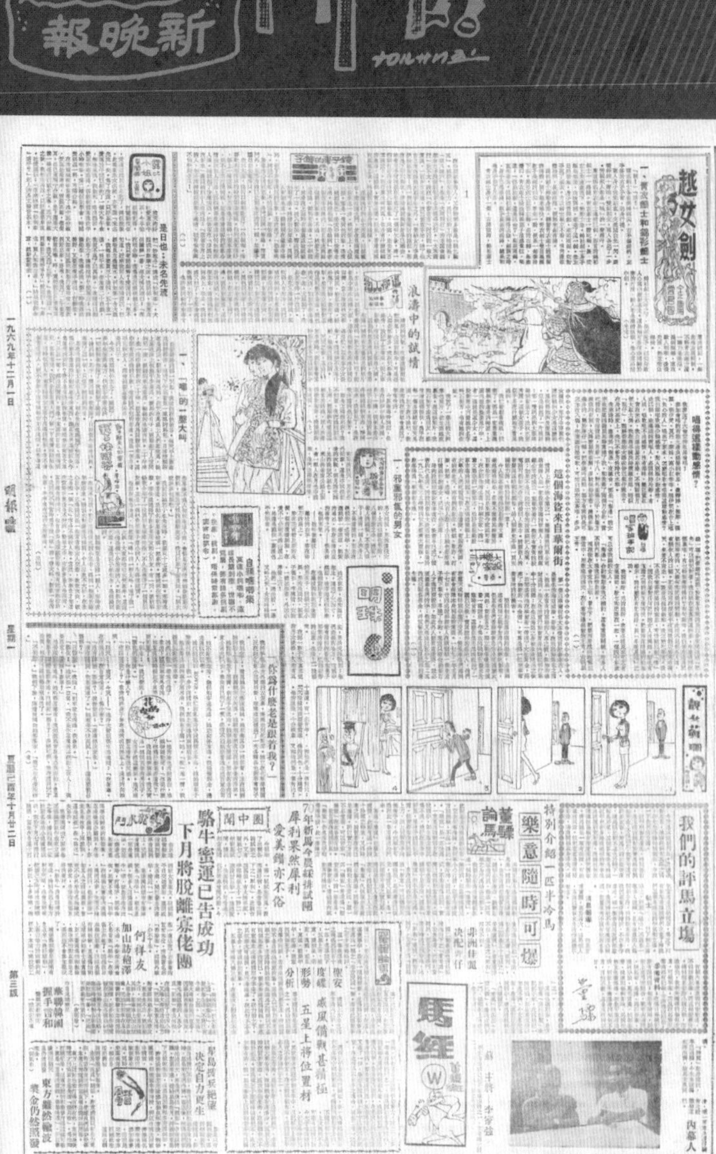

越女劍

浪濤中的鼠情

我們的評馬立場

樂意隨時可燃

駱牛蜜運已告成功
下月將脫離寡佬團

▲《明報晚報》1969 年 12 月 1 日創刊號第三版副刊，《越女劍》刊載於最右上方。

金庸著 倚天屠龍記

（版權所有）△增刪潤飾 改寫修訂▽

第七回 師徒恩仇

▶《明報晚報》1974 年 11 月 14 日連載修訂版《倚天屠龍記》第七七續，框線中內文仍然沿襲舊版情節，張無忌用降龍十八掌打傷賀老三。

全新修訂本 碧血金蛇劍 金庸

（版權所有）△增刪潤飾 大段改寫▽

第十二回 嗟乎興聖主 亦復苦生民

◀《明報晚報》連載《碧血劍》時曾經改名《碧血金蛇劍》，但到 1975 年出版《金庸作品集》時又改回《碧血劍》，圖中是 1971 年 9 月 29 日連載修訂版《碧血金蛇劍》第一二九續。

為了催谷《明報晚報》的銷量，由創刊號起，金庸便在報上連載一部新的武俠小說《越女劍》，連載了一個月，接着是《卅三劍客圖》，其後金庸修訂全部武俠小說，並每天在《明報晚報》連載（《越女劍》除外）。這個在《明報晚報》連載的「修訂」版本是一個非常特別的版本，一方面保留部分舊版情節，如《倚天屠龍記》中張無忌從謝遜學了三招「降龍十八掌」，並曾施展出來，打得意欲擄走他的賀老三哀求殺了自己以減輕痛楚，但到後來正式出版的《金庸作品集 · 倚天屠龍記》，張無忌和謝遜都不懂「降龍十八掌」了；另一方面卻修訂了不少重點情節，如舊版《射鵰英雄傳》中，楊過生母是秦南琴，在《明報晚報》的連載已經刪去這個人物，楊過生母改為穆念慈了。因此，《明報晚報》連載的版本，是舊版與稱為修訂版的《金庸作品集》之間的過渡版本，跟兩者有大幅差異，兼且《明報晚報》存世量不多，所以可說是一個極為「珍貴」的版本。[7]

《明報晚報》連載修訂版金庸小說的資料如下：

小説	修訂版連載日期	連載續數
書劍恩仇錄	1970.10.1 - 1971.4.23	205
碧血金蛇劍	1971.5.24 - 1971-10-13	143
雪山飛狐	1971.10.14 - 1971.12.2	50
飛狐外傳	1971.12.3 - 1972.5.23	173
鴛鴦刀	1972.5.24 - 1972.6.5	13
連城訣	1972.6.6 - 1972.9.6	93
白馬嘯西風	1972.9.7 - 1972.10.3	27
射鵰英雄傳	1972.10.4 - 1973.8.14	313
神鵰俠侶	1973.8.15 - 1974.8.29	378
倚天屠龍記	1974.8.30 - 1975.9.29	394
俠客行	1975.9.30 - 1976.2.28	149
天龍八部	1976.2.29 - 1977.6.25 或 27	478
笑傲江湖	1977.6.28 - 1978.9.3	430
鹿鼎記	1978.9.4 - 1980.1.25	507
越女劍	沒有連載	---

7 關於《明報晚報》連載修訂版跟舊版和《金庸作品集》的差異，可參閱邱健恩、鄺啟東著：《流金歲月：金庸小說的原始光譜》。

《明報晚報》總編輯是潘粵生，副總編輯是林山木（筆名林行止）。林山木的股評大受股民歡迎，成了股民心目中的「財經權威」，因而造就《明報晚報》的銷量攀升。1973 年，林山木離開《明報晚報》，另起爐灶創辦《信報》，成為《明報晚報》最大對手，令其銷量直線下滑，最終於 1988 年停刊。

《野馬》

前述金庸創辦《明報》之先，本來打算出版的是一本名為《野馬》的小說雜誌。其後計劃嬗變，《明報》問世，出版雜誌的初衷不了了之，可是金庸對「野馬」這個源於《莊子》〈逍遙遊〉的詞語依然鍾愛，早期《明報》連載小說的一頁副刊，就以〈野馬小說〉命名。

迨至 1962 年下半年，在《明報》基礎漸穩之時，金庸不忘夙願，終於和沈寶新再合資出版《野馬》雜誌了。《野馬》和《武俠與歷史》性質相近，內容更為蕪雜，除了武俠和歷史小說，其餘各類題材的小說亦一概不拘，兼及翻譯外國小說。

前文提及金庸創辦新刊物，會慣例撰寫一部小

▲《明報》1959 年 7 月 1 日副刊以〈野馬小說〉命名

▲《野馬》1962 年 8 月 15 日創刊號封面

野馬
小說週刊
第一卷 第一期
一九六二年八月十五日出版
每冊售價港幣九角
出版者：野馬出版社
香港德輔道中二三九號四樓
電話：四三一二一九
督印人：沈仲森
編輯者：潘瑜
承印者：永興印刷公司
香港北角渣華道一一〇號
總發行：胡敏生記
香港灣仔洋船街三十二號
封面彩印：良友印刷有限公司
香港英皇道二六八號
版權所有 不許翻印
訂閱：全年五十二期港澳（港幣四十三元）
外埠全年連郵（港幣五十三元）
半年二十六期港澳（港幣二十二元）
外埠半年連郵（港幣二十八元）
香港郵箱一四三六三號

Mustang Stories
Publishing Co.
P.O.Box 14363
Hong Kong
Vol. 1. Number 1
August 15, 1962.
Single Copies H.K.$0.90
Overses Subscriptions
26 Issues H.K $28.00
52 Issues H.K.$53.00

▲《野馬》創刊號封底版權資料

説，但《野馬》不是主打武俠小説，其他題材的小説可能非金庸擅長，於是在這份新雜誌的「金庸小説」不是由金庸撰寫，而是由他翻譯法國大文豪大仲馬名著《蒙梭羅夫人》，改名《情俠血仇記》，即自《野馬》創刊號起連載。

《野馬》創刊號於 1962 年 8 月 15 日出版，售價九角，至 1969 年停刊。

《華人夜報》

《華人夜報》創刊於 1967 年 9 月 22 日，由金庸當時的夫人朱玫任社長，沈寶新任總經理，王世瑜任總編輯和督印人，每份賣一毫。報紙定位走大眾化娛樂路線，以報道吃喝玩樂為主，更有一些豔情小説，據説朱玫對王世瑜因而不滿，認為報紙刊登這些文章，有損《明報》的格調，雙方曾為此爭執，朱玫甚至要求金庸辭退王世瑜，王世瑜其後憤而辭職，《華人夜報》難以維持，於 1969 年停刊。

華人夜報

驚人消息 大破港共軍火庫內幕

今午警員大舉出動
九龍船塢勞工會 卅五名男女被捕

再搜油塘灣建築工地
綫報大建奇功 掘出巨量炸藥

林彬兄弟遺屬 將獲騷動賠償

高遠夫婦離港 在彌敦道上大購洋貨

苦苦等候簽證手續 赴加拿大成份頗高

▲《華人夜報》1967 年 9 月 28 日第一版

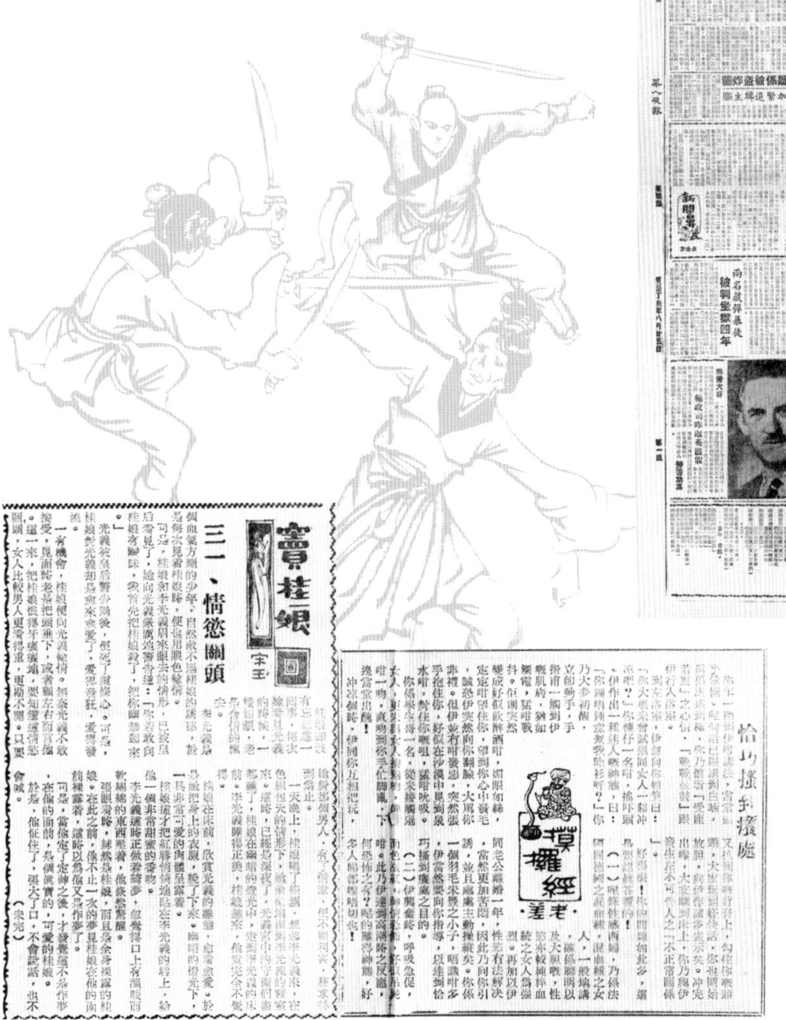

寶桂娘

三一、情慾關頭

恰巧搔到癢處

摸擺經

◀《華人夜報》1968 年 4 月 26 日第二版副刊其中兩篇，且看標題〈情慾關頭〉和〈恰巧搔到癢處〉，大概想到內文……

《東南亞周刊》

《金庸作品集》修訂版《連城訣》後記：

> 這部小說寫於 1963 年，那時「明報」和新加坡「南洋商報」合辦一本隨報附送的「東南亞周刊」，這篇小說是為那周刊而寫的，書名本來叫做「素心劍」。[8]

這篇寫於 1977 年 4 月的後記，成為日後諸多論者認定《東南亞周刊》創刊或《素心劍》寫於 1963 年的「鐵證」。但是應該具體表明，金庸很可能於 1963 年開始寫《素心劍》，但《東南亞周刊》創刊於 1964 年 1 月 12 日，因此《素心劍》首度發表於 1964 年。

《東南亞周刊》是一本娛樂雜誌，源起《明報》另一老闆沈寶新，仿效新加坡《星島日報》的做法，聯繫馬來西亞《南洋商報》，合作發行

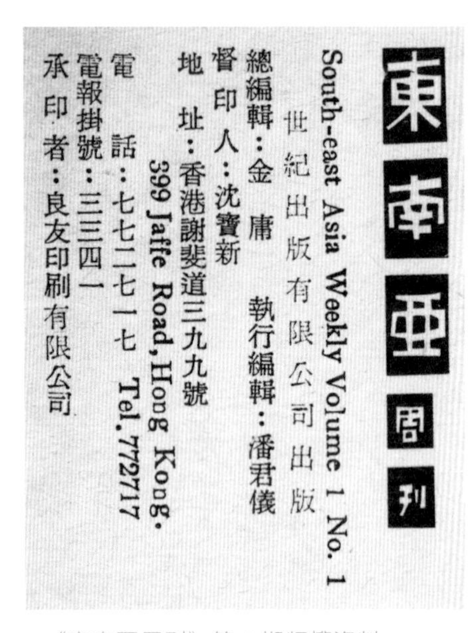
東南亞周刊
South-east Asia Weekly Volume 1 No. 1
世紀出版有限公司出版
總編輯：金 庸　執行編輯：潘君儀
督印人：沈寶新
地　址：香港謝斐道三九九號
399 Jaffe Road, Hong Kong.
電　話：七七二七一七　Tel. 772717
電報掛號：三三四一
承印者：良友印刷有限公司

▲《東南亞周刊》第 1 期版權資料

一份逢星期日隨報發售或附送的畫報雜誌，旨在推高報紙銷量，《東南亞周刊》由是面世。

《東南亞周刊》由世紀出版有限公司出版，金庸擔任總編輯，潘君儀任執行編輯，明報另一老闆沈寶新任督印人。

雜誌以「東南亞」命名，顯然主攻東南亞華僑讀者，但內容主要報道香港娛樂圈消息，而編輯和印刷都在香港，所以同時亦在香港發行，是以有香港版和大馬版兩種。香港版雜誌隨《明報》附送，大馬版初期要購買《南洋商報》之餘加付二角而得。

金庸在第 1 期親撰〈發刊詞〉，茲輯錄部分內文如下，讓讀者明白這本雜誌的定位：

> 這本周刊是馬來西亞南洋商報和香港明報合作創辦的一件事業。以後每星期出版一期，隨報附送，作為我們對兩家報紙讀者們的一件禮物。
>
> 南洋商報具有悠久的歷史，在東南亞各地長期來享有崇高的信譽。明報只有四年半的歷史，和南洋商報相比，那完全是一個小弟弟。不過我們兩家報紙的政治立場和辦報原則，基本上可以說是完全一致的，因此我們的合作才成為可能。
>
> 我們共同相信「民主」與「自由」的原則，認為一家報紙應當以人民大眾的利益為依歸。我們相信報紙並非只是私人的企業，

8　金庸：《連城訣》。香港：明河社出版有限公司，1977 年 7 月初版，頁 420。

每週漫談

發刊詞

這本周刊是馬來西亞南洋商報和香港明報合作創辦的一件事業。以後每星期出版一期，隨報附送，作爲我們對兩家報紙讀者們的一件禮物。

南洋商報具有悠久的歷史，在東南亞各地長期來享有崇高的信譽。明報只有四年半的歷史，和南洋商報相比，那完全是一個小弟弟。不過我們兩家報紙的政治立場和辦報原則，基本上可以說是完全一致的，因此我們的合作才成爲可能。

我們共同相信「民主」與「自由」的原則，認爲一家報紙應當以人民大衆的利益爲依歸。我們相信報紙並非只是私人的企業，而是全體讀者共同擁有的一個言論工具。報紙的力量，在於得到讀者的信任。

我們共同相信「眞理」。報紙的責任，是在儘可能將眞正的事實向讀者們報導，不可有絲毫歪曲。這些事實可能對某些人不利，可能爲某些人所不願聽聞，但新聞工作者的責任，乃是報導事實。報導固然不可歪曲事實，「遺漏」也不可歪曲事實，因爲在刪節和省略之中，往往也可有故意的歪曲在。英國著名的報人、「孟徹斯德衛報」的創辦人斯各特曾有一句名言：「評論是自由的，但事實是神聖的。」任何意見可以自由發揮，事實却改動不得。

這本周刊由兩家報紙編輯部的人員共同合作，在香港編輯印刷。由於印刷的數量很大（相信在東南亞所有的中文報刊中，本報的銷數是最大的），由於需要在相隔很遠的地區中一齊發行，因此發稿與出版的日期之間，必須相隔相當時間，內容的時間性就比較難於照顧。同時最初幾期中，南洋方面的稿件較少，材料上不免偏重於香港。這些技術問題，我們當逐步設法解決。

本刊的內容比較偏重於娛樂性，然而也包含有一定份量的知識性材料，希望讀者們在翻閱了本刊之後，怡情悅性之外，總也會略有所得。起初，電影方面的材料是比較多些，以後準備增加關於文學、美術、音樂、攝影等各方面的材料。我們熱誠歡迎讀者們來稿，歡迎對本刊的內容提出批評意見。

我們也熱誠歡迎東南亞其餘地區的中文報紙來共同合作，參加這個事業。當合作者越多時，本刊的內容就越有可能精采，得到好處的人也是越多。

金庸

素心劍

金庸

◀《東南亞周刊》第 1 期〈發刊詞〉

而是全體讀者共同擁有的一個言論工具。報紙的力量，在於得到讀者的信任。

我們共同相信「真理」。報紙的責任，是在儘可能將真正的事實向讀者們報導，不可有絲毫歪曲。這些事實可能對某些人不利，可能為某些人所不願聽聞，但新聞工作者的責任，乃是報導事實。報導固然不可歪曲事實，「遺漏」也不可歪曲事實，因為在刪節和省略之中，往往也可有故意的歪曲在。英國著名的報人、「孟徹斯德衛報」的創辦人斯各特曾有一句名言：「評論是自由的，但事實是神聖的。」任何意見可以自由發揮，事實却改動不得。

……

本刊的內容比較偏重於娛樂性，然而也包含有一定份量的知識性材料，希望讀者們在翻閱了本刊之後，怡情悦性之外，總也會略有所得。……

……

綜觀其後各期封面和內容，《東南亞周刊》還是以報道香港娛樂圈消息為主，每期封面絕大多數是香港明星的彩色照片，所以這本雜誌對收藏者而言，向來以娛樂雜誌視之，早年的舊書攤、舊書店亦將之混在娛樂雜誌堆中讓顧客「淘寶」，鮮有因為它連載金庸的《素心劍》而將之歸入武俠雜誌類別。

素心劍

金庸

一、萬震山荊州開壽筵

◀《東南亞周刊》第 1 期
連載《素心劍》

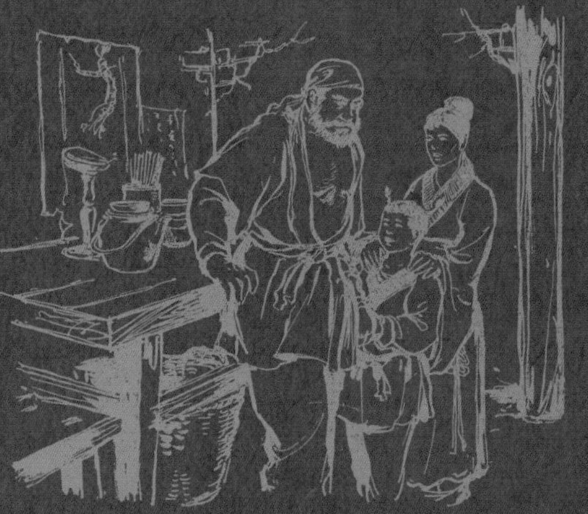

▶《東南亞周刊》第 1 期封面
（左香港版，右大馬版）

▶《東南亞周刊》第 17 期封面
（左香港版，右大馬版）

雜誌第 1 頁有一個名為〈每週漫談〉的專欄，由金庸親筆撰文，一共寫過十期。除第 1 期是〈發刊詞〉外，其餘九篇主要談歷史、時事和文學。除了這十期外，其餘期數由他人執筆，專欄亦隨之以〈每周文摘〉為名，都是時事評論文章，絕大多數譯自外國報章雜誌。這個專欄算是呼應〈發刊詞〉提到「增加關於文學、美術、音樂、攝影等各方面的材料」。

與《武俠與歷史》連載《飛狐外傳》一樣，金庸為了催谷《東南亞周刊》的銷量，自創刊號起，便撰寫一部新小說《素心劍》。

雜誌的版式方面，香港版和大馬版兩個版本初期都是書刊版式，大十六開，內容全然相同。不包括封面和封底，全本雜誌只有薄薄的十二頁，《素心劍》印於第二、三頁，附有三幅插圖。售價方面，香港版隨明報免費附送，大馬版隨南洋商報附加二角發售。因此，要辨別香港版和大馬版，惟一方法只在看看封面左下角，香港版印着「隨明報附送　不另收費」，而大馬版則印着「二角」。

至第 17 期，大馬版亦隨南洋商報免費附送，於是封面左下角便改印着「隨南洋商報附送不另收費」，還是可以和香港版區別。

由第 18 期起，大馬版的出版日期開始落後於香港版。此後的期數，大馬版偶有脱期情況，至大馬版最後的第 69 期（1965 年 7 月 4 日出版），已較之香港版的第 69 期（1965 年 5 月 9 日出版）延遲了接近兩個月。

至第 21 期，香港版改為四開小報版式，每期一張，正頁彩色印刷，以圖片為主，背頁單黑色印刷，以小說或花邊消息為主。由於篇幅大幅減少，因而跟大馬版相比，內容大量削減。香港版的版頭和大馬版的封面，仍然同用一張明星彩照。而《素心劍》仍維持連載，篇幅不減，只是插圖由三幅減為兩幅。後頁圖以第 23 期為例，對比香港版和大馬版的分別。（由第 23 期起，大馬版開始在封面上印上期數，之前只能在內頁版權資料看到期數。）

自從香港版和大馬版分道揚鑣後，香港版的內容需要大幅削減，不過，有另一類內容卻是新增而大馬版沒有的，那就是正頁中央位置的彩色豔照。早期香港版的豔照，相中人還是豔女郎，後期的間或變成裸女郎了。

《素心劍》連載至第 60 期而止，而《東南亞周刊》繼續出版。不久，大馬版到第 69 期戛然而止（大馬版第 69 期的出版日期是 1965 年 7 月 4 日），該期內容甚至沒有隻字提及雜誌將由下一期停刊，甚至連剛開始連載的《天涯折劍錄》也就此在大馬版突然中斷。

大馬版雖然停刊，但是香港版繼續出版。又不久，香港版《東南亞周刊》由第七十多期更名為《明報星期畫刊》，時維 1965 年中。更名原因相信是這份雜誌既然不再與《南洋商報》合作，亦不在東南亞發行，為了突顯是《明報》旗下刊物，更名就順理成章。《東南亞周刊》由 1964 年 1 月 12 日創刊至 1965 年中更名《明報星期畫刊》為止，歷時一年半而終。

東南亞周刊

艷舞之花謝安妮

世界新知

▲ 香港版《東南亞周刊》第 23 期正頁

看張大千作畫

印尼國內的鼠患

素心劍

金庸

千奇百怪職業之七

自殺救星

▲ 香港版《東南亞周刊》第 23 期背頁

▲ 大馬版《東南亞周刊》第 23 期封面及封底

老鼠湯

▲ 大馬版《東南亞周刊》第 23 期第 2-3 頁連載《素心劍》

明報星期畫刊

謎樣身份的歌星迪亞嘉甸奴

于倩健美有秘訣

樂帝自組公司拍片

凌波打電話花了四千元

C.C.

▲ 版頭藍字紅底的《明報星期畫刊》第 200 期正頁（1967 年 11 月 19 日出版）

《明報星期畫刊》

上文剛提到，《明報星期畫刊》是《東南亞周刊》更名後出版的週刊。更名後的《明報星期畫刊》，仍然接續《東南亞周刊》的期數編號，更旗幟鮮明地走向娛樂週刊的路線。直至 1968 年 11 月，待時機成熟，《明報周刊》便取而代之，正式成為一本香港著名的娛樂週刊。因此，說《東南亞周刊》和《明報星期畫刊》是《明報周刊》的前身，不無道理。

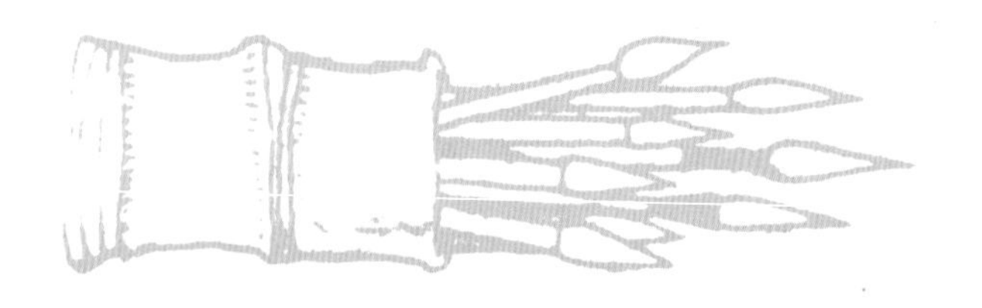

《明報馬寶》

《明報馬寶》是一份「馬經」，大抵在《明報》旗下不怎樣受到重視，而且香港的「馬經」向來競爭劇烈，《明報馬寶》銷量大概不怎樣好，幾年間就停刊了，所以一般談及金庸生平和其創辦的刊物等書籍和文章，都極少提及。

就筆者所見最早的《明報馬寶》是 1965 年 3 月 12 日，最後的是 1968 年 12 月 31 日，除了 1968 年 12 月 31 日那份是星期二出版外（因為翌日有元旦日賽馬），其餘都在星期五出版，估計只是在賽馬日前一天出版。

《明報馬寶》出紙一張，售價一毫。

明報馬寶

節日編排欠佳投注必降低潮

龍驃騰達爭錦標

紅寶可連中三元

明報逢星期日東南亞周刊一份 隨報附送 彩色精印

財經日報 FINANCIAL DAILY

澳門銀行界高薪爭聘 港金融業人才更短缺

非洲三大港口 減塞附加費

▲《明報馬寶》1965 年 3 月 12 日第一版

▶《財經日報》1981 年 5 月 16 日第一版

▲《明報電視》1986 年 10 月 8 日創刊號封面

《財經日報》

雖說《財經日報》算是《明報》旗下一份報紙，但它的創辦人卻非金庸。前述《明報晚報》副總編輯林山木離開報社後，黃揚烈負責財經版，其後亦自立門戶，離開《明報晚報》，與人合資創辦《財經日報》，因此《財經日報》的創辦人是黃揚烈。

《財經日報》於 1981 年 4 月 30 日創刊，每份售五角。內容和風格都模仿《信報》，但銷量一直不理想，艱苦經營下難以支撐，黃揚烈於是向金庸借貸求救，但報紙依然不見起色，其後金庸收購《財經日報》，之前的貸款一筆勾銷，《財經日報》在 1982 年歸入《明報》旗下。

《財經日報》由金庸接手後，依然連年虧蝕，一直拖到 1986 年 3 月停刊。

《明報電視》

《明報電視》是一本週刊，是《明報》旗下最「短壽」的一份刊物，1986 年 10 月 8 日創刊，只是曇花一現，不到一年就停刊了。

《明報電視》以報道電視藝員消息為主，亦兼有好些作家專欄，如創刊號有林燕妮一期完小說〈我只要一刻美麗〉、倪匡一期完小說〈黃銅製伸縮型單筒望遠鏡〉、簡而清〈講飲講食〉專欄、黃霑〈阿霑公仔箱〉專欄。風格與《明報周刊》相近，但開本小得多，是三十二開尺寸，售價三元。

2 金庸多寶格

一報五篇三署名

「一報五篇三署名」，那是指在一份《明報》之中，有五篇分別用了三個署名的金庸文章。

眾所周知，由《神鵰》開始至《鹿鼎》結束，金庸的小說就於《明報》連載，因此，翻開這段期間的《明報》，必然看到一篇金庸武俠小說文章（間中停載的日子除外）。其次，《明報》每天的社評，較諸小說，金庸更看重，所以《明報》社評雖不具名，但大多由金庸親撰，尤其早年的更如是。

小說和社評之外，要在一份《明報》之中看到金庸其他文章，那就得遇對機緣了。《明報》是金庸的私家陣地，當然是他愛發表甚麼，就發表甚麼。如 1973 年 6 月 7 日到 23 日，連載十七天一篇名為〈在台所見．所聞．所思〉的長文，署名查良鏞。又如 1975 年 5 月 23 日到 6 月 28 日，連續三十七天連載了〈廣東英雄袁蠻子〉，署名金庸。但這類文章，連載日期很多時沒重疊，因此要在一份《明報》看到超過三篇金庸文章殊不容易。

筆者有幸，收藏得一份 1963 年 11 月 12 日的《明報》，就碰巧看到五篇分別用上三個署名的金庸文章，豈能不喜不自勝？

明窗小札

世界人口最新情況

徐慧之

▲《明報》〈明窗小札〉專欄署名徐慧之 1963 年 11 月 12 日〈世界人口最新情況〉

明報

MING PAO

本報已加入英國出版銷數公證會第一九六二號會員

督印人：沈寶新

社址：灣仔謝斐道三九九號

第一六三六號 本報每份零售壹毫

承印：明報有限公司

▲《明報》報頭 1963 年 11 月 12 日

社評

拆樓打樁應買第三保險

一九六三年十一月十二日

▲《明報》沒署名社評 1963 年 11 月 12 日〈拆樓打樁應買第三保險〉

天龍八部 金庸 雲君圖

五、南海鱷神

再施暴虐，强逼收徒

▲《明報》連載《天龍八部》署名金庸 1963 年 11 月 12 日〈再施暴虐，强逼收徒〉

論祖國問題 之九

黃愛華

為什麼而統計

宣傳的武器

為政治服務

善殺外國人，並不光榮

人類的前途 羅素著 金庸譯

▲《明報》連載翻譯〈人類的前途〉署名金庸 1963 年 11 月 12 日〈善殺外國人，並不光榮〉

◀《明報》〈論祖國問題〉專欄署名黃愛華 1963 年 11 月 12 日〈為什麼而統計〉

盜版轉載金庸小說

「有華人處，就有金庸。」此言非虛。今時今日，內地、港澳、台灣、海外的金迷為數極眾，自不待言。早於舊版金庸小說連載之時，即上世紀五、六十年代，金庸在香港的名氣已然大熾，但兩岸華人知者甚少。台灣其時查禁金庸小說，即便流入台灣，也僅可從地下渠道流竄而進，不敢以金庸和真實書名行銷。至於內地，其時更將武俠小說視為洪水猛獸，封閉禁絕，根本無由得悉有金庸其人。

但這個時期，金庸名氣已然衝出香港，蜚聲華人世界，那是指在東南亞的華人。東南亞各國的華文報紙爭相連載金庸小說，有獲正式授權的，亦有將香港報紙出版後旋即空運當地盜版轉載的，華文報紙以轉載金庸小說為「生招牌」，對銷量大有裨益。時至今日，不少舊版金庸小說書籍，在香港訪尋不易，反而在東南亞的華人社區尋獲，筆者收藏不少舊版金庸小說，就是「流放」到東南亞數十年後才「回流」香港的。

除了東南亞轉載金庸小說的報紙外，筆者更收藏有一份遠自中美洲古巴的華文報紙，赫見連載舊版《書劍恩仇錄》，雖然相信該份報紙沒有得到授權，但亦不得不感歎金庸驚人的魅力。

此外，筆者收藏了一本名為《月報》的新加坡華文月刊，1957 年農曆八月十五日出版。特別之處是該雜誌屬當地宗親會出版的刊物，出

KWONG WAH PO

光華報

一九六二年十二月拾五日 15 六星期 農曆十一月十九日

Acogido a la franquicia postal e inscripto como correspondencia de segunda clase en la Administración de Correos de La Habana

Manrique No. 555　Teléfono 62467　Apartado 6107　Habana, Cuba.

地址：哈瓦那 曼力技街門牌555號　電話6-2467　郵政信箱第6107　新第648號

▲ 古巴哈瓦那《光華報》1962 年 12 月 15 日報頭

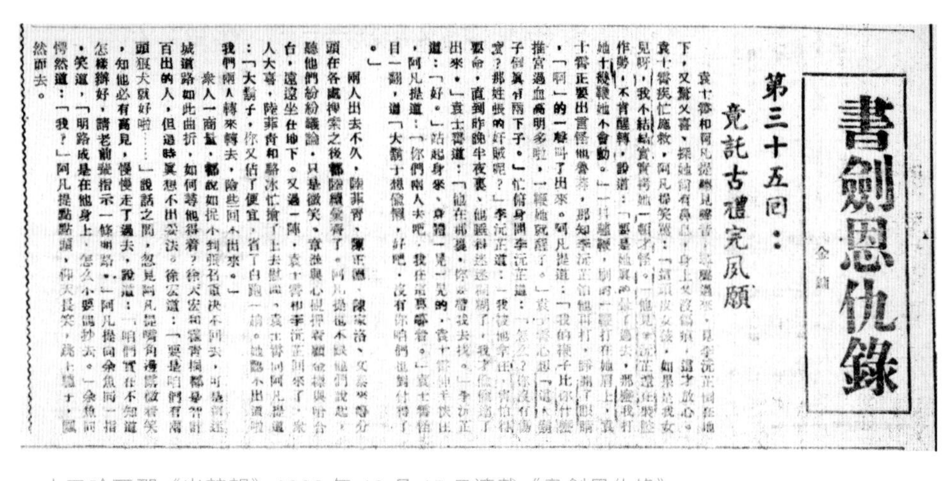
書劍恩仇錄

金庸

第三十五回：竟託古禮完夙願

▲ 古巴哈瓦那《光華報》1962 年 12 月 15 日連載《書劍恩仇錄》

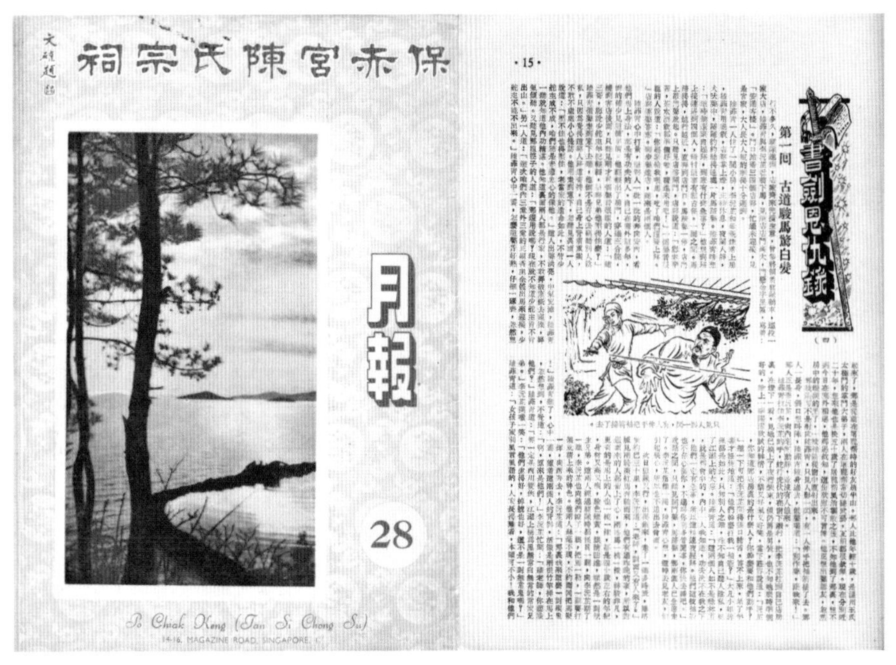

▲ 新加坡《月報》第 28 期封面（左）及連載《書劍恩仇錄》（右）

版者是保安宮陳氏宗祠月報社，薄薄十六頁，十六開本，非賣品，僅供會員索取。內容蕪雜，有連載小說、民間故事、成語故事、民間藝術、詩歌、棋話、祖國風光圖片等，當中兩頁連載着《書劍恩仇錄》，並且附加兩幀《新晚報》沒有的插圖。

還有一些是非常明目張膽的盜版轉載。筆者收藏了幾本名為《藝與文》的小說雜誌週刊，出版地就在香港，時維 1967 至 1968 年間。其時金庸正在《明報》連載《笑傲江湖》，該雜誌膽敢公然在香港盜版轉載，而且時間還很緊貼正版報紙，十分驚人！

以《藝與文》第 359 期為例，版權頁顯示出版日期是 1968 年 6 月 20 日，裏面竟然可以轉載了《明報》6 月 13 日至 19 日共六天的《笑傲江湖》連載內容，效率之高是有原因的。由於《笑傲江湖》首載是新加坡《新明日報》，較《明報》早三十三天，相信《藝與文》的文本取自《新明日報》而非《明報》。

此外，還有一本名為《武俠與文藝》的小說雜誌週刊，1964 年 11 月 5 日創刊，出版社是「小說文庫雜誌社」，出版地在台北，封底版權頁另有一行印着「小說文庫雜誌副刊武藝小說海外版」。由於是海外版，定價以港幣計算，初期每冊售一元，其後加至一元二角，全本雜誌反而不見台幣定價。

就筆者所見，《武俠與文藝》至少轉載過兩部金庸小說，其一是由創刊號至第 22 期（1965 年 4 月 1 日）刊載的《南劍北腿劍無雙》，其實就是《素心劍》（即修訂版《金庸作品集．連城訣》），《素心劍》在《東南亞周刊》的連載時間是 1964 年 1 月 12 日至 1965 年 3 月 7 日，可見這本雜誌雖然在《素心劍》開始連載後十個月才起始轉載，但結束時間卻很接近《東南亞周刊》；其二是由第 92 期（1966 年 8 月 4 日）起轉載的《俠客行》，《俠客行》在《明報》由 1966 年 6 月 11 日起連載，這本雜誌也不太晚開始轉載。

兩部小說，雜誌都一直以金庸的筆名「宜孫」署名，相信雜誌出版地雖然是台灣，定價用港幣，但主要銷售往東南亞。

《藝與文》第 359 期封面

▲《藝與文》第 359 期盜版轉載《笑傲江湖》

《武俠與文藝》第 1 期封面

▲《武俠與文藝》第 1 期盜版轉載《南劍北腿劍無雙》
（即《素心劍》）

▲《武俠與文藝》第 92 期盜版轉載《俠客行》

你未聽過的金庸作品

「飛雪連天射白鹿　笑書神俠倚碧鴛」，這副金庸自擬的對聯，金迷一定不會不知。十四個字各自代表金庸的一部武俠小說，另加一部《越女劍》，就是金庸全數十五部作品了。所以，若然筆者介紹《黑旗英雄傳》和《天涯折劍錄》這兩部金庸作品，讀者一定大惑不解，金庸豈有這些小說？

且看《武俠與歷史》第 74 期連載《飛狐外傳》完畢，金庸於文末附上一段啟事：

> 金庸先生之「飛狐外傳」已刊載完畢，新作將為長篇歷史豪俠小說「黑旗英雄傳」，敘述兩廣英雄劉永福及其部屬之事蹟，情節曲折離奇，真人真事，較之憑空創造者更為引人入勝。請注意刊出日期。

這部《黑旗英雄傳》豈止徒具書名，故事主人翁劉永福已是具名跟讀者打招呼，大概金庸已如之前的新作一般，腦海早有故事梗概了。那麼，《黑旗英雄傳》在哪一期的《武俠與歷史》登場呢？

第 75 期又有一則一模一樣的啟事，把讀者拖一拖。

本刊啓事

一、本刊即將刊載下列精采作品：
歷史人物傳記：「抗倭大將戚繼光」
長篇滑稽武俠小說：「瘋俠奇緣」
豪俠文學精選——附評註
古代名人圖像——附短篇故事

二、金庸先生之「飛狐外傳」已刊載完畢，新作將爲長篇歷史豪俠小說「黑旗英雄傳」，敘述兩廣英雄劉永福及其部屬之事蹟，情節曲折離奇，眞人眞事，較之憑空創造者更爲引人入勝。請注意刊出日期。

▲《武俠與歷史》第 74 期第 11 頁

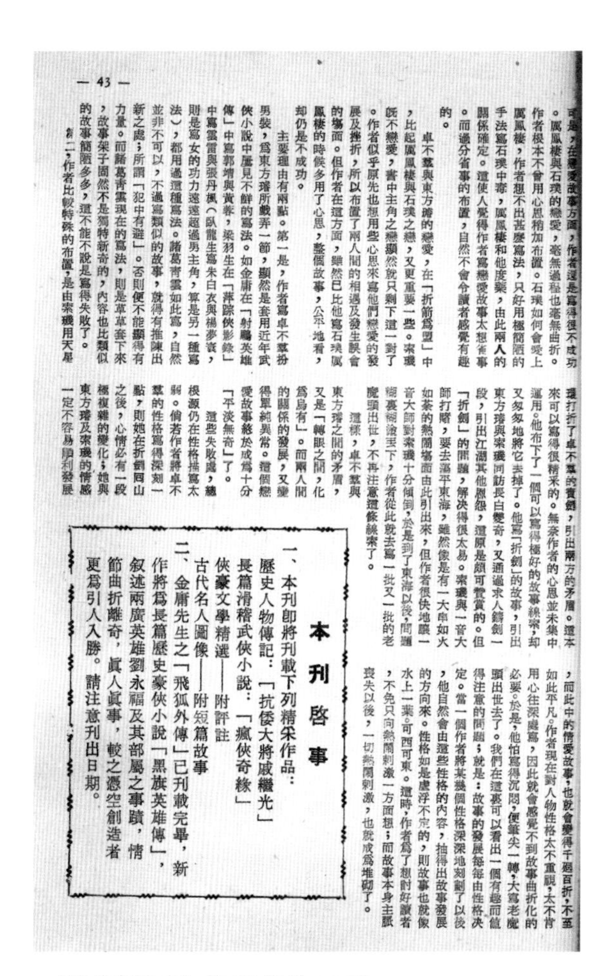

— 43 —

可是，在戀愛故事方面，作者還是寫得很不成功。厲鳳棲與石璞的戀愛，毫無過程也毫無曲折。作者根本不曾用心思稍加布置。石璞如何會愛上厲鳳棲，作者想不出甚麼寫法，只好用極簡陋的手法寫石璞中毒，厲鳳棲和他度藥，由此兩人的關係確定。這使人覺得作者寫戀愛故事太想省事。而過分省事的布置，自然不會令讀者感覺有趣的。

卓不羣與東方瑢的戀愛，在「折箭爲盟」中，比起厲鳳棲與石璞之戀，又更重要一些。索璣既不戀愛，書中主角之戀顯然就只剩下這一對了。作者似乎原先也想用些心思來寫他們戀愛的發展及挫折，所以布置了兩人間的相遇及發生誤會的場面。但作者在這方面，雖然已比他寫石璞厲鳳棲的時候多用了心思，整個故事，公平地看，卻仍是不成功。

主要理由有兩點。第一是，作者寫卓不羣扮男裝，爲東方瑢所戲弄一節，顯然是套用近年武俠小說中屢見不鮮的寫法。如金庸在「射鵰英雄傳」中寫郭靖與黃蓉，梁羽生在「萍蹤俠影錄」中寫雲雷與張丹楓（臥龍生寫朱白衣與楊夢寰，則是寫女的功力遠遠超過男主角，算是另一種寫法），都用過這種寫法。諸葛青雲如此寫，自然並非不可以，不過寫類似的故事，就得有推陳出新之處；所謂「犯中有避」。否則便不能顯得有力量。而諸葛青雲現在的寫法，則是草草套下來，故事架子固然不是獨特新奇的，內容也比類似的故事簡陋多多，這不能不說是寫得失敗了。

第二，作者比較特殊的布置，是由索璣用天星環打折了卓不羣的寶劍，引出兩方的矛盾。這本來可以寫得很精采的。無奈作者的心思並未集中運用。他布下了一個可以寫得極好的故事線索，卻又匆匆地將它丟掉了。他寫「折劍」的故事，引出東方瑢與索璣同訪長白雙奇，又通過求人鑄劍一段，引出江湖其他恩怨，這原是頗可欣賞的。但「折劍」的問題，解決得很太易。索璣與一音大師打賭，要去蕩平東海，雖然像是有一大串如火如荼的熱鬧場面由此引出來，但作者很快地讓一音大師對索璣十分傾倒，於是到了東海以後，[illegible][illegible]糊裏糊塗丟下，作者從此就去寫一批又一批的老魔頭出世，不再注意這條線索了。

這樣，卓不羣與東方瑢之間的矛盾，又是「轉眼之間，化爲烏有」。而兩人間的關係的發展，又變得單純異常。這個戀愛故事終於成爲十分「平淡無奇」了。

這些失敗處，總根源仍在性格描寫太弱。倘若作者將卓不羣的性格寫得深刻一點，則她在折劍回山之後，心情必有一段極複雜的變化；她與東方瑢及索璣的情感一定不容易順利發展，而此中的情愛故事，也就會變得千廻百折，不至如此平凡。作者現在對人物性格太不重視，太不肯用心往深處寫，因此就會感覺不到故事曲折化的必要。於是，他怕寫得沉悶，便筆尖一轉，大寫老魔頭出世去了。我們在這裏可以看出一個有趣而值得注意的問題；就是：故事的發展每每由性格決定。當一個作者將某幾個性格深深地刻劃了以後，他自然會由這些性格的內容，抽得出故事發展的方向來。性格如是虛浮不定的，則故事也就像水上一葉。可西可東。這時，作者爲了想討好讀者，不免只向熱鬧刺激一方面想；而故事本身主脈喪失以後，一切熱鬧刺激，也就成爲堆砌了。

本刊啓事

一、本刊即將刊載下列精采作品：
歷史人物傳記：「抗倭大將戚繼光」
長篇滑稽武俠小說：「瘋俠奇緣」
俠豪文學精選——附評註
古代名人圖像——附短篇故事

二、金庸先生之「飛狐外傳」已刊載完畢，新作將爲長篇歷史豪俠小說「黑旗英雄傳」，敘述兩廣英雄劉永福及其部屬之事蹟，情節曲折離奇，眞人眞事，較之憑空創造者更爲引人入勝。請注意刊出日期。

▲《武俠與歷史》第 75 期第 43 頁

金庸先生又一新作

黑旗英雄傳

敘述兩廣英雄劉永福及其部屬之事蹟，情節曲折離奇，武人武事，較之憑空創造者，更爲引人入勝。請注意刊出日期。

▲《武俠與歷史》第 76 期封底內頁

金庸先生又一新作

黑旗英雄傳

敘述兩廣英雄劉永福及其部屬之事蹟，情節曲折離奇，武人武事，較之憑空創造者，更爲引人入勝。請注意刊出日期。

▲《武俠與歷史》第 77 期封底內頁

金庸先生又一新作

黑旗英雄傳

敘述兩廣英雄劉永福及其部屬之事蹟，情節曲折離奇，武人武事，較之憑空創造者，更爲引人入勝。請注意刊出日期。

▲《武俠與歷史》第 78 期封底內頁

金庸先生又一新作

黑旗英雄傳

敘述兩廣英雄劉永福及其部屬之事蹟，情節曲折離奇，武人武事，較之憑空創造者，更爲引人入勝。請注意刊出日期。

▲《武俠與歷史》第 79 期第 20 頁

（下期續刊金庸武俠新作）

（全文完）

▲《東南亞周刊》大馬版第 60 期第 3 頁

隨後的第 76 至 79 期，《黑旗英雄傳》的預告更佔半頁篇幅，宣傳攻勢似是有增無減。

終於，第 80 期，《黑旗英雄傳》的預告不復見了，不過，這部小說卻沒有登場。由 1962 年 4 月 6 日出版的第 74 期，至 5 月 11 日出版的第 79 期，前後在一個多月內，共出了六期的預告，顯然這部《黑旗英雄傳》確是如箭在弦，蓄勢登場的。然而，金庸撰寫「歷史豪俠小說」的計劃竟是無疾而終，原因何在？金庸沒有隻字交代，留待讀者猜度好了。

至於《天涯折劍錄》又是怎麼一回事？且看《東南亞周刊》第 60 期連載《素心劍》完畢，金庸於文末附上一句：「下期續刊金庸武俠新作」。

金庸沒交代這部新作的名字，它是否又像《黑旗英雄傳》一般，只聞樓梯響，不見人下來？金庸今趟沒有欺騙讀者，《天涯折劍錄》果然於第 61 期隆重登場！且慢，原來新作是二人合著的，作者不止金庸一人，還有一位叫做「岳川」的。「岳川」何許人也？原來就是倪匡。倪匡寫武俠小說的名氣及不上金庸，因此他寫的《天涯折劍錄》掛上和「金庸」合著的招牌，務求加強號召力，其實金庸半個字也沒有下筆。

> 《明報周刊》的雛型時期（筆者案：即《東南亞周刊》），需要一篇武俠小說，為了增加對讀者的吸引力，署名是「金庸、倪匡合著」。事實上，全由我個人執筆，借了金庸之名。[9]

大馬版《東南亞周刊》出版到第 69 期後停刊，香港版則仍然繼續出版，《天涯折劍錄》依然在香港版《東南亞周刊》連載下去。其後，香港版《東南亞周刊》由第七十多期起更名為《明報星期畫刊》。

《天涯折劍錄》連載完畢後，《血影》和《長鋏歌》接續登場連載，岳川這兩部小說，依舊打着「金庸、岳川合著」的旗號。

天涯折劍錄

金庸 岳川 合著

古堡中的約會

▲《東南亞周刊》大馬版第 61 期第 2 頁

9　倪匡：《倪匡新編》，頁 66。

天涯折劍錄

金庸 岳川合著

管三陽反震展非烟

【前文提要】

版權所有 不得翻印

▲《明報星期畫刊》第 85 期連載《天涯折劍錄》

金庸 岳川合著

血影

金庸 岳川合著

秘密洩露

【前文提要】

版權所有 不得翻印

▲《明報星期畫刊》第 131 期連載《血影》

金庸 岳川合著

長鋏歌

金庸 岳川合著

一幅空地

【前文提要】

版權所有 不得翻印

▲《明報星期畫刊》第 182 期連載《長鋏歌》

金庸簽名本

作家的簽名本肯定是擁躉的最佳藏品。金庸從不吝嗇簽名，在不少公開場合，都樂意為讀者在書上簽名，因此說來有着他的簽名的小說不算難求。然而，以金庸名氣之隆，且已身故，他的簽名本很多書迷不肯割愛，是故如有放讓，已然索價不菲。

簽名本亦有不同「級數」的收藏價值。一般公開場合向金庸索求簽名，書上僅有「金庸」二字。相比之下，題簽收藏價值無疑高得多。題簽的上款，如是收藏者本人，那是一份莫大的緣份，千金不易。報界前輩鄭明仁先生有一套舊版《碧血劍》，有幸蒙金庸題簽及寫下幾個句子，彌足珍貴。茲徵得鄭先生同意，拍下書影，予讀者分享。

金庸簽名本還有其他類別的。一般讀者索求金庸簽名，自然遞上的是一部金庸小說，金庸簽的自然就是「金庸」二字。原來，不同書種，金庸會簽不同名字，如果遞上的是他的政論集《香港的前途》，作者署名是查良鏞，他簽的就是「查良鏞」了。相比簽「金庸」，簽「查良鏞」的其實少見得多。筆者藏有一本簽「查良鏞」的題簽《香港的前途》，上款題「中成兄」，翻開八十年代的《明報月刊》，可以從版權頁看到編輯有一位麥中成先生，這本書當是當年金庸給部分下屬員工的贈書。

金庸簽名本更有獨特的一類，那是自署「良鏞」二字。自署「良鏞」的書籍，不外乎兩種：一是金庸的自家藏書，二是金庸給人的贈書。

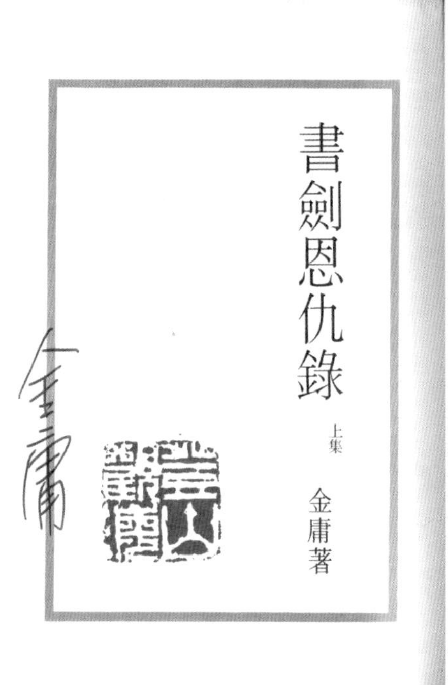

▲ 僅有「金庸」二字簽名的《書劍恩仇錄》

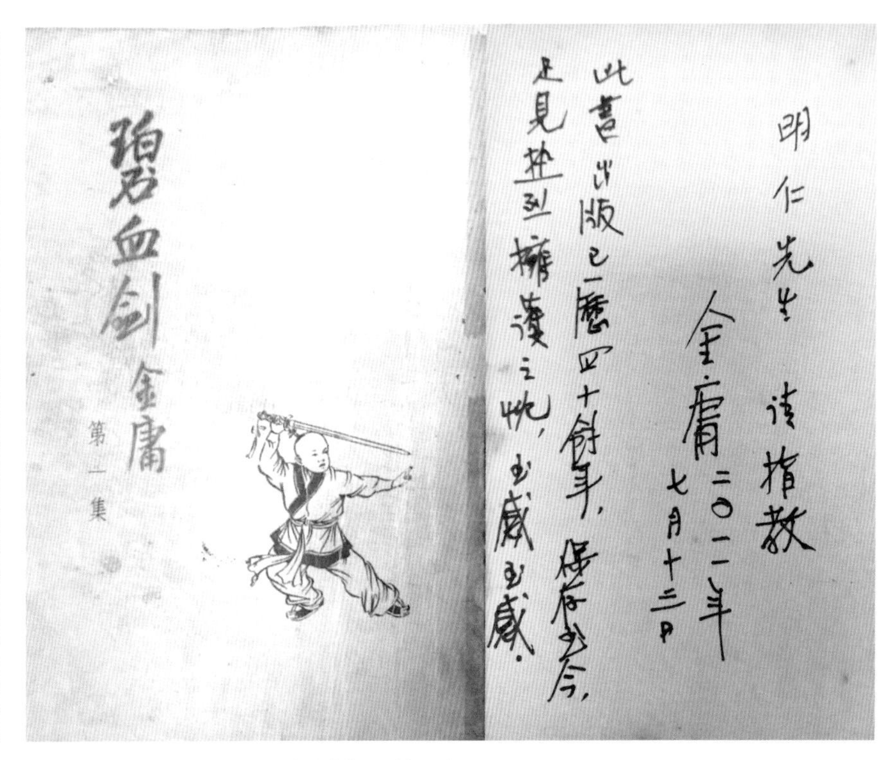

▲ 金庸給鄭明仁的舊版《碧血劍》題簽內容

中成兄 惠存

查良鏞

五八五.三.十二

「明報」社評選之一

香港的前途

查良鏞

▲ 金庸給「中成」題簽內容

電影藝術

譯叢

良鏞

3

1956

▲《電影藝術譯叢》封面有金庸簽署「良鏞」二字

▲《中國民間藝術漫談》扉頁有金庸簽署「良鏞」二字

先談金庸的自家藏書。金庸身居大宅，藏書豐富，自家藏書又何以輕易流出查府，成為他人的收藏呢？據神州舊書店老闆歐陽文利先生在《販書追憶》寫道：

> 賣舊書也會遇到很多有趣的故事。例如近年熱捧的金庸簽名書籍，售價動輒萬元以上。我在五十年代末期曾購得一批金庸先生的藏書，當時正值金庸先生離開《大公報》和長城電影廠，轉而開辦《明報》的時期，那些書多屬文史書和有關電影文藝方面，很多藏書都簽上「良鏞」二字。
>
> 當時曾有顧客購買了三十多本，每本都只不過幾塊錢，為甚麼定價那麼便宜呢？因為很多客人都不喜歡書內有筆跡或劃花與簽名的，所以凡有筆跡的，都會便宜點出售。過了數年，金庸先生悉託朋友追回此批書，輾轉介紹到神州，我樂意讓他買回大部分。如果等到現在才賣，那價值實在難以估算了。真是走寶了！呵呵！[10]

千萬別錯過上文一句「我樂意讓他買回大部分」，「大部分」正解是「並非全部」，不錯，正是有小部分被當年「曾有顧客」的那個顧客留着，後來輾轉「流落凡間」，給「凡夫俗子」撿得。

筆者藏有一本名為《電影藝術譯叢》的小書，是一本月刊，1956 年 3 月北京出版，書面有金庸自署「良鏞」二字。據歐陽先生對筆者憶述，這正是其中「流落凡間」的一本，筆者機緣巧合，喜獲珍藏。

再談金庸給人的贈書。金庸早年慣以簽「良鏞」贈書予人，簽署本名「良鏞」，是禮數周到。2017 年在一個舊書拍賣會上，曾經掀起舊書收藏界一宗轟動的事：一本金庸在 1956 年出版，署名「林歡」的《中國民間藝術漫談》，扉頁簽有「良鏞」並題字，是金庸給人的贈書，獲贈者並非泛泛之輩，乃是時任《大公報》社長費彝民及其夫人，當年是金庸的上司，競投結果是連佣金近七萬元拍出。

金庸手稿、題字

相比於收藏金庸簽名本，收藏金庸手稿，絕非普羅大眾所能負擔。拍賣會上偶爾放拍金庸手稿，動輒達六位數字成交。

至於題字，一般金迷，無緣識得偶像，索求無門，要是有緣在拍賣會碰到，或是經熟人輾轉覓得，相信亦價值不菲。

如不嫌棄，收藏一下金庸題字的印刷品，姑且望梅止渴。筆者分享兩幅饒有趣味的題字印刷品，以饗金迷。

其一是無綫電視 1986 年出版的〈倚天屠龍記電視劇特刊〉，金庸應邀親書「飛雪連天射白鹿，笑書神俠倚碧鴛」這副金迷無一不識的對聯，題字較特別之處在於金庸還為這副對聯解畫：

10　歐陽文利：《販書追憶》。香港：中華書局，2021 年 7 月初版，頁 109。

這副對聯的十四個字，包括了我所寫的十四部小說，由每部小說書名的第一個字組成。

金庸

一九八六・十

其二是香港圍棋協會會刊《弈》。

金庸酷愛圍棋，金迷知者甚眾，但他曾經出任香港圍棋協會名譽會長，則知者較少。根據香港圍棋協會網站資料，協會成立於 1982 年，金庸出任名譽會長，其間金庸更將尖沙咀赫德道 1-3A 號利威商業大廈 404 室的物業，以象徵式每月一元租金租予協會作會址。[11]

香港圍棋協會會刊《弈》創刊於 1982 年 7 月，起初稱作「月刊」，大約在 1983 年至 1984 年間開始脫期，故更名「會刊」。筆者收藏有十多期，最早是 1983 年 6 月的第 12 期，最後是 1991 年春的第 75 期。早期會刊的封面並非由金庸題字，以筆者的十多期會刊所見，第 23 期是最早由金庸在封面題字的一期。

此外，從這十多期會刊中，可以看到金庸在香港圍棋協會一鱗半爪的軼事。

▲ 無綫電視《倚天屠龍記電視劇特刊》金庸題字

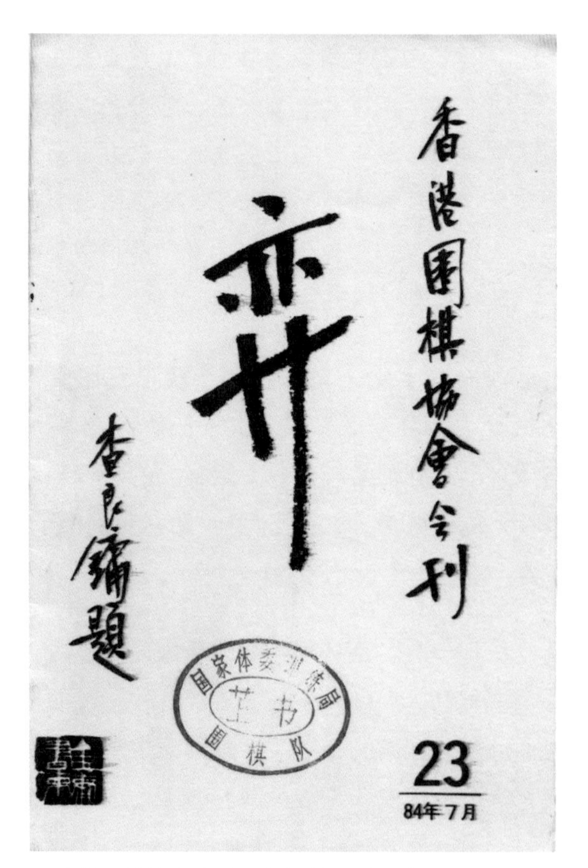

▲ 香港圍棋協會會刊《弈》第 23 期封面由金庸題字

11 香港圍棋協會網站：http://www.hkga.org.hk/?pagA_id=100

棋友专訪

這一期：查良鏞 —未名執筆—

△：聽說你的棋齡悠久，可以講講學棋的經過嗎？

查：我在唸中學時開始下棋，到香港後，因工作關係而停了十多年沒下。後曾跟左宗矩先生研習過，才又下起棋來。雖說棋齡不短，但實際上下棋的日子并不很長。

△：你對棋運很熱心，是因爲圍棋有很大的優點嗎？

查：圍棋的確很迷人！它對我們的思考能力、推理能力和修養等很有幫助；但若過份着迷亦容易導致玩物喪志。至於說我推行棋運熱心，實在不敢當。其實你們這份幹勁，才是值得稱讚的。

△：每年由明報主辦的「明報盃」，祇分教師組和學生組，有其特別的意義嗎？

查：是的。我認爲要推行圍棋運動，必須先從青少年和學生中着手，尤其應在學校着手。日本在這方面進行得很好，他們在初中和高中均把圍棋列爲體育運動的選修科。另外，香港賭風甚盛，年青人易染上不良的嗜好。希望能藉圍棋作媒介，引導年青人向善，同時也希望引起社會人士對圍棋的注意。

△：「明報盃」由明報主辦，亦有特別的原因嗎？

查：從過往的歷史看，日本及台灣之圍棋運動之能發展迅速和蓬勃報紙的宣傳是主要推動力之一。當然，香港的棋運現在尚屬發展初期，不能與他們相比。但我認爲，確定了正確的方向，本港的棋運才能蓬勃發展。

△：相信一般人跟你談話很少能不提起武俠小說……（笑）

查：（笑）

△：在「天龍八部」裡，虛竹所破解之珍瓏詰棋，內容包羅萬有，爲什麽構想得如斯神奇呢？

查：（繼續笑）「天龍八部」屬於武俠小說。一般武俠小說都會略爲誇大以求其趣味性之較佳效果，所以便產生這個幻想出來的珍瓏詰棋了。

△：在你弈棋的歷程裡，有什麽特別有趣的事嗎？

查：這使我想起了一件事，相信你或其他棋友也有同感：就是當你的造詣提高時，棋癮便相對地提高，甚或大大地提高，有時甚至會達到每日無棋不歡的地步。記得有一年，我實在很忙，而當時棋癮非常大，一見棋盤棋子便心癢。怎麽辦呢？我想到一個方法，將棋子和棋盤用很複雜的方法鎖起來，要拿出來是極麻煩透頂的事，所以祇好望「鎖」止渴。當然，心底裡的麻癢是非常難受的。

◀▼ 香港圍棋協會會刊《弈》第 12 期〈棋友專訪〉

△：這次陳祖德九段和羅建文七段返國後，你還會繼續邀請專家來港嗎？

查：我會繼續誠意地邀請專家來港，但這得由北京體育部門決定。

△：有沒有打算邀請哪一位？

查：中國的圍棋專家很多，他們的水準是無可置疑的。如能像陳九段、羅七段般和藹融洽，則更爲理想。

△：最後，請問你對香港棋運有什麽感想和祈望呢？

查：很高興地看到圍棋運動在香港漸漸萌芽茁長。如果圍棋人口能達到一個可觀的數目，那就十分滿意了。同時，我個人極希望圍棋界的推動者能夠團結一致，互相合作，則棋運之昌隆定必爲期不遠。

△：謝謝你接受訪問。

定石與佈局

珏玥

（黑先） 木 此題牽涉到全局構想：

黑1一間高掛時，白2夾擊。黑棋所選擇的定石應該是——從多種定石中選擇合於全局佈置最適宜者自不必多言。下邊黑子多，上邊白子多。所以，黑棋在上邊最好能避免與白糾纏。

（解答在第 23 頁）

—12—

名譽會長：查良鏞

☆☆☆ 香港圍棋協會組織 ☆☆☆

名譽會長：查良鏞

監事會：會長：蕭弘毅

副會長：樊國華

監事：張勁龍、江大正、陳維理、劉智勇

理事會：主席：樊國華　　副主席：張勁龍

財政：江大正　　幹事：余仲樂

理事會屬下各部門：

賽務組：樊國華、張勁龍

棋力評定組：樊國華、張國毅、張勁龍

月刊編輯部：張勁龍、林永基、陳維理

教學組：許恩林、陳維理、曾炳輝、余仲樂、馮立榮

導師：

曾炳輝、陳維理、許恩林、余仲樂、張國毅

總務組：江大正、龍鈺旋、金美莎、許恩林、馮立榮、董必圖、李良堅、馮建初、石崗力、李英傑、吳文光、何　洋

圖書管理：江大正

▲ 香港圍棋協會會刊《弈》1984 年 12 月第 28 期「香港圍棋協會組織」

三段	
盧世駿	1286
松元福雄	1200
查良鏞	1200

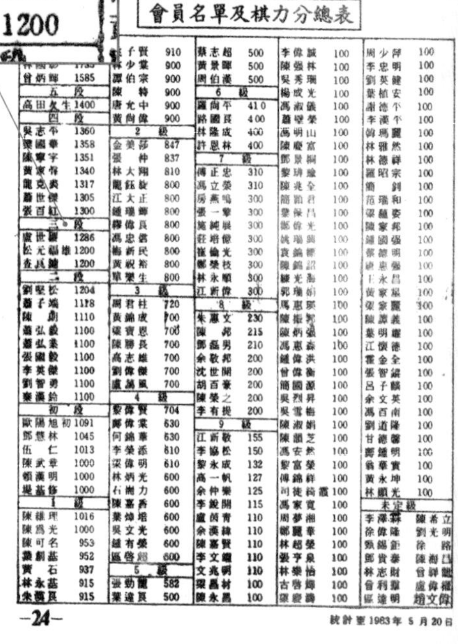

會員名單及棋力分總表

曾炳輝	1585
五段	
高田久生	1400
四段	
吳志平	1360
樊國華	1358
陳寧宇	1351
黃家脩	1340
龍克炎	1317
蕭世傑	1305
張百紅	1300
三段	
盧世駿	1286
松元福雄	1200
查良鏞	1200
二段	
劉堅松	1204
蕭子端	1118
陳　劇	1110
蕭弘毅	1100
蕭弘業	1100
張國毅	1100
李英傑	1100
劉智勇	1100
秦漢鈴	1100
初段	
歐陽旭初	1091
鄧慧林	1045
伍　仁	1013
陳武章	1000
賴漢明	1000
堤基修	1000
1級	
陳維理	1016
陳爲光	1000
陳可名	953
龔創基	952
賈　石	937
林永基	915
朱鶴良	915

蔡子賢	910
林少棠	900
譚伯宗	900
陳　特	900
唐允中	900
黃尙偉	900
2級	
金美莎	847
張　仲	837
林大翔	810
龍鈺旋	800
江大正	800
鍾瑞輝	800
穆偉良	800
馮忠鋁	800
梅新民	800
黃祝裕	800
畢樂生	800
3級	
周君柱	720
黃錦波	700
梁寶恩	700
陳勝長	700
高志雄	700
劉偉傑	700
盧錦風	700
4級	
黎偉賢	704
鄭偉棠	630
何錦華	630
李榮添	610
梁偉明	610
林炳光	600
石崗力	600
陳嘉喬	600
葉焯培	600
吳文光	600
鍾有榮	600
區啓翔	600
5級	
張勁龍	582
葉達良	500

蔡志超	500
黃景暉	500
周伯漢	500
6級	
羅尚平	410
路國長	400
林隆成	400
許恩林	400
7級	
傅正忠	310
馮立榮	310
房燕鳴	300
張一擎	300
施純展	300
莊培億	300
崔倫光	300
鄭榮枝	300
林永順	300
江祈偉	300
8級	
朱惠文	230
陳　邦	215
鄧磊男	210
余敬邦	200
沈世開	200
胡百豪	200
陳榮之	200
李有提	200
9級	
江祈敬	155
李協松	150
黎永成	132
高一帆	127
余仲樂	125
李銳開	115
盧茵青	110
余漢緯	110
陳嘉賢	110
李文耀	110
文兆明	110
梁昌材	100
陳永昌	100

李偉誠	100
陳强林	100
吳秀瑚	100
楊成光	100
馮淑儀	100
蕭壁榮	100
萬明山	100
陳慶富	100
鄧景桐	100
黎琳璇	100
陳兆全	100
簡韻君	100
黎保昌	100
鄭偉光	100
姚瑞興	100
袁錦輝	100
陳錦詔	100
鍾光海	100
郭瑞炳	100
馬惠琛	100
陳振邦	100
陳炳强	100
馮惠森	100
鍾偉洪	100
曾偉衡	100
簡國源	100
吳烈昇	100
吳雪梅	100
陳淑娟	100
陳韻芝	100
馮安然	100
黎富榮	100
傅錦祥	100
司徒綺霞	100
馮家寬	100
周夢湘	100
鄭麗華	100
林超榮	100
張亨泉	100
林樂怡	100
古啓輝	100
梁鏗壽	100

周少萍	100
李忠明	100
劉英健	100
葉植安	100
謝德平	100
李漢平	100
倫瑪麗	100
林雅然	100
林德祥	100
羅昭宗	100
鄧　釗	100
范瑞和	100
梁蘊姿	100
陳家邦	100
鍾國强	100
蔡德明	100
陳惠馨	100
王永昌	100
黃家福	100
梁家麗	100
陳譚義	100
葉明耀	100
江慎德	100
霍金全	100
張智鋁	100
呂子麟	100
余文英	100
馮百南	100
劉道隆	100
甘德馨	100
鄭鍾明	100
翁華寶	100
黃永坤	100
林顯光	100

未定級	
李澤森	陳希立
徐偉隆	劉光明
甄錫鉅	徐　路
鄧貴泰	陳樹昌
林志樹	曾祥能
曾利群	盧偉權
區達明	趙文偉

統計室 1983年 5月20日

▲ 香港圍棋協會會刊《弈》第 12 期「會員名單及棋力分總表」

※本月份升段升級之會員有：

查良鏞四段　升　五段　（獲得日本業餘五段證書）

棋評組月報

棋力評定組

※由於本會會員日益增多，棋評組不容易了解各會員的棋力進度，故特設"升段升級鑑定試"，以方便各會員升段升級，有關詳情請閱本會佈告板。

※本月申請"升段升級鑑定試"者有樊國華、黎偉賢、黃俊儀、蘇洪根、梁鴻鑫及劉培漢。

※本月份升段升級之會員有：

查良鏞四段	升	五段	（獲得日本業餘五段證書）
樊國華四段	升	五段	（升段試合格）
許恩林 2 級	升	1 級	
陳　邦 6 級	升	4 級	
馮立榮 6 級	升	5 級	
董必圖 7 級	升	6 級	
鄧其偉12級	升	9 級	
謝建偉11級	升	10級	
李良堅13級	升	12級	
黎秋華15級	升	13級	
梁培榮15級	升	13級	
余伯樂15級	升	14級	
潘步劍15級	升	14級	
盧偉權15級	升	14級	
莊信忠15級	升	14級	
陳劍華15級	升	14級	
盧錦邦15級	升	14級	

五段

高田久生

樊國華

查良鏞

本會會員名單

六段	伍　仁	余仲樂	黃景暉	吳進波	鄭思亮	王偉祥	陳　霞
林國彰	陳維理	崔明元	6級	高一帆	15級	蘇振華	陳俊明
曾炳輝	陳可名	3級	高智雄	李文耀	梁炳威	蘇仕傑	李文華
木下英二	林永基	周君柱	馮建初	12級	梁耕生	歐永發	未定級
李楠基	張勁龍	黃錦成	陳明天	明偉儀	梁威龍	魯士香	孫漢柱
五段	黎偉賢	陳勝長	陸錦光	祝偉俊	梁智雄	許昭信	張文泉
高田久生	陳啓元	梁寶恩	7級	李良堅	梁永強	趙寶娟	張大鵬
樊國華	鄭正基	何友暉	傅正忠	彭守來	張麗兒	彭炳權	關偉民
查良鏞	李忠善	吳藍禮	林永順	麥志榮	周少萍	高季子	關深鵬
四段	1級	彼得薛威	倫偉光	黃靜忠	蕭耀榮	黎紹新	鄭仲賢
吳志平	朱漢良	石崗力	劉培漢	梁培榮	曾慶慈	華松年	馮家傑
陳寧宇	黃　石	凌寶煌	葉錦偉	13級	朱立峰	盧國強	刁瑞平
黃家脩	林少棠	4級	袁冠良	周偉雄	朱大偉	符氣雄	凌冠偉
文禮山	黃尙偉	葉焯培	施純展	林業怡	朱嘉榆	馬松有	郭中光
三段	王國良	何錦華	鍾錦成	黎秋華	楊子江	范文森	唐有強
盧世駿	劉定強	周楚添	8級	潘步劍	楊錦飛	阮惠芳	林梓慶
松元福雄	黃俊儀	方惠康	胡百豪	余伯樂	楊寬飛	潘繼揚	潘廣強
渡邊圭二	楊圭泉	梁鴻鑫	沈世開	羅永平	楊自豪	潘貴安	卞星們
李英傑	賜惠瑾	陳　邦	李學正	14級	鍾顯玲	謝潮聲	彭國安
張國毅	黃紀裕	藍必圖	江護輝	余文英	蔡明顯	郭德勵	羅皓研
劉堅松	鍾有榮	鄭偉棠	顧豪華	倪秀娟	袁錦滿	郭德峰	李燕美
二段	許恩林	5級	吳崇興	黃昌明	馮百南	林忠邦	陳達忠
蕭弘毅	吳文光	周伯漢	湯容暉	莊信忠	徐昌華	李民玲	黎志輝
蕭弘業	李鵬輝	葉達良	盧嘉達	莊偉立	吳鴻貴	李立基	畢德忠
蕭子端	2級	蔡志超	謝建明	郭定強	鄭耀權	劉俊逸	盧思明
陳　朗	江大正	朱惠文	9級	周日貴	鄭志鵬	劉道隆	辛廣源
劉智勇	龍鈺旋	鄧磊男	黎永成	彭榮達	羅學鴻	劉月珍	李振培
鄧慧林	鍾瑞輝	區達明	黃振予	吳超民	鄧國昌	龔文川	趙志偉
吳又昌	張　仲	祖有利	鄧其偉	香立智	鄧國明	歐永成	徐錦鵬
陳爲光	金美莎	潘俊文	謝建偉	陳劍華	黃永坤	陳鶴鳴	江有明
姜家泉	穆偉良	蘇洪根	10級	盧偉權	黃觀秋	陳有民	江美麗
梁輝權	王文彥	馮立榮	林國基	盧錦邦	黃志勝	陳汝佳	梁雪菁
初段	何　洋	曾利群	11級	冼緯基	黃國強	陳鑑源	潘榮發
歐陽旭初	李佳榮	曹樹儀	李協松	潘至榮	黃小民	陳秦來	李京龍
凌武尊	盧藹風	潘聞祺	吳惠祖	蔡振圖	王耿舒	陳德志	

▲ 香港圍棋協會會刊《弈》第 23 期「棋評組月報」(左)及「本會會員名單」(右)

一、1983 年 6 月第 12 期有一篇金庸受訪的〈棋友專訪〉，當中提及《天龍八部》中的「珍瓏」。

二、金庸出任協會名譽會長，多期會刊的協會組織表或簡介表均見「查良鏞」之名列於其上。筆者手上最後兩期是第 59 期（出版於 1987 年 9 月）和第 75 期（出版於 1991 年春），前者仍見「查良鏞」出任名譽會長，後者已不復見其名，相信這時他已經離開協會。

三、金庸棋力如何？相信不少金迷甚是好奇。1983 年 6 月第 12 期「會員名單及棋力分總表」上，金庸廁身「三段」之列；1984 年 7 月第 23 期「棋評組月報」有一則信息：

> 本月份升段升級之會員有：查良鏞四段升五段（獲得日本業餘五段證書）

38 查良鏞

第一屆 香港圍棋百傑賽名次表

名次	姓名	名次	姓名	名次	姓名	名次	姓名
1	李楠基	26	董必圖	51	黃宗嚴	76	盧嘉達
2	曾炳輝	27	許恩林	52	黃桂生	77	顧豪華
3	木下英二	28	陳武章	53	方漢榮	78	冼孝文
4	林國彰	29	蕭子端	54	馮贊生	79	崔英煥
5	王炳芳	30	劉培漢	55	周伯漢	80	鄭思亮
6	張勁龍	31	松元福雄	56	尹奎植	81	梁鴻鑫
7	陳寧宇	32	文禮山	57	鍾錦成	82	葉愷東
8	李準錕	33	黃家聲	58	黃　征	83	馮永旋
9	盧世稷	34	陳爲光	59	郭華彥	84	李良堅
10	陳品祺	35	朱漢良	60	黎永成	85	謝健偉
11	吳志平	36	麥乃昌	61	黃昌明	86	陳　邦
12	陳維理	37	林少棠	62	蘇國良	87	鍾煥湘
13	蕭弘業	38	查良鏞	63	林永順	88	陳　宏
14	梁輝權	39	馮立榮	64	鄭正基	89	陸鏡光
15	余永良	40	朱長成	65	林肇佳	90	鍾民康
16	伍　仁	41	關惠理	66	鍾國詔	91	馮百南
17	劉堅松	42	朱念祖	67	何德賢	92	陳柱民
18	黎偉賢	43	王盛鈺	68	關澤鴻	93	李京展
19	余仲樂	44	李文耀	69	潘間祺	94	黎仲騰
20	吳文光	45	鄧磊男	70	龍鈺旋	95	高一帆
21	金美莎	46	劉定強	71	馬輝鵬	96	黎秋華
22	楊圭梟	47	黃孟煜	72	陳　朗	97	陳明天
23	李麟輝	48	鄧鴻基	73	周楚添	98	張　仲
24	馮建初	49	崔明元	74	何　洋	99	余伯樂
25	吳又昌	50	潘俊文	75	羅永平	100	林樂怡

6

▲ 香港圍棋協會會刊《弈》第 23 期「第一屆香港圍棋百傑賽名次表」

同期會刊報道第一屆香港圍棋百傑賽，共一百二十五人參加，金庸是其中一名參賽者，結果在「名次表」上排名第三十八。

金庸在電影圈

很多金迷都知悉，金庸與電影圈淵源頗深，那並非指將他的小說搬上銀幕，而是金庸本人曾經在電影圈工作。他投身電影圈之初，還未以金庸之名寫武俠小說。1953 年，他以「林歡」之名，加入隸屬左派的長城電影製片公司任編劇，至 1955 年開始在《新晚報》撰寫武俠小說，仍繼續在長城工作。金庸在長城期間，除了做過電影編劇之外，亦替電影歌曲填詞，甚至當過導演。

金庸在長城一共寫過七部電影劇本，與他人聯合執導過兩部電影。其中《有女懷春》一部，金庸除了當編劇，亦兼任導演。值得注意的是，《王老虎搶親》籌備伊始，由宣傳而至出版電影小說，導演一直是胡小峯和「林歡」，但到電影上映時，電影片頭和廣告，導演姓名則用「查良鏞」。

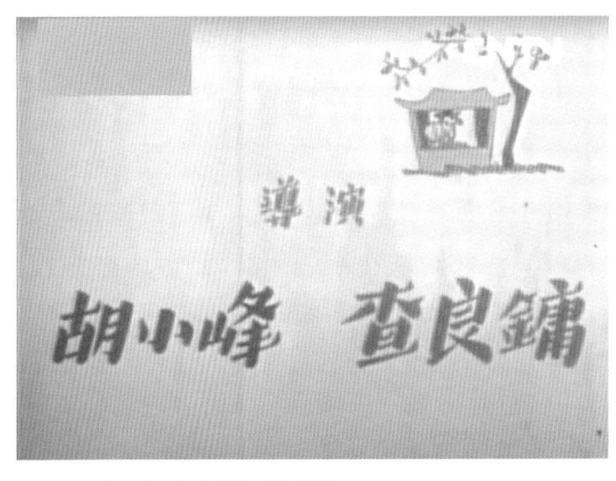

▲ 電影《王老虎搶親》截圖顯示「導演：胡小峰　查良鏞」

八齣電影資料臚列於下：

電影	首映日期	語別	編劇	導演	主演
絕代佳人	1953.9.22	國語	林歡	李萍倩	夏夢、平凡
不要離開我	1955.7.14	國語	林歡	袁仰安	夏夢、洪亮、傅奇
三戀	1956.9.18	國語	林歡	李萍倩	夏夢、傅奇、鮑方
小鴿子姑娘	1957.4.18	國語	林歡	程步高	石慧、傅奇
蘭花花	1958.1.9	國語	林歡	程步高	石慧、傅奇
有女懷春	1958.11.6	國語	林歡	程步高、林歡	傅奇、關山、陳思思、張冰茜
午夜琴聲	1959.9.10	國語	林歡	胡小峰	陳思思、平凡
王老虎搶親	1961.3.1	越語	許萍	胡小峰、查良鏞	夏夢、李嬙

補充一點，遍尋網上資料，均指出《王老虎搶親》在 1960 年首映，香港電影資料館的資料更具體指出是 1960 年 3 月 1 日。然而，筆者相信 1961 年 3 月 1 日才是正確的首映日期，理由有三：

一、《長城畫報》1960 年 5 月出版的第 104 期，介紹《王老虎搶親》。文首：

> 長城公司最近開拍的一部新片「王老虎搶親」，是全部以伊士曼彩色攝製的古裝歌唱片。

文末：

> 「王老虎搶親」由胡小峯、林歡聯合導演，正在加緊攝製中！

1960 年 5 月才是「最近開拍」，而且還在「加緊攝製」，怎可能在 1960 年 3 月 1 日首映？

二、《長城畫報》1961 年 2 至 4 月第 113 期，當中〈每月影談〉專欄就有《王老虎搶親》的介紹，而同書亦有一篇〈李嬙演活了王秀英〉（李嬙在《王老虎搶親》中飾演王秀英）的報道，說明《王老虎搶親》的上映日期在 1961 年 2 月至 4 月之間。

三、1961 年 3 月 13 日《大公報》有《王老虎搶親》的電影廣告，上有「片約所限，今明最後」。換言之，電影最後公映日期應該是 1961 年 3 月 14 日。以當時香港電影一般是七天一個檔期，如果票房理想，添加一個檔期，即十四天。依此推測，《王老虎搶親》的首映日期很可能就在 1961 年 3 月 1 日。

有趣的是，《王老虎搶親》的上映日期是 1961 年 3 月 1 日至 14 日，剛巧正值改編金庸同名小說的粵語電影《鴛鴦刀》同時上映上集和大結局。這兩個星期，變成「查良鏞」的《王老虎搶親》，跟金庸的《鴛鴦刀》打擂台搶票房。筆者手上一份 1961 年 3 月 13 日的《大公報》，同時刊登這兩齣電影的廣告，正好記錄了這件「盛事」。

長城

王老虎搶親

長城公司最近開拍的一部新片「王老虎搶親」，是全部以伊士曼彩色攝製的古裝歌唱片。它的故事採自民間傳說，內容極爲風趣動人。

故事是說在明朝的時候，江南地方有一位才子周文賓，生得一表人材，他和朋友祝枝山打賭，假扮了女人，在元宵佳節去看花燈，說是不會被人看破。那知他扮得太像了，被當地的小霸王王老虎看見，驚爲天人，立刻命手下的人把「她」搶回家去。預備霸爲妻室。由於當天時間已經太晚了，來不及拜堂成親，王老虎便把周文賓關在妹妹王秀英的閨房裏，反倒撮合了他們兩人的好事。等到王老虎發現搶回來的美人竟是一個男人，而自己的妹妹竟還愛上了他，弄得十分狼狽。這時經祝枝山出頭，定下妙計，周文賓和王秀英終於結了婚，而王老虎只好乖乖的做了大舅子，結束了一場喜劇。

這部影片既有風趣的內容，更有一個非常浩大的「卡司脫」。由夏夢、李嬙、馮琳、洪虹、余婉菲、白荻等主演。由於本片是採取歌曲形式演出，所以演員都是女性，也是國語片中別開生面的呢！

「王老虎搶親」由胡小峯、林歡聯合導演，正在加緊攝製中！

▲《王老虎搶親》電影介紹
（《長城畫報》1960 年 5 月第 104 期）

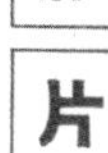

王老虎搶親

以電影演員來演越劇，這是個大膽的破天荒的嘗試。過去雖然也曾有過由電影演員演出的越劇電影，例如邵氏的「借紅燈」，但卻是只唱不做，除了帶着濃厚時代曲韻味的越曲之外，表演上根本走不出國語古裝片的範疇。所以長城公司的演員們這次能夠在短期內掌握了越曲的唱、做功夫，拍出了像模像樣的「王老虎搶親」，是相當令人驚異的。據說她們事前細心觀摩了本劇的舞台演出，並將該劇全部拍攝下來，反覆放映琢磨，更邀請了本港好些第一流的戲曲表演藝術家、專家作指導，才學出了現在這種成績。儘管如此，更大的決定因素相信還是在於演員們的潛心苦練。觀乎影片的賣座盛況，她們的辛苦可謂是值得的了！

造成影片賣座的原因，其一是由於戲曲——特別是越劇是本港市民所喜愛的藝術形式，再由於內容的生動、風趣，觀衆對他們所熟悉的電影演員居然能演越劇這件事所產生的好奇心理，難怪戲院前要擠得水洩不通了！

喜劇一般是較難處理的，古裝喜劇片更難。癥結在於觀衆欣賞古裝片習慣了比較抒情、緩慢的節奏。本片導演手法上成功之處正是在於他們（本片是由二人聯合導演的）的劃分鏡頭能夠充份地配合原舞台劇的節奏，而做到徐疾有緻，一點也不含糊，因之抒情之處（如王秀英閨樓自嘆）與輕快活潑之處（如祝枝山之錯認過路婦人爲周文賓）兼容並蓄，使人全心地跟着導演的佈擺，忽緊忽寬，絲毫沒有抗拒的情緒。

全片從周、祝二人打賭起到周文賓扮女人喜得佳人止分爲六場，每一場有如舞台上的一幕，段落分明。這種處理，想來是爲了保存原來舞台的演出形式。但因爲表演者本來就不是越劇的專業演員，所以舞台記錄片的處理方式似乎還可以商榷，設若把片子處理得更爲電影化些，是不是對演員的一些未夠圓熟的身段還可以有所藏拙呢？

周文賓與王秀英之間，劇本增加了他們過去曾因互相慕才提過親事，被王老虎所阻的情節。這是聰明的改編，因爲多了這一段情節，增加了不少的戲，並且也突出了主題。周文賓在閨樓與王秀英作長夜深談的一場，周文賓之幽默機智，王秀英之單純深情，刻劃得非常生動。而周文賓試探王秀英 [illegible] 的那段唱詞，更是劇作者豐富的想像與橫溢的才華的產物。但當周文賓顯露了真正身份之後，由於適才曾將王秀英「搞足」，所以王消除怒氣的過程似乎不能太過簡單，也正是在周文賓毫無轉圜辦法的窘境下，才是劇作者施展本領而不應輕易放過的地方。

演員中以扮王秀英的李嬙做工最爲細膩，而她所担任的青衣戲須要不瘟不火的功候，卻正是最難掌握的。與李嬙恰成相反的是扮王老虎的余婉菲，儘管是在喜劇中，她的動作也還嫌太誇張了。夏夢的角色還較易討好，正因爲是「男扮女裝」，稍爲誇張些也不覺刺眼；但在某些動作上，還不能很理想地表達出「男扮女裝」的韻味。馮琳的祝枝山最討觀衆喜歡，元宵亂認觀燈婦女一場最爲精彩，固然這場戲由於安排的巧妙，唱詞的雋永有助於演員的表演，但演員本身耍得開，動作準確活潑，反應敏捷、生動，卻也是成功的原因之一。

▲〈每月影談〉介紹《王老虎搶親》
（《長城畫報》1961 年 2-4 月第 113 期）

李嬙演活了王秀英

LI TZIANG

We all know that Li Tziang is a very good actress. Her acting in GW's "Bride Hunter" is another powerful evidence that she is accomplished in many fields.

▲〈李嬙演活了王秀英〉
（《長城畫報》1961 年 2-4 月第 113 期）

▲《大公報》1961 年 3 月 13 日《王老虎搶親》電影廣告，
導演是「查良鏞」（左）及《鴛鴦刀》電影廣告（右）

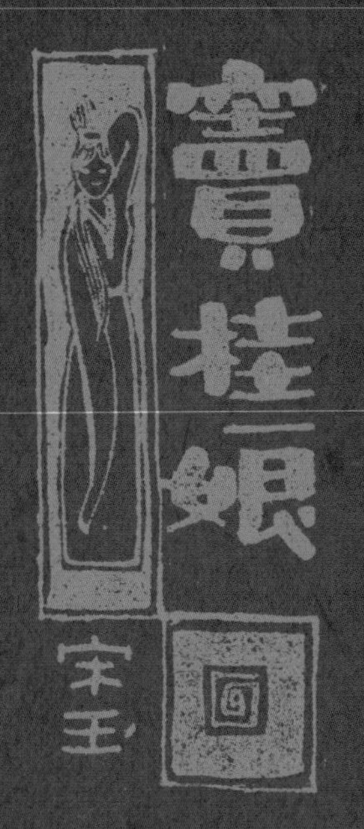

▲《絕代佳人》電影小說封面（左）及內頁工作人員表（右）

▲《不要離開我》電影小說封面（左）及內頁工作人員表（右）

▲《三戀》電影小說封面（左）及內頁工作人員表（右）

▲《蘭花花》電影小說封面（左）及內頁工作人員表（右）

▲《有女懷春》電影小說封面（左）及內頁工作人員表（右），「林歡」是導演之一。

▲《午夜琴聲》電影小說封面（左）及內頁工作人員表（右）。

▲《王老虎搶親》電影小說封面（左）及內頁工作人員表（右），「林歡」是導演之一。

▲《小鴿子姑娘》戲橋，中間可見「林歡編劇」

▲《鳴鳳》電影小說封面（左）及
內頁《一隻甲蟲爬上山》曲譜（右）

《阿Q正傳文學劇本》封面

光輝的範例

獻給「崑崙公司名片展覽」

崑崙公司攝製的影片，是中國電影優秀傳統中傑出的部份。它對於海外的觀衆，有很親切的感覺，因爲其中所描寫的現象，有許多還是我們正在感受着的。

中國的電影有很優秀的傳統。崑崙公司在上海解放之前這段時期中所攝製的那些影片，是這個優秀傳統中傑出的部分。這些影片刻劃了當時社會中的真實現象，描寫了善良人民的勇敢、痛苦和希望。在我國電影史上，這些作品是有相當重要地位的。對於海外的觀衆，這些影片還讓我們有很親切的感覺，因爲其中所描寫的現象和問題，有許多還是我們正在感受着的。

在二次世界大戰之後，意大利的現實主義影片在國際間享到很大的聲譽，因爲它真實地描寫了生活。我在看崑崙公司這些影片的時候，有一種感覺，覺得在內容上，這些影片與意大利的現實主義作品有很大程度的相似，而藝術性也各有千秋。「三毛流浪記」和「擦鞋童子」，「希望在人間」和「不設防城市」，「萬家燈火」與「單車竊賊」，「麗人行」與「烽火流鶯」，這些影片之間，所描寫的現象與所要闡明的主題，不是有很多的相同之處嗎？這些影片都忠實於生活，也都有很強烈的傾向性。

影片裏並不牽強地說教，並不一定要把一個光明尾巴或大團圓結局強加於眞實的生活之上，它敍述人的堅強，也敍述人的軟弱。這些影片都很樸素，但教我們感動。

影片的主要人物都遭受到深刻的苦難，因爲他們是在一個苦難的社會之中。然而他們並沒有喪失希望，堅強的活着，充滿着樂觀的精神。

我很高興有機會重溫一遍這些好影片，作爲在海外對電影有興趣的一個人，這些影片是我學習的一種好材料。想到那些人在當時上海這樣困難的環境下竟拍攝出這樣精采的影片來，對他們的勇氣與才能，實在有不勝欽慕欣羨之情。

林歡

崑崙影片重映

夏初臨

崑崙公司的影片現在要在香港作連續性的公映，是一個好消息。

這些影片我大多數看過，雖然事隔多年了，但回想起來，有些情節還記得清清楚楚，因爲看的時候，它們給我很深的印象。

想起那些影片，我首先想到的是對日抗戰時期的種種情形，再又想到表現於影片中那種對生活對藝術的熱情，和表現於它們的題材和主題方面的現實主義傾向。還有，就是由編導到演員方面的人材鼎盛，當時的那種情況，現在想來，簡直是叫人艷羨了。

在此時此地，讓觀衆來溫習一下國家民族生死存亡的鬥爭，我覺得是很有意義的。知識份子在敵人面前的大義凜然，像「希望在人間」的老教授與一些年青人這樣，也可張正氣而勵末俗。至於「三毛」呢，則在原產地已經失蹤，但我們仍舊常常見到，既可以碰見於街頭，便使其重現於銀幕，也不止於使人一笑已也。所以我覺得這次重映，很有意思。

像「一江春水向東流」這樣的盛大篇章，像「希望在人間」這樣的精工細琢，像「八千里路雲和月」這樣的明快流暢，像「三毛流浪記」這樣的雋樸，像「新聞怨」的抒情味，都是難得的。在看「麗人行」時，戲如其人，我喜歡田漢先生那點熱情和詩意。我覺得電影工作者也可以從這裏學到些東西。我還覺得：「如果此地有製片人，又想製好片又想賺錢，重看一下「一江春水向東流」等片子，也能使他得到一點觸發。

所以我認爲，崑崙公司影片的重映，無論對觀衆，或者對電影從業員，同樣都有好處。

▲《上海崑崙名片展覽》特刊封面（左）及
內頁林歡撰寫的〈光輝的範例〉（右）

名著的改編

林歡

蘇聯女作家尼古拉耶娃的長篇小說「收穫」出版後立刻轟動一時，國內外的的普通讀者與文學批評家們都認為是一部傑作。後來根據這部小說而拍成了影片，但看電影的人都感到不滿意，覺得影片缺乏小說中的光采和深度，主要的原因不在導演與演員，而是在電影劇本。電影劇本寫得不好。這劇本是誰寫的？原來就是小說的原作者尼古拉耶娃。

說來好像奇怪，但這種例子不斷發生過多少。因為，小說與電影是兩種完全不同的藝術形式。一位有才能的小說家，未必能把他在小說中刻劃得十分成功的人物，在小說中描寫得很深刻的思想，在影片中同樣完美地表現出來。

根據文學名著而改編成為電影，在電影初誕生不久就已在開始，這些影片大致可以分為下面這幾類：

一、很好地體現了原著的精神、涵義、與藝術特點，保存原著中主要的情節線索，基本衝突，與人物性格的刻劃。影片本身則是一個完美的電影藝術作品。

二、故事人物完全與原作相同，甚至對話也原封不動地照搬，然而只成為原作的一種圖解，外貌雖然相同，精神韻味卻不見了。

三、套用原作的故事來加以發揮，改變主要角色的性格，將悲劇的結局改為大團圓等等。這主要是用原著的名字來號召，作為一種商業性的投機。因為出了名的小說可以保證票房收入。

四、惡意地歪曲與污衊文學名著，把自己所要達到的政治目標硬加到影片中去，其實這種思想與原作毫無關係。

在我們所看到的影片之中，第一類和第四類都比較少，最多的是第二類與第三類。

第二類影片的改編著用意常常是很好的，可是因為沒有成功地掌握電影藝術的特殊性能，終於拍出了類似「原作之連環圖畫」那樣的影片出來。美國片「波華荔夫人」，英國片「聖誕述異」等都是顯著的例子，很忠實，然而內容枯燥而貧乏。

蘇聯一位著名的電影藝術家E・格布里羅維奇，在對全蘇聯電影劇作講習班上作過一次講話，討論這個問題，頗有些精闢的見解。他說，許多完全是從小說中整段搬到電影裡去的情節，常常變得黯淡無光。乍一看來，人物還是那些人物，對話也完全是那些對話。「在法律上說來」，改編者毫無錯誤，然而，實際上所得到的結果，卻是藝術的虛偽，和對原作的歪曲。他認為，把小說改編為電影，不但要刪除原作中的情節、人物・與對話，還得創造許多新的情節與對話。他說：「因此，改編者常說：『我這裡一切都和小說中一樣，我這裡沒有一句話不是從原作者那裡取來的。』這種說法，幾乎永遠是失敗的證明。」

烏蘭諾娃的朱麗葉是不說話的，英意合攝的「羅米歐與朱麗葉」中的對話，卻幾乎全部是莎士比亞寫的，然而眾所公認・前者是莎士比亞作品更好的改編。

長城公司正在進行一個巨大的工程，改編魯迅先生的「阿Q正傳」。編導者當然決不會對原作故意歪曲，但重要的是，要怎樣把這部文學名著的精神準確地傳達出來，使之成為一部好電影，努力的目標，應該不僅僅是把魯迅先生的小說準確地「翻譯」為電影，而是拍一部好電影，把「阿Q正傳」的基本精神精采地表達出來。

▲《長城畫報》第 72 期〈名著的改編〉

至於「林歡」在長城為電影歌曲填詞多少？相關資料筆者主要依賴《長城畫報》，雖然筆者集齊《長城畫報》所有期數，但在《長城畫報》刊載署名「林歡」填詞的電影歌曲曲譜，肯定不是他替長城電影歌曲填詞的全數，例如電影《鳴鳳》的電影小說，裏面刊登了該齣電影中四首插曲曲譜——《苦情歌》、《梅心曲》、《上轎歌》、《一隻甲蟲爬上山》，填詞人都是「林歡」，但只有《上轎歌》見於《長城畫報》；又如電影《鸞鳳和鳴》的電影小說，裏面刊登了該齣電影的主題曲曲譜——《天上龍配龍》，填詞人亦是「林歡」，卻不見於《長城畫報》。因此「林歡」填詞的電影歌曲，究竟全數多少？徒呼難以得知。[12]

「林歡」既然身為長城的編劇，又在《長城畫報》寫下不少影評和談論電影的文章，當然少

12　有關《長城畫報》刊載「林歡」填詞的全數電影歌曲名稱，參閱前文〈《長城畫報》〉。

不了在當時其他娛樂圈刊物偶然出現這個電影界才子的筆蹤。

例子一。上海崑崙電影業公司 1955 年來港舉行電影展覽，出版了一本十六開薄薄的介紹特刊，隸屬左派電影公司的「林歡」，就受邀在特刊寫了一篇題為〈光輝的範例〉的短短電影觀後感。

例子二。長城在 1958 年攝製了改編自魯迅短篇小說的同名電影《阿 Q 正傳》，為了隆重其事，長城出版一本三十二開八十六頁的小書，書名《阿 Q 正傳文學劇本》。該書除了集電影劇照、電影劇本、魯迅《阿 Q 正傳》原文於一身之外，還附加五篇文章，豐富書本的價值，執筆者分別是該片的製片兼導演袁仰安、該片的編劇許炎、雲彩（筆者不知其身份）、林歡和該片的主角關山。「林歡」寫的是一篇題為〈名著的改編〉的文章，其實這篇是翻炒舊作，早已於 1957 年 2 月第 72 期的《長城畫報》刊登過。

金庸小說的偽書

偽書者，指偽託金庸之名的另作小說。

本篇要談論的，僅限於上世紀五十至七十年代，在香港出版的金庸偽書。其時金庸小說已然一紙風行，坊間湧現諸種盜用金庸之名的偽書，公然出租出售。這類小說距今年遠日久，且印量不多，現在尋之不易，兼且文筆及情節都不乏可觀者，因而雖然收藏價值遠不如金庸舊版小說，但也不啻為另類藏品。

金庸偽書出現甚早，他在連載小說後，於文末覆答讀者，首次提及偽書的是《碧血劍》第 353 續：

> 雨田、張欣等諸位先生：「天池怪俠」及「書劍恩仇錄續集」諸書，均係旁人冒名偽作，非我所撰。承關注甚感。

由此可知，最早於連載《碧血劍》時，已有金庸偽書見諸市面。到連載《射鵰英雄傳》時，金庸名氣更盛，冒名之作湧現，金庸需要在連載的內文末處附加說明，不少寫得十分風趣抵死。如：

第 429 續：

> 上海日報蘇引泉先生：「武當奇俠」非我所作，市上冒我署名出版別人著作者已有十餘種之多，凡有鑑別力之讀者，皆知真偽。

第 476 續：

> 洪七公：你既是洪七公，該知「射鵰前傳」並非我作！

第 527 續：

> 老頑童先生：「射鵰前傳」、「金蛇劍」、「八手仙猿」等均非我所作，你可羸黑仔蘇五元。

第 699 續：

> 鄺根先生：「紅皮書」雜誌上的武俠小說不是我寫的，只是那位作者先生也喜用「金庸」的筆名而已。

第 790 續：

> 艾、明文諸先生：「紅皮書」上的金庸不是我，「新晚報」上的金庸是我。

偽書的泛濫情況，竟至公然刊載於正規雜誌《紅皮書》上，足證金庸大名之隆。

筆者就手上的連載書影統計，金庸在文末提及過的偽書書名有以下諸種：

書名	提及偽書書名的連載小說及期數
天池怪俠	碧血劍第 353 續／射鵰英雄傳第 168 及 218 續
書劍恩仇錄續集	碧血劍 353 續
江南七怪	射鵰英雄傳第 187、328 及 558 續
武林神劍叟	射鵰英雄傳第 218 續
金陵豪俠傳	射鵰英雄傳第 375 續
八手仙猿	射鵰英雄傳第 421 及 527 續
武當奇俠	射鵰英雄傳第 429 續
射鵰前傳	射鵰英雄傳第 476、527、531 及 558 續
金蛇劍	射鵰英雄傳第 527 續
九陰真經	射鵰英雄傳第 531 及 558 續
降龍十八掌	射鵰英雄傳第 531 續
女俠黃蓉	射鵰英雄傳第 558 續
全真七子	射鵰英雄傳第 558 續
九指神丐	射鵰英雄傳第 558 續／神鵰俠侶第 445 續
華山劍俠傳	神鵰俠侶第 448 續
碧血劍續集	神鵰俠侶第 448 續

至八十年代，翻版金庸小說如雨後春筍般傳遍內地，而其時內地讀者又不識金庸著作究竟全數若干，於是混水摸魚的冒名之作多如牛毛，署名「令狐庸」、「查良居士」的已算有底線了，還有「全庸」著的，「金康」著的，「金庸名」著的，「金庸新」著的，「金庸巨」著的，分明意圖魚目混珠，當然更大量是乾脆大搖大擺地晃着「金庸」著的旗號。這個時期的金庸偽書，不僅數量不勝枚舉，而且每部印量動輒上以萬計，加上年代距今不遠，文筆及情節俱拙劣之極的甚多，本篇不擬介紹。

本篇介紹的金庸偽書，可以劃分為兩類：

第一類是可以稱為續書的偽書。意指不獨偽託金庸之名，甚至襲用金庸小說人物或情節，而敷寫成另一部小說，這部新寫的續書，故事情節可以發生在原書情節之前、之後，甚至相同時間。筆者以下介紹六部這類既是偽書亦是續書的小說：

一、《綿裏針》。封面書名旁附註「書劍恩仇錄前傳」。全書八集八回共三百二十頁，文有出版社印行，出版日期不詳，每集定價不詳。

二、《恩怨情仇》。是《碧血劍》續書，即《華山劍俠傳》，從第四集最後一句：「筆者書至此華山劍俠一書已告大結局了」可知。全書四集八回共二百九十頁，光明出版社出版，出版日期不詳，每集定價八角。

三、《華山劍俠後傳》。是《碧血劍》續書，接續《恩怨情仇》（《華山劍俠傳》）故事。全書四集八回共三百一十八頁，光明出版社出版，出版日期不詳，每集定價八角。

四、《九陰白骨爪》。是《射鵰英雄傳》續書。全書八集十六回共二百八十八頁，開光出版社印行，出版日期不詳，每集定價四角。

五、《射鵰英雄前傳》。是《射鵰英雄傳》續書，與另一部《射鵰英雄後傳》是眾多金庸偽書之佼佼者，文筆及情節俱口碑不差。《射

《綿裏針》第一集至第八集封面

《恩怨情仇》第一集至第四集封面

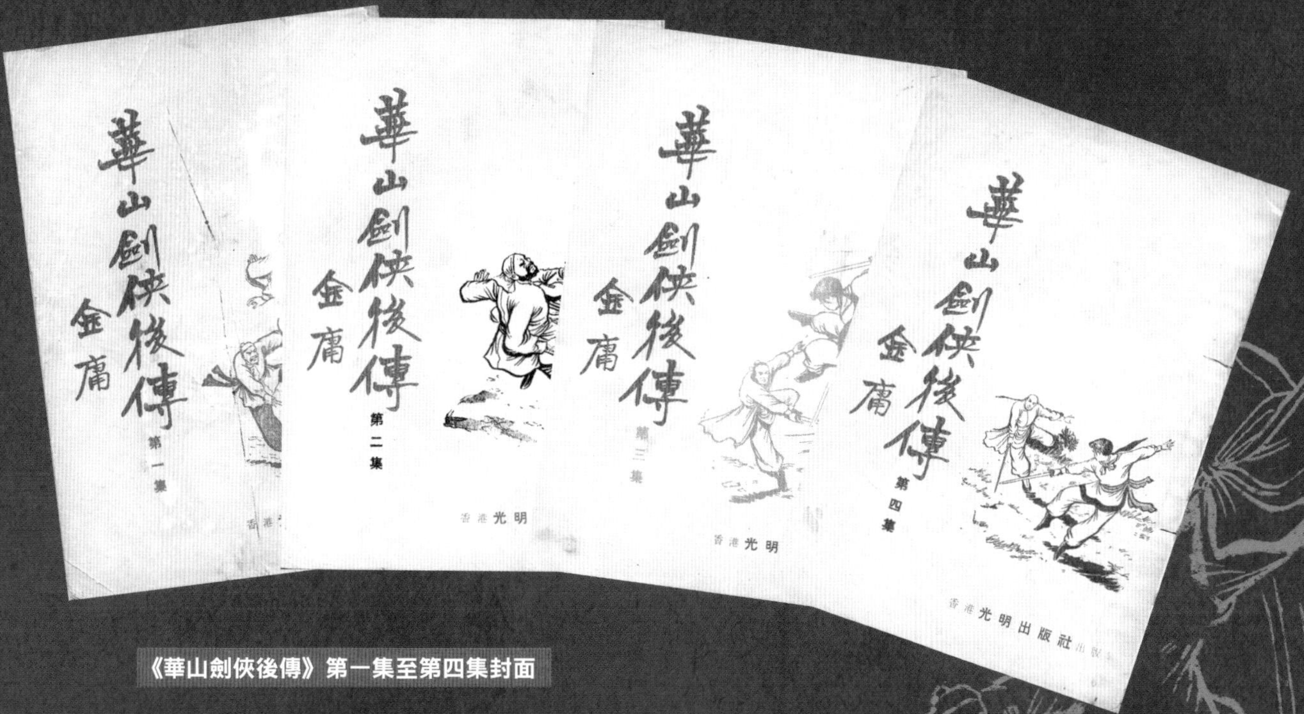

《華山劍俠後傳》第一集至第四集封面

《九陰白骨爪》第一集至第八集封面

《射鵰英雄前傳》第一集至第五集封面

《射鵰英雄後傳》第一集至第四集封面

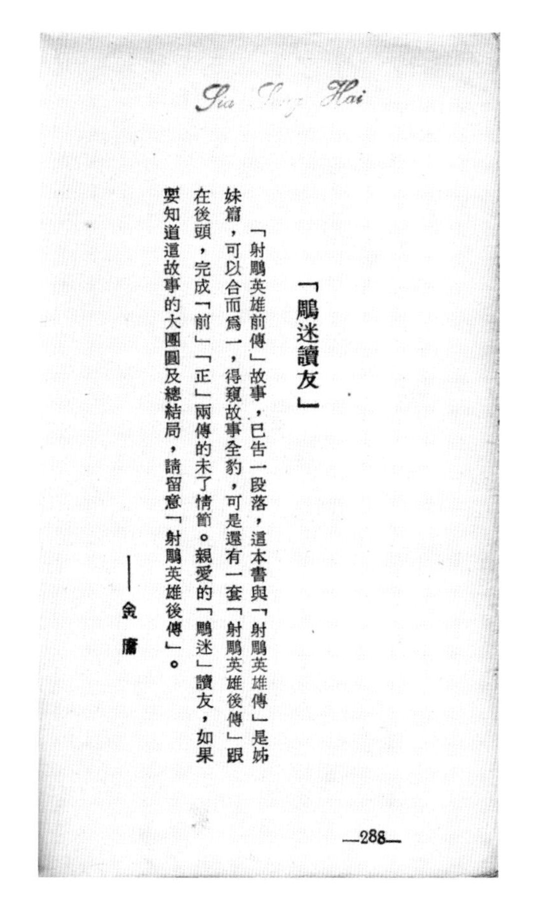

「鵰迷讀友」

「射鵰英雄前傳」故事，已告一段落，這本書與「射鵰英雄傳」是姊妹篇，可以合而爲一，得窺故事全豹，可是還有一套「射鵰英雄後傳」跟在後頭，完成「前」「正」兩傳的未了情節。親愛的「鵰迷」讀友，如果要知道這故事的大團圓及總結局，請留意「射鵰英雄後傳」。

——金庸

—288—

▲《射鵰英雄前傳》最後給「鵰迷讀友」的告示

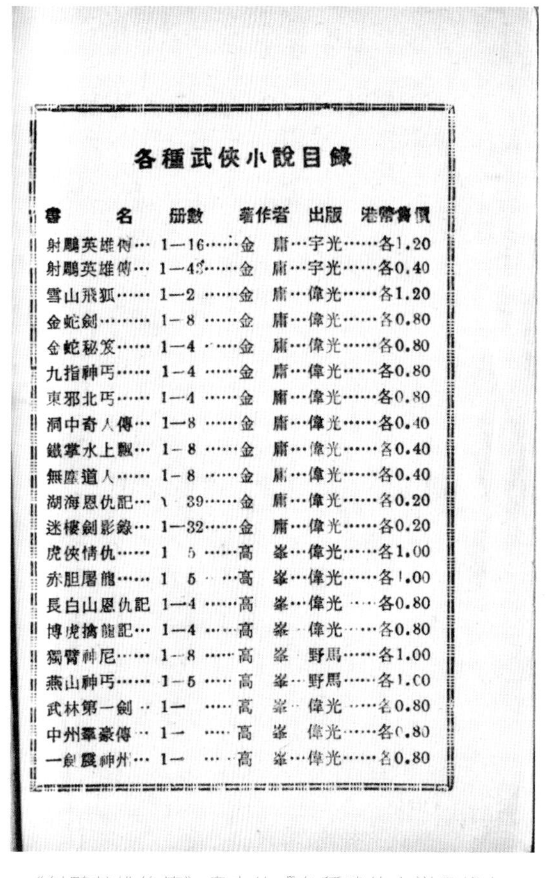

各種武俠小說目錄

書名	冊數	著作者	出版	港幣售價
射鵰英雄傳	1—16	金庸	宇光	各1.20
射鵰英雄傳	1—43	金庸	宇光	各0.40
雪山飛狐	1—2	金庸	偉光	各1.20
金蛇劍	1—8	金庸	偉光	各0.80
金蛇秘笈	1—4	金庸	偉光	各0.80
九指神丐	1—4	金庸	偉光	各0.80
東邪北丐	1—4	金庸	偉光	各0.80
洞中奇人傳	1—8	金庸	偉光	各0.40
鐵掌水上飄	1—8	金庸	偉光	各0.40
無塵道人	1—8	金庸	偉光	各0.40
湖海恩仇記	1—39	金庸	偉光	各0.20
迷樓劍影錄	1—32	金庸	偉光	各0.20
虎俠情仇	1—5	高峯	偉光	各1.00
赤胆屠龍	1—5	高峯	偉光	各1.00
長白山恩仇記	1—4	高峯	偉光	各0.80
博虎擒龍記	1—4	高峯	偉光	各0.80
獨臂神尼	1—8	高峯	野馬	各1.00
燕山神丐	1—5	高峯	野馬	各1.00
武林第一劍	1—	高峯	偉光	各0.80
中州羣豪傳	1—	高峯	偉光	各0.80
一劍震神州	1—	高峯	偉光	各0.80

▲《射鵰英雄後傳》書末的「各種武俠小說目錄」

鵰英雄前傳》先有薄本出版，後合訂成五集一百二十五回共一千四百四十頁。武俠出版公司出版及發行，出版日期不詳，每集定價三元五角。出版社更膽大妄為，在書末冒充金庸，寫上一段致「鵰迷讀友」的告示，提醒他們續看《射鵰英雄後傳》：

> 「射鵰英雄前傳」故事，已告一段落，這本書與「射鵰英雄傳」是姊妹篇，可以合而為一，得窺故事全豹，可是還有一套「射鵰英雄後傳」跟在後頭，完成「前」「正」兩傳的未了情節。親愛的「鵰迷」讀友，如果要知道這故事的大團圓及總結局，請留意「射鵰英雄後傳」。
>
> —— 金庸

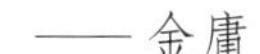

六、《射鵰英雄後傳》。是《射鵰英雄傳》續書。和《射鵰英雄前傳》相同，此書先有薄本出版，後合訂成四集八十回共一千零六十一頁。武俠出版公司出版及發行，出版日期不詳，每集定價三元五角。

該書書末有一頁「各種武俠小說目錄」，從中看到十一部「金庸」小說，除了《射鵰英雄傳》和《雪山飛狐》外，其餘九部都是偽書，計有《金蛇劍》、《金蛇秘笈》、《九指神丐》、《東邪北丐》、《洞中奇人傳》、《鐵掌水上飄》、《無塵道人》、《湖海恩仇記》、《迷樓劍影錄》，可資參考。

七、《飛狐後傳》。是《雪山飛狐》續書，接續《雪山飛狐》最後胡斐那一刀是否劈向苗

《飛狐後傳》第一集至第四集封面

《怪指琴魔》第一集至第八集封面

力，那知眼前一花，敵人一晃，突然不見，聞公泰方才知道上當，暗叫不好，正欲回轉身來，那知大凡是這一類內家真力，一經傳出，十分難收，而且一次一次的打出來，最耗精力，泰一連三次攻擊不中，已若兵法所謂一鼓作氣，再衰三竭地步，苗人鳳才一落地，猛喝一聲，施用太乙掌照準聞公泰後心打來，丹田罡氣，雄猛異常，而且又是三次誘敵，容待對方疲倦之餘，忽然發難，聞公泰就是通天的本領，也難免此災難，想他成名多年慣經大戰的，一聲罡氣自後襲來，聞公泰立即一塌身子，避過後心的要穴，跟着一墊身，順着苗人鳳的太乙掌力，身形像一塊紙鳶般，直飄開去，飛出三丈以外，這樣一來，無形中不和對方硬抗，減少了大半的勁力，若然是這樣，聞公泰的右半邊身，也似被一通紅鐵棒，戳了一下，奇痛無比，震得半身麻木了。

聞公泰自知二次不敵，連忙拱手說道：「苗大俠，聞某服輸了，苗人鳳答道：「聞兄承讓」此次比武，苗人鳳武功最高，本來其他七人的武功也算登峯造極，但仍不及苗人鳳的凌厲，結果七人甘願服輸，拜服苗人鳳爲「天下武功第一」。不負打遍天下無敵手之名，衡山羣英會，就此結束了，羣雄於是一聲珍重，各人也飄然下山，各回到各的地頭上而去。

（全書已完）

No. 296

第一回：雪地殷紅

隆冬霜降，積雪初溶，風不甚猛，茫茫大野，蕭甚一切青葱，山中雖是嚴寒，有一位少年，冒着雪裡走着，只見他身着青綢面的皮袍，腰間掛着一柄長劍，那少年縱目四望，忽見雪地遠處，這黑點在皚皚白雪中，極是惹眼，要說他是條狗，却又不見動靜，少年好奇心起，腳下加快，只一盞茶光景，已奔到跟前，不由得尖聲驚叫。原來是老人倒在雪地上，只見他雙目緊閉，白雪已陷了他半個身子。那少年先是一驚，隨想道：「這位老人莫非是着寒侵了。」走前一望，原來那老人，重傷倒地，不醒人事，旋想起身上帶有療傷的紫雪丹，當下更不遲疑，立即取出紫雪丹，拂去老人身上積雪，將紫雪丹朝老人嘴裏塞去，忽聽他微微透了一口，少年正自高興。那老人眼未張，忽地大袖一揮，少年乍覺一股勁風，襲身欲起，再也無法站得住腳，身子往後倒翻而出，在雪地上連滾了十數個筋斗，這才身子定住，只聽那老人沉聲喝道：「胡雙，你竟乘危暗算我，算得甚麽好漢。」少年一聽，知他誤會，但見他適才這一出手，顯見不是尋常人物，當下急急站起，大叫道：「伯伯，我是文國良呀！」話未已，只見雪地上，已巍然站着一人，正是那老人。舉目一看饒是國良眼尖，也看不出他如

No. 3

▲《飛狐後傳》第一集第 3 頁（左）及第四集第 296 頁（右）

餘，隱居不出，終生陪伴着父親的墳墓了！

六指琴魔除去之後兩三年，武林之中，才漸漸有了復甦的景象，各門各派，刼後餘生的，紛紛露面，東方白削髮爲僧，作了峨嵋僧門的掌門，呂麟和譚月華，譚翼飛和韓玉霞，一齊成婚，呂麟自掌峨嵋俗門及華山派兩派，兩派均得以發揚光大，但是却不如端木紅的飛燕門，端木紅始終未曾找到青燕丘君素，傷情之餘，全副精神寄托之下，將聖金化爲十二劍，令飛燕門成了天下第一大派。

整個武林之中，直到過了二三十年，方始原氣全復，那已是另外一番景象，不在本書範圍之內。

在下這一部「六指琴魔」到此也告結束了。正是：

忽忽歲月如流，　滄海桑田易變！

——全書完——

• 2217 •

▶《怪指琴魔》第八集第 2217 頁

人鳳而續寫故事。全書四集九回共二百九十六頁，崑崙出版社出版發行，出版日期不詳，每集定價八角。

第二類是不能視作續書的偽書。意指偽託作者是金庸，但故事人物另行創作，與金庸小說情節全不相干。

筆者以下介紹三部這類偽書：

一、《怪指琴魔》。全書八集一百三十一回共二千二百一十七頁，廣記書報社出版及發行，出版日期不詳，每集定價四元八角。

這部《怪指琴魔》其實就是倪匡著名武俠小說《六指琴魔》，第八集最後一句：

在下這一部「六指琴魔」到此也告結束了。

已經露了口風，說明此書實是《六指琴魔》。第一齣《六指琴魔》電影，是 1965 年由陳寶珠主演的版本，相信《六指琴魔》成書在六十年代初。根據這部《怪指琴魔》每集定價四元八角看來，應是出版於七十年代，其時倪匡已經成名，或許寫作武俠小說的名氣不及金庸，出版社盜用倪匡舊作，順手拈來，偷龍轉鳳，企圖蒙騙讀者，賺一把錢，相信連倪匡本人亦蒙在鼓裏。

二、《龍虎群英》。全書四集四十八回共

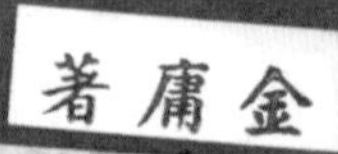

《龍虎群英》第一集至第四集封面

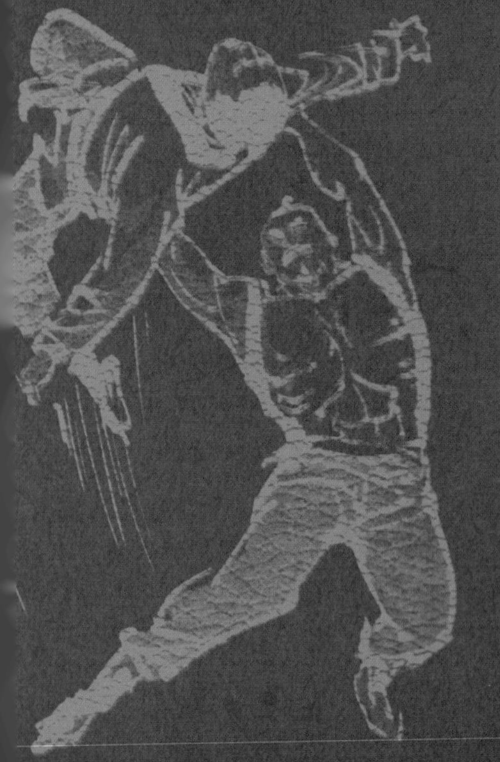

《冰原碧血錄》上集和下集封面

八百三十一頁，武叢出版社出版，出版日期不詳，每集定價五元。

三、《冰原碧血錄》。全書兩集四十回共五百七十四頁，中原出版社出版，出版日期不詳，每集定價十五元。

附帶介紹一類「疑似」偽書，那是沒有盜用金庸之名，僅限於挪用金庸小說的書名。

《新書劍恩仇錄》，作者署名金筆換，在《香港夜報》連載，筆者收藏的當日報紙是第 231 續，足見篇幅不短，至於小說最終有否結集成書出版？事隔多年至七十年代，武俠小說出版社出版了一部同名小說，然而署名換作古龍，至於是否就是《香港夜報》連載的版本？筆者無緣得睹該書，故無法得知。

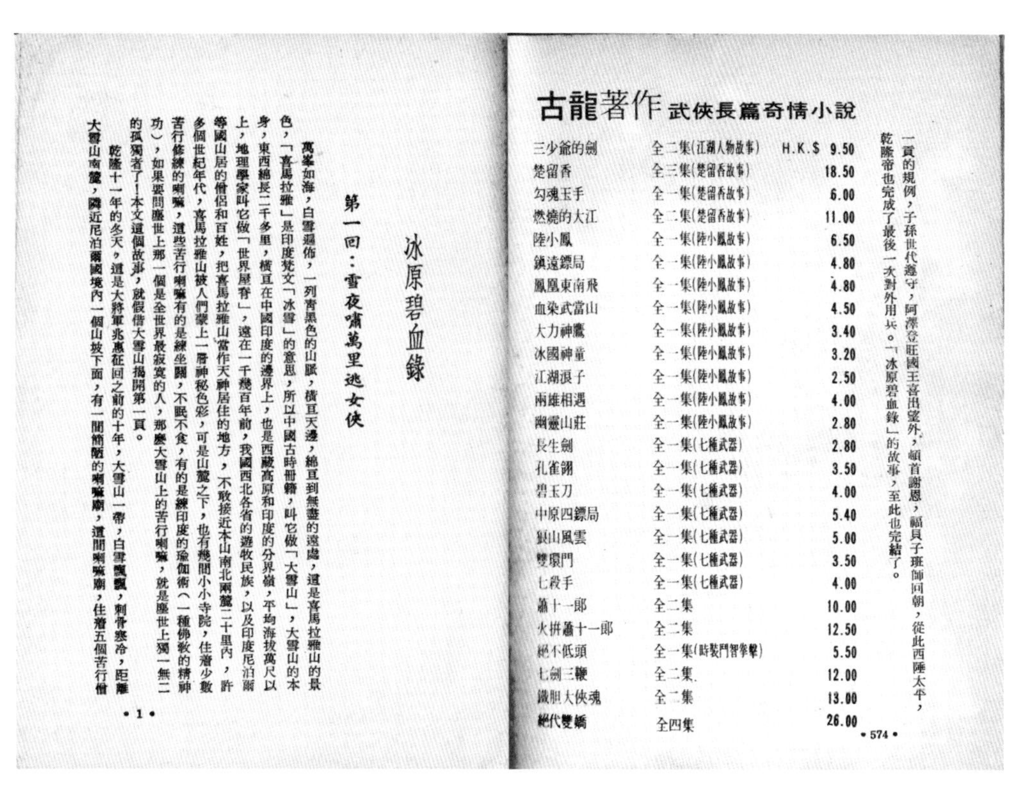

冰原碧血錄

第一回：雪夜嘯萬里逃女俠

萬峯如海，白雪遍佈，一列青黑色的山脈，橫亘天邊，綿亘到無盡的遠處，這是喜馬拉雅山的景色，「喜馬拉雅」是印度梵文「冰雪」的意思，所以中國古時冊籍，叫它做「大雪山」，大雪山的本身，東西綿長二千多里，橫亘在中國印度的邊界上，也是西藏高原和印度的分界嶺，平均海拔萬尺以上，地理學家叫它做「世界屋脊」，遠在一千幾百年前，我國西北各省的遊牧民族，以及印度尼泊爾等國山居的僧侶和百姓，把喜馬拉雅山當作天神居住的地方，不敢接近本山南北兩麓二十里內，許多個世紀年代，喜馬拉雅山被人們蒙上一層神秘色彩，可是山麓之下，也有幾間小小寺院，住着少數苦行修練的喇嘛，這些苦行喇嘛有的是練坐關，不眠不食，有的是練印度的瑜伽術（一種佛教的精神功），如果要問塵世上那一個是全世界最寂寞的人，那麼大雪山上的苦行喇嘛，就是塵世上獨一無二的孤獨者了！本文這個故事，就假借大雪山揭開第一頁。

乾隆十一年的冬天，這是大將軍兆惠征回之前的十年，大雪山一帶，白雪飄飄，刺骨寒冷，距離大雪山南麓，鄰近尼泊爾國境內一個山坡下面，有一間簡陋的喇嘛廟，這間喇嘛廟，住着五個苦行僧

•1•

一貫的規例，子孫世代遵守，阿澤登旺國王喜出望外，頓首謝恩，福貝子班師回朝，從此西陲太平，乾隆帝也完成了最後一次對外用兵。「冰原碧血錄」的故事，至此也完結了。

古龍著作 武俠長篇奇情小說

三少爺的劍	全二集(江湖人物故事)	H.K.$ 9.50
楚留香	全三集(楚留香故事)	18.50
勾魂玉手	全一集(楚留香故事)	6.00
燃燒的大江	全二集(楚留香故事)	11.00
陸小鳳	全一集(陸小鳳故事)	6.50
鎮遠鏢局	全一集(陸小鳳故事)	4.80
鳳凰東南飛	全一集(陸小鳳故事)	4.80
血染武當山	全一集(陸小鳳故事)	4.50
大力神鷹	全一集(陸小鳳故事)	3.40
冰國神童	全一集(陸小鳳故事)	3.20
江湖浪子	全一集(陸小鳳故事)	2.50
兩雄相遇	全一集(陸小鳳故事)	4.00
幽靈山莊	全一集(陸小鳳故事)	2.80
長生劍	全一集(七種武器)	2.80
孔雀翎	全一集(七種武器)	3.50
碧玉刀	全一集(七種武器)	4.00
中原四鏢局	全一集(七種武器)	5.40
狼山風雲	全一集(七種武器)	5.00
雙環門	全一集(七種武器)	3.50
七殺手	全一集(七種武器)	4.00
蕭十一郎	全二集	10.00
火拼蕭十一郎	全二集	12.50
絕不低頭	全一集(時裝鬥智拳擊)	5.50
七劍三鞭	全二集	12.00
鐵胆大俠魂	全二集	13.00
絕代雙嬌	全四集	26.00

•574•

▲《冰原碧血錄》上集第 1 頁（左）及下集第 574 頁（右），全書完後剩餘大幅白頁，出版社遂善用之，列出古龍小說書目。

一九六二年九月十日 星期一 香港夜報 農曆壬寅年八月十二日 （第三版）

新書劍恩仇錄 金筆換

四 撈沉寶血戰毒龍潭

▲《香港夜報》1962 年 9 月 10 日連載《新書劍恩仇錄》

金庸小說是僞書

上篇介紹多部小說，都是盜用金庸之名，意圖欺騙讀者的偽書。以金庸名氣之隆，讀者熱捧之盛，人家叨他的光來撈點油水，不難理解，豈有拿金庸小說去冒充他人作品之理？

如果讀台灣的武俠小說，讀到司馬嵐、司馬翎、古龍、歐陽生，會發現他們的《英雄傳》、《劍客書生》、《飄泊英雄傳》、《至尊刀》都是偽書，都並非他們的作品，其實是金庸的《射鵰英雄傳》、《書劍恩仇錄》、《素心劍》、《倚天屠龍記》，金庸小說成了偽書。原因何在？

前文提及台灣禁封金庸之時，金庸小說早已循地下渠道在台灣出現，但除了少量敢以金庸和小說原名出版外（例如吉明書局出版三十六集《神鵰俠侶》和三十五集《天龍八部》，書名不變，作者直用「金庸」之名），大都行偷天換日之法，務求在台灣盜印經銷。做法如下：

一、更換作者姓名和書名。例如吉明書局將舊版《射鵰英雄傳》改為司馬嵐著《英雄傳》。

二、更換作者姓名、書名和主角姓名。例如南琪出版社將舊版《鹿鼎記》改為司馬翎著《小白龍》，並且將韋小寶改名任大同。

三、更換作者姓名、書名和書中時代。例如皇鼎出版社將舊版《碧血劍》改為鏞公著《簫聲劍影》，並且將時代背景由明朝崇禎改為清朝順治。

四、更換作者姓名和書名，故事不變，但將全書文句、主角通篇改寫。例如四維出版社將舊版《倚天屠龍記》改為歐陽生著《至尊刀》，並將全書改寫。

五、更換作者姓名、書名和部分人物姓名之餘，並在原書完結後續寫故事。例如南琪出版社將舊版《素心劍》改為古龍著《飄泊英雄傳》，故事中幾個主角更名換姓（如狄雲改為陳偉，水笙改為水菊梅），文句幾近全無更動，但在故事完結之後，再由武俠小說作家溫玉執筆，續寫五回內容之多，工夫不可謂不大。

於是，這些台灣武俠小説家，也在懵然不知的情況下給出版社盜用了他們的大名。

有趣的是，一些出版社盜印的不止正版金庸小說，連帶金庸偽書亦如法炮製。前文提到的《射鵰英雄前傳》和《射鵰英雄後傳》，台灣出版社亦不放過（莫非信以為真，誤認金庸親作？）盜印出版，作者換上「金童」，書名改為《神箭金鵰前傳》和《神箭金鵰後傳》。其後，又將兩書併作一書，再改書名為《誰是大英雄》，全書八集，但書內明確指出是《神箭金鵰前傳》和《神箭金鵰後傳》二者的合併本，依舊使用兩套回目，《神箭金鵰前傳》五集一百二十五回，《神箭金鵰後傳》三集八十回，回數和回目跟《射鵰英雄前傳》和《射鵰英雄後傳》完全相同。

《誰是大英雄》由萬盛書店總經銷，出版日期不詳，前傳每集獨立編頁數，後傳三集頁數累計編排，頁碼編排方法跟《射鵰英雄前傳》和《射鵰英雄後傳》仍如出一轍。每集定價新台幣一百元。

補充一筆，金童即是台灣著名武俠小說作家卧

《飄泊英雄傳》上集和下集封面

《誰是大英雄》第一集至第八集封面

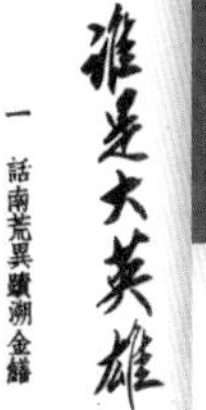

誰是大英雄

第一集

一　話南荒異蹟溯金鏞

在雲南的西部，宋末元初之時，有一個南詔國，國王段氏，以大理為首府，世代相傳，說到南詔這一個國，是我國中古史上，雲貴邊疆少數民族建立的唯一國家，她的前身是六詔國，五代殘唐時候，兵威盛極一時，後來國內生變，闖出分裂，大臣段氏帶了族人，逃亡滇邊，另外建立了南詔國，傳到宋朝孝宗時侯，南詔國王名叫段盛，一般臣民叫他做「老皇爺」，這位段老皇爺是個雄才大略的國王，精明能幹，勵精圖治，把小小一個南詔國，統治得國富民安，路不拾遺，夜不閉戶，彷彿大同世界一樣，段氏老皇爺年逾半百，後宮粉黛擊雌蝌蝌，只生下一個太子來，這太子取名段錦，自小便頑皮好動，頭角峥嶸，這一位小太子，就是後來五老中的「南帝」。

，在殺掉了不少蒙古兵之後，慷慨捐軀，襄陽一失，蒙古大軍立即渡江南，黃蓉知道大局已經無可作為，只好打算到山東去，找尋郭靖，那知道在半路上遇個正着，郭靖聽了原委，太息再三，大家會合一處，悵然東行，他兩夫婦返回桃花島，的故事也告一段落了。

（全書已完）

•1061•

▲《誰是大英雄》第一集第 1 頁（左）
及第八集第 1061 頁（右）

射鵰英雄傳　第一冊　金庸　著

第一回　雪地除奸

山外青山樓外樓　西湖歌舞幾時休？
南風薰得遊人醉　直把杭州作汴州。

上面這首詩說的是八百年前的一回事。原來當時宋朝國勢不振，徽、欽二帝被金所擄，康王南渡，在臨安（杭州）即位，稱為高宗，成為偏安之局。此時國家元氣稍定，正應力謀恢復才是，哪知高宗畏金人如畏猛虎，又怕徽、欽二帝回來，加以聽了奸臣秦檜之言，殺死抗金大將岳飛，卑躬屈節的向金人議和。

那時金兵被岳飛連敗數仗，元氣大傷，兼之北方中國義民到處起兵反抗，正在手忙腳亂之際，一見宋朝和議，正中下懷。紹興十二年正月，議和成功，宋、金兩國以淮水中流為界，高宗趙構上表稱臣道：「臣構言：既蒙恩造，許備藩國，世世子孫謹守臣節。每年皇帝生辰並正旦，遣使稱賀不絕。歲貢銀二十五萬兩，絹二十五萬匹。」

皇帝做到這樣，也真是可恥之至了，全國軍民聽聞這個訊息後，無不憤慨之極，淮水以北的百姓知道山河恢復無望，更是傷心泣血。宋高宗却以為這是秦檜的大功。

1

◀ 眾利版《射鵰英雄傳》封面（左）及第一集第 1 頁（右）

▶ 眾利版《碧血劍》封面（左）及第一集第 1 頁（右）

碧血劍　第一集　金庸　著

第一回　嘆息生民苦　跋涉世道艱

斜陽將墜，歸鴉陣陣，陝西秦嶺道上，一個少年書生騎了一匹白馬，正在逸興橫飛的觀賞風景，這個書生二十歲還不到，手執馬鞭，高聲吟哦：「夕陽無限好，只是近黃昏。」

他身後隨著一名十多歲的書僮，騎著一匹瘦馬，馬臀上堆了一紮書，一捲行李，他見天色眼下就黑，公子還不加趕路，於是催道：「公子，這條道上很不太平，要是今晚趕不到宿頭，遇上盜賊，可不是玩的呢。」那書生笑了笑，馬鞭一揚，放開馬向前奔去。

這公子姓侯名朝宗，表字方域，河南商坵人氏，是世代書香之後。這年正是明崇禎五年，侯公子稟明父母，出外遊學，其時逆閹魏忠賢已經伏法，但天下大亂，道路不靖，盜賊如毛，侯公子的父母本來很不放心，但他堅執要去，說大丈夫當讀萬卷書、行萬里路，胸中才有經緯學問。他父母強他不過，只好罷了。

1

龍生，早年受羅斌之邀，化名「金童」，刻意挑戰金庸，在《武俠世界》連載《仙鶴神針》。筆者以為，《射鵰英雄前傳》和《射鵰英雄後傳》並非金童所作，只是台灣出版社盜印金庸小說，更換作者姓名之時，往往挪用貨真價實、地地道道的台灣武俠小說家的名字，如古龍、司馬嵐、司馬翎等，皆無緣無故地慘遭盜用，金童只是另一個無辜者而已。

談到金庸舊版小說在台灣的情況，閒筆一揮，提一提眾利書店。這家位於台北南京東路，以專門經營武俠小說而聞名的書店，於千禧年前後出版一個名為「老武俠系列」，重排逾二十個作家的舊作，並聲稱採用的是「原版」。2001 年 12 月出版了金庸舊版《射鵰英雄傳》（六集）和舊版《碧血劍》（三集），並於廣告列明《天龍八部》已在「編排中」。原來這些都沒有得到金庸授權，後來遭金庸作品的台灣代理商遠流出版社以侵權為由告上公堂，兩套已出的書要禁售並回收。售出的既已流入市面，也就成了書迷的收藏對象。

金庸小說有「租書檔版」

熟知香港掌故者，必然知道上世紀中，香港閱讀風氣猶盛，街頭巷尾各處可見大大小小書報攤。然而，其時升斗市民收入微薄，阮囊羞澀，縱然渴求精神食糧，卻因銀根不敷，鮮有買書，遑論藏書。

事實上，當時的書價，若以其時的生活指數為參照，絕對殊不便宜。以一本舊版金庸小說普及本為例，索價三毫。別小覷區區三毫，在上世紀五、六十年代，那是低下階層一頓飯的消費。其時一碗大牌檔雲吞麵大概就是三毫。買來一本薄薄的普及本，只十六至二十頁，怎樣細嚼，如何精讀，總耗不過半小時吧！為此而少啖一碗足以充飢的雲吞麵，那是為難之事。

而且，一碗雲吞麵之資，買的只是一本普及本！整套舊版《神鵰俠侶》普及本共一百一十一集！不妨以今時今日一碗雲吞麵三十元相比較（三十元一碗的雲吞麵已不易吃到），即是今時今日若仍有普及本發售，按現時的生活指數換算，那麼整套一百一十一集的《神鵰俠侶》，承惠三千三百三十大元。別忘了集數最多的《天龍八部》普及本是一百四十集！

別光扯到集數過百的普及本了，合訂本又如何？集數少些，無疑相對便宜些。續以舊版《神鵰俠侶》為例，合訂本一本索價八毫，比擬今日，算八十元吧！整套舊版《神鵰俠侶》合訂本共廿八集，從腰包也得掏出二千二百四十大元！依然非普羅大眾可以負擔的高檔消費。所以，莫受那區區三毫八毫之欺，以為當年買書便宜。切記！

今日明河社一套平裝版《神鵰俠侶》大約二百元。試想，相距六十年的兩代金迷，如要擁有全套《金庸作品集》，今日一擲不過二千，便可捧回家中。當年的讀者，那是連盤算儲蓄的念頭也不敢的。雲泥之別，不可不察。

當年書價雖然不菲，但金庸小說的魔力豈可抵抗？買書不成，如何解飢？租書店和二手書店便應運而生。當年旺角奶路臣街一帶，舊書店數步一檔，租書店更是遍佈各區。尤其是租書店，更是一眾書迷的樂土。

租書店的書出租次數漸多，書況開始不堪，店主便廉價放賣。筆者收藏得一些金庸舊版小說，便是源自租書店的二手貨色。這些「出租書」，品相一般較差，亦每每多頁有租書店印章，對收藏舊書者，不啻是雞肋藏品。但從另一角度觀之，不失為反映當年租書文化的一手文獻。後頁圖一本《射鵰英雄傳》第二集，封面、封底、扉頁、目錄都蓋有租書店印章，有趣的是，封面內頁有四句想是店主的「真跡」：

> 我是讀書人，真正夠義氣，來日書看完，必交回李記。

以「夠義氣」比喻還書，令人不禁莞爾。

舊版金庸小說有普及本和合訂本，普及本最令租書店又愛又恨，原因是普及本出版較快，租書店可從速購來出租，滿足一眾心急的書迷。然而，一本只得十餘二十頁的薄書，租金如何定？書迷匆匆閱畢，總覺租銀付得不值。於是不少租書店主靈機一動，會將幾集普及本自行釘裝成一冊，各店有各店的手藝，今日看來，也是一種收藏樂趣。後頁圖一本「泉記」的出租書，便是由舊版《倚天屠龍記》普及本第

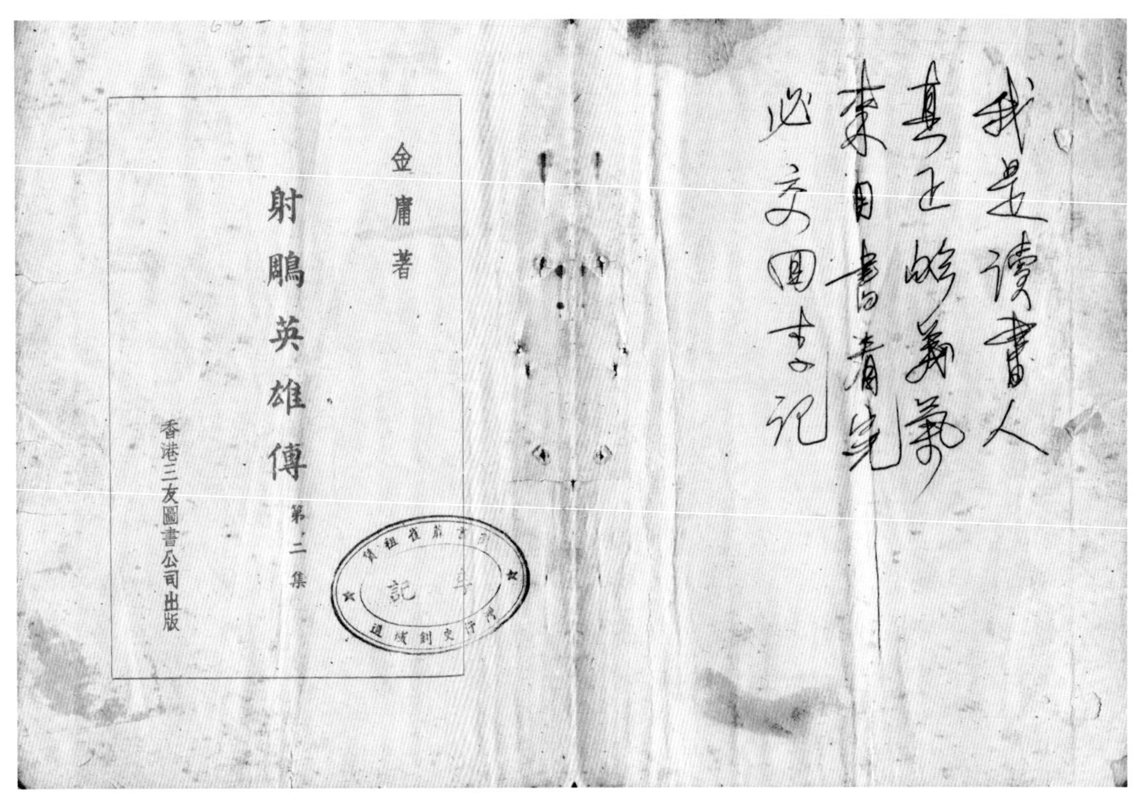

▲ 出租書《射鵰英雄傳》第二集封面內頁及扉頁

十七至二十集四本釘裝成一冊，另用一張雞皮紙造成封面連封底，包裹全書，足見店主亦是愛書之人。

順帶一提，租書店很多時都會將一些例行規矩印在小說封面或封底等當眼處，如這本《倚天屠龍記》封底印着：

> 零租小說限期三天過期照補塗污失爛照價賠償光顧諸君祈為見諒。
>
> 泉記圖書社啟

全段雖無標點，但四字一句，言簡意賅，不難解讀，蓋租書店主亦是文化人。

雞皮紙封底內頁有六組數字，最頂是「53 8 9」，筆者估計是租書日期，但舊版《倚天》普及本第十七至二十集在 1961 年出版，「53 8 9」絕不能解作 1953 年 8 月 9 日，莫非是「民國五十三年」？然而，「泉記」位於澳門，何以用民國年號？畢竟，這六組數字是租書日期，租書者還書後，店主便在日期上畫個交叉，大概不錯。

此書很是新淨，有異於一般出租書，原因是只曾出租六次。四集普及本成本是一元二角，這本自製合訂本僅租六次，雖然不能確知當時租金多少，但大大虧本應無懷疑。筆者臆測，這非店主本意，當是第六名顧客並非「夠義氣」的讀書人，且看最後一次租出日期「54 4 3」上面，不見店主畫的交叉哩！

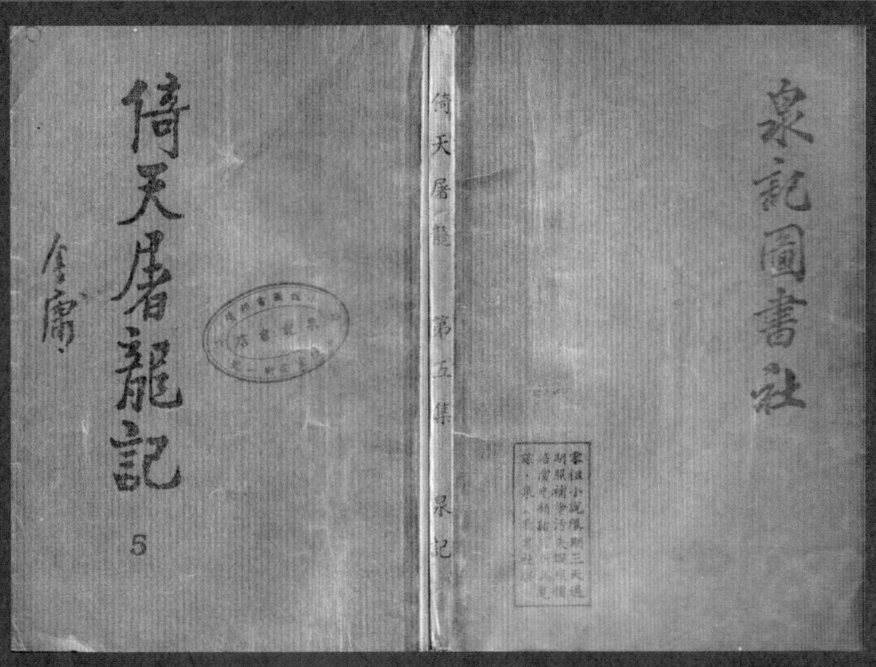

▲ 出租書《倚天屠龍記》第五集出租書店自製封面、書脊及封底

▲ 出租書《倚天屠龍記》第五集出租書原封面

▲ 出租書《倚天屠龍記》第五集出租書原封底

談了出租書的一二點滴，方入本篇「租書檔版」的正題。

這處所論的「租書檔版」，乃是經由鄺拾記[13]自行印製的出租書，專門供應予租書店，並非由租書店的自製版。這在於金庸小說，甚至其他小說，都是極少見的。

筆者收藏不少舊版金庸小說，僅見《神鵰俠侶》有「租書檔版」。

「租書檔版」的封底印着「翻裝封面　租書檔用」兩行細字，或在右上，或在左上，以資識別。

奇怪的是，租書檔有何本事，可以令鄺拾記另出特別版本供應給它們？

要了解箇中玄機，首先需要認識鄺拾記出版金庸小說的流程。

鄺拾記出版和發行金庸小說，由《神鵰俠侶》開始。

在此之前的幾部小說，金庸都是交由三育圖書文具公司出版及發行的（三育出版的《雪山飛狐》到底是否由金庸授權的正版小說，是一個很複雜的問題，不在本篇論及）。三育出版的小說，金庸都希望修訂報紙連載時的紕漏，以及修飾文句，另加重擬回目。縱然這些都不是大幅修改，但待得金庸修訂妥當，並且必須等待到足夠出版一本百多頁（五回）的分量才合成一集（一般是大約兩個月的連載內容），所以到三育出版時，往往已經是這兩個月的連載見報後的數個月。別看輕這數個月的光景，原來已經給予盜版商契機，盜版商就是趁着這幾個月的空檔期，直接依據報紙連載內文，檢字排版。也不必仿效三育的做法，出版厚達百多頁的結集，只要將十多天的連載內文輯成一本薄冊（後期更只輯錄七天連載內容成書），就能趕在三育出版前推出市面，搶佔先機。這類盜版書，稱為「爬頭本」。[14]

由於「爬頭本」未經金庸修訂，再加上盜版商的檢字排版工夫甚為馬虎，因此往往錯漏百出。讀者購書，只求先睹為快，往往不辨何者為正版，甚至覺得是否正版毫不重要，反正讀到的都是金庸小說，於是這些劣質盜版書既影響金庸聲譽，更致命的是直接影響三育作為正版出版商的收入。

有見及此，到《明報》創刊，《神鵰俠侶》在報上連載，如何出版書本版的《神鵰俠侶》呢？金庸非要想個對策不可。金庸的奇招正是「以彼之道，還施彼身」。

這一招的具體策略最初是：《神鵰俠侶》書本版會出版三種版本，分別稱作「正版本」、「普及本之薄本」、「普及本之厚本」。

13　鄺拾記是舊版《神鵰俠侶》最早版本的出版商和發行商。

14　三育最早出版《書劍恩仇錄》第一集，足足是書中內容已經連載後的十一個月。金庸和三育出版到《射鵰英雄傳》時，早意識到「爬頭本」的猖獗，嚴重影響三育的銷售數量，因而已經大大加快修訂和出版速度。《射鵰英雄傳》一般是在書中內容連載後的一個月，甚至同月已經出版了，可是由於三育《射鵰》每一集都要收錄五十多天的連載內容，就算金庸的修訂已經愈來愈少，依然輸給每隔十多天，甚至七天便出版的「爬頭本」。

「正版本」即是一如既往，是經金庸修訂過的理想版本，仍然交由三育出版發行，但需要等待若干時日；而「普及本之薄本」(其後改稱「普及本」) 和「普及本之厚本」(其後改稱「合訂本」) 則是不經修訂，直接將報紙連載的內容排版付印。

「普及本」收錄是七天的分量，書頁包括內文和七張報紙插圖，另加扉頁，共三十二頁。而「合訂本」則是將四冊「普及本」再整合並重編頁碼釘裝成書。[15] 雖然收錄的是合訂四冊「普及本」，即二十八天的內容，但由於書本頁數限定於一百頁 (很可能受印刷時開切紙張限制)，內文是不能刪減的，因此很多時候便刪減插圖，不一定每集收錄齊二十八天在報紙連載的插圖。以《神鵰俠侶》合訂本為例，僅有第一集收齊二十八張插圖，其餘各集一般只有二十四張。

《明報》既然交由鄺拾記發行，於是《神鵰俠侶》的「普及本」和「合訂本」則順理成章地也交由鄺拾記一併辦理，原因是鄺拾記既然已經每天收到《明報》的稿件，即日便可檢字排版，毋須再浪費時間假手其他出版社。

於是，每集收錄七天分量的《神鵰俠侶》「普及本」，出版速度之快，可以是跟該集收錄到第七天內容的《明報》，同日出現在報攤上。

換言之，《神鵰俠侶》由 1959 年 5 月 20 日至 26 日在《明報》連載了首七天，於 5 月 26 日當天，讀者已經可以同時在報攤購得《神鵰俠侶》「普及本」第一集。同一道理，到 6 月 16 日，《明報》連載了二十八天的《神鵰俠侶》，讀者當天在報攤既可買《明報》看連載，同時亦可購得「普及本」第四集，又可購得「合訂本」第一集。金迷可選擇逐日追看《明報》，可選擇每個星期買一冊「普及本」(每冊三毫)，又可選擇每四個星期買一冊「合訂本」(每冊八毫，相比起四冊「普及本」便宜)。[16]

至此，盜版商的「爬頭本」即使再快再薄，怎樣也得等到《明報》出版才能檢字排版，於是一眾「爬頭本」只得壽終正寢。

金庸這個銷售策略，大概自盜版商觸發靈感。盜版商用的是連載文本，金庸也就照用而不修訂；盜版商只輯錄七天內文便結集成書，金庸也出版只有七天內容的「普及本」，這不是「以彼之道，還施彼身」嗎？

這個出版策略，跟「租書檔版」又有何關係？大家且先了解「租書檔版」是一個內容怎樣的版本，以及它跟非租書檔版有何不同。

除了「翻裝封面　租書檔用」兩行印在封底的細字，「租書檔版」的外觀跟「合訂本」毫無

15　所謂重編頁碼，是指普及本用的是累計頁碼的編排方法，即是第一集是頁 1 至頁 16（插圖不計頁數），第二集首頁便是由頁 17 開始；而合訂本則是每集都重新計算頁碼，而且連同扉頁、目錄、插圖、廣告，甚至空白頁也計算頁數。鄺拾記出版合訂本，用普及本原版，不必重新檢字排版，但重編頁碼，然後付印。

16　由於在市面已經有「普及本」和「合訂本」，所以縱使「正版本」是經過金庸修訂過的理想版本，但由於必須等候一段時間才能出版，因此可說毫無市場價值，「正版本」《神鵰俠侶》最後終於胎死腹中。三育曾經在其他再版的金庸小說裏面打過廣告，顯示「正版本」《神鵰俠侶》出版過第一集，但這本書至今還未聽聞有人親眼見過，到底是否真的出版過，只能存疑。至於其後集數，則肯定從未面世。

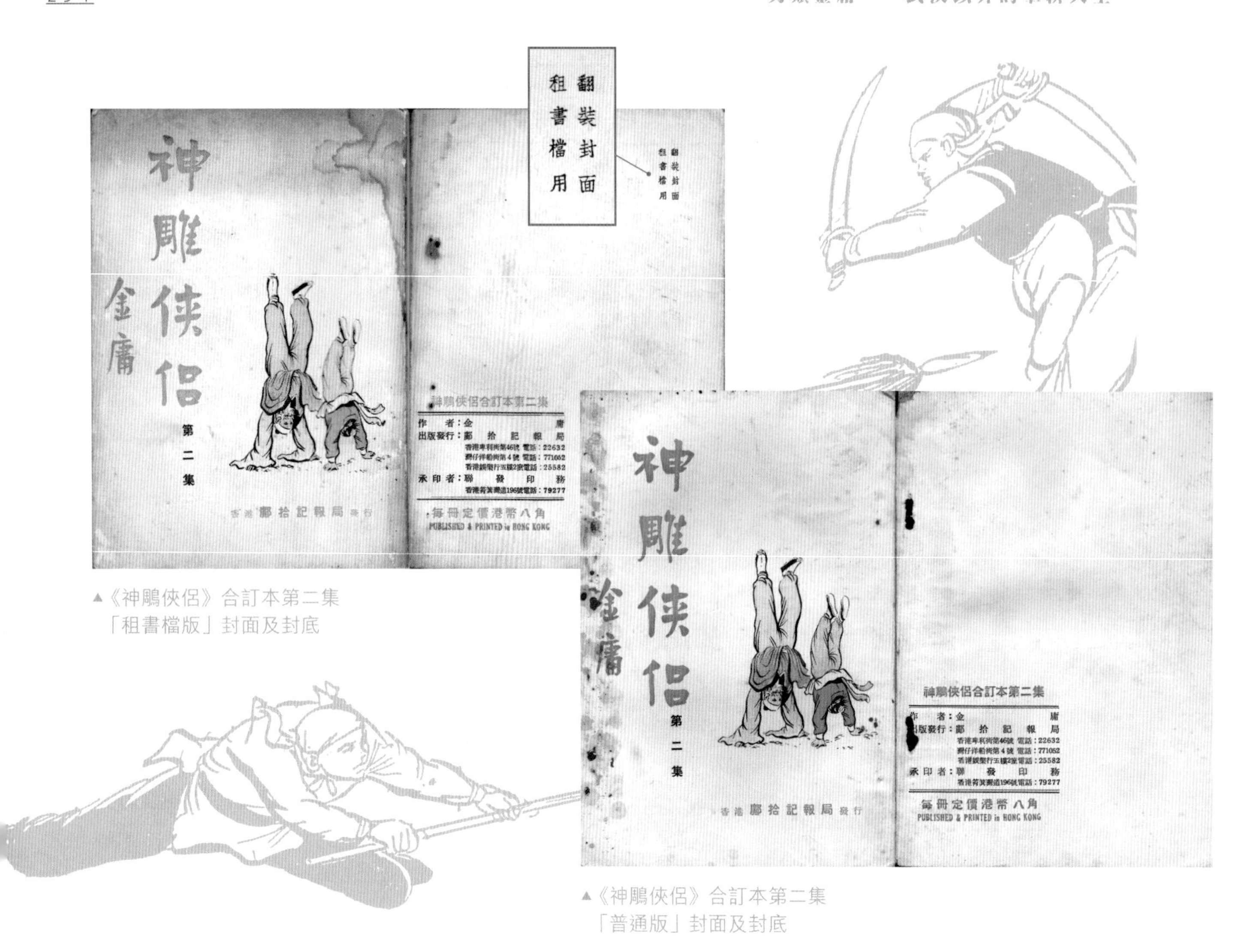

▲《神鵰俠侶》合訂本第二集
「租書檔版」封面及封底

▲《神鵰俠侶》合訂本第二集
「普通版」封面及封底

二致，同樣收錄二十八天的內容。可是翻開內頁，卻發現有兩點是跟「合訂本」不同的：一是「租書檔版」有齊二十八張插圖，二是頁碼用的是各集累計編排的方法。

很明顯，「租書檔版」是以四集「普及本」原版翻印的，而非翻印「合訂本」，鄺拾記何以多此一舉？封底那八個字的首四個字——「翻裝封面」大概透露當中緣由。這四個字説明只有封面是翻裝的，內頁可不是呢！筆者臆測，每星期出版一集「普及本」後，到下星期再出版下一集，鄺拾記便需要派員工到報攤收回未賣完的上一集。如果將那些未賣完的「普及本」，每湊足四集，拆去封面，用印刷「合訂本」時剩餘的封面「翻裝」上去，再補印「翻裝封面　租書檔用」兩行細字，然後賣到租書檔，豈不是物盡其用？而對租書檔來説，「合訂本」一定較「普及本」受租書讀者歡迎，原因是只有薄薄十六頁內文的「普及本」，很可能不消半小時便讀完，租書檔如何釐定租金？以上僅是筆者從「租書檔版」的內頁編排和「翻裝封面」四字推論的結果，或許有錯，如有讀者知悉更多資料或詳情，請不吝告知。

至於為甚麼「租書檔版」只見於《神鵰俠侶》？這個可不容易知道。或許，《神鵰俠侶》以後，鄺拾記賣到租書檔的書本，根本連「翻裝封面　租書檔用」八個字也懶得印上去吧！

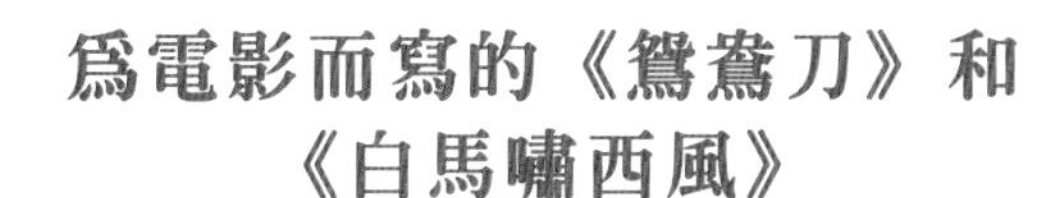

前文提及金庸在電影圈，曾經用「林歡」之名做過編劇，其實他有兩部武俠小說，也跟電影扯上淵源，就是《鴛鴦刀》和《白馬嘯西風》。這個淵源，即金庸從一開始，就是為電影公司創作了兩部小說，然後交予電影公司供改編搬上大銀幕之用。

綜觀金庸十五部武俠小說，讀者很容易會將《鴛鴦刀》和《白馬嘯西風》聯想在一起。原因不外乎有三：一是在「飛雪連天射白鹿　笑書神俠倚碧鴛」這副金庸自擬的對聯當中，《鴛鴦刀》和《白馬嘯西風》雖然坐佔兩個席位，但在編入共三十六冊的《金庸作品集》時，金庸只用了十二部小說的名目，《鴛鴦刀》和《白馬嘯西風》正是被「遺棄」的兩部；二是兩部小說的篇幅都屬於中篇，除了《越女劍》外，要數這兩部篇幅最短；三是兩者的名氣，都在金庸小說中稍遜一籌。

其實，除了上述各點以外，這兩部小說還有兩點相較其他金庸作品更為特異之處。

一、《鴛鴦刀》和《白馬嘯西風》在連載時都非擔正大旗的作品，兩部小說都是同時連載另一部小說的「幫閒」，即使篇幅和名氣最為不及的《越女劍》，連載時也是當時《明報晚報》唯一的金庸小說。《鴛鴦刀》無論在《武俠與歷史》首載時，《武俠與歷史》一直以連載《飛狐外傳》打正旗號；抑或其後在《明報》連載時，《明報》亦一直連載着金庸的招牌之作《神鵰俠侶》。至於《白馬嘯西風》在《明報》連載時，副刊最當眼處，當然由一直連載的「正印」《倚天屠龍記》佔據着。

二、如本文標題，《鴛鴦刀》和《白馬嘯西風》都是金庸為電影而寫的作品。上世紀五十年代末至六十年代初，雖然眾多金庸小說，包括《書劍恩仇錄》[17]、《碧血劍》[18]、《射鵰英雄傳》[19]、《雪山飛狐》[20]、《神鵰俠侶》[21]、《倚天屠龍記》[22]都被改編搬上銀幕，但那些都是金庸為連載而寫，小說受電影公司青睞，才被改編搬上銀幕。

可是，《鴛鴦刀》和《白馬嘯西風》就有所不同了。由於其時香港電影業蓬勃，武俠電影尤其大行其道，往往是票房保證，不少武俠小說動輒改編成電影。筆者相信，峨嵋影片公司其時邀請金庸乾脆創作兩部小說，以作改編成電影劇本之用。由於電影一般片長只有個半小

---

17 峨嵋影片公司出品，分《書劍恩仇錄上集》（1960 年 5 月 4 日首映）、《書劍恩仇錄下集》（1960 年 5 月 11 日首映）、《書劍恩仇錄大結局》（1960 年 6 月 8 日首映）。

18 峨嵋影片公司出品，分《碧血劍上集》（1958 年 12 月 3 日首映）、《碧血劍下集》（1959 年 7 月 1 日首映）。

19 峨嵋影片公司出品，分《射鵰英雄傳》（1958 年 10 月 23 日首映）、《射鵰英雄傳二集》（1959 年 6 月 3 日首映）。

20 峨嵋影片公司出品，分《雪山飛狐上集》（1964 年 3 月 25 日首映）、《雪山飛狐大結局》（1964 年 4 月 1 日首映）。

21 峨嵋影片公司出品，分《神鵰俠侶上集》（1960 年 7 月 27 日首映）、《神鵰俠侶下集大結局》（1960 年 8 月 30 日首映）、《神鵰俠侶三集》（1961 年 8 月 30 日首映）、《神鵰俠侶四集》（1961 年 9 月 6 日首映）。

22 豪華影片公司出品，分《倚天屠龍記上集》（1963 年 5 月 15 日首映）、《倚天屠龍記下集》（1963 年 5 月 22 日首映）。揚子江影業公司出品，《倚天屠龍記三集》（1965 年 6 月 30 日首映）、《倚天屠龍記四集》（1965 年 7 月 7 日首映）。

神鵰俠侶

金庸

雲君 插圖

新卡士・新橋段

「鴛鴦刀」開鏡記趣

・夢雲・

娛樂版

峨嵋公司醞釀了很久的又一部武俠片——「鴛鴦刀」，十八日那天開鏡了。清水灣片場的上廠，熱鬧非常。林鳳是首次在該廠拍戲，許多工作人員都擠來趁熱鬧。前些日子，「鴛鴦刀」的演員名單公佈後，不單電影圈內對這個嶄新的陣容感興趣，影迷們也有同感。

周驄是「新蕊」的當家小生，輕易不被借出來；林鳳則屬「邵氏之寶」，四年多來也從未離過她的娘家拍戲。因此這對新搭檔的合作，成了娛樂圈裏的新聞。開鏡之日，峨嵋公司方面是異常隆重其事的。

武俠片的攝製，峨嵋公司後來居上，他們的出品全部改編自最吃香的文藝武俠小說，有別於「一味講打」的舊式武俠片。「鴛鴦刀」是金庸的新作，將由「武俠與歷史」雜誌刊載，電影版權則由峨嵋購得。

這一天，正是「鴛鴦刀」開鏡之後，演員、編導舉行了一次劇本圍讀，由大家對劇本提意見，並互相對人物性格、劇情，進行討論。據導演李化透露：「鴛鴦刀」的故事非常富傳奇性，不落窠臼，既有兒女情，復有江湖義，文有國仇家恨，更有詼諧的穿插。至於打鬥場面，不用說當然是武俠片所不可缺少的了。

談到借林鳳與周驄合作的動機，李化表示，該公司的一貫宗旨——要「新」——新橋段，新風格，新陣容。過去，曾經借過「光藝」的謝賢、南紅，因此現在借林鳳、周驄，早屬製片計劃中的計劃。至於「峨嵋」下一部改編自文匯報連載的武俠小說——「龍鳳劍」，「卡士」的腹稿，李化則大賣關子，表示暫不佈露，免致「天機洩漏」。

林鳳對改變戲路拍武俠片，感到很大的興趣。她說拍戲之前先行圍讀劇本，對劇中人物個性加以詳細的分析，在她來說還是第一次，她認為這樣的分析，綜合了大家的意見，比獨自去體會腳色，有很大的好處和幫助。

談到這裏，有記者詢問她飾演的蕭中慧，到底是個什麼樣性格的少女？她眨眨大眼睛欲了半晌，才把劇中人個性告訴發問的人：「蕭中慧雖是個孤女，但自幼在養父、親生母親和義母的溺愛下，被縱得很任性，但豪爽、開朗，路見不平，拔刀相助；對心愛的人，也敢於吐露出愛的心聲……」

「在實際的生活中，你曾吐露過自己愛的心聲了嗎？」這一問可把林鳳問窘了。半晌，她才低低地回答：「現在除了拍戲，不作別想，只要媽媽、哥哥和拍戲。」從袁師傅學來的「滾堂刀」法，這一下可在新聞記者面前使上了，輕輕就「滾」了過去，圓熟異常。

▲《大公報》娛樂版新聞 1960 年 12 月 22 日

鴛鴦刀

◀ 電影《鴛鴦刀》（峨嵋影片公司出品）片頭截圖

▲ 電影《鴛鴦刀》截圖顯示「原著：金庸」

編劇：李亨

作曲：盧家熾

◀ 電影《鴛鴦刀》截圖顯示「編劇：李亨」

時，小說便毋須是鴻篇巨帙，中、短篇尤其合適，於是《鴛鴦刀》和《白馬嘯西風》便成了為電影而誕生的作品。

且先看一則《大公報》1960年12月22日的娛樂新聞報道：

> 峨嵋公司醞釀了很久的又一部武俠片——「鴛鴦刀」，十八日那天開鏡了。……「鴛鴦刀」是金庸的新作，將由「武俠與歷史」雜誌刊載，電影版權則由峨嵋購得。

這篇娛樂版新聞牽引出兩個未知的問題，一是《鴛鴦刀》電影劇本是否金庸親撰？二是究竟先有《鴛鴦刀》小說，還是先有《鴛鴦刀》電影劇本？

針對第一個問題，最佳答案是觀看電影的工作人員名單了。

這段電影片頭明確顯示電影《鴛鴦刀》撰寫劇本是另有其人，姓名李亨，並非金庸。

至於第二個問題，那是先有金庸的《鴛鴦刀》小說，還是先有李亨的《鴛鴦刀》電影劇本？且看以下四項證據：

一、前引的《大公報》娛樂新聞提到，分明是指出先有《鴛鴦刀》這部「金庸的新作」，然後才由峨嵋影片公司購得電影版權，小說並計劃其後在《武俠與歷史》刊載。

二、電影片頭的工作人員名單已經說明「原著:金庸」,「原著」二字就是先有小說的明證。

三、1961年4月號《中聯畫報》第57期內頁有文章介紹電影《鴛鴦刀》，那是證據確鑿地指出先有小說，該文文首：

> 「鴛鴦刀」是峨嵋影片公司迎接一九六一年的大製作，根據金庸原著改編，李亨編劇……

四、看完這齣分兩集的電影《鴛鴦刀》，就知道電影劇情和小說情節相差甚大，如果是先有電影劇本，那麼不能相信金庸花上偌大心力，將劇本情節大幅改寫而成面目全非的小說《鴛鴦刀》，然後掛單在自己作品名下。

既然《鴛鴦刀》是先有小說，才有電影劇本，而電影於1960年12月18日開鏡時，劇本定必備妥，換言之，小說《鴛鴦刀》必然是金庸早於1960年已經寫好。

那麼何以這部小說《鴛鴦刀》要延至1961年才在《武俠與歷史》發表呢？不難想到，就如前述，金庸受峨嵋影片公司之邀，創作這部根本為電影而寫的小說，所以電影公司和金庸之間可能有了協議，小說要待電影上映後才可發表，以免入場觀眾早已得知劇情，影響票房收入。

那麼電影《鴛鴦刀》是何時上畫的？

翻查康樂及文化事務署轄下香港電影資料館的網頁，可以得知電影《鴛鴦刀》分上集和大結局，首映日期分別是1961年3月1日和1961年3月8日。上世紀中葉香港電影業蓬勃，上映電影不計其數，一齣電影一般檔期只有七天，便需落畫由另一齣接上，所以根據香港電影資料館的網頁資料推斷，《鴛鴦刀》上集上映日期是1961年3月1日至7日，而

峨嵋出品
武俠鉅片

鴛鴦刀

玉女林鳳手舞亮晃晃的鴛鴦刀，英姿颯颯。
The two celebrated 'mandarin-swords'.

林鳳扮女俠蕭中慧，家傳武功利害，換過夜行衣，另有一個威武凜然的姿態。
Veteran Lam Fung as a woman-worrior in the film.

「鴛鴦刀」是峨嵋影片公司迎接一九六一年的大製作，根據金庸原著改編，李亨編劇、李化導演，由邵氏玉女林鳳和新聯小生周驄破例携手主演，配以武旦任燕，硬漢李清、陣容堪稱堂皇之極。

內容講一雙天下無敵的「鴛鴦刀」，却給清廷以卑劣手段攫奪得手。正由一班鏢師小心翼翼地將刀護送回京，並密命武功利害的侍衛長化粧沿途監視保護。

反清英雄蕭半天（李清）得悉此訊，召集各路英雄，跟踪要將寶刀奪回，老英雄有一女名中慧（林鳳），自小苦習武功，一身驚人武藝，善使雙刀，爲逞一時英雄氣概，竟暗自離家，蓋欲單人匹馬把雙刀盜回，教父老驚詫一番。

在客棧裡，五個雄糾糾的鏢師分寸不亂，將寶刀置於桌上，警覺非常。鄰房有一對夫婦，妻子叫做任飛鳳（任燕）；丈夫就是林玉龍（林蛟），常常因口角而動武，吵鬧不堪，有鏢師想過房看個究竟，鏢頭周方（邵漢生）恐中抽虎離山計，不許妄動。

這些官方鏢師，一向欺善怕惡之流，皇命在身，更是氣燄囂張，不獨把客棧房間强住，並要店小二加意招待，茶飯酒菜吃個痛快，幾個奉酒的小姑娘，鏢師們的靈魂兒也飛上九霄雲外，不料，吃完了大衆都爭着去如厠，嚷着肚瀉，周方經驗夠，覺得事有蹊蹺，就下令把店主伙計一齊綑縛，店主有難言之隱，正是秀才遇着兵，有理說不清。正在大家爭先恐後去厠所的一剎那，擺寶刀的房子裡，先後出現了四個黑影，一拿着寶刀匣子就走，可惜在森林中，你爭我奪要先看看，結果給扮盲人的卓天雄（石堅）再搶走了。

飛鳳和玉龍夫婦也曾經得手，就壞在吵嘴上，被卓天雄乘虛而入，替他倆點了穴，放了啞穴，兩口子又吵個不休。

書生袁冠南（周驄）也是在偷寶刀時和身手敏捷的中慧碰頭，冠南自小沒有了父母，臉上常常顯得很陰沉憂屈，中慧和他在性格上有鮮明强烈的比對，可是，他們却暗種情苗，老英雄蕭半天也贊成將女兒許配冠南，而忠孝的冠南却要先尋得親慈再談婚事，半天有兩位夫人，大的本是袁家婦，小的亦是楊姓妻，楊的生有一女就是中慧；大的產下一兒在逃亡期間，給奸人所害。母子分散了，當冠南拜見袁夫人的時候，發現她左右手上有黑痣，曉得

「玉女」林鳳初拍武俠片「鴛鴦刀」，進清水灣片廠，被新聞記者羣包圍訪問。
The heroine is surrounded by journalists.

「鴛鴦刀」主角一羣，戲裝造像。
Important roles in the film.

峨嵋出品「鴛鴦刀」四個男女主角的造型照：左起李清、林鳳、任燕、周驄。
Li Ching, Lam Fung, Yum Yin and Chow Chung.

▲《中聯畫報》第57期第12頁介紹電影《鴛鴦刀》

▲《大公報》1961 年 3 月 13 日
電影《鴛鴦刀》大結局廣告

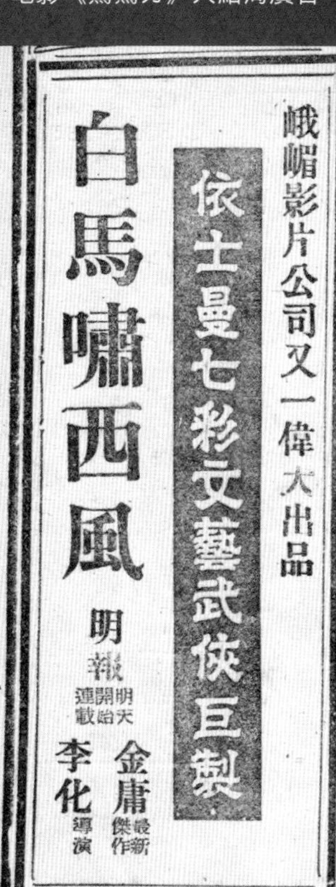

▲《明報》1961 年 10 月 13 日
《白馬嘯西風》電影預告

世界日報

全新修訂本
白馬嘯西風
金庸

五：哈布迷宮

在手帕上抽去了幾根綫

第四章：江湖行

▲泰國《世界日報》1972 年 10 月 9 日修訂版《白馬嘯西風》最後一天連載
（筆者缺《明報晚報》的修訂版《白馬嘯西風》最後一天連載的書影）

後記：這篇小說當時是爲了拍攝電影而寫，寫好後自己很不滿意，朋友們的批評也極差。這次重新改寫過，删去四千餘字，新作二萬餘字，雖仍不感滿意，但已無能爲力，或許過得十年，再來改寫一次吧。·金庸·

《鴛鴦刀》大結局的上映日期是1961年3月8日至14日。筆者手上有一份1961年3月13日的大公報，報上正好有一則《鴛鴦刀》大結局的廣告，上面有「最後今明兩天」一句，印證電影最後上映日期是1961年3月14日的說法。

據此推論，筆者相信小說《鴛鴦刀》寫成於1960年，但很可能到1961年3月（即電影《鴛鴦刀》上畫後）才正式發表。

至於《白馬嘯西風》，「為了拍攝電影而寫」根本就出自金庸的夫子自道。

金庸在《明報晚報》連載修訂版《白馬嘯西風》的最後一天，於文末的後記寫了一段最初創作《白馬嘯西風》的淵源：

> 這篇小說當時是為了拍攝電影而寫，寫好後自己很不滿意，朋友間的批評也極差。這次重新改寫過，刪去四萬餘字，新作二萬餘字，雖仍不感滿意，但已無能為力，或許過得十年，再來改寫一次吧。

筆者有一份1961年10月13日的《明報》，即開始連載《白馬嘯西風》的前一天，小說仍未開始連載，電影預告卻已出爐，上面還兼替《明報》宣傳：「明報明天開始連載」。可見小說未面世，但電影已然籌備，要籌備，總得先有劇本；要有劇本，總得先有小說。因此，筆者相信《白馬嘯西風》跟《鴛鴦刀》一樣，是峨嵋影片公司邀約金庸為拍攝電影而寫，小說寫好，然後改編成電影劇本，開始籌備拍攝。至於《白馬嘯西風》是在何時寫成？冷夏《金庸傳》提供了答案：

> 在連載《倚天屠龍記》的同時，《明報》還連載查良鏞的另一部中篇武俠小說《白馬嘯西風》。這部小說是查良鏞在一九六〇年為電影創作的故事，並非專為《明報》連載而寫，只是因為《明報》當時沒有多少「猛稿」支撐，查良鏞才把它拿到《明報》來連載。[23]

然而，電影最終無緣得與觀眾相見。翻查康樂及文化事務署轄下香港電影資料館的網頁資料，並無發現這齣電影的上映記錄，這齣電影相信或已胎死腹中。原因何在？莫非是金庸自述的「寫好後自己很不滿意」？那就耐人尋味了。

金庸的「濕濕碎碎」

除了武俠小說之外，金庸其他文字著作是本書談論的主題。筆者今篇要介紹的文字，絕對是出於金庸手筆，可是要稱呼它們是金庸的「作品」，卻好像不怎樣「夠格」，那到底是些甚麼？

金庸由1955年2月8日起手執筆桿，至1972年9月23日《鹿鼎記》完稿封筆，在報紙上發表過近七千篇連載。早期的連載在寫罷小說後，金庸偶爾會利用這片小小空間回覆讀者寄到報社的詢問，甚或金庸自己發表告白。

---

23 冷夏：《金庸傳》。香港：明報出版社有限公司，1995年2月再版，頁93。

撿拾這些金庸和讀者「互動」的文字，不失為一分趣味，亦可換一換角度看看另一面的金庸。這些文字篇幅極短，以「濕濕碎碎」稱之無可厚非。

（一）書劍恩仇錄

《書劍恩仇錄》在《新晚報》共連載了五百七十五續，金庸曾經在二十天的連載中回覆過讀者。1955 年 6 月 20 日在第 133 續，金庸首度在小說後回覆讀者：

> 沃心田、張倫、及打電話到報館來的幾位先生：「一二八」段中蔣四根排行本為第十三，現誤書為十四，承更正甚感，並致歉意。（133 續）

原來金庸之前內容筆誤，得讀者提醒，特此致謝。金庸另有兩則類似向提醒筆誤的讀者致謝，讀者不妨看看當中內容，原來金庸在「原創」時曾經擺過烏龍：

> 人韋先生：無塵道人所砍去的是左臂，第一章第十五節中誤左為右，承指正極感。先生閱讀如此仔細，至感榮寵。—— 金庸（167 續）

> 人韋先生：言伯乾「雙目如電」，應為「單目如電」，承指正甚感。—— 庸（361 續）

金庸筆下兩處烏龍，都幸得這位人韋先生指正。

前面提到這位沃心田先生看來必是忠實讀者無疑，蓋在金庸回覆他四天後，再度回答這位仁兄的查詢：

> 王仁義、沃心田兩位先生：「書劍恩仇錄」將出單行本。此是遊戲文字，承蒙獎掖，愧不敢當。敝人以前並無武俠作品。—— 金庸（137 續）

這段回覆對研究金庸出版舊版單行本的源流頗具參考價值，原來早於 1955 年 6 月，金庸已着手出版單行本，然而三育版《書劍恩仇錄》第一集初版，要到 1956 年 2 月方才面世，可見這部單行本確是籌備甚久。

讀者有時竟會請求金庸預告故事情節：

> 盧麗香先生：文泰來是否能夠救出，陳家洛對霍青桐之誤會將來能否冰釋，兩人會不會相愛，此是全書關鍵，不能先行奉告，請諒。—— 金庸（193 續）

> 一羣學生朋友：余魚同的結局現在不能先行奉告，你們既然打賭，請示通訊處，以便代決勝負。—— 庸（368 續）

讀者竟借打賭為名請求金庸預告情節，實在捧腹，而金庸的回覆亦幽了對方一默。

請求金庸預告故事情節之餘，有讀者甚至建議金庸怎樣發展情節，真妙！

> 俊雲先生：來信敬悉，謝謝。娥皇女英之法雖能解決問題，但對女性太不尊重也。—— 庸（390 續）

原來讀者替陳家洛着急，建議金庸讓霍青桐和香香公主二女共侍一夫，但遭金庸婉拒，然則這樣回答，豈非透露了情節？

以下四則回覆亦頗堪一看：

七、渡口夜戰

文泰來喜道：「是啊，道長成名以來，武林中從未遇過敵手，這一會要讓張召重這小子知道一下咱們紅花會的厲害……」他語聲未畢，忽然駱冰「啊喲」的叫了一聲。文泰來忙問：「什麼？」駱冰道：「道長在東躲西竄，那傢伙不知在放什麼暗器。黑暗中瞧不清楚，大概這暗器很細小。」文泰來凝神靜聽，只聽見一些輕微細碎的叮叮之聲，說道：「啊，這是他們武當派中最厲害的芙蓉金針。」這時大車移動，向後退了數丈。駱冰道：「道長把一柄劍使得風雨不透，護住了全身，金針打不着他，被他擋得四下亂飛，大家在退後躲避。好，他金針似乎不放了，兩人又打在一起了，還是道長佔上風，不過張召重守得好，攻不進去。」文泰來道：「你把我手上的鐐子解開。」駱冰笑道：「大哥，你瞧我高興胡塗啦！」忙用短刀把他手上鐐子割斷，替他揉揉活血。

忽然間，外面「嘿嘿」一聲，接着又是一聲怒吼。駱冰忙探頭出去，說道：「啊喲，道長的劍被削斷啦，這姓張的用的傢伙倒眞好，大哥，我奪了一匹好馬，回頭給你騎。」她百忙中忽然想到了那匹白馬，文泰來笑道：「傻丫頭，急什麼？你快瞧道長怎樣了。」駱冰道：「這一下好，道長踢中了他一腿，他退了兩步，趙三哥上去啦。」文泰來只聽見無塵道人在嘰哩咕嚕的罵人，笑道：「道長是出家人，火氣還這樣大。你快扶我出來，我看趙三哥和他鬥暗器。」駱冰扶他，那知文泰來腿上臂上傷很重，一動就痛得厲害，不禁「啊唷」了一聲。駱冰道：「你安安穩穩躺着，我說給你聽。」只聽見「嗤」的一聲，文泰來學過「暗器聽風術」一聽聲音就知道暗器的種類和來路，說道：「這是袖箭，啊，飛蝗石，甩手箭全出去了，怎麼？張召重也帶袖箭和飛蝗石，這倒奇了。」駱冰道：「那傢伙把趙三哥的暗器全伸手接去啦，又倒着打過來。嗯，眞好看，下雨一樣，手臂如來眞有一手，怎麼他同時會放這許多暗器，鋼鏢、鐵蓮子、金錢鏢，哈哈，太多了，他來不及接，可惜……還是教他躲過了。」忽然「蓬」的一聲猛響，一枝火焰箭光亮異常，直向張召重射去，火光直照射到大車裏來。文泰來一霎間看到嬌妻美艷如昔，眉梢眼角，喜氣洋溢，不由得心動，輕輕叫了聲：「妹子！」駱冰回眸嫣然一笑，笑容未斂而火光已息。趙半山乘着張召重在強光照耀下呆得一呆之際，打出了兩件獨門暗器去，一件是迴龍鏢，一件是飛燕銀梭。

（一三三）

沃心田、張倫、及打電話到報館來的幾位先生：「一二八」段中蔣四根排行本為第十三，現誤書為十四，承㪅正甚感，並致歉意。

沃心田、張倫、及打電話到報館來的幾位先生：「一二八」段中蔣四根排行本為第十三，現誤書為十四，承㪅正甚感，並致歉意。

▲《新晚報》1955 年 6 月 20 日《書劍恩仇錄》133 續

十八 白玉峯前翡翠池

·金 庸·

陳家洛心想：他使鐵虎叉，一定擅於打鐵，或許殺狼有高強手段。顧金標却想：他主張比賽殺狼，總有相當把握才說，我偏不上他的當，道：「你要和我們，那就是拚賭性命。輕描淡寫的游戲，可沒興緻陪你玩兒。」張召重忽道：「在下與三位今日雖是初會，但一向是很仰慕的。至於與陳當家呢，我們過去頗有點過節，但今日也不談了；我雙方誰也不幫，現在有一個主意，既可一決勝敗，雙方也不傷和氣，各位瞧着成不成？」滕一雷聽見他說與陳家洛有樑子，心中大喜，忙道：「張大哥請說，我們一定遵你的吩咐。」張召重道：「咱們現在處於狼羣包圍之中，自相拚鬥，總是不妙，陳當家的你說是不是？」陳家洛點點頭，張召重又道：「比賽殺狼吧，這位顧二哥又覺得太過隨便，不是好漢子行徑。我獻一條計策：陳顧兩位赤手空拳的一起到狼羣裏去，誰膽小，先逃回來，誰就輸了。」衆人一聽，都是心中一凜，暗想此人好陰毒，赤手空拳的到狼羣中去，誰還能活着性命回來。張召重又道：「如果那一位不幸給狼嘗了，另一位再回到火圈裏來，也算勝了。」陳家洛秀眉一揚，說道：「要是咱們兩人都死了，那怎樣？」哈合台道：「我敬重你是條好漢子，着在我身上，把這位姑娘釋放就是。」陳家洛道：「哈兄的話我信了。這位姑娘你們可也不能欺侮她。」他向香香公主一指，哈合台道：「皇天在上，我答應了陳當家的話，如有異心，教惡狼第一個吃我。」陳家洛抱拳道：「好，我多謝了。」他心中盤算已定，暗想別說狼羣圍伺，就算一條狼也沒有，自己一個人遇到這四個強敵，也必有死無生，現在犧牲自己一條性命，如能僥天之幸，救出霍青桐姊妹，那也心願已足；漢家光復的大業，只好偏勞紅花會衆兄弟了。他把劍盾珠索往地下一擲，向顧金標一擺手道：「顧朋友，走吧！」顧金標拿着虎叉，躊躇不決，他雖是亡命之徒，但要他空手走入狼羣，實在有點不敢。張召重只怕這場賭賽不成功，激他道：「怎麼？顧朋友有點害怕了吧？這本來很危險。」顧金標仍是沉吟。香香公主不懂他們在談什麼，只見各人神色緊張，霍青桐却每句話都聽在耳裏，她見陳家洛甘願爲她犧牲生命，心中感動異常，叫道：「你別去，你死了難道我還能活嗎？」她平素情感隱藏甚深，這時臨到生死關頭，情不自禁的叫了出來。只聽見嗆啷一聲，一柄鐵虎叉擲在地下。

（四四〇）

（楊紫卿、徐蕊初兩位：簽名册請放在本報門市部，我可給你們寫。至於照片，因為一點不靚，還是免了吧。——庸）

（楊紫卿、徐蕊初兩位：簽名册請放在本報門市部，我可給你們寫。至於照片，因為一點不靚，還是免了吧。——庸）

▲《新晚報》1956 年 4 月 24 日《書劍恩仇錄》441 續（「四四〇」為誤）

馬揚基老先生：來函所提意見，極為中肯，謹受教言。據云先生在加拿大之親屬極喜此書，Edmonton 之青年會每逢星期日必座無虛席，許多華僑遠道而來閱讀「書劍」，尤為感奮。自當用心撰作，庶不負老先生之期望也。—— 金庸（248 續）

金庸初撰武俠小説不久，讀者蜂擁拜讀竟遠至加拿大了。

霍芳雲先生：你不見了兩天的「書劍」剪報，在報上再登一遍是不方便的，請示知通訊處，我剪兩張寄給你吧 —— 金庸（311 續）

讀者因遺失剪存而請求重登已是一絕，金庸的回應更見人情味。

劉流先生 :「書劍」背面常有填字圖表，已將尊函轉交「新樂園」編者，他如不肯移動地位，大概是希望你多買一份新晚報了。—— 金庸（316 續）

問得妙，答得更妙。

楊紫卿、徐蕊初兩位：簽名冊請放在本報門市部，我可給你們寫。至於照片，因為一點不靚，還是免了吧。—— 庸（441 續）

女讀者求簽名求玉照來着，金庸自嘲一句「一點不靚」，簽名奉上，玉照免問。

（二）碧血劍

《碧血劍》在《香港商報》發表，連載共三百六十六續，然而在小説內文末處回覆讀者只有六則。何以讀者冷淡了？且看：

寫信給我的各位先生：來信請附地址，以便個別答覆（金庸）（214 續）

原來讀者來函眾多，金庸已經不能在連載文末回覆，只好個別覆信。要是當年讀者至今猶存金庸親筆覆函，那可是價值不菲的真跡。

金庸偶有筆誤，讀者來函提醒，《碧血劍》亦有這種情況，在連載後致謝，僅有一則：

梁士偉先生：何紅藥的左腕已經自行砍斷，所以她「雙手捧着」金蛇郎君的顱骨應為「右手托着」，這是我疏忽而擺的烏龍，承指正極感，當在單行本中改正。—— 庸（350 續）

金庸其餘四則在《碧血劍》的回覆，不是替單行本宣傳，就是澄清翻版書或坊間冒名偽作，已無連載《書劍》時回覆得那麼有趣了。可是，對於研究金庸舊版單行本的沿革，卻有參考價值，大抵知悉當時翻版和冒名偽作已非常普遍，而內容更提及，正版書要在正式書店購買，報攤賣的一般都是翻版書。

（三）射鵰英雄傳

《射鵰英雄傳》接續《碧血劍》在《香港商報》發表，連載共八百六十二續，筆者搜集有給讀者回覆的有七十則，次數遠較《書劍》和《碧血》多。不難猜想，《射鵰英雄傳》將金庸的武俠宗師地位帶往巔峰，讀者來函如雪花飄至可想而知。

這七十則回覆中，查詢哪些是金庸作品的為數不少，可見金庸小説地位躍升，讀者大多已不滿足於每天追看報上連載，更要購買單行本重

碧血劍

金庸撰文

雲君繪圖

七十 兇險如斯手 忍辱甚英哉

（梁士偉先生：何紅藥的左腕已經自行砍斷，所以她「雙手捧着」金蛇郎君的顱骨應爲「右手托着」，這是我疏忽而擺的烏龍，當在單行本中改正。——庸）

◀《香港商報》1956 年 12 月 15 日
《碧血劍》350 續

射鵰英雄傳

金庸文

雲君圖

二八 新盟舊約

（寶雯女士：你要求必須讓華箏與郭靖結婚，否則永遠不看商報。郭靖將來與誰結婚目前還不能奉告，甚歉。——庸）

▲《香港商報》1958 年 7 月 13 日
《射鵰英雄傳》555 續

溫，因而面對坊間不少署名「金庸」的小說，難免難分真偽，要去信求證。當然，金庸在回覆時不免順道指示讀者何處買得正版，亦宣傳一下正版單行本已經出版至第幾集云云。

此外，詢問和討論情節的回覆亦不在少數。當中發現情節不合理處，去信金庸商談的亦有好幾則。還有，金庸間中化身老師，教導讀者知識，則首次見到。

現選擇一些有趣的，又或是具參考價值的，列舉於下：

> 紅毛先生：你說「碧血劍」結束得太快，承教甚感。這部小說當加意經營，用酬雅眷。—— 金庸（12 續）

這位「紅毛先生」果然眼光獨到，怪不得金庸後來修訂《碧血劍》時增加了大量篇幅。

> 張文華先生：韓侂冑的「侂」字音「托」歷史上真有其人。（33 續）

金庸首次化身語文老師，在回覆中教導讀者。

> 葉奈如先生：「鵰」音刁蠻的「刁」，國語與廣東語都音「刁」，歡迎你來信。——金庸（111 續）

金庸再次化身語文老師，教導讀者，不過，追看着射鵰，連「鵰」字都要問，未免搞笑。

> 許鏡勳等幾位先生：黃藥師日常閒吟「羅綺堆裏埋神劍，簫鼓聲中老客星」兩句，意思是說雄心壯志都消磨了，日常只與女人音樂為伴而隱居。—— 庸（246 續）

這回金庸化身的是文學老師。

> 林才能先生：嘉定是宋寧宗的年號，猶於乾隆是清高宗的年號，崇禎是明毅宗的年號等一般（庸）（276 續）

這回金庸化身歷史老師。

> 讀者先生：承指正宋代地名，甚感，當另函致謝。—— 庸（200 續）

這回輪到讀者化身老師了。

> 余全張先生：「麗的呼聲」廣播我的「書劍恩仇錄」事先曾得我的同意，承關注，甚感。—— 庸（252 續）

此則可以作為金庸小說改編廣播劇的旁證。

> 余其祥先生：金陵豪俠傳非我作品，是書商冒名出版的。「射鵰」第七集即出。看你來信，大約是初中畢業程度吧！ ——庸（375 續）

當年風氣，讀者會去信作者，憑藉其文筆推斷他的教育程度。試想，如果這位余君是小學生，定會欣喜過望；但若然余君已高中畢業，甚或是大學生……

> 文清先生：洪七公、黃藥師、歐陽鋒三人的武功各有所長，難說到底是誰稍勝一籌。—— 庸（396 續）

好一條經典問題。

> 袁士霄、穆人清兩位大英雄請了：郭靖的水性是黃蓉所授，橫渡長江等情節見「射鵰」單印本第五集。—— 庸（420 續）

讀者署名「袁士霄」和「穆人清」，難怪金庸一向稱讀者做「先生」，今回要改稱「大英雄」了，可見金庸也甚「鬼馬」。

> 上海日報蘇引泉先生：「武當奇俠」非我所作，市上冒我署名出版別人著作者已有十餘種之多，凡有鑑別力之讀者，皆知真偽。── 庸（429 續）

讀者又求證哪些是正版金庸小說了，但今回金庸好像答得有點不耐煩，暗諷蘇先生鑑別力不足。

> 洪七公：你既是洪七公，該知「射鵰前傳」並非我作 ── 庸（476 續）

相較以鑑別力不足暗諷讀者求證金庸偽書，金庸這次回得幽默多了。

> 鄺根先生：「紅皮書」雜誌上的武俠小說不是我寫的，只是那位作者先生也喜用「金庸」的筆名而已。── 庸（699 續）

對於讀者老生常談的求證問題，金庸一貫幽默回應。

> 老頑童先生：「射鵰前傳」、「金蛇劍」、「八手仙猿」等均非我所作，你可贏黑仔蘇五元。── 庸（527 續）

金庸再次妙答求證問題，五元賭注，在五十年代，可不是小數目。

> 射鵰迷甲乙先生：每日運動、體操、深呼吸極好，不必間斷。但練氣功最好有教師指導，否則方法不對，可能有害。—庸（469 續）

金迷真的以為金庸會武，居然請教練功問題，而金庸竟又「膽粗粗」地回答。

> 放水之人：郭靖與黃蓉在密室中的小便問題，敝人難以解決，請代為設法為感。—庸（504 續）

這個難題一直纏繞金庸數十年，直到新修版才修訂過來，原來當年早就有讀者提問過了。

> 放水之人：你建議以吃空之西瓜作便桶，此計大妙。── 庸（524 續）

這位讀者「放水之人」，果然來信解答郭黃密室小便問題，真熱心！

> 陸子章小朋友：書中壞人，終會有應得懲罰，不過時候未到，請勿性急，若是歐陽鋒現在死了，故事就發展不下去了。—庸（544 續）

金庸還藉向小朋友回答機會灌輸做人價值觀呢！

> 寶雯女士：你要求必須讓華箏與郭靖結婚，否則永遠不看商報。郭靖將來與誰結婚目前還不能奉告，甚歉。── 庸（555 續）

這位女讀者，竟以罷看要脅金庸依己之意寫情節，殊堪一哂。

> 小龍先生：我的新作名叫「雪山飛狐」，九日起在新晚報開始連載，預告時題目還未想好，並非故弄玄虛。── 金庸（765 續）

金庸借回覆宣傳在另一份報紙的連載小說，不怕《香港商報》編輯「詐型」嗎？

到了連載《射鵰英雄傳》的最後一天，金庸破格寫了一段不短的文字：

> 各位親愛的讀者：我在本報撰寫「碧血劍」與「射鵰英雄傳」，前後已近三年半，承蒙各位讀者不斷的來信指教和討論，使我得到很大的鼓勵，心中自然是非常感激的。這兩部作品本來很不成熟，內容也有許多幼稚和不合理的地方，居然還引起一些讀者們的注意，實是非我始料所及。我和商報同仁以及商報的讀者們交情已不算淺，本來應該續撰新作，只因最近我其他的事務比較忙碌，實在抽不出時間，只好與各位讀者暫別，將來一俟有暇，當再在本報與各位相見。—— 金庸（862 續）

這篇惜別文章，隻字未提翌日自資創刊的《明報》，亦沒借機宣傳新作《神鵰俠侶》，很有道義呢！

（四）雪山飛狐

《雪山飛狐》在《新晚報》發表，連載共一百二十九續。其時，金庸在《香港商報》連載《射鵰英雄傳》已近尾聲，聲名大噪。按理，讀者寄往《新晚報》向金庸詢問的事情當不在少數，但金庸在這一百二十九續的連載當中，出人意料地，竟然沒有一天在小說後回覆讀者。唯一一天在小說後附上文字的，只是補充關於情節的歷史知識。

> 金庸按：李闖王之死，共有四種說法。他出家為僧，至康熙甲辰坐化云云，是據「澧州志」所載，江賓谷「李自成墓誌」中曾詳加考證，近人阿英所作史劇「李闖王」即據此說。四種說法均無確證，作者以為「假死逃禪說」較有可能，亦最富傳奇性。明史稱李自成在九宮山為人擊斃，但又稱：「我兵遣識者驗其屍，朽莫辨」，可見這屍首到底是否李自成，當時即無法肯定。（65 續）

（五）神鵰俠侶

《神鵰俠侶》是《明報》的開山之作，連載共七百七十七續，筆者搜集到二十七續有金庸給讀者的回覆，這和《射鵰英雄傳》相較，顯然次數少了。何以如此？且看以下兩期的覆話：

> 寫信給我的各位讀者 —— 過幾天，我將在第二版「聰明人」中寫一個專欄，對各位來信將詳細答覆。現在謹向來信問候的諸位致謝。—— 庸（133 續）

原來讀者來信絕非少了，反而是來信多得不能在連載後回覆，要另闢專欄覆話。

《武俠與歷史》是金庸在 1960 年創辦的雜誌，篇幅限制遠不及報紙，當然可以「代勞」，騰出空間回覆讀者詢問。

> 曼萍小姐：因明報篇幅關係，你的問題我將在「武俠與歷史」雜誌答覆。—— 庸（244 續）

金庸高招，一招順水推舟，藉機給《武俠與歷史》的銷量推一把。

至於其餘在連載後的回覆，亦不外乎回應詢問情節、澄清哪些是金庸的著作等等，但值得留意的是，《神鵰俠侶》主角楊過的性格，較諸金庸之前四部小說的主角，明顯帶點偏激和叛

射鵰英雄傳

四五 白骨黃沙

金庸文 雲君圖

（各位親愛的讀者：我在本報撰寫「碧血劍」與「射鵰英雄傳」，前後已近三年半，承蒙各位讀者不斷的來信指教和討論，使我得到很大的鼓勵，心中自然是非常感激的。這兩部作品本來很不成熟，內容也有許多幼稚和不合理的地方，居然還引起一些讀者們的注意，實是非我始料所及。我和商報同仁以及商報的讀者們交情已不算淺，本來應該續撰新作，只因最近我其他的事務比較忙碌，實在抽不出時間，只好與各位讀者暫別，將來一俟有暇，當再在本報與各位相見。——金庸）

▲《香港商報》1959 年 5 月 19 日
《射鵰英雄傳》最後一天連載

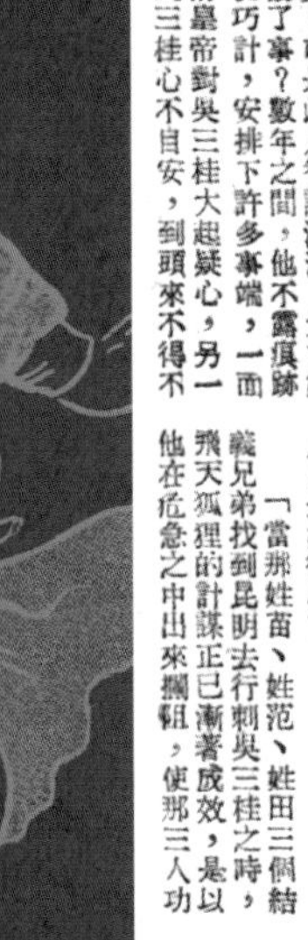

雪山飛狐

金庸文 小莎圖

六五、飛天狐狸功業不成

（金庸按：李闖王之死，共有四種說法。他出家為僧，至康熙甲辰坐化云云，是據「澧州志」所載，江賓谷「李自成墓誌」中會詳加考證，近人阿英所作史劇「李闖王」即據此說。四種說法均無確證，作者以為「假死逃禪說」較有可能，亦最富傳奇性。明史稱李自成在九宮山為人擊斃，但又稱：「我兵遺識者驗其屍，朽莫辨」，可見這首到底是否李自成，當時即無法肯定。）

▲《新晚報》1959 年 4 月 14 日
《雪山飛狐》65 續

逆，部分讀者似乎不太認同，甚至在連載早期已有讀者來函表示關心。

> 趙明慧小姐：楊過的性格將來會不會改變，你看下去便知，請勿性急 —— 金庸（63 續）

> 曙光乎先生：楊過的性格比較複雜，不像郭靖一直好到底。楊過的一生中有若干轉變。—— 庸（232 續）

至於楊過和小龍女的愛情能否「有情人終成眷屬」？一定是讀者最關心的結局。不少說法指出金庸在連載最後階段，應讀者來函要求，才改以美滿結局告終。筆者認為此說不可信，且看金庸早已在寫到楊過揚威英雄大會時回覆讀者透露《神鵰俠侶》的結局：

> 林漢輝先生及你所代表的兄弟姊妹同學們：楊過及小龍女將來都不會有悲慘結果，可請放心，但小說中會有許多曲折變化，請勿性急。—— 庸（245 續）

> 彭露莎小姐：書中男女主角將來變化尚多，但不致有悲慘的令你傷心憤怒的結局，可請放心。—— 金庸（255 續）

另一處值得留意，接續《神鵰俠侶》的《倚天屠龍記》於 1961 年 7 月 6 日開始連載，於是由 1961 年 6 月 28 日第 767 續至 7 月 5 日第 774 續，《神鵰俠侶》連載後便闢作廣告場地，一連八天替新作《倚天屠龍記》宣傳。這麼落力催谷新作，當然因為《明報》是自家品牌，不容有失之故。不過這些廣告似是以編輯的身份落筆，並非金庸自述。現擇其中幾則於下：

> 金庸先生新作為「倚天屠龍記」。編者閱其新作已脫稿之數萬字後，深感曲折離奇、緊張動人之處，尤在「神鵰俠侶」之上。（6 月 30 日 769 續）

此時《倚天》已脫稿數萬字？不足信。

> 「神鵰」尾聲中現身的張君寶，即武當派創派祖師張三丰。金庸先生新作「倚天屠龍記」，故事接續「神鵰」，張三丰及其眾徒為書中重要人物，而楊過、小龍女、郭襄等亦將出現。（7 月 1 日 770 續）

此段告白預告《神鵰》人物將在新作《倚天》出現，那是借《神鵰》的成功，增強《倚天》的號召力無疑。

> 金庸先生新作「倚天屠龍記」，定於七月四日開始在本報刊登，頭一段精采熱鬧節目為：「小東邪大鬧少林寺」。（7 月 2 日 771 續）

《倚天》首天連載原定於七月四日，後來不知何故押後。

> 金庸先生新作「倚天屠龍記」明日起在本報刊登，與「神鵰俠侶」未完部份同時刊載，俾讀者諸君先覩為快。（7 月 3 日 772 續）

直到七月三日，《倚天》還是原定於七月四日首載。

> 金庸新作「倚天屠龍記」中，首段寫張三丰創立武當派，少林寺十八羅漢齊上武當山索還「九陽真經」，自此引出無數奇幻變故，六日起開始連載。本書普及本仍由胡敏生書報社發行。（7 月 4 日 773 續）

（林漢輝先生及你所代表的兄弟姊妹同學們：楊過及小龍女將來都不會有悲慘結果，可請放心，但小說中會有許多曲折變化，請勿性急。——瀟）

神鵰俠侶

金庸 雲君圖

十二、武林盟主

楊過大說謊話

▲《明報》1960 年 1 月 21 日《神鵰俠侶》245 續

神鵰俠侶

金庸 雲君圖

尾聲

楊過阻止張君寶

金庸新作「倚天屠龍記」中，曾詳寫張三丰創立武當派，少林寺十八羅漢齊上武當山索還「九陽真經」，自此引出無數奇幻變故，六日起開始連載。本書普及本仍由胡敏生書報社發行。

▲《明報》1961 年 7 月 4 日《神鵰俠侶》773 續

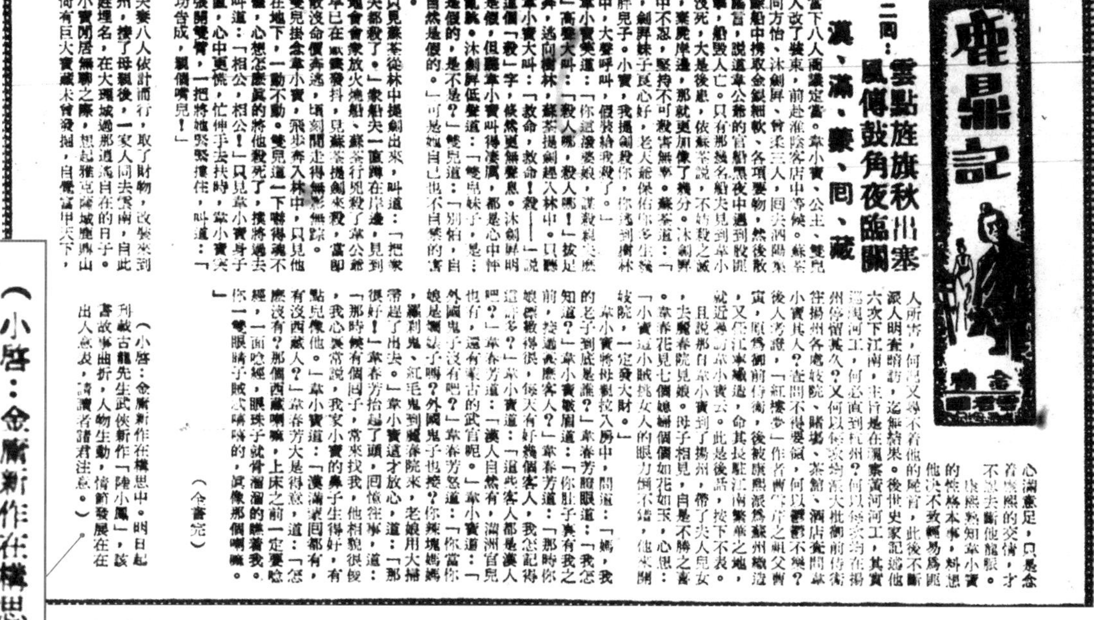

鹿鼎記

金庸

廿二回：雲點旄旗秋出塞　風傳鼓角夜臨關

漢、滿、蒙、回、藏

當下八人商議定當。韋小寶、公主、雙兒三人改了裝束，前赴淮陰客店中等候。蘇荃率同方怡、沐劍屏、曾柔三人，回去泗陽集，餘船中携取金銀細軟、各項要物，然後散佈謠言，說道韋公爺的官船黑夜中遇到股匪襲擊，船毀人亡。只有那幾名船夫見到韋小寶沒死，大是後患，依蘇荃說，不妨殺之滅口，棄屍岸邊，那就更加像了幾分。沐劍屏心中不忍，堅持不可殺害無辜。蘇荃道：「好，劍屏妹子良心好，老天能保佑你多生幾個胖兒子。小寶，我提劍殺你，你逃到樹林之中，大聲呼叫，假裝給我殺了。」

韋小寶笑道：「你這潑婆娘，謀殺親夫麼？」高聲大叫：「殺人嗎，殺人嗎！」拔足飛奔，逃向樹林，蘇荃提劍趕入林中。只聽得韋小寶大叫：「救命，救命！殺——」一說了這個「殺」字，倏然而無聲息。沐劍屏明知是假，但聽韋小寶叫得淒厲，都是心中怦怦亂跳。沐劍屏低聲道：「雙兒妹子，是：：是假的，是不是？」雙兒道：「別怕，自：自然是假的。」可是她自己也不自禁的害怕。

只見蘇荃從林中提劍出來，叫道：「把眾船夫都殺了。」眾船夫一直蹲在岸邊，見到天地會眾放火燒船、蘇荃行兇殺了韋公爺，早已在瑟瑟發抖，見蘇荃提劍來殺，當即四散沒命價奔逃，頃刻間走得無影無蹤。

雙兒掛念韋小寶，飛步奔入林中，只見他躺在地下，一動不動。雙兒這一下嚇得魂不附體，心想怎麼真的將他殺死了，撲將過去，叫道：「相公，相公！」只見韋小寶身子僵直，心中更慌，忙伸手去扶時，韋小寶突然張開雙臂，一把將她緊緊摟住，叫道：「大功告成，親個嘴兒！」

夫妻八人依計而行，取了財物，改裝來到揚州，接了母親後，一家人同去雲南，自此隱姓埋名，在大理城過那逍遙自在的日子。韋小寶閒居無聊之際，想起雅克薩城鹿鼎山下尚有巨大寶藏未曾發掘，自覺富甲天下，心滿意足，只是念着康熙的交情，才不忍去斷他龍脈。

康熙料知韋小寶的性格本事，料想他決不致輕易爲匪人所害，何況又尋不着他的屍首，此後不斷派人明查暗訪，迄無結果。後世史家記述他六次下江南，主旨是在視察黃河河工，其實巡視河工，何必直到杭州？何以每次均在揚州停留甚久？又何以每次均派大批御前侍衛往揚州各處妓院、賭場、茶館、酒店查問韋小寶其人？查問不得要領，何以鬱鬱不樂？後人考證，「紅樓夢」作者曹雪芹之祖父曹寅，順爲御前侍衛，後被康熙派爲蘇州織造，又任江寧織造，命其長駐江南繁華之地，就近尋訪韋小寶云。此是後話，按下不表。

且說那日韋小寶到了揚州，帶了夫人兒女，去麗春院見娘。母子相見，自是不勝之喜。韋春花見七個媳婦個個如花似玉，心想：「小寶這小賊挑女人的眼力倒不錯，他來開妓院，一定發大財。」

韋小寶將母親拉入房中，問道：「媽，我的老子到底是誰？」韋春芳瞪眼道：「我怎知道？」韋小寶皺眉道：「你肚子裏有我之前，接過甚麼客人？」韋春芳道：「那時你娘標緻得很，每天有好幾個客人，我怎記得這許多？」韋小寶道：「這些客人都是漢人吧？」韋春芳道：「漢人自然有，滿洲官兒也有，還有蒙古的武官呢。」韋小寶道：「外國鬼子沒有吧？」韋春芳怒道：「你當你娘是爛婊子嗎？外國鬼子也接？你辣塊媽媽，羅剎鬼、紅毛鬼到麗春院來，老娘用大掃帚趕了出去。」韋小寶這才放心，道：「那很好！」韋春芳抬起了頭，回憶往事，道：「那時候有個回子，常來找我，他相貌很俊，我心裏常說，我家小寶的鼻子生得好，有點兒像他。」韋小寶道：「漢滿蒙回都有，有沒西藏人？」韋春芳大是得意，道：「怎麼沒有？那個西藏喇嘛，上床之前一定要唸經，一面唸經，眼珠子就骨溜溜的瞧着我。你一雙眼睛賊忒嘻嘻的，賊像那個喇嘛。」

（全書完）

（小啟：金庸新作在構思中。明日起刊載古龍先生武俠新作「陸小鳳」，該書故事曲折，人物生動，情節發展在在出人意表，請讀者諸君注意。）

▲《明報》1972 年 9 月 23 日《鹿鼎記》最後一天連載

這段告白，值得注意之處有三：一是金庸直到此日，方才宣告延遲兩天開始連載《倚天》，但未言原因；二是金庸預告「少林寺十八羅漢上武當山索還《九陽真經》」的情節，最終卻沒有成真；三是如金庸所言，《神鵰》和《倚天》的普及本均由胡敏生報社發行，但據今所見，兩者的發行均是鄺拾記書報社，卻是有誤。

（六）鹿鼎記

《鹿鼎記》在《明報》連載一千零二十一續，無一續有回覆讀者，告白有三則。金庸在連載《鹿鼎記》期間，曾有兩段時間離港，為期均約三星期，連載需要暫停，因此在脫期前的一天，分別寫了兩段告白以示讀者：

> 金庸按：敝人前赴芬蘭赫爾辛基參加國際新聞協會會議，「鹿鼎記」停刊三週左右，敬請讀者見諒，但每日社評仍由本人執筆，不使停頓。明日起連載獨孤紅先生所作之「血花錄」。（586 續）

> 作者謹啟：「鹿鼎記」本回是最後一回。作者現在歐洲，所有空閒時間用於撰寫社評寄回，小說只得暫停。敬請讀者原諒。（930 續）

兩段告白可反映金庸視撰寫社評比小說更為重要。

另一則告白則是在《鹿鼎記》最後連載當天，金庸藉此向讀者表示寫畢《鹿鼎記》後的動向：

倚天屠龍記

金庸
雲君插圖

十三、荊釵村女

心目中另有意中人

（肥仔等齋先生：「倚天」每天刊登的篇幅，無法再加長，請諒。朱長齡的「長」字，讀本音，意爲「長命百歲」。——金庸）

▲《明報》1962 年 5 月 25 日《倚天屠龍記》324 續
（「三二一」為誤）

天龍八部

金庸
雲君圖

三、血海深仇

雁門關外的傷心事

（楊潔先生：你全力反對阿朱死去，無法令你如願，甚歉。——金庸）

▲《明報》1964 年 11 月 1 日《天龍八部》第四部 40 續
（「一四〇」為誤）

小啟：金庸新作在構思中。明日起刊載古龍先生武俠新作「陸小鳳」，該書故事曲折，人物生動，情節發展在在出人意表，請讀者諸君注意。（1021 續）

一句「金庸新作在構思中」，似有瞞騙讀者之嫌。金庸寫到《鹿鼎記》後期，已有封筆之意，並已經埋首在《明報晚報》連載修訂版，豈有構思新作之念？

（七）其他

自《倚天屠龍記》起，不論在報紙和雜誌上連載，內文後已極少回覆讀者，即便賣廣告也甚少。

現揀選兩則於下：

肥仔等諸先生：「倚天」每天刊登的篇幅，無法再加長，請諒。朱長齡的「長」字，讀本音，意為「長命百歲」。—— 金庸（《倚天屠龍記》324 續）

楊潔先生：你全力反對阿朱死去，無法令你如願，甚歉。—— 庸（《天龍八部》第四部 40 續）

金庸的「贈品」

除了在報紙連載小說後的文末偶然「濕濕碎碎」的閒筆之外，還有一類文字，亦是千真萬確的出於金庸手筆，但刊載這類文章的書本，卻又並非掛單在他的名下。無他，這些由金庸撰寫的文章，是他為其他書籍撰寫的序文，筆者將它們戲稱為金庸的「贈品」。

金庸到底曾經替多少本書作序？暫時不見有人做過統計，恐怕連金庸自己也不能「心中有數」。

金庸寫的序文，大致可以分為兩類：一是寫給自家《明報》集團的出版物，要勞動「金大俠」動筆，該書的分量和內容絕對是金庸看重的，這類的序文只佔《明報》旗下出版物的極少數；二是寫給其他出版社的刊物，可是金庸貴為文壇巨匠，又是日理萬機，要得他慨然賜序，非大有面子不可吧！

眾所周知，金庸晚年絕少給人家寫序，他曾在《悲歡都付笑談中 —— 范徐麗泰》書前一篇題為〈以她為榮〉的「短文」寫道：

孫立川兄送來《訪問范徐麗泰》的長文，要我閱後寫一短文作「序」。五年以來，別人要我作序或題書名一概謝絕了，是斬釘截鐵、決不通融的謝絕，決不因為是好友或好文章而寫一篇短文，因為如果寫一篇短序的話，得罪的好朋友就多了，「難道我跟你的交情不夠麼？難道他的文章寫得好過我麼？難為（筆者案：疑為「難道」之誤）你佩服他的為人嗎？」各種各樣的指責可以想像得到。總而言之，不寫就是不寫！

讀到此處，不禁要問：何以這篇又寫了？別急，且續看下去：

⋯⋯這篇短文決不是「序」，因為我說過決不為別人寫「序」。

原來如此，果然這篇金庸稱之為「短文」（不是「序」）雖然置於書前，標題〈以她為榮〉

以外，卻沒有半個「序」字！

《悲歡都付笑談中——范徐麗泰》在 2008 年 7 月出版，那麼，在此五年前起，金庸已「斬釘截鐵、決不通融的謝絕」了給別人寫序，然而，後面介紹的兩本書本的「序」，分別在 2008 年和 2006 年出版，卻是「斬釘截鐵、決不通融的」在標題前印着「序」。叫筆者何以解畫？

第一類序文由於載於自家品牌的書籍，往往都是直抒胸臆，文獻價值較高；至於第二類序文，雖然說不上是泛泛之言，但始終有「賣人情、給面子」的成分。

本篇揀選介紹三部書，均由金庸作序，分別屬於上述的兩類序文。

第一部名為《中共文化大革命資料彙編》的書，由《明報月刊》出版，金庸作序（時事類別的文章，金庸一般署名「查良鏞」，這篇序署名「金庸」較少見），分六卷：第一卷副題是〈鬥爭當權派〉，1967 年 7 月初版，只有平裝本，印量二千，定價十元，1971 年 2 月二刷更名為〈鬥爭中央機關當權派〉，平裝本售十八元，精裝本售廿四元；第二至六卷的副題分別是〈鄧拓選集〉、〈彭德懷問題專輯〉、〈吳晗與「海瑞罷官」事件〉、〈北京市文化大革命運動〉、〈中南地區文化大革命運動〉，由 1969 年 5 月至 1972 年 9 月陸續出版，平裝本和精裝本售價跟第一卷二刷相同。

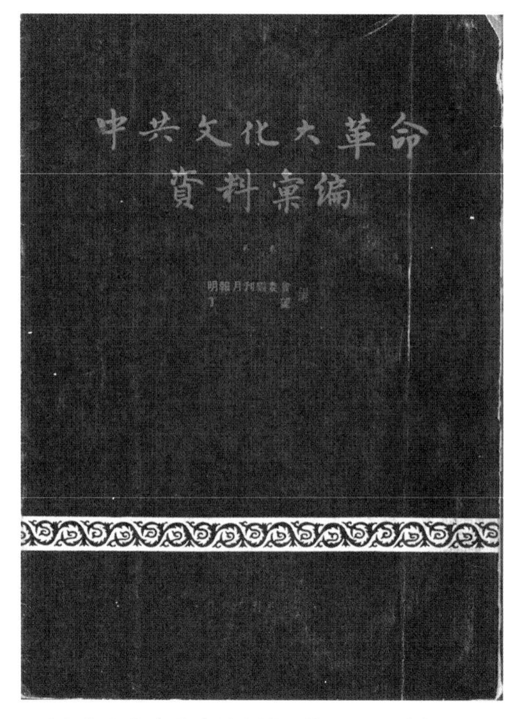

▲《中共文化大革命資料彙編》第一卷封面

這部《中共文化大革命資料彙編》所載的資料，據張圭陽在《金庸與報業》第九章〈樹立權威〉所載，簡直有如令《明報》升格的「武功秘笈」。

> 研究這一段時期（筆者案：指文革時期）的《明報》的發展，無疑為報業經營者提供了豐富的辦報經驗，讓辦報者知道，一份小報，怎樣可以因緣際會，在動盪不安的環境中，也可以謀求發展，建立聲譽。[24]
>
> 香港新聞界不分左、中、右，在「文化大革命」十三年間，大量報道了有關「文革」的各種動向……相對而言，《明報》並不

24 張圭陽：《金庸與報業》，頁 136。

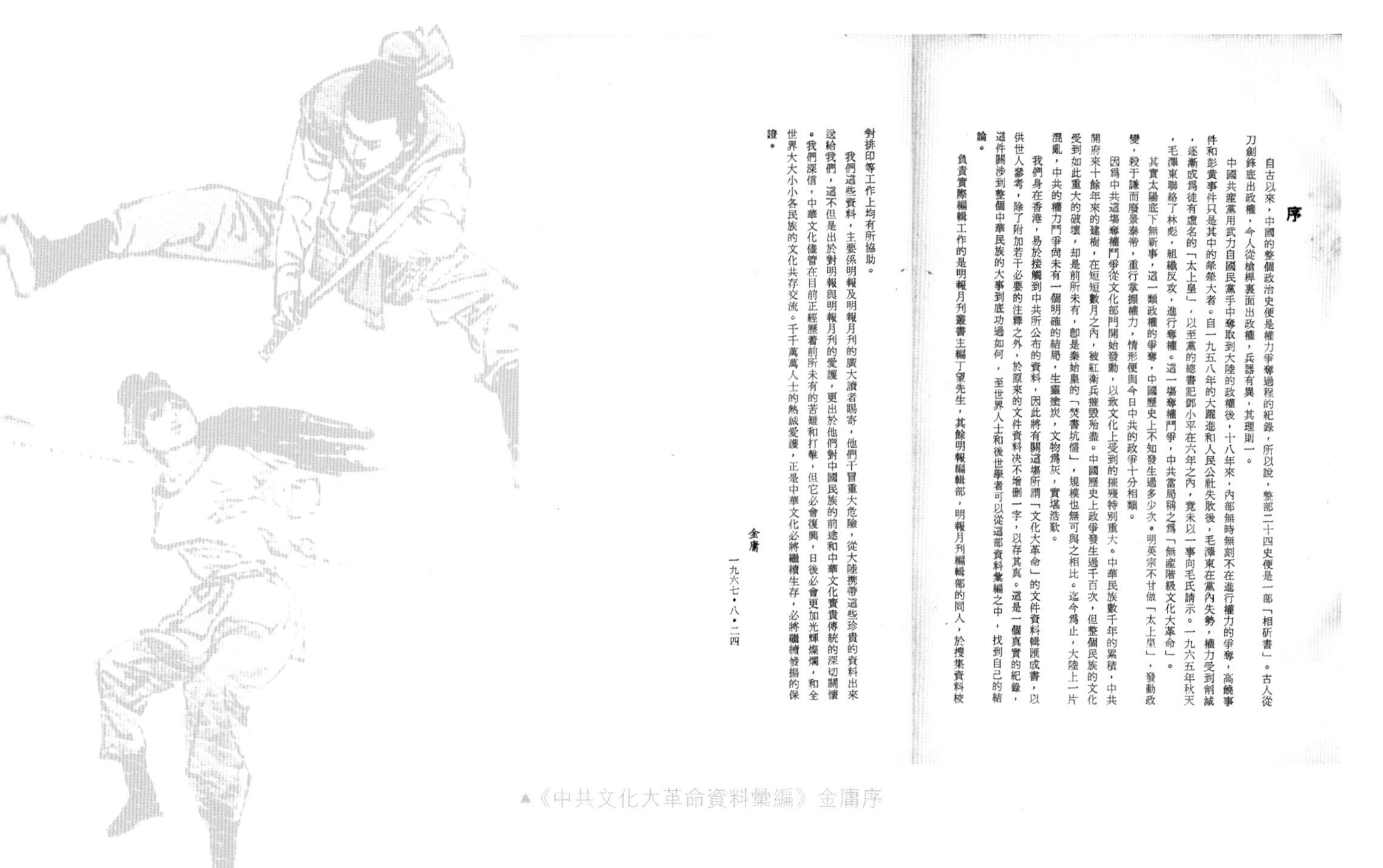

序

自古以來，中國的整個政治史便是權力爭奪過程的紀錄，所以說，整部二十四史便是一部「相斫書」。古人從刀劍鋒底出政權，今人從槍桿裏面出政權，兵器有異，其理則一。

中國共產黨用武力自國民黨手中奪取到大陸的政權後，十八年來，內部無時無刻不在進行權力的爭奪，高饒事件和彭黃事件只是其中的犖犖大者。自一九五八年的大躍進和人民公社失敗後，毛澤東在黨內失勢，權力受到削減，逐漸成爲徒有虛名的「太上皇」，以至黨的總書記鄧小平在六年之內，竟未以一事向毛氏請示。一九六五年秋天，毛澤東聯絡了林彪，組織反攻，進行奪權。這一場奪權鬥爭，中共當局稱之爲「無產階級文化大革命」。

其實太陽底下無新事，這一類政權的爭奪，中國歷史上不知發生過多少次。明英宗不甘做「太上皇」，發動政變，殺于謙而廢景泰帝，重行掌握權力，情形便與今日中共的政爭十分相類。

因爲中共這場奪權鬥爭從文化部門開始發動，以致文化上受到的摧殘特別重大。中華民族數千年的累積，中共開府來十餘年來的建樹，在短短數月之內，被紅衛兵摧毀殆盡。中國歷史上政爭發生過千百次，但整個民族的文化受到如此重大的破壞，卻是前所未有，卽是秦始皇的「焚書坑儒」，規模也無可與之相比。迄今爲止，大陸上一片混亂，中共的權力鬥爭尚未有一個明確的結局，生靈塗炭，文物爲灰，實堪浩歎。

我們身在香港，易於接觸到中共所公布的資料，因此將有關這場所謂「文化大革命」的文件資料輯匯成書，以供世人參考，除了附加若干必要的注釋之外，於原來的文件資料決不增刪一字，以存其真。這是一個真實的紀錄，這件關涉到整個中華民族的大事到底功過如何，至世界人士和後世學者可以從這部資料彙編之中，找到自己的結論。

負責實際編輯工作的是明報月刊叢書主編丁望先生，其餘明報編輯部，明報月刊編輯部的同人，於搜集資料校對排印等工作上均有所協助。

我們這些資料，主要係明報及明報月刊的廣大讀者賜寄，他們干冒重大危險，從大陸携帶這些珍貴的資料出來送給我們，這不但是出於對明報與明報月刊的愛護，更出於他們對中國民族的前途和中華文化寶貴傳統的深切關懷。我們深信，中華文化儘管在目前正經歷着前所未有的苦難和打擊，但它必會復興，日後必會更加光輝燦爛，和全世界大大小小各民族的文化共存交流。千千萬萬人士的熱誠愛護，正是中華文化必將繼續生存，必將繼續發揚的保證。

金庸
一九六七・八・二四

▲《中共文化大革命資料彙編》金庸序

是撥出最多版面報道「文革」的報章。《明報》能在眾多香港報章中漸露頭角，是依賴對「文革」的獨家新聞；分析精闢、預見大致準確的社評，加上副刊相關文章的配合；新聞版位靈活調度、布置得宜，因此引起了讀者的注意。《明報》的銷量，也從 1965 年年底的八萬份，躍升至 1968 年的十二萬份。[25]

張圭陽提到的「獨家新聞」，就是《中共文化大革命資料彙編》所載的資料，究竟所謂「獨家」，源出何處？如何到金庸之手？

中共官方並不准許香港報章派記者到中國內地採訪，香港報章怎樣取得有關中國大陸文革期間的消息？《明報》像香港其他報章一樣，初期仰賴西方通訊社的報道。但是由於外國記者的觸覺網絡也是極為狹窄，而且只在北京一地，許多消息也不見得準確。於是香港報章派記者在火車站或羅湖邊境採訪由大陸探親回港的人士。而更多的內幕及權威的內部文件，卻是來自中國大陸的報刊和各式各類的「紅衛兵報」。……紅衛兵報刊始於 1967 年 1 月上海「一月風暴」之後，終於 1969 年春季。在短短的兩年多裏，中國大陸各地的「革命群眾組織」自辦的報刊一起湧現，數量有多少，從來沒有一個準確的統計，一說達五千多種，一說達六千多種，僅北京一

25　同上註，頁 138。

地就有近千種。……正是由於紅衛兵報刊刊登了許多中央內部文件，又刊登了許多武鬥的消息，遂成為了中國大陸境外了解國內最新事態的最好渠道。……《明報》在文革期間推出的副刊「鄉土版」，更是大量採用紅衛兵報的資料。[26]

從張圭陽在《金庸與報業》記述得知，在文革時期，金庸就是有賴這些獨家資料，在《明報》披露消息、闡述論點、預測事件，造就《明報》的銷量大幅飆升，《明報》也得以攀升到知識分子報紙的「報格」。但張圭陽提到「採訪由大陸探親回港的人士」的是「香港報章派記者」，不僅是《明報》記者，而其後提到的「紅衛兵報」，卻沒有說明何以是《明報》獨家得到。

這些資料彙集成書，金庸如何重視，可想而知。他為該書作序，概説資料來源，正好補足張圭陽沒有寫到《明報》何以能夠獨家得到的原因，亦簡述個人對文革的觀點，很具文獻價值。現輯錄其中幾段於下：

自古以來，中國的整個政治史便是權力爭奪過程的紀錄，所以說，整部二十四史便是一部「相斫書」。古人從刀劍鋒底出政權，今人從槍桿裏面出政權，兵器有異，其理則一。……

其實太陽底下無新事，這一類政權的爭奪，中國歷史上不知發生過多少次。明英宗不甘做「太上皇」，發動政變，殺于謙而廢景泰帝，重行掌握權力，情形便與今日中共的政爭十分相類。……

我們身在香港，易於接觸到中共所公布的資料，因此將有關這場所謂「文化大革命」的文件資料輯匯成書，以供世人參考，除了附加若干必要的注釋之外，於原來的文件資料決不增刪一字，以存其真。這是一個真實的紀錄，這件關涉到整個中華民族的大事到底功過如何，至世界人士和後世學者可以從這部資料彙編之中，找到自己的結論。……

我們這些資料，主要係明報及明報月刊的廣大讀者賜寄，他們干冒重大危險，從大陸攜帶這些珍貴的資料出來送給我們，這不但是出於對明報與明報月刊的愛護，更出於他們對中國民族的前途和中華文化寶貴傳統的深切關懷。……

第二類序文，不難看到，如老友倪匡和蔡瀾的書，就有金庸的序。筆者挑選了不是倪匡和蔡瀾寫的兩本書來介紹。

其一是董培新繪的《金庸說部情節：董培新畫集》，由台灣遠流出版社出版，2008 年 3 月初版，定價五百五十新台幣。金庸寫的序，篇名〈數十年的藝術醞釀〉。筆者覺得本篇最值得參考的地方，除了是寫到董培新一直以來，不論是金庸連載武俠小說期間，抑或其後出版《金庸作品集》，都沒有替金庸畫插圖的原因，還有是金庸順帶評論姜雲行（雲君）和王司馬

26 同上註，頁 142-144。

序

數十年的藝術醞釀

一九五〇年代，當我正在《新晚報》撰寫《書劍恩仇錄》時，董培新先生在羅斌先生所辦的《新報》與《藍皮書》上為武俠小說畫插畫。他很欣賞我的小說，我也很欣賞他的繪畫，當時我們都想，如果他能為我的小說繪插畫，應當是相得益彰，大家都會歡喜，我們的讀者也都會歡喜。

可惜，這件事沒有能成為事實。

羅斌先生很喜歡我的小說，他覺得我的小說很有內容和趣味，可以吸引大量讀者。那時他在辦一份很好的報紙：《新報》，我也在辦一份很好的報紙：《明報》。這兩份報紙都是新起的小型報，都賣一毛錢，在香港這小小的市場上自然發生了競爭。那時《明報》還沒有形成自己的風格，不能成為政治上獨立的知識份子所熱愛的自由報紙。由於競爭的關係，羅斌先生不同意董培新給金庸的小說繪插畫。

當時給金庸小說繪插畫的，主要是姜雲行先生和王司馬先生。姜雲行先生用「雲君」的筆名，他的畫風細膩而生動，表現武俠小說中的動作和打鬥很見功力。王司馬先生的畫風富於人情味，很能表現人物的情感，讀者們往往為他的繪畫所吸引，凝視畫中的人物，神馳高山大漠，投入人物的歡樂和哀傷。

王司馬先生在風華正茂、得到萬眾歡迎的時候以癌症去世。雲君先生也移民美洲，不再以他生動的繪畫和我們相見。香港回歸中國，《明報》與《新報》都換了主人。董培新先生提起畫筆，繪出了不少金庸小說中的場面。那些場面是他在心裡醞釀了很久很久時日的。有的他已想了幾十年，有的他反反覆覆的修改，改了布局，改了人物的面容。

長期在心裡醞釀的藝術作品，一出來果然不同凡響。

蕭峯來到聚賢莊外，一場大戰還沒有展開，但劍拔弩張的氣勢已充滿了畫面的每一個角落；韋小寶在揚州妓院裡和眾女大被同眠，畫面上沒有猥褻和色情，讀者看到了滑稽、風趣，和人物的玩鬧，那正是小說所要表達的情調。畫面和小說配合得非常合拍，每個觀賞者從心底和臉上，都露出了會心的微笑。

內地有許多畫家曾嘗試為金庸小說畫插畫，有的畫家功力很深、構圖很美，但他們都沒有董培新先生的創作成功。只因為，雖然是極好的畫家，但缺乏了在心中醞釀數十年的藝術培養。這數十年的醞釀、修正，使得藝術成熟了。這是自然的培養，天然的陶冶。這本冊子裡的每一幅畫，都是董培新先生在讀了金庸小說之後，在心中思考數十年、或者十幾年的成果。

金庸

▲《金庸說部情節：董培新畫集》金庸序

的畫風。現摘錄於下：

> 一九五〇年代，當我正在《新晚報》撰寫《書劍恩仇錄》時，董培新先生正在羅斌先生所辦的《新報》與《藍皮書》上為武俠小說畫插畫。⋯⋯那時他（筆者案：指羅斌）在辦一份很好的報紙：《新報》，我也在辦一份很好的報紙：《明報》。這兩份報紙都是新起的小型報，都賣一毛錢，在香港這小小的市場上自然發生了競爭。⋯⋯由於競爭的關係，羅斌先生不同意董培新給金庸的小說繪插畫。
>
> 姜雲行先生用「雲君」的筆名，他的畫風細膩而生動，表現武俠小說中的動作和打鬥很見功力。王司馬先生的畫風富於人情味，很能表現人物的情感，讀者們往往為他的繪畫所吸引，凝視畫中的人物，神馳高山大漠，投入人物的歡樂和哀傷。

其二是較少有讀者留意到的一本書，由公民教育委員會、青年事務委員會、香港作家協會、廉政公署共同出版的《百家聯寫》，2006 年出版，非賣品。這本書的編製，緣起於廉政公署於 2005 至 2006 年間，廣邀本港百多位作家撰寫以廉潔為主題的文章，輯錄成《百家聯寫》一書，再邀得金庸作序。金庸寫的序，篇名〈厲行廉政　保障法治〉。筆者覺得本篇「賣人情」的成分頗重，但是由於看過的讀者不多，而且其中寫到中國自古屢見「依權不依法」，不啻是金庸的歷史觀，不妨介紹及輯錄於下：

> 中國傳統有一句話說：「滅門的知縣」，意思說，即使是一個小小的縣官，他如要跟你為難，你就「閉門家中坐，禍從天上來」，他可以用各種各樣的手法，使得你傾家蕩產，家破人亡。因為他一朝權在

序（五）

厲行廉政　保障法治

金　庸

在成立「廉政公署」以前，人們一提到香港的政治，立刻就搖頭嘆息，說道：「貪污、貪污！」只因貪污腐敗，人們把香港政治中重大的優點全都抹殺了。其實香港在實施反賄賂條例之前，這裏政治上的優點，在東亞地區還是矯矯不群的，香港的法治制度確立已久，一切憑法律辦事，任何人不能凌駕於法律之上，香港政府如果違反了法律，市民可以依法控告政府，司法獨立，法官根據法律，常常會判處政府打輸官司，這在中國幾千年的官場中，實在是非常特異的現象。我們在起草「香港特別行政區基本法」時，有一位起草委員說：「我寧怕老婆，也不怕香港政府！」他意思說，你只要遵守法律，香港政府對你無可奈何，但老婆卻未必講法律。從此之後，「寧怕老婆，不怕政府」這句話，成為各位起草委員的信條，我們必須維持遵守法律的優良傳統，不管你如何有錢有勢，按照法律，你不能隨便欺侮人！基本法的起草，就是根據於這傳統原則，在香港，任何人都須按照法律辦事，即使你是英國政府派來的香港總督，我只要不犯法，你就不能隨便欺侮我。

中國傳統有一句話說：「滅門的知縣」，意思說，即使是一個小小的縣官，他如要跟你為難，你就「閉門家中坐，禍從天上來」，他可以用各種各樣的手法，使得你傾家蕩產，家破人亡。因為他一朝權在手，便把令來行。中國政治自古的不良傳統是依權不依法，要點是誰有權，而不是誰於法有據。權勢天天可以變化，中國政治之不上軌道，主要原因便是當政者不遵守法律，被統治者也不強烈要求當政者守法。一個國家、一個社會以「無法無天」為原則，什麼事情都憑權勢而定，那就「天下大亂，越亂越好」了。

反賄賂條例一實施，廉政公署一成立，雖然這些辦法有點兒矯枉過正，連給電氣匠十元貼士也算賄賂，一時弄得人心惶惶，但香港政治局勢煥然一新，只半年之間，政府人員不能貪污，民間人士不敢行賄，香港的政局立刻清新，香港和新加坡並駕齊驅，立即成為世界上最乾淨、最有效率的政府。

什麼民主、自由、人權、公道等等政治理想，其根本都要依賴「法治」來保障，而法治精神最良好的體現，便是廉政。官吏不能貪污，人民不敢行賄，一切都依照法律公事公辦。公平、公道、公開的政治就有了保障。

在香港，我以為最重要的事情莫過於「維護法治」，而維護法治的最有效手段是政治清明。廉政和法治是保障香港人自由與人權的最有效手段，只要廉政公署能獨立，有效的執行任務，香港的法治、「一國兩制」就有了真正保障。

香港回歸中國以來，法治的傳統仍能維持，這是我們最堪告慰的事。市民仍能在這裏安居樂業，政治官員不能任意圈地，把本來屬於人民的產業劃給大公司，由此而收取巨大的賄賂，便是由於這裏法律嚴明，官員這樣違法辦事，立刻就會給法院判處徒刑，賄賂充公。保障香港的繁榮穩定，要旨在於保障香港的法治。嚴格維護香港的廉政和法治，是我們是否能在這裏安居樂業的必要條件。

▲《百家聯寫》金庸序

手，便把令來行。中國政治自古的不良傳統是依權不依法，要點是誰有權，而不是誰於法有據。權勢天天可以變化，中國政治之不上軌道，主要原因便是當政者不遵守法律，被統治者也不強烈要求當政者守法。一個國家、一個社會以「無法無天」為原則，什麼事情都憑權勢而定，那就「天下大亂，越亂越好」了。

倪匡代筆《天龍八部》之謎

最後一篇，談談既「是」金庸寫，又「不是」金庸寫的一件文壇軼事。那就是金庸在連載《天龍八部》期間，由倪匡代筆這件大事。

修訂版《天龍八部》後記：[27]

> 「天龍八部」於一九六三年開始在「明報」及新加坡「南洋商報」同時連載，前後寫了四年。中間在離港外遊期間，曾請倪匡兄代寫了四萬多字。倪匡兄代寫那一段是一個獨立的故事，和全書並無必要連繫，這次改寫修訂，徵得倪匡兄的同意而刪去了。所以要請他代寫，是為了報上連載不便長期斷稿。但出版單行本，沒有理由將別人的作品長期據為己有。在這裏附帶說明，並對倪匡兄當年代筆的盛情表示謝意。

其實，連載期間，報上並未提到由他人代筆，

27 其實金庸首天在《明報晚報》連載修訂版《天龍八部》時，曾經在正文前寫了一大段憶述倪匡代筆一事的文字，限於篇幅，不在此引述。另外，倪匡在《我看金庸小說》敘述亦詳，可參閱倪匡：《我看金庸小說》，台北：遠景出版事業公司，中華民國 69 年 7 月初版，頁 137-140。

讀者縱然發覺文筆有異，也不會想像得到代筆之事，若非金庸在修訂版後記重提舊事，讀者或許一直蒙在鼓裏。金庸小說由他人代筆，這是絕無僅有的一次。讀者初聞乍見，一定震撼極了。

好奇的金迷會問：究竟倪匡代筆由哪天的連載開始？要揭開謎底，可循以下步驟：

步驟一，根據最重要的線索：「阿紫的眼睛是倪匡弄瞎的」，[28] 得知阿紫是在 1965 年 5 月 26 日當天的連載瞎了。且看當日的連載內文：

> 丁春秋「嘿嘿」冷笑道：「你在我身邊能博我歡心，我不會取你性命的。」阿紫忙道：「多謝師父。」丁春秋冷地道：「你且慢喜歡，我 —— 」他一句話未曾講完，衣袖突然疾揚而起，袖角如劍，向阿紫的面門拂了過去。
>
> 他出手奇快，阿紫只覺得雙眼之中陡地一凉，一陣攻心劇痛過處，眼前一片漆黑，面頰上有兩道似淚非淚的液汁流了下來。丁春秋內勁貫於袖角，竟已在電光火石之間，將阿紫的雙眼生生戳瞎！

由此斷定 1965 年 5 月 26 日的連載出自倪匡手筆。

步驟二，根據金庸在修訂版《天龍八部》和倪匡在《我看金庸小說》的說法，金庸出版修訂版時要將倪匡代筆部分刪去。於是翻查 1965

天龍八部

金庸

一、慕容揚威

留下性命，刺瞎雙目

丁春秋左手抓住了慕容復的拳頭，右手理着頷下的長髯，道：「你說。」阿紫邊逃邊叫：「我……我躲不開……」丁春秋衣袖一揮，一股勁風揮出，將撞向阿紫的人串揮了開去，那人串又撞在另外兩個星宿弟子的身上，那兩個星宿弟子立即又和其他人緊緊黏在一起。

阿紫喘了一口氣，道：「師父，清理門戶，慕容小子恰好在此口出不遜，師父便將他當作兵刃，將門下不肖弟子一一除去，他……只不過是一件工具，師父才是有通天徹地之能的武林高人。」丁春秋心中本來極其惱怒，聽了阿紫的話，不禁呵呵一笑。

慕容復手臂再揮，連在一起的十來個人，如飲醉了酒一樣，身不由主，跌跌衝衝，又向阿紫撞了過來。阿紫的身子，已縮在屋角之中，無處再可躲避，丁春秋右手疾翻而出，却已慢了一步，眼看人串最前的一名星宿弟子便要撞到阿紫的身上。阿紫心中駭極，只有閉目待斃，却聽得慕容復「哈哈」一笑，那人串最前一名的星宿弟子陡地打橫跌出，撞向另一名星宿弟子。

阿紫死裏逃生，驚出一身冷汗，抬頭望去，只見慕容復面露微笑，道：「小姑娘，你說得好啊！」星宿弟子少一個，慕容復本身便增一分危險，但危機雖然緊迫，還是瀟洒飄逸，十分鎮定。

阿紫驚魂甫定，知道慕容復並無傷害自己之意，也不禁對他嫣然一笑。丁春秋看在眼中，怒火又燃，厲聲道：「阿紫，慕容小子爲什麼不傷你？」阿紫心中一凛，已知丁春秋有疑她之意。她竭力想討好丁春秋，却總是難以如願，縱使她心機靈巧，一時也想不出如何回答。

丁春秋「嘿嘿」冷笑道：「你在我身邊能博我歡心，我不會取你性命的。」阿紫忙道：「多謝師父。」丁春秋冷地道：「你且慢歡喜，我——」他一句話未曾講完，衣袖突然疾揚而起，袖角如劍，向阿紫的面門拂了過去。

他出手奇快，阿紫只覺得雙眼之中陡地一凉，一陣攻心劇痛過處，眼前一片漆黑，面頰上有兩道似淚非淚的液汁流了下來。丁春秋內勁貫於袖角，竟已在電光石火之間，將阿紫的雙眼生生戳瞎！

慕容復見丁春秋揚袖，向阿紫的面上拂去，已知他不懷好意。他雖知阿紫也是星宿門下，但她清麗絕俗，和他人不同，慕容復心中對她也十分憐惜，正待出手相救，但丁春秋出手太快，以致竟然不及。此時阿紫倚壁而立，自她眼中流下兩道淚水也似的鮮血來。慕容復雖是縱橫天下，見多識廣，但也未曾見過像丁春秋那樣絕不將弟子的性命放在心上之人，心中駭然，呆了一呆，便覺體內眞力又奔瀉而出。

丁春秋變手之間將阿紫雙目弄瞎，這才道：「我留着你，却不讓你看到物事，免你再對師門三心兩意，你可服麼？」

阿紫咀唇發白，微微地發着抖，一個字也講不出來。丁春秋還待逼問，屋角之中，陡地響了一聲怪嘯，一股強烈之極的寒風陡地捲到，屋中人人都不由自主打了一個寒顫。却是一直蹲在屋角的游坦之已疾躍而起，捲到了阿紫的身旁，一伸手握住了阿紫的手臂，向外便走。丁春秋一聲大喝，一掌向游坦之拍出。

游坦之是絕不敢和丁春秋對掌的，但這時情急之下，反手發出一掌，只不過想將丁春秋的掌力引在自己身上，不使擊中阿紫而已。

（八・版權所有）

▲ 馬來西亞《南洋商報》轉載 1965 年 5 月 26 日《明報》《天龍八部》，方框內文為倪匡寫瞎阿紫的一段。

年 5 月 26 日前後，哪些日子的連載內文得以保留在修訂版《天龍八部》之中。

那就先看看「引文一」—— 阿紫瞎了的前一天（即 5 月 25 日）的連載內文：

> 丁春秋心中惱怒，道：「阿紫！」阿紫眼看同門一個個倒下，慕容復雖然被丁春秋抓住，但是身形靈動，神態飄逸，似乎絕不將丁春秋放在心上，阿紫正看得出神，冷不防聽見師父叫她，呆了一呆，道：「師父，你老人家大展神威 —— 」她只講

28　倪匡親口對回港的金庸說：「對不起，我將阿紫的眼睛弄瞎了！」參閱倪匡：《我看金庸小說》，頁 138。

了半句，便尷尬地笑了一笑，再也講不下去。丁春秋此際確是大展神威，但傷的却全是自己的門下，阿紫縱使聰明伶俐，想要講上兩句稱頌的話，也是難以措詞。

丁春秋沉聲道：「怎麼樣？星宿老仙算不算得揚威中原？」阿紫一聽這話，大是不像，出了一身冷汗，心想：這時要是出言不能討他歡喜，說不定他拚了碧玉王鼎不要，便來取自己性命，是以她立即應道：「自然是，慕容小子做了師父你老人家的活兵刃，他自己還不知道，居然沾沾自喜。」慕容復身子微轉，手臂揮動，黏在他手上的十餘人一齊轉動，向阿紫撞了過來。

阿紫一見慕容復揮人向自己撞來，不禁大驚，連忙提氣躍開。

丁春秋的化功大法極是厲害，慕容復這一揮黏不到阿紫，立時感到自己體內的真力又被吸去了一些。他心中暗驚，就近先找了一名星宿弟子作替死鬼，接着又向阿紫追來。

阿紫面無人色，叫道：「師父，你老人家不要聽我將話說完麼？」

再看看「引文二」—— 上面情節出現在修訂版第四集第三十三回〈奈天昏地暗　斗轉星移〉，內文如下：

丁春秋喝道：「阿紫！」阿紫正看得出神，冷不防聽得師父呼叫，呆了一呆，說道：「師父，你老人家大展神威……」只講了半句，便尷尬一笑，再也講不下去。師父他老人家此際確是大展神威，但傷的卻全是自己門下，如何稱頌，倒也難以措詞。

丁春秋奈何不了慕容復，本已焦躁之極，眼見阿紫的笑容中含有譏嘲之意，更是大怒欲狂，左手衣袖一揮，拂起桌上兩張筷子，疾向阿紫兩眼中射去。

阿紫叫道：「啊喲！」急忙伸手將筷子擊落，但終於慢了一步，筷端已點中了她雙眼，只覺一陣麻癢，忙伸衣袖去揉擦，睜開眼來，眼前盡是白影幌來幌去，片刻間白影隱沒，已是一片漆黑。[29]

比對「引文一」和「引文二」，有底線的第一段情節相近，部分用詞相同。換言之，金庸在修訂版沒有刪去連載時的該段內容，原因只有一個，就是5月25日的連載仍是金庸所寫。啊！那麼豈不是倪匡5月26日第一天代筆，就把阿紫弄瞎？

金庸回港後，阿紫瞎了已成既定事實，金庸只好順着這個變故的情節續寫下去，因此，金庸在「引文一」寫到「（阿紫）難以措詞」之後，丁春秋正要大發脾氣，本來還沒寫到要對阿紫怎樣（「引文一」後面沒有底線的四段）；但在「引文二」，金庸在「（阿紫）難以措詞」之後，便馬上寫到阿紫瞎了（「引文二」沒有

29　金庸：《天龍八部》第四集。香港：明河社，1978年11月初版：頁1393-1394。

一、慕容揚威

驚呼悲鳴，毫不動容

天龍八部 金庸

（七‧版權所有）

五、萬邪聚會

天黑趕道，誤入深山

天龍八部 金庸

（六一‧版權所有）

▲ 馬來西亞《南洋商報》轉載 1965 年 5 月 25 日《明報》《天龍八部》，方框內文為金庸仍未寫到丁春秋怎樣對付阿紫。

▲ 馬來西亞《南洋商報》轉載 1965 年 7 月 18 日《明報》《天龍八部》，方框內文為金庸保留在修訂版中的部分。

底線的兩段）。雖然金庸不想沿用倪匡的代筆部分，但阿紫瞎了的情節又因牽動太大而不能徹底改動，於是只改寫阿紫被丁春秋「弄」瞎的方法 —— 倪匡要丁春秋用內勁貫於袖角將阿紫雙眼生生戳瞎，金庸要丁春秋用筷子射瞎阿紫。

至於倪匡代筆到何時而止？還是用老方法，將連載和修訂版內文對照。

連載和修訂版的內容又重回一致，要到 1965 年 7 月 18 日的連載。故事寫到慕容復一行六人，遇到丐幫二丐，取得西夏文儀公主招親榜文，慕容復欲到西夏求親，便先行取道向南，送王玉燕（修訂版改名王語嫣）回燕子塢，途中遇着「萬仙大會」。

且看當日連載的最末一段：

> 當下六個人曉行夜宿，取道向南。王玉燕想到表哥公然接自己到家中居住，欣喜之情，無法隱藏，她雖覺慕容復和鄧百川等對自己情狀有些特異，但她素無機心，不起半點疑竇。這一日六個人急於趕道，錯過了宿頭，行到天黑，仍是在山道之中，越走道旁的草叢越深。風波惡罵道：「他奶奶的，咱們只怕走錯了路，前面這個彎多半轉得不對。」

至於在修訂版中，慕容復一行人遇着「萬仙大會」，乃是為了尋找阿朱下落，一路向西。其時還未遇到丐幫二丐，未知有西夏公主招親榜文。

此部分內容載於第四集第三十三回〈奈天昏地暗　斗轉星移〉：

> 在洛陽不得絲毫消息，於是又向西查去。這一日六人急於趕道，錯過了宿頭，直行到天黑，仍是在山道之中，越走道旁的亂草越長。風波惡道：「咱們只怕走錯了路，前邊這個彎多半轉得不對。」[30]

由 1965 年 5 月 26 日到 7 月 17 日，其間連載了五十三天，當有六萬字以上之數，在修訂版遭金庸大幅刪削，另補寫僅有十多頁的篇幅。

這五十三天的內容，卻未必全由倪匡執筆。要知道金庸歐遊回來後，從倪匡手中接回筆桿，總不能馬上撇開倪匡寫的故事，必須多耗筆墨，接續倪匡已寫就的情節發展，然後才能重回自己的原創構思。因此，如果單單將連載和修訂版內文互相印證，未必能確實知道哪些是倪匡的手筆，哪些是金庸順着倪匡開展的故事而續寫的內容。正如倪匡所說，「三四十天」是他代筆的，那是可信的，那麼其餘大約二十天的內容，很可能就是金庸順着倪匡所寫的故事而續寫的。[31]

30　同上註，頁 1406。

31　有關倪匡代筆《天龍八部》更詳細的日期分析，可參閱邱健恩、鄺啟東著：《流金歲月：金庸小說的原始光譜》，頁 329-334。

後記

自序提到，迷上金庸的武俠小説之後，最先收藏他的舊版小説，及後亦致力遍尋他的「另類」文字著作。對好些迷上舊版金庸小説的金迷來説，收藏舊版金庸已經是難度甚高，可是相比於收藏「另類」金庸，這難度又以倍數計。難度在於兩方面：

其一是金庸的武俠小説，眾所周知共十五部，除了《越女劍》沒有出版過舊版書本版之外（包括正版和盜版），其餘「飛雪連天射白鹿　笑書神俠倚碧鴛」十四部，要收齊的話，終極目標清晰明確，就如跑馬拉松，辛苦是辛苦，但終點一定是在 42.195 公里處。可是，「另類」金庸呢？用「海量」形容他的其他文字著作，絕非誇大之辭，更何況沒有人知道這個「海量」盡處的「彼岸」究竟在何方。就如筆者在撰寫本書時，偶然發現一本名為《內明》的佛學雜誌，就有金庸寫過一篇連載了七期的長文；又如發現《明報月刊》出版的《中共文化大革命資料彙編》，金庸的序展示了當年《明報》何以得到別家報館不可得的第一手資料；再如最近得悉一份《東南日報》，早在他入職前已刊登了一篇署名查良鏞的文章。資料要不斷添加和更正，往往一邊寫，一邊就湧出「不能盡錄」的感歎！

其二是正如自序所述，金庸的武俠小説是「明月」，幾乎盡掩其他非武俠小説的「稀星」，因此，當年已經保留着舊版金庸小説的，到底還是有不少讀者。可是，有多少人會剪存當年《新晚報》的〈馥蘭影話〉？有多少人會剪存《大公報》的〈三劍樓隨筆〉？要找一套舊版《射鵰英雄傳》困難些？還是要找一本《論祖國問題》困難些？那肯定是後者無疑。

既然要面對難度極高的挑戰，即使筆者鍥而不捨去蒐集金庸的「另類」文字著作，那肯定是距離「彼岸」甚遠。撰寫本書期間，好些書影及資料非要向多位藏家相借不可，筆者深感盛情。藉着書成之時，謹致萬分謝意。

首先必須特別感謝居於北京的趙躍利兄，本書許多資料及金庸早期文章的書影，都是因着趙兄的鼎力襄助和無私惠賜，才得以完成。趙兄竭力蒐集翔實的資料，治學嚴謹，當中尤其重要是考證出兩個金庸鮮為人知的筆名——「白香光」和「溫華篆」，是研究金

庸著作的重大發現。

另一位居於北京的于鵬兄提供很多舊報紙的書影；吳貴龍兄提供兩份非常珍貴的報紙創刊號書影——《明報》（現為林偉雄先生所藏）和《明報晚報》（現為羅麗嫻女士所藏）；鄭明仁兄提供金庸親筆題辭簽名的舊版《碧血劍》書影；馬來西亞的蕭永龍兄提供《野馬》第一期書影；吳邦謀兄提供大田版《獻給投考初中者》書影；陳文偉兄提供《朝鮮血戰內幕》書影；陳子燊兄提供《東南日報》刊載〈沙孚的情書〉的書影。得到一眾朋友慷慨的支持，謹致謝忱。

此外，還有無緣識荊的潘耀明先生，慨然為一個小小金迷寫序，令筆者既覺汗顏，亦殊感榮幸。至於另外兩位好友鄭明仁兄和邱健恩兄，同樣不吝賜序，為本書增色，盡感眷顧之情，一併致謝。

最後要致謝的是香港中華書局的編輯團隊，寫書對我來說，很多事情都不知所然，幸得出版社處處提點和幫忙，此書才能與讀者見面。

各個方向探討金庸的武俠小說大不乏人，但似乎武俠小說之外的金庸著作，談論的卻極少。正如前面所言，金庸的「另類」文字著作如此眾多，囿於筆者所知有限，書中有紕漏，甚或出錯的地方在所難免，一旦有筆者未知的新資料出現，現知的資料便須得以修正。筆者抱持着拋磚引玉之心，希望各位讀者能給予指正。愈多新資料，愈能了解武俠小說以外的另一個金庸的真貌。

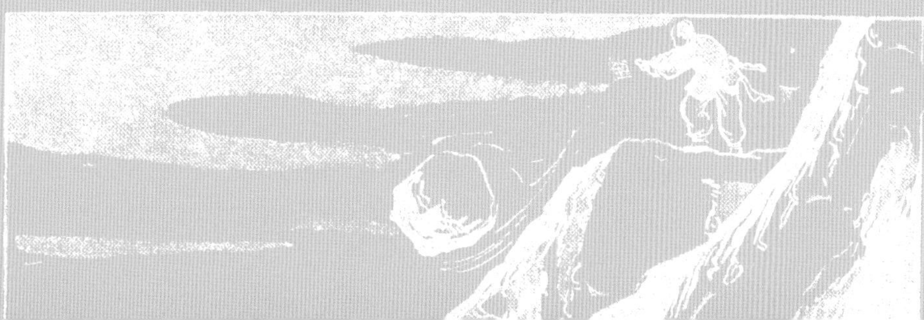

另類金庸

武俠以外的筆耕人生

鄺啟東 著

越女劍

金庸

司馬圖

責任編輯　郭子晴

裝幀設計　簡雋盈

排　　版　簡雋盈

印　　務　劉漢舉

出版

中華書局（香港）有限公司

香港北角英皇道 499 號北角工業大廈 1 樓 B

電話：（852）2137 2338

傳真：（852）2713 8202

電子郵件：info@chunghwabook.com.hk

網址：http://www.chunghwabook.com.hk

發行

香港聯合書刊物流有限公司

香港新界荃灣德士古道 220 - 248 號

荃灣工業中心 16 樓

電話：（852）2150 2100

傳真：（852）2407 3062

電子郵件：info@suplogistics.com.hk

印刷

美雅印刷製本有限公司

香港觀塘榮業街 6 號海濱工業大廈 4 樓 A 室

版次

2023 年 7 月初版

規格

16 開（260mm x 218mm）

ISBN

978-988-8809-99-8